中國文化美學文集

王振复◎著

伍

復旦大學出版社

目　录

中国早期佛教美学史 ————————————————————

中国美学范畴史·导言 ————————————

中国早期佛教美学史

前　言

中国早期佛教美学的启蒙、诞生，是中印文化交往的必然，印度佛教入渐于中土，是它的历史与人文契机。先秦、秦汉（西汉）处于酝酿期的中国美学即"前美学"，做了它的内因。吕澂先生说，"中国佛学的根子在中国而不在印度"[①]。根子便是内因。这是对中国佛教、佛学内因的深切理解。大致两汉之际入传的印度佛教文化及其美学意识与理念，做了它的外因。内因是变化的根据，外因是变化的条件。中国早期佛教美学的酝酿与生成，是内因与外因相互碰撞、结合所结出的硕果。冲突与调和，推拒和容受，导致一种新型文化奇迹的登台，便是因印度佛教的东来，开启了中国佛教及其哲学与美学之奇异的文化之门。

"佛教是印度对中国的贡献。并且，这种贡献对接受国的宗教、哲学与艺术有着如此令人震惊并能导致大发展的效果，以至渗透到中国文化的整个结构。"[②]然而这种贡献，归根结蒂是以中国文化、哲学与审美、艺术等对印度佛教文化的接受程度为转移的。接受程度的广狭、深浅与久暂，主要是由中国本土文化的根性、素质、能力与价值观来决定的。其中相当关键的，还有华汉文字与印度梵文的迎对、冲和、汰洗、转换与再造。

仅就中国佛教美学生成的外因来说，是印度佛教及其哲学、美学思想的影

---

① 吕澂:《中国佛学源流略讲》，中华书局，1979，第4页。
② J.勒卢瓦·戴维森:《印度对中国的影响》，巴沙姆主编:《印度文化史》，闵光沛等译，商务印书馆，1997，第669页。

响。陈允吉先生在谈到印度佛学对中国文学审美影响问题时认为，这些影响至少有八个方面，"（一）佛教的时空观念、生死观念和世界图式"；"（二）大乘佛教的认识论和哲理思辨"；"（三）佛经的行文结构与文学体制"；"（四）佛经故事和佛经寓言"；"（五）佛传文学和佛教叙事诗"；"（六）佛教人物和古印度神话人物"；"（七）佛教文化和美学思想"；"（八）佛经翻译文字的语言风格"①。这是肯綮的见解。印度佛教文化及其美学思想对于中国佛教美学的影响，也是如此。它是以印度佛学的哲学时空、生死观，以佛学名言、术语、概念与范畴为主的美学意识，以及包括文学在内的佛教艺术审美为主的，共同实施影响于中国，广博、深刻而持久。

就中国佛教美学的佛学部分而言，中国佛学的诞生与形成，首先是中国本土哲学，与印度佛教文化、哲学的相互契合。从人文思维角度看，中国本土哲学，主要是春秋战国时期道家所崇尚的无的哲学，与儒家所推崇的有的哲学。道家之无，也可称之为玄无、无为、虚静，是在生活经验基础上从形下向形上精神性的提升与提炼，且将无作为世界、人类的本因本体；儒家之有，主要指贯彻、实现为道德伦理的做人的规矩和理想，凝聚于礼、仁、义与诚等范畴之中。由于尚未从形下经验彻底地提升为精神形上，故而可以用一个有字来加以概括。

相比之下，印度佛教文化中心范畴的空（或称空幻）这一意识、理念和思想，在中国本土文化与哲学中，是从未有过的。这对于原本的中国文化、哲学与审美、艺术等来说，不啻是天下独步而空谷足音、惊世骇俗的。从此，中国的文化、哲学与审美、艺术等的思维与思想，在道之无与儒之有外，多了一个文化与哲学及其美学的"不速之客"，即佛之空。

儒家的有之哲学与伦理学固不必言，是一种"做怎样的人以及怎样做人"的信条与规矩，且下彻于世间人生的践行；道家哲学之无，用《庄子·逍遥游》的话来形容，叫作"北冥有鱼，其名为鲲。鲲之大，不知其几千里也，化而为鸟，其名为鹏。鹏之背，不知其几千里也。怒而飞，其翼若垂天之云"②，其哲

① 《佛学对文学影响研究之我见——访复旦大学中文系陈允吉》（《中国社会科学》杂志记者程健），陈允吉：《佛教与中国文学论稿》，上海古籍出版社，2010，第626页。
② 王先谦：《庄子集解》卷一，《诸子集成》第三册，上海书店，1986，第1页。

学精神天马行空式的高蹈与飘逸，无与伦比。然则，它终于还是要回归、落实于现实人生，即从道的无回到德的有那里去，这也便是一部《老子》典籍，何以称为"道德经"的缘故，儒、道殊途同归。无论儒家抑或道家，都是世间的生活、世间的学问与世间的思想。《庄子》说："六合之外，圣人存而不论。"[①]这是印度佛教东渐之前，中国文化、哲学、伦理与审美、艺术的最根本的人文特性。

从印度佛教东传，便开启了新的历史与人文。一部中国佛教美学史，主要就是佛空与道无、儒有三者逐渐展开的相与冲突、融和的辉煌历史。中国早期佛教美学史，拉开了它那复杂、恢弘而壮丽的序幕。

内因依据

一般中国美学史与中国佛教美学史的关系

一般的中国古代美学史著，把中国古代美学的历史发展，分为相续的早、中、后三期。依次为：早期，中国美学的酝酿，自先秦至秦汉；中期，中国美学的建构，自魏晋至于隋唐；后期，中国美学的完成，自宋元至明清。[②]

中国古代美学史的早期，时值先秦至秦汉，经历了一个十分漫长的历史与人文过程，属于中国古代美学史的所谓"前美学"阶段。前美学，指那种美学前的"美学"，实际指真正成熟的中国美学的发蒙和酝酿。

这时，作为中国古代美学主要基础的"材料"，便是一定哲学和文学艺术的诞生。时至春秋战国，道家以道（无）为主体范畴的无的哲学，和儒家以仁（礼）为主体范畴的伦理性哲学，都已趋于成熟，在哲学与伦理学的层面上，提供了走向美学的契机与可能。道、儒二者，都发源于由上古传承而来的原始神话、图腾与巫术文化。由上古"信文化"即原始神话、图腾与巫术所培育的神性兼巫性的气、象、道这三大人文范畴，已经初步嬗变为哲学、伦理学与艺术

---

① 王先谦：《庄子集解》卷一，《诸子集成》第三册，上海书店，1986，第13页。

② 按：请参见王振复：《中国美学史新著》（北京大学出版社，2009）和由本人主编且参与第一卷撰写的《中国美学范畴史》（三卷本，山西教育出版社，2006）目录。

学范畴，道家之道（无）、儒家之仁（礼）的哲学思想、精神与艺术审美，开始了初步的结合，却远不是中国美学的成熟。象这一人文范畴的诞生，作为中国古代美学意象思维与思想的酝酿，是尔后建构中国美学的哲学与伦理学素质的重要一翼，为美学诗性的思性、思性的诗性的实现，准备了初步的一个方面的必备条件。以《诗经》《离骚》为代表的文学创作实践及其诗性成果，大体上是这一历史时期前美学有关意象思维的初步的现实呈现。发蒙较早的先秦的乐舞与礼乐、中和、善美等范畴的建构，以及始于先秦而大盛于汉代的伦理至善、圣人人格的模式与践行，还有历代大量以宫殿为代表的建筑文化的初始成果等，都为这一美学前的"美学"，提供了所必须的历史与人文基础。

一个民族、时代美学的建构，主要取决于一定的哲学或文化哲学的思想精神，与关于自然审美、文学艺术实践及其思想精神之间的结合程度。

哪里有哲学，那里未必有美学；哪里有美学，那里必定有哲学。哲学或文化哲学，是美学之魂；美学，是哲学或文化哲学的诗性部分，它主要是关于世界意象、人类情感与自由意志的诗性哲学或文化哲学。

美学或文化美学的来到世界，并不是一件一蹴而就而容易实现的事情。当哲学或文化哲学和以亲和自然、以文学艺术的思想精神为主的民族与时代的审美达成统一与结合的时候，那一定是哲学或文化哲学的诗性和诗性的哲学或文化哲学，在现实中的同时觉醒同时实现。这是一个复杂而漫长的历史与人文过程。假如一个民族与时代的哲学或文化哲学，与自然、文学艺术及其精神相分立，尚未真正达成历史性的圆臻，那便只能是学科意义上成熟美学建构前的一种历史与人文的酝酿。

从先秦到秦汉，作为诞生中国古代美学的两大主要条件，即道、儒哲学及其伦理诉求和文学艺术的实践及其理性建构，都已开始具备。而哲学和以诗学为主的中国艺术二者，却远未达到自觉的统一与结合的程度。无论哲学还是艺术学，都还相当严重地受制于原始巫学、先秦子学和秦汉经学的羁绊和纠缠。

在通行本《周易》[①]一书中，气、象、道、天、命、神、时、生、和、礼、

---

① 按：学界一般认为，通行本《周易》的经部，约成于殷周之际，距今约3100年，其传部，约成于战国中后期，距今约2300年。

乐与观等人文概念，在后世有待于成长为一系列的美学范畴，此时尚未真正实现为思性兼诗性的觉醒。在不同程度上，源自上古的神话、图腾的神性、蛮性与巫风鬼气的残余还在，尚未从伦理道德的文化域限中突围而出，难以高蹈于美学的苍穹或沉潜于美学的渊海。可以说，成熟意义上的中国古代美学，此时只在历史与人文的襁褓之中孕育，至多具有一定的美学意蕴或意义。

中国古代美学史的中期，作为中国美学的建构阶段，大致经历了从魏晋到隋唐这700年的历史时间（公元3世纪初到9世纪末）。此时，建构美学所必不可少的道、儒与佛的哲学或文化哲学，和以象、意、气、境为中心范畴的文学艺术的审美实践及其理论建构，开始走向一定程度的自觉的结合，尽管尚未真正达到最后的圆成。

就魏晋而言，拙著《中国美学史新著》指出："时至魏晋南北朝，玄（道）、佛、儒三学的趋于融合，促成中华美学进入真正建构的时代。魏晋玄学，以其纯思的哲学素质，促成'人的自觉'与'文的自觉'。政治哲学意义上的名教、自然之辩；语言哲学意义上的言、意之辩；本原、本体哲学意义上的有、无之辩；生命哲学意义上的才、性之辩，展现了魏晋南北朝以玄（道）为基质、以佛为灵枢、以儒为潜因的中华美学的历史性建构和思想深度。"①在这一历史时期，文论、诗论、乐论、书论与建筑园林诸说，都已经有声有色地登上了历史舞台，开始赋予一定的哲学之魂，以人物品藻为标志的人格美学之论，以及关于自然美的欣赏实践，都开始升华为一定的理论形态。故而，可以将从魏晋到隋唐这一历史时期，称为中国古代美学的建构期，这是有一定理性依据的。从美学范畴角度看，中期的中国古代美学，由先秦沿袭、发展而来的道这一范畴，成长为关于美学的哲学关怀；气这一范畴，构成了以风骨为中心的范畴群落；象这一范畴，也经历了魏王弼那般的"扫象"的工作，从先秦、秦汉本是巫气鬼魅的状态，逐渐成长为具有一定的理性哲思的品格。随之，悟、意、清、韵、兴、品、格、律和势等概念，也开始建构起一系列的美学范畴或范畴群落。凡此，都可以说是中国古代美学理论建构的一大标志。

隋唐时期，中国古代美学理性建构的另一重要标志，是实现于唐代的"意

---

① 王振复：《中国美学史新著》，北京大学出版社，2009，第154页。

境"①说的提出。唐朝国力与文化的空前强大，和"夷夏无别"、有容乃大的国际交流，催激起唐人诗觉的极度敏感和诗性智慧的磅礴。哲学诗性的苍穹变得高远起来，充分体现出"唐人尚意"的诗性哲学的特质。在"尚意"的同时，又具有尚风骨尚放逸的人文禀赋。唐诗一改齐梁旧格，弃诗靡之遗风而新声雄放。既尚风骨又宗音律；既多兴会，复备风致；既沉雄顿挫，又飘逸潇洒，有沧海横流、吞吐日月之慨。兼有王维那般天机清越、脱弃凡近的与禅悟相契的诗悟，在诗歌实践的意义上，为"意境"这一中国古代美学的中心范畴的最后建构，提供了来自诗性实践方面的重要条件。

时至隋唐，中国佛教宗门林立。天台宗、三论宗、华严宗、净土宗、法相宗、律宗，尤其是禅宗中的南宗禅，作为最中国化的佛教宗派及其思想，是中国佛教成熟的显著标志，扩展、拓深了佛、道、儒三教圆融的历史进程，直接影响晚唐司空图《诗二十四品》中关于诗悟意境说的建构。

中国古代美学史的后期，是一个从宋、元、明到清大约900年的发展历程，终于实现了其理论的建构和臻成。其一、作为中国古代美学之灵魂的哲学，是实现了儒、道、释三学融合的宋明理学，以及回归于儒之哲学的清代实学。原先的道、气、象三大范畴，被大致归结和包容在"理"（心）这一哲学与美学范畴之中，且以理学（包括明代的心学）的儒学特性为主导；其二、早在唐代已经成熟的意境这一范畴，继续向各个审美领域拓进和漫溢，到清末发展为王国维的"境界"说；其三、太极、良知、空、悟、韵、雅、童心、性灵、平淡、圆和实等，拓展与深化了中国古代美学的思维、思想及其理论形态；其四、完

①　按：唐王昌龄：《诗格》云："诗有三境：一曰物境。欲为山水诗，则张泉石云峰之境，极丽绝秀者，神之于心。处身于境，视境于心，莹然掌中，然后用思，了然境象，故得形似；二曰情境。娱乐愁怨，皆张于意而处于身，然后驰思，深得其情；三曰意境。亦张之于意，而思之于心，则得其真矣。"拙著：《中国美学的文脉历程》指出，"在王昌龄看来，诗境有三大层次，依次为物境、情境、意境。"此'三境'"，是说"诗有三品"，以"意境"为最高。诗的"物境"仅得"形似"，处于佛教所言的"物累"阶段；"情境"虽"深得其情"，实际还在佛教所言的"情累"阶段；"意境"则不然，它脱弃了"物累""情累"而"得其真矣"。这里的"真"，指中国禅宗所说的"悟"的境界，有如王维禅诗《辛夷坞》《鸟鸣涧》《山中》所传达的境界。（请参见拙著：《中国美学的文脉历程》，四川人民出版社，2002，第537—559页）

成了至善道德作为本体而审美所以可能的理论建构；其五、大量具有哲思品格的文论、诗论、画论、乐论、剧论、舞论和建筑园林之论，在明清时期得到了理论的总结。

在中国古代美学早、中、后相续的历史进程中，大致从两汉之际开始，随着印度佛教文化的传入，一种宗教文化、哲学与艺术审美的新因素，逐渐实现为中国化的佛教美学，以其别样的风色风范和秉性品格，在中国古代美学史上，大放异彩而磅礴于历史。无疑，离开了佛教美学这重要而崭新的一页，整部中国的古代美学史，必然是残缺而不完整的。

中国佛教美学史，既是中国古代美学史不可或缺的有机构成，也是相对独立的美学发展史，它是中国古代美学史的一个特殊部分，具有鲜明而深邃的思维、思想和精神意趣，它也是中国古代美学史中，最为复杂、深邃而烦难的部分。

作为中国古代美学史上特别耀眼而深致的有机构成，中国佛教美学史，主要研究佛教文化、佛教文化哲学与艺术审美之间的文脉联系这一学术课题。它也可以分为早、中、后各别又相续的三期，便是酝酿、建构和完成。

印度佛教入渐中土的时间，晚在两汉之际，必然要有一个相对漫长的佛经汉译和流渐的过程，佛教理念与思想的逐渐中国化与接受的过程，佛教理念与思想浸润于审美领域成其为灵魂的过程，必须经历长期岁月的汰洗和意识、概念、理念与思想的积淀。因此，中国佛教美学史的三期，在年代和节奏上，与一般的中国古代美学史，并不完全一致，这是理所当然的事情。

中国佛教美学史的分期，以从东汉到南北朝为其早期，这是它的初始、酝酿时期；隋唐作为中期，是它的建构期；从宋元到明清，是完成期。与整部中国古代美学史相比，中国佛教美学史的时段分割和连续，除其历史起点大大晚于整部中国古代美学史外，其余都是相重叠的。这是受制于印度佛教来华晚在两汉之际的缘故。

这不等于说，中国佛教美学史的发展，与西汉及西汉前漫长的中国文化、哲学、伦理、风俗，与以艺术审美为主的民族、时代的审美无关。恰恰相反，印度佛教东渐之前的"中国"，作为本土文化、文化哲学与审美的民族根因与根性，是整个中国佛教美学历史、人文发展的一种内因性的准备，值得充分重视。

早期的中国佛教美学史，在整个中国佛教美学史上，深具特殊的意义。它是本书研究与写作的学术主题。我们所以要从史的角度，将中国早期佛教美学作为一个相对独立的学术课题来进行研究，是因为这一历史时期中国佛教美学，有不可忽视的特殊性。

一、它是与佛教典籍的汉译始终相随的。佛典汉译，是佛教思想被"误读"而逐渐中国化本土化的过程；

二、中国早期佛教美学的酝酿，蕴含在佛教中国化本土化的过程中，以东晋时期的大德慧远、罗什、僧肇与道生为典型；

三、成熟意义的中国佛教美学尚未诞生，诸多佛学范畴与命题本身，并非美学范畴与命题，却因其本具的文化哲学素质，而具有一定的美学意蕴或意义；

四、佛学范畴与命题的文化哲学之魂，尚未真正深入于文化艺术的审美，并未达成相互浑契的程度，却是趋向于审美的，可以称之为具有一定的佛教美学的意蕴或意义；

五、佛教典籍的汉译强于中国佛学的创说固然是事实，而比如东晋时期北朝佛学大德僧肇的佛学，已经属于有所"中国"特性的创见；

六、在所谓"三教圆融"之佛教美学的历史进程中，如谢灵运山水诗及其言说[1]、宗炳的佛学之见以及南朝齐梁间刘勰《文心雕龙》的文论等，都大致走在道、儒、佛三学趋于一观的道路上。

虽然处于酝酿期，是关于中国佛教的一种美学前的"美学"，因其童年、初始的特性，便决定了整部中国佛教美学史的宗教、哲学、艺术审美和生活制度的灵魂与基因。古希腊人曾说，"美是难的"，以如此之难的美为主题的中国早期佛教美学史研究，可以说更是难上加难了，本书试图做一些溯源与解析的工作。

中国早期佛教美学史的研究，属于宗教美学的学术研究范畴。作为世界三

---

[1] 按：谢灵运认为，"六经典文，本在济俗为治耳。必求性灵真奥，岂得不以佛经为指南邪！（见何尚之《答宋文帝赞扬佛教事》——原注）他是当时名僧道生阐发的顿悟成佛说的鼓吹者。"（引自石峻、楼宇烈、方立天、许抗生、乐寿明编：《中国佛教思想资料选编》第一卷，中华书局，1981，第219页）

大宗教之一的佛教教义，并未在它的宗教说教中肯定世俗的美，这并不等于说，在其浩瀚而深致的教义中，没有任何审美意识甚或概念、范畴、理念与思想，要将这一切准确而正确地进行爬梳和分析，是一种相当艰苦的学术，笔者常常惴惴于学力与心力的不足。

在进入其美学分析之前，必须就印度佛教典籍的译介进行必要的阐述和研究。一是印度佛教入传时的"水土不服"和被"中国"被"误读"。中国原有的神话、图腾与巫术以及从春秋战国到秦、西汉的文化、哲学、道德、艺术审美等的尖锐冲突和容受，中国传统文化、哲学与伦理的本色，作为传播的内因而决定了"误读"即中国化本土化的程度。二则这一历史时期，无论佛经的译介传播、佛教僧侣种种制度的制定与践行，还是佛教寺庙建筑的建造以及佛教的理念、思想与精神向全社会文学艺术、审美领域的"侵入"和所导致的嬗变，由于大致处于初始阶段，而尤为让人看得不甚分明，因而学术上的爬梳功夫，要求在把握整个学术大局的同时，十分注意其历史与人文的细枝末节、蛛丝马迹。

早期中国佛教美学史，由于佛经的译传强于中国佛教思想体系的建构，因而在整体上，处于酝酿期的中国佛学及其佛教美学，远不是很"中国"很"美学"的。作为"早期"的断代史，必须而必然会论及诸多佛经的翻译及其中国化的过程，由此才得进入美学本身的研究与论析。这说明，本书首先应当努力地回到文本，把疏理种种佛教文典的佛教思想与审美的文脉联系，作为自己的研究、写作任务。

佛教美学不等于一般的艺术美学。一般的美学与美学史，将有关美的问题，一般将其放在哲学与艺术之际去加以辨析，大概也就可以了。一般中国美学通史主要研究的，是以自然、文学艺术为主的审美意象与情感、理性与非理性、生活与艺术以及创作与接受等的一系列诗性哲学问题，或者可以说，是从哲学角度，对上述一切义项与问题，进行解读研究与发现。中国早期佛教美学史的特殊性，决定了它的研究路径，是一种文化人类学美学意义的研究，放在佛教文化、文化哲学与佛教艺术的三维场域中去寻求可能的解决。仅从气、道、象三维中，去研究与领会中国早期佛教美学的精义，还是不够的，还须面临诸多佛教的新概念、新范畴、新命题、新思想与新精神的学术"挑战"。

比方有关"空"这一特殊的佛教范畴的美学意义，必须放在中国儒家"有"与道家"无"的文化、哲学的背景下，才有可能闷摸其精义的一二。必须在理论、理性上，厘清诸如大乘有宗、空宗所说的"空"，实际指什么以及二者的区别等问题。尽管与西方基督教或中东伊斯兰教相比，中国佛教的理性因素很强，在中国佛教的教义中，存在着大量而深刻的文化哲学以及"悟""觉"等课题，还有佛教伦理、佛教艺术之美作为"方便之门"等课题，都是应当加以注意的。

中国佛教作为世界宗教的一种，依然具有宗教崇拜的本性，要在廓清宗教迷雾之时，有可能理性地把握中国早期佛教美学的沸腾脉搏的跳动，凝视其清朗的蓝天。大凡宗教美学，在方法论上，都离不开崇拜与审美的关系问题，中国佛教美学史的研究亦然。因此，本书研究的重点之一，是人类学美学意义上关乎中国早期佛教崇拜与审美之际的历史文脉。

"早期"这一分期是否成立

这里，仍想就关于中国佛教史的分期问题，试作进一步的解析，以探问中国佛教美学史的"早期"一说，在学术上能否真正成立。

这个问题，中外学界一向分歧颇多。日本学者镰田茂雄《中国佛教史》，持中国佛教四期说：一、初期翻译时期，自印度佛教入传至释道安；二、准备育成时期，自鸠摩罗什至南北朝末；三、诸宗成立的隋唐时期；四、宋代以后。[①]

孙昌武"基本赞同镰田茂雄的分期方法"，认为"两汉之际佛教初传，基本还是外族人的宗教；本土人士无论是宫廷贵族，还是一般民众，基本是把佛教当作外来信仰和方术来接受的。到西晋时期，虽然已翻译出一大批经典，且已形成有规模的僧团，但从总体看佛教对于高水平的文化领域影响有限"，"至东晋后期，道安、慧远奠定了中国佛教与佛教文化的基本规模，这应当算作是中国佛教文化的草创阶段。以上作为第一期。""此后南北分立，进入政治纷乱时代，但宗教包括佛教和道教却得到更大发展的机缘。就佛教来说，与西域交流空前活跃，佛典大量传译；僧团规模扩大；仪轨、戒律完备；义

---

① 参见［日］镰田茂雄：《中国佛教史》第一卷，关世谦译，中国台湾佛光文化事业有限公司出版社，1985。

学研究兴盛，师说林立；信仰在社会各阶层普遍地深入和兴旺"，"作为这一时期开始的标志的，是鸠摩罗什东来长安及其弟子僧肇、道生等人的活跃"，"这可算作第二期。""南北朝末年至隋初，天台宗形成，接着唐初出现一系列中国佛教宗派，标志着佛教'中国化'的完成"，"兴盛局面一直延续到两宋之际。这是第三期。""理学兴起，佛教走向衰微"，这是第四期，其特点是，"'三教调和'、'三教合一'渐成潮流。"①

所言甚是。

不过本书以为，可以试将中国佛教史分为早、中、后三期，这是前文已经有所论及的。将镰田茂雄所说的第一第二期，合并为第一期即早期，包括"初期翻译"和"准备育成"这两期，时间自大教东来至南北朝末。

汤用彤说，"中国佛学学说的来源，基本上是依靠传译和讲习为媒介。这是一个很特殊的条件。"②早期中国佛教初传，首先依赖于佛典的译介。由于中印文化、哲学、文字语言及其世界观的巨大差异，早期中国佛教，曾经走过尤为艰巨甚而痛苦的道路。③在一定程度上，译传是一种对于印度佛教教义的"误读"与改造。如所谓"六家七宗"、"格义"，等等，都是如此。早期中国佛教，诸如鸠摩罗什弟子僧肇等的佛学颇有创见，而就这一整个时代来说，毕竟是译传远盛于创说的。译传，是日人所谓"第一期"的"初期翻译"与"第二期"的"准备育成"共同而基本的时代与人文特征，仅仅程度有所不同罢了，总体上可称为佛教中国化本土化的初始阶段。

中期指隋唐五代。这一历史时期，中国佛教的主要特点，是三论宗、天台宗、华严宗、禅宗、法相唯识宗、净土宗与律宗等诸多法门的创立及其学说的推行，在共同遵行佛教基本教义的同时，又自立门户，各行其"是"。

---

① 孙昌武:《中国佛教文化史》，第一册"导论"，中华书局，2010，第64、65页。

② 吕澂:《中国佛学源流略讲·序论》，《中国佛学源流略讲》，中华书局，1979，第1页。

③ 按：吕澂说："佛典的翻译有许多模糊和不正确的地方。这首先是由译传本身的困难造成的。例如，把梵文译成汉文，要找到与原文概念范畴相同的语言来表达，有时就很困难，因此不得不借用大体相当的语言，这就有可能走样了。其次，文字的表达还往往受到思想方法的影响。印度人的思想方法与中国人的不完全相同，例如，印度逻辑同我国古代墨辩、名家的逻辑就不一样。"再次，时代和社会条件也能影响传译与研习的风尚。"（《中国佛学源流略讲·序论》，第2—3、3页）

　　隋唐五代佛教宗说的繁荣，是早期尤其南北朝佛教酝酿、积淀与推助的结果，又是佛教中国化本土化程度的进一步加深。汤用彤先生说：

　　　　自宗派言之，约在陈（引者按：指南朝最后一个朝代的陈朝）、隋之际，中国佛教实起一大变动。盖佛教入华，约在西汉之末，势力始盛于东晋之初。其时经典之传未广，学者之理解不深。……自陈至隋，我国之佛学，遂大成。"三论"之学，上承《般若》研究，陈有兴皇法朗，而隋之吉藏，尤为大师。法相之学，原因南之"摄论"、北之"地论"，至隋之昙迁而光大。律宗唐初智首、道宣，实承齐（指南朝齐）之慧光。禅宗隋唐间之道信、弘忍，上接菩提达摩。而陈末智嚼大弘《成实》，隋初昙延最精《涅槃》，尤集数百年来之英华，结为兹果。又净土之昙鸾、天台之智顗、华严之智俨、三阶佛法之信行，俱开隋唐之大宗派。①

　　在一定程度上，中期中国佛教，改变了早期佛教受印度佛教思想支配程度较广较深的局面。印度佛教译传初起之时，汉印两大民族文字语言转换的准备的不足，尤其民族文化、哲学等意识、理念的不同，必然会遭遇许多"词不达意"的困难。在理念上，不免以中华根深蒂固的天命、"鬼治主义"②与巫术信仰，来误读佛教，或是以老庄的无，来比附佛教所崇尚、追求的空幻境界，成为早期中国佛教一般的文化"宿命"与"通病"。时至中期，中国佛教便开始学会自己"走路"，各树宗门，相互辨说，是佛教、佛学中国化本土化的进一步深入。尽管中期佛教时期，以玄奘为代表的"西天取经"、译事活动如火如荼，历时弥久，译僧众多，规模宏大，且有朝廷的支持与组织，但中期佛教发展的总体趋势，既重视佛经的译传，更是诸宗蜂起，创宗立说，蔚为大观，强

---

① 汤用彤：《隋唐佛教史稿·绪言》，《中国哲学》第三辑，1980。

② 按：朱自清举例说："其实《尚书》里的思想，该是'鬼治主义'，像《盘庚》等篇所表现的。原来西周以来，君主即教主，可以唯所欲为，不受什么政治道德的拘束。逢到臣民不听话的时候，只要抬出上帝（引者：指天、天命）和先祖来自然解决一切。这叫做'鬼治主义'。"（朱自清：《经典常谈》，《朱自清古典文学论文集》下册，上海古籍出版社，1981，第620页）

于早期的译传、"格义"。

始于隋代由智顗所开创、弟子灌顶所弘传的天台宗，在有唐一代，达于大盛。其宗义，开"三谛圆融"、"一念三千"法门；华严宗，开创于贤首法师，以杜顺、智俨、法藏、澄观与宗密等为宗门传系，倡言"六相"、"十玄门"与"四法界"，主"法界缘起"说；由吉藏所立的三论宗，以《中论》、《百论》与《十二门论》为正依，主般若中道实相说，立"破邪显正"、"真俗二谛"与"八不中道"义；玄奘所创的法相唯识慈恩宗，宗于印度大乘从弥勒、无著、世亲到护法、戒贤等瑜伽一系的学说，主旨在于"唯识变现"，玄奘高足窥基扬励宗门，历一时之盛；禅宗分南北二系。六祖慧能南宗禅，在于简化原先印度禅的烦琐义理与逻辑架构，拒绝禅戒，倡言"直指人心"、"即心是佛"的"顿悟"说，是中国化本土化程度最高的唐代佛教。且盛响于后代，所谓"一花开五叶"，沩仰宗、临济宗、曹洞宗、云门宗与法眼宗，一度风生水起，绵绵瓜瓞。但还不是佛教中国化本土化的最终完成。

早在大约公元三世纪，孙绰《喻道论》就提出"周孔即佛，佛即周孔"[①]这一调和释儒的人文命题，而儒道释的真正融合，达成所谓"一团和气"的局面与境界，要到宋与宋之后，便是这里所说的中国佛教的后期。隋唐五代时期，儒道释三学进一步地走向融合，作为佛教尤为繁荣的时代，特别是南宗禅与天台、华严二宗，代表了当时佛教中国化本土化的最高成就。也须看到，中期的中国佛教，在儒道释三学的关系上，虽有推进，基本上还是走在《文心雕龙》所说的三者"折衷"[②]的道路上。

其一、中期而主要是唐代佛教的重大文化事件，是太宗对于大师玄奘西土取经的大力扶持与玄奘回归故国耸动朝野的译经事业。据吕澂《唐代佛教》一文，唐有著名译师二十六人，译绩辉煌。其中玄奘译经凡75部，1 335卷；义

① 孙绰：《喻道论》，《弘明集》卷三，四部丛刊影印本。按：原文为，"或难曰：'周孔适时而教，佛欲顿去之，将何以惩暴止奸，统理群生哉？'答曰：'不然。周孔即佛，佛即周孔，盖外内名耳。'"

② 按：刘勰说："盖《文心》之作也，本乎道，师乎圣，体乎经，酌乎纬，变乎骚，文之枢纽，亦云极矣。"又说："及其品列成文，有同乎旧谈者，非雷同也，势自不可异也。有异乎前论者，非苟异也，理自不可同也。同之与异，不屑古今，擘肌分理，唯务折衷。"刘勰：《文心雕龙·序志第五十》，范文澜：《文心雕龙注》卷十，人民文学出版社，1958。

净译经61部，260卷（因时遇政局混乱而散失的不计在内）；不空104部，134卷（其中有些属于编撰性质）。①唐代的译经，基本由朝廷统一组织、主持，规模宏大，历时近200年。玄奘以"法相唯识"立言，"今世三藏法师太虚上人，兼娴世典，囊括万有，所著法相唯识学，是欲以一切法摄世出世间"②。在译传印度原汁原味的"真经"上，玄奘做出了艰巨而不可磨灭的伟大贡献。玄奘痛感"由于时人学问的根底不够，绝对不能彻底领会而得着真实的。于是他下定决心，只有游学印度去求根本的解决。""慈恩宗学说的特色，首先在于所用资料的完备和精确，这不能不归功于玄奘的翻译。"而"也有人说，玄奘传来的学说太印度化了，不适合中国的国情；或者说它太拘泥形式，所以不能传之久远；这些都还是皮相之谈。"③虽然如此，由于强调"真译"其法相唯识等本义，在佛教中国化本土化的程度上，实际上反倒是有所退出的。唐代之所以堪称中国佛教的大盛之期，主要是因为天台、华严、三论与禅宗等宗门宗说，进一步趋于成熟而有许多创说的缘故。而诸如吉藏《三论玄义》依然称儒、道为"外道"，说其地位不如佛教声闻，以及中唐韩愈斥迎佛骨、倡言原道，等等，都可证儒释冲突依然犹在。诚然，韩愈门生李翱倡言"复性"，熔裁天台"中道"与南禅"无念法门"说，李通玄以易理解读华严、宗密又以《易》的"元亨利贞"四德配佛的法身四德，而毕竟未臻于圆成。

其二、在唐代，佛教的意识、理念与理想及其世界观，对于中国文学、音乐、绘画、园林与石窟等艺术的创作和接受，具有普遍而趋于深入的浸润和影响。然而也应看到，仅就唐诗而言，其中一部分，似乎很容易分辨孰为禅诗、佛诗或者不是，真正达到三教三学"圆融"境界如宋代《秋声赋》那样的诗文篇什，尚难以发见。"诗佛"王维的有些诗篇固不必言，皆为禅诗④。如王梵志

---

① 参见吕澂：《唐代佛教》，中国佛教协会编《中国佛教》（一），知识出版社，1980，第63页。
② 唐大圆：《法相唯识学概论序》，太虚：《法相唯识学》上册，商务印书馆，2002，第6页。
③ 吕澂：《中国佛学源流略讲》，中华书局，1979，第336、339、336—337页。
④ 按：如王维《过香积寺》："不知香积寺，数里入云峰。古木无人径，深山何处钟。泉声咽危石，日色冷青松。薄暮空潭曲，安禅制毒龙。"《辛夷坞》："木末芙蓉花，山中发红萼。涧户寂无人，纷纷开且落。"《鸟鸣涧》："人闲桂花落，夜静山空。月出惊山鸟，时鸣春涧中。"《山中》："荆溪白石出，天寒红叶稀。山路原无雨，空翠湿人衣。"

的"城外土馒头，馅草在城里。每人吃一个，莫嫌没滋味"等俚言俗句，一看便知是佛诗。即便如此，在王维、梵志的所有诗篇中，也并非每首都是禅诗、佛诗。亦儒亦佛的白居易《和知非》一诗有云，"儒家重礼法，道家养神气。重礼是滋彰，养神多避忌。""不如学禅定，中有甚深味。"然则，"除禅其次醉，此说非无谓。一酌机即忘，三杯性咸遂。"终于还是落实在俗世的酒醉之乡这一点上。从三教圆融的高度，辨析这一诗境、诗格所显现的人格，觉得毕竟有点儿"隔"。这样的诗情、诗性与诗境，从诗人的内心感受来说，实际上只是具备了儒道释三副"心肠"，时而儒、时而道、时而释，体现于诗域的三大人格因素，在渐趋融和的语境中，尚有相互冲突的一面。不妨可以说，在三教趋圆的历史进程中，隋唐五代之时与儒、道相系的佛教文化及其文化哲学、文化美学的中国化本土化，依然大致处于南朝梁刘勰所谓"唯务折衷"的境地。

中国佛教及其美学史的后期，真正达到了"三教调和"、"三教合一"的地步。

其一、中国佛教的历史发展，一直是在历朝历代王权的容受、支持、提倡或打压的社会环境和时代条件中前行的。有如所谓"老子化胡"、"沙门不敬王者"等论争，与姚兴迎罗什入关、梁武帝"舍身同泰寺"等史事的发生，都离不开王权统治、抑扬这一重大因素与背景。佛教神权与王权历时弥久的严肃"对话"，一直是不息的政治与时代主题之一。后期的中国佛教，就有点儿不同于早期与中期。别的暂且勿论，早、中期曾经发生的所谓"三武一宗灭佛"[1]事件，在后期却再也没有发生过。此时对于佛教，这一伟大民族的文化心灵与态度，早已不是早、中期那般的或满腹狐疑，或狂热崇拜，或拼力抵抗，或竭诚欢迎，等等，而是逐渐真正地变得大肚能容、海纳百川般的心平气和起来，将

[1] 按：北魏太武帝真君七年（446），太武帝拓跋焘下"灭佛诏"。拆除寺庙，捣毁佛像，焚烧佛经，甚至活埋僧人。北周武帝建德三年（574），武帝宇文邕下诏，毁天下佛、道经典与塑像无数，改寺庙约4万所为衙署、宅第，令约300万僧众还俗。唐武宗会昌五年（845），武宗李炎佞道斥佛，诏令拆毁大中型寺庙4600余所，小型寺庙4万多所，迫26万僧尼还俗，烧毁佛像所得金属，用以铸钱，这一"法难"，波及回教、景教与摩教等。五代后周世宗显得二年（955），世宗柴荣诏告天下毁寺凡30360所，还俗僧尼大百万之众，惟有帝王题匾者得以幸免。

本是"入侵"中国的异类，认作文化的"知己"，渐渐化作自身的血肉灵魂，从而深感空寂而幸福。

其二、宋代译事，依然由朝廷主持，始于宋太宗太平兴国初年的译经院。其译事，设译主、证梵文、证梵义、笔受、证义、缀文、参详、润文以及译经使等专职，有一系列的规范制度。据有关资料，诸如仅从太平兴国七年（982）到天圣五年（1027）这短短45年间，译经凡500余卷，至政和初年（1111），可考的著名译者凡十五人。但总体来看，译事盛期已过，其译笔质量，颇难与唐代相比，而且所译经典，多属小部。宋明之时，"三学合一"已是时代所趋。理学家甚而一般的文人士子，品学修养上受到了儒道释的共同濡染。北宋张方平《扞虱新语》云："儒门淡泊，收拾不住，皆归释氏。"儒门本热衷功业，以入世为旨归，既称"淡泊"，可证已兼具道玄出世之趣。却还"收拾不住"，又融渗以佛的空幻，才得以亦儒亦道亦释。清全祖望《埼亭集·外编》指出，"两宋诸儒，门庭径路，半出于佛老。"《宋元学案》全祖望按，"且荆公欲明圣学而杂于禅，苏氏出于纵横之学而亦杂于禅，甚矣，西竺之能张其军也！"[1] 南宋朱熹评说陆九渊心学之旨，"看他意思只是禅。"称象山"今乃以圣贤之言夹杂了说，都不成个物事。"[2] 颇有点儿不以为然。可就是朱夫子自己，在批评"上蔡以知觉言仁。只知觉得那应事接物底，如何便唤作仁"的同时，却说"觉者，是要觉得个道理。须是分毫不差，方能全得此心之德，这便是仁。"[3] 觉，本指五官感觉与心的知觉，确实"只知觉得那应事接物底"。而佛教所言"觉"，指菩提（Bodhi），并非中国传统文化中的"觉"。《大乘义章》二十有云，"觉悟名觉。如人睡寤。觉察觉，对烦恼障。烦恼侵害，事等如贼。惟圣觉知，不为其害。故名为觉。觉悟觉，对其智障无明昏寝，事等如睡。圣慧一起，翻然大悟。"菩提心即觉，觉者，佛也。朱熹说"此心之德"便是"仁"，可见已将佛教的觉，等同于儒家的仁。正如叶适《习学记言·序目》批评程颢《定性书》

---

① 《荆公新学略序录》，《宋元学案》卷九十八，《宋元学案》第四册，黄宗羲原著，全祖望补修，陈金生、梁运华点校，中华书局，1986，第3237页。

② 《朱子语类》卷第一百四十，朱熹著，黎靖德编，王星贤点校，载《朱子语类》第七册，中华书局，1994，第2619页。

③ 《朱子语类》卷第一百一，载《朱子语类》第七册，中华书局，1994，2562页。

所言，朱熹也是"攻斥老、佛至深，然尽用其学而不自知"的。明代阳明学持
"良知"说。良知一词，原于先秦《孟子》"良知良能"之言，本为原始儒学道
德正宗之见。阳明却说，"本来面目，即吾圣门所谓良知。"①既指儒家所说人的
道德本性，又指佛的菩提本心。《六祖坛经》："能（引者按：慧能）云，'不思
善，不思恶，正与么时，那（哪）个是明（道明）上座本来面目？'""本来面
目"本佛家语，指"本心""本性"②，在宋人看来，是与良知无别的。在先秦时
期的孟轲那里，良知，指道德"善端"，并无纯粹而深刻的哲学本原本体之义。
王守仁却循宋儒理学哲学之思，明确地说："良知者，心之本体，即前所谓恒
照者也。心之本体，无起无不起，虽妄念之发，而良知未尝不在"，"其体实未
尝不在也"③。这是从哲学本原本体④的高度立论。阳明门人晚明时代的王畿说：
"学佛老者，苟能以复性为宗。不沦于幻妄，是即道、释之儒也。"⑤"道、释之
儒"，三者融合，其本体，是良知即本心，也可称之为"道"（按：此非仅指老
庄之道）。"道不通于三教，非道也。"⑥时至宋明，以儒治世、以道（老庄）治
身与以佛治心所谓三"治"的良知，确是一个亦儒亦道亦佛的哲学本体与心灵
本涵。宋明理学中佛教思想的深入，借用唐代杜甫的诗句来说，叫作"随风潜
入夜，润物细无声"。是自自然然、平平常常似乎是自然天成的民族、时代灵
魂的和融建构。这一建构，伟大而深致，经历了千百年来哲学本体兼工夫的砥
砺、冲和、积淀与生发。

　　其三、宋明时期，儒道释三学的兼综，使艺术审美得以滋养，成为民族与

---

① 王守仁：《传习录中·答陆静原书》，《王阳明全书》卷二，上册，上海古籍出版社，1992，
　　第67页。

② 按：法海本《坛经》云："自识本心，自见本性，悟则元无差别，不悟即长劫轮回。""不
　　识本心，学法无益，识心见性，即悟大意。"《坛经校释》，唐慧能讲述，唐法海集记，郭
　　朋校释，中华书局，1983，第30—31、15页。

③ 王阳明：《传习录中·答陆静原书》，《王阳明全书》卷二，上册，上海古籍出版社，1992，
　　第61页。

④ 按：清人陈确曾说："本体二字，不见经传，此宋儒从佛氏脱胎来者。"《陈确集》，中华书
　　局，1979，第466页。

⑤ 王畿：《三教堂记》，《王龙溪全集》卷十七，华文出版社，1970。

⑥ 袁中道：《示学人》，《珂雪斋集》卷二十四，钱伯城点校，上海古籍出版社，1989。

时代最高的审美理想之境。欧阳修《秋声赋》写道，"欧阳子方夜读书，闻有声自西南来者"，"予谓童子：'此何声也？汝出视之。'童子曰：'星月皎洁，明河在天，四无人声，声在树间。'"欧阳子在夜深寂静之际，却"听"到了实为"无声"的"秋声"，并将其描绘得极其磅礴而辉煌："初淅沥以萧飒，忽奔腾而澎湃。如波涛夜惊，风雨骤至。"可谓惊心动魄！不由令人想起王维的那一名句"月出惊山鸟"。"秋声"无声，有如"月出"无声，这是一个"禅"的问题。也是一个有深度的审美问题。禅的境界，首先是佛老的融和。而倘说其顿悟的"秋声"之美惟在道、释之际，又不尽然矣。《秋声赋》"方夜读书"的意象，似乎是苦读、苦思的传统儒生形象，其实不然。此"方夜读书"之"儒"，分明是明末王畿所概括的"道释之儒"。《秋声赋》的审美意境，儒、道、释三者兼融。有如"那三更时分空空静静的，只是存天理"①。雄辩地证明，宋明的理学、心学之思，已经自然而然地融渗在诗性审美之中。又正如苏东坡的《前赤壁赋》与《记承天寺夜游》②等名篇，都是在哲学、美学上三教、三学融和的艺术杰作，可以说是前无古人后无来者的。

要之，将中国佛教美学史，分为相对有别而相续的早、中、后三期，且将汉（指东汉）魏两晋南北朝列为它的早期，应该说不是没有切当的历史事实和理据的。

"只有在宗教里才存在着真正的美"

"印度佛教给予中国的影响和贡献"主要在于，其一、"输入一种新的社会组织—僧团"；其二、"向中国输入一种新的信仰"；其三、"佛教的教理、教

---

① 王守仁：《传习录下》，《王阳明全集》卷三，上册，上海古籍出版社，1992，第98页。按：所引这一段原文是："问：'儒者到三更时分，扫荡胸中思虑，空空静静，与释氏之静只一般，两下皆不用，此时何分别？'先生答：'动静只是一个。那三更时分空空静静的，只是存天理。即是如今应物接事的心。如今应物接事的心，亦是循此天理，便是那三更时分空空静静的心。'"

② 按：《前赤壁赋》篇幅较大，恕不在此引录。《记承天寺夜游》云："庭下如积水空明，水中藻荇交错，盖竹柏影也。何夜无月，何处无竹柏，但少闲人如吾二人者耳。""二人"，指苏轼自己与好友张怀民。

义包含复杂而细致的学理论证,其核心部分是宗教(佛教)哲学",从印度佛教,移植了一种新的"宗教(佛教)哲学";其四、"佛教教化以提升人的精神品质为主旨,目的在于塑造理想的人格(当然是按宗教的标准)",印度佛教的东来,提供了一种新的人格模式即"佛陀的人格";其五、"佛教向中国传播了外来的文学艺术,给中国艺术、文学、工艺、建筑等领域提供了丰富的借鉴";其六、"佛教乃是历史上中华民族各民族间文化交流的津梁,对于促进和巩固中华民族的团结与融合起了极其巨大的、不可替代的作用"①凡此六个方面,所言是。

在人类漫长而辉煌的文化传播史上,时值中国西汉末年,印度佛教经西域而逐渐地入渐于中原中土②,一个宏大的国际"文化事件"。其传播历时之绵悠,对中国文化、宗教、哲学、政治教化、人格修为与艺术文学之审美等影响的深远,是不可估量的。其中,尤其以佛教信仰与佛教哲学的传播为重要。

就其文化意识、理念与精神的重新塑造,即树立"一种新的信仰"与"宗教(佛教)哲学"而言,佛教在一定程度上,曾经改变中国人所认知与认可的"世界"。从现象学一大命题"世界即意义"角度看,大教东来,一定程度上改变了中国人对世界、对人自己的看法与评估,一种新人文形态的美学应运而生。

作为来自异域的一种新的信仰与宗教哲学,印度佛教文化东渐,为中国文化、文化哲学、美学艺术与人格修为等,提供了关于佛、空、悟、觉、业、无明、静虑、般若、法相、实性、智慧、涅槃、因果、不可思议、不可言说、无所执著、西方净土与世界等神、神性、佛性的新的意识、概念、范畴、理想与标准。

---

① 参见孙昌武:《中国佛教文化史》第一册"导论",中华书局,2010,第32—33页。

② 按:关于印度佛教入渐中土的历史真实,历来争说尚多,以时于东汉初年之"永平求法"为最流行。《理惑论》有云:"昔孝明皇帝,梦见神人,身有日光,飞在殿前,欣然悦之。明日博问群臣:'此为何神?'有通人傅毅曰:'臣闻天竺有得道者,号之曰佛。飞行殿前,身有日光,殆将其神也。'"于是,明帝遣使求法,云云。倘这一记述有历史依据,则可从"通人傅毅"所言"臣闻天竺有得道者,号之曰佛"推论,早在这永平七年(65)前,中土已有佛教入传,否则,傅毅何以可能"闻""佛"?现学界一般持"伊存授经"说。《三国志·魏志》卷三〇裴松之注引鱼豢《魏略·西戎传》:"昔汉哀帝元寿元年,博士弟子景庐受大月氏王使伊存口授浮屠经。""汉哀帝元寿元年",为公元前2年。

佛教是一种东方式的"信文化"。它与其他宗教的不同处在于，佛教信仰，主要通过所谓"说法"即大讲其道理即佛理而得以确立的。大讲其教理，以巩固、发扬其信仰。自佛陀于鹿野苑"初转法轮"，一发而不可收，继而有其弟子及后学"说法"不已、著书立说，遂使佛教经典卷帙浩繁而其理精致深邃，在语言哲学上，遵循着"立象以尽意"兼"可道非常道"的原则。其佛学之要，即其佛教哲学，实际上撑立了整个经、律、论之佛教的教理"大厦"。日本著名学者中村元说得不错，"印度的宗教是以哲学的沉思为基础的。而它的哲学与宗教是难以区分的"，"印度民族在传统上是一个宗教民族，同时也是一个哲学民族。"[1]佛教是一个喜欢说理、善于说理却又"说似一语即不中"的东方宗教。

中国人曾深受印度佛教哲学的熏染，在先秦主要是道儒墨哲学的基础上，熔裁以入渐的印度佛教哲学，尔后才有中国的魏晋玄学、隋唐天台、华严、三论、唯识、禅宗、净土与律宗等佛禅哲学与宋明理学及其美学等。这为佛教美学或佛教文化美学的历史性生成，开启了"方便之门"，为中国美学、美学史新思想、新思维的生成与开拓，提供了一个历史性的人文契机。

与西方基督教美学相比，中国佛教美学，自有其根植于古代东方文化土壤及其哲学哺育的显著特征。

西方基督教将"最高的美"，认作"上帝（God）之临在"。

　　　所谓美，就是上帝的在场。[2]

这一关于"美"的判断语，作为基督教美学的"第一命题"，在将美作为人与世界的绝对理想时，具有"真理"性的意义。

印度、中国大乘教义的佛，指"觉悟"，自当不等于基督教的上帝。然而从宗教与非宗教、神性与非神性的对比、对应角度分析，既然佛教属于宗教文化范畴，那么在漫长历史与人文的传播与陶冶中，实际上佛教也是讲"神性"的，

---

① ［日］中村元：《东方民族的思维方法》，林太、马小鹤译，浙江人民出版社，1989，第41页。

② ［瑞士］冯·巴尔塔萨：《神学美学导论》，曹卫东、刁承俊译，生活·读书·新知三联书店，2002，第79页。

佛陀也终于被塑造为"神",成为东方宗教的一位打了引号的上帝。尽管佛陀并非西方那般的God,对于世界上究竟有没有神、有没有上帝及其崇拜之类,佛陀自己既不肯定也不否定。由于历史与人文的陶铸、历史文脉的流衍,却在不同佛教历史阶段与不同的佛教宗门中,出于信众的崇拜,而将佛陀不同程度地塑造为信徒心目中的佛祖(教主)而被神化了,自然是具有一定的神性的。

美国学者休斯顿·史密斯论述印度教有云:

> 神将是创造者(大梵天,Brahma),维持者(毗湿奴,Vishnu)和毁灭者(湿婆,Shiva),最终将会把一切有限的形象,解体回到他们所自来的原初性质。而另一方面,从超人格性来想,神处于斗争之上,在每一方面都与有限分离。"由于太阳是不会颤抖的,因此主也不会感觉到痛苦,虽然当你摇摆盛满水的杯子,里面所折射的太阳的影象会颤抖;虽然痛苦会被他那叫做'个人灵魂'的部分所感受到。"世界将仍然是依赖神的。它会从神圣的充满中,以某种不可测的方式涌现出来,并以它的力量来支持。"它照亮着,太阳、月亮和星辰跟着它照亮;因着它的光一切都照亮了。它是耳朵的耳朵,眼睛的眼睛,心灵的心灵,语言的语言,生命的生命。"[1]

佛陀并非"创造者"大梵天,他是一个"觉者"。所谓释迦牟尼,即"释迦族之觉者"。佛陀不创造世界,并非哲学或文化哲学的本原本体。然而,佛陀的学说,尤其其中的哲学或文化哲学,专注于解说世界与众生,究竟如何以及向何处去、成佛以及成怎样的佛这类大问题。佛教从四圣谛与八正道等教义,解读世界犹如火宅、众生痛苦烦恼以及精勤修为,以求成佛解脱等,佛、佛性、空与涅槃等有关佛学的哲学或文化哲学,其实也是"因着它的光一切都照亮了","它是耳朵的耳朵,眼睛的眼睛,心灵的心灵,语言的语言,生命的生命"。

以佛教通俗的话来说,这叫"放大光明"。佛及其佛性,实际是另一文化

---

[1] [美]休斯顿·史密斯:《人的宗教》,刘安云译,刘述先校订,海南出版社,2013,第62页。

哲学模式的本原本体。在佛教看来，人与世界的精神源泉及其理想愿景，肇始于佛、涅槃、般若、中道。其间，所可能开启的何等深邃而广博的美学意蕴，正是本书试图加以分析解答的。

英国佛教学者渥德尔说，佛教"除了个人心灵的和平的目的之外，或者更可能还有与此基本相关的全人类社会幸福的目的，和一切生灵的幸福的更高目标"，"很清楚，佛陀的意向是向社会普遍宣传那种理想，作为对时代罪恶的解决方案"[1]。佛教是一个有"理想"的宗教。巴尔塔萨所谓"只有在宗教里才存在着真正的美"[2]的说法，对于佛教来说，应该也是适用的。

"一个世界"、"两个世界"之辨

佛教所认知、认可的世界即其意义究竟如何？

文化形态学将中国文化的原始根因根性，看做主要伴随以原始神话、原始图腾的原始巫术文化[3]，显然是神秘而悠远的原始神性与巫性文化的传统。中国人将其所处的原古世界，首先看成一个"巫的世界"。李泽厚先生称为"一个世界"：

> "巫"的特征是动态、激情、人本和人神不分的"一个世界"。相比较来说，宗教则属于更为静态、理性、主客分明、神人分离的"两个世界"。
>
> 特别重要的是，它是身心一体而非灵肉两分，它重活动过程而非重客观对象。因为"神明"只出现在这不可言说不可限定的身心并举的狂热的巫术活动本身中，而并非孤立、静止地独立存在于某处。神不是某种脱开人的巫术活动的对象性的存在。[4]

这里，暂且勿论"一个世界"之见的真理性程度究竟如何。仅从其所言宗教属于"主客分明、神人分离的'两个世界'"角度看，既然宗教包括了相互

---

① ［英］A.K.渥德尔：《印度佛教史》，王世安译，商务印书馆，2000，第145页。

② ［瑞士］冯·巴尔塔萨：《神学美学导论》，曹卫东、刁承俊译，生活·读书·新知三联书店，2002，第11—12页。

③ 请参见王振复：《周易的美学智慧》，第一章，湖南出版社，1991。

④ 李泽厚：《由巫到礼 释礼归仁》，生活·读书·新知三联书店，2015，第13、12页。

"分离"的"两个世界",则无异于承认,一个是神的世界,一个是人的世界,二者判然有别。可是,当李先生称中国文化是"一个世界"之时,既不是指神又并非指人的世界,而是指"人神不分"的"巫的世界"。这在逻辑上,前后显然有所转移而不够统一。

依笔者愚见,无论原始神话、图腾与巫术,还是尔后的宗教文化包括印度和中国佛教,其实都可以说,它们既是神又是人这两大基本文化要素所构成的"两个世界",又是"人神不分"的"一个世界"。仅仅在佛教与巫术文化中,神与人各自所具有的性分及其程度、构成方式、存在机制、意义价值与转嬗路向等不同罢了。中国"巫的世界",也首先是神、人两大基本文化要素即所谓"两个世界",同时又是"人神不分"的"一个世界"。问题的关键在于:

其一、无论在哪一种文化形态中,人们所认知、认可的神、人之各别的人文属性、地位、品格和意义不一。神与人的历史、人文意识、理念的发展,总是一种历史与人文的"未完成时",他们总是"在路上";

其二、两者的动态结构方式不一。由此,便构成基督教、伊斯兰教与佛教这世界三大宗教和其他无数宗教不尽相同的精神、信仰、哲思和制度。关于宗教的神、神性与人、人性及其结构方式等,也首先是历时性的,都是一定历史与人文的无尽过程。十九世纪德国哲学家尼采(1844—1900)曾经向世界宣告:"上帝死了"。其实自上帝被创造以来,只是不断地改变其文化内涵、存在方式、价值意义以及人类关于上帝的意识、理念。上帝是永远不死的。如果上帝也会"死",那还是上帝么?

西方基督教最高位格的神,指上帝(Deus,拉丁文;God)。基督教《圣经·旧约》将犹太教所信奉的"唯一而最高之神",以JHWH或YHWH来加以表述。"《希伯来圣经》中上帝有多种称谓。'至高的上帝'(El Elyon)、'永生的上帝'(El Olam)、'全能的上帝'(El Shaddai)、'立约的上帝'(El Berit)中均称艾勒(El)。称艾洛希姆(Elohim)时更多。但确定无疑的称谓则为JHWH,是上帝应摩西的请求在西奈山自己道出的名讳(《出埃及记》3∶14)。"[1]该名讳,出于对上帝的绝对崇拜,始于公元前三世纪。信徒仅能以

---

① 卓新平主编:《基督教小辞典》(修订版),上海辞书出版社,2008,第347页。

"Adonai"即"我的主"称颂上帝，后被基督教《圣经》加以误读，汉语版《圣经》译为"耶和华"。

God的神性，绝对圆满。"至高"、"永生"、"全能"与"立约"诸要素，不可或缺。如缺其一，则上帝的神性并非充分。

上帝作为最高、最本在的"存在"，是一种不可能不存在的存在。除此再无真正的存在。这便是人类所寄托的绝对完美的理想，便是绝对意义的"美本质"的所在。

隐藏在短暂的感觉、情绪和幻想的漩涡之下的是那自明的、寂然长存的超位格的神。虽然它埋藏在灵魂深处，因而平时留意不到，它却是人生存和觉识的唯一基础。正如太阳在云层遮盖下仍然照亮世界，"那不变者，从来就不被看到，但却是见证者；永远不被听见，但却是听者；永远不被思想到，但却是思想者；永远不被知，但却是知者。除此而外，别无见证者，除此而外，别无知者。"①

"超位格的神"指大梵天，作为宇宙的本原本体即创造者，是印度教的"上帝"。"宇宙的真正本原只能是一个唯一的本原。唯有一个神才能造成宇宙的统一性。"②德国学者潘能伯格云：

这种创造意志既包含创造者上帝的位格性，也包含着赋予受造物者存在的意志，而在其结果中，还包含着通过与上帝的同在使它们分有上帝的永恒生命的意图。③

基督也是具有神性的，是《新约·约翰福音》所说的"道成肉身"者。基督的位格，指"三位一体"即"圣父、圣子、圣灵"的"圣子"一维，"分享"

---

① ［美］休斯顿·史密斯：《人的宗教》，刘安云译，刘述先校订，海南出版社，2013，第68页。
② ［德］潘能伯格：《神学与哲学》，李秋零译，商务印书馆，2013，第7页。
③ 同上书，第65页。

了God的神性，不是圆美神性的全部。

同样称神或神性，在东西方不同文化形态中所指涉的意义，可以大相径庭。

现实本来只是"一个世界"即人的世界。西方宗教神学及其哲学，为了认识、说明与回答世界、人"何以可能"、"应当如何"与"走向何处"这三大根本问题，便在意识、理念与情感模式上，预设了另一个即上帝和诸神的"世界"，从而树立宗教信仰，激起信徒的绝对崇拜。西方原本的人的世界，便从此"多事"。

正如中国先秦哲学预设道、太极与气那样，这一宗教预设的了不起处，是在文化思维方式上找到与树立了一个逻辑原点，便是看待宇宙、天下、世界与人的出发点。任何宗教包括印度佛教，在人的意识、理念、信仰与思想高远与深邃的苍穹中，高悬着一个上帝或梵天、佛及其诸神的虚拟的世界，严重影响、主宰人的现实世界及其精神。

这便构成天国与人间、彼岸与此岸的"两个世界"，前者是虚拟的，后者是现实的。前者仅是后者的巨大侧影，现实世界另一文化、哲学与美学方式的一种存在。这"两个世界"之间，意识中的天上地下、此岸彼岸，相系而相异。基督教上帝的"天国"，至真至善至美；人间的世界，则因人类命里注定的"原罪"①与"堕落"，必然经历"炼狱"即"涤罪所"的烈火焚烧和重重磨难，因上帝的拯救而免除原罪之人堕落于地狱的命运。

的确是"两个世界"，二者之间不可随意通约，借用中国哲学术语言之，大约可称之为"天人相分"。

这不等于说，在一定的文化机缘中，"两个世界"之间绝对不可以进行"对话"与"沟通"。信徒对上帝、佛徒对佛陀及其诸神、诸佛菩萨的祭祀崇拜，就是对话、沟通的一种文化、哲学与美学方式。

上帝、梵天、佛陀、诸神与诸菩萨的预设，作为崇拜对象，便是"人们把自己的经验世界变成了一种只是在思想中想象的本质，这种本质作为某种

① 按:《旧约》以伊甸园人类始祖亚当夏娃违背人与上帝的原始"契约"、受蛇蛊惑偷吃禁果而犯下"原罪"，这便违背了上帝与人"合谐"的本在关系。"原罪"之"罪"（Harmatia）的字义，本指射箭未中，引申为"偏离"。

异物与人们对立着"①。这确是对立的"两个世界"之间的甜蜜而充满诗性的"对话"。

宗教崇拜，将客观对象神性化、同时是主体意识与情感的迷失。人"把一个自然对象在他自己所激起的那些感觉，直接看成了对象本身的性态。"②尽管这里费尔巴哈所言，原指自然崇拜，而其实对于宗教崇拜来说，情形也大抵如此，仅仅其崇拜的对象、品格、意义和结构不同而已。"与其说，一切崇拜之对象是客观的，不如同时将其看做主体盲目的自我。在崇拜中，人正确的自我感觉和自我意识要么未及获得，要么再度丧失。崇拜是一定历史水平主客观畸形的结合。"③这便又是"一个世界"了。以中国哲学术语言之，可称为"天人合一"。

对于西方宗教文化而言，既是"两个世界"，又是"一个世界"，两者既二律背反又合二为一。李泽厚称西方文化与哲学、美学是"两个世界"而中国不是，看来是有待于商榷的。

古代东方尤其中国文化，在印度佛教东来之前，原本并非西方那般的典型的宗教文化。

中国文化，不是没有神性信仰。这种信仰，始于原始巫术、原始神话与原始图腾文化，继而却未能生成西方那般成熟的宗教，只是走向了"中国特色"的"史"的文化。

当梁漱溟说"中国文化在这一面的情形很与印度不同，就是于宗教太微淡"④之时，我们理解到，古印度和中国原始文化的显著分野，在于一则为东方式的宗教，一则于"宗教太微淡"。印度原始佛教文化与中国原始文化的根本区别，在于前者具有彼岸意义的"空"这一人文概念，而后者并未具有。

中国原古究竟有没有宗教，还是仅仅在于"宗教太微淡"这一问题，值得做进一步讨论。

① ［德］《马克思恩格斯全集》，第3卷，中共中央马克思恩格斯列宁斯大林著作编译局编译，人民出版社，1960，第354页。
② ［德］费尔巴哈：《费尔巴哈哲学著作选集》下卷，商务印书馆，1984，第158页。
③ 王振复：《论崇拜与审美》，《学术月刊》，1991年第7期。
④ 梁漱溟：《东西文化及其哲学》，《梁漱溟全集》，第1卷，山东人民出版社，1989，第441页。

中国先秦文化中，有帝、上帝与五帝之类等意识、理念。

甲骨文有帝字。《说文》云："帝，谛也，王天下之号。"吴大澄《字说》曾云，谛，审谛义。但谛为后起字。有鉴于"审谛"义比较抽象，故上古时代造字初始，不当先有谛字在情理之中。吴氏说，帝"象华蒂之形"，"蒂落而成果，即草木之所由生，枝叶之所由发，生物之始，与天地合德，故帝足以配天。"此是。

在原古时代，植物华蒂曾经是神性崇拜的一大对象，它最初属于自然崇拜的文化范畴。进而成为原始巫术、神话与图腾的神性崇拜对象，尔后才可能由此发育为审美对象。

其一、先民曾经坚信，植物花蕾的开放，是一个好兆头，预示着好运的降临。先民之所以崇拜华蒂，在于企望趋吉避凶。巫术，首先贯彻于先民的日常生活领域，占验吉凶，尔后扩展到关于家国、天下的命运休咎和决策。巫术的前兆，远非植物华蒂，一切自然现象和社会现象的变幻，都可以成为前兆。当巫术文化发展到高级阶段，先民通过"象"、"数"的方式，创造出前兆偏重于人为性质的新型巫术，这便是兴盛于殷代的甲骨占卜与周代的《周易》占筮。

其二、先民对华蒂进行巫术崇拜的同时，往往伴随以丰富而奇特的想象，激起炽热的情感，且经代代口头传诵，久之而成为一种幻象的传统，那便是关于华蒂的神性崇拜的原始神话。当然，原始神话的题材和主题，除与原始巫术相系，还有关乎创世、英雄与天地时空等世代相传的"宏伟叙事"，这是须要指明的。

其三、先民"倒错"地相信，对于华蒂的巫术崇拜，有助于种族、氏族的生殖繁衍、子嗣兴旺，那么，这一原始巫术崇拜"事件"的人文主题，就进入了原始图腾文化领域。当然，原始图腾的题材与主题，亦远非在于植物华蒂的巫术崇拜，除此之外，还有比如"鱼"、"鸟"和先民根据鳄鱼、闪电等自然现象所想象、幻想而创造的"龙"等等。

无论原始巫术、神话与图腾，都是富于原始神性兼巫性的文化，三者都隶属于原始"信文化"。这当然并非凡是具有神性、巫性的都是宗教。大凡宗教，须具备教主、教义、教团、教律与终极性诉求等五大条件。凡此五要，原始巫术、神话与图腾文化都不具备。原始巫术、神话与图腾，是尔后宗教文化的历史背景与人文温床，而其本身却并非宗教。它们是宗教发生之前，作为宗教诞生的文化土壤的原始"信文化"。

也颇难以将其称为"原始宗教"。所谓原始宗教，如果确是原始人类曾经存在的一种文化形态，也只是指人类宗教的原始形态与阶段，犹如一个人的童年。原始宗教与成熟宗教的逻辑关系，好比人的童年与成年、而并非母与子的关系。作为人类童年，人体所必备的各种器官、机制与人体结构，等等，都是具备的，仅仅"原始"而已。长期以来，学界往往把千万年的人类原始文化，笼统地称为"原始宗教"，造成逻辑、概念的模糊与混乱。从文化形态学角度看，假如原始宗教，指的是原始巫术、神话与图腾，则原始宗教所必须具有的宗教文化要素，原始巫术、神话与图腾，都是不具备的。我们不能将巫术、神话与图腾三者，笼统地称为"原始宗教"，更不能把整个人类的原始文化，以"原始宗教"一词来加以概括。人类宗教的文化母体，不是原始宗教，而是原始巫术、神话与图腾的一个综合。也不能将巫术等文化系统，等同于原始宗教。

同样称神、神性，各氏族民族、各时代所指不尽相同，其历史与人文内涵不一。神、神性，在原始巫术、神话、图腾和宗教的品格、程度与意义，也有差异。

先秦典籍关于神这一汉字所指，自当并非西方基督教的God。在字源上，神的本字为申。许慎《说文解字》以"申，电也"、"申，神也"释申义。申为象形字，甲骨文写作闪电的象形。先民看到而且敬畏于电闪雷鸣而创申字。其本义属于原始天命观的自然崇拜。申字演变为神字，始于战国。其偏旁示字，罗振玉《殷虚书契后编》上二八、七，曾收录卜辞"贞示（壬）示（癸）二示"一则。其示字，"卜辞祭祀占卜中，示为天神、地祇、先公、先王之通称。"[①]转义为祭祀崇拜。

  战国时期的《行气铭》上面"神"的写法，已从申作"示电"（引者：此字形，左偏旁为"示"、右边为"电"），与后来的字书如《秦汉魏

---

① 徐中舒主编、常正光伍仕谦副主编：《甲骨文字典》，四川辞书出版社，1989，第11页。

晋篆隶》等所收录"神"字的写作"示电"，已无二致，从电取象，显而
易见。①

《说文》载录一个神字的异体字，写作左偏旁鬼字、右上方申字，为
"魈"。称此字之义，"神也，从鬼申声"②。

中国原始文化理念中，往往鬼神不分，鬼即神、神即鬼。

著名学者钱锺书曾说，中国先秦典籍，往往鬼、神与鬼神三者并提：

> 皆以"鬼"、"神"、"鬼神"浑用而无区别，古例甚夥，如《论
> 语·先进》："季路问事鬼神，子曰：'未能事人，焉能事鬼？'"《管子·心
> 术》："思之思之，思之不得，鬼神教之"，而《吕氏春秋·博志》："精而
> 熟之，鬼神告之。"《史记·秦本纪》由余对缪公曰："使鬼为之，则劳神
> 矣，使人为之，则苦民矣"，"鬼"与"神"、"人"与"民"、"劳"与
> "苦"，均互文等训。观《墨子》（引者按：此书名号为原有，应去除）之
> 书而尤明。③

为了说明这一问题，钱先生继而引《墨子·天志上》"其事上尊天，中事鬼
神，下爱人。""其事上诟天，中诟鬼，下贼人"。《墨子·明鬼下》"今执无鬼
者曰：'鬼神者固无有'。"在钱氏看来，除"无神"、"无鬼"论者执"鬼神者固
无有"外，一般皆持"有神"、"有鬼"之见。魈这里有几种情形，一是"鬼"、
"神"与"鬼神"浑用；二，将三者略加区分。如《礼记》记述孔子言有云，
"宰我曰：'吾闻鬼神之名，不知其所谓。'子曰：'气也者，神之盛也。魄也者，
鬼之盛也。合鬼与神，教之至也。众生必死，死必归土，此之谓鬼。骨肉毙于
下，阴为野土，其气发扬于上'"，"此百物之精也，神之著也。因物之精制为
之极，明命鬼神"④。钱锺书先生说：

---

① 李玲璞、臧克和、刘志基：《古汉字与中国文化源》，贵州人民出版社，1997，第237页。
② 许慎：《说文解字》，中华书局影印本，1963，第188页。
③ 钱锺书：《管锥编》，第一册，中华书局，1979，第183页。
④ 《礼记·祭义第二十四》，载杨天宇：《礼记译注》下册，上海古籍出版社，1997，第809页。

天埓、神埓、鬼埓、怪埓，皆非人非物、亦显亦幽之异类（the wholly other），初民视此等为同质一体（the daemonic），悚惧戒避之未遑。积时递变，由浑之画，于是渐分位之尊卑焉，判性之善恶焉，神别于鬼，天神别于地祇，人之鬼别于地之妖，恶鬼邪鬼尤沟而外之于善神正神；人情之始祇望而惴惴生畏者，继亦仰而翼翼生敬焉。故曰："魔鬼出世，实在上帝之先"（At bottom the devil is more ancient then God）（引者原注：R.Otto, The Idea of the Holy, tr. J. W. Harvey, 26, 123-6, 136）。后世仰"天"弥高，贱"鬼"贵"神"，初民原等量齐观；古籍以"鬼"、"神"、"鬼神"、"天"浑用而无区别，犹遗风未沫，委蜕尚留者乎？不啻示后人以朴矣。①

虽则孔子与后人往往以"气"立说，卑鬼尊神，"仰'天'弥高"，分出贵贱，而中国原古文化的"主流意识"，大致还是"'鬼'、'神'、'鬼神'、'天'浑用而无区别"，而且"犹遗风未沫"。在印度佛教东渐之前，中国人心目中的"世界"，尽管关于天、帝、命、鬼、神、鬼神甚至地狱（黄泉）等意识、理念与命题、范畴早已产生，且体现于历史悠久而广泛的原始巫术、神话与图腾等文化形态之中，但中国人所信仰、坚守的"世界"，基本还是与鬼神相系的"人"的世界，或"人"之世界的"变种"即巫术或神话与图腾的世界。

《庄子》有言，"六合之外，圣人存而不论；六合之内，圣人论而不议。"②中国人的精神世界，大致在六合即天地四方之内，六合之外，是不可也不去想象和议论的。郭象《庄子注》说，六合之外，圣人存而不论之义，指夫六合之外，谓万物性分之表耳。夫物之性表，虽有理存焉，而非性分之内，则未尝以感圣人也，故圣人未尝议也。这是从玄学角度称言六合之外，说其为万物性分之表而非性分本身，因而可以而应当不去论述它，仅以表、里即以六合之外为表、六合之内为里，称六合之外，圣人所不为也，实际并未从中国文化的基本根因根性角度阐析这一问题。

佛教东渐，在中国人传统天下观外，增添了一个新的世界观。"印度元素"

① 钱锺书：《管锥编》，第一册，中华书局，1979，第184页。
② 《庄子·齐物论第二》，载《诸子集成》第三卷，上海书店，1986，第13—14页。

的加入，使得中国人有机会将哲学的目光，凝视于"六合"之外。曾经发生的文化、哲学与美学之剧烈而深刻的"化学反应"，尤其在中国佛教的历史早期，表现得何等激烈壮阔，何等富于诗性的审美因素。这真是本书试以论析的主题。

其间，由于入渐之印度佛教所提供的文化新意识、新思维、新模式及其富于幻想尤其关于"人生本苦"以及"苦之解脱"的佛国理想，让本为王权、教化与谶纬方术等所统治、教化的人的身心与社会，让本是焦灼而饥渴的灵魂，受到启迪、濡染甚而震动。尼赫鲁曾经说过，中印文化交流，尤其是印度佛教给予中国的影响，无论文化、思想、宗教、哲学还是科学、艺术，堪为世之罕见。

> 中国受到印度的影响也许比印度受到中国的影响为多。这是很可惋惜的事，因为印度若是得了中国人的健全常识，用之来制止自己过分的幻想是对自己很有益的。中国曾向印度学到了许多东西，可是由于中国人经常有充分的坚强性格和自信心，能以自己的方式吸取所学，并把它运用到自己的生活体系中去。甚至佛教和佛教的高深哲学在中国也染有孔子和老子的色彩。佛教哲学的消极看法未能改变或是抑制中国人对于人生的爱好和愉快的情怀。[1]

这一持论公允。中印文化，无分高下。一以"生"与"乐"为"思之原点"；一以"死"与"苦"为"思之原点"。都具有伟大古代东方各自的文化、哲学与美学体系，都有一个完备的解释模式及其优长与缺失。然而在中国佛教早期，确以"中国受到印度的影响"为多。中国人一旦信从印度佛教，便相信除了家国天下、建功立业、封妻荫子、政治教化与道儒等哲学、美学的生活以及亲和于自然之外，其实还有一种新的"活法"，便是依循佛教教义的修为而"遁入空门"，成佛而"往生佛国"，或是涤除烦恼、般若中观，等等。

佛教所谓世界，梵语称Loka，佛经译为"路迦"。《楞严经》卷四有云："世为迁流，界为方位。汝今当知，东西南北。东西南北上下为界；过去未来现

---

[1] ［印］尼赫鲁:《印度的发现》，齐文译，世界知识出版社，1956，第246页。

在为世。"佛教《长阿含经》卷十八《世纪经阎浮提洲品》有"三千大千世界"之说，指人之现实世界、六合、天下之外的"佛的世界"。这极大地打开了中国人的文化、哲学与美学视野。

大教东来，因吸取"印度因素"而多少改变、发展了自己，另一方面对"印度因素"加以消融、改造而成为自己的血肉灵魂。而印度佛教这一"外来和尚"，终于未能彻底"征服中国"。这用尼赫鲁的话来说，由于中国人经常有充分的坚强性格和自信心，甚至佛教和佛教的高深哲学在中国也染有孔子和老子的色彩。佛教哲学的消极看法未能改变或是抑制中国人对于人生的爱好和愉快的情怀。

举例而言，中国美学史上最重要的"象"、"意象"与"意境"系列范畴的生成，宗于《周易》巫筮之象与通行本《老子》的"象罔"，继而，成于东汉王充《论衡·乱龙篇》的自巫性向伦理发展之"射侯"的"礼贵意象"，从而有南朝梁刘勰《文心雕龙·神思篇》富于美学意蕴之"意象"范畴的创立，最后时至唐代，才有王昌龄"诗有三境"说关于美学范畴"意境"的最后完成而遗响于后代。

考原这一文脉历程，关于"意境"的历史与人文构成，其根因根性，显然在于古代中华的巫筮与老子哲学文化。然后濡染于儒之礼制，经晋宋（指南朝之宋）的"以无说空"而熔裁意象。直至唐佛教的空幻之"境"渗融于美学"意象"，最后才是美学"意境"的陶铸完成。

可以说，自印度佛教及其哲学、美学思维与思想的深入于"中国"，渐渐便有诸多主要意识理念及其命题范畴，以巫为文化源头、以"巫史传统"与道儒佛三学相融而生成。从"世界"观上说，不管情况多么复杂、深邃，实际还是人的现实这"一个世界"，以及人的现实这"第一世界"与由巫、神和佛等"第二世界"这"两个世界"所构成。当然，这一文化、哲学与美学的总体格局、蕴涵、意义与价值，不仅与西方、印度等不一，而且不同于中国先秦。

从印度佛教东传至南北朝的这一历史时段，可以看做是佛教汉译的历史，大量佛典已被汉译，尽管所译水平不一。汉译的学术质量，其实是从过分的"误读"到渐渐接近印度佛典精义的实际，有如前文所述将"tathata"由支谶、支谦译作"本无"（深受玄学影响），到罗什正译为"大如"（如、真如）那样。

信众对教义及其美学意蕴的领会，也随之逐渐深入。

第一、对于佛典汉译教义的有所消化吸收，从东晋"六家七宗"的"中国式般若学"比附于魏晋玄学"贵无"（何晏、王弼）、"崇有"（裴頠）与"独化"（郭象）三学，到僧肇"四论"的般若学，其佛教哲学、美学的"中国化"、本土化程度，显然有所拓展与加深。

第二、僧肇般若中观说的美学思想，具有一定的本土化意义的创造性，自不待言。尔后，《大乘起信论》"一心二门"的佛教美学，也大致具有这一"中国"的特点。竺道生的佛教"顿悟"说，对于中国美学推重审美"顿悟"的历史、本土的贡献尤多。

第三、从道安、罗什到道生，大致走了一条自般若学到佛性论的佛学及其美学的文脉之路。某种意义上，可以看做受中国"儒有"、"道无"传统哲学、美学思维接引之故。这里值得注意的是慧远的佛学思想，其特点是两栖于般若学与佛性论。慧远与纯守于"般若中观"立场的罗什的争论，由此而起。慧远除了对于般若中观的"同情"与"领悟"，更是对"西方净土"成佛理想的向往与热衷。

第四、中国佛教、佛学与佛教美学向各类艺术领域的渗透与影响，已是开启。佛诗、佛画、佛雕、佛乐以及俗讲、梵呗、偈颂、志怪等艺术文学，已是大盛喧闹着登上历史舞台，尽管其中比如脱胎于印度佛偈的玄言诗，一般因其皆为抽象格言而显得难以理解，而总体倒也可以由此听出未来中国佛教美学那奔腾、磅礴的隐隐的潮声。那些新的建筑门类诸如寺塔、石窟的大量涌现，不断丰富东土中华的浩浩艺海，令人惊羡不已。"魏晋风度"士人人格审美的出现，是以道玄为"基质"、以儒说为"潜因"、以佛禅为"灵枢"[①]及其审美所塑造之新型士人人格的重要标志。《文心雕龙》之文论所蕴含的佛教美学思想，无疑是儒、道、佛三兼的一个美学文本。

值得再次强调，本书所涉内容之所以称为早期，因佛经汉译相对集中而尚未法雨普施之故。西晋与西晋之前，佛教大致仅在帝王、贵族与部分士子群体

---

① 请参见王振复：《中国美学的文脉历程》第四章"玄学之思辨与审美建构"，四川人民出版社，2002，第340—342页。

中流布。东晋南北朝佛教大盛朝野耸动，固然是不争的事实，而有待于进一步深入人心，更是其特色之一。儒道释三学合一，有待于宋及其尔后才得全面地实现。正如前述，虽有孙绰（约320—380）《喻道论》独倡"周孔即佛，佛即周孔，盖外内名之耳"、"周孔救时弊，佛教明其本耳"在前，有宗炳（375—443，时值东晋）《明佛论》所言"孔老如来，盖三训殊路，而习善共辙也"于后，而三教合一理想的圆成，毕竟是宋及其此后的事情。这一历史时期，佛教各宗门虽已有所开启，而天台、华严、三论、禅宗、净土与唯识诸多宗派，要到隋唐才得真正的成熟。早期佛学及其佛教美学的创构，固然有僧肇中国式的般若中观与道生的佛性顿悟诸说，却难与隋唐天台、华严、南禅与净土诸学及其美学博大深邃的"中国"体系相提并论。宋与宋之后有关佛教宗派及其佛教哲学、美学的创造是空前的。惟有唐代法相唯识学的汉译与发扬是一个"例外"。由于玄奘严格宗于印度佛说原型的译解，反而未能做到充分的中国化本土化，其历史功过与学术上的是非，及其对于佛教美学的影响，有待于进一步作出科学而公正的评说。佛教美学对于民族、时代人格、文格的塑造，虽有"魏晋风度"开其端，隋唐诗人与艺术诗文继其后，而真正达成三学的融合，实为宋明之理学。

陈寅恪先生曾云，比如"南北朝时，即有儒释道三教之目，至李唐时，遂成固定之制度。如国家有庆典，则召集三教之学士，讲论于殿廷，是其一例。"[①]

从制度而言，如果说，中期的佛教制度，一是表现为朝廷王室推行大致为三教三学并存并立的政策而促其繁荣，仅在很短时间内令佛教遭遇过灭顶之灾——如武宗时期（845）的"会昌灭佛"，不久便"野火春风"元气恢复而制度稳固。二为"判教"之故，使天下宗门竞相标榜；如果说，后期佛教深受宋明理学的影响而普行于世，三教三学融归于一个"理"字，而其哲学、美学思虑的深邃沉潜、审美人格操行的端直淡泊，尤其阳明心学"一点灵明"的无羁自由、却成为一种日常生活制度而"更美学"的话，那么，中国早期佛教美学史的审美这一主题，还在众生、学者反复争说比如"神灭"、"神不灭"的痛

---

① 陈寅恪：《金明馆丛稿二编》，上海古籍出版社，1980，第250页。

苦抉择之中，处于"衣带渐宽终不悔，为伊消得人憔悴"的苦苦探寻阶段。道安《合放光光赞随略解序》倡言"般若波罗蜜者，成无上正真道之根也"[①]，支道林主张"夫般若波罗蜜者，众妙之渊府，群智之玄宗，神王之所由，如来之照功。"[②]大和尚慧远一方面叹曰"儒道九流，皆糠秕耳"[③]，其佛教思想的复杂，在于既力主般若"本无"（真如）说，又笃信"西方净土"之言，坚信"灵魂不灭"而一心往生"西方佛国"，等等。各自宣说，各为其"主"，却一般并没有隋唐那般的分门立派。这一历史时期，无论佛教、佛学还是其哲学、美学的人文诉求，大致是众神喧哗，莫衷一是，呈现出时代、民族、地域瑰丽、多变而有些怪异的色彩。

这不等于说中国早期佛教美学，在整个中国佛教美学史上无足轻重。相反，由于处于开蒙、草创时期，尽管走得相当艰难曲折，却是披荆斩棘、"导乎先路"。中国中后期佛教美学史上几乎所有重要的美学问题，都在其早期"种"下来原型。因而倘欲治中国佛教美学史，选择从其早期即汉魏两晋南北朝开始说起，看来是很必要的。

中国本土"前美学"提供了什么

印度佛教入传之前，理论成熟意义上的中国美学范畴群落与美学命题系列尚未真正建构，这不等于说，印度佛教东来中土前，中国没有任何趋向于美学的范畴与命题。先秦与秦汉时期，主要有八个主要的人文范畴，即道、气、象、生、乐、和、美、文等，还有五个主要的人文命题，共同成为中国早期佛教美学前期奠基意义的人文准备，它们有些仅仅是哲学或伦理学范畴而美学意义少弱，有的则已经跨入了美学领地，如美这一范畴就是如此。总体上，无论范畴

---

① 道安：《合放光光赞随略解序》，《出三藏记集经序》卷七，金陵刻经处本，载石峻、楼宇烈、方立天、许抗生、乐寿明编：《中国佛教思想资料选编》第一卷，中华书局，1981，第42页。

② 支道林：《大小品对比要钞序》，《出三藏记集经序》卷八，金陵刻经处本，载石峻、楼宇烈、方立天、许抗生、乐寿明编：《中国佛教思想资料选编》第一卷，中华书局，1981，第59页。

③ 《慧远传》，载梁慧皎：《高僧传》卷六，金陵刻经处本。

或是命题，都是有待于发展为成熟的美学范畴与美学命题的。

八大人文范畴，概述如次。

一曰**道**。楚简本《老子》有道字凡二十四，如"道恒亡（无）名朴"、"返也者，道动也"与"道法自然"之说。道之意义有四：万物本因本体；运化规律性；人生道德准则；人生理想境界。通行本《老子》所说的道，也具此四义。楚简本《老子》云，"有状混成，先天地生。寂兮寥兮，独立而不改，周行而不殆，可以为天下母"者，道也。又说"保此道（指德行）者，不欲当盈"、"天道员员（圆圆），各复其根"，等等，都是具有一定美学意蕴的哲学范畴。通行本《老子》"道生一，一生二，二生三，三生万物"与"故道大，天大，地大，人亦大"之类的论述，都是如此。《管子·内业》"不见其形，不闻其声，而序其成，谓之道"；《韩非子》"夫道者，弘大而无形"；《易传》"一阴一阳之谓道"；《淮南子》"夫道者，复天载地。廓四方，柝八极。高不可际，深不可测"与"是故至道无为"，等等，都是读者很熟悉的。道这一范畴，基本活跃于先秦道家哲学的思维域限之中，指自然、本然、无为。

孔子以"仁"释"道"，即所谓"人道"。《论语》记述孔子之言，称"道之以政"、"道之以德"；又说"朝闻道，夕死可矣"以及"邦有道，不废；邦无道，免于刑戮"，等等，一般都具有以仁学内容为主的"人道"思想。《论语》云，"子曰：'参乎！吾道一以贯之。'""曾子曰：'夫子之道，忠恕而已矣'"。孟子倡言"王道"反对"霸道"，大凡是对孔子道论的继承与发展。《易传》既在哲学上称"一阴一阳之谓道"，又从道德教化角度，说"昔者圣人之作易也，将以顺性命之理。是以立天之道曰阴与阳，立地之道曰柔与刚，立人之道曰仁与义"。天道、地道与人道的分立与耦合，是先秦道、儒对立而互补的一个明证。《中庸》说："天命之谓性，率性之谓道，修道之谓教。"人性是天生的，对人性向善的引领与统驭便是道，以仁道的标准加以人格的修为，便是道德教化。《礼运》说，"大道之行也，天下为公"。此"大道"，不离儒家道德教化的规范。西汉初年贾谊认为："道者，所以接物也。其本者谓之虚，其末者谓之术。"将道分为本、末两端，具有西汉初期黄老之学道论的特点。贾谊《新书·道术》有"道德"之说，称"道、德、性、神、明、命，此六者，德之理也"。也为读者所熟悉。道家一般从哲学本原、本体角度论道，作为哲学范畴，与美学之思具有直接的联系。儒家一般从伦理学角度言道，作为伦理学、政治学范畴，与美学的联系自当是间接的。但在西汉黄老之学中，道的哲学与仁学有时是力求融合的。贾谊说：

> 德有六美。何谓六美？有道、有仁、有义、有忠、有信、有密，此六者，德之美也。道者，德之本也。仁者，德之出也。义者，德之理也。忠者，德之厚也。信者，德之周也。密者，德之高也。①

"六美"，实为六"善"，"道者，德之本也"。其余五"美"即为德之末。此善不等于美，而与美相关，在一定条件下，可以走向审美、影响审美。人格的完善可能导致人格的审美自由。已经不自觉地触及所谓"完善之道德伦理趋向审美如何可能"这一重要的美学问题。从董仲舒到司马迁的道论，具有较多的经学特色是可以肯定的。董仲舒《春秋繁露·王道通三》说，"道，王道也"，该书"循天之道"篇所言"夫德莫大于和，而道莫于中。中者，天地之美达理也，圣人之道保守也"等，也是大家很了解的言说。《史记·太史公自序》说："夫《春秋》，上明三王之道，下辨人事之纪，别嫌疑，明是非，定犹豫。善善恶恶，贤贤贱不肖。存亡国，继绝世，补敝起废，王道之大者也。"②"王道之大者"的"大"，根本、原始之义。可见董仲舒、司马迁的王道说，与先秦孟子王道说一脉相承。

中国早期佛经译本，往往以"道"这一范畴译佛教涅槃之义，是以本土范畴的"道"，来"误读"佛教涅槃义。如《无量寿经》所言"不信作善得善为道得道"③然。又以与"道"相契的"无为""自然"等用词来译佛义，"彼佛国土无为自然"④等佛教的诸多译名，如六道轮回、八正道和佛道、道气（悟道之

---

① 贾谊：《新书·道术》。载《中国历代美学文库·秦汉卷》，叶朗总主编，高等教育出版社，2003，第14页。
② 司马迁：《太史公自序第七十》，《史记》，中华书局，2006，第760页。
③ 《佛说无量寿经》卷下，曹魏康僧铠译，《大正藏》"宝积部类"（无量寿经类），T12，P0275a。
④ 同上书，P0277c。

气）、道场（成佛之处）、道谛（四谛之一）与道识（正道之智）等等，都以老庄哲学本体之道，来"误译"佛教的佛、空、悟佛和涅槃等义，实际开始走上了中国化、本土化之路。

二曰**气**。气，中国本土文化及其哲学的主要范畴之一，原于上古的神性兼巫性文化。气，甲骨文写作上下两横之间一点，指原始先民的文化心灵对河流始而流水汹涌、忽而干涸的自然现象的神秘体验，兼指那种流水忽而汹涌、忽而干涸的神秘自然状态。先民深信"万物有灵"，原巫之气，是具有灵力与神异之功的。在原始神话、图腾与巫术中，气是一种神秘的"感应力"。李约瑟《中国的科学与文明》曾称气这一范畴，是不能被准确地翻译的，不能用任何一个的词汇来加以表达，是因为气的神秘性，尤其令人难以把捉。《周易》本经用以巫筮的六十四卦卦辞与爻辞中没有气字，而在先民心灵中，巫筮之所以灵验，是因为有灵异之气参与的缘故。西周末年，伯阳父论地震之因，有"天地之气"说。所谓"夫天地之气，不失其序。若过其序，民乱之也。阳伏而不能出，阴迫而不能烝，于是有地震。"①《左传》"六气"说称六气曰阴、阳、风、雨、晦、明也。这是试图对"气"作出哲学的描述。又称民有好、恶、喜、怒、哀、乐，生于六气。是试图以"六气"来概括人的六欲的本根问题。实质上，是以"气"范畴来说明人的生命及其心灵。孔子持"血气"说，称人"少之时，血气未定，戒之在色；及其壮也，血气方刚，戒之在斗；及其老也，血气既衰，戒之在得。"②可见在春秋末年，气这一范畴，与人之生命意义的结合更紧密了。通行本《老子》云，"万物负阴而抱阳，冲气以为和"。此乃哲学意义之气，是对万物生成的哲学认知。在道与万物之间，形上之道与形下之物得以融通、流转的中介是气。《老子》云，"载营魄抱一，能无离乎？专（注：抟）气至柔，能如婴儿乎？""专气致柔"的美学意蕴在于，人之生命"血气"的和谐与旺盛，有如婴儿。《管子·内业》云，"精也者，气之精者也"。《管子·枢言》又说，"得之必生，失之必死，何也？唯气"。这是从生命问题着眼，称气乃生之本。

① 《国语·周语上·西周三川皆震伯阳父论周将亡》，载邬国义、胡果文、李晓路：《国语译注》，上海古籍出版社，1994，第21页。
② 《论语季氏第十六》，载刘宝楠：《论语正义》卷十九，《诸子集成》第一册，上海书店，1986，第359页。

人之生命必以五谷养之，故有"精即气"之说。《易传》称，"精气为物，游魂为变"，气与精气两个范畴，在意义上是重合的。庄子说：

> 人之生，气之聚也；聚则为生，散则为死。若死生为徒，吾又何患！故万物一也，是其所美者为神奇，其所恶者为臭腐，臭腐复化为神奇，神奇复化为臭腐。故曰："通天下一气耳"。①

庄子首先将气，看做创生天下万物与人之生死的本原，却还残留着对于气的巫性认知。普天之下，从自然到社会，弥漫、渗融于一切的，是气。"通天下一气耳"这一命题，具有形上的哲学和美学思辨。

孟子倡"养气"而提"志壹"。所谓"夫志，气之帅也；气，体之充也。夫志至焉，气次焉。故曰：'持其志，无暴其气。'"②孟子大倡人格意义的"浩然之气"。可见孟子所言气，从属于"心志"，偏于道德践履而哲学思辨性少弱。

从秦到西汉，《吕氏春秋》续持精气说，称"精气之来也，因轻而扬之，因走而行之，因美而良之，因长而养之，因智而明之。"③可隐约见出关于精气与美之关系的哲学思考。汉初《淮南子》说气，已与审美有所联系，称人之所以能"视丑美"，是因为"气之为充而神为之使也"④的缘故。从庄子关于气的哲学、美学思辨即所谓"通天下一气耳"之见，到《淮南子》论气与"视丑美"相联系，是从哲学走向美学的重要突破。《淮南子》更有一个重要的"气美学"思想，是将气与形、神三者放在一起来加以思考，值得重视：

① 《庄子·知北游第二十二》，载王先谦：《庄子集解》卷六，《诸子集成》第三册，上海书店，1986，第138页。

② 《孟子·公孙丑上》，载焦循：《孟子正义》卷三，《诸子集成》第一册，上海书店，1986，第115—116页。

③ 《吕氏春秋·尽数》，载高诱：《吕氏春秋注》卷三，《诸子集成》第六册，上海书店，1986，第23页。

④ 《淮南子·原道训》，载高诱：《淮南子注》卷一，《诸子集成》第七册，上海书店，1986，第14—15页。

故形者，生之舍也；气者，生之充也；神者，生之制也。一失位而三者伤矣。①

诸多哲学、美学论著，往往离开气来谈人的生命与艺术审美的形、神问题。《淮南子》可谓思之尤切。一旦离开气，所谓形神是谈不清楚的。拙著《周易的美学智慧》曾经指出，这是一个系统的气的生命美学观：

人的外在形体（形）、内在精神气质才识智慧（神）与人的生命底蕴（气），三者统一构成一个完美的人的形象，缺一则其美自损或无美可言。但三者的关系不是对等的，分别呈现人"生"进而是人生之美的三层次、三境界：外在形体之美，是"气"（精气）的完满的物质性外化；内在精神气质之美，是"气"的心灵升华；"气"则是外在形体、内在精神（形神）两美的根元，这是人的本质之美。②

气，也有待于成长为艺术生命之美的根元。

与气范畴攸关的，是《吕氏春秋·尽数》首先提出"精神"这一范畴，称"故精神安乎形，而年寿得长焉"。西汉初年，枚乘《七发》言楚太子"有疾"，"精神越渫（引者按：此应为散），百病咸生"。《淮南子》有"精神训"篇，指出"魂魄处其宅，而精神守其根"云云，凡言精神，有十余次之多。在中国美学史上，精神范畴并非一个纯粹的美学范畴，但它与一系列美学范畴如精气、神气、清气、逸气、气韵、神韵以及形神等血肉相联，且遗响于后代美学。凡此，都源于气范畴所传达的气意识。

西汉董仲舒的"准美学"思想中，气是一个极富生气的人文范畴，已经走到了美学的入口处。所谓举天地之道而美于和，是故物生，皆贵气而迎养之；所谓天亦有喜怒之气、哀乐之心，与人相副。所谓以类合之，天人一也，等等，此"一"者，气也。西汉末年的扬雄以玄说气，称玄者，幽摛万类而不见其

---

① 《淮南子·原道训》，载高诱：《淮南子注》卷一，《诸子集成》第七册，上海书店，1986，第17页。
② 拙著：《周易的美学智慧》，湖南出版社，1991，第245—246页。

形者也，而撝措阴阳而发气耳。可见，此气从属于玄，玄乃本原论范畴。扬雄《橄灵赋》说：自今推古，至于元气始化。可见其玄论，未能贯彻到底。还有气论与阴阳五行说的结合等问题，此勿赘。

气，终于是中国文化、哲学和美学特具人文思辨与思想个性的一个范畴。其第一义为生，生是气的本质。气是中国"生之哲学"与生命美学的第一范畴，与入传的印度佛教以"死"（无明）为逻辑原点的思想、思维体系相悖，故一般未宜为汉译佛教文本所采纳。正因如此，气范畴，作为中国本土的一种哲学，在与佛经所宣说的"空"、"无生"等意蕴的对比、对照中，显示其本在而活跃的文化生命力。

三曰**象**。道、气、象三者，本是整部中国美学史最重要的美学范畴，象是其中重要而活跃的一个。"中国美学范畴史，是一个'气、道、象'所构成的动态三维人文结构，由人类学意义上的'气'、哲学意义上的'道'与艺术学意义上的'象'所构成。这三者，作为中国美学范畴史的本原、主干与基本范畴，各自构成范畴群落且相互渗透，共同构建中国美学范畴的历史、人文大厦"[①]。在笔者看来，学者可以在文化人类学、哲学与艺术学这"三维"之际，来研治中国美学及其范畴史。从本始角度分析，道范畴的提出，始于人在日常生活中走怎样的道路以及如何走路，尔后侧重于哲学；气范畴发生于原神原巫文化，侧重于文化人类学；象范畴的本根，尽管深植于原古卜筮文化，而象范畴只有在此后的艺术文化中才成长为一个中国美学的基本范畴。

甲骨卜辞的象字，是动物大象的象形。东汉许慎《说文》称"象，南越大兽，长鼻牙，三年一乳。象耳牙四足之形"。殷代中原气候温热，有大象出没于此，河南安阳殷墟曾发掘大象骸骨，是为证。卜辞有"今夕其雨，隻（引者按：获）象"之记。而后代中原气候转冷，大象南迁，以至于在中原民人心目中，大象已是老辈里的传说，时至战国末期，此动物的象已转化为心中之象。

《易传》说，形而下者谓之器，形而上者谓之道。则在形下、形上之际即在器、道之际，又是什么呢？笔者以为，是象。

---

① 王振复《中国美学范畴史·导言》，王振复主编：《中国美学范畴史》，第一卷，山西教育出版社，2006，第1页。

象范畴的生成与发展，离不开中华原神原巫文化。甲骨之兆即经烧灼而生成的龟甲裂纹，在古人心灵中所留下的，便是占验吉凶的兆象。大致成书于三千一百年前的《周易》本经，以卦爻符号推演人生命运，其吉凶之兆（《易传》亦称为"几"），就是显现于人心的巫性之象。这是神秘的象意识。《周易》本经卦爻辞中，未见一个"象"字，可是这象意识是存在的。《易传》云：易者，象也。象也者，像也。从文化学、巫学的象，发展到一个具有普遍意义、普世价值的中国文化、哲思与艺术审美的象范畴，这是《周易》的功劳。《周易》巫文化，是培育整个中华民族象思维、象意识、象理念、象情感、象意志与象思维的历史与人文的温床之一。

先秦老庄论道，与象范畴相契。楚简本《老子》有道者，"大象亡（无）形"之说。通行本《老子》则称："执大象，天下往"、"大象无形"以及"其中有信"、"其中有象"等等，这与《左传》所谓"以类命为象"、"国无乱象"与"天事恒象"等等说法有所不同。老子所说的象，具有哲学意蕴，近于审美。庄生有"象罔"说。称黄帝游于赤水之北，登上昆仑向南眺望，回来时，却把"玄珠"遗忘在那里了。让"知"、"离朱"与"喫诟"寻找而都没有结果。于是，"乃使象罔。象罔得之。黄帝曰：'异哉！象罔乃可以得之乎？'"①此所谓"玄珠"，喻道也。"象罔"之所以找到了"玄珠"，其实并不奇怪，是因"象罔"者，"象无"之谓。"象无"犹"无象"，"无象"者，本契于道。老子论道，称"其中有象"，可见在思维的品格上，此道并非纯然形而上者；庄子论道（玄珠）称道为"象罔"，作为哲学与有待于成长为一个美学范畴，趋于纯然的形上。

西汉易象说盛行，是西汉经学的重要构成。汉易推重自先秦沿承而来的象数之学。孟喜卦气说，在于言说四正卦的卦气与"四象之变"，以及十二月、二十四节气与七十二候的对应之理。其不离易象，也不弃于自然之象，是以易象来提示自然之象的有所运行，自当具有神秘意味。如冬至，对应于十一月中，对应于坎卦初六爻，其候象依次为：初候，"蚯蚓结"；次候："麋角解"；末候，"水泉动"。又如小寒，对应于十二月节，对应于坎卦九二爻，其候象依次为：

---

① 《庄子·天地第十二》，载王先谦：《庄子集解》卷三，上海书店，1986，第71页。

初侯"雁北乡（向）"；次侯，"鹊始巢"；末侯，"野鸡始鸲"。余皆类推。卦气说本为占侯之说，有些奇异神秘，岂料这里所列举的七十二侯之象，却是自然之象的呈现与变迁，在无意之中，成为我们关注自然现象的特征、变化的一种人文契机，培育了人们对于自然美审美的心智及其灵感，而象这一范畴，确在不知不觉之中，从巫学趋向于美学。

在佛教中，象作为一个佛教范畴，基于动物之象，而喻佛义。象，梵语gaja（迦耶）。传说佛诞时，有摩耶夫人坐于灵床，有白象喷水。佛经说，象者，普贤之乘骑、欢喜天之神体。《涅槃经》三二有云，"是大涅槃，惟大象王能尽其底。大象王谓诸佛也。"中国汉译佛经象范畴，与中国先秦原先的象范畴，其义不一，而相映对。佛教有一个"相"范畴，其义不同于"象"，却与"相"具有文脉联系。在中国佛教美学"意境"说的建构中，象与相、境等，共同参与其间。

四曰**生**。生，先秦所培育、贡献的一个重要的哲学范畴，富于美学意韵。印度佛教的逻辑原点，是无明（死）；中国文化及其哲学、美学的逻辑原点，是生。印度佛教的逻辑建构，始从死、从无明、烦恼角度来看待与处理人的生命与生存境遇；中国土生土长的文化、哲学与美学，却是从生、从乐的角度，来看待与处理人的生命与生存境遇问题。这可以期待，生这个范畴，此后在与入渐的印度佛教及其佛学的交往之中，如何严重地影响中国佛教美学的建构。它的影响，一点也不亚于前述道、气与象三大范畴。

生的甲骨文字，是草木出土的象形。中国上古文化的新石器时代尤其崇祖即崇拜男根。梁漱溟说："这一个'生'字是最重要的观念，知道这个就可以知道所有孔家的话。"[①]所言是。《论语》记孔子之言，其学生向他请教生死问题，孔子的回答是："未知生，焉知死？"不仅儒家，先秦道家与墨家等，都重"生"。道家讲"养生"，追求个人生命的长存，不同于儒家重祖嗣之说。道家重个体生命；儒家重群体生命。凡人，有两个生命肉身，炼气以求长生者，道也；传种接代企求血族长存者，儒也。墨家讲"节葬"、"明鬼"，这讲的是死

---

① 梁漱溟：《东西文化及其哲学》，载《梁漱溟全集》第一卷，山东人民出版社，1989，第448页。

问题，其着眼点却在于生。《礼记》有"事死如事生"这一著名命题。《易传》云，"天地之大德曰生"、"生生之谓易"。"大德"的"大"，甲骨文写作𪥠，是正面站立的成年男子的象形。"大德"乃"太德"之谓。"大"是"太"的本字。在原始父系文化中，先民以为，人的生殖全赖于男性，"大"，是传承血脉、子孙繁衍的原生血脉。故此"大"，有原始、本初之义。"大德"之"德"，通"性"。"大德"即"太德"即本性。天地的本性是生，这是先民关于天地生成论的重要概括。易理的根本，在于"生生"，这是指自然、社会，整个世界以及人类、文化生生不息、无有穷时。《易传》的生命思想，是中国古代生命哲学、美学的典型。《易传》说，"精气为物，游魂为变，故知死生之说。"生命之气的活着状态，称为"精气"。人一旦死去，"精气"便变而为"游魂"、鬼气。按庄生之言，是谓精气的"散"在状态。因而所谓"死"，魂飞魄散也。《周易》重"生"，必然崇祖。祖字在甲骨卜辞中写作𥘆，简笔写作𠃌，表示富于生命之气活着的祖先；甲骨卜辞又有一个𠄌字，是𠄌字的颠倒，表示死去的祖先，此成语所谓"垂头丧气"之本义。《周易》本在算策演卦，为生而不为死，所谓趋吉避凶、逢凶化吉，都在企求生。《易传》言"生"之处很多，仅有一处说到一个"死"字，所谓"故知死生之说"，是将"死"仅仅看作族类人群两次"生"之间一个暂时的中介，此即父死子继、子死孙继而直至永远，"子子孙孙未有穷尽矣"。从而强调此岸、世间的生，将严重的死问题轻轻地放在一边。《易传》又说，是故易有太极，是生两仪，两仪生四象，四象生八卦，八卦定吉凶，吉凶生大业。这是带有原始巫学思想烙印的宇宙生成说，在思想与思维方式上，与《老子》所谓天下万物生于有，有生于无、道生一，一生二，二生三，三生万物有所不同，但都在于强调"生"。《尚书·洪范》有"五行"之说，一曰水，二曰火，三曰木，四曰金，五曰土。齐人邹衍（约前305—前240）"深观阴阳消息"，创"五德终始"之说，阐五行相生相克之理。其中所谓相生，为水生木，木生火，火生土，土生金，金生水。这无异于承认世间万物之间的生生关系，生命之链循环往复，无有穷已。又用相克说来加以平衡，所谓水克火、火克金、金克木、木克土、土克水。相克是对相生的克制与平衡，是古人所认同的生态平衡之见。然而在五行生克的思维模式中，往往以生为吉、克为凶，趋吉避凶，虽然追求平衡关系，还是强调生的。虽然五行相生相克说具有明显的经验性思维特色，而对生的关切与执著，是毋庸置疑的。

生这一范畴，是从气之思想与思维处所衍生而来的。在古人看来，气是生的形质，生乃气之状态与功能。这两个范畴，发展到后代，便有"生气"、"生动"与"气韵"等范畴，在中国美学史上显得相当活跃，如南朝谢赫《古画品录》所谓"气韵，生动是也"即然。生范畴及整个中华生命哲学、美学，在后代印度佛教入传之后，引起了剧烈的冲突以及在冲突之中的理念、思想的调和，揭开中国美学之历史、人文新篇章。

五曰**乐**。乐的本义，指乐器。引申之谓音乐、艺术与快乐。先秦的乐范畴，兼如前四义。

乐这一范畴，在先秦时往往与礼并提，这是儒家重视礼乐文化的缘故，由于此时的乐范畴，是从属于礼的，故而还不是一个纯粹的美学范畴。

《论语·泰伯》云，子曰：兴于诗，立于礼，成于乐。这是兼说诗、礼、乐三者。《论语·子路》云，子曰：名不正则言不顺，言不顺则事不成，事不成则礼乐不兴，礼乐不兴则刑罚不中，刑罚不中则民无所错（措）手足。这是礼乐并提，相互制约，成为治理天下与人心的两翼，故《礼记》有乐统同，礼辨异之说。礼乐的乐，指三位一体的音乐、舞蹈与诗歌。孔子云，乐则韶、舞矣，闻韶乐之美而三月不知肉味。孔子申言克已复礼，醉心于乐。《论语·雍也》说，子曰：知者乐水，仁者乐山。此乐，指精神愉悦。

相比而言，先秦与儒家并列的墨家，是乐即艺术的反对者，墨子主张"非乐"崇尚"节用"，其反艺术反奢华，是不令人奇怪的。《墨子·非乐》说，是故子墨子之所以非乐者。以为大钟、鸣鼓、琴瑟、竽笙之声，以求兴天下之利，除天下之害而无补也。是故子墨子曰：为乐非也。墨子倡非乐说，并非反对乐之本身，而是以为，乐无有实利、实功之故。

年代上处于孔孟之际的郭店楚简的论乐说，与礼并称，且从和的角度加以申说。其《尊德义》篇有云，圣，知、礼、乐之所由生也，五行之所和也。和则乐，乐则有德，有德则邦家兴。又说，德生礼，礼生乐。可见，先秦儒家论乐，并不把乐看作纯粹审美的艺术，而是治理世道人心的手段，重乐，正如重礼一样，是治国齐家平天下的方略国策。

孟子有"与民同乐"的思想。"曰：'独乐乐，与人乐乐，孰乐？'曰：'不若与人。'曰：'与少乐乐，与众乐乐，孰乐？'曰：'不若与众。'"①在孟子之前，孔子的"乐"观，尊雅乐而贬郑声，以古乐、先王之乐、旧乐为正声、德音；以今乐，世俗之乐为奸声、邪音。孟子则以为"今之乐由古之乐"，且主张把"乐"从宫廷、王室之中解放出来，成为"与民"、"与众"共同的审美。孟子说，"至于声，天下期于师旷，是天下之耳相似也。"②在中国美学史上，提出"同美"之说。这里是"同美"之"美"，指美感。

庄子说："夫明于天地之德者，此之谓大本大宗，与天和者也。所以均调天下，与人和者也，与人和者，谓之人乐；与天和者，谓之天乐。"③将乐分为人乐与天乐两类，而尊天乐。称"知天乐者，其生也天行，其死也物化"，"故知天乐者，无天怨，无人非，无物累，无鬼责"④，并且提出"天下有至乐无有哉？"这一问题，其答案是肯定的。庄子说，"至乐无乐，至誉无誉"⑤。"至乐"境界，就是道的境界。这里的"乐"，是一个可以趋向于审美的哲学范畴。"至乐"，似乎有类于印度佛教入渐之后中国佛教美学的"大乐"观，不过，前者为"无"而后者为"空"而已。

战国末年的荀子，依然礼乐并提。"故乐行而志清，礼修而行成，耳目聪明，血气和平，移风易俗，天下皆宁，美善相乐"，⑥他对墨子的"非乐"说加以驳斥。认为乐之美，"化"、"感"之果，"化"性之"恶"而向"善"也。认为天地之间有顺气与逆气，导致天下治乱，而音乐"正声"，"感人而顺气应之，顺气成象而治生焉"。而"奸声"则应乎"乱"矣。荀子说，"我以墨子之

① 《孟子·梁惠王章句下》，载焦循：《孟子正义》卷二，《诸子集成》第一册，上海书店，1986，第59页。
② 《孟子·告子章句上》，载焦循：《孟子正义》卷十一，《诸子集成》第一册，上海书店，1986，第451页。
③ 《庄子·天道第十三》，载王先谦：《庄子集解》卷四，《诸子集成》第三册，上海书店，1986，第82页。
④ 同上。
⑤ 《庄子·至乐第十八》，载王先谦：《庄子集解》卷五，《诸子集成》第三册，上海书店，1986，第109、110页。
⑥ 《荀子·乐论篇第二十》，载王先谦：《荀子集解》卷十四，《诸子集成》第二册，上海书店，1986，第254页。

'非乐'也，则使天下乱；墨子之'节用'也，则使天下贫。"①是何缘故呢？如果天下无正声雅乐，则气不顺而致天下乱，这里的"乐"，依然尚未与"礼"分立。

《吕氏春秋》有"适音"、"古乐"、"大乐"、"侈乐"、"音初"与"音律"诸篇。其中《适音》一篇，提出"以适听适则和"这一命题。"夫音亦有适。太巨则志荡，以荡听巨，则耳不容，不容则横塞，横塞则振；太小则志嫌，以嫌听小，则耳不充，不充则不詹，不詹则窕；太清则志危，以危听清，则耳谿极，谿极则不鉴，不鉴则竭；太浊则志下，志下听浊，则耳不收，不收则不抟，不抟则怒。故太巨、太小、太清、太浊，皆非适也。"②此"适音"之见，纯然为音乐之论，说的是音声的适度便成艺术，是对音乐欣赏的生理、心理机制的描述，尚为从哲学上考虑和论说音乐艺术之美。

《荀子·乐论》，持气化感应之说，认为"音之起，由人心生也。人心之动，物使之然也。"③《乐记·乐本》重申"乐者，通伦理者也"这一命题，于是便有"乐者为同，礼者为异"、"礼义立，则贵贱等矣；乐文同，则上下和矣"以及"乐者，天地之和也；礼者，天地之序也"、"大乐与天地同和，大礼与天地同节"④的结论。《乐言》篇重提"血气"之说。而《乐象》篇，以"乐"与"象"应，在思想与思维上，较前的"乐"范畴，有了推进。音乐，是典型的审美意象而非审美形象。在《淮南子·原道训》篇，有"无声而五音鸣焉"这一命题。所谓"无声"者，先秦老子"大音希声"之"大音"的另一说法，实指"无"。无生有，"无声"生"五音"之"鸣"，这是道家"乐"生于"无"（道）的传统礼乐之见。

适宜人身心之本性者，为乐，是一般先秦诸子关于乐的认知，由于尚未自觉地从哲学角度认识乐的审美属性，故那时的乐范畴，还不是一个成熟的美学

---

① 《荀子·富国篇第十》，载王先谦：《荀子集解》卷六，《诸子集成》第二册，上海书店，1986年，第120页。
② 《吕氏春秋·适音》，载《吕氏春秋》卷五《仲夏纪第五》，《诸子集成》第六册，上海书店，1986，第50、49页。
③ 《礼记·乐记第十九》，载杨天宇：《礼记译注》下册，上海古籍出版社，1997，第627页。
④ 同上书，第631、634、636页。

范畴。世俗之乐，与佛教、佛教美学意义的对立、对应性范畴，是佛境的"悦乐"、"禅悦"等，梵语Sukha，指入定而乐悦无碍。《华严经》有一个著名比喻，称"禅悦"者，有如临餐之乐："若饭食时，当愿众生禅悦为食，法喜充满。"禅悦的所以重要，有如饮食之于人的生命。实际所谓禅悦之类，悟空、禅寂之境，是对世俗快乐的消解。①佛教又有"乐果"说，灭世俗之欲而入涅槃称乐果。可见，佛教所倡言的快乐，正与世俗相反。

六曰**和**。和范畴起于饮食文化。《左传·昭公二十年》云，"和如羹焉"。水、火、醯、醢、盐、梅，以烹鱼肉，燀之以薪，宰夫和之，齐之以味，济其不及，以泄其过。君子食之，以平其心。君臣亦然。这是从烹饪经验谈味和。音声之和，有如味和。此《左传》之所以说"声亦如味"，一气、二体、三类、四物、五声、六律、七音、八风、九歌，以相成也。清浊、小大、短长、疾徐、哀乐、刚柔、迟速、高下、出入、周疏，以相济也。

这是从"味和"推而说"声"的"和"，进而从天下人"心"的"平"，来说"德和"之理，将一系列对偶性范畴，以一个"和"字，来加以概括。"德"之"和"在于"心"之"平"，此"心"，并非民氓百姓而是"先王""君子"之"心"。虽然最后落实在"德"，却指此"声"之"和"，蕴含一定的趋于美学的意义。从饮食之和，来论述艺术之和，由于尚未自觉地从哲学角度论述和的问题，还不能说，先秦时期的和范畴，是一个纯粹的美学范畴，却是趋向于美学的。

《国语·周语下》篇，从人的耳目感官说"和"。"夫耳目，心之枢机也。故必听和而视正。听和则聪，视正则明。"《国语·郑语》篇又说，"夫和实生物，同则不继。以他平他谓之和。"②这是指生命的和谐状态。《论语》有"和为贵"这一著名命题，具有道德意义的普世价值，只能说是蕴含了一定的美学意义。《论语》所谓诗美"乐而不淫，哀而不伤"，实乃提倡中和之美善。中和的人文理念，在《易传》中显得很重要。《易传》论"和"，深刻在于从人的生命

---

① 按：佛教另有"乐欲"说。《最胜王经》一云"一切烦恼，以乐欲为本"。此乐欲，即世俗欲望之快乐。

② 《国语·周语下》《国语·郑语》，载邬国义、胡果文、李晓路：《国语译注》，上海古籍出版社，1994，第93、488页。

入手。《周易》兑卦初九爻辞云：和兑，吉。兑初九为阳爻居于阳位，按象数之学的爻位说，这是得位之爻，故吉。吉，便是命运之和，得位亦和。因而《易传》据此发挥道：和兑之吉，行未疑也。这是从人的德行角度说和，且带有巫的意味。这种和，因为是吉的，所以令人兑（悦）和。此兑并非审美愉悦，却是可以通往审美的。《易传》又有保合大（太）和之说。大和者，根本之和，指人的生命、男女的阴阳之和。《易传》尚中，一卦六爻，以初、二爻象地；三、四爻象人；五、上爻象天，是一个天人合一、天人感应的文化模式。在这一模式中，以人为中，构成天人合一、天人感应的模式，具有中和之美善的意味。中和是易理的根本。《中庸》云，中也者，天下之大本也；和也者，天下之达道也。致中和，天地位焉，万物育焉。《中庸》此说，与中和的易理极为投契。通行本《老子》为战国中期太史儋根据《老子》祖本所修撰，体现了这一历史时期人们对和的理解和领会。通行本《老子》四十二章云，万物负阴而抱阳，冲气以为和。从阴阳之气的冲，即运化角度来说和范畴，趋向于一定哲学及其美学的人文意义。《庄子》言说《咸池》之乐，称其一清一浊，阴阳调和，流光其声，美妙绝伦。此和，具有一定的美学意蕴。正如前述，《庄子》论乐，推重天和说。天和者，自然本和之谓，实即道。是将和与乐相对应，有一定的美学意义。《吕氏春秋》亦说"和"："心必和平然后乐。心必乐，然后耳目鼻口有以欲之。故乐之务在于和心，和心在于行适。"①和心是一个重要的概念，和之心，是艺术欣赏的内在机制与需要，所谓内适也；声成文则为音。一般的声不一定令人愉快，只有那些"成文"之音即符合一定音度、节奏与旋律的声才称之为乐之和，此之谓适。"何谓适？衷音之适也。""衷音"者，中和之音。《吕氏春秋》所以说，"以适听适则和矣。"②这已经触及了审美意义之和的一根神经，即主客的和谐。《乐记》说和之处更多。所谓"乐以和其性"，"则乐者，天地之和也"③，"大乐与天地同和"④这是坚持了先秦老庄关于"和"的哲学立场。汉初

---

① 《吕氏春秋·仲夏纪第五》，载高诱：《吕氏春秋注》卷第五，《诸子集成》第六册，上海书店，1986，第49页。

② 同上书，第50页。

③ 《礼记·乐记第十九》，载杨天宇：《礼记译注》下册，上海古籍出版社，1997，第640页。

④ 同上书，第636页。

《淮南子》亦说"和","大羹之和，可食而不可嗜也；朱弦漏越，一唱而三叹，可听而不可快也。故无声者，正其可听者也。"①说"和"依然是先秦《左传》的口吻，所谓"和如羹"也，重申《吕氏春秋》"适音"之说，反对过度的"嗜"与"快"。

和是中国文化、哲学与艺术极富民族特性的一大范畴。当两个及以上因素适度地相互蕴涵、且构成趋于完善结构时，便成事物之和。物我一如、主客统一、天人合谐以及人与自然、人与社会、人与人、人之内心等，都可以达成种种平衡、均衡状态，都可称为和。和，一般地执着于世俗之有。佛教所谓圆融、澄明以及中道等，皆可为佛教意义之和。此和，毕竟空之谓，佛教宣扬的空幻本身，就是一种精神境界的和，佛教称为圆、圆融、圆圆海。一法之中蕴含无量佛法，有如种种香末为一丸，众香熏染，此佛教所谓"和香丸"是也。

七曰美。世人治中国美学，有的学人持"美"非中国美学史"主要范畴"之见。其实不然。以笔者有限的阅读与查检，可以肯定地说，"美"范畴之于中国美学史，在中国佛教美学史发生之前，已经有所成熟。不过，最早的美范畴，实指饮食味道的可口。美字从羊。东汉许慎说，"羊大为美"。中国饲养羊的历史很是悠久，羊的性格又很温和，所以在上古巫术文化中，羊对于人而言，是一种吉利的动物与文化符号。尔后美的观念，成长为道德意义的善。在先秦，在美与善之关系的问题上，主要是美善不分，美即善，善即美。

时至春秋末期，据《国语》所记，中国人已有纯然美学意义上的美范畴。"灵王为章华之台，与伍举升焉，曰：'台美夫'。"楚灵王与大夫伍举同登章华灵台，灵王赞叹灵台之"美"，这是审美意义上的由衷赞叹，指形式之美，是一个美学范畴，虽然并未也不可能对美范畴进行理论阐述。与美范畴相关的，伍举论美，还同时提出"崇高"这一范畴，所谓"不闻其以土木之崇高、彤镂为美"。当然，这一崇高范畴，并非西方古典美学悲剧意义上的，仅与中国后代所言的壮美范畴相类。伍举提出一个关于"美"的定义：

---

① 《淮南子·泰族训》，载高诱：《淮南子注》卷二十，《诸子集成》第七册，上海书店，1986，第348页。

夫美也者，上下、内外、小大、远近，皆无害焉，故曰美。①

美关乎审美对象的"上下、内外、小大、远近"，美是有"意味"的"形式"，所谓"无害"，即指无功利性的美，这是很深刻的见解。

《论语》一书说"美"之处凡十三。其一，美指道德之善，如"礼之用，和为贵。先王之道，斯为美"②；其二，指道德意义之人格美、人品美，如"如有周公之才之美，使骄且吝，其余不足观也已"③、"子张曰：'何谓五美'？子曰：'君子惠而不费，劳而不怨，欲而不贪，泰而不骄，威而不猛'"④；其三，指服饰、宫室之美，如"恶衣服而致美乎黻冕，卑宫室而尽力乎沟洫"⑤、其四，指艺术之美，如"子谓《韶》：'尽美矣，又尽善也'。《武》，'尽美矣，未尽善也'"⑥；其五，指人体之美及其在艺术中的表现，如"子夏问曰：'巧笑倩兮，美目盼兮，素以为绚兮'，何谓也？"孔子回答："绘事后素"⑦。

可见当时在思想与思维上，已开始将美、善加以区别，且关注人体之美，如说"美目"顾盼是一种美。

孟子所谓"目之于色也，有同美焉"的"同美"之说，在先秦美学史上具有发聋振聩的意义。其立论依据，在于人五官感觉同一之故，也是孟子所谓"圣人与我同类者"之见的必然结论。孟子指出，圣人与一切人之间，"心之所

① 《国语·楚语上》，载邬国义、胡果文、李晓路：《国语译注》，上海古籍出版社，1994，第512页。

② 《论语·学而第一》，载刘宝楠：《论语正义》，《诸子集成》第一册，上海书店，1986，第16页。

③ 《论语·泰伯第八》，载刘宝楠：《论语正义》，《诸子集成》第一册，上海书店，1986，第162页。

④ 《论语·尧曰第二十》，载刘宝楠：《论语正义》，《诸子集成》第一册，上海书店，1986，第417页。

⑤ 《论语·泰伯第八》，载刘宝楠：《论语正义》，《诸子集成》第一册，上海书店，1986，第169、170页。

⑥ 《论语·八佾第三》，载刘宝楠：《论语正义》，《诸子集成》第一册，上海书店，1986，第73页。

⑦ 同上书，第48页。

同然者"。而"心之所同然者,何也?谓理也,义也"①。可见,孟子的"同美"之说,固然指明"同美"由于天下之口、耳、目等相似、相同之故,却最终归结于天下之"理"、"义"的同一。

庄子对美范畴的最大贡献,是提出"大美"这一概念。"夫天地者,古之所大也,而黄帝、尧、舜之所共美也",又说"天地有大美而不言"②。此"大美"者,原美、本美也,生成天下万物之美的本根,实即道,确是从哲学高度来认知美的。此道无以言述,此《老子》所谓称"道,可道非常道"也,此之谓"大美无言",实指大道不可言说。

《吕氏春秋》说"美",称"贤、不肖不可以不相分,若命之不可易,若美、恶(丑)之不可移。"③这是强调美的质的规定性。又说,"彼以至美不如至恶,尤乎爱也。故知美之恶、知恶之美,然后能知美恶矣。"谈到所谓"肉之美""鱼之美""菜之美""饭之美""水之美""果之美""马之美"与"和之美"④等等。美、恶各具质的规定性,美、恶可以互转。这些大凡都指具体事物、具象之美,较之庄子所言"大美",指的是世俗、经验层次的美的东西而非美本身。

汉初贾谊称"德有六美"。何谓六美?道、仁、义、忠、信、密也。显然,这"六美"的美,实指善。但是六美之中又包括道家所说的道。贾谊并且说,道者,德之本也。可见这一范畴,在逻辑思想上,已有一定的美之意义,尽管其逻辑显得并不周致、严密。"六美"又与"六理"并列,这在中国美学范畴史上是特具意义的。考理之本义,玉治也。王乃使玉人理其璞耳。加以引申,则理指石、玉之纹理,有美义。再作引申,有事之条理义,《荀子·儒效》:井井

---

① 《孟子·告子章句上》,载焦循:《孟子正义》,《诸子集成》第一册,上海书店,1986,第451页。

② 《庄子·知北游第二十二》,载王先谦:《庄子集解》卷六,《诸子集成》第三册,上海书店,1986,第138页。

③ 《吕氏春秋·仲春纪第二》,载高诱:《吕氏春秋注》,《诸子集成》第六册,上海书店,1986,第22页。

④ 《吕氏春秋·孝行览第二》,载高诱:《吕氏春秋注》,《诸子集成》第六册,上海书店,1986,第141、142、143页。

兮其有理也。再作引申，便是杨倞《荀子》注所说的，理者，有条理也，指井然之人际秩序。贾谊一方面讲"六理"为"道、德、性、神、明、命"，另一方面又称理中包含了德，逻辑上有些纠缠。但在六美说中又包含了道家关于道作为美之本原本体的认知。

在西汉韩婴《韩诗外传》说，材虽美，不学不高。虽有良玉，不刻镂则不成器。这是在肯定自然美的同时，更肯定后天改造而使得事物更美的意思，开启了后世美关乎文质之辨的思想。

《淮南子》关于美范畴，是与丑范畴同时并提的，并且放在"形神气志"的思维框架之中来加以讨论。今人之所以"察能分白黑，视丑美，而知能别同异，明是非者，何也？气为之充而神为之使也。"①这里重点在于论述气的本原问题，却提出一个"视丑美"的美学命题，在于不自觉地触及美丑的接受问题。《淮南子》又有"丑美有间"说：

> 求美则不得美，不求美则美矣；求丑则不得丑，求不丑则有丑矣；不求美又不求丑，则无美无丑矣，是谓玄同。②

在《淮南子》看来，美丑虽有"间"即区别，却是主体所"求"的结果。有时求美则美至、求丑则丑至；有时适得其反。是何缘故？因为有时主体之心在于"玄同"，有时相反。这里，《淮南子》作为汉初黄老之学的一个文本，汲取了道家"玄同"（道）的思想。作为黄老之学，它将先秦老子所谓"无为而无不为"的思想，变成了"无治而无不治"，在人文思想与思维上，有一个由内向外的转递，当老庄在对美问题作形上之玄思时，怎么也不会想到，汉初《淮南子》关于美，却同时作玄思、又作为实际问题来加以考虑。结果，汉人的眼光向外而不是心思专注于内，便发现、肯定外在世界之美。《淮南子·坠形

---

① 《淮南子·原道训》，载高诱：《淮南子注》，《诸子集成》第七册，上海书店，1986，第17页。

② 《淮南子·说山训》，载高诱：《淮南子注》，《诸子集成》第七册，上海书店，1986，第276页。

训》所谓"东方之美"、"东南方之美"、"南方之美"、"西南方之美"、"西方之美"、"西北方之美"、"北方之美"、"东北方之美"与"中央之美"①的论述，是一明证，而其思维模式，显然是源自先秦《周易》的八卦九宫方位说。

时至武帝时代的董仲舒，美范畴的演变具有回归于先秦儒家美学的特点。其一是肯定"天地之美"。其《春秋繁露·循天之道》云，"春秋杂物其和，而冬夏代服其宜，则当得天地之美，四时和矣"。其二、认为"天地之美"缘自"命"。该书《同类相动》篇说，"美事召美类，恶事召恶类，类之相应而起也。如马鸣则马应之，牛鸣则牛应之"，"美恶皆有从来，以为命"。从"天人感应"说出发，又认为美、恶之原于"命"。其三、提出"化美"说。《如天之为》篇有"故人气调和，而天地之化美"说。《易传》云，"天地氤氲，万物化醇；男女构精，万物化生"。"化"这一范畴，揭示了万物潜移默化的性状与过程。《春秋繁露》说"美"，继承了"易"之化变的思想。其四、主张"仁之美"在于"天"之说。在先秦，"仁"本是一个儒学、伦理学范畴，指人际、人伦关系的和谐。故其《王道者三》篇有云，"仁之美者，在于天。天，仁也"。董氏将作为"善"的"仁"，变成了"仁之美"，且以"无"为美之原，这是哲学兼美学的解读，而浸透了天人感应以及官方经学的思想。

董氏之后，西汉关于美范畴的讨论，很有些特别之处。

刘向《说苑》有关于人之相貌、服饰与道德之关系的讨论，该书《贵德》篇说，"君子衣服中，容貌得，则民之目悦矣"。故"正其衣冠，尊其瞻视，俨然人望而畏之"。这里虽无"美"字，实际所讨论的，却是一个美学问题。《贵德》篇写道，"智伯曰：'室美矣夫！'""对曰：'美则美矣，抑臣亦有惧也。'智伯曰：'何惧？'对曰：'臣以秉笔事君。记有之曰：高山峻原，不生草木；松柏之地，其土不肥。'今土木胜人，臣惧其不安人也"。"室美"本不值得"惧"，然而这里的"室"固然"美"，却建造在"不生草木"、"其土不肥"的所谓风水不吉利的地方，所以虽则"室美"而"惧其不安人也"。可见这样的"室美"之"美"，在西汉时人的人文意识中，还是深受巫性风水理念影响的。

---

① 《淮南子·坠形训》，载高诱：《淮南子注》，《诸子集成》第七册，上海书店，1986，第58—59页。

西汉末年，扬雄《解难》又说，"大味必淡，大音必希，大语叫叫，大道低回。是以声之眇者，不可同于众人之耳；形之美者，不可混于世俗之目。"①扬雄著《太玄》以艰涩自美，世人未解，故以《解难》阐释。他认为：那种"美味期于合口"的美，是肤浅而令人不齿而媚俗的。扬雄自视很高，虽然没有说过类似"美是难的"之类的话，但他所执著的所谓美，是有深度的，从其以"大味必淡，大音必希"说"美"看，此实指老庄所谓道之美。

世俗之美，是印度和中国佛教所消解的对象。一部《佛学大辞典》，说尽千言万语，却极少有条目直接说到美。并不是说，世俗之美不在印度和中国佛教的文化视野之中，而是在印度原始佛教时期，一般是将其作为与"无我"相对应、对立的东西而"存在"的。世俗之美包括艺术美和自然美等，本来都不是佛教所要肯定的作为"原美"、"本美"的空、涅槃与佛性等本身。在大乘佛教时期，以般若空观审视现实、世俗之美，看到与肯定的并非美的事物，而是由此领悟到般若之境。现实、世俗之美，实际是作为般若的"方便"而"存在"的。

八曰**文**。《说文》云，"错画也，像交文"。文的意识、概念，起于上古的纹身文化。人类有一种本能冲动，总是试图改变其所在的世界和环境，包括改变其身体自身。原始纹身，意在通过改变人的肉身形貌，在世界与神灵面前，树立一个人的另一形象，是富于原始神性兼巫性的。文的人文源头，固然在于原始神话、图腾与巫术文化，作为渐趋于后代自觉的审美意识的表达，在于口头文学，与原始神话有关。刘若愚《中国文学理论·导论》有云，"在古代汉语中，最近于literature的相当词是'文'。这个字最早出现于甲骨文以及殷商（约纪元前三一〇〇——前一一〇〇）后期的一些青铜器上"。

《国语·郑语》记史伯之言，称"声一无听，物一无文"，与《易传》所谓"物相杂，故曰文"义相通。《易传》有"文言"篇，专释乾、坤二卦卦爻辞之义。文，文饰之义。《论语》记孔子论文之处甚多。"郁郁乎文哉！吾从周"；

---

① 扬雄《解难》，中华书局影印本。按：扬雄言及其所撰《解难》缘起有云："雄以为，经莫大于《易》，故作《太玄》。客有难《玄》太深，众人之不好也。雄解之，号曰'解难'。"可见此文因释《太玄》而作。

"文王既殁，文不在兹乎"；"文质彬彬，然后君子"；"行有余力，则也学文"以及"子以四教：文、行、忠、信"，等等，凡此所言文，大凡指典章制度、善德善行之完美的外在表现以及文学之类等意义。孔子还有"焕乎！其有文章"之说。章太炎《国故论衡·文学总略》解析云，"孔子称尧舜焕乎文章，盖君臣、朝野、尊卑、贵贱之序，车舆、衣服、宫室、饮食、嫁娶、丧祭之类，谓之文"。此善。

> 能文则得天地。天地所胙，小而后国。夫敬，文之恭也；忠，文之实也；信，文之孚也；仁，文之爱也；义，文之制也；智，文之舆也；勇，文之帅也；教，文之施也；孝，文之本也；惠，文之慈也；让，文之材也。经之以天，纬之以地，经纬不爽，文之象也。①

这是全面地论说文与敬、忠、信、仁、义、知、勇、教、孝、惠与让及与天地的关系问题，将文提到与天地平齐的高度来加以审视，类于文化之义。有如《左传·昭公二十九年》所言，"经纬天地曰文"。"经纬天地者"，改造、管理自然、社会以及人自身，这便是文，即《易传》所言"人文"。《周易》贲卦卦象☲，离下艮上之象。此卦三阴爻、三阳爻交错阴阳与刚柔相会，《易传》说，此乃"柔来而文刚"、"分刚上而文柔"，便是所谓天文。与天文相应，便是"人文"。《易传》说，"柔来而文刚，分刚上而文柔，故小利有攸往，天文也。文明以止，人文也。观乎天文，以察时变。观乎人文，以化成天下"。人文的文，指人对自然（天）的改造与把握，犹今之美学所谓"自然的人化"、"人化的自然"。从先秦到西汉，文这一范畴，从其由原始图腾、巫术与神话的氛围之中衍生之后，先秦时，则更多地浸淫于儒家的道德人格之说。此前述孔子所言"文质彬彬，然后君子"之文然，指道德人格与君子形貌、气质、气度的温文尔雅。《荀子·不苟》说："君子宽而不慢，廉而不刿，辩而不争，察而不激，寡立而不胜，坚强而不暴，柔从而不流，恭敬、谨慎而容，夫是之谓至

---

① 《国语·周语下》，载邬国义、胡果文、李晓路：《国语译注》，上海古籍出版社，1994，第75页。

文。《诗》曰：'温温恭文，惟德之基'。此之谓矣。"①至文者，人格文、质与内、外和谐之状态，为崇高、典雅、纯净、完善之儒家人格。

文质这一对应范畴的确立，意味着作为形式的文的意识的发生。文质相对相应，始于先秦，开始用以描述君子人格，又发展为艺术，指其内容与形式，文范畴受到历史的关注与锻炼。战国末期《荀子·宥坐》云，子贡观鲁庙之北堂，问教于孔子。孔子云："大庙之堂，亦尝有说，官致良工，因丽节文，非无良材也，盖曰贵文也。"②这里仅言及文而未涉于质。其实所谓节文、贵文云云，已有所审美意义之文质关系在。韩非子说："道者，万物这之所以然也，万理之所稽也。理者，成物之文也。"又举例称，"和氏之璧，不饰以五采，隋侯之珠，不饰以银黄，其质至美，物不足以饰。夫物之待饰而后行者，其质不美也"。③韩非以道为物之本然，以理释文，又以饰之义释文，凡此都与美范畴相勾连，此"文"是一个关乎形式美的人文范畴。

西汉初年，文范畴的人文内涵推进一步。陆贾的《新语·资质》，以"生于深山"的"天下之名木"作比，称名木"因斧斤之功，得舒其文采"。可见，倘无名木本具"质美"，其文采便不得其舒。这种关于文的思维方式，有类于尔后的《淮南子》。其文云："锦绣登庙，贵文也；圭璋在前，尚质也。文不胜质，之谓君子。"④这是重质而轻文。董仲舒称，先质而后文。凡此虽然都从道德人格处论析文质问题，其实是先秦儒家到西汉经学传统审美观使然。在传统上，显然旁及先秦墨家"先质而后文"的"非乐"观。这一点刘向《说苑》说得很明白：是故文王始接民以仁，而天下莫不仁焉，文德之至也。德不至，则不能文。文德，犹文质之谓。德（质）主而文次，德决定文。又说：商者常也。

---

① 《荀子·不苟篇第三》，载王先谦：《荀子集解》卷二，《诸子集成》第二册，上海书店，1986，第25页。

② 《荀子·宥坐篇第二十八》，载王先谦：《荀子集解》卷二十，《诸子集成》第二册，上海书店，1986，第346—347页。

③ 《韩非子·解老第二十》，载王先谦：《荀子集解》卷六，《诸子集成》第五册，上海书店，1986，第107、97页。

④ 《淮南子·缪称训》，载高诱：《淮南子注》卷十，《诸子集成》第七册，上海书店，1986，第155页。

常者质，质主天；夏者大也。大者文也，文主地。文质犹如天地，天主地次。西汉末年，扬雄一方面重质轻文，《法言·吾子》：女恶华丹之乱窈窕也，书恶淫辞之淈法度也。另一方面，又持华实即文质相副之说，《法言·修身》：实无华则野，华无实则贾，华实副则礼。《法言·寡见》：玉不雕，玙璠不作器；言不文，典谟不作经。

文作为人文范畴，此后偏重于对事物形式美的感悟、认知与规范。当先秦儒家以天文、人文并提时，文的意蕴，已是历史地沾溉哲学与伦理学因素。文与天道相联，本来文具有神性兼巫性，尔后，又提升了文的哲学品位；文与人道相系，在人格说意义上，建构起孔子所说的君子人格的"文质彬彬"说。文质这一对应性范畴，在此后漫长的中国美学史上，曾经论争不息，可谓源远而流长。

在汉译佛经中，与文相对应的美学范畴，付之阙如。如将文解为文字之义，则佛经有"文字"与"文字般若"等佛学范畴。《维摩诘经·观众生品》云，"言语文字，皆解脱相"。该经"弟子品"又说："至于智者，不以明著（引者按：鸠摩罗什译本译为"不著文字"），故无所惧。悉舍文字，于字为解脱；解脱相者，则诸法也。"①舍弃文字即般若，而该舍弃本身亦当舍弃。般若作为实相，本离文字；而般若不假于文（言语文字），则无以示现。因而，般若与文字的关系，不即不离。

要之，前文所述八大范畴，大凡是先秦至西汉中国美学史上属于早期的重要范畴，各自起源于中上古文化。它们与哲学的机缘各有不同，成熟有先后、内涵存差异，却都是中国佛教美学史发生之前，中国美学思维与思想的开始酝酿。此外，诸如无、有、动、静、刚、柔、一、多、心、观、性、情与太极、无极等范畴，也显得相当活跃而重要，必然给此后中国佛教美学的发生、发展与嬗变施以巨大影响。八大范畴，往往在此后汉译佛典中不同程度地出现。如早期佛经所谓"佛道"等，都是很活跃的范畴。或从相反角度，显示了其存在的意义，如美范畴，正如前述，世俗、现实意义之美，一般为佛教教义所否弃。美色美景之类，正是佛教修行所要破斥的对象。空幻正是破斥世间一切美丑与善恶、是非之时的

---

① 《维摩诘经·弟子品》，支谦译，金陵刻经处本。

一种境界。然而，倘然没有世间之美，也便无所谓佛教所言空幻。表面看，世间之美为佛教所否弃，佛教不信任世俗之美是肯定的，却在对世俗美的破斥之际，显示了美这一中国美学史的原范畴，在被佛教空幻之否定的时候，而存在的意义。八大范畴的先期存在，为中国佛教美学史的历史与人文底色，奠定下了历史与人文的基调，成为其绕不过去的一种文化的先在与本在。

从先秦到西汉，尤在先秦时期，中国美学史上，还出现了不少有待于发展为美学的人文命题，这里择要言之。

一是**道法自然**。通行本《老子》云，"故道大，天大，地大，人亦大。域中有四大，而人居其一焉。人法地，地法天，天法道，道法自然。"①这一老子名言的关键，是一个大字。

此大，并非大小之大，实为太的本字，有原始、原朴、本原之义。

问题是，所谓道大、地大、天大、人亦大，是指道、天、地与人，各为其大吗？如果是，则等于说各具本原。而《老子》所说的大，作为本原，并非如西人柏拉图理式（idea）派生万物，而是宋明理学所说的"月印万川"、"理一分殊"。世间之月确是惟一，明月高悬，只是惟一，别无它者。然而世间万川又各具一月，此乃月之影也。朱熹云，"太极"者，理之圆满。"人人有一太极，物物各一太极。"②万物之本原为道（大），道犹皓月当空，万类无不沐浴于清辉。它只是惟一，却在天下无数川流留下明丽的影子，使万物个个显出光辉。因而万物之美，总源于道，却并非美的分享与消解。如万物圆融而俱足，是因源于道这一本根圆融俱足之故。这以《老子》之言，称道大，地大，天大，人亦大。

道作为元范畴，具有形上性，然而又并非权威、异已，是人可以效仿的。道在此岸，不离世间，与人亲和；不是对人强迫，而本于自然的人文尺度。道的世间性体现在道是人心的安顿与归宿，正如徐复观所言，"以作为人生安顿之地"③。

---

① 通行本《老子》，载魏源：《老子本义》第二十一章，《诸子集成》第三册，上海书店，1986，第19页。按：后文所引《老子》之言，都采自《老子本义》，不再注明。

② 《朱子语类》卷九十四，载黎靖德编，王星贤点校：《朱子语类》第六册，中华书局，1994，第2371页。

③ 徐复观：《中国人性论史·先秦篇》，生活·读书·新知三联书店，2001，第288页。

尽管道可供效仿而不异于人，而这效仿（法）有一个过程。人不能直接与道作终极意义的"对话"，这意味着人是永远无法接涉道之绝对的。人即使经过人法地、地法天、天法道这几个阶段，也难以证成绝对意义的道，故而，道不可言说、不可把玩。用《老子》的话来说，便是"道，可道非常道"也。

所谓"道法自然"，是道的自根自法。本然如此者，道也，道即自然。人，只在经过人法地、地法天、天法道、道法自然之时，才能渐渐接近于道的自然之境，并非也不能是对于道的绝对把握。道庄严矜持，道可被向往，可远观而不可被亵渎。道确实不是宗教的权威与偶象。道提供了不断追求真理的无限可能性。道，无比磅礴和崇高。

二是致虚极，守静笃。 通行本《老子》云："致虚极，守静笃。万物并作，吾以观复。夫物芸芸，各复归其根，归根曰静，静曰复命。"①

这一命题，为道预设了一个逻辑原点即静。道作为本根，灌注生气于万物，是谓"芸芸"之根。万物以道为本根，原本为静。世间万物生成即道之展开与物化之动，偏由道之本静所推动。不静，不足以为动，而动极即"万物并作"，积聚"复归其根"之力，不动不足以为静，此乃"复命"矣。静而趋动，动而复静，此道之大化流行也。道不能不生万物，是本静的消解；也不能不由万物复于本静，此老子所谓大曰逝，逝曰远，远曰反（返，回归）。

道不仅本静，而且是"虚极"的。因静而虚；因虚而静。虚极者，"大象无形"、"无状之状"。虚者，无也。是故天下万物生于有，有生于无。无是什么？《老子》说："视之不见，名曰夷；听之不闻，名曰希；搏之不得，名曰微。此三者不可致诘，故混而为一"，"是谓无状之状，无物之象，是谓恍惚"②。从现象学解析，假定将此世界一切经验之事物现象与人的意识、理念，均可以拿走，都放于"括号"，试问，该世界还"存在"什么？答曰：还"存在"一个"无"。无即"存在"③。无即"虚无"，并非"虚空"，亦非"空"。无，属于道

---

① 王弼注《老子道德经》，载《诸子集成》第三集，上海书店，1986，第9页。

② 同上书，第7、7—8页。

③ 参见叶秀山先生《世间为何会有'无'？》一文，《中国社会科学》1998年第3期。原文为："经过胡塞尔现象学的'排除法'，剩下那'刮不出去'、'排除'不出去的东西，即还有一个'无'在。"

学范畴，不是佛学范畴。《老子》言无、言虚、言静而不言空，是老子道学与后世佛学的根本区别之一。

道即静且虚，而复乃道之本能。道、静、虚为体，复、动为用，体用不二。这里"复命"的命，并非指命理，是指必然，指人力、人为不可违逆的道的本然。复，按《周易》复卦，卦象为一阳息生于初，"一阳来复"之谓，其上的五个爻符，都是阴性的。可见，复卦的复，指道是往来不息的一种生机。

道且静且虚且复。致虚极，守静笃这一命题所强调的，是致、守二字。道本无所谓目的，而论道却是有指归的。无疑，这一人文命题是就人生道路问题而说的。

就人而言，人致守于道，在于自由，顺其自然地趋向于"素朴而天下莫能与之争美"的人格理想与人生境界。问题是，这理想、境界往往总是难以趋赴与达到，人往往本然地难以回到他那虚极而静笃的精神故乡。人是这样的一种"动物"，他创造文化，告别原朴与蛮野，在人本质对象化创造美的同时，也在异化其自己的本质。就人而言，审美与反审美，因为是背反的，所以是同时进行、同时实现的，反之亦然。在现实中，人对于不同历史与人文层次的超拔与堕落，是人的宿命。这种宿命，人能够逃避吗？这是老子也是庄子的哲学及其美学的追问。

牟宗三说，《老子》的这一著名命题，实即提倡"无为"，此"无为而无不为"，其反面是"造作"。

> 照道家看，一有造作就不自然、不自由，就有虚伪……
>
> 道家一眼看到把我们的生命落在虚伪造作上是个最大的不自在，人天天疲于奔命，疲于虚伪形式的空架子中，非常的痛苦。基督教首出的观念是原罪（original sin）；佛教首出的观念是业识（Karma），是无明；道家首出的观念，不必讲得那么远，只讲眼前就可以，它首出的观念就是"造作"。①

"造作"所造成的精神痛苦有三：一，感官刺激的痛苦。《老子》所谓"五

---

① 牟宗三：《中国哲学十九讲》，上海古籍出版社，1997，第87—88页。

色令人目盲，五音令人耳聋，五味令人口爽，驰骋田猎令人心发狂"。二，心理的痛苦。喜怒哀乐，人之常情。而老子以为，此亦痛苦。故"不以物喜，不以己悲"，"宠辱不惊"；体现于艺术审美，实乃"声无哀乐"。三，"意念造作"之痛苦。这便是牟宗三所谓"意底牢结"，"一套套的思想系统，扩大说都是意念的造作"。[①] "意底牢结"，Ideology（意识形态）的别译，这是就社会的一些偏见而言的。破除"意底牢结"，在牟宗三看来，便是"致虚极，守静笃"。

三是**大音希声**。通行本《老子》云，"大白若辱，大方无隅，大器晚成，大音希声，大象无形，道隐无名"。

正如本书前述，这里的所有"大"字，即太之本字，太有原始、原初、原本、原朴之义。"大白"、"大方"、"大器"、"大音"与"大象"，是"原白"、"原方"、"原器"、"原音"与"原象"的意思。所谓"大音希声"的"大音"，为原朴之音，它当然是"希声"即无声的，"希声"者，稀声也，类于无声。按《老子》所谓"是故天下万物生于有，有生于无"这一见解，音乐之声为有，有生于无。此无，便是"大音"。学界有人往往以"最大的声音是听不到的"（意思是："最大的声音"震耳欲聋，故"听不到"）之类来释"大音希声"这一命题，其实是不对的。"大音希声"的"大音"，实指生成音声之美的"道"。因而"大音希声"，与这一论述中的其余同列命题一样，都在反复强调道之原美、无之原美的道家美学思想。原朴的白，好像黑一样，既然是原朴之道，无所谓白还是黑。原朴之道，无所谓方圆。原朴之器，是原本意义的原器，故有待于完成（晚成），实际指有待于成器的原朴之道。原朴之象，同是一种无（无象之象）。总之，所谓道者，隐之存在，无以名之。

四是**美之为美**。通行本《老子》云："天下皆知美之为美，斯恶已；皆知善之为善，斯不善已。"按学界一般理解，这说的是：美与恶对；善与不善对。可见老子所说的美，并非道德意义的善，是一个美学范畴而无疑的。恶既然与美对，则实指丑也。陈懿典《老子道德经精解》云，"但知美之为美，便有不美者在"。陈鼓应将《老子》是这一句话解释为，"天下都知道美之所以为美，丑的

---

① 牟宗三：《中国哲学十九讲》，上海古籍出版社，1997，第88页。

观念也就产生了；都知道善之所以为善，不善的观念也就产生了。"①这一解读，似乎是有理据的。

可是，既然《老子》已经认识到美丑观念是相对、相应而相随的，哪又为什么不直接说丑而要说恶呢？此恶，难道真是丑么？

其实，《老子》关于"美之为美"的言述，是一个思想敏锐、深刻而发聋震聩的美学命题。《老子》以道的玄思，所提出与追问的，并非"美的东西"，而是一切"美的东西"何以为美这一根本问题。

从《老子》所谓"道，可道非常道"这一怀疑主义的哲学命题与思想来加以分析，《老子》所谓"美之为美"这一段话的大意，可以理解为：如果天下的人都能懂得美之所以美，善之所以善，那就"恶"（糟糕）了。因为所谓"美之所以美"，"善之所以善"指的是对于"原美"、"原善"的哲学追问。这在《老子》看来，哪里能够做到人人"皆知"皆懂呢？《老子》对道的可知性，是怀疑的。而"美之为美"这一追问，试图彻底直探美学意义的"常道"，实际上不可能。《老子》一书，对"知"从来是怀疑而不信任的，因而有"绝圣弃知"之类的话。因而在老子看来，"弃知"实乃必然。企望"皆知"于美之根本，不免背"道"而驰，南辕北辙。②

《老子》能提出"美为之美"这一命题，证明战国时人③关于美的问题的思考，已经触及美的本原本体问题。

五是**非言非默**。《庄子·则阳》是《庄子》杂篇中的一篇，学界一般以为由庄子后学所撰。这一道家语言哲学命题的深邃意义及其人文影响的重要性，不言而喻。

中国美学史、中国佛教美学史上，所谓"言意之辩"，一直是其核心思想与思维的重要问题之一。在中国佛教美学史发生之前，这一哲学的思辨及其成果，尤为值得加以关注。

---

① 陈鼓应：《老子注译及评介》，中华书局，1984，第68页。

② 按：参见萧兵、叶舒宪：《老子的文化解读》，湖北人民出版社，1994，第1083页。

③ 按：这里指通行本《老子》，修撰于战国中期。据考，其修撰者为太史儋。见王振复：《中国美学的文脉历程》。第二章"诸子之学与审美酝酿"的第三节"郭店楚简《老子》的审美意识"，四川人民出版社，2002。

发掘于1993年10月的楚简本《老子》，作为迄今为止所发现的最古的《老子》抄本，它的思想与思维，显然更接近于由春秋末年老聃所撰的《老子》原本，其哲学、美学思想的古朴与原始，并不像通行本《老子》那样具有诸多玄虚意义的命题。诸如"道生一，一生二，二生三，三生万物"与"道，可道非常道；名，可名非常名"，等等，都是楚简本所没有的。应当说，楚简本《老子》关于言意之辨，没有尤为值得重视的见解。通行本《老子》的语言哲学的怀疑主义很强烈，它对语言抱着不信任的哲学态度，是显然的。然而《老子》五千言，不是字字句句在不断地言说"道"吗？《老子》处在自相矛盾与尴尬的人文境遇之中。"《老子》思想的残酷与冷峻，将其自己无情地放在永远受审判与怀疑的地位，把自己放在'括号'里'悬置'起来了。其实，这也是全人类的矛盾与尴尬。"[①]《老子》实际上以为，关于绝对真理，人类是无以言说的。一旦言说，它总是不"在"。这便是所谓"语言者，思想之牢笼"的意思。然而，又不得不加以不断地言说，否则，又何以能够证明绝对真理是一个"在"呢？此之所谓"语言者，思想之家园"。

虽然通行本《老子》认为"道"（绝对真理）无可言说，但在年代稍后于通行本《老子》的《易传》中，情况却有了改变。《易传》所谓"书不尽言，言不尽意"这一命题，已经包含了对人类书写、言语揭示真理意义的某些肯定与尊重。《易传》有"圣人立象以尽意"的语言哲学命题，这开启了汉代经学语言哲学的历史、人文之门。《易传》的这两个命题是并存的。这是因为，《易传》作为先秦儒家著述、吸取道家哲学的思想与思维的缘故。

《庄子·则阳》这一段言论的要义在于，就道即"物之极"来说，言说和沉默（不言说），都不能是道的存在。既不言说又非沉默，"非言非默"这是"道"的存在与极致。

在语言哲学观上，《庄子》这一论述，借助佛教的话来说，有"中道"、"中观"的特点。其思维方式，可以在魏晋玄学的言意之辨以及中国佛学中再次见出，而与汉代经学的思维方式有所不同。而且，尽管庄学与佛学的这一思维方式有某些相通之处，二者的思想旨趣是不一样的。

---

① 王振复：《中国美学史教程》，复旦大学出版社，2004，第84页。

作为官方哲学的西汉经学，成就很高而其思维特点，可以用"烦琐"两字来加以概括。汉人做学问往往皓首穷经，尊经是其传统。古文经学，追求"无一字无来历"；今文经学，崇尚"无一字无精义"。尤其经学之中的易学，诸如卦气说、纳甲说、八宫说、互体说、五行说、爻辰说、飞伏说、阴阳升降说与十二消息卦说，等等，竟铺天盖地，千言万语，竞相言述易理。人们注读五经，愈说愈繁，连篇累牍，不厌其详，坚信语言、文字可以穷尽全部真理。儒生秦恭注解《尚书·尧典》"曰若稽古"四字，竟然繁言三万。班固《汉书·艺文志》说，儒家"博学者又不思多闻阙疑之义，而务碎义逃难，便辞巧说，破坏形体，说五字之文，至于二三万言，后进弥以驰逐。故幼童而守一艺，白首而后能言。"①与经学烦琐相应的，是汉赋的华丽文章，也大肆铺陈其事，渲染尽致。城市繁华，商贸发达，物产丰饶，宫殿崔嵬，服饰奢美，以及逐猎的声势喧天与歌吹的欢畅淋漓，等等，一齐奔涌于笔端，抛却了先贤孔子"绘事后素"的古训，擎用如椽之笔而状"赋家之心"，正如《全汉文》卷二二所言，"苞括宇宙，总揽人物"。经学与汉赋的语言哲学与思维方式，具有同一性。经学烦琐，在于炫耀学者有学问；汉赋繁丽，是宣说诗人具才情。在理性上，两者都坚信真理存在于语言文字之中。这便是《易传》所言"圣人立象以尽意"的汉代版。其人文心态，在于不甘于缄默。它所认同的世界，是喧闹、宏富、多嘴多舌、喋喋不休而不是一个沉默无言的世界。

这种语言哲学及其思维方式，在印度佛经以及中国佛学中也不缺乏，它严重地影响中国佛教美学思想与思维的建构。有趣的是，一部大藏经的卷轶何等浩繁，说尽亿万之数，关于佛、空、涅槃与般若，等等，却是"不可思议"、"无可言说"，"言语道断，心行处灭"。

这五个人文命题，都属于道家哲学范畴，它们在尔后的中国佛教美学史的佛教各宗尤其禅宗美学思想、范畴与命题中，显得尤为活跃。可见，除了上述八个范畴以外，这也是中国早期佛教美学史不可忽视的"中国元素"。

综观印度佛教来华前中国"前美学"时期的情况，具有如下特点：一、中国以道、儒为主的哲学与伦理学，已经相当成熟，而中国美学，总体上尚未真

---

① 班固：《汉书·艺文志第十》，《汉书》卷三十，中华书局，2007，第331页。

正登上历史与人文舞台；二、中国美学的历史与人文步伐，已经迈出，它的文化根因根性，源自上古时代的原始神话、图腾与巫术，尔后主要在春秋战国的道家哲学与儒家伦理学中得以孕育；三、这不等于说，在印度佛教东渐之前，中国原有的所有人文范畴与命题，都并非美学的范畴与命题，其中的美这一范畴和美之为美这一命题，作为中国美学的"先觉"，大致上已有真正属于美学的视野和性质，达成了一定程度的哲学思维和诗性的结合与融和。

外因条件

一石激起千重浪。大约两汉之际①，印度佛教的入传于中土，作为一种异族宗教体系的"文化殖民"即文化传播，是国际文化交流史上一个伟大而严重的文化事件。其人文意识的反差之大，思想素质的悖逆之巨，传播影响之烈以及意义、价值之伟巨，似乎怎么估计也不为过的。它对于中华传统文化与信仰的冲击与摧毁，有时甚至是毁灭性的。否则难以理解，为何印度佛教入渐之初，会遭到那么多的误解、抵拒而激起剧烈的文化、哲学和美学的冲突。

这一佛教文化的传播，作为外因条件，激荡人心而一时难以接受，却也春风化雨一般，独具魅力，既"金刚怒目"，又"菩萨低眉"。往往平平和和，温情脉脉，显得"最是那低头一笑的温柔"。未知中华传统文化的哪一根神经，被神奇而神妙地触动了，用以抚慰本也饥渴焦虑的民族之魂、时代之绪。

冲突与调和、抗争与妥协，以及思性兼诗性、痛苦携欢愉，等等，如潮水一般一齐奔涌前来，令古代东方这一伟大民族与时代文化及其信仰与哲学，几乎"目不暇接"地迎对来自异族的"馈赠"，终于渐渐地深驻于心田，浸润在魂魄。

中国美学的历史开始发生第一次深巨的嬗变。

---

① 按：据《三国志·魏志·东夷传》注引述《魏略·西戎传》："昔汉哀帝元寿元年（按：公元前2年），博士弟子景卢受大月氏王使伊存口受浮屠经"。这是印度佛教入渐中土之可考年代，时为西汉末年。《后汉书·楚王英传》称，楚王刘英晚年"更喜黄老，学为浮屠，斋戒祭祀。"，时为东汉初期。称佛教东来于两汉之际，是一较为笼统的说法。

一种新奇、陌生而有味的印度元素参与进来，因佛教哲学与中国哲学的结合，而逐渐催生中国佛教美学及其一系列意识、理念、思想、信仰与理想的建构。

佛教文化与哲学意义的印度元素与"中国本色进行了初步、绵长而广泛的人文"对话"。它大致是"误读"的哲学、"格义"的美学以及随后是儒道释三学"折衷"的哲学与美学，等等。

欲治中国佛教美学史，首须努力厘清中国佛教美学思想与入渐的印度佛教基本教义的人文联系。简约而原则地论述印度佛教的基本教义及其人文品性，尤其其中所蕴主要而基本的哲学意识、理念、思想和美学的关系问题，显然是十分必要的。

黄心川《印度佛教哲学》曾经指出，在原始意义上，"佛陀严格地说不是一个哲学家而是一个宗教或道德的说教者，他象希腊的苏格拉底一样关心的是道德实践的问题，而不是哲学或理论探索的问题。"①美国学者休斯顿·斯密斯也说，佛陀"在世时已有不断的压力要把他转变成神。他一概断然驳斥，坚称他在每一方面都是人"②。

佛陀并非是一个哲学家，也不是一个神。这不等于说，在其所传的佛教教义中，没有任何哲学思想神学因素。恰恰相反，正因佛陀"宗教或道德的说教"的底蕴，是不折不扣的哲学精义，并且由于他的门徒的神化，才使得他的学说与信仰，如此深入人心，传之久远。如果佛陀及其说教与哲学、神学无涉，则很难理解，印度佛教的基本教义，从佛陀的说教到佛陀灭度后由其弟子结集口诵而后成文，而发展为种种佛教经典言说，却具有如此深邃、葱郁而持久的佛教哲学、佛教神学的思维与思想。

印度佛学作为一种以其哲学思想为主干的东方神学，与美学结下不解之缘。它为中国早期佛教美学的发生、酝酿，提供了属于外来印度元素的丰繁而深致的思维与思想资源。

---

① 黄心川：《印度佛教哲学》，中国社会科学出版社，1979。任继愈主编《中国佛教史》第一卷，中国社会科学出版社，1981，第501—502页。
② ［美］休斯顿·斯密斯：《人的宗教》，刘安云译，刘述先校订，海南出版社，第87页。

印度原始佛教要义

入渐于中土的印度佛教的原始教义①，大凡指释迦牟尼成佛所悟、所宣且为其弟子所记、口诵、辨说与成文的教义，包括四谛、五蕴、六道轮回、十二因缘、三法印、八正道与涅槃成佛、般若中观等学说。

四谛说，以苦、集、灭、道四维为基本。谛（Satya），真际、真理义。苦（Dukkha），人生皆苦：生苦，老苦，病苦，死苦，爱别离苦，怨憎会苦，求不得苦，五蕴炽盛苦。三世轮回，生死烦恼，莫不是苦。集（Samudaya），苦必有因，因缘之谓。一切皆"集聚"而成。诸条件同时互依为集。死则生彼，从彼生此。诸条件异时依生，亦为集。灭（Nirodha），苦必解脱。出离诸苦之谓。即寂灭涅槃。灭者，度、解缚之义，成佛而了生死烦恼。道（Magga），解脱之途。成佛、修证、修持之方法、路径。戒、定、慧与渐顿之谓。

五蕴说，指色蕴（Rūpa）、受蕴（Vedanā）、想蕴（Samjña）、行蕴（Samskhara）与识蕴（Viññana）要义。蕴，积聚义。色蕴，指一切事物现象。无论过去、现在与未来之世，无论内外、粗细、劣胜、近远。皆称色蕴。受蕴，对境承受义。大致指感觉。有苦、乐与不苦等三类。想蕴，对境而表象，显、想之象起而知觉生。行蕴，形者，形成有为。指先于行动的心之前驱力，类于心灵之意志、能力。识蕴，对境而起了别、识知事物之心，类于心灵意识。舍尔巴茨基云："一切存在元素最简洁的分类表述便是五组元素的划分。一、物质（色）；二、感受印象（受）；三、表象（想）；四、意志或别的能力（行）；五、

① 按：印度佛教史将约公元前六、五世纪至前四世纪中叶，称为原始佛教时期，以《尼迦耶》和《阿含经》等为主要经典；将约公元前四世纪至一世纪中叶，称为部派佛教时期，以《大毗婆沙论》等为主要经典。这里本书所说的原始教义，统指印度原始佛教与部派佛教时期所诞生、形成与流布的佛教基本教义。公元一世纪初至二、三世纪，大乘佛教起，早期盛行《道行般若经》等，继而在大乘中期，流布龙树的《中论》等中观学派的学说。公元四至五世纪，流行无著、世亲的大乘学说，瑜伽行派起，以《俱舍论》《瑜伽师地论》等为代表。晚期大乘佛教，大约时在公元六、七世纪至十世纪，以商罗、陈那与法称等为代表，大乘佛教逐渐密宗化。吕澂先生说：印度"佛学史的分期，我们是从佛学产生的公元前六世纪到公元后十一世纪的一千五百年左右，区分为六个阶段：一、原始佛学；二、部派佛学；三、初期大乘佛学；四、小乘佛学；五、中期大乘佛学；六、晚期大乘佛学。"（吕澂：《印度佛学源流略讲》，第8页，上海人民出版社，1979）

纯粹感觉或通常的意识（识）。"[1]此所言是。

佛教五蕴说，并未绝对否认心识之外事物现象之实有，却不认为物、心有第一、第二之分。佛教缘起说，是对古印度所谓"自在化作因"神造说、"宿业"前定说、"多因结合"说、"偶因机缘"说与万类生起之"天命"说的否定和扬弃。以物、心五要素之集聚即从其关系、条件的积聚，作用来言述世界一切有情众生的缘起问题，它是缘起说的逻辑展开，而并未将事物现象本原的追溯归之于神、命或天，亦并非归于偶然因素，认定色、受、想、行、识五蕴之缘起，实为必然。而该教义又一般地接受所谓"宿业"前定、不可改辙的人文理念。五蕴说的底蕴是缘起；缘起说的理论支点，是业。业（kaman），音译羯磨，造作之义。分身、语、意三业，指行为、意志、作用等诸多身、心因素之集聚。五蕴说所强调的，是行蕴。业这一范畴，固然不同于西方基督教所谓原罪，而业力与行蕴之间的逻辑联系，尤为值得注意。

六道轮回说，指众生轮回于六道途，如行进中的车轮循环往复。又称六趣（趋）。众生因业而趣赴，谓之六趣。作为古印度婆罗门教基本教义之一，轮回说认为婆罗门、刹帝利、吠舍与首陀罗四种姓永处生死相续、轮回不劫之中。主张众生在业报面前一律平等，即善德恶行，自作自受，决定来世是否转生、出离苦海。所谓六道，指地狱、饿鬼、畜生、阿修罗、人、天。地狱，梵语 naraka、niraya 等，本义苦具。依序于下，故曰地狱。佛经有"根本地狱"、"八大地狱"、"八寒地狱"、"十六游增地狱"、"十八地狱"与"一百三十六地狱"等说。皆恶行满贯、惑业未治、业报深重者，坠入黑狱深渊。饿鬼，梵语 preta，饿者，饥也；鬼者，畏也。虚怯多畏，悭贪堕落。故名饿鬼。饿鬼品类极多，夜叉，罗刹，通力害人。饿鬼，饥渴无有穷时。畜生，梵语 tiryagyoni，亦称傍生。指人类以外一切动物、禽兽之类。品性愚痴，不能自立，为人所畜养，故名畜生。阿修罗，梵语 asura，容貌丑怪，品行无端，时与帝释天恶斗的大力神，八部众之一，神通颇大而无善德者，还有欲界众生，有思虑、有欲求者。修善得入天道；作恶堕于恶道。天，梵语 deva，本义为光明、自然、洁净等，天界众生之谓。佛经指三界二十八天。欲界天六重；色界天十八重；无色界天四重。

---

① ［俄］舍尔巴茨基:《小乘佛学》，中国社会科学出版社，1994，第17页。

二十八天自下而上分为二十八等级，业根终未彻底除净、未超脱生死轮回。六道以地狱、饿鬼与畜生为三恶道；阿修罗、人与天为三善道。

十二因缘说，佛教缘起说的逻辑展开。即"十二缘起"。原为辟支佛之观门。指无明、行、识、名色、六处、触、受、爱、取、有、生、老死。一、无明。梵语avidya，众生愚暗、烦恼之心，属于过去世之逻辑"原点"。又称痴。痴者，十二因缘之母。①二、行。身、口、意造作，通于"五蕴"之一"行蕴"。指主观心识偏执于意欲。为业惑。心识纷驰于外境，惑于色、声、香、味、触、法，为行。三、识。梵语parijñana，心之异称，了别之义。心住于了别为识。佛教以眼、耳、鼻、舌、身、心为六身识，因识而生是非、好恶，为分别、为爱憎。四、名色。五蕴之总称。受、想、行、识四蕴，为心识法，无有形相。为方便、为假名；色蕴指构成物体极微之质碍。色者，质碍之义。五、六处。亦称六入。眼、耳、鼻、舌、身、意为六根，内之六入；色、声、香、味、触、法为六境，外之六入。六根、六境互涉而生六识，为六处。六、触。梵语sparsa，又称致。六根又称六情，六情染污即起色声香味细滑众念。由六处而触，由六入发展至能感触客体之阶段。触染不净之谓。七、受。亦称痛。一切主体感觉、感受之概括，后译受。属触之阶段，仅为主体接触客体对象初步，已能深切感受痛痒悲喜。八、爱。贪欲之谓。所谓六身爱，指对色、声、香、味、触、法等六境之爱。功名利欲尤其两性欢爱，为佛教所断灭的根本之爱。九、取。执著之谓。由贪爱而执取。贪爱令五阴（蕴）盛猛，情滞于无量深渊，执取不已。十、有。有实有、妙有与假有之分。此指假有。因取而必有（假有）。有指欲界、色界与无色界。十一、生。有缘此生，欲海难填，机心种植。生，欲界色界无色界众患具备。十二、老死。生缘老死，息绝身死。六根六境闭堵，以致精神忧苦，灵魂难安。

十二因缘，因果相续，轮回不已。《长阿含经》卷一云："从生到老死，生是老死缘。生从有起，有是生缘。有从取起，取是生缘。取从爱起，爱是取缘。爱从受起，受是爱缘。受从触起，触是受缘。触从六入起，六入是触缘。六入从名

---

① 按：汤用彤先生说："有情挟无明以俱生。无明者，对于宇宙实相之无知，而为贪欲之源，由此而生诸苦。"（汤用彤：《印度哲学史略》，中华书局，1988，第95页）

色起，名色是六入缘。名色从识起，识是名色缘。识从行起，行是识缘。行从痴（引者注：无明）起，痴是行缘。是谓缘痴有行，缘行有识，缘识有名色，缘名色有六入，缘六入有触，缘触有受，缘受有爱，缘爱有取，缘取有有，缘有有生，缘生有老、病、死、忧、苦恼（引者按：老死）。"① 十二因缘，是一轮回因果链，是小乘佛教未来、现在、过去的所谓"三世二重"说。无明与行，为过去世二因，感识、名色、六处、触、受的现在世五果；现在世五果，作为现在世之五因，感爱、取、有这现在世之果；爱、取、有又作为现在世三因，感生、老死这未来世二果。如此推论，则是无明、行该过去世的二因，也应由生、老死该未来世二果，作为因而业感缘起的。三世因果，因即果，果即因，是谓二重。其间所不息的，是业力。

三法印说。阿含经类强调，诸行无常，诸法无我，涅槃寂静，此即"三法印"要义。② 法，梵语dharma，指一切事物现象，又指佛法即佛教真理。印，又作印相、印契等，佛教真理之印可。诸行无常、诸法无我、涅槃寂静三大佛法命题，为三法之印。诸行无常，一印，言诸法缘起，无质的规定性，刹那生灭，迁流不已，念念生灭而无常。诸法无我，二印，称一切事物现象无有自性，无我之我，主宰而常住义。五蕴集聚和合，为假有、假我而非实我、真我。执着于我者，"假我"。涅槃寂静，三印，涅槃，梵语nirvāna，又称泥洹、泥畔、涅槃那等，旧译为灭、灭度、寂灭等。灭，灭除生死因果、脱离轮回之谓。寂静，离弃于烦恼称寂，绝断于苦厄曰静。寂静即涅槃。涅槃寂静，空幻也，指佛教成佛理想境界。涅槃之境，一切烦恼永除而出离诸苦。涅槃分有余、无余两类。前指烦恼已断而存今生之果报肉身；后指烦恼、果报、身心统归于寂而生死之因果断灭。释迦菩提树下悟道成佛、鹿野苑初转法轮及对诸弟子说法，

---

① 《长阿含经》卷一，《大正藏》第一册，"阿含部类"，T01，P0007b。

② 按：据吕澂先生云："释迦论证人生'无常''无我'因而提出了三个命题：'诸行（行指有为法——原注，下同）无常'，'诸法无我'，'一切皆苦'。三者合称为'三相'（相，指特征，即释迦学说之特征）；又称'三法印'（法印，就是标志，指释迦与其他派别相区别的标志）。以后于'三相'之外，加入'涅槃寂静'，称为'四法印'。后来人们认为无常、无我里已包含着苦，又把苦去掉，仍是'三法印'。"（吕澂：《印度佛教源流略讲》，上海人民出版社，1979，第23页）

为有余涅槃境界；八十圆寂而入于无余涅槃之境。

八正道说。正见，正思维，正语，正业，正命，正精进，正念与正定，称八正道。其道离弃偏邪，故称正。正见，即正观。离痴去邪曰正见。非颠倒之见，谓正见。正思维，言思维之正。思虑度量事理而无分别。是对世俗思维的否弃。入佛国庄严清净，以无漏之心为体。正语，以佛智修持口业、离弃一切虚妄不实之语。五戒之一之不诳语，即正语。以无漏之戒为体。正业，以真智涤除肉身之一切邪业而住于清净而离诸邪妄。正命，依止于佛之正法而令身、口、意三业离邪归正，正其根性。正精进，以真智会心、修持涅槃之道。以无漏勤持为体用，精勤进取。正念，意念持正之谓。正慧对治心猿意马，心无驰散。正定，戒定慧而禅定之谓。妄念尽去，正智住于无漏清净之境。

印度原始佛教，以四谛说为其基本教义之纲。四谛为因果论。苦果缘于集因，苦集二谛酿成世间生死因果；灭、道二谛构为出世间因果链，灭为果而道为因。四谛说的历史与逻辑原点为苦，因为只有竭力宣说世俗人生之苦，才能为佛教的解脱说，奠定一个理据。五蕴、六道轮回与十二因缘诸说，实际是四谛苦、集说的展开与解说；三法印义，是四谛说中的灭、道二说的解脱论；八正道义，即四谛说的解脱论。苦集灭道四谛，大凡可概言印度原始佛教教义的基本方面，佛教"四大真理"耳。

在原始佛教、部派佛教时期，佛教徒对原始教义的记诵、解读，遵循与讨论，还集中于世界起源于有神还是无神、世界究竟实有或是虚妄与有我抑或无我三大问题，大致触及本原、本体与主体三大哲学论题。与关乎人之生活、生存与生命本身的四谛诸说一起，因蕴于哲学而为佛教美学的发生与建构，提供了可能的历史与人文契机。凡此，都与四谛说等等，具有历史与逻辑的内在联系。此勿赘。

印度大乘佛教要义

约公元前一世纪至七世纪，是印度大乘佛教的兴盛期。公元一世纪初的初期大乘，宗般若经典；二世纪至三世纪，以龙树为代表的中观学派兴起且传播；四至五世纪，瑜伽行派兴起、传播；四至七世纪初，大乘佛教所宗教义，主要是缘起性空之说，不同于中观学的空即中之说，也不同于瑜伽行派的离言法不空。大乘（mahāyāna）主普渡众生之义。大乘兴起，将部派佛教贬为小乘，指其为小根器人的教法。

《十二门论》云：

> 摩诃衍（引者按：大）者，于二乘为上故，名大乘。诸佛最大是乘能至，故名为大。诸佛大人乘是乘故，故名为大。又能灭除众生大苦，与大利益事故名为大。又观世音得大势至、文殊师利、弥勒菩萨等，是诸大士之所乘，故名为大。又以此乘能尽一切诸法边底，故名为大。又如般若经中，佛自说摩诃衍义无量无边，以是因缘，故名为大。[1]

乘，车乘义。这里，反复言说大乘何以名"大"，可见对基本教义十分自信。

大乘佛教教义，可分三系。一、法相唯识之学。公元三、四世纪，弥勒（Maitreya）始创于前，无著（Asanga）、世亲（Vasubandhu）继其后。为瑜珈行系，主张万法唯识，宗妙有之理。二、般若中观之学，倡言性空，推重般若中观。兴起于公元二世纪中叶（早于唯识之学），以龙树（Nagarjuna）、提婆（Arya Deva）之说为代表。三、佛性涅槃之学，以真常唯心为宗要。印顺云：

> 太虚大师分大乘为三宗，即法相唯识宗、法性空慧宗、法界圆觉宗。我将印度之佛教，称之为虚妄唯识论、性空唯名论、真常唯心论。[2]

虚妄唯识（万法唯识）、性空唯名（般若中观）与真常唯心（涅槃佛性）说，为大乘三要，依次对应于法相唯识之学、般若中观之学与佛性涅槃之学。

一是**法相唯识之学**。法相唯识，瑜珈行派基本教义。瑜珈行（yogācāra）亦称唯识派系，创立者为弥勒。南朝真谛译《中边分别论》与唐玄奘译《瑜珈师地论》、唐波罗颇密多罗译《大乘庄严经论》等，皆以弥勒命名之作。无著、世亲继

---

① 《观因缘门第一》，《大正藏》第三十册，"中观部类"，载印龙树造、鸠摩罗什译《十二门论》卷一，P0159c。

② 印顺：《大乘起信论讲记》，妙云集上编之七，三十九年（1950）香港大埔墟梅修精舍讲述。

后之有关瑜珈行的系统著述，主要为《摄大乘论》（北魏佛陀扇多译；南朝真谛又译）、《唯识三十论》（又称《唯识三十颂，真谛译》）与《大乘百法明门论》（玄奘译）等。玄奘《成唯识论》，是对印度世亲晚年力作《唯识三十论》的解读之作。

唯识之学的主旨是一切唯识。此即《唯识三十论》所言"是诸识转变，分别所分别，由此彼皆无，故一切唯识"。万类都以识为唯一存在、转变（变现）的根因和根性。诸识（指八识）的转变，都能变现，称为分别见分与所分别相分，其余皆不存在，唯有识才是存在本身。

唯识之学的逻辑结构是八识，为世亲所立。[1]此即前六识（眼耳舌鼻身意），第七末那识与第八阿赖耶识。前六识为小乘原有，其中前五识大致相当于普通心理学所说的感觉。第六识的意，在虚妄这一点上，与前五识相通。[2]《唯识三十论》云："次第三能变，差别有六种。了境为性相，善不善俱非"。大意：其一为阿赖耶，其二为末那，第三即能变的六种之识，具种种差别，其性相即基本性和现行，分别为善性、不善性与非善非不善性。一切法为唯识所现。现即变现、显现，亦称能变。

第七识为末那（mana）。《唯识三十论颂》称其为"依彼转缘彼，思量为性相"，"四烦恼常俱，谓我痴我见，并我慢我爱，及余触等俱"，且"有覆无记摄，随所生所系"[3]。其性相、功能，一在思量；二具我痴、我见、我慢与我爱四妄，即为四烦恼，且具触等杂染；三则其性为有覆无记[4]；四、具转识成智[5]之功。

第八识为阿赖耶（alaya），又称藏识、种子识等。《唯识三十论颂》称"初识

① 按：无著：《摄大乘论》仅说前六识、阿赖耶识而未及末那识。

② 按：太虚：《法相唯识学》云："至第六意识与普通心理学所谓意识略同，惟从意识全部之领域及分类而言，则法相唯识学之意识较普通心理学为广。"（该书上册，第42页，商务印书馆，2002）

③ ［印］世亲菩萨造、唐玄奘译：《唯识三十论颂》卷一，载《大正藏》第三十一册，P0060b。

④ 按：前六识"有覆有记"；末那识"有覆无记"；阿赖耶识"无覆无记"，皆言其各自的伦理属性。

⑤ 按：关于转识成智，吕澂：《中国佛学源流略讲》云："若将弥勒同无著的学说分开来看，无著更推进了一步，其关键也在于转依。无著以后，一直到护法、亲光才算发挥尽致。他们都将真如作迷悟依，藏识作染净依，而由双方适应地来解释转变，要真如由迷境转为悟境，藏识由染分变成净分，这样得着究竟解脱。"（中华书局，1979，第346—347页）

阿赖耶，异熟一切种"①，其性无覆无记、非常非断。理解该识须抓住如是几项：

其一、阿赖耶性相。本义为藏，具有能藏、所藏与执藏的功用，并非藏本身而指其保藏种子之功，一切种相的"此中何法名为种子？谓本识中亲生自果功能差别"②。种子有二类。一为本有。如果只是本有，阿赖耶识便不具有转识之功。二为熏生。如果不由熏生，所谓转识与阿赖耶，亦便不具因缘义。因而，种子作为根本识，尤具转识成智的功能。这便是《唯识三十论》所说的"恒转如暴流"③。

其二、与种子说相契的是熏习。《成唯识论》云，"阿赖耶识与诸转识，于一切时展转相生互为因果"，"如炷与焰展转生烧，又如束芦互相依住。"④熏习，即令种子起、增。现行法的气分，染于阿赖耶种子，或云习气之功用，称为熏习。《大乘起信论》云："熏习义者，如世间衣服，实无于香。若人以香而熏习故，则有香气。"⑤

其三、阿赖耶种子经熏习即现行生起，此之谓能熏生种，种起现行，遂成有漏（烦恼）、无漏（清净）。

其四、关于"三自性"。与大乘唯识论之阿赖耶种子说相契的，有三自性说。此《唯识三十论颂》所言"由彼彼遍计，遍计种种物。此遍计所执，自性无所有。依他起自性，分别缘所生。圆成实于彼，常远离前性"⑥。遍计所执者，对一切事物现象思量、计较，陷于我执、法执，即遍计之心的前六识、甚而第七识的境界之中；依他起者，指万类依因缘而起，故无自性。一切有漏、无漏之心、心所及其现行变现，皆依种种因缘、因果与条件而生起，此即依他起。愚者妄执于依他因果而成遍计所执之境；智者破斥依他，遂成我空、法空的圆成实性之境。

---

① ［印］世亲菩萨造、唐玄奘译：《唯识三十论颂》卷一，载《大正藏》第三十一册，P0060b。
② 玄奘：《成唯识论》卷二，载《大正藏》第三十一册，P0008a。
③ ［印］世亲菩萨造、唐玄奘译：《唯识三十论颂》卷一，载《大正藏》第三十一册，P0060b。
④ 玄奘：《成唯识论》卷二，载《大正藏》第三十一册，P0008c。
⑤ 《大乘起信论》，［印］马鸣菩萨造、梁真谛译，高振农：《大乘起信论校释》，中华书局，1992，第75—76页。
⑥ ［印］世亲菩萨造、玄奘译：《唯识三十论颂》卷一，载《大正藏》第三十一册，P0061a。

大乘唯识之学具有五要：一、以识为事物现象之唯一本原本体；二、以八识即前六识、七识末那与八识阿赖耶以及种子、熏习、三自性等论说，为其逻辑结构与逻辑展开；三、唯识论宗佛教缘起说，强调识的变现，即现行生起遂成种种不同境界；四、阿赖耶识保藏之种子的污染与清净之性二者兼具；五、修行之目的，在于断灭杂染而入清净妙有之境，须依次修持所谓资粮位、加行位、见道位、修道位与究竟位这五阶位而臻于圆成。

二是般若中观之学。属于中观学派，亦称中观之学。般若性空之说，是印度大乘空宗的基本教义。以《大般若波罗蜜多经》与《中论》、《十二门论》、《百论》、《大智度论》等为主要文本。

《中论》三是偈云："众因缘生法，我说即是无（空）。亦为是假名，亦是中道义。"①是般若中观之学的典型表述。龙树《中论》宗缘起而说中道。万法皆空，乃因一切缘起。因缘起而一切皆空。空（Sūya 或 Sūnyatā），究竟而无实体，一切事物现象究其本而无实性。此乃一切佛说之宗要。既然万法皆空，空即假有，则空本身，亦为假名。诸法假名。中道是对有、无而言的。非有非无，离弃空、有二边为中道。

龙树解说中道有云：

> 诸法不生不灭，非不生不灭，亦不生灭非不生灭，亦非不生灭非非不生灭。②
>
> 非无量非无量无量，非无边非无边无边，非无等非无等无等，非无数非无数无数，非不可计非不可计不可计，非不可思议非不可思议不可思议，非不可说非不可说不可说。③

其主旨，反复以"非"之言说，强调离弃生灭、断常、一异、去来即空有

---

① 《观四谛品》，载《大正藏》第三十册，"中观部类"，[印] 龙树《中论》卷四（24），T30，P0033b。

② 《大智度初品中菩萨功德释论第十》，载《大正藏》第二十五册，"中观部类"，龙树《大智度论》卷五，P0097b。

③ 《大智度初品中摩诃萨埵释论第九》，载《大正藏》第二十五册，"中观部类"，龙树《大智度论》卷五，P0094c。

二边而行中道之理。中道，非般若（Prajna）即无上智慧、究竟智、根本智所不能领悟。

中道无非假名，试问离弃空、有二边如何可能？离弃空、有为中道，而中道本自无执，否则，便堕入恶趣空。

般若中观之学，以空之无可执取为主旨。其思维持否定之律："不生不灭，不断不常，不一不异，不去不来，因缘生法，灭诸戏论"[①]，如是如是。这一八不中道说，反复宣说其中道实相观。"一切实一切非实，及一切实亦非实，一切非实非不实，是名诸法之实相"[②]。

以事物、现象的生灭、常断、一异、来出（去）为执著，此在大乘空宗般若之学那里，为边见、谬见。

三是**佛性涅槃之学**，也称真常唯心之学。按一般印度佛教史，大乘宗门仅唯识与般若二支。佛性之学，普存于唯识、般若二支之中，似并无必要别立一支以自张其军。

究大乘有、空二宗可见，尽管唯识属于有宗而般若属于空宗，二者皆以一般意义的缘起论、佛性说为其基本教理。问题是，同为有宗一系，除唯识外，显然还有涅槃佛性之学即高扬涅槃、佛性之大旗之另一支。在学理与旨趣上，佛性之学、真常之教，既不同于唯识，也有别于般若。大力宣说涅槃佛性之学的印度佛典如《妙法莲华经》、《大方广佛华严经》与《大般涅槃经》等入传中土后，"方有依三经立论开宗之事，故'真常之教'独盛于中国。而所谓'中国佛教'之三宗（天台、华严、禅宗）实亦皆以真常为归宿，不过或依般若而发展至真常，或依唯识而发展至真常，或以自性直揭真常，稍有取径之异耳"[③]。涅槃佛性之学以成佛为究竟旨归，其入渐于中土与中国文化、哲学传统相结合，对中国佛教、佛教哲学与中国佛教美学的影响尤为深巨。故正如印顺所言，拟另辟一支略加论析。

---

① 《大智度初品中菩萨功德释论第十》，载《大正藏》第二十五册，"中观部类"，龙树《大智度论》卷五，P0097b。

② 《缘起义释论第一》，载《大正藏》第二十五册，"中观部类"，龙树《大智度论》卷一，P0061b。

③ 劳思光：《新编中国哲学史》第二卷，广西师范大学出版社，2005，第179页。

佛性，佛之觉悟，正等正觉。佛性即真常，如来之法性。真常者不易，如来者金刚不坏。可被遮蔽、可被彻悟（发见），而其性恒常。犹海水平静如镜，抑或浊浪奔涌，而其湿性未变。此佛性深湛，常住而无有变易，诸妄一切圆灭，独妙真常。真如、如来藏与法性等，皆佛性之别称。

其一、"真常唯心"说意义之佛性。印度佛教各宗各派，无一不言佛性及与佛性说相契之缘起论，而佛性在各宗派教义中的立论逻辑依据与强调的程度不一。原始佛教、部派佛教之所宗如《阿含》经典虽明佛性之义，却并未深论。小乘、大乘诸宗都说佛性，而以大乘有宗的涅槃佛性之学为甚。主张净土信仰的往生西方净土说，称西方即佛国，亦称佛土、佛界等，此乃佛性清净之地。所谓三部一论①与三国吴支谦译《大阿弥陀经》等，都宗此说。《阿弥陀经》云，"闻说阿弥陀佛，执持名号……一心不乱，其临命终时，阿弥陀佛与诸圣众，现在目前，是人终时，心不颠倒，即得往生阿弥陀佛极乐净土"。故成佛即往生于佛国，从而证得佛性。佛性者，佛之本性、根性。佛在何方，在西方。西方有佛，故佛性在西方。可见此言佛性，俨然一大客观存在。然《维摩诘经·佛国品》言说佛国，却主张其不在西方而在人民（按：众生）世间。此之谓"菩萨弘其道义故，于佛国得道，恒以大乘正立人民得有佛土"。可见，佛性即得道的人民（众生）性，并非纯为西方、西土之性。印度禅学主旨，以静虑为禅、离欲为禅、弃恶为禅。禅之性，即佛性，实为无垢清净心。此谓见性成佛、佛在心中、即心即佛。佛性即离弃于烦恼而悟静寂之境的主体、主观清净之心。

真常唯心说所说佛性之学的逻辑预设，为会三归一的一乘说。《妙法莲华经 序品》："佛世尊演说正法，初善、中善、后善。"初善，声闻乘②；中善，辟支佛乘（缘觉乘）③；后善，菩萨乘④。三善同为佛之正法，而各修持方法与境界

---

① 按："三部一论"，指曹魏康圣铠译：《无量寿经》两卷、后秦鸠摩罗什译《阿弥陀经》一卷、南朝宋畺良耶舍译《观无量寿经》一卷与北魏菩提留支译《无量寿经论》（世亲著）。

② 按：声闻乘，闻如来所言教而开悟者，此《法华经》所谓"以佛道声令一切闻"。

③ 按：《妙法莲华经》："从佛世尊闻法信受，殷勤精进，求自然慧，独乐善寂，深知诸法因缘，是名辟支佛乘。"

④ 按：菩萨乘，修六度之行，自度度他而臻佛果之乘教。《佛地论》二有云，"缘菩提萨埵为境，故名菩萨，具足自利利他大愿，求大菩提利有情故"。

有别。《法华》以众生的根性本有罪根、钝根与利根之别，而言说分别说法的依据，众生有种种欲望而滞累于俗世，故须比喻言辞，方便说法，开示以悟。《法华》、《涅槃》与《华严》，皆重一乘教法。此如《大般涅槃经·高贵德王菩萨品》云，"汝今欲尽如是大乘大涅槃海"[①]然。

大涅槃，根本意义之证得佛性。《大般涅槃经》以法性为佛性。法性之法，指一切事物现象，又称佛性。法性（佛性）即指由佛法所悟彻而揭示之一切事物现象的本性、根性。就此而言，《大般涅槃经》等称诸如十二因缘、五蕴与无常四相（生住异灭）等，都本具佛性。如五蕴说所谓色，《大般涅槃经》称，色即佛性而色即非佛性。

> 佛性者，亦色非色，非色非非色；亦相非相，非相非非相；亦一非一，非一非非一；非常非断，非非常非非断；亦有亦无，非有非无；亦尽非尽，非尽非非尽；亦因亦果，非因非果。[②]

色与非色、相与非相、一与非一、非常与非断、尽与非尽、有与无、因与果，等等，皆为是与非是、非是亦是的关系。常者，佛性也；非常者非佛性。常与非常，亦一亦二，非一非二。涅槃，佛性之证得与实现。涅槃即灭诸烦恼、断灭染污、扫除虚妄，成就大觉智，亦即解脱，"解脱即是无上大涅槃"[③]。

《大般涅槃经》倡说常乐我净之境。常者，法身义；乐者，解脱义；我者，真我义；净者，清净义，称涅槃四德。常谓恒常不坏；乐曰欢喜幸福；无妄执而为真常之我；净乃无垢涅槃佛性之妙境。此之谓佛性证得，为根本智、无分别智、第一义谛。此智不依于心识而不缘外境，故了一切境。

其二、真常唯心意义的成佛。佛性常恒，无有变易。即第一义空即智慧，普在而非殊在矣。《大般涅槃经》倡"一切众生悉有佛性"、"我常说一切众生

---

① 《光明普照高贵德王菩萨品第十之一》，载《大正藏》第十二册，"涅槃部类"，《大般涅槃经》（北本），P0490a。

② 《师子吼菩萨品第二十三之一》，载《大正藏》第十二册，"涅槃部类"，《大般涅槃经》（南本）卷二五，P0770b。

③ 同上书，P0771c。

悉有佛性,乃至一阐提等亦有佛性"①说。

一阐提(Icchāntika)者,一阐名信,提云不具。故小乘佛典曰一阐提不得成佛。阿耨多罗三藐三菩提(Anuttara Samyak Sambodhi)者,无上、遍知之义。佛法无上,智慧正遍,成佛而证印无上之正智正觉。大乘持众生皆有佛性、皆得成佛说,一阐提亦具成佛之可能,此之谓普渡众生。

佛性普在。而具普在之佛性者,未必皆当成佛。且不说一阐提如成佛,须舍离本心(按:妄心),脱胎换骨,即使一般众生如欲成佛,则必修持、禅定而证菩提。一切众生悉具佛性,此仅成佛之可能。欲使成佛,则须历经长期修习或顿除妄念。此《大般涅槃经》所云,"若一切众生有佛性者,何故不见(现)一切众生所有佛性?"②。

佛性之实现即成佛须对治其妄心,修行六波罗蜜即六度。一、布施,二、持戒,三、忍辱,四、精进,五、禅定,六、智慧。对治,断灭烦恼之谓。一为厌患对治,二乃断对治,三则持对治与四远分对治。依次于心生厌恶红尘之念、以无间之道、缘四谛而断灭烦恼。守持解脱之道,不使烦恼重染于心。于解脱后,更精进而入玄邃、空幻之途。

佛性即佛心。成佛就是治心、正心而成心,成心即圆成。

佛心,觉悟之心。无住心即是佛心。指本性无迷执、无滞累于妄念。印度佛教无论小乘、大乘,皆于心处不厌其烦,概而言之,为六心说。肉团心,集起心,思量心,缘虑心,坚实心与精要心。各宗派关于心的逻辑预设与表述,大不一致。成佛,则不离诸如坚实心即自性清净心与精要心之印证。

佛性者,佛心也。成佛者成心。佛法者心法。所谓欲界、色界、无色界之所有,只是一心。万法惟心。此为真心、常心。心从一主体、主观范畴,遂成一本因、本体,便是真常唯心之见。

佛性之学的一切众生悉具佛性说,被逻辑地置换为一切众生,悉具初发心这一命题。众生之所以未能成佛,初发心被业障、染尘遮蔽、蒙暗而未发明、

---

① 《师子吼菩萨品第二十三之一》,载《大正藏》第十二册,"涅槃部类",《大般涅槃经》(南本)卷二五,P0767a、P0769a。按:《师子吼菩萨品》多处言说"一切众生悉有佛性"义,如《大般涅槃经》(南本)卷二五,T12,P0769b。

② 《师子吼菩萨品第二十三之一》,同上书,T12,P0767b。

开显之故。尽管人人皆具佛性，皆能成佛，而众生心不等于佛性。如何缘故？心是无常，佛性者，真常也。此为一般意义之心，被蒙蔽、被污染之众生心。众生本具初发心，本为澄明、清净，此谓真常之心。而一旦处于蒙暗状态、心垢境遇之中，为非佛心，为无常矣。本原上，佛性与初发心合一，是就其逻辑而言的。在现实世间，两者分立甚至暌违。故治心以求解脱，必要而重要。治心者，观佛之善美境界；观善美之境，可成大智慧。大智慧者，正智。得正智者，离生死苦海，得大解脱。解脱者，解心魔也。"魔有四种。一者烦恼魔，二者阴魔，三者死魔，四者他化自在天子魔。是诸菩萨得菩萨道故，破烦恼魔得法身故，破阴魔得道得法性身故，破死魔常一心故，一切处心不著故，入不动三昧故，破他化自在天子魔"①。因而所谓佛学，实乃心学。

要之，印度佛教史，将释迦佛陀创立、传播佛教至其圆寂后约百年间的佛教，称为原始佛教时期。从原始、部派到大乘，其宗门、派别的林立，几无以复加；其学说的无比复繁而深邃，远不是这一本小书可以一一述说的。其教义的总主题，可以用一个空（Sunyata）字来加以概括。诸法因缘而起，无有恒常不变的自性，故曰空。在印度原始佛教时期，佛陀的说教，是将空与无我（非我）两个基本的佛学范畴交替使用的，甚至以无我范畴，来解读空义。《杂阿含经》卷三有云，此色坏有。受、想、行、识坏有故，非我、非我所。一切事物现象（色）恒坏即恒变，既无不坏之我（主体，受、想、行、识，非我），亦无不坏之万法（非我所）。世界，空空，如也。众生之所以是众生，是因执著于我；佛之所以是佛，无执于我之故。有我抑或无我（非我），是众生与佛的精神上的根本分野。我者，恒常不变之谓，我执、法执即我；无我，无论天人、物我、主客，皆非恒常不变，一切无常，无常即空。般若学从中观空，离弃空、有二边而无执于中②。中，空的假言施设。从空这一假名看法相唯识学，由般若经典与龙树《中论》等学说转嬗而来，以三识性之一的遍计所执为言说自性，非空之谓；以依他起、圆成实为离言自性。其中圆成实性说，是彻底的佛教自

---

① 《大智度初品中菩萨功德释论第十》，载《大正藏》第二十五册，"中观部类"，《大智度论》卷五，P0099b。

② 按：《大智度论序品》有云："第一义（引者：中）破故，不堕于中。"（《大正藏》第二十五册，"中观部类"，《大智度论》卷三十一）

性观。自性亦无常，却可以离其言说而真实存在。至于佛性涅槃说，坚信西方确有佛在，故称真常唯心之境。凡此，都是关于空之相同而有所相异的领会、解读与认同，对于与其相应的佛教美学而言，有不尽相同的意义。

印度佛教基本教义美学意义举要

印度佛教基本教义的美学意义，是多方面多层次的，这里只能举一隅而加以简说。

所谓美学，简言之，无非是一门研究美与审美关系的学问。正如世界一切宗教那样，印度佛教及其基本教义，属于与人学相对的神学范畴，其所思所言，大凡不出何为佛何为菩萨与般若涅槃及成佛解脱如何可能等主题，似与美学无涉。

"在西方，曾有一个时期，至少把中世纪的一千余年，看作是美学的'地狱'"。因为西方中世纪是基督教盛行的历史时期，故"十九世纪的最早几部美学史著作，如科莱尔（Koller）的《美学史草稿》（1799），齐默尔曼（Zimermann）的《作为哲学科学的美学史》（1858），夏斯勒（Schasler）的《美学批评史》（1869）等等，都略去了中世纪美学。夏斯勒甚至认为，中世纪不仅没有理论形态的美学，也没有观念形态的审美意识，中世纪在审美方面是一片空白。"①

这是关乎宗教美学的误解，其实，宗教美学包括佛教美学，是更有思维与思想深度的美学。宗教美学否认者的立论依据是，既然美学是美以及人对现实的审美关系学，既然宗教的精神世界是非"现实"的，既然宗教包括印度佛教与中国佛教等的基本教义，一般皆以否定现实美、世俗美及艺术美为旨要，那么宗教包括印度佛教与中国佛教的教义等，又有什么美学可言呢？

然而，即使在西方中世纪"黑暗"时期，正如吉尔伯特·库恩《美学史》第五章（载《美学译文》第一期）所言，"美学在中世纪并没有被基督教的道义抵制、摧毁，也没有被神学完全搞乱。"这一表述固然有些不够准确，应当说，中世纪因宗教的繁荣而使这一历史时期的西方美学，显得可能比古希腊、古罗

---

① 阎国忠：《基督教与美学》"绪论"，辽宁人民出版社，1989。

马时更复杂、更绚丽多姿，由于神学与美学的历史与人文联系，将美学推向了一个崭新的历史时期。

美学与宗教，首先是美学与宗教教义等知识结构的关系，同时关涉于宗教生活、宗教制度、宗教人格和宗教艺术等宗教文化的各个方面与层次。就佛教美学而言，其学理之所以能够成立，首先是因为印度佛教教义富于文化哲学[①]思想的缘故，是其文化哲学，提供了从宗教走向文化美学的可能。这一文化美学，自当不同于一般的文艺美学、美的哲学，实际是一种从文化人类学角度，对一系列佛教文化中的美学问题，进行文化哲学意义之思维、解析与研究的理论形态。

美学，无论哪一种美学，不管其人文主题、逻辑架构、理论和历史形态有多么不同，都是关于世界现象及其人的生活意象、情感、意志和理性、非理性等的哲学或文化哲学的诠释系统。美学和宗教教义，同时相缘于哲学或文化哲学。没有一定的哲学或文化哲学，任何美学和宗教教义，都是不可能"成活"的。这是在学理上，佛教美学包括中国佛教美学何以可能成立的基本立论依据。倘若仅以一般的文艺美学的眼光去看待，会发现不了佛教与美学的深层联系；如果仅从一般的宗教、文艺角度看，也仅仅只是发现宗教与文艺的联系而已。

宗教大凡属于神学范畴，往往具有这样那样的神话学、图腾学与巫学的思想因素。考宗教与文化哲学的关系，德国学者将其概括为四类：

> 一、人们曾经把哲学与神学的关系设想为对立；二、另一方面，人们又试图将二者等同起来；三、此外，人们曾经把神学置于哲学之上；四、或者反过来，把哲学置于神学之上。[②]

《神学与哲学》一书的译者李秋零，将此概括为："神学与哲学对立"、"基督教是真哲学"、"神学作为超自然启示的知识高于作为自然知识的最高形态的

① 按：笔者将文化哲学，理解为从哲学高度俯瞰与研究人类文化的一种哲学人类学。
② ［德］潘能伯格：《神学与哲学》，李秋零译，商务印书馆，2013，第14页。

哲学"和"哲学关于上帝的自然知识高于神学"①。无论基督教美学、印度佛教美学，还是本书正在讨论的中国佛教美学，都首先是文化哲学（哲学）与神学的基本关系问题。

大凡哲学或文化哲学，是神学及其印度佛学、中国佛学的人文精魂。印度原始佛教时期，原始佛教与耆那教争论不休之有关世界是否原于地、水、火、风和灵魂之灭与不灭等，都是文化哲学问题；部派佛教时期的三次结集，诸法实有与假有、无我与有我等的辨析亦然；大乘空有二宗，无论属于空宗的中观抑或有宗瑜伽行的基本教义如缘起论、二谛说、八不中道和唯识之学，等等，都具有哲学或文化哲学的人文底蕴。这为关于印度佛学的美学研究，开辟了广深而正当的学术空间，也为源于印度且中国化本土化中国佛教美学的文化哲学研究，深入于源自印度的人文基因的深处，且因中国化本土化而导致诸多问题的文化哲学的美学研究，提供了可能与必要。

印度佛教与中国佛教文化，正如西方基督教那样，其神学之品性，表面看似与美学有相悖的一面，然而，既然神学实际是关于人、人之现实世界的另一文化哲学理论的表述与思想体系，某种意义上，神犹人而人犹神。就佛教而言，则佛犹人而人犹佛。既然佛性便是完善的人性、人性即是被污染的佛性，那么，美学与神学包括佛学的关系，是既相悖而相合、既二律背反又合二而一的。

从文化人类学、文化哲学角度看待文化人类学的美学，不仅属于人学范畴，而且必与作为神学之一种的佛学相系。

其一、两者都在一定意义上满足向往精神自由的需要。一在于审美，一在于信仰；审美走向极致，便是信仰；信仰，蕴含一定的精神自由的因素，便可能走向审美。

其二、神学与美学，某种意义上都是人学的延伸与展开。离弃人学观念的神学与美学，正如离弃神学的人学及其美学，都是不可想象不可思议的。美学的文化哲学的土壤是人类文化，这其实也可以说，美学的文化根基之一，同时是神学。美学所研究的人与现实世界的美及审美关系，既存在、发展于人、人与现实、人与自然、人与自我，又在人与神（上帝与佛等）、人性与神性（巫

---

① 李秋零：《中译本导论》，见［德］潘能伯格：《神学与哲学》，商务印书馆，2013。

性等）、人性与佛性等等之际。

海因茨·佩茨沃德曾因受启于恩斯特·卡西尔《人论》关于文化哲学作为美学之魂的论断从而提出：

> 我将在本文中提出美学的一个新方法。我的观点是，我们应该对美学进行反思，以置之于人类文化哲学更为宏大的语境之中。①

这一美学的新视野新方法，必将导致"重绘美学地图"②。对于本书所涉及的印度佛教美学与本书即将论述的中国早期佛教美学史而言，具有重要的方法论意义。中国佛教美学，固然在中国文化、哲学与佛教及其审美关系之中，也必与入渐的印度佛教基本教义及其美学相系。

以"文化哲学的美学"观看待印度佛教及此将要论述的中国佛教美学，则可能发现其深邃的美学意蕴或美学意义。佛教美学，应是"作为文化哲学的美学"的一个理论与学科新形态。

其一、"作为文化哲学的美学"，不同于传统与一般的美学。自古希腊哲学家、美学家柏拉图将美学一般地理解为"美的哲学"以来，西方美学及其历史，流派纷呈，宗见林立，始终有一根红线贯穿，即美学与哲学的天然因缘，造就了西方美学的主流，此即所谓哲学美学或美的哲学。印度佛教美学或中国佛教美学，"作为文化哲学的美学"，无疑是世界美学的新品类。

这是因为，在一定意义上，美学的哲学根因根性与哲学的美学意义意蕴，本来就具有同质同构性。哲学固然不等于美学，然哲学或文化哲学，必然是美学或文化美学（人类学美学）之魂。哪里有哲学或文化哲学，那里未必有美学；哪里有美学，那里必然有哲学或文化哲学。哲学或文化哲学，是美学或文化美学（人类学美学）的命根子，否则便是伪美学。美学或文化美学的研究对象，可以是文艺审美现象、审美心理，可以是自然、人文包括如伦理道德、宗教信

---

① ［德］海因茨·佩茨沃德：《符号、文化、城市：文化批评哲学五题》，四川人民出版社，2008，第46页。按：引文所言"本文"，指海因茨：《美学与文化哲学，或作为文化哲学的美学》，亦即海因茨：《符号、文化、城市：文化批评哲学五题》一书第三章。

② 同上。

仰与科学技术之类等，然而，只有首先真正从哲学或文化哲学的角度所进行的研究，才有可能是美学或文化美学，否则便只能是其他的什么"学"。

早在1871年，德国古典哲学家美学家康德，就曾在其《纯粹理性批判》一书中指出：

> 我的理性的全部旨趣……汇合为以下三个问题：（1）我能够知道什么？（2）我应当做什么？（3）我可以希望什么？

后来，康德又在一封给其友人的信中，再度强调了这一问题：

> 很久以来，在纯粹哲学的领域里，我给自己提出的研究计划，就是要解决以下三个问题：（1）我能够知道什么？（形而上学）（2）我应当做什么？（道德）（3）我可以希望什么？（宗教）接着是第四个，也是最后一个问题：人是什么？（人类学……）[①]

"人是什么"（"人何以可能"）以及人与自然、人与现实、人与人、人与自身诸问题及其展开，即"人能知什么"、"人应何为"、"人追寻什么"等人生重大课题，既是哲学，也是美学或文化美学所应优先研究的根本问题。美学与哲学的血缘联系，无可迴避也不可抹煞。

从这一学术理念看印度佛教的基本教义，就可能发现其葱郁而深邃的文化哲学的素质、意义与价值。印度原始佛教教义的四谛、五蕴、六道轮回、十二因缘、三法印诸说等，大乘的虚妄唯识、性空唯名与真常唯心等说，都是如此。汤用彤曾说：

> 佛法，亦宗教，亦哲学。宗教情绪，深存人心，往往以莫须有之史实为象征，发挥神妙之作用。故如仅凭陈迹之搜讨，而无同情之默应，必不能得其真。哲学精微，悟入实相，古哲慧发天真，慎思明辨，往往言约旨

---

① 《康德书信百封》（李秋零译），上海人民出版社，2006，第199页。

远，取譬虽近，而见道深弘。①

佛陀学说作为印度沙门思成的一种，其原旨并非哲学建构而重宗教信仰与道德说教，却并不能斩断佛教、佛法与文化哲学、哲思的天然联系。佛法广弘而其哲理幽微。所论及的，包括天地宇宙说、人生心性之见与修行成佛理想等，蕴含着本原本体论、心性佛性论、语言现象论与般若涅槃境界论等，无一不首先是佛教文化哲学。方立天说："佛法就是宗教，佛法自身一般并非以哲学形态呈现于世，但是佛法包含了极其丰富的哲学思想，佛教哲学正是构成佛教信仰体系的理论基础，由此也可以说，佛法就是哲学。"②此言是矣。

因此，通过文化哲学这一中介，对印度佛教的基本教义包括中国佛教的基本教义即其佛学部分，进行文化美学的研究，应是顺理成章可以期待的。

印度佛教基本教义的美学意义，是值得加以研究的一大题中应有之义。其间问题甚多，其教义体系，蕴含着丰赡而深微的本原本体意识、静观归真意识、现象象喻意识及其人文创造意识，等等。这里，仅就其"死""死苦"教义的"美学"，概而言之。

印度佛教四谛说的第一谛，将人的生老病死、富贵贫贱以及人生命、生存、生活现实的一切，都以一个苦字来加以概括，称为苦谛。《增一阿含经》"四谛品"云：

> 彼云何名为苦谛？所谓苦谛者，生苦，老苦，病苦，死苦，忧悲恼苦，怨憎会苦，恩爱别离苦，所欲不得苦，取要言之五盛阴苦，是谓名为苦谛。③

苦谛说作为佛教文化哲学的预设，揭示出世界与人类的一大"实际"。现

---

① 汤用彤：《汉魏两晋南北朝佛教史·跋》，载《汤用彤全集》第一集，石家庄：河北人民出版社，2000，第655页。

② 方立天：《中国佛教哲学要义》上卷"绪论"，中国人民大学出版社，2002，

③ 《四谛品》，《增一阿含经》卷十七，瞿昙僧伽提婆译，载《大正藏》第二册，P0631b。

实世界、经验人生，总有苦有乐，苦乐相伴，并非一切皆苦。苦谛说却超越一般世俗之见，预设此苦因其普在性而具有文化哲学的形上意味，不可避免地蕴含了一个审美判断，即由世间的人生皆苦的判断，而彻底否定人生经验现实之美及其审美愉悦。以世俗眼光审视，所谓人生一切皆苦，完全是错误判断。四谛说却以其为"真理"①。在美学思维上，四谛说关于苦的文化哲学，令那些未染于佛教、佛法的中国人深感惊奇、错愕，认为不可理喻，可是这一预设，确是属于印度智者悖于经验之常而作形上假设的一种文化哲学兼美学的思维成果。

它将世界、现实分为经验与超验、形下与形上两类，是所谓"两个世界"的理念，导引其信众从对于现实世间之苦的彻底否弃，来肯定出世间的喜乐，指引人们从世间此岸出走而皈依于佛土、佛国、涅槃。世俗之见，对遁入空门作消极意义的理解，不能享受其无上的精神性愉悦。这一精神愉快或称之为禅悦本身，并非审美，而因其精神素质与底蕴，毕竟由其佛教信仰、佛教崇拜而起，可因佛教崇拜（信仰）与人这审美意识的异质同构性，遂使两者既背反又合一，既相对又相应，既相互乖离又相互容受，既相塞又相通，彼此沾溉而得滋养。

审美是一种精神自由与解放。科学意义之自由、解放，是人对事物之本质规律之正确而准确的把握；人文意义之精神的自由与解放，如佛教涅槃之境或般若之解脱然，其间显然有与其相通、相谐的审美自由的因素在。

苦谛说否定现实经验人生，而否定本身必有所肯定，从而开拓、提供一个超越于经验世间、促使精神空间得以形上提升。这种精神上的发现与提升及其四谛说等教义的创设，无疑具有一定的文化哲学素质与美学意蕴。作为"万物之灵"，人总想运用理性之力与精神追求，试图超越有限而向往无限，便有精神的"不安分"或曰"非非之想"，于是从苦谛向前推衍而及于集、灭、道三谛，便有出世间、彼岸（如天堂、地狱与佛国、净界之类）的先验遐思，加以执着地追摄，或领悟而获某种意义的自由与解脱，实现不是经验意义之审美的"审美"。

---

① 按：谛，真实、真理之谓，与虚妄相对。事理不谬，名之为谛。

正如古希腊哲人所言"美的宗教"那样，印度佛教及中国佛教等，其实也是一种"美的佛教"，这种美，不同于世俗、经验之美。四谛说之苦以及灭等言述，包含着真正的人之生命的美学悲剧意识与由佛教信仰、崇拜而可能达到精神静虑、净化深度的美与审美。

就四谛的"死苦"一说言之，印度佛教关于生命而非生活、人性而非人格意义的死苦，必与经验之生、乐相携相行，凸显了印度佛教的文化哲学与文化美学意义的生死观、苦乐观。世界上几乎没有哪一民族能像印度那样，早在公元前五、六世纪的释迦时代，将人的肉身之死与精神之死，作为一种大苦，做出如此具有独特人文视角的文化哲学兼文化美学的思辨与探问，其文化美学的逻辑原点，无疑落实在这一个苦字上。

《论语》曾记孔子"未知生，焉知死"这一典型名言，中国文化确具鲜明的"乐生"性格。在生死问题上，中国文化无疑以生为逻辑原点。梁漱溟云，对于中国文化而言，"这一个'生'字是最重要的观念"[①]。中印文化及其文化哲学逻辑原点的不同，是两大东方民族的根本区别。两者在人文品性上，确无高下、优劣，而由此所导引的哲学思维与诉求诚然有异，影响了两大民族所各具的审美意识与审美理想的生成与建构。为什么印度大德首先想到了死及死苦，而中国则首先想到了生及乐生？这真是可能令人百思而不得其解。

"死像一个谜，不可定义，在这一点上，死与上帝似乎有共同之处。"[②]不是似乎而是确实，死与上帝有共同的地方。印度民族对于死，有如西方对于上帝的崇拜，是这一民族的一个古老的精神图腾。《大方广佛华严经》曾以牵牛进屠场而步入死门为比，称众生深溺无常苦海便是如此。印度佛教有"畏怖"说。称众生虽誓愿广深，从佛的愿心，而犹恐未能斩灭烦恼、发善根而舍弃身命入涅槃。如此则造成关于生命的悲剧观与慈悲、敬畏意识，"悲天悯人"、"悲智双运"。悲天者，敬畏于死苦之绝对也；悯人者，以悲愿爱慈、导化众生而脱死苦之海而登菩提岸耳。悲者下化众生之无明；智者上达菩提而解脱。人之一

---

① 梁漱溟：《东西文化及其哲学》，载《梁漱溟全集》第一卷，山东人民出版社，1989，第448页。

② ［德］E·云格尔：《死论》，林克译，生活·读书·新知三联书店，1995，第5页。

生，即使就生老病死的生而言，也是种种烦恼、困难、痛苦如车轮般旋转不已无有穷时的，人生苦海无边。苦之根源，在于人自身之欲壑难填、永不满足。欲求出离苦海，唯一的解脱之道，是崇佛。

印度佛教之基本教义关于生死的言述与思辨，并非纯为宗教说教，其佛学这一东方"神学"，确是以哲学或文化哲学为其人文底蕴的。云格尔说：

> 谁能回答死，从而使我们能够认真地言说死？只有能够回答死的权威，才能负责地言说死。我们在此陷入了一种极大的困境，因为询问死的人从未亲身"经历过"死，而不得不亲身"经历"死的人再也不能回答死。①

印度佛教，是将人的"死问题"，作为一个宗教文化哲学及其美学的课题来进行思考与企图解决的。这与中国文化及其哲学、美学不一。中国文化哲学的逻辑原点是生，把生作为其文化、哲学、伦理与艺术审美的精神图腾。《易传》说，"原始反终，故知死生之说"②。这是把人的生命历程，看作由生到死又是生的一个无尽的过程，有如《愚公移山》所说的，我死了，有儿子；儿子死了，有孙子，子子孙孙未有穷尽，终于是永恒的生的战胜。人的肉身如此，精神也是如此，中国人相信精神不朽而追求其不朽。中国的文化、哲学与美学，正如鲁迅先生所言，一个个都是"好的故事"③，其精神底蕴，是乐生主义。

从人类学、文化哲学与佛教美学角度看，印度佛教所言死及死苦作为第一主题，无可迴避，基本教义的这一思想与思维，正是敏感而深刻地抓住了根本而奠定其佛学的一块基石，且与死及死苦与生、永生④相联系。在印度佛教看来，尽管"谁要言说死，谁就必须对生有所理解"，尽管人之生，因其必死无疑而可以是一出"美丽的悲剧"，然而归根结蒂，"人与死的关系使死作为一个事件受到关注，没有这个事件，则生者根本不可能理解自己。"⑤

---

① ［德］E·云格尔：《死论》，林克译，第9页，生活·读书·新知三联书店，1995。

② 《易传·系辞上》，载朱熹：《周易本义》，天津市古籍书店，1986，第291页。

③ 夕阳、黎明主编：《精美散文》，吉林大学出版社，2010，第13页。

④ 按：佛教所言"永生"，涅槃之义。《无量寿经》所谓"乐无有极"的"泥洹之道"。

⑤ ［德］E·云格尔：《死论》，林克译，生活·读书·新知三联书店，1995，第14、13页。

　　古希腊哲人泰勒斯，曾在回答"你认为人活在这个世界上，什么事情是最困难的"这一问题时说："认识你自己"。在罗马国家博物馆里，收藏有一个以人之濒死为题材之古老的马赛克画作，其下方的一行大写希腊文字却是：GNOTHI SAUTON（认识你自己）[①]。可以确证，在古希腊、古罗马文化中，人之死也是其文化、宗教与哲学、美学等绕不出的一大主题，而且提升到"认识你自己"的哲思高度。与此不同之处在于，印度佛教关于死及死苦的佛学，被纳入在基本教义的四谛、五蕴、十二因缘与三法印等系统论说之中，蕴含了超越世俗之生、死的葱郁的美学意义。

---

① 按：参见［德］E·云格尔：《死论》，林克译，生活·读书·新知三联书店，1995，第42页。

第一章 东汉佛教美学意蕴的初始酝酿

民族、时代对于异族文化思想、器物制度等接受的程度，决定于这一民族、时代所能容受、需要的程度。潜在而深层的本民族与时代的文化之力及其需要，将异民族文化包括宗教、哲学与美学及其艺术审美等，来加以激发、唤醒。

曾经发生在中印两大伟大民族之间的这一史无前例的宗教文化传播，不啻是一漫长而艰难的文化历程。印度佛教文化在中土的初传，无可逃遁地受到中国传统的道、儒文化包括道教的抗争兼迎对，严重而生气勃勃地影响中国早期佛教美学的历史建构与进程。

第一节 安译与支译：教义的"误读"

中国早期佛教美学的历史缘起，首先与印度佛教文化的初传攸关。佛教初传于中土的确切时间，尚难考定。初传于"三皇五帝之时"、"西周"、"春秋末年"、"战国末年"、"秦之时"、"西汉武帝之时"与"西汉成、哀之际"诸说，主要见于《弘明集》、《广弘明集》卷一、卷一一；今人汤用彤《汉魏两晋南北朝佛教史》上册与任继愈主编《中国佛教史》第一卷等，也有佛教初传的引录。

其中所谓"永平求法"说最为流行，陈陈相因的记述连篇累牍，富于"神话"色彩的"诗意"，抚慰一定历史时期企望想象"自由"之焦渴的灵魂，是历史与虚构之间的一个精彩的人文"对话"。"永平求法"说，最早出于东汉《四十二章经》：

昔汉孝明皇帝，夜梦神人。身体有金色，项有日光，飞在殿前。意中欣然，甚悦之。明日，问群臣，此为何神也？有通人傅毅曰："臣闻天竺有得道者，号曰佛，轻举能飞，殆将其神也"。于是上悟。即遣使者张骞、羽林中郎将秦景、博士弟子王遵等十二人，至大月氏国，写取佛经四十二章，在十四石函中，登起立塔寺。①

这一记载，又大致见于东汉末年牟子《理惑论》②。

汉孝明皇帝即东汉初年汉明帝刘庄，年号永平。此说有三点颇可注意：其一、按梦心理学说，大凡夜梦之境，不成逻辑，或许荒诞，而必以某生活经验为心理触因。明帝夜梦神人，身具金色，项有日光，飞在殿前，此神人之谓，源自《庄子·逍遥游》所谓列御寇的神话。此篇记述藐姑射山有神人矣，不食五谷，吸风饮露，乘云气，御飞龙，而游乎四海之外，可谓神通广大。明帝所梦见的神人形象，在经验与心理上，是属于道家的。其二、通人傅毅为明帝释梦，凭什么说其所梦见的是"佛"？如心中没有佛的理念，又如何能够作此判断？可见早在汉明帝夜梦神人之前，傅毅已知西方有佛并且东传。

据《后汉书·楚王英传》，其少时好游侠，交通宾客，晚年"更喜黄老，学为浮屠"。永平八年（65），汉明帝诏云，"楚王诵黄老之微言，尚浮屠之仁祠，洁斋三月"。刘英与明帝刘庄为同时代人。《后汉书·明帝本纪》："英常独归附太子，太子特亲爱之。"可见，刘英尚佛而刘庄"或已知之"西方有佛。因而，汤用彤说，"则感梦始问，应是谰言"③。

明帝感梦求法或有其事，但不是印度佛教入渐中土的开始。

胡适曾说，考据印度佛教入渐东土之证，必须注意如下五点："（一）第一世纪中叶，楚王英奉佛一案。（二）第二世纪中叶，桓帝在宫中祠祀浮屠老子。（三）同时（一六六），襄楷上书称引佛教典故。（四）第二世纪晚年，长江下

---

① 《四十二章经》，伽叶摩腾、法兰译，载《大正藏》第十七册，P722a。
② 按：牟子《理惑论》，载南朝梁僧祐编：《弘明集》卷一，四部丛刊本。《理惑论》作者，题为"汉牟融"，题名下有注云，"一云苍梧太守牟子博传"。《理惑论》前有牟子传，后有跋，本文凡三十七篇。
③ 汤用彤：《汉魏两晋南北朝佛教史》上册，中华书局，1983，第16页。

游，扬州徐州一带，有笮融大宣佛教，大作佛事。（五）同时，交州有《牟子理惑论》的护教著作"，"然后可以推知佛教初来中国时的史迹大概"①。此是。据三国魏鱼豢《魏略·西戎传》：

> 昔汉哀帝元寿元年，博士弟子景庐受大月氏王使伊存口授浮屠经。

这是正史所载佛经入传中土的第一条资料。

伊存为大月氏王使者，西汉末博士弟子景庐受其口授浮屠经即佛经，时间在汉哀帝元寿元年即公元前二年。这一记载，为《三国志·魏志·东夷传》所注引。文中所言"景庐"，《魏书·释老志》作"秦景宪"。

印度佛经以口授方式入传于西汉末年，其时在公元前二年即哀帝元寿元年。大略言之，称其入渐于两汉之际，亦为学界所认可。

印度佛教入传中土，经由大夏、安息与大月氏，越过葱岭传入中国西北，最后到达中原。这一传播，从一开始便是一个人文的"误读"。正如本书前引，东汉初楚王刘英"学为浮屠，斋戒祭祀"、"诵黄老之微言，尚浮屠之仁祠，洁斋三月，与神为誓"，作为中国佛教史上有正史记载奉尚佛教的王族中人，已将浮屠看作与黄老同类。相传为后人所追述之明帝感梦求法，其梦神人，其身有金色，项有日光，飞在殿前等情事，是将佛陀"误读"为中国传统的神仙形象。

东汉初，已经有浮屠经的口授记录，载于《四十二章经》等文典。

一般以为，《四十二章经》是中华最早节抄、部分文字改写和传播的佛经，当然，在这个问题上，佛学界是有争论的。②全经凡四十二篇简短经文，大凡论述出家或在家修持、禅定、布施以证智慧即得四沙门果等义。各章内容多与阿含经合。如第三章，说十善恶业与在家修持五戒十善义，见于《中阿含经》

---

① 周一良：《牟子理惑论时代考》之"附录二"《胡适先生讨论函》，载《周一良集》第三卷，辽宁教育出版社，1998，第189页。

② 按：吕澂说："《四十二章经》与《牟子》（引者：即《牟子理惑论》）既非早期著作，故不能凭借它们来考察佛学最初传入的情况，而佛学初传只能从翻译家和他们的译籍中去寻找线索。"（吕澂：《中国佛学源流略讲》，中华书局，1979，第27页）录此以备参阅。

卷四二；第七章，说恶人害贤，犹如仰天而唾而污其身，见于《杂阿含经》卷四二；第十七章，说恒念无常则疾速得道，见于《杂阿含经》卷三四；第三十二章，说勇励精进，灭欲念以成道，见于《增一阿含经》，等等。可见，《四十二章经》可能是小乘"阿含"经义的节译。《四十二章经序》仅称"写取"此经。大凡佛经之名称，以经义标立于题的较多见，如《金刚般若波罗蜜经》，总括一经主题。《四十二章经》，以此经共四十二章结构为题名，故称此经为阿含系诸经的节抄，可能比较可信。《出三藏记集》与《历代三宝记》，都说此经见于《旧录》（为晋成帝时支敏度所撰，约与道安同时），可见大概安译与支译之前，《四十二章经》作为简易、通俗之读物，已有译传。

《四十二章经》经义，以扬善惩恶说传统美德是一特色。"众生以十事为善，亦以十事为恶"。"何等为十？身三、口四、意三。身三者：杀、盗、淫；口四者：两舌、恶口、妄言、绮语；意三者：嫉、恚、疾。如是十事，不顺圣道，名十恶行。十恶若止，名十善行耳"①，此言身、口、意三业。所谓"两舌"，搬弄是非；"恶口"，恶毒诅咒；"妄言"，讹说假话；"绮语"，阿谀奉承。而将佛道称为"圣道"，可见确为"误读"，圣道为儒家言。《四十二章经》关于道德立佛之说，是很显明的。"佛言：'财色于人，譬如刀刃有蜜，不足一餐之美。小儿舐之，则有割舌之愚也'"②。喻说智、愚，言辞美丽而尖锐。又以气这一中国传统生命文化的基本范畴称说佛性："佛言：'人愚吾以为不善，吾以四等慈护济之，重以恶来者，吾重以善往。福德之气，常在此也。害气重殃，反在于彼也'"。以气这一范畴，言说与成佛相关的愚智、善恶之理。这是中印文化之间所发生的一场初起而艰难的人文"对话"。气，是中华文化的独特范畴与思想，始于中华原始以易筮为代表的巫文化。印度文化及其佛教，绝无这一范畴与理念。

《四十二章经》可能是初始"写取"、节译的一个经籍本子。它以先秦道家的道范畴，来译说佛之本义。问："何为之道（引者按：此实指佛）？道何类也？"答："道之言，导也，导人至于无为（实指空）。牵之无前，引之无后，举

---

① 《四十二章经》卷一，载《大正藏》第十七册，P0722b。
② 同上书，P0723a。

之无上，抑之无下，视之无形，听之无声。四表为大，绲綖其外，毫厘为细，间关其内，故谓之道。"以道比附于佛，误读是肯定的，却也是佛教教义走上中国化本土化的开始。

《四十二章经》毕竟为吾中华带来了印度崭新的文化观和宗教观，开始改变、重塑中国人的意识、灵魂和宗教信仰。其中最重要的，是佛这一类人文、宗教范畴的引入。《四十二章经》说，"佛言：'一日行常念道行道，遂得信根，其福无量'"①。信根与无量等，都是崭新的概念范畴，是中华原本所没有的。

据南朝梁僧祐《出三藏记集》与魏晋时人所撰经序、僧传，东汉桓帝建和初年（147），安息国太子安世高，抵达中国洛阳，始而译经凡三十五部，四十一卷。现存凡二十二部，二十六卷②。其中主要经典有：《安般守意经》一卷，《阴持入经》一卷，《百六十品经》一卷，《大十二门经》一卷，《小十二门经》一卷，《四谛经》一卷，《八正道经》一卷，《十二因缘经》一卷，《人本欲生经》一卷，《大安般经》一卷，《五阴喻经》一卷与《阿毗昙九十八结经》一卷等。安世高所译，多属小乘经典，属于印度佛教上座部"说一切有部"的理论系统。安世高博学多闻，精于小乘禅数之学。僧祐《出三藏记集》称其"博综经藏，尤精毗昙"，"讽持禅经，略尽其妙"。其来华后，雅好汉语而译笔追求本旨，故偏于直译。所译重在定慧二说；专在传播止观法门，以禅数学为要。《安般守意经注序》云，"安世高善开禅数"，是矣。

禅（dhyāna），禅那之略称，思维修、静虑义。心定于一境而内观于静虑。静即定，虑即慧。康僧会云，"夫安般者，诸佛之大乘，以济众生之漂流也"。又说，安译《安般守意经》传四禅之学。一禅，"小定三日，大定七日，寂无他念，泊然若死"；二禅，"弃十三亿秽念之意"，"意定在随，由在数矣。垢浊消灭，心稍清净"；三禅，"若自闲处，心思寂寞，志无邪欲"，"行寂止意，悬之鼻头"；四禅，"还观自身"，"众冥皆明"③。安般守意，或可释为："安为身，般为息，守意为道"；或释："安为生，般为灭，意为因缘，守意为道也。安为数，

---

① 《四十二章经》卷一，载《大正藏》第十七册，P073a。
② 按：其中最先汉译佛经，为《明度五十校计经》，由安世高译成于汉桓帝元嘉元年即公元151年。
③ 《康僧会序》，《佛说大安般守意经》卷一，载《大正藏》第十五册，P0163a、b。

般为相堕，守意为止也"；或释："安为定，般为莫使动摇，守意莫乱意也"；较
流行的译文是："安为清，般为净，守为无，意名为，是清净无为也。"①这里的
数息、调息二概念，是《安般守意经》所倡言的入定说的重要法门。正如道安
所云："安般者，出入也。道之所寄，无往不因；德之所寓，无往不托。是故
安般寄息以成守，守四禅寓骸以成定也。"②所谓"安名为入息，般名为出息"，
"出息亦观，入息亦观。观者谓观五阴，是为俱观。"③安世高又译介数法毗昙之
学，如四圣谛、五蕴、六道轮回、八正道、十二因缘以及十二门禅、十二处与
十八界诸说，作为佛教基本教义，都入渐于中土。

稍迟于安世高，大月氏僧支娄迦谶（简称支谶）于东汉桓帝末年（公元167
年间）来到洛阳，译传印度大乘经典。其禀持法戒，以精勤著称于世，宣示佛
法，志存高远。支谶译经可考的，是《道行般若经》十卷，《般舟三昧经》二卷
与《首楞严经》二卷凡三种。东晋道安认为，支谶所译佛经，还有《阿阇世王
经》二卷，《阿閦佛国经》一卷，《内藏百宝经》二卷，《兜沙经》一卷，《方等
部古品曰遗日说般若经》一卷，《问署经》一卷，《孛本经》二卷，《胡般泥洹
经》一卷与《宝积经》凡九种。另有《伅真陀罗所向宝如来三昧经》一卷，为
道安所未计入，共十三部二十六卷，现存九部。《首楞严经》《方等部古品曰遗
日说般若经》、《胡般泥洹经》与《孛本经》四种支译早已缺佚。僧祐《出三藏
记集》添列《光明三昧经》一卷，以为支谶所译，其实系支曜所译。

支谶所译众经中比较重要的，是《道行般若经》（亦称《般若道行品经》）
和《般舟三昧经》二种。原由竺朔佛传入，支谶是口译者。般若性空之学就此
在中土流播，其功肇始于支谶的译介。它体现了龙树之前所入渐的印度大乘经
义。支译本《宝积经》、《阿閦佛中经》与《般舟三昧经》，构成大部《宝积》
的基本部分；《道行般若经》是大部《般若》的主要部分；《兜沙经》是此后入传
的《华严经》的"序品"。虽然《道行般若经》等，是最早入传中土的大乘经

---

① 《佛说大安般守意经》卷一，载《大正藏》第十五册，P013c、P0164a。

② 道安：《安般守意经注·序》，梁僧祐：《出三藏记集》卷六"经序"，金陵刻经处本，载石
俊、楼宇烈、方立天、许抗生、乐寿明编《中国佛教思想资料选编》第一卷，中华书局，
1981，第34页。

③ 《佛说大安般守意经》卷一，载《大正藏》第十五册，P065a、P0167a。

典，而以流播的广泛深远言，主要是该书所辑入的《般若波罗蜜多心经》(《心经》) 与《金刚般若波罗蜜经》(《金刚经》)。

安译与支译，是东汉末年桓、灵二帝时期印度佛经汉译的重要两翼。前者重禅法，间及毗昙学之学；后者重般若性空之学。另有竺佛朔、安玄、支曜与康孟祥诸人，也来华从事佛典的译传。

佛经的翻译，自东汉末到宋代，千余年间是中印佛教学者所从事的崇高事业，从一开始就有严肃的态度与严格的规范。译经者既然是佛陀及其学说的崇信者，那么在译事中，总是抱着一种崇拜"真理"的态度，虔诚而近乎苛刻的严格守持其自己的译笔，以便向中国佛教信众传达佛经的真谛，是必然的事情。虽然佛经译传之初，尚未像此后大规模国家译场那般设立译官，分任译主、证义、证文、书字梵学僧，与笔受、缀文、证梵语（参译）、刊定、润文等九种职位，以便严格把关而不使经义走样，但是译经之初，译者都力求忠于原著，以直译取胜。道安《道地经·序》称，安世高"音近雅质，敦兮若朴，或变为文，或因质不饰"；其《大十二门经·序》说"世高出经贵本不饰"。僧祐《出三藏记集》云，支谶译笔"了不加饰"；竺佛朔"弃文从质"；《高僧传》又称支曜、康巨等辈"并言直达旨，不加润饰"。

可见最初一批佛经译文，都有尚质、轻文的特点。

由于佛教初传，在理念、语言、文字等方面的准备不够或严重欠缺，从译事之始，便存在着东晋道安后来在《摩诃钵若波罗蜜经抄序》中，所总结的"五失三不易"的情况。道安说：

> 译胡为秦，有五失本也。一者胡语颠倒而使从秦，一失本也；二者，胡经尚质，秦人好文，传可众心，非文不合，斯二失本也；三者，胡经委悉，至于咏叹，丁宁反复，或三或四，不嫌其烦，而今裁斥，三失本也；四者，胡有义记正似乱辞，寻说向语，文无以异，或千五百，刈而不存，四失本也；五者，事已全成，将更傍及，反腾前辞已，乃后说而悉除，此五失本也。然般若经，三达之心，覆面所演，圣必因时，时欲有易，而删雅古，以适今时，一不易也；愚智天隔，圣人叵阶，乃欲以千岁之上微言，传使合百王之下末俗，二不易也；阿难出经，去佛未远，尊大迦叶，令五

百六通，迭察迭书，今离千年，而以近意量截，彼阿罗汉及兢兢若此，此生死人而平平若此，岂将不知法者勇乎，斯三不易也。①

这在中国译经史上，称为"五失本三不易"。大意是，五失：其一、梵、汉语法有异，只得改变语序以符汉语文法；其二、印度原典文辞尚朴素而汉语好修辞，故有辞不达意之"失"；其三、印度佛经不厌其烦，尚说一理，每每以逻辑反复辩论，汉译只得删繁就简；其四、佛经原著不乏注说讲解，汉译不得不斩芜杂而存本真；其五、原著述佛法，喜横生枝节，往往重复讲论，汉译当简约说之。三难：其一、般若经义，古奥而时俗有变，使今之汉人每每难以理解；其二、俗愚、佛智天隔一方，且印度佛典所传，又是千年之前佛陀所宣说之微言大义，所译欲使佛智在华入乡随俗，合中国口味，这是以"上智"就"末俗"，尤为困难；其三、佛说经其弟子阿难、大迦叶等口传，离当今已逾千载，故汉译欲以"近意""量截"佛经之古义，虽兢兢业业如阿罗汉，欲深悟生死之法却只能"平平"而已，又怎么能够懂得佛教勇猛精进之道呢？

这里道安所说是，是一家之言。有些见解，如"胡经尚质，秦人好文"云云，未必契其实际，然而总体言之有理。佛教教义入渐之初，作为异族宗教的思想与思维，必然水土不服，一时难以生存与传播。为求在中土站稳脚跟，日益流传，不得不削足适履，谬称知己。安世高、支娄迦谶等胡僧的汉语水平，固然了得而毕竟是"外来和尚"，以中华传统文化之广博深邃，如何能在较短时日之内皆了然于心呢？不同程度的误解是必然的。而且，即使完全是所谓的"中国通"，亦难免误读。且以当时皇皇中华之文化的自信，译经力求符契中国风、中国味，也是必由之路。根本的一点是，作为民族文化思想与思维的深层部分，在译经上，两大民族文字语言体系往往在格格不入之际寻求妥协与折衷，做到既冲突又调和，为情理中事。

东汉末年，重要译者还有支谦和康僧会等。支谦最早译成《无量寿经》与《维摩诘经》等。竺法护译有般若经、华严经与涅槃经等类佛经。而释道安的译

---

① 道安：《摩诃钵罗若波罗蜜经钞序》，僧祐《出三藏记集》"经序"，金陵刻经处本，载石俊、楼宇烈、方立天、许抗生、乐寿明编：《中国佛教思想资料汇编》第一卷，中华书局，1981，第43—44页。按：本书后文凡引该书，不再注明编者、出版社与出版时间。

经地位崇高，这里勿赘。

东汉末年，受教于安世高的严佛调，是汉人中的第一位出家人。《出三藏记集》称其与安玄合作翻译佛经之外，曾经撰写第一部出自中国和尚的佛学著作《十慧》一卷（或名《沙弥十慧章句序》），属于小乘禅数之作。

时至东汉末年三国初，中国佛教史上有《牟子理惑论》一著的出现，作者题为汉牟融，书题之下小注："一云苍梧太守牟子博传"。《牟子理惑论》三十七篇，前序后跋，载于《弘明集》卷一。但是，该书作者是否为牟融（牟子），迄今没有定论。

该书文体，以问答方式阐说佛教基本教义及当时中国人对佛教教义的理解。

> 问曰：何以正言佛，佛为何谓乎？牟子曰：佛者，谥号也。犹名三皇神、五帝圣也。佛乃道德之元祖，神明之宗绪。佛之言觉也。恍惚变化，分身散体，或存或亡，能小能大，能圆能方，能老能少，能隐能彰，蹈火不烧，履刃不伤，在污不染，在祸无殃，欲行则飞，坐则扬光，故号为佛也。①

这里，大致除称佛为觉等符契印度佛教本义外，其余都是当时中国人所理解的"佛"，类于皇神、帝圣，具有神仙方术的异能，神通广大，有类于前述《四十二章经》，是将佛巫术化、诗意化了。《牟子理惑论》所谓"道之为导也"，显然受《四十二章经》影响。其云：

> 问曰：为道者或辟谷不食，而饮酒啖肉，亦云老氏之术也。然佛道以酒肉为上戒，而反食谷，何其乖异乎？牟子曰：众道丛残，凡有九十六种。澹泊无为，莫尚于佛。吾观老氏上下之篇，闻其禁五味之戒，未观其绝五谷之语，圣人制七典之文，无止粮之术。老子著五千之文，无辟谷之事。②

---

① 《牟子理惑论》，载《中国佛教思想资料选编》第一卷，第3—4页。
② 同上书，第13页。

原本道家老子与佛道，都不事"辟（避）谷"即"无止粮之术"，故而佛、道合一，"澹泊无为，莫尚于佛"，是将佛等同于道了，因而佛徒"食谷"，并非"乖异"。

> 问曰：子之所解，诚悉备焉，固非仆等之所闻也。然子所理，何以止著三十七条，亦有法乎？牟子曰：……故有法成易，无法成难。吾览佛经之要，有三十七品；老氏道经亦三十七篇，故法之焉。[①]

在牟子看来，全部佛经要义凡三十七。通行本《老子》共八十一章，分道经、德经两部分，而"道经亦三十七篇"，似乎是释、老共"法"。牟子见《老子》道经有三十七章，撰《理惑论》而设问、答三十七条（三十七问题），以此比附于《老子》文本体例。

《牟子理惑论》为答"疑"之论。"理惑"者，以释、老共通之理而解惑之谓。该书最后云："于是惑人闻之，跐然失色"，自称："鄙人朦瞽，生于幽仄。敢出愚言，弗虑祸福"。于是"愿受五戒，作优婆塞（比丘）"，皈依佛门。

正如梁启超所云："要之，秦景宪为中国人詠经之始，楚王英为中国人礼佛之始，严佛调为中国人襄译佛经之始，笮融为正如中国人建塔造像之始，朱士行为中国人出家之始。初期佛门掌故，信而有征者，不出此矣。"[②]其间，在严正而朦胧的史影之中，颇为不乏的，还有颇具诗性神话的意趣在。

第二节　佛教初传对道教的影响

佛教初传于中土、东汉佛经初译之时，几乎同时发生了中国宗教史上另一重大事件，便是东汉顺帝（126—144）时期道教的创立。道教的创立，究竟与佛教初传有无联系，学界所见不一。

佛学界有学人以为，"从现存道教资料来看，道教的创立没有受佛教的影

---

① 《牟子理惑论》，载《中国佛教思想资料选编》第一卷，第15页。
② 《四十二章经辩证》，载梁启超：《佛学研究十八篇》，中华书局，1976，第10—11页。

响"。其所持的理据是，"佛教大量译经是在汉桓帝末以后"[1]。桓帝刘志（132—167），于公元146至167年在位，而东汉道教的创立，早在公元144年就已经完成。这可以证明，"道教的创立没有受佛教的影响"。

可是，问题并非如此简单。

且从道教创立的文化成因说起。简略言之，中华上古与先秦时期，正如本书导言所述，以原始神话、图腾与巫术为文化基因的天帝、神仙、方术与鬼神观念，早已风行于世而且深入人心。神话、图腾与巫术的意识、理念与信仰，是东汉道教创立的文化远因。假定没有中国传统的原神、原巫文化，道教本不会诞生或是另一副文化面貌。

1918年8月20日，鲁迅《致许寿裳》信曾经说过，"前曾言中国根柢全在道教，此说近颇广行。以此读史，有多种问题可以迎刃而解"[2]。1927年，鲁迅在《而已集·小杂感》中又指出，"人往往憎和尚，憎尼姑，憎回教徒，憎耶教徒，而不憎道士。懂得此理者，懂得中国大半。"鲁迅斯言，人们往往觉得一时难以理解，不敢苟同者大有人在。其实，鲁迅正是看到了道教的根柢，是原神、原巫文化的缘故。

在先秦道家哲学中，源于原神、原巫文化的道，作为哲学的本原本体，使得天、帝、神、巫与命等意识、理念，在道家哲学体系中几无立锥之地。徐复观说，"老子思想的最大贡献之一，在于对自然性的天的生成、创造，提供了新的、有系统的解释。在这一解释之下，才把古代原始宗教的残渣，涤荡得一干二净，中国才出现了由合理思维所构成的形上学的宇宙论"[3]。

就肯定《老子》哲学的历史、人文贡献来说，这一见解是对的，缺失在于肯定有过。

从《老子》哲学的思维角度看，作为本原本体范畴的道，其实并非是一个绝对形上的哲学范畴，不啻可以说，它带有一些思想与思维的"杂质"。通行本《老子》明明白白地写着："道之为物，惟恍惟惚。惚兮恍兮，其中有象；恍

---

[1] 任继愈主编：《中国佛教史》第一卷，中国社会科学出版社，1981，第127页。

[2] 鲁迅：《致许寿裳》，载《鲁迅全集》第十一卷，人民文学出版社，1981，第353页。

[3] 徐复观：《中国人性论史·先秦篇》，生活·读书·新知三联书店，2001，第287页。

兮惚兮，其中有物。窈兮冥兮，其中有精。其精甚真，其中有信。"①这是一段很重要的夫子自道，我们不能视而不见。《老子》说，道是一种"物"，这里可以理解为生成万物的本原（元物），和决定万物性质的本体。可是，这种"物"是不纯粹的，它包含着"象"、"精"和"信"等因素。除了"其精甚真"即比较"真"以外，在"道"中还包含有"象"意识与"信"意识等思维、思想，可以说，残存着一些从上古传承而来的原始神话、图腾与巫术文化的"残渣"。尽管由于老子的伟大工作，已经历史地将原始神话、图腾与巫术文化，嬗变为以道为本根本性的哲学，却并没有把"物""象"与"信"等"残渣"，"涤荡得一干二净"。

可以证明，先秦的道家文化，并非只有道哲学而没有神、巫文化的遗存。更不是说，在从先秦到东汉道教创立之前漫长的文化历程中，中国文化惟有老庄道学与孔孟仁学而无神、巫文化的遗存或复活。凡此，都是中国道教文化能够从道家哲学中生起的一个重要的本土原因。

通行本《老子》有"长生久视"之说。东汉高诱注："视，活也。"所谓长生久视，即长生不老之义。《庄子》有"神人"说："藐姑射之山，有神人居焉，肌肤若冰雪，绰约若处子，不食五谷，吸风饮露，乘云气，御飞龙而游乎四海之外"。②虽是一则寓言，毕竟奠定了东汉道教神仙形象的原型之一。《庄子》还有所谓"导引"、"坐忘"与"守一"之说。凡此，与《山海经》所言"不死之山"、"不死之国"、"不死民"与"不死之药"③等等，是遥相呼应的。

从上古、先秦到东汉道教创立，关于道的思想意识，有一个不断置换、发展的历史与人文过程。这便是，从上古到先秦，神、巫文化是道的原古文化根因、素质与方式；先秦时，道主要作为哲学的本原、本体而存在而发展。这当然不是说，此时道家文化便只有哲学而无其它属神属巫的文化遗绪；时至西汉的黄老之学，高诱的所谓"托名黄帝，渊于老子"之言，又道出了老庄之学与儒术对接、消解老庄哲学玄虚性、将哲学转化为治术的历史与人文真实。把原

---

① 《老子道德经》上篇，王弼注，载《诸子集成》第三册，上海书店，1986，第12页。
② 《庄子·逍遥游第一》，载王先谦：《庄子集解》卷一，载《诸子集成》第三册，上海书店，1986，第4页。
③ 按：依次见于《山海经》的《海内经》，《大荒南经》、《海外南经》与《海内西经》。

先所谓"无为而无不为"这一著名而深邃的哲学命题，变成了"无治而无不治"的现实治世之术。直至东汉道教创立，黄老之学遂演变为黄老神学，最后成就黄老神道，哲学老子终于被尊崇为道教教祖。

这一演衍转递，从西汉初期推行黄老治世之术开始，便逐渐走上神化黄帝与老子的道路。

陆贾《新语·至德》云："君子为治也，块然若无事，寂然若无声，官府若无吏，亭落若无民"。天下原本并非"无事"、"无声"、"无吏"、"无民"，否则便不成其天下。但是，治术却要在"若（好像）无事"之类上下功夫，达到如《老子》所说"治大国如烹小鲜"、"无为而治"的境地。无为而治这一命题，始见于《论语》而并非道家著作，可见早在先秦，即使儒家文化原始，也与道家的无为说有相合的一面。当然，先秦原儒的无为而治说，偏于仁义与道德治世。西汉黄老之学与阴阳五行相结合以演衍为新的阴阳数术，是神化黄老的关键一步。阴阳之说肇始于战国邹衍，其"乃深观阴阳消息而作怪迂之变"①。五行相生相克的文化理念，在哲学上，揭示了事物之间的一种人为设定的必然联系；在文化上，却具有太多原神、原巫的气息与原始文化烙印。黄老之学本是道、儒文化的结合体，它再相合于阴阳五行，便徒增其神秘甚至是怪诞的思想倾向。这时，由原始神话、图腾与巫术文化传承、嬗变而来的汉代阴阳数术，便成为东汉道教创立的文化助因之一。

《庄子》以哲学雄视于天下，而在哲学之外，又崇神仙，这是从老子哲学思维、思想中的"杂质"传继而来的。《庄子·大宗师》篇称"黄帝"得道，"以登云天"，羽化登仙。黄帝作为中华"人文初祖"，早在先秦末年《吕氏春秋·名类》的"五德终始"说中，已经塑造完成。②那里的黄帝，已经具有一定的神性。《老子》一书，本无过分神化黄帝与老子之言，时至汉代，情况就不同了。《老子河上公章句》③一书，将黄老思想神仙方术化，推崇长生术与善恶

---

① 《孟子荀卿列传第十四》，载司马迁：《史记》卷七十四，中华书局，2006，第455页。

② 王振复：《中国美学的文脉历程》，四川人民出版社，2002，第314—316页。

③ 按：此书相传为河上公或为河上文人所撰。《史记》最早提到"河上文人"，《史记·乐毅列传》："乐臣公学黄帝老子，其本师号曰河上丈人，不知其所出。"有关此书的作者与年代，学界歧见不一，有"西汉"、"东汉"等说。

报应说，将《老子》所说的谷神不死，是谓玄牝，加以重新解说，称为：玄，天也，于人为鼻；牝，地也，于人为口。以玄牝为天地创始与人类不死之原由，成为日后道教吐纳导引、吸风餐露、炼形养神与追求长生不死的理论基础之一。东汉明帝、章帝时期，蜀人王阜所撰《老子圣母碑》有云：老子者，道也。道既然先天地生，岂不是老子其人也是先天地生的；既然其先天地生，那么老子便是神仙了。故而王阜说，老子其人，乃生于无形之先，起于太初之前，行于太素之元，浮游六虚，出入幽冥耳。这种将老子等同于道、神仙的逻辑及其言说，拉开了老子为道教教祖的历史与人文序幕，跨越了从哲学走向宗教的鸿沟。旧题刘向所撰《列仙传》，记录上古三代到西汉成帝之时神话传说之神仙凡"七十一"，与后代葛洪《神仙传》序所言相符，也为神化黄老助一臂之力。《老子铭》说："由是世之好道者，触类而长之。以老子离合于混沌之气，与三光为终始，观天作谶，升降斗星；随日九变，与时消息。"①为神化黄老而推波助澜，为道教的创立作文化上的准备。

作为东汉道教创立的文化助因，两汉官方的主流文化，确可以用儒学经学化，经学谶纬化来加以概括。从秦始皇到汉武帝的如此崇信神仙、方士之举，不难见出神话、图腾与巫术文化的思想、思维的严重浸润程度。董仲舒的"天人感应"说，充满了神话与巫术的阴阳灾变与报应迷信，他重捡先秦关于天与天命之思，称"臣闻天之所大奉使之王者，必有非人力所能致而自至者，此受命之符也。天下之人同心归之，若归父母，故天瑞应诚而至。""罢黜百家，独尊儒术"的结果，极大地推动儒学的经学化与神学化。"国家将有失道之败，而天乃先出灾害以遣告之。不知自省，又出怪异以警惧之。尚不知度，而伤败乃至。"②如果说，西汉经学是儒学被神化巫化了，那么，兴盛于两汉之际及东汉的神巫、谶纬文化，便是以神、巫为人文根因的粗陋的神学。所谓谶，诡为隐语，预决吉凶之谓。东汉许慎《说文》云，谶，验也。有征验之书，河洛所出书，曰谶。纬，与经相对应，是对儒经作神秘而迷信的解读与崇拜。西汉末谶术横行而被利用于政治，所谓"王莽改制"，是从制造符谶开始

① 按：据考，《老子铭》作者边韶，东汉顺帝、桓帝时人，桓帝时曾为相。
② 《董仲舒传第二十六》，载班固：《汉书》卷五十六，中华书局，2007，第562页。

的。《汉书·王莽传》称其依"白雉之瑞"这一谶语而被册封为"安汉公",又靠所谓"白石丹书"而成为权倾于天下的"摄政王"。最后,竟以所谓"天帝行玺金匮图"与"赤帝行玺,某传予黄帝策书"之图谶符命,终于登上了皇位。东汉开国光武帝刘秀未登龙廷先发谶语。据《后汉书·光武帝纪》,有所谓刘秀发兵捕不道,卯金修德为天子这一谶语,在社会上流布。刘字繁体写作劉,从卯从金从刀,暗示其新帝者,非己而莫属矣。又在东汉中元元年(56),宣布"图谶天下",遂使谶纬风靡于世。从此,凡言五经皆凭谶为说,纬书反被尊为"秘经",一时地位反高于五经。东汉建初四年(79),汉章帝集群臣于白虎观(按:在洛阳未央宫建筑群中,属未央宫局部),以讲议五经异同为名,行图谶、易纬之说与宣示"君权神授"之实。纬书又空前地神化了孔子。《春秋纬·演孔图》称孔圣乃母梦中与黑帝交媾而生,所以是什么"黑帝之子",为"玄圣","长十尺,大九围"。谶纬神巫之学,一时甚嚣尘上,也为道教的创立,准备了条件,酝酿着尘嚣的时代与人文迷氛。

两汉儒学经学化,经学谶纬化,确为东汉道教的创立,开辟了道路。作为儒家者流,似乎与东汉道教的创立没有多大联系,其实,它与前述黄老的被神化,原于同一个文化根因。两者都是原神、原巫文化及其神仙方技之类在汉代的重新复活。一般而言,大汉是一个"利令智昏"的时代,儒家的实用理性、实用哲学大盛于世,封建中央集权,极需实用理性的儒术作为治术及其意识形态来治理天下。源远流长的原神、原巫文化传统,因其"实用"于统治之术,而被重新唤醒,且以经学与谶纬神学、巫学的绝对权威与方式,磅礴于朝野,以致于这一伟大民族的时代心智,一时间乌云密布,有些昏昏沉沉,不知所以。

然而,这并非等于是理性心智的彻底泯灭。道教的创立,固然是两汉黄老神道的必然趋势与结果,也是经学的实用理性大力推助的产物。从时代的文化意绪看,确是非理性呼唤了独尊老子、追求长生的中华道教的诞生。但这一民族不灭的人文心智与哲学之魂,又在看似装神弄鬼的道教中,潜存着不息的理性底蕴。从西汉末年的《天官历包元太平经》,到东汉中期之《太平清领书》,从《周易参同契》到《老子想尔注》,都在在证明,道教及其创立,主要是道、儒文化思想及其理性、非理性长期酝酿、奠基、冲突与调和的产物,而理性少弱、非理性滋长,是其基本特色。

于是，先由西汉末年汉成帝时齐人甘忠可，撰作《天官历包元太平经》十二卷，称言天帝使真人赤精子，下教我此道。天帝委派真人赤精子下凡，来向我（按：指甘忠可）传道，大有所谓天降大任于是人也的意思。继而东汉顺帝年间，《太平清领书》（《太平经》）凡一百七十卷，由琅琊（今山东临沂北）人宫崇献其师于吉所获神书于皇室。《后汉书·襄楷传》称，该书为于吉于曲阳泉水上所得，其言以阴阳五行为家，而多巫觋杂语。《太平经》分甲乙丙丁戊已庚辛壬癸十部，每部十七卷。此书被尊为天书、神典，乃道教思想之魂。其传播，可以看做道教（太平道）创立的重要标志。据《后汉书·刘焉传》、《三国志·魏志·张鲁传》所记，几乎与于吉等辈同时，张鲁祖父张陵（张道陵）在四川鹤鸣山（今四川仁寿）创五斗米道，以《太平经》召告天下，以符箓咒言驱神禁鬼，来劾苦疗疾，以救苦于天下信众。

两汉之际佛教初传之后，道教的创立并非偶然，它是中华民族宗教意绪与信仰高涨的生动体现。先秦并非"两个世界"的人文理念此时几乎被打破。

道教的创立，并非与佛教的初传初译毫无联系。从《太平经》经义内容来看，其道教教义颇受佛教某些思维模式与思想的影响，是显然的，是佛教中国化本土化的表现之一。

我们不能因为"佛教大量译经是汉恒帝末以后（按：恒帝〔132—167〕，146—167在位）"，而道教正式创立于东汉顺帝（126—144）之间，就轻易地判定，道教的创立，未受到佛教的影响。

这是因为，早在大量佛典译传中土之前，已经有关于佛教的口传流行于世许多年，且不会不有所影响于道教的创立。这种情况，好比东汉初所谓"永平求法"前，那时根本没有佛经的翻译，却早有比如通人傅毅所知有关佛的传说、楚王刘英也有"尚浮屠之仁祠，洁斋三月"的经历一样。

从一些道教经典看，能够看到些道教教义，受到佛教思想影响的踪迹。

其一、在《太平经》的"承负"说中，具有佛教"三世业报"思维方式的影子。

力行善反得恶者，是承负先人之过，流灾前后积来害此人也。其行恶反得善者，是先人深得积畜大功，来流及此人也。能行大功万万倍之，先人虽有余殃，不能及此人也。因复过去，流其后世，成承五祖。①

　　承负者，天有三部，帝王三万岁相流，臣承负三千岁，民三百岁。皆
承负相及，一伏一起，随人政衰盛不绝。②

善有善报，恶有恶报的思想，在先秦战国中后期的《易传》中早已有之，
《易传》云："积善之家，必有余庆；积不善之家，必有余殃。"此报应思想，基
于中华传统巫文化之意义，重于道德，不具有佛教业力果报的思想与信仰。两
者共通之处，都在于讲因果，而佛教讲人之过去、现在与未来的"三世因果报
应"，之所以报应，轮回不绝，是众生业力未灭之故。《周易》巫文化，是将
行善或行恶（皆为道德行为）作为巫术前兆，由此前兆而必导致善报或恶报的
结果。

道教《太平经》"承负"说，固然不可能具有佛教那般的业力思想，也不承
认有什么三世轮回。可是，《太平经》却承认一个血族的先人与后者、先祖与后
世之间，必存在着所谓"承负"的关系。

　　承者为前，负者为后。承者，乃谓先人本承天心而行，小小失之，不
自知，用日积久，相聚为多，今后生人反无辜蒙其过谪，连传被其灾，故
前为承，后为负也。负者，流灾亦不由一人之治，比连不平，前后更相负，
故名之为负。负者，乃先人负于后生者也。③

道教主乐生之义。从先人到后世，是血族群体生命的延续，所谓承负，则
大致基于"一个世界"理念不断延续的"生命遗产"。当然，鉴于等级观念，
该承负的生命力，就帝王、臣子与民氓而言，是不同的，依次分别为三万岁、
三千岁与三百岁。可见，如果说佛教的三世果报，是以业力为因而谈承负的，

① 《解承负诀》，《太平经》乙部，卷一十八至三十四，载王明：《太平经合校》，中华书局，
　　1960。
② 同上。
③ 《解师策书诀》，《太平经》丙部，卷三十九，载王明：《太平经合校》，中华书局，1960。

那么道教则是以生为因而说承负。

值得注意的是，道教固然认为"人人各一生，不得再生也"；"今一一死，乃终古穷天毕地，不得复见自各为人也，不复起行也"①。道教承认，人的现世善恶行为依承负又必致两大结果，一是因善行而长生不死成仙；二是由恶行而短命成鬼，坠入阴界（阴间）而受罪惩。不同于佛教所谓地狱比如八大地狱等说，在思想旨趣上，道教、佛教确为不同甚而对立，可这不会影响道教在思维方式上对佛教有所借鉴有所汲取。承负之说，是其中比较典型的一例。它将佛教的三世业报，转变为人之血族群体的世代果报。它去除了三世业报之轮回说的思想内核，留下了有关因果报应的思维方式。则要是没有佛教的三世业报说入渐于中土，且为《太平经》作思维方式意义的吸纳，那么道教的承负之说，是不可能出现的。

《太平经》庚部卷一一四，有所谓"超凌三界之外，游于浪合之中"一语。任继愈主编《中国佛教史》认为，此"'三界'应为天、地、人三者，而没有如佛教所说'欲界、色界、无色界'的意思"②，此说诚然不错。然而，如果由此否定佛教在思维方式上对道教具有影响这一点，大约又是欠妥的。"天、地、人"之说，早在先秦战国《易传》中就已存在，《周易》六十四卦之每一卦，以五、上两爻象天，初、二两爻象地，三、四两爻象人，天、地、人是一个天人合一、天人感应的思想与思维结构，的确不同于佛教的三界之说。可是，两者思想上的差异，并不能妨碍《太平经》在思维方式上借鉴于佛教三界说。两汉之际佛教初传、东汉佛经初译之前，《易传》有关于天、地、人的三才即三极说，并无三界一词即可证明。《太平经》中三界一词的出现，必来自佛教。欲界者，芸芸众生为欲所缚之处所；色界，虽在欲界之上，仍为色之所累，以修持可依次为"初禅"、"二禅"、"三禅"与"四禅"四"天"和"净梵地"，终而未断孽缘，人之精神尚为"质碍"所困；无色界，在色界之上，又称"四空处"，依次为"空无边处"、"识无边处"、"无所有处"与"非想非非想处"之"四空天"，为自由、解脱之境。

---

① 《冤流灾求奇方诀》，《太平经》己部，卷九十，载王明：《太平经合校》，中华书局，1960。
② 任继愈主编：《中国佛教史》第一卷，中国社会科学出版社，1981，第136页。

其二、《太平经》等道教典籍中，已出现了诸多来自于佛教的术语或范畴，可以看做道教接受佛教思想之影响的又一明证。

郭朋说："例如：'本起'，'转轮'，'九龙吐神水'，'受记'，'精进'，'三灾'，'三界'，'降伏'，'幽显'，'烦恼'，'众生'，'妄语'，'善哉'，'善哉善哉'，'所说竟'，'开示'，'白衣'，'四十八部戒'，'法界'，'因缘'，'究竟'，'度世'等等"[①]。尽管凡此术语或范畴，未必每一个都出现于东汉初译的佛经之中，也未必个个出现于《太平经》，这正如王明《太平经合校·前言》所言，"佛教的名辞如'本起'，'三界'，'受记'等都是仅见于《钞》甲部；就时代说，这些名辞也是比较《太平经》为晚出的"。《太平经钞》十卷，由唐人闾丘方远所节录，难以证明凡此术语或范畴，都是东汉《太平经》所原有的，却不能由此而简单否定《太平经》接受佛教思想影响这一史实。汤用彤说：

> 《太平经》者，上接黄老图谶之道术，下启张角、张陵之鬼教，与佛教有极密切之关系。[②]

如因缘这一佛学范畴，《太平经》说："天、地、人共同功，其事更相因缘也。无阳不生，无和不成，无阴不杀。此三者相须为一家，共成万二千物。"[③]因缘一词，出现于《太平经》庚部卷一一九，是道教借鉴佛教思维方式的明证。天"阳"、地"阴"、人"和"此"三共同功"的大化流行，借用佛教因缘范畴来加以表述，遂使中华传统阴阳互化与天地人三者之运变说，增添了更多、更深邃的哲学形上之义。这是竭力言说万物变化的神速与空灵，呈现新的时代人文与哲学素质与面貌。

顺便补充一句，在《太平经》中，还融和了《周易》的思想。《易传》古筮法云："乾之策二百一十有六，坤之策百四十有四，凡三百有六十，当期之日。

① 郭朋：《汉魏两晋南北朝佛教》，齐鲁书社，1986，第32—33页。
② 汤用彤：《汉魏两晋南北朝佛教史》上册，中华书局，1983，第73页。
③ 《太平经·三者为一家阳火数五诀》，载王明：《太平经合校》，中华书局，1960。

二篇之策，万有一千五百二十，当万物之数也"①。《周易》六十四卦，分上经三十，下经三十四，此所谓"二篇"。六十四卦，共三百八十四爻，阴爻、阳爻各为一百九十二。一百九十二乘以老阳之数九，乘以四时之数四，得六千九百一十二策；一百九十二乘以老阴之数六，乘以四时之数四，得四千六百零八策。两策数相加，共为一万一千五百二十策。《易传》称此象喻"万物之数"。《太平经》取其大略"万二千"，故有"万二千物"之言。

"本起"这一佛学术语，也为道教典籍《太平经》所运用。其甲部"太平金阙帝晨后圣帝君师辅历记岁次平气去来兆候贤圣功行种民定法本起"这一标题，就有"本起"一词。该部述教祖老子生平传记，以神话铺陈其事。任继愈主编《中国佛教史》认为，这不是《太平经》深受佛教影响的有力证明。理由是，"讲佛陀传略的《本起经》的翻译皆在《太平经》成书以后，如汉灵帝、献帝时由康孟祥和竺大力译《修行本起经》、昙果和康孟祥译《中本起经》、三国吴支谦译《瑞应本起经》等"②。汉灵帝刘宏（156—189），在位22年（168—189）；献帝刘协（189—220年在位），是汉朝最后一帝，康孟祥等僧所译《修行本起经》与《中本起经》等，确"在《太平经》成书以后"行世。可是，这不是道教《太平经》之思想未受佛教影响的一个证据。数部"本起经"晚出，不等于在此之前，社会上没有"本起"这一佛教理念的流布。如果未曾流布，《太平经》甲部此标题何以有"本起"这一术语？而且，"本起"与该标题"定法"的"法"，也是从佛教借鉴而来的。安译《安般守意经》一卷，固然仅在众多小乘佛经之中"舀一瓢之饮"，然安世高博通小乘佛典，未必不知"阿含"四部。③比如《长阿含》第一分第一诵，收《大本经》等四经。此所谓"大本"者，"太本"也，"原本"之谓，亦即"本起"之义。此经言述毗婆尸④等七佛之种姓、生处、出家与成道等本生因缘。又，《长阿含》第二分第二诵《小缘经》第五，说四种姓"生起因缘"等。《中阿含》之《长寿王品》第七，收十五经，其第一，称《长寿王本起经》。不必例

① 《易传·系辞上》，载朱熹：《周易本义》，天津市古籍书店出版社，1986，第305—307页。
② 任继愈主编：《中国佛教史》第一卷，中国社会科学出版社，1981，第136页。
③ 按：包括《长阿含》、《中阿含》、《杂阿含》与《增一阿含》。
④ 按：毗婆尸（vipasyin），又作毗体尸，过去七佛之首，释迦牟尼成佛前称名。

举经文，仅经题之中，便有"本起"这一术语，是一明证。汤用彤说，"本起为汉魏译本所通用之名词"①，显然并非游谈。

道教与佛教的人文联系，指两者教义的对立，其一开始，就表现为彼此的借鉴与汲取。适逢佛教初传之时，道教的创立及其《太平经》等道教典籍之思想的传播，使中国佛教美学在东汉时期的酝酿，增添了复杂而多维的历史与人文因素。

第三节　安译禅数学与支译般若学的美学意蕴

所谓佛教美学意蕴的酝酿，是指它的积渐过程及其结果。两汉之际印度佛教东渐，经东汉二百年左右的初传，它的广度与深度，处在初始阶段而难称普及与深入人心。佛教先是在朝廷、王族与少数士子中间传播。这是发生在中印异域文化与宗教之间，一场充满艰难与误读的人文"对话"，彼此深感陌生、惊奇、困惑、恐惧而又同情。

虽然如此，佛教入传，却开始了中华文化、哲学与艺术美学的剧烈变衍。当中华历史上第一个"学为浮屠"的贵族楚王刘英"信佛"，当第一个信奉佛教的帝王汉桓帝刘志"于宫中立黄老，浮屠之祠"②，当第一个中国人严佛调"出家做和尚"③的时候，人们也许始料未及，这种剧变，已经能够让人仿佛听到它那隐隐涌动的潮声了。

就安译禅数学与支译般若学思想而言，开始了中华佛教美学思想的初步酝酿。

其一、安（安世高）所译介的禅数学，属印度小乘一系。禅，指禅定，禅

---

① 汤用彤：《汉魏两晋南北朝佛教史》上册，中华书局，1983，第75页。

② 《后汉书·裴楷传》。

③ 按：《晋书》卷九五《艺术·佛图澄传》载"王度奏章"云，"汉代初传其道，唯听西域人得立寺都邑，以奉其神。汉从皆不得出家。魏承汉制，亦循前轨"。但临淮（今属安徽）严佛调于汉灵帝末年赴洛阳，与沙门安玄共译《法镜经》，为第一位汉籍僧人。只是汉末未传佛经律部，估计严氏"出家"未受"具足戒"（比丘戒）仅思想信仰而已。又，严佛调参与译经为汉光和四年（181）。

观；数，指数息，数法，重于身心修持。吕澂云，"所谓'数'，即'数法'，指毗昙而言。"①禅数学是禅学与毗昙学的合称，两者在身心入定修为上，具共同、共通性。

安译《安般守意经》有云："安般守意。何等为安？何等为般？安名为入息，般名为出息。念息不离，是名为安般。"②指控制呼（出息）吸（入息）而入定。这便是《安般守意经》的所谓"从息至净是皆为观，谓观身相堕，止观还净，本为无有"③。

这一"常法"，好像与世俗意义的审美没有什么联系。然而值得注意的是，早在印度佛教入渐中土之前，先秦儒、道两家，作为中华审美的两大代表，一主"有"的审美，主要关于道德人格及其艺术等（儒）；一主"无"的审美（道）。通行本《老子》所说的致虚极，守静笃与《庄子》所谓心斋、坐忘等说，都指审美过程中主体的审美心灵以无为境的问题。有之审美，重于经验而大凡属于形下；无之审美，起于经验、形下又上升为超验而形上，从而达于哲学意义的本原、本体。就道家无之审美而言，审美之发生、过程与结果，必忘其功利荣辱，收摄纷散之心而刹那移情，凝神观照，它是对儒家所言俗有（道德）之境的挥斥。而《安般守意经》所谓数法、禅数，其要旨在于通过数息入定，"眼不观色，耳不听声，鼻不受香，口不味味，身不贪细滑，意不志念，是为外无为。数息相堕，止观还净，是为内无为也"④。达于六根清净，拒绝经验层次之世俗美的诱惑，而且要求破斥俗有、超越道无而入于佛之空幻。空幻这一个人文理念，作为中国文化审美的新因素，首先在佛教教义上，是与儒有、道无的审美不同的，它是第三种审美品类及其境界，是吾伟大中华旷古所未有的。

斥有、祛无而守空（守意），是安译《安般守意经》关于空之审美的根本点。此之所谓断内外因缘、弃十二因缘之轮回而得趣于禅定之乐。《安般守意经》有所谓"守意"即禅定之"四乐"说。"守意中有四乐。一者知要乐；二者

---

① 吕澂：《中国佛学源流略讲》，第28页，中华书局，1979。
② 《佛说大安般守意经》卷一，安世高译，载《大正藏》第十五册，P0165a。
③ 同上书，P0167c。
④ 同上书，P0169c。

知法乐；三者知止乐；四者知可乐。是谓四乐"①初禅："离生喜乐地"；二禅："定生喜乐地"；三禅："离喜妙乐地"；四禅："舍念清净地"。又说："守意中有四乐。一者为知要乐；二者为知法乐；三者为知止乐；四者为知可乐。"②以此"四禅"即"四乐"，对治"四欲"③。得乐者必非身；非身者，须作人之肉身的不净之观想。观想者，比如，眼见肉身肥硕，当念死尸肿胀；白净肌肤，只当是一副白骨；浓发黑眉，看做朽败发黑；朱唇明眸，意想其腐血紫赤。总之，芸芸众生，美女帅哥之辉丽形象背后的"真实"，其实都是一具具白骨骷髅。

这里，身体哲学与美学的诉求，是对人之肉身及其欲望的断然拒绝。与审美相构连的人生悦乐，不是经验层次上的人之五官的快感，并非精神臻于道无之境那种本原本体之美所唤起精神愉悦，并非道德臻于完善的道德之美，而是消解俗有五官之快感、道无本原本体与道德美及其美感时，所实现的那种精神状态与心灵境界，便是因禅定、禅观而达成的空幻之境。

为求达成这一境界，在于破斥世俗（世间）的有与无。为了破斥有、无，关键在于从缘起说领悟世俗的苦厄与丑恶，将世俗生活的快乐以及理想抛弃，建构另一种以空幻为圭臬的精神境界，将精神安顿于否弃了世间、世俗的向往，便是对于佛国之境的追随。

佛教基本教义的"四谛"说，以一苦、二集、三灭、四道为要。人生本苦，苦必有因，苦可解脱，解苦之途，此之谓四谛。人生本苦为四谛说的逻辑原点。只有尽可能渲染此苦，才凸显从一切苦厄拔离的必要，只有离苦才能得乐，离苦即得乐。

那么，何以慈航之渡而得"大欢乐"？《安般守意经》给出的药方，是"守意"即禅定、禅观，因入定而观得"根本乐"。无所生起世俗之乐，即为根本乐。

守意者，所守之境为空耳。不使心神纷散而具有利益心、机巧心与分别心等，便有类于审美的"凝神观照"。精神凝注于审美对象而无及于其它，这

---

① 《佛说大安般守意经》卷一，安世高译，载《大正藏》第十五册，P0164a。

② 按:《妙法莲华经·安乐行品》有"四安乐行"说:一，"身安乐行"；二，"口安乐行"；三，"意安乐行"；四，"誓愿安乐行"。

③ 按:《法苑珠林》卷二所谓"四欲"，指"情欲"、"色欲"、"食欲"和"淫欲"。

"时"（一刹那，瞬时），审美就是主体的整个心灵、整个世界，物我两忘、主客浑契，审美心神排除杂念、分别与功利之心等，做到了"忘乎所以"。佛教所说的守意、入定，与此相通。不啻可以说，两者是异质同构的。一在空；一在无。无论守意抑或审美，在排除机巧、分别与杂念、功利等心灵因素以及心神的结构、唤起、心神对于外界的"孤立"和氛围等方面，确实是相通的，具有一定的同构性。守意即非身。非身有二要。除前述对肉身作不净之想外，无疑还须"眼不视色，耳不听声，鼻不受香，口不味味，身不贪细滑，意不志念"，是对肉身及其欲望等，成功地进行了精神的洗涤与否弃。否弃了人之肉身和五官欲望的真实性，肯定禅数、禅观精神（念）的真实性，如此则入定于禅乐之境。而审美，无论艺术审美还是对自然美等的审美，都必须因凝神专注于审美对象而消解了对象与自我，便瞬时进入无物无我、无是无非、无得无失的一种境界，实际是直觉的移情，用佛教的术语说，便是静虑、寂静、净观。以通行本《老子》的话来说，就是致虚极，守静笃。释道安《安般守意经注》"序"称：

> 得斯寂者，举足而大千震，挥手而日月扪，疾吹而铁围飞，微嘘而须弥舞。[①]

这一寂之境，佛学界称其为禅观、神通，不可思议、不可言说。寂，相通于庄生的心斋、坐忘[②]之境。心斋、坐忘有如佛教的守意，两者的人文哲学与美学底蕴，并不相同。有如老子的虚极、静笃而其精神境界，是和佛教不同的。道家所言之虚，无也；静者，笃于无也。佛家所说的空、寂，是彻底消解了世间俗有的那种状态和境界。各自所守有别，道家笃于无之美；佛禅的守意在空幻之境。从美学看，禅寂这一"美感"的体验，是更为深刻更为精微的。它是

---

① 《安般守意经注·序》，梁僧祐：《出三藏记集》"经序"，卷六，金陵刻经处本，《中国佛教思想资料选编》第一卷，第34页。

② 按：《庄子·人间世》云："'敢问心斋'。"仲尼曰：'一若志，无听之以耳而听之以心，无听之以心而听之以气。听之以耳，心至于符。气也者，虚而待物者也。唯道，集虚。虚者，心斋也'。"《庄子·大宗师》云："仲尼蹴然曰：'何为坐忘？'颜回曰：'堕肢体，黜聪明，离形去知'，同于大通，此谓坐忘'。"

如此的惊心动魄，美得令人不可思议、不可言说，却是如此的大雄伟力，世界震动，日月可揽，铁围飞舞。而不可思、不可言的那种美，却以如此诗化而大开大合的文字描述，引导众生在此体会一二。

其二、支译的历史与人文功绩，是将属于印度大乘空宗一系的般若思想，译介于中土。佛教般若之思，从此参与了中华古代美学思想体系的建构，施加影响于深远。

支译般若学，也以缘起说、因果论为其基本教义之一，在这一点上，它与安译禅数学无有区别。然则，安译所传小乘学重在宣说"业感缘起"而高标"人无我"即"非身"，倡言"安般守意"。大乘空宗般若学，主张诸行无常，诸法无我，称言"人无我""法无人"①，是在人、法二空意义上，立"无有自性"（空）之说。

对于中国美学而言，般若与佛一样，是一个全新的概念与理念。般若即佛教智慧，大不同于《老子》所说的"智慧"②。般若，梵文prajñā音译简称，即般若波罗蜜。"智度"是其意译，"觉有情"与"自觉觉他"的意思。便是通过"菩萨行"，以般若之智达于佛之空幻而普渡众生。这一智慧，当然是印度佛教入传中土之前所无的，也不是中国美学的一个命题。

自从支译般若学参与中华古代美学思想体系的建构，中国美学从此在一定程度上，拓宽了它的思维广度，加深其思想深度。

在讨论般若即"智慧"的美学意蕴问题时，有必要简略追溯智慧一词及其人文意义。

拙著《周易的美学智慧》曾经论及，在西方古代，智慧此词典出于古希腊神话。相传雅典城邦以希腊神话传说之智慧女神雅典娜为保护神，此城邦素以

---

① 按：也称"无我"。在"有我"与"无我"问题上，印度小乘之学内部曾有论争。部派佛教犊子部，以"不可说之补伽特罗（pugadala）"为"我"。此"我"，意为"常一不变"，而世间万法因缘而起，刹那生灭，故性空。"无我"之"我"，不可称为"五蕴之我"，亦并非"离五蕴而存有之我"。经量部提出"胜义补伽特罗"说，此指"真我"，与犊子部所持不一。"无我"说的逻辑，正如《中阿含经》卷三十所言，"若见（引者：现）缘起便见法，若见法便见缘起"。既然万法五蕴集聚，空无自性，那么，诸法性空，即是"无我"。

② 按：通行本《老子》云："智慧出，有大伪。"此"智慧"，指为道家所攻抨的儒家思想。

"爱智"（哲学即爱智）闻名于世。又有缪斯为希腊神话九位文艺与科学女神之统称，都是主神宙斯和记忆女神的女儿。其中，刻利俄管历史，欧忒耳珀管音乐诗歌，塔利亚管喜剧，墨尔波墨涅管悲剧，忒耳西科端管舞蹈，卡利俄珀管史诗，波吕许尼亚管颂歌，埃拉托管抒情诗，乌拉尼亚管天文。这与雅典娜司纺织、制陶、缝衣、油漆与雕刻等技艺一样，其智慧，都是世俗性的。然而缪斯又能"预知未来"，是希腊原古巫术占卜的诗性表述。因而，古希腊"诗性智慧"的人文原型，无疑具有原始神性、巫性的根因和根性。维科《新科学》有云：

> 缪斯的最初的特性一定就是凭天神预兆来占卜的一种学问。
>
> 这种学问就是按照神的预见性这一属性来观照天神，因此从divinari（占卜或猜测）这个词派生出神的本质或神学（divinity）。
>
> 这就证明了拉丁人为什么把明断的星相家们称为"智慧教授"。[①]

这就雄辩地证明，智慧的原始意义，是与原始占卜（巫术）相联系的；在神学、巫学和人学意义上，智慧是一个意蕴深刻隽永、诗意葱郁的文化学与文化哲学范畴，以至于维科干脆称这种智慧为"诗性智慧"，并不惜在其篇幅浩繁的《新科学》中用了近一半的文字篇幅来加以认真的讨论。

中华古代文化，亦充满了人文智慧。《论语·里仁》记孔子之言云，"朝问道，夕死可矣"，此"道"，即先秦原始儒家所倡言的人生智慧。《论语·雍也》记孔子言说"务民之义，敬鬼神而远之，可谓知（智）矣"。孟子发展了孔子的人生智慧说。孟子说："虽有智慧，不如乘势"[②]。孟子称，人生的最高智慧，是审时度势。时至先秦战国中期，中国文化的历史，贡献了另一种智慧说。便是道家所谓"大道废，有仁义，慧智出，有大伪"[③]。将儒家的人文智慧贬得一

---

① ［意］维科：《新科学》上册，第一章，朱光潜译，人民文学出版社，1986。

② 《孟子·公孙丑上》，载焦循：《孟子正义》卷三，载《诸子集成》第一册，上海书店，1986，第108页。

③ 《老子道德经》，王弼注，载《诸子集成》第三册，上海书店，1986，第10页。按：该版《老子》，将智慧一词，写成"慧智"。

无是处，推崇道家之道（大道），为最高人生智慧。但是无论儒、道的智慧说，其思维与思想的阈限，都在此岸、世间，与入渐的印度佛教的智慧观及其美学意蕴有别。佛教所谓般若智慧，尽管与原古印度的神话、图腾、巫术文化不无人文联系，却由神、巫文化走向了宗教，历史地陶铸为别异于中华文化的智慧说。其主要涵蕴有二：其一、指圆融涅槃之境，洞见佛性，烛照实相。照彻名智，解悟称慧。其二、指圆成涅槃的方式途径。解粘而释缚，涤垢以离尘。出离生死、登菩提而转痴迷者，佛教曰智慧。

支（遁）译般若学的传入，使得中国美学逐渐开始了初始的变化。

第一、般若学意义的空这一佛学理念的译入，开始丰富了原先中国美学的思想学说。

从哲学本原、本体看，原先的中国，主要是关于有（儒）、无（道）的哲学和有、无之际（儒道之际）的一种古代东方美学。或者，还可加上后世几乎湮没无闻之先秦墨家逻辑思辨（名学）的"前美学"，等等。佛教般若空智（空性）这一全新概念与理念的入渐，打破哲学本原、本体意义之原先中国美学思想体系的基本格局。人们惊奇地发现，美，不仅在于儒之有、道之无，在儒、道的有与无之际，在墨之逻辑名学中，且又存在、运化于佛的般若性空中，在般若性空与儒、道、墨思想与思维的历史、人文联系之中。

支译本原、本体意义之般若性空，往往译作"本无"。《道行般若经·照明品》说："般若波罗蜜即是本无"。又说，"何所是本无者？一切诸法亦本无"，"一本无，无有异"[1]。一切事物现象因缘而起，刹那生灭，空无自性。无论世间法、出世间法，皆无例外，皆为本无。本无者，实乃本空之谓。以本无代译本空，是又一"误译"而无疑。般若说的传入，将中国美学的本原本体论，移植于另一个哲学土壤。美可由空而生起，这种美便是一种新的精神境界。空，也是美的本原本体，丰富了中国美学的本原本体说。这是在开始消解传统儒、道、墨诸家美学本原本体说之后，所新起的一种新的美学本原本体说。

本无亦无所从来亦无所从去。怛萨阿竭本无，诸法亦本无。诸法亦本

---

① 《照明品第十》，载《大正藏》第八册，《道行般若经》卷五，P0450a。

无，怛萨阿竭亦本无。

诸法本无无所挂碍。怛萨阿竭本无，诸法本无碍。

过去本无，当来本无，今现在怛萨阿竭本无等无异。是等无异为真本无。①

般若波罗蜜，本无所从来去，亦无所至如是。譬如梦中见须弥山本无。

般若波罗蜜亦本无如是。譬如梦中与女人通视之本无。般若波罗蜜亦本无如是，所名本无。②

须弥山即为本无，就连譬如梦中，与女人通这样的梦境与生活体验，都是本无（空幻）的一种美境，其余岂非更不在话下！《道行般若经》强调空的时候曾经指出：

无所从生无形住，诸法无所从生无形计。如水中见影，诸法如水中影见，如梦中所见等无有异。③

一切皆为本无（空）。试问这世界还有什么不是本无（空）？没有了。便是前文引述《道行般若经·照明品》所说的"一本无，无所异"的意思。一切都是本无（空），自当佛的本身，也是本无的。佛是什么？是空，是觉，是涅槃，是精神的佛土。作为空幻、涅槃的佛之本身，也与世界一切事物、现象一样，是空幻的。佛之本无（空），又是世界一切唯一而普遍的真实存在（真如），除此别无其他真实。因而，本无理所当然也是美的本原本体。中国美学的天空，从此真的开始有些变了，可能让那些习惯于儒的"实用理性"与道、墨的思维与思想的人，觉得不可理喻。

第二、与佛之空幻、涅槃本原本体意义相契的，是与崇佛对象相关之主体的心灵、精神与境界。一言以蔽之，无所执著。

---

① 《本无品第十四》，载《大正藏》第八册，《道行般若经》卷五，P0453a。

② 《昙无竭菩萨品第二十九》，载《大正藏》第八册，《道行般若经》卷九，P0475a。

③ 《萨陀波伦菩萨品第十八》，载《大正藏》第八册，《道行般若经》卷九，P0471c。

佛教所谓"无想"，灭想之谓，便是《道行般若经·道行品》所说的"不当持想"。持想或曰行想，便是囿于形下经验而"想入非非"，是世俗芸芸堕入虚妄深渊的一大病根。众生总是将经验世界，妄作持想的对象，滞累于此想，就将虚妄错认为"真实"，这是要不得的。其苦果，所谓心有痴想即是滞累，而无念无想是涅槃，是般若智慧的大放光明。

佛教所谓"无处所"，"无住"之谓，亦即"心无所住"。指思想、思维与精神，不住于"行色"（名言及诸法）。《道行般若经·道行品》说，"菩萨行般若波罗蜜，色不当于中住；痛痒、思想、生死、识，不当于中住。何以故？住色中为行识，住痛痒、思想、生死、识为行识。不当行识，设住其中者，为不随般若波罗蜜教"。这里的关键一词，是"不当行识"。意思是不妄执于名、色，否则，便是亦假亦妄了。

佛教所谓"无所从生"，即"无生"之谓。指"心无所动"，无有贪求，诸法无我，无动于衷，无生灭变替，便是悟观。无形即无相，心不滞累于形相。名言仅达于事物假相，未能揭示万法之真。般若智慧，斥破、否弃了作为"事相"（形相）的现象世界。

无想、无处所（无住）、无所从生与无形（无相）等，是"无念"、"无住"、"无生"的早期译言。正如空、幻那样，都在在否弃世俗意义上一切事物现象质的规定性以及主体的世俗性认知与体会，亦即对空、幻即般若性空的观照，惟有斥破一切世俗念想、认知与领会，才能得以实现。这一实现，便是所谓"无得"、"无著"[①]，即无所执著。将世俗意义的事相与本质及其发展变化的美，加以彻底扫除，从而做到心灵、精神与境界的"空诸一切"，一种被称为般若性空所观照的"美"，在否定时被重新肯定。

第三、般若性空之美与美感究竟是什么？很难对其进行知识论意义的定量甚或定性的指称与分析[②]。在此，以世俗价值意义的审美判断来判断它，是无济于事的，不能套用世俗的审美标准而加以妄评。般若性空的美，惟有在否定世俗意义的分别、功利、生死、悲喜、真假、善恶与美丑时，才可能加以领悟、

---

① 《道行般若经·强弱品》，此"品"云："经法本净，亦无所得"。

② 按：僧肇所撰中国佛学名篇《般若无知论》，论说"无知"问题，后详。

体会。无论是色（一切事物现象）还是主体、主观（痛痒、思想、生死、行识）所引起、所体会的苦乐、好（美）丑等，都是无住即无所执著的，此即佛经所谓"无著"、"无缚"、"无晓"，"无所生乐是故为乐"、"是为乐无所乐"①。无所生乐与无所乐，指世俗快乐以外的快乐。只有悟入清净即空幻之境，佛教所说的美与美感，才可能蕴含于其间。

早期佛教，也用"自然"一词，来译介佛教所说的空。这里所谓自然，实际指主体无著、无缚、无晓（无知）即空，是对于痛痒（触）、思想（念）、生死与行识而言的，所谓"过去色"、"现在色"与"当来色"，三世意义的一切事物现象，皆为空。在先秦老庄美学那里，自然作为原朴之美，是道是无是虚是静，通行本《老子》称"道法自然"②意思是，道不以它法为法，道便是本法。佛教以自然一词译空，是谬称知己的误译，实指性空耳。指般若空智的一种新的美与美感。它所采译的，是老庄之言，所指却是性空般若，可谓明修栈道，暗渡陈仓，也是不得已而为之的。

佛慧意义的自然之美及其美感，《道行般若经·清净品》又以"清净"二字加以概括。"舍利弗白佛言：清净者，天中天！为甚深，佛言甚清净。舍利弗言，清净为极明。天中天！甚清净。舍利弗言，清净无有垢。天中天！佛言甚清净。舍利弗言，清净无有瑕秽。天中天！佛言甚清净"③；清净，离弃尘世之物欲；烦恼，分别心与机心之谓。该经清净品所谓清净为极明、清净无有垢、清净无有瑕秽等的意思，归根结蒂一句话便是清净者，天中天也，指无以复加的清净之境。

佛教所谓天，最胜之光明、自在、清净之义，亦称"无趣"。趣即趋，指众生向往的佛土、佛国，便是最胜、最乐、最善、最妙高的，故称为无上之天或天中天。这是指称清净的极致与美的极致，其庄严崇高，在佛教所说的"无为"世界，也是无比的。佛教入渐中土之前，中华传统文化语汇中，只有道家所言"清静"，断无清净一词。清净乃典型佛家语。净者，无垢、空寂、明觉

---

① 《道行品第一》，载《道行般若经》卷一，《大正藏》第八册，P0428c。
② 《老子道德经》，王弼注，载《诸子集成》第三册，上海书店，1986，第14页。
③ 《清净品第六》，载《道行般若经》卷三，《大正藏》第八册，T08，P0442a。

之谓。就佛教所观照、领悟佛法而悟入来说，般若波罗蜜之境是极其清净的，清净即彻底空幻，彻底的无所有无所执，便是"大乐"、"本乐"、"原乐"之所在。也称"无美之美"、"无乐之乐"，意思是消解了世间之美与乐的那种原美、原乐。此《大智度论》所以说"怅然快乐者。问曰：此何等乐？答曰：是乐二种。内乐涅槃乐。是乐不从五尘生。譬如石泉水自中出不从外来。心乐如是"，"能除忧愁烦恼心中喜欢，是名乐受"①也。

东汉佛教初传、佛经初译之际，中国佛教美学意蕴的初始酝酿，大凡体现于如下三个方面。

第一、为传播佛教教义以启人崇佛，遂造佛塔，建佛寺，绘塑佛象，以开风气之先，创中华艺术审美的新门类。

最早记载这一艺术审美新门类的，是撰著于东汉《四十二章经·序》。该"序"云，东汉永平年间，明帝感梦遣使求法，"至大月支国，写取佛经四十二章，在十四石函中，登起立塔寺。"后于东汉末年《牟子理惑论》，又有大致相同记载，然而是更详尽的："于是上悟。遣使者张骞、羽林郎中秦景、博士弟子王遵等十二人于大月支写佛经四十二章，藏在兰台石室第十四间。时于洛阳城西雍门外起佛寺，于其壁画千乘万骑，绕塔三匝。又于南宫清凉台及开阳城门上作佛象。明帝存时，预修造寿陵，陵曰显节，亦于其上作佛图象。"②

尽管有关汉明帝感梦遣使求法的记载，为求渲染佛法的神奇而不可避免地具有某些虚构的成分，且年代愈是晚近，这种虚构便愈是明显，这可以从《牟子理惑论》描述寺塔与佛像始创的情节更详尽、更生动处见出。

然而正如本书前引，既然早在西汉末年（具体为汉哀帝元寿元年即纪元前2年），印度佛经已入传中土，既然东汉初年明帝之时已有"楚王英诵黄老之微言，尚浮屠之仁祠"，那么明帝感梦遣使求法或然还是颇为可信的。只是"感梦"云云，大约属于有所虚构罢了。而东汉初年是否已在中原大地"登起立塔寺"，便不纯是一个虚饰、想像的问题。

① 《大智度初品中放光释论第十四之余》，载《大正藏》第二十五册，"中观部类"，龙树《大智度论》卷八，P0120c—0121a。
② 《牟子理惑论》，载《中国佛教思想资料选编》第一卷，第10页。

中国佛塔与佛寺的创建理念，源于印度，连塔这一个汉字，也是新造的。据《长阿含经》第四《游行经》所记，释迦佛圆寂之后，其舍利（灵骨）分为八份，各地建塔以为供奉。据《八大灵塔名号经》云，八大佛塔分别建于：其一、迦毗罗卫城蓝毗尼（佛陀诞生处）；其二、摩揭陀国尼连禅河畔（佛陀成道时沐浴处）；其三、波罗奈斯城鹿野苑（初转法轮处）；其四、舍卫国祇树给孤独园（说法处）；其五、曲女城（说法处）；其六、王舍城（说法处）；其七、广严城（说法处）；其八、拘尼那揭（说法处）。此外，有婆罗门为收藏佛舍利之坛子而建造佛塔；孔雀部族人（Mauryas）亦在佛陀圆寂处建造佛塔。为传说之最初八塔。《大般涅槃经》亦有相似记载。渥德尔称，"这些早期宝塔也许不过是半圆形土冢，有点像史前期的坟墓，非常不同于后来的砖石高塔结构"[1]。塔，梵文 stupa，巴利文 thūpo，汉译"窣堵坡"、"塔婆"，本义为"累积"。"窣堵坡"的最早型式，是"一个坟起的半圆堆，用砖石造成，梵文名安达（anda），其义为卵，其下建有基坛（Mēdhi），顶上有诃密迦（Harmika），义为平台，在塔周一定距离外建有石质的栏楯（vēdika），在栏楯的四方，常饰有四座陀兰那（torana），义为牌楼，这就构成所谓陀兰那艺术"[2]。在今印度中央邦马尔瓦地区保波尔附近，有桑奇（山奇）大塔，其始建于公元前273至前232年的阿育王时代（据考：约建于公元前250年左右）。纪元前下半叶至纪元一世纪初，安达罗王朝加以重建。塔四周建石质栏楯。兰楯四方，饰以牌楼者凡四，亦称天门。其形制，于两石之上戴以柱头，上横架上、中、下三条石梁。石梁中间以直立短柱相构，整个造型稳健神圣，其上饰以对称的浮雕，多取材于佛陀本生故事或佛传故事。在犍陀罗艺术时代来临之前，当时印度尚未受到希腊神象雕塑艺术的影响，并且在当时印度佛教理念中，佛陀如此庄严而伟大，凡胎俗子，如果直接面对佛陀形象，便是冒渎神佛。因而雕刻佛陀形象，当时是不被允许的。即使雕刻佛陀说法情景，"也只是弟子围列左右，中央却不设佛体，而留下一棵菩提树或莲座算是象征"[3]。

---

① ［英］渥德尔：《印度佛教史》，商务印书馆，1987，第208页。

② 常任侠：《印度与东南亚美术发展史》，上海美术出版社，1980，第12页。

③ 参见王振复：《建筑美学》"塔的崇拜与审美"有关章节，云南人民出版，1987；中国台北地景出版股份有限公司，1993。

　　印度佛塔起源悠古，它是中国佛塔之重要的"印度元素"。印度部派佛教时期，相当于中国西汉，那时尚无成文的佛经，亦未造佛像，仅以佛塔为崇拜对象。印度贵霜王朝的迦腻色迦王时代（78—123），佛教隆盛，逐渐出现成文佛经，其大多书于桦树皮与贝叶之上。直到纪元一世纪后期，印度才出现了原始佛像。据考，后代曾从地下发掘迦腻色迦王时代的古钱币一枚，上刻镌释迦佛象，四周有一个佛字的拼音，以希腊字母拼写。在今阿富汗西部（毗邻于古印度之迦尔拉巴特），有佛塔遗址发现，遗址年代，约在纪元一、二世纪，证明那时的印度佛教及其佛塔等艺术，已向外传播。汉桓帝建和二年（148），安息僧人安世高来华传小乘，虽无直接证据称其同时携来小型佛塔等佛教艺术品，而将其相应的理念入传于中土，是可能的事情。纪元一世纪中叶稍后，汉明帝遣使大月氏求法并"写取"佛经四十二章，难以一概否定。如果说，在汉明帝时代使者已从西域将佛像携回，似乎有待考定。东汉《四十二章经·序》，未提及佛像来华之事。

　　这不等于说，汉明求法使者归来肯定未将塔寺理念等输入中土。有鉴于印度佛陀圆寂未久，便有佛塔的建造及其崇拜，此后曾极为繁盛，遂有佛塔"八万四千"的传说，因而，印度佛塔艺术及其理念较佛像为先传渐于中土，大概是自然的。似乎可以说，《四十二章·序》所说的"登起立塔寺"，要比《牟子理惑论》所谓"时于洛阳城西雍门外起佛寺"、"绕塔三匝"、"又于南宫清凉台及开阳城门上作佛像"等，显得更符合些历史的真实。这二说都是"塔寺"并提的，是因在中国，一开始塔寺同建共存的缘故。这与印度早期先创制佛塔、尔后有佛寺的情况不同。在稍为晚近的印度佛教建筑艺术中，有一种支提窟，是塔柱建于石窟之内、佛徒绕塔柱而礼佛的样式，大约便是《牟子理惑论》"绕塔"一说的出处。

　　佛寺佛塔的建造，从其一开始，就走上一条中国化中土化的道路。这其实是整个中国佛教美学史值得研究的一个重要命题和课题。

　　方立天曾经指出："所谓佛教中国化是指，印度佛教在输入过程中，一方面是佛教学者从大量经典文献中精炼、筛选出佛教思想的精神、内核，确定出适应国情的礼仪制度和修持方式，另一方面使之与固有的文化相融合，并深入中国人民的生活之中，也就是佛教日益与中国社会的政治、经济和文化相适应、结合，形成独具本地区特色的宗教，表现出有别于印度佛教的特殊精神面貌和中华民族传统精神的特征。佛教是一种系统结构，由信仰、哲学、仪礼、制度、修持、信徒等构成，佛教中国化并不只限于佛教信仰思想的中国化，也应包括佛教礼仪制度、修持方式的中国化，以及信徒宗教生活的中国化。印度佛教传入中国后，形成了汉地佛教、藏传佛教和傣族等地区佛教三大支，佛教的中国化，一定意义上也可说就是佛教的汉化、藏化和傣化。"①

佛教的中国化本土化，首先属于"汉地佛教"这一范畴；其次，这里未曾直接提到佛典的传译、佛教艺术的创作等和佛教美学的中国化，然而作为"一种系统结构"，其中国化，"由信仰、哲学、礼仪、制度、修持、信徒等构成"，其中哲学或文化哲学义项，确是与佛典传译、艺术创作相联系的佛教美学的中国化密切攸关的。

美学的哲学之魂和哲学的美学意蕴，是一个问题的两个方面。既要看到美学与哲学的区别，又要注意两者本在的人文联系。印度佛教初传一开始，表面上，是选择什么汉语言文字译传印度佛经，所谓"误译"如以本无、自然等词，译空、真如等义，是在所难免的。在佛寺、佛塔的建造上，也必与印度的文化原型大异其趣。考其原故，中印两大民族文化及其哲学不同而已。文化底蕴或曰超拔即文化精神，归因于哲学或文化哲学，从而才有与哲学相系的佛教艺术现象等建构其上。归根结蒂，深层次的佛教中国化本土化，必然首先是哲学或文化哲学及其美学的中国化本土化。

就佛塔、佛寺而言，"据说，我国之塔，当以汉明帝永平十八年（公元七五年）所建之洛阳白马寺为最先。"②当初"白马寺的主题建筑，为一方形木塔。塔据寺之中心位置，四周廊房相绕。稍后，三国时笮融在徐州建造的浮屠祠，亦建木塔在祠域内"。这一类塔，已经与印度佛塔大异其趣。它舍去了印度山奇大塔那样的四座天门牌楼，木制结构，而且与佛寺建造在一起。寺与塔合建的形制，源于印度支提窟——古印度的一种支提，建于石窟或地下灵堂之内，

---

① 方立天：《佛教中国化的历程》"引言"，《汉魏南北朝佛教》，载《方立天文集》第一卷，中国人民出版社，2006，第410页。

② 《刘敦桢文集》（一），中国建筑工业出版社，1982，第4页。

称为塔柱，以供佛徒绕塔礼佛。可是在中国，"这里原先的塔柱，已演变为中国的方形木塔，窟殿已由地下上升到地面，改制成脱胎于中国古代民居或宫殿一般形制的寺了，这多少可以看做关于佛的某种神秘观念的稍稍淡薄，是佛的神圣目光向世俗社会开始投去的短暂的一瞥"[①]。从此开始了寺庙、佛塔彻底中国化本土化的文化与审美历程，即往往寺、塔分建，将塔建于寺外，或者仅仅建寺或仅仅建塔。

中国佛塔建造的因缘在于，历史上道、佛两家互为争先，以此自抬，当西晋末年王浮《老子化胡经》出，佛家也就"夸夸其谈"，把佛塔的建造，说得神乎其神。据南朝齐王琰《冥祥记》所说，《牟子理惑论》称"时于洛阳西雍门外起佛寺"，指的就是洛阳白马寺。东魏杨衒之《洛阳伽蓝记》卷四有云，"白马寺，汉明帝立也，佛教入中国之始"，大约都是后人据传说而追记的，连同前文所引刘敦桢所说的，其历史真实性有待考辨。然而佛寺包括佛塔的中国化本土化，确实是曾经而必然早晚要发生之伟大的文化和美学事件。

佛寺这一中国新的佛教建筑样式，如何起源呢？

中国佛寺，正如佛塔一样，无疑诞生于印度佛教入渐中土之后。甲骨文，金文没有佛、塔二字。[②]金文有寺字，不免让人深感诧异与困惑，难道说，早在中华青铜时代就已经有佛寺这一建筑型类么？

金文寺写作（见于沃伯寺簋），考其结构上从止（趾之本字），下从（表示手），故寺之本义，手足之谓。供人使唤者，寺也。《周礼·天官·寺人》有"寺人"之说，其注云："寺之言侍也"。《六书正》卷四说："寺，古侍字，承也。从寸，之声。寸，手也，会意。"这是释石鼓文寺。其写作，上从止，下从寸。人手腕处称寸口，中医诊脉按人手腕处，为寸关尺之术。故石鼓文寺从寸之"寸"，代言手。手、寸相通。中医把脉须按准手之寸口，寸具规矩、法度义。汉字如封、导（導）与射等均从寸的"寸"而具此义。东汉许慎《说文解字》第三下云："寺，廷也。有法度者也。从寸，之声。"可谓的论。《周

---

① 王振复：《建筑美学》，云南人民出版社，1987，第215页。

② 按：佛这一汉字，为梵文buddha音译佛陀简称；塔这一汉字，为巴利文thūpo音译塔婆简称。

礼·天官·寺人》称，"寺人，掌王之内人及女宫之戒令，相道其出入之事而纠之。"可见寺之本义，指宫廷掌管"王之内人及女宫""出入之事"之侍臣，且懂"官之戒令"、法度。

寺为宫廷近侍，为奄人。《诗·大雅·瞻仰》有"匪教匪诲，时维妇寺"之吟唱，以"寺"与"妇"并提。从秦始，宦侍者有以任外廷之职，其所居官舍遂称为寺。如：自北齐始至清代，掌管刑狱的官署，称大理寺；秦置奉常官职，掌管礼乐及郊庙与社稷祭祀之事项。西汉景帝中元六年改称太常，为九卿之一。北齐设太常寺；至于鸿胪寺，始设于秦。秦至汉初称典客，汉武之时改称鸿胪，掌管朝廷贺庆、凭吊之礼。武帝太初初年改名大鸿胪，东汉为大鸿胪卿，有布达帝命、接应宾客之职。北齐置鸿胪寺，直至清末而废。

东汉鸿胪寺，可能是中国佛寺之寺这一文字称谓的开始。相传明帝求法蔡愔等归汉时，有印度僧人迦叶摩腾（或称摄摩腾）等首度来华。[①]鉴于鸿胪寺有接应宾客之功用，迦叶摩腾等初次来华寄住在洛阳鸿胪寺，是可能的。这大概便是为什么后代供佛象、僧人住地奉佛与信徒烧香拜佛的处所，称为寺的缘由了。由于《四十二章经》关于明帝求法及其"登起立塔寺"的记载在中国佛教史上一直深具影响，由于东汉末年《牟子理惑论》继而大张其说，称述"时于洛阳城西雍门外起佛寺"，且其壁画"绕塔三匝"云云，则所谓洛阳白马寺塔，是中土佛寺佛塔之始的说法，便几成定说。寺塔之名白马，是因当时迦叶摩腾等曾以白马驮印度经卷、佛像回到洛阳的缘故。由《高僧传·摄摩腾传》将鸿胪寺与白马寺事相联系，称言"腾所住处，今洛阳城西雍门外白马寺是也"。

我们的古人是怎样美丽地将史实与传说对接起来的。史实只有一个，关于它的言述与想像甚而虚饰，却可丰富迷人，既背反又合一。有关传说，可能离史实有一定距离，而传说之中又肯定有若干史实存焉。以常理推论，佛教入传之初，有异域僧作为宾客居住于鸿胪寺，进而兴建佛寺（塔）建筑，且仍以寺命名，作为崇佛与译经的场所，是必然的事情。至于最初是否称为白马寺白马

---

① 按:《魏书·释老志》、慧皎:《高僧传》称，与迦叶摩腾同来中国洛阳的，亦有竺法兰。竺法兰与迦叶摩腾，为中天竺人。

塔，也许现在难以做进一步的追究了。

从印度支提窟演变而来的中国佛寺佛塔，一般分而建之。这是因为，中国人往往将塔造得尽可能的巨硕高大成为可能，为的是体现儒家崇尚正大、端严美学风格的中国气派，无论楼阁式塔，还是密檐式塔，都力求造得高耸入云，在建筑美学的理念上，显然较多地汲取了中国传统建筑亭台楼阁的深刻影响。中国佛塔的塔檐、塔层数，绝大多数为奇数，有一、三、五、七、九、十一、十三、十五甚至十七檐、层等，偶数檐、层者极为罕见。这在文化与美学上，自当也是中国化本土化的。早在殷代，当关于"间"的建筑意识发生之时，"一座建筑的间数，除了少数例外，一般采用奇数"[①]。尤其在先秦道家哲学创立、发展为东汉道教之后，土生土长的道教，正如葛洪《抱朴子》所言，崇尚"道生于一，其贵无偶"[②]的哲学与美学信条。中国佛塔的檐、层一般尚奇，显然与此有关。

中国寺塔与其地理、环境的位置关系，也是中国化本土化的，主要是佛寺平面的中轴线布局，崇尚中轴对称。中国传统建筑文化中，无论民居、宫殿、陵寝等的平面，都崇尚中轴线，如明清北京紫禁城（现北京故宫）的平面布局，就是一个显例。一般而言，中国佛寺的平面布局，亦呈对称构图，常为三大殿层层递进，往往有颇严格的中轴线，主题建筑设在中轴线的高潮点上，如后代禅宗寺院盛行所谓山门、佛殿、法堂、僧房、库厨、西净、浴室组成的伽蓝七堂制。这种表现于佛寺平面的中轴线的文化与美学意识，从中国佛寺建造之时，就已开始得以贯彻。从美学角度看，中国佛寺虽然源于印度支提窟，但如不加以改造发展，照搬过来，那样神秘、局促与小家子气，显然是不合中国人的胃口的。因而古代的寺（塔）建造艺术家们，便从传统的陵墓建筑受到启发而加以改造，冲淡了神圣的灵光，唤来了世俗的诗意。这种中国化本土化的"美学"，改印度支提的阴郁为明丽、祛空间的局促为开敞，营构了平面中轴对称布局而呈平稳、坦荡、大气与趋于世俗化的美学追求和审美风色。

---

① 刘敦桢主编：《中国古代建筑史》，中国建筑工业出版社，1980，第9页。

② 葛洪：《抱朴子·内篇·畅玄卷第一》，载《诸子集成》第八册，上海书店，1986，第1—2页。

值得做进一步讨论的，是所谓"笮融礼佛"。

> 笮融者，丹阳人。初，聚众数百，往依徐州牧陶谦。谦使督广陵、彭城，运漕恩图画，遂放纵擅杀，坐断三郡委输以自入。乃大起浮图祠，以铜为人，黄金涂身，衣以锦采，重铜槃九重，下为重楼阁道，可容三千许人，悉课读佛经。令界内及旁郡人有好佛者听受道，复其他役以招致之。由此远近前后至者五千余人户。每浴佛，多设酒饭，布席于路，经数十里，民人来观及就食且万人，费以巨亿计。①

这是关于中华建寺、造像与浴佛见于正史的最早记载。

笮融礼佛，其时在汉末，其地为徐州。汉末离佛教东来仅二百余载，此时受众渐多。笮融依徐州牧陶谦推行信佛者可免徭役之策，加以徐州本为刘英奉佛之处，崇佛之风深厚。其"大起浮屠祠"、规制恢宏而佛像庄严，又"悉课读佛经"，为真实可信之事。这一记载，将"浮屠寺"写为"浮屠祠"，反映了当时理念上祠、寺未分的古貌。祠（祠堂）是纪念祖宗、伟人、名士事迹而修造的供舍，始于汉。《汉书·循吏传》有"吏民为立祠堂，及时祭礼不绝"之记。祠不同于寺，而所谓"浴佛"，源于印度悉达多太子事，称其在兰毗尼园无忧树下降生、有九龙吐水洗浴其身之神话传说。佛教史多以四月八日为佛诞日，当时难陀与伏波难陀龙王吐水清净，以浴太子，是谓"浴佛"。汉末如此大规模的礼佛，是中土"浴佛"信仰的开始。此时汉末佛像的塑造，亦已成熟，可从《三国志》的有关记载看出。

一些考古资料，可以印证东汉佛教艺术的历史存在。据南京博物馆、山东省文物管理处合编《沂南古画像墓发掘报告》，在沂南的一处东汉墓中，发现此墓中室八角柱南、北二面上端各雕刻一立童形象。其头戴露顶之冠，顶部以带束发，穿下摆具花瓣之饰上衣；又以花巾束腰，巾下部垂流苏，双手前捧一物，如鲇鱼之状，与一般神仙形象似无甚差异，学界对这一雕像是否属于佛教，尚有不同意见。关于内蒙古和林格尔小板申一号墓前室顶部之"佛像"是

---

① 陈寿:《三国志》卷四九《吴书·刘繇传》。

否真实亦然。而"山东长清孝山堂祠堂佛像、四川乐山城郊麻浩和柿子湾崖墓浮雕坐佛以及四川彭山东汉墓、四川绵阳何家山一号墓、白虎崖墓中出土摇钱树上的陶制或铜铸佛像、江苏连云港孔望山摩崖石刻雕像中的佛像等",则"基本可以确认"①。值得注意的是,其头部周围刻一圆环,可以看作佛光的刻画。佛光者,佛之"放大光明"之谓。佛经指释迦牟尼眉宇间放射光芒,象喻佛的无上智慧普照,又称宝光。东汉画像墓的立童佛光,显然是画像石艺术中所出现的佛教因素,其艺术与宗教灵感,可能来自印度犍陀罗佛教造象头、背部有佛光之造型的借鉴。

佛教,无论中印,都有虔诚的光崇拜。所谓"放大光明"者,喻佛之智慧。破暗为光,现法曰明。从佛经所言可知,佛光普照世界及众生心田而祛世界之丑恶、不公与人生之苦厄、无明,是无上的大智大明、大净大德。以佛光照临一切,是佛教的光崇拜(此源自印度原古火崇拜、太阳神崇拜),而且在崇拜之中,蕴含以"光世界"这一"理想"诉求,不免趋入于审美之域。从大乘有、空二宗言之,无论涅槃妙有抑或般若性空所证之境,实际都有一个理想在,便是沾溉于超世俗的审美。

据考古,四川乐山一东汉石墓,有石刻佛像,象为坐姿式,高39.55cm,宽30cm,面部已残损,其头部的佛光之雕刻却颇为清晰。学界以为,坐像似身披通肩袈裟,其右手作上举状,伸出五指,手掌向外,好似作"施无畏印"②。据考,该作品完成于属东汉后期。③这是东汉时期印度佛教入渐于川蜀的一个明证。东晋之前的文史典籍与佛教文献中,缺佚佛教入川的记载,学界便有人认为,这一石墓佛像的理念及其雕刻艺术,可能并非从西域经敦煌一路入传。究竟如何,有待于进一步研究、考辨。

东汉造佛塔、建佛寺、塑佛像作为风气之先,为中国美学史及其佛教美学,首度触及了一个佛教崇拜与艺术审美的关系问题。

---

① 孙昌武:《中国佛教文化史》第一册,中华书局,2010,第184页。按:这一资料与看法,由《中国佛教文化史》一书,采自俞伟超:《东汉佛教图像考》,《文物》1980年第5期。

② 按:施无畏印,佛教手印之一。《守护国界主陀罗尼经》云:"右手展掌,竖其五指,当肩向外,名施无畏。此印能施一切众生安乐无畏。"

③ 按:参见闻宥:《四川汉代画像石选集》,群众出版社,1955,第59图。

宗教崇拜，是对象的被神化同时是主体意识的迷失。崇拜之所以发生，是因为主体的心灵跪着的缘故。崇拜夸大了对象的尺度，扭曲了对象的性质，它与主体心灵的被贬损、被矮化同时发生、同时建构、同时消解。艺术审美，偏偏是积极性的人的本质力量通过意象系统（形象与情感等）方式的一种对象化，作为对主体意识的肯定，是审美意义的主体意识的现实实现。佛教崇拜与艺术审美是背反的。在这一背反之中，又偏偏在迷幻的心灵结构中，让人体会到佛（神）的绝对的真善美。佛的完美或称圆美，恰恰是属人而非属神的审美理想，并将这理想作为人生的终极关怀。佛的空幻与慈悲，曲折地体现出人所向往、追求的人性的自由与人格的伟大。就此而言，佛教崇拜与艺术审美二者又是合一的。

佛教的逻辑预设，本在于否弃现实、排拒艺术之美，以为这是世俗的滞累。其基本教义如四谛、五阴、六道轮回与十二因缘诸说，都在在证明现实的丑恶、虚妄与人性、人格的黑暗及其解脱。全部佛教教义，本是对于自然美与现实美（艺术美）的断然否弃，据不完全统计，一部丁福保《佛学大辞典》收录词条约三万六千余，几无一个词目是直接、正面谈论与肯定世俗之美[①]的。然则，艺术、审美作为人类把握世界、现实的四大基本实践方式[②]之一，本就具有顽强的文化生命力，也是人性、人格的构成要素之一。正如拙著《建筑美学》所说，中国初始的佛教艺术，包括塔、寺与佛像之类，其"宗教主题是鲜明而强烈的，通过艺术刻画旨在宣传寂灭无为的佛教教义。但创造这种佛教艺术的，即使最虔诚的佛教徒，也必须在一定的现实关系中'修身立命'，难以截然摆脱所谓世俗人情的'纠缠'和'污染'。这就似乎本来就存在着一种'力'，决定了在这种宗教宣传品中，有可能冲破浓重的宗教迷雾，让世俗人情微露曦光"[③]。法轮未转，"食轮"先转。法轮的美丽流转，注定是依存于世俗"食轮"的。因

---

① 按：丁福保：《佛学大字典》仅收录"二美"词条云："定慧之二庄严也。《吽字义》曰：'二美具足，四辩澄湛。'"见《佛学大辞典》，文物出版社，1984，第35页。按："二美"，指"定慧之二庄严"。

② 按：笔者以为，人类把握世界与现实的基本实践方式，为求神（宗教、巫术等）、求善（道德、功利）、求知（科学、技术）和求美（艺术、审美）四类。

③ 王振复：《建筑美学》，中国台湾地景出版股份有限公司，1993，第263页。

而，就东汉初始之塔、寺与佛象之修造来说，必然是艺术审美的宗教化合宗教崇拜的艺术化，两者同时发生、同时建构、同时消解，它是一幕人与神（佛）、崇拜兼审美彼此冲突、和合的历史、人文悲喜剧。

第二、印度佛教东渐，开始促成中华民族之时代意绪的人文嬗变，从乐的美学，开始趋于悲（苦）的美学。

正如本书导言所说，中土从先秦至西汉的文化及其哲思美韵，原是以乐为主流的。乐（按：与此相关的有礼，称礼乐）为这一漫长历史时期的重要美学范畴之一。先秦、西汉时，时世常在艰危之中，悲又是人的七情之一。中国浩瀚的文化典籍有关悲苦的记述，连篇累牍，悲（忧患）作为一种审美意识，也发蒙很早。在《易传》称文王即"作易者，其有忧患乎"①之前，郭店楚简《性自命出》篇就说：凡忧患之事欲任，乐事欲后。称言，凡至乐必悲，哭亦悲，皆至其情也。《诗经》有云，心亦忧止，忧心烈烈；心之忧矣，不遑假寐；知我者，谓我心忧；不知我者，谓我何求，等等。战国末期大诗人屈原所谓忧愁、忧思而作《离骚》，所谓恐皇舆之败绩，哀民生之多艰，等等，是典型的关于诗之悲忧的审美。

这里有两点值得讨论。

一是印度佛教入渐中土之前，中国人有关悲（苦）的美学理念与意绪，大凡都是伤时忧国型的。伤时，具有美学的人文因素，是对于时世的忧虑；忧国，忧家国社稷之危，忧天下之谓。《庄子》有一重要美学命题，称为：人之生也，与忧俱生。所谓人之生，指人的今生、现世，指生存、生活而非生命本身。故而庄生所说的忧，大凡还是属于生活（人生）范畴的忧，不是生命、众生意义的。《庄子》哲学、美学的思维阈限，仅止于此岸人生的无。《庄子·秋水》以北海若的口吻说：

> 夫物，量无穷，时无止，分无常，终始无故。是故大知观于远近，故小而不寡，大而不多，知量无穷；证曏今故，故遥而不闷，掇而不跂，知时无止；察乎盈虚，故得而不喜，失而不忧，知分之无常也；明乎坦途，

---

① 《易传·系辞下》，载朱熹：《周易本义》，天津市古籍书店，1986。第336页。

故生而不说，死而不祸，知终始之不可故也。计人之所知，不若其所不知；其生之时，不若未生之时；以其至小，求穷其至大之域，是故迷乱而不能自得也。①

庄子也说无常，其美得而不喜，失而不忧的无常观，属于无的意义与境界，关于时间永无休止的时间意识，确实是很"美学"的，然而也仅止于现实与人生的无，自当并非佛教所说的空幻。

二则佛教入渐之前，中国人固然以人生之悲（苦，忧）为美学诉求之一，尤其老庄的哲学与"前美学"，因自觉意识到了时这一重要问题，显然具有相当的思想与思维深度，然而，老庄的所谓人生之乐，是从世道、人生忧苦境遇之中出走的乐，是以无为哲学、美学之理想所诉求的乐，即所谓无为、自然、淡泊与逍遥游，等等，都是其所追求的天乐、大乐之境。这一类的佐证实在过多，反而不值得在此多所例举了。仅仅从儒家《易传》来看，所谓乐天知命，故不忧、所谓和兑（按：悦之本字）等著名易学命题，已能够充分证明这一点。

笔者以为，佛教东来之前，中华民族有关悲喜、苦乐的人文理念与意绪，重在生活之悲而非生命之悲；重在人格之悲而非人性之悲，大凡都是乐的美学。正如《易传》所谓因乐天而知命故不忧然。印度佛教入渐前，中国人以为，人的快乐既然在世间、此岸，就不必去向往出世间、彼岸的乐与美，其实连出世间与彼岸这样的字眼及其意识、理念都没有。先秦儒家所说的性与天道，圣人存而不论等，都是如此。圣人连天道都尚且不论，更何谈彼岸的什么美与乐？

可是，这种传统之乐的美学，从大致两汉之际印度佛教始传、东汉佛经初译而开始被打破，成为东汉末期悲的美学诉求真正登上历史舞台的一个人文触因。

正如前述，印度佛教四谛说，首先是以苦这一逻辑预设为其教义基石的。

---

① 《庄子·秋水第十七》，载王先谦：《庄子集解》卷四，《诸子集成》第三册，上海书店，1986，第101—102页。

诸法缘起，缘起即无自性，故空。茫茫宇宙与世俗人生，无论成毁，无论善恶、真假与美丑，都是苦海无比的，世间的欢愉安乐，都虚妄而不真。佛教有二苦、三苦、四苦、五苦、八苦乃至一百一十种苦等"无量诸苦"说。生老病死为四苦，再增怨憎会苦、爱别离苦、求不得苦和五取蕴苦为八苦，等等，尤其欲海难填即"求不得苦"，绝对而无有穷时、穷尽。佛教种种苦说，大致始于西汉末年而入渐于中土，又大致至东汉末年，好比久旱逢甘霖，普遍尤得中华本是焦虑之人心，遂使朝野部分得佛教风气之先者，开始重新审视中华原有的人生悲喜、苦乐观，开始从人的生存、生命本身而不是从世俗生活、从人性而非人格的悲、苦角度与视野，营构一种新的哲学、新的美学理念。

大教东来，真正拓进了中华审美形上的思维与思想，开始改变中土原本仅从生活与人格维度看待、认识苦乐、悲喜的思维定势。这当然并没有什么不可以，自有其值得肯定的文化与美学品格在。与印度等民族文化、宗教与审美相比，中华本土原本的审美理念，自有其自身的文化优势在，或曰没有亦不必分其高下、优劣。然则，佛教四谛、五蕴、六道轮回、八正道、十二因缘与三法印尤其大乘空宗般若性空等基本教义的输入，其哲学高度与深度，将苦乐、忧喜预设为形上而超验之维，不啻是一种人之生命与人性意义真正具有哲学深度的预设。无关乎人之生活的贫富与苦乐如何，不管其人格的善恶、高下。将苦、悲认作人之生而有之，生本身即为苦、悲，以为芸芸众生惟有通过佛教修为，涅槃成佛，自性清净，般若性空，才得以舍苦得乐、祛悲为喜。这是与究竟智相契相起的根本之乐、根本之喜的境界，可以看做一种深层的"美学"。

东汉末年，宦官专权，外戚把持朝政，政治黑暗，加上连年战乱，民不聊生。发生在汉桓帝延熹九年（166）与始于灵帝建宁二年（169）、直至熹平五年（176）的前后两次"党锢之祸"，遂使汉末之天下从"故匹夫抗愤，处士横议"的"清议"政事，不得不向"清谈"方向发展，文人士子之生存处境尤其精神、思想的危机与痛苦，倍增于前。恰逢此时如安译、支译佛典的苦空与般若之思，已由王廷、贵族向社会下层传播。当丹阳人笮融礼佛时，据说有三千许人，悉课读佛经，每浴佛，多设酒饭，民人来观及就食且万人。如此的场面和情事，说明在东汉末年，佛教已经开始向普通民众普及。王廷、贵族及依附于权贵的文人士子，其心灵始被深深地触动，一种从未有过的生命的悲怆，在胸中涌动，凝铸为深郁之诗的歌吟，仿佛到处可以听到时代的叹息，绝望的呼叫，中国人似乎在一夜之间，突然领悟到生命与人性之本在的悲苦了。

这一点，只要诵读一下汉末《古诗十九首》之类的作品，大约不难理解。如该诗第三首有云，"青青陵上陌，磊磊涧中石。人生天地间，忽如远行客。"陵陌、涧石，本无情之物，勾起诗人有关人生寄旅的忧思。第四首，"人生寄一世，奄忽若飘尘"。似乎是对第三首的生动诠释。大千世界，刹那生灭，人若微尘，倏忽而逝。第五首，"上有弦歌声，音响一何悲！""清商随风发，中曲正徘徊。一弹再三叹，慷慨有余哀。不惜歌者苦，但伤知音稀"。弦歌何悲，清商，徘徊，一弹而三叹，歌苦而知音难觅。显然是天涯孤寂，有切肤之痛。第十一首，"四顾何茫茫，东风摇百草。所遇无故物，焉得不速老。盛衰各有时，立身苦不早。人生非金石，岂能长寿考？"四顾于茫茫荒草，喟叹人生速朽，不免悲从中来。第十三首唱云，"浩浩阴阳移，年命如朝露。人生忽如寄，寿无金石固"。不必多作注解，人生速逝的人文主题，再次得以强调。第十四首，"白杨多悲风，萧萧愁杀人。思还故里闾，欲归道无因"。可谓悲风四起，愁绪杀人，故乡安在，归途无望。第十五首，"生年不满百，常怀千岁忧。昼短苦夜长，何不秉烛游"。生命如此短促，生命结束之后是漫漫长夜，此乃千岁忧也。第十九首，"明月何皎皎，照我罗床帏。忧愁不能寐，揽衣起徘徊。客行虽云乐，不如早旋归。出户独彷徨，愁思当告谁？引领还入房，泪下沾裳衣。"月光清冷如水，忧愁连夜而难寐，不免心起彷徨。而人生如客寄，旅在他乡，虽有人称言为乐，其实非矣，不如趁早寻找回家的路。然而精神故乡的归路，又在何方呢？不免泪湿裳衣。

《古诗十九首》反复吟咏的，主要是佛教所说的生命空幻这一美学主题，却以类似先秦道家虚无之言来组织其诗章。这一篇东汉末年的无名氏之作，真正是当时民族文化心灵，受佛教美学精神濡染的典型体现。它是以佛教悲、苦观为美学品格之建安风骨、魏晋风度的审美前奏，值得重视而从容含玩。

第三、西汉末年大教东传于中土与东汉佛经初译及其流播，为中国美学史及其佛教美学，增添了来自于佛教的新名词、新概念与新范畴，又基本以先秦老庄的道家语汇、概念与理念，来加以"误读"，中国美学史原本的美学的哲学基石，因佛教入传而开始被撼动。

首先，正如《中国美学范畴史》导言所述，中国美学，原本具有一个"气、道、象"动态三维人文、哲学结构①。自佛教东来，这一结构便开始受到一定的冲击与融合。作为另一"话语"系统，在印度佛经或传抄的佛教教义中，首先，气这一重要之中华文化学与哲学、美学范畴，在印度佛教中，自当原本是不存在的。可是，当佛经的翻译与传抄遭遇印度佛教哲学类如本原本体之义时，最早的汉传佛典，也偶尔以气言之。《四十二章经》有云，"佛言"："福德之气，常在此也。害气重殃，反在于彼也。"安译《安般守意经》："息有四事：一为风，二为气，三为息，四为喘。有声为风，无声为气，出入为息，气出不尽为喘也。"其本义，大致指涉空气而已。《安般守意经》又以空、气并提："意定便知空，知空便知无所有。何以故？息不报便死。知身但气所作，气灭为空。觉空随道也。"这里，意定即守意；守意便是知空；知空便知无所有。意定，是早期经译的误读，气也是，以气字译空义，牛头不对马嘴。实际佛教所谓空，不等于无所有。无所有者，并非指经验意义的什么都没有。而这里却将六根之一的身，解读为：但气所作，便知这一译义，深受中国传统文化气说的影响而无疑。把身之根因（本原）说成是气，这是中国传统文化的老观念。而佛教所说的身，指六根意义的身，可以称为"我"。气灭为空这一命题，指生命之气一旦灭除而空耳。其思维，是以气灭一词，代称佛教的缘起一词，是初译者谬采中华传统的气，以气灭一词，比拟佛教的"刹那生灭"，是初起的汉译经义，对中华传统气文化、气哲学与气美学的一种留恋与妥协。

《安般守意经》说："谓善恶因缘起便覆灭，亦谓身亦谓气生灭。念便生，不念便死，意与身等同，是断生死道。"从佛教缘起说角度看待道德之善恶，便无所谓善恶。可称之为身业及身业之破斥，缘起即是：气生灭，气生灭即念之生灭。因而，有"不念"②一词的流行，即可断灭生死，故空幻。是将缘起、念与气生灭，放于"一锅煮"。气生灭本为先秦庄子哲学与美学的一个"话题"。

---

① 请参见王振复《中国美学范畴史·导言》有关论述，第一卷，山西教育出版社，2006，第1—19页。

② 按：在唐代南宗禅那里，"不念"亦称"无念"。《坛经》有"以无念为本"之言。

《庄子》曾说：气聚则生，气散则死。其本义为，人之生命肉体的生或死，在气的聚、散之际。而气本身是无所谓生死的。气不死。气如会死，则何以为气？作为万物（佛教称诸法或万法）本原本体的气，当然是不会死的。这好像西方基督教的上帝那样，是不会死的，只是不断改变它的存在方式罢了。这便是《庄子》所以说：通天下一气耳。

然而，这里却说"念便生，不念便死"，凸显了初译的佛学，深受传统庄学思维与思想羁绊之怪异而美丽的一种人文景观。佛经所言念，大凡具二义。一指于境之意守为念。此《大乘义章》十二所云"守境为念"。二则为叠字念念之念，实指刹那（瞬时）生灭，指观悟佛法之极短即短得不能再短的时。指悟佛之时间，实为刹那悟入。佛经有"念处"之言。念者，能观之智；处者，所观之境。于念之上，不起妄心滞累，直悟顿了，有类于审美直觉。而念便生，不念便死云云，笼统地以生、死，说佛之真境，其义自当不够准确。所谓佛之真境，恰恰为佛教意义的"无生"（亦佛经"八不中道"说所言"不生不灭"的不生）之境。涅槃成佛、般若性空之真境，境界有别，而大凡都可以"无生"一词言之。佛教所言生死即指妄境，而以"无生无死"为真境。

其次，以本无、自然等，谬说性空、真如、实相。这在前文已有论及，这里再作简略说解。本无是佛教、佛学之如、如如、真如与实相等的早期译名，实指般若学性空义[1]。支译《道行般若经》卷五《本无品》云：

> 诸法无所从生，为随怛萨阿竭教，是为本无。本无亦无所从来，亦无所去。怛萨阿竭本无，诸法亦本无。诸法亦本无，怛萨阿竭亦本无。
>
> 一本无等，无异本无，无有作者，一切皆本无，亦复无本无。……过去本无，当来本无，今现在怛萨阿竭本无，等无异。[2]

怛萨阿竭，即多陀阿伽度、多陀阿伽陀（tathāgata）等，如来之早期译

---

[1] 按：三国时期，支谦重译《大明度经》，依然袭用"本无"该译名，东晋"六家七宗"有"本无"宗。

[2] 《本无品第十四》，载《道行般若经》卷五，载《大正藏》第八册，P0453b。

称。《玄应音义》三云，"怛萨阿竭，大品经作多陀阿伽度，此云如来"。这一大段言述，反复阐"诸法本无"义，并说在"本无"这一点上，万事万物"等无异"。

"本无"的思想与思维，原于老庄，虚静无为之谓。万物的逻辑原点，且虚且静。《老子》曰，"是故天下万物生于有，有生于无"。这是关于"本无"的经典性解说。万物的逻辑原点是"无"，且是虚、静的，万物"本无"且生成万物之美；而必回归于"本无"，此通行本《老子》所谓"反（返）者，道之动"义。故"本无"者，原美之谓。"本无"并非指美的东西，而是无数美的东西之所以为美的逻辑根因、根性。这是老庄"本无"美学的见解与思路。

然而，《道行般若经》却以"本无"说性空、真如、实相，开始拉开魏晋佛教"格义"美学（后详）之灿烂的人文序幕。

支译《道行般若经》作为般若类经典，因其为初译，曾被僧叡《大品经序》诟病为"典谟乖于殊制，名实丧于不谨，致使求之弥至而失之弥远"[1]。然而，正是这一初译之不足，留下中印佛教传播史上因"初译"而尤具冲突、调和之鲜明的时代烙印。以"本无"说"性空"，等等，在中国佛教美学史之所深具的价值与意义，不容忽视。

一是以"本无"说"性空"等，虽以老庄代佛言，此为"无奈"之举，却暗合印度小乘尤其"说一切有部"、关于"一切法自性有"[2]的佛学主张。此有事物之现象、本质均为实有的思想与思维因素在。《道行般若经》尽管是大乘空宗的般若类经典，支谶也是般若之学的译师，这两点却无碍于支译对所谓"三世实有，法体恒有"佛理的传达。在佛教史上，《道行般若经》之经义，有自小乘"实有"说向大乘"性空"论转嬗的理论倾向。因此，支译以"本无"说"性空"之类，确在无意之间，达到对事物现象、本质之美丑的一种肯定。

二是般若性空之学的主张，是说诸法（一切事物现象）缘起，无自性，故

---

[1] 梁僧祐：《出三藏记集》卷八，金陵刻经处本。

[2] 按：这里所言"一切法"，包括有为法（一切依缘而起，刹那生灭，处于永恒的造作与轮回）与无为法（不依因缘，跳出轮回，实即性空、真如、实相，亦即般若之境）两种。

曰性空。支译却说此"性空"即"本无",所谓"何所是本无者?一切诸法亦本无"①。支译还以《庄子》"野马"之喻来说此"性空"。《庄子》以所谓"野马也,尘埃也"指喻"道无"境界。此"野马",指狂放飞卷的野间云气,作为"本无"之喻,当此喻为佛教意义之"俗有"义。其实从佛教言之,无论儒家所主张的"有"(伦理道德之类),抑或道家所谓"道"即"无"(审美境界等),均为世俗之"俗有"。故支译"本无"义,实离"性空"本义甚远,此以老庄说佛耳。如佛陀泉下有知,必也要被佛陀笑,其也许说,"我播下的是龙种,收获的却是跳蚤"。然这一"南桔北枳"之译,却折射出中华传统文化、哲学尤其老庄美学之顽强生命力。当印度般若性空之学及其美学诉求开始逐渐传播于中土之际,这一佛教教义的中国化,这种语言之"方便说法",可让一时难以为人所理会的般若学,在中土变得亲切可人而容易被接受。

三是般若性空之学,原旨在于无所执著。《道行般若经·清净品》说:

> 知色空者是曰为著。知痛痒、思想、生死、识空者是曰为著。于过去法知过去法是曰为著。于当来法知当来法是曰为著,于现在法知现在法是曰为著。如法者为大功德,发意菩萨是即为著。②

这一段短短经文,一连用了六个"著"字。著者,执也,固执、滞累已心于对象之谓。《大般若波罗蜜多经》七十一云,"能如实知一切法相而不执著故,复名摩诃萨。"执,分法执、我执两类,起于妄见。无所执著,即既不执于有,又不执于空;既不执于真如,又不执于假有;即不执于空、有二边,又不执于中道,此大乘般若性空、中观学之最根本、最重要的思想。无所执著,作为佛学命题,其实亦一美学命题。两者区别在于,般若性空之说,彻底斥破法执、我执,连斥破本身亦不能被执著。好似"药到病除"而"药"未出,依然止于滞累之妄境。前引六种"著",都在彻底斥破之列。老庄亦言"无所执著",包括不执著于功名利禄与社会意识形态等等,道家反对"造作",提倡"自然无

① 《照明品第十》,载《道行般若经》卷五,载《大正藏》第八册,P0450a。
② 《清净品第六》,载《道行般若经》卷三,载《大正藏》第八册,P0446b。

为"①。而"无"本身，确是其执著对象，"本无"之"道"，正是道家所追求与执著的哲学与美学理想。此亦《老子》所谓"致虚极，守静笃"。

从美学言之，般若性空之学，以彻底的无所执著为"原美"。它是彻底消解了世俗质素与色彩的"本美"，似乎永远飘浮、显现于形上的逻辑预设之中，永远不应被执取与追求的对象，就连这"无所执著"本身，亦不可执著。而老庄的"无所执著"说，实际上以执著于"本无"、"自然"、"无为"为真、为善、为美，是与《道行般若经》的"无住"、"无想"等说有别的。《道行般若经·泥犁品》云："般若波罗蜜无所有，若人于中有所求，谓有所有，是即大非。"②此是。

尽管如此，时至东汉，中国美学史因佛教东来而呈现了一种前所未有的新气象，开始形成新格局。且不说汉字原本并无"佛"及其概念与理念，这一汉字的创设，对于中国文化及其哲学与美学来说，真乃非同小可。甲骨文至今未检索到"空"字，证明中国人关于"空"义的认知是较晚的。空，从宀，工声，指建筑物空间。宀，音mián《说文解字》："宀，交覆深屋也。象形。"段注："古者屋四注，东西与南北皆交覆也。有堂有室，是为深屋。"而宀，甲骨文 **↑**、**∩**，皆屋顶之象形。显然，此"空"未具任何哲学、美学的形上意义。《论语》有"空空如也"这一命题，意思是"什么也没有"，属经验层次之思想与思维，未涉于哲思、美韵。而正如前引，如安译《安般守意经》"气灭为空"这一命题，尽管以"气灭"译佛教"刹那生灭"不免是"误读"，却是中国佛教史及中国佛教美学关于"空"从未有过之新的理念与思想。刹那生灭者，空也。因其哲学意蕴葱郁而深邃而具美学品格。佛经说，因缘所生起即诸法（一切事物、现象），究竟而无自性，故空。此使原本之"空"义，一下子从形下向形

---

① 按：牟宗三氏云："照道家看，一有造作就不自然、不自由，就有虚伪。造作很像英文的 artificial人工造作"；"道家一眼看到把我们的生命落在虚伪造作上是个最大的不在。人天天疲于奔命，疲于虚伪形式的空架子中，非常的痛苦。基督教首出的观念是原罪original sin；佛教首出的观念是业识（karma），是无明；道家首出的观念，不必讲得那么远，只讲眼前就可以，它首出的观念就是'造作'"，并将ideology意识形态）译作汉语"意底牢结"（见牟宗三：《中国哲学十九讲》，上海古籍出版社，1997，第85、87页）。

② 《泥犁品》第五，载《道行般若经》卷三，载《大正藏》八册，第P0441a。

上之义提升，无疑极大地开拓了中华民族的哲学与美学之思辨空间。人们由此对诸如"空空如也"这样的老命题，进行重新解读，称言"空之又空，如也。"此"如"，真如、真理之谓。遂使"空空如也"①，成为大乘空宗般若之学、中观说的一个通俗说法。《牟子理惑论》有"佛者，言觉也"这一见解，而佛即空，故悟"空"者，"觉"之谓。众生之觉悟为佛，即悟"空"之自由。此为佛教教义，亦为与审美攸关。先秦有"禅"字，义为封土为坛，洒地而祭。"禅让"一词，表帝位让授于贤者。如后代唐孔颖达言，"若尧舜禅让圣贤，禹汤传授子孙"。此"禅让"之"禅"，无甚哲学、美学的思维与思想深度。岂料初译佛经以"禅"（禅那）一词译"禅定"，"思维修"与"静虑"诸义，不仅为教义且为哲学、美学意义的一大创设。"色"字本义初浅，初译佛经又以该字指称一切事物、现象，有变碍、质碍、假有之义，其义深矣。又如"法"义，亦较中华本义大为开拓而尤显深远。

佛经初译，已是带来中国哲学、美学初步然而是深刻的变化。尽管初传之际，固有"夷夏之辨"的中土信徒或士子，曾以"道术"比拟佛法；以"神仙"称述佛陀；以"灵魂不灭"类比"佛性常住"；以"无为"言说"般若"，等等，而中国文化、哲学与美学的嬗变与转递，是实实在在而值得充分肯定的。

别的暂且不说，仅《四十二章经》两条材料，大约也能说明问题。其一，正如前引，"佛言：财色于人，譬如刀刃有蜜，不足一餐之美。小儿舐之，则有割舌之愚也。""财色"如"刀刃有蜜"，如果如"小儿舐之"，乃"割舌之愚"，这不是"美"而是丑，美的观念转变了。虽然此为谬读"佛言"，毕竟是传统"美"论的开始转变。

其二云，沙门夜诵《遗教经》，其声悲苦，思悔欲退。"佛问之曰：'汝昔在家，曾为何业？'对曰：'爱弹琴。'佛言：'弦缓如何'对曰：'不鸣矣'。'弦急如何？'对曰：'声绝矣'。'急缓得中如何？'对曰：'诸音普矣。'佛言：'沙门

---

① 按：《论语·子罕第九》云："子曰：'吾有知乎哉？无知也。有鄙夫问于我。空空如也。吾叩其两端焉。'"《论语正义》曰："夫子应问不穷。当时之人，遂谓夫子无所不知，故此谦言无知也。"（刘宝楠：《论语正义》卷十，载《诸子集成》第一册，上海书店，1986，第179页）孔子称自己"空空如也"，是经验层次意义的自谦之词。这里借用以证印佛教的一种境界，指万法皆空，空亦为空而无所执著，此即如（真如）。

学道亦然，心若调适，道可得矣'"。在此以"弹琴"喻中，佛与沙门言对，多持老庄口吻，其中如"调适"之"适"，直接采自《庄子》。这是"误读"也是释、道的融通。不取"弦缓"与"弦急"二分，而取"急、缓得中"，分明述叙佛教大乘中观义，以佛教理念重新解读中华传统文化的"中"。

自东汉佛经初译、开始普及，中国文化及其哲学、美学，便增添一大新元素。从哲学、美学分析，儒有、道无与佛空，开始"对话"且始于建构一个历史与人文新格局。中国佛教美学的新发展，是可以期待的。在这一新格局中，佛家的空，确为中国文化、哲学与美学的人文新成员与新因素。主要在与本土之儒、道"前美学"的人文交往中，佛教之空的佛学及其哲学、美学的中国化本土化，逐渐得以"历史地生成"。

第二章 酝酿的继续：三国佛教美学意蕴

三国（220—280）①时期的佛教美学，依然处于初始与酝酿的历史阶段。时日匆匆战乱连年，伟大民族的头脑，总在痛苦、焦虑不安之中，一般难以具有沉思深切的时候。然而，佛经的进一步译传及其佛教信仰的流向民间，恰与上层统治者的倡导相得益彰。其中关键，是译师的辛勤劳动及其新译佛经所传达的佛学理论，丰富了中华佛教学者与信众的信仰世界及其思想情感。中国的"前美学"，在继续坚持其中华固有人文立场的同时，不得不进一步改变与拓宽其审美与视野，新型的佛教艺术及其审美继续得以滋长，以安慰焦虑、饥渴的时代、民族的灵魂。它是东汉佛教美学意蕴酝酿的继续。三国魏玄学的初起，王弼的"贵无"之思，成为美学意义之佛、玄"对话"的一个序幕。

第一节 佛经译传及其观念的渐变

三国战乱连年，历史相当短暂。据僧祐《出三藏记集》卷二，三国时期所

---

① 按：三国时代起止，学界一般持"公元220—280年"之见。据《中国历史年表》："219年，刘备从曹操手中夺得汉中，并命关羽在荆州猛攻曹操，许都震动。孙权袭杀关羽，占有荆州全部。三国鼎立格局基本确立。""220年，曹操死，其子曹丕代汉称帝，建都洛阳，国号魏。""221年，刘备称帝于成都，国号汉，史称蜀或蜀汉。""229年，孙权称帝，定都建业，国号吴。""263年，魏灭蜀汉。""280年，西晋灭吴，统一全国。"（见中国社会科学院历史研究所编制《中国历史年表》，中国社会科学出版社，2006，第23、24页）。

译佛经，仅为四十二部六十八卷，这不包括自三国至南朝梁之际所佚失的佛经在内。隋费长房《历代三宝记》卷五以为，这一历史时期，共译经三百十二部四百八十三卷。两者相比，相去甚远。这种有关史籍记载的真伪，暂且不予考稽、讨论。

三国时，佛教继续向中土四处流播，主要在吴、魏发展。蜀国偏处西南，可能也有佛教传入。僧祐《出三藏记集》卷二，载录蜀《首楞严经》、《普曜经》二种，各为两卷本，早已亡佚，故南朝梁之后历代经录仅为吴录、魏录。

三国吴，都于建业，偏安江左。佛教早自北地南传。有天竺人维祇难，始奉"异道"（信"火祀"之婆罗门），转而以沙门来华，于吴黄武三年（224），与同道竺律炎来至武昌，携胡本《法句经》，参与此经译事。吴都建业，时为南地译经重镇，其译师以支谦、康僧会为首。据《出三藏记集》卷十二《支谦传》，支谦原籍大月支，生于汉地，"年十岁学书，同时学者皆服其聪敏。十三学胡书，备通六国语"。支谦受业于支谶弟子支亮，为支谶般若之学再传，黄武元年（222）自洛阳经武昌至建业，在黄武（222—228）至建业年间（252—253）期间，译出了《大明度无极经》四卷、《维摩诘经》二卷与《太子瑞应本起经》二卷等。其中《大明度无极经》，是支译《道行般若经》的重译。据《开元释教录》卷二，支谦所译，另有《大阿弥陀经》较为著名。全译包括大乘般若、宝积、大集等佛典凡八十八部一百十八卷（现存五十一部六十九卷）。支谦传承支谶般若之学。支敏度说，"越（支谦名）才学深彻，内外备通，以季世尚文，时好简略，故其出经，颇从文丽。然其属辞析理，文而不越，约而义显，真可谓深入者也。"[①]作为中国佛教史的早期译者之一，支谦是三国译经最多的一个，其经译、经注的文辞，以简约流利见长，雅好意译而难能可贵，有僧肇所言"理滞于文"[②]的缺憾。

三国吴另一个重要译经者是康僧会。"其先康居人，世居天竺"，"既而出家，砺行甚峻。为人弘雅有识量，笃志好学，明练三藏博览六典，天文图纬，

---

① 《合〈首楞严经〉记》，载梁僧祐：《出三藏记集》卷七。
② 僧肇：《注维摩诘经·序》，载《出三藏记集》卷八，金陵刻经处本，载《中国佛教思想资料选编》第一卷，第191页。

多所贯涉。"①康僧会，吴赤乌十年（247）来到建业，先后译《六度集经》（即《六度无极经》九卷，现存八卷）与《吴品经》（《般若》五卷）（今佚）。其早年曾承传安世高安般守意之学，为《安般守意经》、《法镜经》与《道树经》等汉译本作注、撰序，弘传禅法。比较而言，康僧会对于佛学的贡献，以撰述重于经译为特点，是中国佛教史、中国佛教美学首重佛、道、儒三学始趋于合一的一名学者。

三国魏的文化传承，宗东汉之余绪。魏时，有天竺僧昙柯迦罗，安息沙门昙谛与康居和尚康僧铠等相继来抵洛阳。洛阳与建业，都是中华三国译经的重地。据梁慧皎《高僧传》卷一《昙柯迦罗传》，昙柯迦罗者，又云法时，中天竺人氏。家道荣华，修持梵福。幼而颖悟，博览诗书，皆文义通透耳。至年二十五，偶入僧房而观览《毗昙》，殷勤悟省，深悟因果，妙达三世。知佛法之宏旷，为俗书所不能及。于是舍弃俗荣，出家精进，皈诵大小乘及诸部《毗尼》。昙柯迦罗于魏废帝邵陵厉公嘉平年间（249—254）在洛，译出《僧祇戒心》即摩诃僧祇部戒本一卷，传授律学，此为三国时中华佛教重大事件之一。原先汉地虽佛法渐行，戒律未有严规，仅仅剪除头发，便算是"削尽三千烦恼丝"而已，受中华传统道教祠祀影响较大。佛教戒律典籍的译出，遂令各有凭依，成为中土佛教严谨禀受归戒的开始。这也是迦罗被后世尊为律宗始祖的原由。

安息昙谛（法实），在魏高贵乡公正元二年（255）来到洛阳，译出《昙无德（法藏）羯磨》一卷，与前述《僧祇戒心》都是受戒依据。当时依此受戒的，著名的有朱士行等沙门。佛教史一般以士行受戒为中土华人正式出家的开始，时在公元260年。此年，朱赴于阗求经，是中原最早求法于西域的僧人。有康居康僧铠，于嘉平四年（252），在洛阳译《郁伽长者所问经》一卷与《无量寿经》二卷。龟兹沙门帛延，于高贵乡公甘露三年（258），在洛阳译《无量清净平等觉经》二卷，《首楞严经》二卷与《菩萨修行经》一卷等。此二人，在佛学方面多有所建树。

值得再提的，是三国重要佛教人物朱士行，作为中土沙门身份西行求法的

---

① 《高僧传·康僧会传》，载梁僧祐：《出三藏记集》卷一三，金陵刻经处本。

拓荒者。僧祐《出三藏记集》卷一三《朱士行传》称其"颍川人也。志业清粹，气韵明烈，坚正方直，劝（欢）、沮不能移焉。少怀远悟，脱落尘俗"。其出家之后，深潜于《般若》慧海，每以旧译谬失原旨为憾恨。又闻西域有《大品般若》经典完备，故"誓志捐身"，西行求取"真经"。"遂以魏甘露五年（260），发迹雍州，西渡流沙，既至于阗，果写得正品梵书胡本《大品般若》九十章，六十万余言"。尔后，由于小乘学者的阻挠，朱士行未能将此经及时遣送汉地，直到晋武帝太康三年（282），才由其弟子弗如檀诸人送抵洛阳，由竺叔兰、无罗叉译出于晋惠帝元康元年（291），称《放光般若经》。朱士行本人一直留驻于阗，圆寂时年八十。

三国经译成就虽高，作为早期译文，究竟未尽佛学妙旨。支谦之译，大凡也具有这一特点。试以《维摩诘经》译文为例。此经译本，共有六种：其一、东汉严佛调本《古维摩经》一卷；其二、三国吴支谦本《佛说维摩诘经》二卷；其三、西晋竺法护译本《维摩诘所说法门经》一卷；其四、西晋竺叔兰译本《毗摩罗诘经》三卷；其五、姚秦鸠摩罗什译本《维摩诘所说经》三卷；其六、唐玄奘译本《佛说无垢称经》六卷。其中，严佛调与竺法护、竺叔兰等三个译本，现都不存于世。

倘以支译、什译与奘译略作比较，已经能够说明问题之一二。如同一《维摩诘经》梵本"第七"，支谦本以"观人物品"为题名，后之鸠摩罗什与玄奘本，都题名为"观众生品"。"众生"旧译"有情"，梵语 sattva，萨埵。有情也好，众生也罢，显然不等同于"人物（人）"。以人物译 sattva，不妥[①]。又如，同是《维摩诘经》的《观众生品》第七这一部分，什译本有云："又问：欲除烦恼，当何所行？答曰：当行正念。又问：云何行于正念？答曰：当行不生不灭"[②]。玄奘本为："又问：欲除一切有情烦恼，当何所修？曰：欲除一切有情烦恼，当修如理观察作意。又问：欲修如理观察作意，当云何修？曰：欲修如理观察作意，当修诸法不生不灭。"以什译与奘译相比，其义大同。而奘译

---

① 按：支谦译：《佛说维摩诘经》以"人"代"众生"之译处甚多。该经卷上《菩萨品》云，"一切人皆如也"，不如玄奘译本卷二《菩萨品》"一切有情皆如也"契合原意。

② 《观众生品第七》，载《维摩诘所说经》卷二，鸠摩罗什译，《大正藏》第十四册，P0547c。

强调直译，保持梵本反复问辩的特点，"如理观察作意"作为直译，反不如什译"正念"简捷明了。支谦的译文是："又问：既解尘劳，当复何应？曰：已解尘劳，当应自然。又问：何以施行，而应自然？曰：不起不灭，是应自然"①。自然一词，正如前述，原自通行本《老子》"道法自然"。以自然意译，附会先秦老学，见不出佛教修持的禅法旨趣，不如"正念"一词贴切。心若驰散，何以为正念？"不生不灭"者，涅槃之谓。佛法常在，无所谓生灭，故云"不生不灭"。按佛教常识，所谓涅槃，涅者不生；槃者不灭。不生不灭即涅槃。以正念这一八正道之一为修行的门径，即能悟入不生不灭的涅槃之境。支谦却以"不起不灭"为译，译言似欠规范。再如，支谦译"摩诃般若波罗蜜"为"大明度无极"。以大释摩诃（Mahā），自当准确无疑，以明释般若，却是有所牵强的。以"度无极"释"波罗蜜"（达于彼岸义），也显然不够妥切。无极一词，原于《庄子·逍遥游》"无极之外，复无极也"句，意思和佛教所说的彼岸相去甚远。这是早期经译的"误读"。

凡此作为佛教中国化本土化现象，在经译尤其早期经译中，可谓屡见不鲜。吕澂先生曾以"如性"这一佛学概念的汉译为例，谈及这一问题。

> 例如，关于"如性"这一概念，当初译为"本无"。现在考究起来，这是经过一番斟酌的。"如性"这个概念来自《奥义书》，并非佛家所独创，表示"就是那样"，只能用直观来体认。印度人已习惯地使用了这一概念，可是从中国的词汇中根本找不到与此相应的词。因为我国古代的思想家比较看重实在，要求概念都含有具体的内容，所以没有这类抽象含义的词。所谓"如性"即"如实在那样"，而现实的事物常是以"不如实在那样"地被理解，因而这一概念就有否定的意思：否定不如实在的那一部分。所以"如性"也就是"空性"，空掉不如实在的那一部分。印度人的思想方法要求，并不必否定了不实在的那部分已表示否定，只要概念具有否定的可能性时就表示出来了。所以佛家进一步把这一概念叫作"自性空"，"当体空"。从这个意义上说，译成"本无"原不算错。而且"无"

---

① 《观人物品第七》，载《佛说维摩诘经》卷二，三国支谦译，《大正藏》第十四册，P0528b。

字也是中国道家现成的用语。要是了解"本无"的来历，本来不会产生误解。但这种用意只有译者本人了解，译出以后，读者望文生义，就产生了很大的错误。最初把这一概念同老子说的"无"混为一谈，以后联系到宇宙发生论，把"本"字理解为"本末"的"本"，认为万物是从无而产生。这一误解并未因它的译名重新订正而有所改变。例如，以后"本无"改译为"如如"、"真如"等，反而错上加错，以至于认为是真如生一切。这种不正确的看法，代代相传，直到现在。总之，我们不能把中国佛学看成是印度佛学的单纯"移植"，恰当地说，乃是"嫁接"。两者是有一定的距离的。这就是说，中国佛学的根子在中国而不在印度。[①]

这一长段引文，对于如何理解印度佛教、佛学的中国化中土化，具有启发意义。其中关键的是最后一句，"中国佛学的根子在中国而不在印度"。

这也便是本书导言所说的内因、外因之别。任何中外文化包括中印佛教、佛学的交流与传播，本因、本体即其文化之根是中国而不是其它。印度佛教典籍的译介，自始至终都是不同程度的"误读"或可称为"格义"，都是中体外用。愈是早期，这一"误读"的可能程度便愈大。

就印度佛教言，如即空幻。如性者，空性之谓。空性即实相即法性。亦即自性。何为自性？它是彻底祛除他性的一种状态与存在，自性本空。

早期经译，将如性译为本无之因在于，中国传统人文意识及其哲学，眼睛一般是"向下看"的，此即一般地追求经验实在，中国人习惯于经验实在。以先秦儒家的"实用理性"为其典型思维，此所以称"六合之外，圣人存而不论"、"性与天道，不可得而闻也"。

先秦道家的哲学眼光，先"向上看"，再"向下看"。向上看，为的是向下看。它天才地预设了一个哲学原点即道即无，能够从玄无的哲学高度，俯瞰天下及芸芸众生，是比先秦儒墨更"哲学"、因而也是更"美学"的。其思维思想，固然不离于经验实在，因为虚无之道，最后还得落实于经验的德（所谓《道德经》，在帛书本是"德经"在前而"道经"在后，可见对于人生道德的重

---

① 吕澂：《中国佛学源流略讲》"序论"，中华书局，1979，第3—4页。

视），不过却是从哲学来讲道德。老庄追求超验、形上之无（道本身），无，之所以被预设为哲学的本因本体，是因可以无来说明有（经验实在）包括审美。无不能离弃于有，尤其不能否定有，且须落实于有，有是其哲学的归宿处，认为离弃了有，无便毫无价值。这也便是通行本《老子》凡八十一章，为何是一部关于道（无）、德（有）而非仅仅是道之经的缘故，更是帛书本《老子》体例，以德经在前、道经在后的逻辑性理由。

假如将先秦儒家经典《论语》中"空空如也"这一命题作哲学的理解，那么其意思是，这一世界，除了经验实在及其"实用理性"，其它一切都是"没有"的。这一思维和思想定势，在尔后晋代裴頠的"崇有论"中，依然表现得很是强烈鲜明。

然而，先秦道家的本无哲学，就无本身而言，毕竟是超验而形上的。当印度佛教东来之时，中国人开始只能从儒有、道无或从有与无之际，来"误读"佛教之空义。或者一些下层信众，仅仅将佛教的"西方极乐"，理解为实在之有的世界而加以崇拜、向往。或者以道家的无，来比附于佛家之空，此笔者之所以将此概括为"以无说空"。于是在早期佛经的汉译中，以本无译如性义，"理"所"当然"，不足为奇。

从美学看，比如植物花蕾之美究竟是什么？仅从有之角度看，所谓花之美，就是指这朵花或那朵花的实在之美。于是这个世界中，除了经验性的美的东西，似乎就没有什么形上之美了。从无的角度看，花之美固然是美的东西，而花之所以美，是因为有这个形上之无的缘故，此《庄子》所以称"美之为美"[①]。那么试问无本身美不美呢？老庄哲学只是提出了一个"美之为美"的命题，并未从理论上直接回答这一问题，却可以让人从其一系列的论述中，体会到其肯定性的答案，便是"素朴而天下莫能与之争美"[②]。

那么，佛教的所谓空（如性）本身美不美？

如果仅从儒有的角度看，既然空即没有，世界什么都没有了，则自当也便

---

① 按：《老子》云："天下皆知美之为美，斯恶已；皆知善之为善，斯不善已。"（通行本《老子》第二章，载魏源《老子本义》上篇，《诸子集成》第三册，上海书店，1986，第2页）
② 《庄子·天道》，载《诸子集成》第三册，上海书店，1986，第82页。

没有美；从道无的角度看，所谓空之美，也是不可理喻的。因为原本中国人的心目中，只有"有"与"无"这两个"世界"，这第三个佛教意义的"空"，到底美、不美抑或丑，从未想象、思考与回答过，或者说，在佛教入渐之前，佛教意义的空意识、空概念，在中华传统思域之外。在佛教之空的意识理念东来前，中国人关于美与审美的问题，主要有两种观念，一是以儒有为主的道德善美观，以及以道德善美的人格比拟去看待自然美；二是以道无为主的形上之美包括自然美的观念，以及人之道德如果是美善的，那必然是符契于形上之无的。佛教的传入，便在儒有、道无之外，另立了一个空的世界。就中国佛教美学而言，这里问题的关键是，中国人究竟认可不认可在有、无之外，空本身是不是一种美，其答案是肯定的。

固然不能以儒家经验实在之有，来言说佛教之空比如如性之美的意义，也不能以道家本无之美，来比附佛教之空的美，这是因为空之美，是与有、无之美不同的，不可混淆。而当中国人渐渐建构佛教空之美时，又不得不站在儒有、道无的原始文化与哲学的立场，去接纳、消解与重构中国佛教的空之美学观，既是民族时代与历史人文的无奈，也是一种必然。大教及其哲学、美学的东来，中国美学的本体论天地，便开始进入一个空与有、无相互冲突、容受而新变的时代。不再株守于有、无，渐渐形成有、无与空之三维的冲突、回互、涵泳与创新的时代。

第二节　佛教美学意蕴再酝酿

三国这一历史、人文时期，历时不长。佛教美学意蕴的再酝酿，经历了一段比较复杂的过程。天下三分，世乱不已。时代意绪激荡多变，使得佛教的初传，显得很是困难。信众对于教义的领会接受，歧义尤多。佛教美学意蕴的再酝酿，颇具奇异的时代特色。可以从三方面来加以讨论。

佛国信仰、理想及"如来种"与审美

所谓佛国，佛教之理想国也，佛所住、所化之国土。所住者，净土；所化者，秽土为佛所化之谓，亦称佛国耳。净土即佛国，所谓"西方极乐世界"。

在中国佛教史与中国佛教美学史上，传达佛国信仰与理想的，主要是弥陀经典。其中最早出现于中土的，是曹魏康僧铠所译《无量寿经》上下卷本，与孙吴支谦所译《大阿弥陀经》二卷本。①这一类弥陀经典，向中华人众第一次描述了极乐无尽、美妙无比的"西方净土极乐"，它与烦恼、丑恶的现实世界形成强烈反差，具有天壤之别。

《无量寿经》卷上，曾不无真实地揭示世间"贫穷乞人底极斯下，衣不蔽形食趣支命，饥寒困苦人理殆尽"②之惨状。该经卷上说，众生唯有信仰佛教、信仰《无量寿经》，那么西方极乐世界，遂由"无量寿佛"接引而"应念即至"。"西方极乐"之境，以金银、琉璃、珊瑚、琥珀、砗磲与玛璃等宝物铺地，这里，无有山河坎坷与四时交替，只见遍地华林，"行行相植，茎茎相望，枝枝相准，叶叶相向，华华相顺，实实相当"，每当"微风吹动，吹诸宝树，演无量妙法音声"③。此之天人，姿音微妙，慧心超然，活得自在。正如《大阿弥陀经》卷下所云，恣汝随意皆可得之。所谓无有诸痛痒，亦无复有诸恶臭处，亦无复有勤苦，亦无淫佚瞋怒愚痴，亦无有忧思愁毒。这是一个没有五恶（杀生、偷盗、邪淫、妄语、饮酒为"五恶"）的和美的世界。如此庄严、幸福的"西方净土"，无论上、中、下三类信徒，都具有往生的机缘。上者，出家剃度为沙门，修持各类功德戒律，一心专念阿弥陀佛，可以愿生彼国；中者，可以不剃度出家，专念阿弥陀佛，随缘修持功德布施行善，也得以愿生彼国；下者，虽未修功德，更不剃度，惟一心念佛之名号，也能超度而非常"方便"。

这一类弥陀经典的说教，专以说尽世俗苦难、佛国之美好无以复加为要，目的在于启人信仰。为求众生虔诚信仰，须有一个足以吸引众生的"愿景"为

---

① 按：康僧铠《无量寿经》译本、鸠摩罗什（姚秦）《阿弥陀经》译本与畺良耶舍（刘宋）《观无量寿经》译本，被后代净土宗尊为"净土三大部"。此外，支谦：《大阿弥陀经》二卷译本，西晋竺法护：《无量寿经》三卷译本以及北魏菩提留支所译世亲：《无量寿经论》等，都为宣说"佛国"重要的净土弥陀经论。隋费长房：《历代三宝记》等称汉末安世高译《无量寿经》二卷与支谶译《无量清净平等觉经》二卷，非。

② 《佛说无量寿经》卷上，曹魏康僧铠译，载《大正藏》第十二册，"宝积部类"（无量寿经类），P0271c。

③ 同上书，P0270c。

指引。"佛国"说，在苦难深重的芸芸众生面前"放大光明"，唯有"西方极乐"，舍此便毫无其它出路，尤其在社会下层民众间，培养、吸引了大批的崇拜与信仰者；也是那些贪得无厌、欲壑难填者的一种精神性"讨伐"与"拯救"。它在美学意蕴上，是曲折而隐约地提出了相通于审美理想一个目标。

　　大凡宗教包括佛教信仰，一般皆与审美理想相通。佛教所谓"信"（信仰），以为成佛之"根"，即为"信根"。信这一汉字，大约始见于《论语》"学而"篇所言"信近于义"，具有诚之义，是"专一守诚"的意思。印度与中华佛典，都大力倡言这一个信。信，有"能生"、"增上"的佛慧之义。佛教倡言"信根"、"信力"说，要求凡是习佛而成佛的，必先"起信"。习佛、成佛之首要，在于对佛陀与佛土的信。佛教有"信根"、"勤根"、"念根"、"定根"与"慧根"等"五根"说，以"信根"为首，以"信"为"根"，是第一义。信佛有"三宝"，对此应持坚定不移的信，崇拜得五体投地。大约印度佛教东渐之初，其经、律、论的主题之一，便凸显了信的理念与理想。且以"为汉魏时期的旧帙，似无疑问"之《牟子理惑论》，以问答方式，破中华本土之旧"信"而随就佛教的新信仰。《牟子理惑论》一开头，就提出了信之与否的问题："牟子既修经传诸子，书无大小，靡不好之。虽不乐兵法，然犹读焉。虽读神仙不死之书，抑而不信，以为虚诞"[1]，对于中华本土的旧信仰，采取了信"或不信的态度。又称"大道（引者按：指先秦道家之道）无为，非俗所见。不为誉者贵，不为毁者贱。用不用自天也，行不行乃时也，信不信其命也"，将对于老庄道学的信之与否，看做"命里注定"。实际在于以为，道（自然无为）本契于人之性命、精神、灵魂而并非天命、人命之外另有什么道，道与天、时、命同在。又问："吾子讪神仙，抑奇怪，不信有不死之道，是也。何为独信佛道当得度世乎？佛在异域，子足未履其地，目不见其所，徒观其文而信其行。夫观华者不能知实，视影者不能审形，殆其不诚乎？"[2]这样的一问一答，凡三十七节。都意在解除芸芸的种种疑惑，而启其信根、信力。

---

① 《牟子理惑论》，载《弘明集》卷一，四部丛刊影印本，《中国佛教思想资料选编》第一卷，第2页。

② 同上书，第11、14页。

考佛教信仰之信的文化本涵，并非指外力强迫而实为众生灵犀内在之需。在佛教看来，信是心法、心所法的本始。信为善根，无信不立。智度大海，信为能入，智为能度。信是建立在自觉的心灵基础上的。佛教所谓信，是崇拜与审美的相互蕴涵。无信则本有之信根无以发蒙，诸法之实体、三宝之净德无以实现。佛教的信仰，本属于宗教崇拜范畴，崇拜，寄寓着"西方净土"的理想；理想的内驱力，便是"往生西方极乐"，此之谓"信乐"，一种崇拜与审美兼得的精神境界。

支谦所译的《佛说维摩诘经·佛国品》，也为中华佛教信徒提供了一个成佛即"往生西方净土"的信仰与理想。该经"佛国"说，偏重于言说秽土如何为佛所化而为净土的问题。

《佛说维摩诘经·佛国品》①指出，"跛行喘息人物之土，则是菩萨佛国"。这并并非说，"跛行喘息"之人所居之"土"，即"佛国"，实指此秽土如何为佛所导化而为"佛国"之意。其所导化的途径，唯有修行、布施、念佛。如释迦成佛前的"菩萨行"。菩萨行者，经过布施等六度，自利利他，自觉觉他，求圆满佛果，指菩萨大行。

佛国也称佛土、佛刹、佛界、净土、净刹、净界与净国等。佛国的分类，依佛身其生身、法身的区别，而分生身土、法身土二类。法身土即净土；生身土可由秽化净。前者是实土，后者为权土。权土的权，权巧、权变、善巧、方便的意思。佛土又有十种：遍行土、最胜土、胜流土、无摄受土、类无别土、无染净土、法无别土、不增减土、智自在土与业自在土，体现佛国说的丰富性与复繁性，体现菩萨行丰富的修持内容。

支译《佛说维摩诘经》云：

---

① 按：在中国佛经翻译史上，此经的译本有七种。其一、东汉灵帝中平五年（188），严佛调译，称《古维摩经》（已佚）；二、三国吴黄武二年（223），支谦译，称《佛说维摩经》（也名《维摩经说不可思议法门经》等），见《大藏经》第十四册第519—536页；三、西晋惠帝元康元年（291），竺叔兰译，称《毗摩罗诘经》（已佚）；四、西晋惠帝太安二年（303），竺法护译，称《维摩诘所说法门经》（二卷，已佚）；五、东晋西域沙门祇多密译，称《维摩诘经》（四卷，已佚）；六、后秦弘治八年（406）鸠摩罗什译，称《维摩所说经》，见《大正藏》第十四册第537—556页；七、唐太宗贞观年间，玄奘译，称《佛说无垢称经》，见《大正藏》第十四册第557—587页。

> 菩萨智慧为国故，于佛国得道，能以正导成就人民生于佛土。
>
> 菩萨持戒为国故，于佛国得道，周满所愿以十善行，合聚人民生于佛土。①

这里所说的"人民"，众生一词旧译，译义不甚贴切，意思是明白的，众生何以往生佛土，因"菩萨智慧"故也。关键是智慧。智慧者，心净之谓。众生往生西方，菩萨欲得净土，惟净其心。心净即佛土净。菩萨行所化的净土，其实不在西方而就在心中，净土即净心。这一佛国净土，指由秽转净而生起的佛教心灵理想国，而佛土理想的圆成，须斥破身毒亦即心毒。②

在中国佛教史上，佛国净土说，即所言"极乐净土"、"弥勒净土"、"净琉璃净土"、"莲华藏净土"、"唯心净土"与"人间净土"等多种。此《佛说维摩诘经·佛国品》所称实为"唯心净土"兼"人间净土"说，它在中国佛教史与中国佛教美学史上，具有重要而深远的影响。如唐代禅宗《坛经》所言"随其心净则佛土净"及《大珠禅宗语录》卷下所录，都是《维摩诘经》"佛国"之"唯心净土"说的沿承与发展。③"人间净土"说，以清净心为其理论基石，即人人都有自"净"、成佛的可能。这种清净心与可能，《维摩诘经》称为"如来种"。维摩诘问文殊师利："何等为如来种?"文殊菩萨云：

---

① 《佛国品第一》，《佛说维摩诘经》卷一，三国吴支谦译，载《大正藏》第十四册，P0520b、P0520a。

② 按：这一理想国，是"常修梵行"而"观想"的圆果，且须破斥身累。姚秦三藏法师鸠摩罗什所译《维摩诘所说经·方便品第二》云，"是身如聚沫，不可撮摩；是身如泡，不得久立；是身如焰，从渴爱生；是身如芭蕉，中无有坚；是身如幻，从颠倒起；是身如梦，为虚妄见；是身如影，从业缘现；是身如响，属诸因缘；是身如浮云，须臾变灭；是身如电，念念不住；是身无主，为如地；是身无我，为如火；是身无寿，为如风；是身无人，为如水；是身不实，四大为家；是身为空，离我我所；是身无知，如草木瓦砾；是身无作，风力所转；是身不净，秽恶充满；是身为虚伪，虽假以澡浴衣食，必归磨灭；是身为灾，百一病恼；是身如丘井，为老所逼；是身无定，为要当死；是身如毒蛇、如怨贼、如空聚、阴界诸入所共合成"（什译《维摩诘所说经·方便品第二》，《维摩诘所说经》上册，心澄：《佛教经典译释》第一辑，广陵书社，2012，第127页）。录此供参阅。

③ 按：《大珠禅师语录》卷下云："经云，'欲得净土，当净其心；随其心净，即佛土净'"一语，采录于支译：《佛说维摩诘经·佛国品》。

有身为种，无明与恩爱为种，婬怒痴为种，四颠倒为种，五盖为种，
六入为种，七识住为种，入邪道为种，九恼为种，十恶为种：是为佛种。①

有身，指具眼耳鼻舌身意此六根之身相。有身者，非觉体之谓也。无明，
十二因缘之一。愚暗之心，无了悟诸法、佛慧之明。无明即痴暗之心，即心无
慧明。恩爱，贪爱之一种。指血亲、家庭成员之间感恩、溺爱之妄情妄念。众
生从无始起，种种恩爱贪欲，未了业缘，故有轮回。婬怒痴、贪怒痴，旧译
"三毒烦恼"。无量劫中，四颠倒即为四倒，四种颠倒之妄见。其一、于生死无
常、无乐、无我、无净而妄执于常、乐、我、净；其二、于涅槃常、乐、我、
净而妄执于无常、无乐、无我、无净。前者指有为意义的四倒；后者指无为意
义的四倒。五盖，指五种遮蔽、覆盖。即贪欲蒙蔽慧心；瞋恚使明心蒙暗；心
昏身重如嗜睡；心之躁动不安，忧恼不已；于佛法持犹豫态度而难以精进。六
入，指六根（眼耳鼻舌身意），六境（色声香味触法），六处之旧译。七识住，
识之所安住，识之所执取，名识住。指欲界、色界、无色界因识之执求，共为
七种。八邪道，指邪见、邪思维、邪语、邪业、邪命、邪方便、邪念与邪定。
与八正道相背悖。九恼，指九种灾难、烦恼，亦称为九难九罪报。十恶，即十
不善。指杀生、偷盗、邪淫、妄语、两舌（离间语）、恶口、秽语、贪欲、瞋
恚与邪见等十种恶。

有身、无明与恩爱、婬怒痴、四颠倒、五盖、六入、七识住、八邪道、九
恼与十恶，这里所竭力言说的人间（此岸）黑暗与人性的丑陋与污秽，佛教却
认为是"如来种"。此指成佛、人间净土的出发点与条件。好比莲华生于卑湿
污土。这便是说，清净佛法缘于众生烦恼，"如来种"在秽土中。此之谓"如是
虚无不入尘劳事者，岂其能发一切智慧？"②佛教的逻辑原点总是如此，先是否
定世间现实与人生的一切真善美，却又无可逃遁地将此作为"如来种"，这是
以否定现实、人生之方式，以达成新的肯定。必有所否定才得有所肯定。"如来
种"说正是"人间净土"的典型见解。有如正因出于"淤泥"，才能成就"莲

① 《如来种品第八》，《佛说维摩诘经》，三国吴支谦译，载《大正藏》第十四册，P0529c。
② 同上书，P0529c。按：该引文中的虚无一词，来自老庄之语，为空幻义旧译；尘老一词，
  为烦恼之旧译。

华"之"亭亭净植"。美丑总是相对相应、相反相成、相比较而存在、发展和消亡，而所谓佛国、净土境界，实际是一种佛教意义的"心灵美"。

《佛说维摩诘经》的"佛国"说，主旨在于"净土"即"净心"与"佛国"在人间。在美学上，它其实没有直接地提出什么是美学的问题，它没有提出、回答诸如什么是美、什么是审美等问题，它不是那种庸常的美学概论。可是，该《维摩诘经》以及其他诸多佛典，其实都在不同程度上不可能不触及美学问题，此之因为大凡美学或文化学美学之魂，必与哲学或文化哲学所尤为关涉之世界、人类的意象、情感、意志和价值、理想等主题因缘相系。

在逻辑上，佛教愈是试图首先将世俗之美及美学问题拒于佛门之外，便愈证明，世俗美与美学存在的真实性与顽强性。否定本身之前提，必为世俗美与美学之肯定，否则否定者何以能够否定？从大之方面而言，美与美学问题，可能蕴涵于世界和人类生存、生命和生活的一切领域，一切具哲学或文化哲学所俯瞰与沉潜之处，只要世界、人类之意象、情感、意志、风俗与价值、理想等成为关注、观照之对象，那么，诸如自然、文化及其哲思、宗教、道德、经济、军事、科学、技术等人类意识、思想与实践等，皆可有一定的美学或文化美学在。

当然，其中艺术领域与自然景观等，可以是典型的审美和美学领地。美学的哲学根性与哲学的美学意蕴，为一体二维即一个问题的两个方面。人是什么，人应当如何与人走向何处如是三大问题，可以而且应当是哲学或文化哲学意义的追问，也是美学、文化美学意义的追问。这并不是将美学混同于哲学，而是二者的交融互渗。所不同处在于，哲学是关于自然、人生与人脑思维的思辨和发问，可以而且应该是关于人之存在的本原本体以及如何存在、存在之终极等的理趣本身。通常之情况总是如此，即使那些非理性、无意识与下意识等心灵学、心理学问题，也是哲学或文化哲学通常所研究、思考的对象。它也是对非理性问题的理性思考与理性体现。美学的成熟和独立，并不意味其能离弃于哲学或文化哲学而自行其"是"。不过，诸如意象、情感诸问题，美学自然要比哲学更为直接、更为强调。

美学，是哲学的诗性部分，是诗化的哲学。它也可以是对诸如非理性、直觉等的哲学思考与表述。美学或文化人类学的美学，是"活"在感性、意象、情感和理想之类中的哲学或文化哲学。美学或文化美学的研究范围，本来就不限于艺术审美。艺术审美，仅仅为美学或文化美学所应当研究的重镇而已。它当然并非艺术审美的全部，而是哲学或文化哲学之素质、层次、根因与意义等所"关怀"的领域。那种将美学等同于艺术学甚或文论、又将哲学混同于美学的观念与做法，显然是非美学的，或者可称之为"伪美学"。

就正在讨论的《佛说维摩诘经》与本书后文将会探讨的其他佛教典籍而言，企望在其中找到直接性的哲学理论与美学理论，是徒劳的。但这不妨碍我们可以对其进行美学或文化人类学美学的观照、研究与分析。

这是因为，诸多中国佛教教义本身，实际是被佛教化（宗教化）了的哲学。前文所说比如人是什么、人应当如何以及人走向何处等根本性的哲学问题，在中国佛教教义和佛教践行中，都存在而关系于佛教美学的全局和深层。佛教教义，虽然总是否定、贬损世俗意义的艺术与审美，佛教作为一种宗教践行，又催生、激励与改变中国艺术审美的诸多品类与性格，几乎渗透于中国艺术的一切领域。它并非在理论上讨论美是什么与审美是什么之类的问题，却不乏是对一些"原美"问题的关注与追问，确是从别一角度提出问题，值得思考、追究。

所谓佛国说，既是佛学、又是美学问题而无疑。

作为成佛理想的佛国，佛徒所憧憬的一种境界，由佛教所提出的一种社会理想，不啻是企图用以改造世界的一济"良方"。

人是世界上最不安分的一种"动物"，一种"文化的"、"符号的"与"哲学的"动物，总也有一种根因于人性的原始冲动，愿意并且迫切地将自己的本质力量，或积极、或消极地加以对象化，让人性之中高贵的理性、情感、意志与理想等做出越界的挪移和提升。"从而造成'先验幻想'。上帝和以上帝为对象的理性神学就是这种越界使用（引者按：亦可称为挪移）的结果之一，而运用理性来证明上帝存在的试图就是其最集中的表现"[1]。

佛国理想本身，作为佛徒所向往的东方式上帝的存在，是人类理性糅合非理性之原始人性一种"先验幻想"，确是"证明上帝存在的试图"之"最集中的表现"。它便是佛国之美。其理想本身是非理性的，而关于佛国理想的思

---

[1] 李秋零:《康德哲学中的宗教问题》，载刘光耀、杨慧林主编《神学美学》第2辑，生活·读书·新知三联书店，2008，第191页。

惟和逻辑预设，倒是理性的。如果是完全非理性的，则何以能够作如此的逻辑
预设？

大凡人文理想，无论逻辑地"种植"于世间抑或出世间，其人文根因和
根性，一概都在世间。此则因为，大凡出世间、彼岸之类，都为世间、现实、
此岸的另一逻辑表述。作为佛国理想之美，仅是世间、现实美之绝对、夸大
而颠倒的一种人文符号。佛国理想，必包含对美的追求与企盼因素。虽则
《佛说维摩诘经》的佛国说，不如前述《大阿弥陀经》等"净土三大部"所言
净土那般具体、生动与诱人，然而从其对人间秽土的否定中，可以体会其所
追求的"唯心净土"兼"人间净土"的"完美"。对秽土的否定同时是对净土
的肯定，可证其对人间美、丑的判断实际是有标准的。尽管这一标准不是世
俗意义上的，以佛教言之，并非"第一义谛"（真谛），却依然不失为一种改
变了世俗通常之思惟与思想逻辑的审美判断标准。否则，又何以能够判断孰
秽孰净呢？

当然，《佛说维摩诘经》佛国说的审美理想因素，并不是直接以系统的理论
形态来表述的。它仅仅在其字里行间让人意会得到，且以净心即佛土净的逻辑
来加以言说。这种以佛教教义所表达的审美理想因素，从对世俗现实秽土的破
斥之中，通过净心修持，达到佛国之净的理想之境。正如太虚（1890—1947）
所言："今此人间虽非良好庄严，然可凭各人一片清净之心，去修持许多净善的
因缘，逐步进行，久而久之，此浊恶之人间便可一变而为庄严之净土，不必于
人间之外另求净土，故名为人间净土"。①

《佛说维摩诘经》佛国说的审美理想因素，是在治世先治人、治人先治心
的实践逻辑设计之中体现出来的，它实际是将全部的审美期待，押在所谓人人
各具的"如来种"上。"如来种"说，又实际是后世晋宋之际义学高僧竺道生
（355—434）所说的"一阐提人皆得成佛"与人人各具"佛性"说的前期表述，
证明佛国说对人之本性的求净、向美以及对世间现实的由秽转净，没有丧失
信心。

---

① 太虚：《创造人间净土》，载《太虚大师全集》第47册（附录），上海大法轮书局，1948，
第427页。

"不二入"① 与审美

僧肇曾经说过,《佛说维摩诘经》"语宗极,则以不二为言"②。"不二入"(亦称"入不二")之语,是《佛说维摩诘经》一大宗要。该经"不二入品"有云:

> 其乐泥洹,不乐生死为二,如不乐泥洹,不死乃无有二。何则?在生死缚,彼乃求解,若都无缚,其谁求解?如无缚无解,无乐无不乐者,是不二入。③

"不二入"言,《佛说维摩诘经》支谦本共译列三十一例,反复辨说"不二"佛理,是维摩诘与文殊等八千菩萨之间的答问或默然心会。生灭不二、我我所不二、受不受不二、垢净不二、念无念不二、相无相不二、菩萨心声闻心不二、善不善不二、罪福不二、有漏无漏不二、有为无为不二、世间出世间不二、生死涅槃不二、尽不尽不二、我无我不二、明无明不二、色色空不二、四种异空种异不二、眼色不二、布施回向一切智不二、是空是无相是无作不二、佛法众不二、身身灭不二、身口意善不二、福行罪行不动行不二、从我起二不二、有所得相不二、闇明不二、乐涅槃不乐世间不二、正道邪道不二、实不实不二、言说不可言说不二、思议不可思议不二,凡三十一。

不二者,一实之理。生灭、色空、染净、善恶、真假、美丑、罪福、空有、止观、迷悟、缚解、迷悟、我无我、世间出世间、有漏无漏与无乐无不乐,等等,都是不二的。不二者,平等无分别之谓。领悟"不二"之佛理,则为平等觉,入者,悟入,故称"不二入"或称"入不二"。平等,万类因缘而生起,皆无自性,故曰空,就空而言,万类平等,也便是不二。理、智冥合而为平等。

---

① 按:此"不二入法门"的"不二入",实为"入不二";"入",悟入之义。支谦之后的罗什与玄奘译本,都作"入不二"。如什译:《维摩诘所说经》第九,称"入不二法门品"。《维摩诘所说经·入不二法门品》一开头就说:"尔时,维摩诘谓众菩萨言:'诸仁者!云何菩萨入不二法门?各随所乐说之'。"

② 僧肇:《注维摩诘经序》,载僧祐:《出三藏记集》卷八,金陵刻经处本。

③ 《不二入品》,载《佛说维摩诘经》卷二,《大正藏》第十四册,P0531c。

觉，觉悟之佛慧。悟入不二之境，即为平等觉，实乃如来之正觉。

　　一切事物现象究竟不一抑或不二，这是哲学、美学追问的重要命题之一。以经验、世俗的眼光看，万类皆不一而分别。天地、男女、真假、善恶与美丑等等，难道会是不二而无分别么？显然不是。可是，从超验而非世俗角度看，世间万类共具一本原一本体，万类不二。先秦老子以道为一切事物现象的本原本体，这便是老子的哲学"不二"观，他以无为美的美学，是一种以道为"不二"的美学。西方神学美学以"上帝"为美，所谓"绝对之美"，即"上帝的临在"。这也便是"不二"的美，是一切事物现象本原本体美之宗教神学的表述。而无论道家的以无为美抑或西方基督教的上帝之"美"，自当并非佛教所说的"不二"之"美"。佛教"不二入"或者"入不二"说的关键点，是一个入字。入即悟入，入即觉。意思是说，只有领悟世界万物不二、万类一如这一真理，才是"不二入"的美。

　　中国佛教的任一教义，都以否弃世间现实、经验之美为前提，也否弃与此相应的丑，这用《佛说维摩诘经》的话来说，称之为无"虚妄分别"。在空这一点上，万类一如。世俗美丑不一，万类不可同日而语，同样是美事物丑事物，千姿百态，无限丰富。可是，无论世间全部的美丑之事物怎样地无限多样，以佛教的眼光看，在空幻这一点上，都是"不二"而等齐的。

　　不二即空幻。无所谓世俗意义的真假、善恶、美丑。却正如《维摩诘经·不二入品》所说，倘然能够悟入世间出世间等"不二"的境界，这世界便是无所谓俗世真假、善恶、美丑而"原真"（原假）"原善"（原恶）"原美"（原丑）的，它的真谛，是空幻及其对于空幻的领悟、觉省。不二之美，因不二而作为本原本体之万类的平等，且现象之万类也一律平等及其觉悟，这一本原本体，便是空幻。

　　就涅槃（旧译泥洹）而言，可谓不生不灭。涅者不生；槃即不灭。不生不灭，是谓"大涅槃"。诸法本"无生"，故本"无灭"，便是佛教哲学、佛教美学所应当注意的"无生"即"无灭"之境。从空以及空之"原美"和"原丑"意义分析，既然无所谓生，也就无所谓灭，便是生灭不二。既然无所谓缚，也就无所谓解；既然无所谓乐，也便无所谓不乐，它们都是不二意义的"原美"即"原丑"。

　　大凡《美学概论》一类总是说，审美，无论是对艺术的审美，还是对自然景观的审美等，从其发生、过程到结果，无一不是天人、物我、主客的浑契互渗。这样说，当然并无什么不妥。浑契、互渗，便是合一、和谐。审美瞬间发生，是一种审美的直觉、审美的移情。这时无论天人、物我抑或主客，都处于浑契、互渗的境界，便无所谓对象自我、客观主观，原本在意识、情感与观念中对立、二分的世界，都无有分别，浑然一境。但这不是佛教所说的不二境界。世间世俗意义的美与审美，"不二"于有。佛教"不二入品"是说"不二"于空。世俗审美发生、进行之时，审美主体的审美心灵在瞬时之际，以通行本《老子》言，便是"致虚极，守静笃"；用《庄子》的话来说，是"心斋"、"坐忘"的实现。"虚者，心斋也"①。所谓"堕肢体，黜聪明，离形去知，同于大通，此谓坐忘"②。无论"心斋"还是"坐忘"，都是一种主体心灵的"浑契"、"不二"之境。这里关键是虚、忘二字。虚其怀，忘其利，审美的心灵、心境便"当下即是"。瞬间忘于荣辱得失，忘于柴米油盐，使心灵专注、沉浸于虚无之中，从而发生审美的直觉与移情，这便是虚，便是无，便是没有是非、得失之类的分别，借用佛教"不二"的话来说，也可以称之为"不二"的审美、审美的"不二"。

　　因为是世俗的审美，尽管"不二"于虚、无，以佛教空观的眼光看，却还是一种"有"，或者可以说，依然滞累于"有"，是佛教所要斥破的。佛教"不二"于"空"的审美观，不仅挥斥世俗意义的美丑，以为道家那般以虚、无为美的审美是一种世俗的滞累，而且实际上，是将审美看做"空诸一切"的一个过程。佛教所谓"不二"的审美这一命题如果成立，则意味着世间的一切，包括审美与非审美，"原美"与"原丑"，等等，无有区别。这一审美的发生、过程与结果，实际是"空"的实现，或者是"空"的不断消解。"空诸一切"作为一个过程而永无休止，便是万类"不二"。

　　显然，世俗"不二"（指天人、物我、主客的浑契）的审美与佛教"不二"

① 《庄子·人间世第四》，载王先谦：《庄子集解》卷一，《诸子集成》第三册，上海书店，1986，第23页。

② 《庄子·大宗师第六》，载王先谦：《庄子集解》卷二，《诸子集成》第三册，上海书店，1986，第47页。

的审美，在形式、结构上具有相通之处，两者存在着一种"异质同构"的关系。而两者之间的区别，是根本的。一则有（虚，无）而一则空，是为异质；两者相通于不二，是为同构。佛教"不二"之境，的确无是无非，无生无死，无善无恶，无染无净，无悲无喜，无缚无解。

譬喻与审美

早在东汉末年，随着安世高、支娄迦谶诸人佛经的译传，佛教文学及其理念开始入渐于中土。作为"方便"①说法的一种方式，在安译、支译等早期汉译佛经中，佛教文学因素早已大量存在。安译《五阴喻经》一卷，后世异译为《杂阿含经》卷一〇，是文学譬喻颇强的一个文本。陈允吉先生、胡中行教授所主编的《佛经文学粹编》一书，选注从《杂阿含经》（求那跋陀罗译）、《中阿含经》（僧伽提婆译）、《妙法莲华经》（鸠摩罗什译）、《佛说观佛三昧海经》（佛陀跋陀罗译）、《大般涅槃经》（昙无谶译）、《佛说譬喻经》（义净译）《优婆塞戒经》（昙无谶译）与《大智度论》（鸠摩罗什译）凡"譬喻"二十则②，其中多为后代译出，搜罗较详备而洋洋大观。《百喻经》与《妙法莲华经》等，也富于用来宣说佛法的譬喻。如《妙法莲华经》，在经文中，有著名的"七喻"。不过，这一部经典，三国时尚未译传于中土，时至西晋太康七年（286），才由竺法护译出，为《正法华经》，十卷二十七品；姚秦弘始八年（406），由鸠摩罗什译出，即《妙法莲华经》七卷。此是后话。

譬喻者，比类也，佛门"方便"说法之一。《法华文句》云：譬者，比况也；喻者，晓训也。託此比彼，寄浅训深。以经义之玄奥，不譬不喻不足以悟其真实。《佛经文学粹编》说："譬喻系佛门权巧方便的说法手段之一，其特点在借熟稔亲切的事物'托（託）此比彼，寄浅训深'，俾以帮助信众喻解抽象

---

① 按：方便，又称善巧、权智等。方者，法也；便者，用也。佛理、佛慧不可言说，又不得不说。以寓言、故事与譬喻等方式加以言说，是为"方便"。《大乘起信论校释》云："略说方便有四种。云何为四？"，"一者行根本方便"；"二者能止方便"；"三者发起善根增长方便"；"四者大愿平等方便"。印马鸣菩萨造，梁真谛译，高振农校释，中华书局，1992，第139页。

② 参见陈允吉、胡中行主编：《佛经文学粹编》，上海古籍出版社，1999，第419—468页。

难懂的法理。古印度高僧众贤《顺正论》云：'言譬喻者，为令晓悟所说宗义，广引多门，比例开示'。这套方法之滥觞，可追溯到印度的《奥义书》时代和佛教草创时代。"①所言是。佛经的各类譬喻运用很多。《涅槃经》卷二九曾云，佛陀说法，有八大譬喻，此即一、顺喻；二、逆喻；三、现喻；四、非喻；五、先喻；六、后喻；七、先后喻；八、遍喻。佛教史有"法华七喻"：火宅喻，穷子喻，药草喻，化域喻，衣珠喻，髻珠喻，医子喻。《中阿含经》卷六〇《箭喻经》有著名"箭喻"：好沉思默想者鬘童子问释迦佛陀，要求解惑，否则不肯从佛陀出家修行。如问：如来终，如来不终，如来终不终，如来亦非终亦非不终耶？这其实是佛教修行、佛学与哲学的根本问题，甚为抽象。佛陀为了他的说法解难能够通俗易懂，便以箭为喻。

> 犹如有人身被毒箭，因毒箭故受极重苦。彼有亲族，怜念愍伤，为求利义饶益安隐，便求箭医。然彼人者方作是念："未可拔箭。我应先知彼人如是姓，如是名，如是生为长短粗细，为黑、白、不黑不白，为刹利族、梵志、居士、工师族，为东方、南方、西方、北方耶？未可拔箭，我应先知彼弓为柘、为桑、为槻、为角耶？未可拔箭，我应先知弓扎，彼为是牛筋、为獐鹿筋、为是丝耶？未可拔箭，我应先知弓色为黑、为白、为赤、为黄耶？未可拔箭……彼人竟不得知，于其中间而命终也。"②

这一譬喻构思美丽，含蕴隽永。某人被毒箭射中，生命危在目前，其亲族悲忧无比，急于送医救治，可谓十万火急。而在救治之前，却先得研究一番那射箭者姓甚名谁，身份出身，箭由何方射来以及弓箭由什么材料制造、箭为何色等等问题，难道是有什么必要的么？如此则未等问题研究清楚，那中毒箭者早就魂归西天了。可见该"箭喻"的喻义，在于言说世间芸芸众生，身罹苦厄荼毒，最要紧处乃立即拔离诸苦，没有必要先来空谈玄义，坐以待毙。

三国吴支谦所译的《佛说维摩诘经》中，有诸多精妙的维摩居士不可思议

① 陈允吉、胡中行主编：《佛经文学粹编》，上海古籍出版社，1999，第419页。
② 《箭喻经》《中阿含经》卷六〇，瞿昙僧伽提婆译，载《大正藏》第一册，P0804c—0805a。

神通的文学性描述。尤其"诸法言品"①，描述维摩诘称病而佛陀遣弟子前往问疾（探病），几乎谁都未敢前往。最后"智慧第一"的文殊前往。情节曲折，故事颇完整而传神，文学性甚强。作为叙事之铺垫，先一一叙说舍利弗、大目犍连、大迦叶、须菩提、富楼那、迦旃延、阿那律、优波离、罗睺罗与阿难等十大佛弟子"故我不任诣彼问疾"的理由之后，最后才是文殊师利不同凡响的出场，有"千呼万唤始出来"的审美构思与效果，着意渲染其出场的庄严氛围。《维摩诘经》注一云，维摩居士自妙喜国化生于此，暂栖于凡尘，所谓晦迹五欲，超然无染，清名远闻，其智慧隽拔，辩才无碍，非"智慧第一"如文殊菩萨者而不能对。该经想像丰富而奇特。写维摩诘所居斗室，竟"包容三万二千师子座，无所妨碍"，而每一"师子座"，"高"为"八万四千由旬"②。这一类神话，既为佛教的奇思异想，又是文学性葱郁而美丽的艺术审美的夸张。与此相关的，此经"观人物品"③，有"天女散华"喻：

> 时维摩诘室，有一天女，见诸大人，闻所说法，便现其身，即以天华散诸菩萨大弟子上。华至诸菩萨，即皆堕落。至大弟子（舍利弗），便著不堕。一切弟子神力去华，不能令去。尔时天女问舍利弗：何故去华？答曰：此华不如法，是以去之。天曰：勿谓此华为不如法，所以者何？是华无所分别，仁者自生分别想耳。若于佛法出家，有所分别，为不如法。若无所分别，是则如法。观诸菩萨华不著者，已断一切分别想故。④

宣说"无分别"教义，虚构"天女散华"而著华未堕之情事，实在是很文学、很美学的。

---

① 按：即鸠摩罗什译本、玄奘译本《维摩诘经》"问疾品"。

② 按：师子座，即狮子座。佛教称，狮为百兽之王，佛乃众生之王，故师子座即佛座。由旬，梵语Yojana，又译为"俞旬"、"由延"等，为古印度帝王行军计程单位，或为30里、或为40里。

③ 按：什译本为"观众生品"，奘译本称"观有情品"。

④ 按：这里所采引的，为罗什《维摩诘所说经》有关译文，比支译更准确、生动、流行。

该经有诸多文学类譬喻，具有相当的审美特性。如其卷一"善权品"，有所谓"是身如聚沫，澡浴强忍；是身如泡，不得久立；是身如野马，渴爱疲劳；是身如芭蕉，中无有坚；是身如幻，转受报应；是身如梦，其现恍惚；是身如影，行照而现；是身如响，因缘变失；是身如雾，意无静相；是身如电，为分散法"①，如此精彩的一段言述，一连十个譬喻，竭力阐说凡胎肉身作为六根之一的因缘烦恼，显得生动而明彻。

关于佛经譬喻文学与审美问题的研究与讨论，梁晓虹《佛教与汉语史研究》一书第五部分《其他—佛教文化：从汉语对佛教譬喻的取舍看比喻的民族差异》，分佛典之譬喻为三：其一、"充满譬喻的寓言传说故事"。包括"借用已有的寓言传说，为说法所用"，如《阿含经》及一些专门之譬喻经类所说"譬喻"和"佛及弟子们的故事，其中包含有丰富的譬喻内容。如'十二部经'中的'本生（Jataka）经'、'本事（Itivrttaka）经'、'因缘经'（Nidana）中就有不少用作譬喻的故事，故可称为广义的譬喻经"。其二、"一般修辞之譬喻。即指一般常说的明喻、隐喻和借喻等类譬喻"。为"喻空"、"喻和合所成之人身及人身之秽浊"、"喻不存在之物，不可能之事"、"喻幻中出幻，妄中出妄"、"喻微小与巨大"、"喻数量之多"、"喻三乘"、"喻清静（净）、吉祥"、"喻佛法与涅槃"与"喻希有珍贵"等十类。其三、"浓缩于词语的譬喻"。如"法水"稿佛学范畴，见《无量义经》"说法品"："法譬如水，能洗垢秽"，"其法水者，亦复如是，能洗涤众生诸烦恼垢"。如"法轮"范畴，"如车轮运转，摧辗山岳岩石"譬而喻经义。《四十二章经》："（世尊）于鹿野苑中，转四谛法轮。"②

中国古代美学与文论有"赋、比、兴"说，涉于美学意象、情感等诗性问题。其中的比，即类于譬喻。叶嘉莹先生说，赋、比、兴者，即"至于表达此

① 《善权品第二》，载《佛说维摩诘经》卷一，支谦译，《大正藏》第十四册，P0521b。按：同是这一段经文，什译为："是身如聚沫，不可撮摩；是身如泡，不得久立；是身如炎，从渴爱生；是身如芭蕉中无有坚；身如幻，从颠倒起；是身如梦，为虚妄见；是身如影，从业缘现；是身如响，属诸因缘；是身如浮云，须臾变灭；是身如电，念念无住。"
② 按：参见梁晓虹：《从汉语对佛教譬喻的取舍看比喻的民族差异》，载《佛教与汉语史研究——以日本资料为中心》，上海古籍出版社，2008，第447—470页。

种感发之方式则有三，一为直接抒写（即物即心。引者注：指"赋"），二为借物为喻（心在物先。指"比"），三为因物起兴（物在心先。指"兴"）。"①比，"借物为喻"。此为借物以托情，谓之比义。中华本土原有的比说，其所比所喻，一般在于世俗情事、情思。印度佛教及其譬喻类经说入传于中土，以佛法之深奥而幽微，无论中外，一般信众恐一时难得悟解，便为佛教譬喻存在、运用的必要性与合法性，提供了依据。佛法幽深，如众生眼前所对一片黑暗。譬喻类经便说，此犹众生之目前权宜地开出一个"通孔"，导引其趋于佛之"光明"而令人向往。譬喻具有发蒙之功，尽管其本为权宜之计。

印度佛教经、律、论中所寓譬喻无数，都精彩纷呈，三国及之前通过译传的，仅仅是其中的一部分，已能略窥其"全豹"。从佛教文学、诗学看，佛教譬喻，丰富、拓深了吾中华文学、诗学之美的精神世界与表现手段，这是自无疑问的。如喻无常、空幻之类，称"其中梦、幻、泡、影、雷、电、响、水月、镜像等事物和现象均为人所熟悉，乃至在汉语中发展有'梦幻泡影'、'电光石火'、'水月镜花'等成语"②。譬喻或曰比喻，正是文学、诗学所必须的以意象抒情、喻理的根本方式之一。佛教譬喻，两栖于佛学与文学、诗学之际。譬喻必关乎能喻与所喻，即西方语言哲学所谓能指、所指。前者为喻体，后者为喻义。两者的关系，钱锺书先生有相当深入的分析。

> 譬如说："他真像狮子"，"她简直是朵鲜花"，言外的前提是："它不完全像狮子"，"她不就是鲜花"。假如他百分之百地"像"狮子，她货真价值地是"鲜花"，那两句话就不成比喻，而是"验明正身"的动植物分类法了。比喻包含相反相成的两个因素：所比的事物有相同之处，否则彼此无法合拢；又有不同之处，否则彼此无法分辨。两者不合，不能相比；两者不分，无法相比。不同处愈多愈大，则相同处愈有烘托；分得愈开，则合得愈出意外，比喻就愈新奇，效果愈高。

---

① 按：叶嘉莹：《中国古典诗歌中形象与情意之关系例说》，载《古代文学理论研究》丛刊，第六辑，上海古籍出版社，1982。

② 梁晓虹：《从汉语对佛教譬喻的取舍看比喻的民族差异》，载《佛教与汉语史研究——以日本资料为中心》，上海古籍出版社，2008，第464页。

钱锺书又说，佛教所谓"分喻"，相比的东西只有"多分"或"少分"相类，"中国古人讲得透彻"，理由是：

> 刘向《说苑·善说》记惠子论"譬"，说"弹之状如弹丸"则"未喻"；皇甫湜《皇甫湜正集》卷四《答李生第二书》又《第三书》根据"岂可以弹喻弹"的意思，总括出比喻的辩证原则：一方面"凡喻必非类"，另一方面"凡比必于其伦"。《全唐文》卷七二一杨敬之《华山赋》形容山势说："上上下下，千品万类，似是而非，似非而是"，也恰是皇甫湜那两句话的诠释。比喻是文学辞藻的特色，一到哲学思辨里，就变为缺点——不严谨、不足依据的比类推理（analogy）。《墨子·经下》："异类不比，说在量"，《经说》下举例："木与夜孰长，智与粟孰多"。逻辑认为"异类不比"，形象思维相反地认为"凡喻必以非类"。
>
> 木的长短属于空间范畴，夜的长短属于时间范畴，是"异类"的"量"，所以不比；但是晏几道《清商怨》的妙语："要问相思，天涯犹自短"，不就把时间上绵绵无尽的"长相思"和空间上绵绵远道的"天涯"较量一下长短么？

钱锺书的结论是：

> 所以，从逻辑思维的立场看，比喻是"言之成理的错误"（Figurae un errore fatto con ragione），是"词语矛盾的谬误"（eine contradictio in adjecto），因而也是逻辑不配裁判文艺（dass die Logik nicht die Richterin der Kunst ist）的最好证明。[①]

此言是。佛教譬喻的诗性美丽，"言之无理"又"言之成理"，其美的魅力，在"凡喻必非类"、"凡比必于同伦"两者之际。"譬喻与审美"这一重要问题，本书后文有进一步的论述，这里暂且勿论。

[①] 按：以上关于钱锺书的引文，见钱锺书：《旧文四篇》，上海古籍出版社，1979，第37、38页。

第三节　佛学对王弼玄学美学理念的影响

美学意义上的佛、玄"对话"，以两晋为盛，起始于三国曹魏时期。令人诧异的是，在王弼"贵无"玄思之中，已可能有佛教意识因素存在，成为中国佛教美学史之佛、玄"对话"的最早尝试。玄学对佛学、佛学对玄学的影响，是双向的。这里，试论佛学对于玄学美学理念影响这一问题。

魏晋玄学，为"贵无"、"崇有"与"独化"三系。就贵无一系而言，曹魏正始（240—249）年间，正如《晋书》四十三《王衍传》所记：何晏、王弼等祖述老子，立论以为天地万物，皆以无为为本。以无为为本，正是贵无派论述玄学美学的一个主题。王弼说："故竭圣智以治巧伪，未若见质素以静民欲；兴仁义以敦薄俗，未若抱素朴以全笃实；多巧利以兴事用，未若寡私欲以息华竞"[1]。以道（玄）之"见质素"，"抱素朴"与"寡私欲"来对治儒的"巧伪"、"薄俗"与"巧利"，以达成"静民欲"、"全笃实"与"息华竞"的治世目的，是整个魏晋玄学、尤其王弼玄学及其美学的基本主题。

在王弼看来，传统意义之儒的"竭圣智"，"兴仁义"与"多巧利"的思虑、作为，是儒家名教的弊端。祛弊别无它途，惟有以宣扬、推行道（玄）的"自然"，才得疗救"名教"之弊。为求达到治世目的，何、王以"崇本举末"的哲学理念与方法，提出"名教本于自然"这一哲学、美学命题，将"名教""自然"化，或云：扬"自然"而不抑"名教"矣。何晏对正始名士夏侯玄关于"天地以自然运，圣人以自然用"的见解深表同意；王弼则以为"名教"虽为儒之政事、制度与伦理，而其人文、哲学之根（原型），为道（玄）所推崇的"自然"。"自然、名教都根始于'朴'。两者仅在'朴'之散、聚之际。'朴'散为'器'（名教），'朴'聚为'道'（自然）。'朴'者，一也。既然能'散'而为'器'，在一定条件下，为何不能重'聚'为'朴'？'王弼汲取老子返璞归真的思想，来沟通、凿透名教与自然的逻辑联系。"[2]王弼说："用夫无名，故名以笃焉；

---

① 王弼：《老子指略》，载楼宇烈：《王弼集校释》上册，中华书局，1980，第198页。

② 王振复：《中国美学的文脉历程》，四川人民出版社，2002，第355页。

用夫无形，故形以成焉。守母以存其子，崇本以举其末，则形名俱有而邪不生，大美配天而华不作。故母不可远，本不可失。仁义，母之所生，非可以为母。"①王弼以无（自然）为母（体），以仁义（名教）为子（用），其所持的哲学、美学立场与态度，是"守母以存其子，崇本以举其末"，如此则"大美配天而会不作"矣，从而达于天下大治。这便是所谓"正始玄风"与"名教本于自然"说。当王弼称"自然"为母、"名教"为子时，并非一般地否定儒家名教，而是为理想的名教寻找一个被称之为"自然"的哲学之根。既然"名教本于自然"，则"名教"的人文血脉与本性，原本属于"大美"之"自然"的。

人们也许几乎看不到王弼的玄学与美学之思究竟如何受到佛学的濡染，王弼的人文思维阈限，似乎仅在道（玄）、儒之际。王弼生当三国魏时，命祚短促，一生专治玄学，是玄学鼻祖之一。从现存何劭《王弼传》、《魏志》卷二八《锺会传》注、《世说新语》卷二"文学篇"及有关注、《晋书》卷七五"范宁传"、《文心雕龙》"论说篇"与《博物志》卷六"人名考"等资料看，似乎并未发现他的学说、思想，与佛学具有确凿而明晰的文献记录。然而，仔细阅检现存的王弼著述，颇感王弼玄谈的受佛学影响，是可能的事情。这表现为其若干著述的用词。

其一、王弼注《老子》通行本第十八章"大道废，有仁义"一句有云："失无为之事，更以施慧立善，道进物也。"②"施慧立善"的慧字，可被看做佛学"慧"概念的一个移用。《老子》通行本十八章云："大道废，有仁义；慧智出，有大伪；六亲不和，有孝慈；国家昏乱，有忠臣。"③这是说，道家所倡言的大道被废除了，才不得不以儒家的仁义来治世；儒家"慧智"横行，才导致世间有机巧虚伪的现象；社会六亲不和睦，才有子孝父慈家庭伦理之则的推行；国家不安、天下大乱，才有所谓忠臣的出现。凡此，都是战国中期道家④对儒家

---

① 王弼：《老子道德经注》，载楼宇烈：《王弼集校释》上册，中华书局，1980，第95页。

② 同上书，第43页。

③ 《老子道德经》上篇，载《诸子集成》第三册，上海书店，1986，第10页。按：该本"智慧出"一语，写成"慧智出"。

④ 按：通行本《老子》为战国中期太史儋所编纂，不同于郭店楚简《老子》。参见王振复：《中国美学的文脉历程》，第二章第四节，第147—171页，四川人民出版社，2002。

包括对儒家治世智慧的抨击。所以这里的"慧智"具有贬义。王弼注《老子》这一句时,说"故智慧出则大伪生也"①。可是,王弼所说"施慧立善"的慧,与善相应,且与善一起,都是对无为之道的描述与肯定。可见,《老子》所言"智慧"与王弼《老子》注所说的慧,在人文内涵与品格上是相反的。"施慧立善"的慧,可以是王弼因受佛学慧观的影响而移用的一个新概念。

就本人所阅览的文字典籍看,这一慧字的独用,除一些佛经、佛典之外,这是第一例证。慧,作为佛学范畴,与智相应。在佛学中,智,指达于有为事理的本相;慧指无为空理。此所以佛经称"观达为慧"也。观者,观照;达者,洞达。真心澄明,自性无闇。佛经所说的慧,本指内观以悟入于空相空境。一般意义的佛教慧学之思,可能对魏王弼具有潜移默化的影响,否则,玄学家王弼又何来"施慧立善"这一句?当然,王弼在其玄学著述中移用慧这一概念,其意并非在于空理,而是不自觉地以空会无罢了。

其二、王弼注《老子》二十一章"孔德之容,惟道是从"云:"孔,空也。惟以空为德,然后乃能动作从道。"②这里,笔者请读者注意这一空字及其概念的运用。在佛教入渐前的中华典籍中,空,是一个建筑学概念,首指原始穴居的内部空间,空字从穴从工,意思是居穴是人工挖掘的居住空间,这便是明证。进而转义指一切空间,属于哲学范畴。或者,指什么也没有(无)。前述《论语》早有"空空如也"一语,指空无所有。

佛教般若性空之学的所谓空,并非指经验意义的"没有",而是指一切事物现象刹那生灭,故无自性,故曰空。一切事物现象皆是虚妄,故曰空,且空亦空,指一切事物现象的自性的永恒消解,故称自性空;佛教所谓空,永远而彻底的无所执著,法空而且我空。王弼在此自当并未说及于此。这里所说的两个空字,都可作"无"解,是对道(玄)即本原本体之无的一种语言文字描述。可是问题是,王弼为何不直接说无而要说"以空为德"呢?以空为德,便是以无为德的意思(按:德者,性也。)此即以无为性,是借佛教的空来言说道玄的无,是以空会无的一个显例。

---

① 王弼:《老子道德经注》,载楼宇烈:《王弼集校释》上册,中华书局,1980,第43页。
② 同上书,第52页。

其三、王弼《论语释疑》说:"道者,无之称也,无不通也,无不由也。况之曰道,寂然无体,不可为象。"①这里,笔者再请读者注意"寂然无体"的"寂"。在《老子》通行本中,称"道""寂兮寥兮",又说"道"者,"其中有象"、"其中有物"云云,前者见于《老子》二十五章,后者见其二十一章。将这两章关于道的论述合起来加以分析可知,《老子》虽在中国哲学、美学史上首次提出道为世界及其美的本原本体学说,可是,道在《老子》通行本那里,还不是一个彻底形而上的范畴,在这一道的观念中,还"有象"、"有物"。因而,《老子》所谓"寂兮寥兮"的寂,指道体的一种虚静状态,绝不同于佛教空寂之义,确是显然的。

王弼重新解读道玄精义,且渗融其自己的哲学见解,称道者,"寂然无体,不可为象"。这是一个重要的思想。

从"不可为象"这一点分析可知,王弼玄学的道的概念,比《老子》以及《庄子》更形上、更抽象、更空灵。

《易传》曾说:"是故形而上者谓之道,形而下者谓之器。"②道形上而器形下。试问,处于形上形下之际的,又是什么呢?笔者以为便是象。《易传》说:"见乃谓之象。"③象,并非客体实存,不同于人的肉眼所见的形,它是见(现)之于心的,指人之心理图景、印迹与氛围,为人之心灵映现,它当然具有一定的形上品格,却并非绝然抽象与空灵。作为心灵映现,象还沾溉些具象因素。在一定程度上,具有一定的形下因子。结论是,象在形上与形下之际。

《老子》哲学、美学之道,固然抽象而形上,却在其思维品格上,还残留着一定的象甚至于物(器)的人文因素,否则,《老子》通行本何以称道"其中有象"、"其中有物"?

王弼则不然。王弼言说道体,拒绝象与物的因素,所谓"寂然无体,不可为象"这一句化,便是明证。显然受到了佛教空寂之思的濡染与影响。

佛教所谓空寂,简言之,无相无执为空;无灭无起曰寂。凡空寂者,寂然

---

① 王弼:《论语释疑》(辑佚),载楼宇烈:《王弼集校释》下册,中华书局,1980,第625页。

② 《易传·系辞上》,载朱熹:《周易本义》,天津市古籍书店,1986,第318页。

③ 同上书,第314页。按:"见乃谓之象"的"见",现的本字,指现于心灵的便是象(心象、意象)。

无体（形、相）耳，当然是"无相"（无象）、"不可为象"的。而王弼此言，依然是以空会无的说法。

古人说，王弼释《易》的最大特点，在于"尽扫象数"。在理念与方法上，当受佛教"无相"说的影响而无疑。无相者，绝众相（象）之谓。王弼首开以义理说《易》的风气。无相者，空幻之谓。王弼释《易》，虽未能以空理说易理，也不能像明末智旭那般以禅慧悟易理，却在方法论上，是以个别佛学概念始阐深湛易理的第一人。

在言意之辨问题上，王弼提出与论述了其著名的"忘言"、"忘象"说：

> 故言者所以明象，得象而忘言。象者所以存意，得意而忘象。……然而，忘象者，乃得意者也。忘言者，乃得象者也。得意在忘象，得象在忘言。①

虽然说，言能明象，象可存意，而如果存言，便难以得象；存象，又难以得意。这是因为，如果存言、存象，主体便执滞于言、象，所存的，惟言、象而已。因而，惟有忘言、忘象，才能把言、象背后的意、实，即玄学的真理，"带上前来"，放大光明。

如此说来，言、象作为符号或其心灵的图景、印迹、氛围等，同时是对于真理的阐扬与遮蔽。在佛教看来，佛教真如、真理、空幻、佛性与法性之类，总是无相即无言、无象的，仅仅为求化导众生，言、象才得作为"方便权智"，成为暂且施设的化导方式。正是在这一点上，王弼以其深睿的智慧，且将空理会于玄理，以其忘言、忘象之说，重新阐解《老子》通行本所说的"道，可道非常道"以及《易传》"书不尽言，言不尽意"的语言哲学与美学。在玄学美学上，王弼并非像佛教基本教义那般彻底否定言、象符号，然而其坚信，如果执累于言、象，由于言、象为个别而有限，必导致人的认知、审美，滞累于符号（能指）的感性经验、世俗层次，无缘进入真如理性及其深度的审美。当然，在佛教宣说无相的同时，自当并未一概地否定"方便善巧"即言、象符号的意义

---

① 王弼：《周易略例·明象》，载楼宇烈：《王弼集校释》下册，中华书局，1980，第609页。

与价值。可是，假如人们一旦执滞于此"方便善巧"，那么，一切佛理、佛慧及其空之美蕴等，必将与美、审美无缘矣。

在中国美学史上，王弼的忘言、忘象说，是所谓"言外"，"象外"之说的历史与人文先河。宋代大文豪苏东坡《宝绘堂记》指出：君子可以寓意于物，而不可留意于物。留意于物，拘累于言、象符号之谓。明人彭辂《诗集自序》云：盖诗之所以为诗者，其神在象外，其象在言外，其言在意外。此说亦是。

汤用彤先生《言意之辨》云：

> 忘象忘言不但为解释经籍之要法，亦且深契合于玄学之宗旨。玄贵虚无。虚者无象，无者无名。超言绝象，道之体也。因此本体论所谓体用之辨亦即方法上所称言意之别（引者按：辨）。①

以汤用彤的博学与佛学功底的深厚，自不可能不知王弼在宗于道家学说的同时，也有受到佛学思想濡染的可能。应当说，超言绝象这一命题，作为道之体，也可以用于解读佛教所反复宣说的空。王弼受佛学的影响，于此可证。

吕澂先生曾经指出：

> 玄学为何晏、王弼所首创，他们用道家的思想去诠释儒家的《易经》、《论语》，从而提出许多"新"义。足以代表他们思想的有名命题，是王弼的所谓"得象在忘言"、"得意在忘象"（《周易略例·明象》）。这是取自《庄子·外物篇》的一句话"得意忘言"，对《周易》的"言不尽意"、"立象尽意"加以引申的。看起来，般若理论的所谓"无相"（无名相）"善权"（方便）与忘象、忘言之说是会有交涉的，这一交涉，尤其是与支谦改译的《大明度经》（引者按：《大明度无极经》）有关系。《经》的第一卷说："得法意以为证"，支谦在注中说："由言证已，当还本无"。这就很象"得象在忘言"、"得意在忘象"的说法。②

---

① 汤用彤：《言意之辨》，载《汤用彤学术论文集》，中华书局，1983，第218页。
② 吕澂：《中国佛学源流略讲》，中华书局，1979，第32—33页。

　　吕澂的结论是，"王弼受般若思想的影响也是有可能的。"[1]吕澂进而指出，王弼"特别提出了'忘象'来，这就是一种新的说法，很有可能是受到了般若'无相'的启发。不过，这一点往往在王、何的著作中没有明文说到，因为当时一般对外来学说是抱着拒绝的态度，很注意所谓严夷夏之防，当然他们决不会说出自己是受到佛家的影响的。"[2]此言是矣。

① 吕澂:《中国佛学源流略讲》，中华书局，1979，第33页。
② 同上书，第34页。

第三章 西晋：继续中国化的佛教美学意蕴

两晋时期的中国美学，具有以玄为基质，以佛为灵枢，以儒为潜因的玄佛儒相会的人文特点①。道儒释共同构建了两晋文化与美学的基本格局，且以玄（道）为其主要的思想与思维形态。自然、名教、有无、体用、本末、一多、理情、动静、才性与言意之辨，等等，构成两晋美学的主旋律。

这一历史时期的佛教美学意蕴，始终渗融、辉煌于其间，尤以所谓以空会无、以无说空的"格义"的美学为学术主流。

汤用彤说，两晋"《般若》大行于世，而僧人立身行事又在在与清谈者契合，夫《般若》理趣，同符《老》、《庄》。而名僧风格，酷肖清流，宜佛教玄风，大振于华夏也。"②两晋玄风盛行而佛慧凑泊，儒亦不甘于寂寞，所谓晋人风度、人格之美与思辨之美，正灿然无比。人的解放，伴随以文的解放，也是美的解放。

西晋（265—316）历时凡五十一载，历史短暂，作为两晋佛教美学的前期，正值晋室一统天下之时，不乏其瑰丽、独异之处。

第一节　佛经译传与时代理绪

西晋王朝，是在推翻曹魏政权之后建立起来的。司马氏以宫廷政变的方式，

---

① 请参见王振复：《中国美学的文脉历程》，四川人民出版社，2002，第341页。

② 汤用彤：《汉魏两晋南北朝佛教史》上册，中华书局，1983，第108页。

使显赫于三国的曹氏统治成为过去，又在晋太康元年（280）翦灭东吴而终于天下归晋，结束了始于东汉献帝初平元年（190）董卓乱京以来天下大乱的局面。苦难深重的中华民族，似乎直到此时，才得到一个稍为喘息的机会。岂知短暂统一的西晋，建立在更为强大、更残酷的门阀地主豪强的统治之上，统治者的极其贪婪、骄奢、腐败与天下生灵涂炭、水深火热，为申言"普渡众生"大乘佛教的进一步传播，提供了丰厚的文化土壤与社会需要，以拯救焦灼、痛苦的民族之魂，崇拜佛祖，尤崇空宗。佛教进一步的传扬，培养了大批的信众，即使一些骄奢、十恶之徒，也有声称崇佛的，企以改恶从善而怀菩萨心肠。尤其，时逢长达十数年的"八王之乱"，继而发生了"永嘉之乱"，导致天下倾覆而晋室东渡，有力地将天下人心，日益驱赴于佛殿之前。

> 风俗淫僻，耻尚失所，学者以老庄为宗而黜六经，清谈者以虚荡为辨而贱名检，行身者以放浊为通而狭节信，进仕者以苟得为贵而鄙居正，当官者以望空为高而笑勤格。①

六经被黜，名检、节信、居正与勤格之风习，遭到贬损与嘲讽，佛教的进一步传扬与浸淫在所难免。尽管治理天下，终究不可以不倚仗于儒，道也来相辅，而佛教亦不可或缺。无论如何，让大批民众，成为善男信女，拜倒于佛殿之下，对于最高统治而言，总要安全、有效得多。

时风所趋，西晋的寺塔建造，曾有一个小小的高潮。据法琳《辨正论》卷三，西晋有佛寺凡一百八十所，僧众共三千七百余，以洛阳、长安为传教的重镇。仅洛阳一地，至晋永嘉时，有寺四十二所。佛教的影响力，已不可小觑。洛阳城西白马寺、石塔寺、城内东牛寺、满水寺、大市寺、竹林寺与愍怀太子浮图等的建造，有如雨后春笋，崇佛之情日重。在大批下层民众拜倒于佛门之时，也深得上层贵族名士对于佛教的青睐。

据《晋书》卷三七所载，中山王司马耽信佛。元康元年（291）《放光般若经》译出之际，有中山王与众多僧人，出城南四十里迎取佛经，可谓盛况空前。

---

① 《晋书·愍帝纪》引东晋干宝：《晋纪总论》。

梁《高僧传》卷一云，惠帝时，河间王司马颙镇守关中，在军务杀伐之际，却对西晋名僧帛远（法祖），虚怀敬重，待之以师友之礼。太仆石崇其人，富甲一方，曾与晋武帝舅王恺竞比谁更为富豪，王恺以皇亲国戚自恃，出示晋武帝所赐珊瑚宝物以炫耀自己，岂料被石崇当场用铁如意击得粉碎，拿出自家收藏的珊瑚树，竟然有六七株之多，每株有三、四尺高，以此高抬自己，不由使得王恺顿时气短，掩面而退。[①]盛宴宾客时，有女优因吹笛不慎谬失音律而被石崇立屠于席间。可是，就是这样一个富足、豪侈与残忍无比的人，居然也声称"崇奉"佛教。[②]他托名事佛，却了无禁戒，真是不怕遭了灭顶的报应。

当时的社会风气与官宦信佛的奇诡、荒唐，由此可见一斑。这都与当时的时代、民族的佛教信仰与审美理绪攸关。

真心信佛的，也大有人在。晋愍帝（313—316在位）时，丞相府参军周嵩（东晋时官至御史中丞）崇信佛教，态度之虔诚自不待言。《晋书》卷六一称其被王敦杀害时，嵩笃于事佛，临刑之时，还在诵经，态度从容。《法苑珠林·感应缘》说，周嵩家人避兵南奔时，仓惶之间，仍随行掩藏了《大品》般若经典与"舍利"（实为佛徒骨烬）等。据《冥祥记》所言，西晋开始已有佛事法会的举行。晋阙公为人恬淡萧疏，唯勤于佛事，其殁于洛阳时，道俗同好为其超度而做法事于白马寺中，通宵达旦。宵夜时分，信众迷狂间忽闻空中隐隐似有唱赞之声，疑惑间抬头，似乎见一人形魄壮硕，仪容服饰，庄严而伟美，自称其为阙公则，往生于西方极乐世界，今与众菩萨共赴听经，云云。此时合堂惊羡莫名，欢呼雀跃，都说是亲眼目睹。诚然，这是一个神话虚构，故事编得有声有色，却由此可见其时佛教意绪的高涨和迷乱。而中国佛教史上，佛教法会始于晋初洛阳白马寺的亡灵超度，倒是确属的。佛学界有人以为，中国佛教法会始于南朝梁武帝，看来有待于商榷。

大凡佛教的逐渐普及，首先离不开有关佛经的译传，西晋亦然。

西晋佛经的译传，有如下特点。

其一、时至两晋，译经的品类与数量大增。这一趋势，肇始于西晋。西晋

---

① 参见《晋书》卷三三《石苞传》附"石果传"。

② 参见《弘明集》卷一《正诬论》，四部丛刊影印本。

时代，经译遍及三藏。《阿含》、《般若》、《华严》、《法华》、《律藏》以及论、传等，皆有大量的始译与再译，可谓品类之全。其中，尤以般若类经典的影响为巨。《般若》是重译，《中论》、《百论》、《十二门论》与《大智度论》等是初译。这不等于说，两晋属于小乘的经典未受重视。其实，此时有关四部《阿含》的翻译，除《杂阿含经》为南朝宋时译出外，其余三部即《中阿含经》六〇卷、《长阿含经》二二卷与《增一阿含经》五一卷，此时都是全译。它们的译者，为僧伽提婆、佛驮取舍、昙摩难提与竺佛念。西晋历时虽短，而译经甚多。据梁僧祐《出三藏记集》卷二，除亡佚的译经，西晋译经凡一百六十七部三百六十六卷。① 尽管由于时日久远，这一历史时期究竟有几多译经，恐未能确指，而译经之全之多，是可以肯定的。

其二、西晋的佛教活动，除建寺造塔、举办法会与吸纳信徒外，主要是在译经方面。最优秀的佛典译者，当推祖籍月支、自幼长于中国内地的竺法护。其从晋武帝泰始二年至怀帝永嘉二年（266—308）间，译出经、论凡一百五十四部三百零九卷，其中六十四部失佚。现存九十四部。② 竺法护所译佛典《光赞般若经》、《正法华经》、《渐备一切智经》、《弥勒成佛经》与《普曜经》等，在中国佛教史及中国佛教美学史上影响较大。

汤用彤先生说，西晋佛教译者以竺法护为代表，"实后世之所仰望"。"护公于《法华》再经覆校，于《维摩》则更出删文，《首楞严三昧》译之两次。《光赞》乃《大品般若》，《渐备一切智德经》，乃《华严》之《十地品》。皆中土佛学之要籍，晋世所风行者"。又说："护公于佛教入中华以来，译经最多。又其学大彰《方等》玄致，宜世人尊之，位在佛教玄学之首也"。③ 梁僧祐《出三藏记集》说：经法所以广流中华者，护之力也。有《光赞般若经》十卷，译出于晋武帝泰康七年（286）；《正法华经》十卷，译出于泰康七年（286）；《渐备一切智德经》十卷，译出于元康七年（297）；《普曜经》八卷，译出于晋怀帝

---

① 按：费长房：《历代三宝记》卷六称，西晋译经为四百五十一部七百十七卷，唐《开元释教录》卷二载为三百三十三部五百九十卷。

② 按：此据僧祐《出三藏记集》卷二所刊录。《历代三宝记》卷六刊为二百一十部三百九十四卷，《开元释教录》刊为一百七十五部三百五十四卷，该二书所录，可能有错讹。

③ 汤用彤：《汉魏两晋南北朝佛教史》上册，中华书局，1983，第114页。

永嘉二年（308），等等，其译从准"天竺"，努力做到忠于祖本，所译不厌其祥，改变了往昔一些译人动辄删削的偏颇。

从事译传的国内外沙门及优婆塞，还有竺叔兰、帛法祖、法炬、法立、卫士度、安法钦、无罗叉（无叉罗）、疆梁娄至、帛远支法度、若罗严、支孝龙、法祚与聂承远聂道真父子等。此时，佛教学者已不满足于如何通过准确的翻译，将印度佛学本义介绍于中土，而是在努力准译的前提下，进一步为经文作注、讲解。中土最早的一批义学沙门，走上了历史舞台，时代正在孕育属于这个民族自己的般若学者。竺法护于泰康七年翻译《光赞般若经》时，聂承远笔受。梁慧皎《高僧传》称：时有清信士聂承远，明解有才，笃志务法，护公出经，多参正文句。又云：承远有子道真，亦善梵学。此君父子，比辞雅便，无累于古。聂承远又在惠帝年间（290—306在位），自译《超日明三昧经》二卷与《越难经》一卷。又有法祚其人，俗姓万，今河南沁阳人，深诣佛理，曾为《放光般若经》作注解，撰有《显宗论》，一时名重于关陇。竺道潜，俗姓王，今山东临沂东南（古称琅琊）人，《高僧传》卷四称其年仅二十四而宣讲《法华》、《大品》，听者云集。支敏（愍）度于惠帝年间，在三国吴支谦译本《首楞严经》的基础上，参以晋竺法护、竺叔兰两译的文义，撰《合首楞严经》八卷；又将支谦、竺法护、竺叔兰的三译本合为一部，成《合维摩诘经》五卷。晋室东渡后，支敏度创"心无"宗，是东晋"六家七宗"之一。

西晋译经的这两大特点，反映了中华佛学、佛教传播不小的推进，但与东晋及此后一些时代的译传相比，还是属于初始性的。即使如此，西晋佛典的译传及其文化、哲学与美学，作为汉魏与东晋南北朝之间的一个中介，依然占有独特而重要的地位，它在中国佛教、中国佛教美学史的意义，仍然不容忽视。

从东汉经三国到西晋，时代理绪发生了剧烈的震荡与变异。当西汉末年印度佛教入渐中土时，中华文化及其价值体系，几乎是儒之经学的一统天下。从西汉董仲舒的"天人三策"、倡言"罢黜百家，独尊儒术"，到东汉白虎观会议，两汉经学走完了其儒学经学化、经学谶纬化的历史全程。其美学，也相应以"经"为人文特征。经学的美学一旦被谶纬甚学、巫学所限制，审美遭受了空前的挫折，或者改变了发展的方向，整个思想界唯有传统的学术而几乎没有新的思想，弄得十分迷信而且庸俗不堪。此时，惟有东汉唯"物"思想家王充

（27—约97）"疾虚妄"的美学，才显示出一些"无神"说的顽强生命力，试图改变"虚妄之言胜真美也"①的人文局面。所谓"虚妄之言"，指谶言纬语。回顾两汉之际，有古文经学家桓谭（前23—56）力斥谶纬而首倡"神灭"之言：精神居形体，犹火之燃烛矣。烛无，火亦不能独行于虚空。东汉王充，则改造了桓谭关于人的生命肉体与精神关系的烛火之喻，称"火灭光消而烛在，人死精亡而形存。谓人死有知，是谓火灭复有光也。"②虽然此处未有确凿证据可以证明，烛火之喻由受佛教"灵鬼"之说而成，然而，佛教有关人的生命肉体与灵精关系的思考，难说不是对于王充烛火之喻朴素"无神"论生成的一个反戟？大约应是王充站在传统儒道立场对于佛教"有神"说的一个推拒吧。其唯"物"的朴素理性，既是对于经学"谶纬"也是对于佛教"灵鬼"的怀疑。汤用彤说："夫历史变迁，常具继续性。文化学术虽异代不同，然其因革推移，悉由渐进。魏晋教化，导源东汉。"③从三国魏到西晋玄学的"出场"，一时略使传统儒学、儒术"斯文扫地"。才有玄学贵无派代表人物何晏、王弼倡言"名教本于自然"在前，使得正始（240—249）玄风独扇；继而嵇康（224—262）、阮籍（210—263）大声疾呼："越名教而任自然"。名士们白眼礼俗，放逸山林，恨别庙堂而雅爱老庄，此是矣。

这些魏之名士为何要以玄（道）为思想武器去对治传统儒学、儒术而不向佛祖这"印度导师"去寻找灵魂救赎呢？都是因为，当时印度佛教入渐中土仅二、三百年之久，尚未真正成其汪汪大泽。然而魏晋玄学的兴起，偏偏无可逃遁地成为佛教得以玄学化的历史与人文的一个温床。道（玄）的强势进入，不啻对于两汉经学日渐腐朽的一个惩罚。诸多魏晋名士非难六经，张扬人性自然与精神自然，追求"人的解放"与"文的解放"，固然是时风所趋。阮籍《大人先生传》大倡"非君"论，称：盖无君而庶物定，无臣而万事理。可以说是中华古代最早的一则"无政府主义"宣言。曹魏之时，孔融这位孔氏二十世孙居然连儒家十分敬畏的血亲关系也要横加抨击。问：父之于子，当有何亲？答：论其本意，实为情欲发耳。问：子之于母，亦复奚为？答：譬如物寄瓶中，出

① 王充:《论衡·对作篇》，载《诸子集成》第七册，上海书店，1986，第280页。

② 王充:《论衡·论死篇》，载《诸子集成》第七册，上海书店，1986，第204页。

③ 《汤用彤学术论文集》，中华书局，1983，第214页。

则离矣。真正是惊世骇俗的离经叛道之言。在此，人们忽而想起所谓"无父无君"、四大皆空的佛教言说，实在难以想象，如果孔融其人未染于佛教思想的若干影响，则何出此骇俗之言？

回顾东汉末年，宦官专权，外戚把握朝政，政治的黑暗与社会的混乱已甚，理势之矛盾不可调和，于是，自以为有"社会良心"的文人学士，便"清议"政事，臧否人物。便是《后汉书·党锢传》"序"所言说的"故匹夫抗愤，处士横议"。可是专制黑暗政治的"卧榻之侧"，岂容文士名流叽叽喳喳、横加责疑与抗拒？于是便横加镇压，汉桓帝延熹九年（166），酿成中华历史上第一次的"党锢之祸"。一时间，二百余党人入狱，可谓头颅掷处，血迹斑斑。建宁二年（169）与熹平五年（176），再度株杀党人，流放与囚禁者凡六七百之众，酿成了第二次"党祸"。于是，天下文士噤若寒蝉，再也未曾也不愿"清议"朝政、关心天下。

这便是魏晋玄学及其玄风远在的历史、人文成因之一。魏晋名士隐逸山林，回归田园，放浪形骸，心不在朝堂之上。他们有一肚子的痛苦、悲愤与怀才不遇，却能暂且将"心"放下，活得潇洒，或是假装活得潇洒风流；他们背俗反常，在"三玄"（《老子》、《庄子》、《周易》）之中"讨生活"，在林泉、诗文、药、酒甚或佛典之际寻觅、徘徊与清谈。清谈也称清言、玄言、玄谈、谈玄，是魏晋名士一种美丽的生活事件与精神事件。诸多宇宙与人生的大问题，哲学、美学、审美、艺术与人物品藻等，一齐奔来心头、形诸笔端或作为闲来的谈资与谈助。他们试图逃避政治樊篱，崇尚思辨理性，发为名理辨诘与打造人格范型，体现了所谓的魏晋风度（或曰晋人风度）。其间，佛这一人文主题，亦时时呈现。汤用彤有云：

> 魏初清谈，上接汉代之清议，其性质相差不远。其后乃演变而为玄学之清谈。此其原因有二：（一）正如以后之学术兼接汉代道家（按：指西汉初期的黄老之学，非指道教、道术）之绪（从严遵、扬雄、桓谭、王充、蔡邕到王弼），老子之学影响逐渐显著，即《人物志》已采取道家之旨。（二）谈论既久，由具体人事以至抽象玄理，乃学问演进之必然趋势。①

---

① 汤用彤：《汤用彤学术论文集》，中华书局，1983，第205页。

此说是。清谈的话题，除老庄哲学、大易文化，除名教自然、体用、一多、有无、形神、动静、才性、言意与内圣外王等问题，也有玄佛关系以及重新解读儒学经典之类，所谓人的解放与文的解放，在这里孕育、发展与完成。时代理绪如江风夜月之涵涌，推波助澜。

从哲学、美学的发展大势分析，魏晋所关注的根本问题，已由先秦诸子心性说，经两汉宇宙论，发展为此时的本体论。

作为魏晋之一个历史阶段的西晋，也是如此。西晋的时代理绪，因玄学的发展而沉潜激荡。起于三国魏的玄学，既为当时及此后佛学的入渐、流播及美学的弘扬，准备了一个时代、人文的背景与学术之基、精神底色。正是玄学本身，遂使佛教哲学与美学一开始就逐渐走上了玄学化的道路。

西晋的艺文与审美意绪，开始也为佛释的情思所濡染。

汉末"古诗十九首"与"建安风骨"那般的悲郁、慷慨之意绪，固然已成过去，时人确因佛教基本教义的进一步入传，加深其关于人之生命"悲"、"空"的感悟。陆机"诗缘情而绮靡"情感的"温柔"中，不时有"苦寒"之吟。其《赴洛道中作》之二有云："顿辔倚高岩，侧听悲风响"，"抚枕不能寐，振衣独长想。"潘岳《哀永逝文》、《西征赋》、《秋兴赋》与《怀旧赋》等，多有时代意绪低沉、忧伤的歌唱，可以看作佛教苦空之思的时代折射。张协《杂诗》十首之四有云："轻风催劲草，凝霜竦高木。密叶日夜疏，丛林森如束。畴昔叹时迟，晚节悲年促。岁暮怀百忧，将从季主卜。"刘琨《扶风诗》写道："据鞍长叹息，泪下如流泉"，"烈烈悲风起，泠泠涧水流。挥手长相谢，哽咽不能言。浮云为我结，归鸟为我旋。去家日已远，安知存与亡？"细细品味玩索，大凡都是悲愁而叹人生短促一类的老主题，显然有佛教悲、幻之思绪存矣。

西晋时，这种受佛教苦空思想影响的时代理绪，多少体现在文论、美学的论述之中。

魏曹丕《典论·论文》那般所谓"文以气为主"的文论、美学命题，忽而成为过去；傅玄（217—278）、左思①与皇甫谧（215—282）的若干文论见解，

---

① 按：生卒年未详。据载，左思字太冲，今山东临淄人，晋武帝时任秘书郎，晋惠帝时卒。

尚来不及纳佛教思想于篇什之间；固然在挚虞（？—311）《文章流别论》①中，似乎未能明显见出其所受佛教思想的影响，而在陆机（261—303）《文赋》中，这种影响却是难以排除的。《文赋》在谈及文章构思尤其文学创作构思的心理状态问题时，有所谓"精骛八极，心游万仞"以及"观古今于须臾，抚四海于一瞬"、"馨澄心以凝思，眇众虑而为言"等的精彩之见。其中"须臾"、"澄心"云云，显然采自佛教教义。须臾，瞬时之谓。诸法（一切事物现象）刹那生灭，须臾而已，时间极速之谓。《梵语杂名》云："须臾，乞沙拏Ksana，刹那也"。《楞严经》二云，"沉思谛观，刹那刹那。念念之间，不得停住"。《探玄记》十八云，"刹那者，此云念顷。于一弹指顷有六十刹那"。念，作名词，即为刹那。佛教有"念念"之说。诸法本自空寂，生灭无住，刹那刹那，念念不已。这便是"一瞬"之义，倏忽而逝矣。陆机《文赋》以须臾二字言述"观"之极速，虽未能指称创作之心悟入空幻之境，却是极为灵动地写出了构思之心的空灵之美，可以看作佛教理趣与现象直观，在中国文论、美学表述中的初始运用。同理，佛教有"澄观""谛观"之说。澄观，喻佛心如泉一般清彻，言心的清净空幻。观者，观悟真如之谓。陆机所谓"澄心"，即为澄观之义。这是说，创作构思须"凝思"而心无杂念。又，当言及文学之类审美标准问题时，又称所谓"虽逝止之无常，固崎锜而难便"。这一语中"无常"一词，显然来自佛教，可见陆机《文赋》受佛教思想意绪影响之明显的心灵印痕。

第二节　空范畴的美学意蕴

两晋时，有关般若类佛典，有比较集中的译传。东汉末年，支谶译《道行般若经》一〇卷与三国吴支谦译《大明度无极经》六卷之后，有西晋竺法护译《光赞般若经》一〇卷，竺法兰、无罗叉译《放光般若经》二十卷。般若，梵语prajñā，佛教所谓"无上智慧"（简称"慧"）。指佛教六度即布施、持戒、忍辱、精进与禅定之后的最高阶位、品格与境界，被誉为"诸佛之母"。《大智度

---

① 按：此为挚虞所撰《文章流别集》中的"论"部分。《文章流别集》及所附"志""论"已佚。

论》卷三四说，"复次般若波罗蜜是诸佛母。父母之中母之功最重，是故佛以般若为母。"①《大品般若经》说："摩诃般若波罗蜜，是诸菩萨摩诃萨母。能生诸佛，摄持菩萨。"道安指出，"般若波罗蜜者，无上正真，道之根也。"②这是以类于玄学的口吻，来论说"般若"要义。两晋包括西晋之时，般若类经典大行于世，般若学逐渐深入人心。僧祐《出三藏记集》卷八云：摩诃般若波罗蜜者，出八地之由路，登十阶之龙津也。又说，般若经类，荡荡焉，真可谓大业者之通涂（途），毕佛乘之要轨也。

般若学精义，性空而已。无论《光赞般若经》还是《放光般若经》，谈论最多的，是佛教意义的"空问题"。

竺法护所译《光赞般若经》卷六《三昧品》有所谓"十六空"说：

内为空、外亦为空、内外悉空、空亦曾空、至号大空、真妙之空、清净之空、有为空、无为空、自然相空、一切法空、无所得空、无有空、自为空、有所有空，无所有空。③

《放光般若经》卷四《问摩诃衍品》又有"十九空"说："内空"、"外空"、"内外空"、"空空"、"大空"、"最空"、"有为空"、"无为空"、"至竟空"、"原空"、"无作空"、"性空"、"诸法空"、"自相空"、"无所得空"、"无空"、"有空"、"有无空"、"余事空"④

种种"空"言，这里暂且不作详解。佛经关于"空"，除此处所言十六空、十九空之类，还有二空、三空、四空、六空、七空、十一空、十三空与十八空

---

① 《大智度论释初品中信持无三毒义第五十二》，载《大正藏》第二十五册，"中观部类"，[印] 龙树菩萨《大智度论》卷三十四，T25，P0314a。

② 按：道安《合〈放光〉、〈光赞〉随略解序》云："《放光》、《光赞》同本异译耳。前者，"于阗沙门无叉罗执胡，竺法兰为译"；后者，"护公以其年十一月二十五日出之"。《中国佛教思想资料选编》第一卷，第41、42、41页。

③ 《摩诃般若波罗蜜三昧品第十六》，载《光赞般若经》卷六，竺法护译，《大正藏》第八册，P0189b。

④ 《问摩诃衍品第十九》，载《放光般若经》卷四，西晋无罗叉译，《大正藏》第八册，P0023a-b。按：此原文甚长，恕不赘引。

诸说，所说过于复杂烦琐。就此所引竺法护译《光赞般若经》而言，其卷六《三昧品》有"十六空"说，其卷一又列为"二十一空"；《放光般若经》卷四，除前引"十九空"说外，又称"十七空"，究竟有多少种佛空之说，佛门自己恐怕也难以厘清。

凡此空论，一因印度佛经言说空原本有重复、烦琐之处，二则入渐中土后因译笔不同而可能出现种种空说，是不足为奇的。佛教所说的空，之所以不厌其详不厌其烦，考其原由，是因为空义无以言述、又不得不言述的缘故，意在强调即便说以千言万语，也永远说不尽。就此而言，空义的魅力已是很"美丽"的了。

中国美学史上，汉代儒家经学典籍及其汉注与清儒的经注等，连篇累牍，不厌其烦，所谓"而务碎义逃难，便辞巧说，破坏形体；说五字之文，至于二三万言。后进弥以驰逐，故幼童而守一义，白首而后能言"①，说不尽千言万语而犹言不足。这在崇尚所谓"立象以尽意"的汉儒及清儒看来，当然是美的，犹如西人所说的"语言（文字）乃精神之家园"。在语言哲学意义上，佛经与儒家经典，有相通之处。

美具有历史性、时代性。今人认为不美甚至丑的，在古人心目中，未必不美。否则，他们何必那般喋喋不休、津津乐道呢？中华传统儒经之美，以西人的说法；便是所谓"语言乃精神之家园"而不是"语言乃思想之牢笼"的美。人们坚信，真善美就"在"语言文字的不尽言说中。说得愈多，便愈美、愈真、愈善。

佛经所说的空之美蕴，又是介于语言（文字）乃精神之家园与语言（文字）乃思想之牢笼二者之际的，是两者的既二律背反又合二而一。佛经以假言施设，即"方便说法"，启芸芸之悟门，趋佛教之真谛。真谛不可言说不可思议，又不得不言说思议之。其间的美学意蕴，确是在于不可言说思议又可以言说思议之际的。

西晋佛学所称言的种种空，就其语言"权智"意义而言，是各指其义的，有一定的佛教逻辑可循。内空，指六根即眼耳鼻舌身意之空。外空，指外在

① 《汉书·艺文志第十》，班固：《汉书》卷三十，中华书局，2007，第331页。

色声香味触法之空。内外空，指内六入（六根）、外六入（六尘）合为"十二入"之空。空空、一切法空，指空本身亦为空。大空，原始、根本之空（大，太之谓，太者，原之谓）。有为空，属有为法。欲界、色界、无色界，皆空。无为空，属无为法，无生、无住、无灭皆空。至竟空，毕竟空的早期译名，诸法毕竟不可得，便是《放光般若经》所说的不可得而原空耳。性空，因缘所生法（一切事物现象），刹那生灭，无自性，故曰性空，便是所谓一切诸法性空。

正如前述，空这个汉字，从穴从工。穴，古穴居之谓，建筑（古时中国称宫室）的一种原始样式。汉字的空义，原指建筑空间及其在时间中的变化，引伸指空间的时间之变与时间的空间存在。没有时间的空间与没有空间的时间，都是不可思议的。当然，这里的时空观念，已经被哲学化了。从建筑穴居的"时空"，到哲学概念的"时空"，是中国文化关于"时问题""空问题"的一个思路历程，其思维，始终处在此岸、现实的场域之中。

中国文化关于"宇宙"即时空的观念，原于建筑即宫室的时间空间观。哲学意义的时空观，来自原古宫室观。《易传》有"上栋下宇"之说。指人字形坡顶的建筑物，栋柱直立向上，坡顶有倾斜下垂之势。建筑物由屋顶、梁栋、墙体、门窗与地坪等所围合的空间，称建筑的内部空间；建筑物的外部环境，指建筑物影响所及的领域，称外部空间；在其内外部空间之间比如大门入口处雨蓬底下的那个空间，称"模糊空间"（又称"不黑不白、又黑又白"的"灰空间"）。由此，蕴含了居住生活经验意义的空间意识，进而推进到哲学层次。《庄子》将这一建筑的内部空间，称为"无"。所谓"当其无，有室之用"。包含从建筑的空，到哲学空间意识的人文转嬗。哲学意义的时间意识，最早是从建筑文化而起的。宫室（建筑）又称"宇宙"。宇指由梁栋所撑持的屋顶、墙体与门窗等整座建筑物；宙，文字训诂通"久"，指梁栋撑持屋宇的时间性。汉代《淮南子·览冥训》中，有"凤皇（凰）之翔，至德也。而燕雀佼（骄）之，以为不能与之争于宇宙之间"[①]的言说，是从道德高度，以凤凰高翔，来比喻圣人"至德"，有孔子"里仁为美"的人文意蕴。这一则有关燕雀讥讽凤凰

① 《淮南子·览冥训》，载《淮南子》卷六，《诸子集成》第七册，上海书店，1986，第92页。

的寓言（燕雀骄傲地以为，凤凰能够高飞，没什么了不起，还不如自己在"宇宙"即屋宇、梁栋间飞来飞去），传达出原古中华那种宇宙即建筑、建筑即宇宙的文化本涵。在《淮南子·齐俗训》中，又有"往古来今谓之宙，四方上下谓之宇"①之记，这里所谓宇宙，指哲学意义的时空。这便是在佛教东来之前，中国文化及其哲学、美学，关于"空问题""时问题"的人文底色。

佛教所说的空，梵文bunyatā，本义并非指建筑空间及空间在时间中的变化，不是指中国传统哲学、美学意义的空间（及时间的空间性）意识，而是超验于时空的一个假名。在佛经初传时期，中国原有的语言文字中，没有与印度佛教的空义相对应的，于是只好误译，权且以空这个汉字译之，岂料"歪打正着"，让国人渐渐领悟到在中国传统空义之外，还有一个超验的佛教的"空世界"。从原本建筑时空、物理时空意识，到般若性空之空文脉意义的嬗变，改变、拓展了中国人关于空性（时性）的人文意识与理念，佛教传布实有大功于此矣。颠覆了中华文化、哲学与美学关于空（时空）的传统理解，一个从未想象、提出与理会的"空问题"，让众生在感到陌生以及惊讶、困惑、推拒与接受、创造之中，发展了对于"世界"（时空）的思想与思维方式。

印度原始、部派与大乘佛教对于空之意义的理解，是与"无我"这一佛学范畴相联系的。

原始佛教的"阿含"等经系，一般持"无我"即"空"说。就主观心的证印而言，世界究竟"有我"抑或"无我"？答案是"无我"。诸行无常，诸法无我，涅槃寂静。"无我"者，必"无常"，必"涅槃"矣。无我的我字，常、业之义；视世界为常，即是"无明"，有我者，常也。众生总在无明的黑暗之中，便是世界"恒常不变"的滞累与执著。"释迦认为人的行为与业力有关。'行'是支配人们有目的行动的意志，本质也就是业力。'业'有三种；身、口、意。如果进一步追问，'业'是由什么决定的？他的答复是由'无明'（无知——原注）。众生对什么无知？释迦认为人生是无常的，终究要消灭（引者按：断灭）的，众生却要求它常，这就是'无明（无知）'。"因而，"释迦论证人生'无

---

① 《淮南子·齐俗训》，载《淮南子》卷十一，《诸子集成》第七册，上海书店，1986，第178页。

常''无我'因而提出了三个命题:'诸行(行,指有为法——原注)无常','诸法无我','一切皆苦'。"①

部派佛教关于"有我""无我"的论争情况比较复杂。简言之,上座部持"人空法有"说,所谓"心性本净,客尘所染,净心解脱"②;《大毗婆沙论》称,说一切有部以为,诸法五蕴集聚故空,"空"即诸法自性,自性本身是"有"③的;犊子部主张,作为"空"的"补特伽罗之我"为"有"④;对后世大乘佛学影响较大的"大众(大众部)的主张与上座乃至有部都是对立的。以前上座系讲:'心性本净,客尘所染,净心解脱'。有部就不承认染心可得解脱,解脱的是净心。大众也讲'心性本净',但它不是讲心原本就净,而是指其未来的可能性,未来可能达到的境界,而且一达到净即不再退回到染去。这样,它强调的就是染心得解脱。如衣有污垢,未洗时脏,洗后即净,先后并非两衣,仍是一衣。有部则主张心是染的,解脱时去掉染心,由另外一种净心来代替,前后是两个心,不是一个心。"⑤

部派佛教主要派别所持之见是不尽相同的,共同之处在于,空是一种实在之"有"⑥。吕澂先生举例说,比如"犊子认为,心的一起一灭是刹那的。心外诸法如灯焰、钟声等也是刹那灭的,可是另外一些法,如大地山河草木等,则

---

① 吕澂:《印度佛学源流略讲》,上海人民出版社,1979,第22、23页。

② 按:吕澂:《印度佛学源流略讲》:"上座的'有分心'贯彻生死,成为生死之间的主体,也就是一种变相的'我'了。""南方如此,在北方的化地部发展成为'穷生死蕴'","这种主张,与南方的有分心完全相似,更是一种变相的'我'了。"(上海人民出版社,1979,第47页)

③ 按:吕澂:《印度佛学源流略讲》:"佛家通常讲的人我,即由五蕴组合而成。每一种蕴都是集合体(蕴即聚意——原注),这里就包含过去有、现在有、未来有的意思。如以色蕴说,就包含过去色、现在色、未来色。"(该书,上海人民出版社,1979,第49页)

④ 按:吕澂:《印度佛学源流略讲》:"犊子主张补特伽罗有,把它看成谛义(实在的东西,不似镜花水月之假有——原注)、胜义(不是传说中得来,而是可以实证的——原注)。"又说:"犊子部主张有我,与他们的业力说有关。因为既然承认有业报、轮回,有过现未三世,就应该有一生命的主体——补伽特罗。"(该书,上海人民出版社,1979,第65、67页)

⑤ 吕澂:《印度佛学源流略讲》,上海人民出版社,1979,第77页。

⑥ 按:《大毗婆沙论》(玄奘译本)卷九:"我有二种。一者法我,二者补特伽罗我。善说法者唯说实有法我,法性实有如实见故不名恶见。"

是暂住的。""犊子认为：心法刹那，此外则大部暂住。这样，把色心分开，色可以在心外独立存在，就有一些唯物的倾向。"①说的就是"心空色有"。这一分析以及前引对于原始佛教、部派佛教之见的分析，堪称妥切。

然而，就所谓空即"无我"而言，般若经系所说的空，指空诸一切——无论"人我"、"法我"皆空。这是一种彻底的无我观。空，指心的意义上，无所执著无所滞累，因心空而法空。空，即是扫除有关我的一切成见、边见与邪见。这正是大乘佛学的主题：破斥法执我执，人法俱空。不必亦不能误以为，佛教"无我"说，与佛教基本教义"业报""轮回""十二因缘"等有一"主体"（我）说，似乎有什么矛盾。实际上，既然深陷于业报、轮回，并非解脱之境，自当有"我"，并非空境，此我，即世俗、众生之心，更非大乘中观学所谓"毕竟空"。诸法本自空幻，不是说世界本来有"我"，一旦破斥，才圆成"无我"之境，而是说，世界本来"无我"（空）。

般若中观意义的空，不仅说无我之我并非世界主宰，无"我执"，而且不是"恒常不变"的，故无"法执"。万法惟是假名，舍弃空、有二边之"中"，也是假名，也不可滞碍。

佛教之空（包括空的时间性），是对于世界之物质、精神与现象、本质及其关系的"对治"，绝对形上而超验。一切物质经验世界，都非超验之空。所谓超验的空，必非此岸、世间的物质精神、物理生理的空，而是彼岸、出世间的人文、心理之空。作为纯粹超验的人文与心学范畴的空，作为一个假名，无以表述又不得不加以表述人类关于宇宙、人生的领悟与认识，及其图景、氛围与理想等，实在是一个深邃的哲学预设。

人类所处在的世界，是"有、无、空"三维的世界。经验、世间为有，如儒家所持；超越于经验、世间，又不离于经验、世间，是本原本体之无，如道家所持；将诸如儒道有、无等一切劳什子、包括佛家学说的一切"名言施设"等，都彻底地加以舍弃，此之谓佛教空宗的空（性空、毕竟空）。

什么是有？有是经验之谓、世间之谓。什么是无？无是超越于经验、世间又不离于此的状态与可能。叶秀山先生曾说，假设人们将这个物质、经验世界

---

① 吕澂：《印度佛学源流略讲》，上海人民出版社，1979，第69页。

的所有一切都拿走（所谓"放在'括号'里"加以"悬置"），那么试问，世界还存在什么？回答：还"存在"一个"无"。这种说法精彩而深邃，是哲学意义的思维与思想。

什么是空？且让笔者也作一个假设：假如将物质与经验的此岸世界的一切，包括儒之有与道之无统统拿走（"放在'括号'里"），来作一个思维意义的悬置，试问这世界又究竟如何呢？

答曰：空（佛教所说的空）。

空，不是什么又不不是什么。空，是消解了世间一切事物现象即有、无时，关于世界的一种境界。它是人类所领悟、所悬置的一种人文心灵图景、氛围与理想，佛教称为如、真如、真谛、中道。

由此可以体会佛教的空境界与审美可能的关系。如者，万法（一切事物现象）的实相。实相即真如。真如者，如真之谓。佛教的空，是佛陀所领悟、体会与向往的一种绝对的真善美，一种"无我"而涤除、斥破任何痛苦、烦恼、丑恶与死亡等等的绝对理想之境。它可望、可追、可寻而永不可及，空性体现了彼岸美丽的"乌托邦"。它实际是人所永远向往却永远不可实现的"绝对自由"之境。

尽管般若性空学说所称言的空有种种，实际从大乘空、有二宗言之，空大凡有二：空宗"以空为空"；有宗"以空为妙有"。前者无执于空而后者执于空（妙有），两者的美学诉求自是有别。这一问题，本书其他地方还会论及，此勿赘。

再说一般意义的世俗的空，正是在"绝对自由"这一点上，与佛教的空之美蕴无缘。从世间看，美是积极之人的本质的对象化，美是人性与人格的自由实现。世俗之美，是人类的相对自由的实现；从佛教真如真谛看，美又是人类对于绝对自由之境的无限向往，这一空之美蕴在于"绝对自由"。

好似穿鞋。儒道释三家都以"自由"为美。儒家认为穿鞋是一种美善，美在人为、规矩的践行。道家则说，赤足不穿鞋为美，美是自然与天性的解放。两家，实际都以人的"相对自由"为美为善。佛家却将无论穿鞋还是天足不穿鞋二类现实，都看作对于人类"绝对自由"的束缚与烦恼。无论儒的入世抑或道的出世，都未脱尘世的轮回、纠缠。在佛家看来，这是入世之儒与出世之道的局限与悲哀，都并非真正的觉悟、解脱。佛教所倡言与追求的空幻或是对于空幻永恒的消解，作为弃世之境，作为"绝对自由"的"原美"、"本美"，因其未染于世俗，或是从世俗泥淖之中拔离，是人性与人格的彻底觉醒和解脱。无念、无想、无住，彻底之解脱也。离缚而得大自在谓之解脱。解脱觉醒，即空之美蕴矣。有问：何为解脱？文殊反诘：谁为缚汝？答：不知谁为缚我。文殊开导：既然不知何缚，则妄念为缚，庸人自扰。一切愚痴凡俗，如是如是。故而，惟心本自清净，无念无滞，则为解脱。无想、无念、无住即无缚，无缚即解脱，解脱即空诸一切，即自在即美矣。此之谓心念不起，无所执著。此"禅乐"矣，乃是崇拜兼审美之"乐"。乐者，主体精神愉悦之谓。大凡精神愉悦，可从道德从善处得之；可从艺术审美、自然审美得之；可从宗教（佛教）崇拜得之；也可从艺术、自然审美兼宗教（佛教）崇拜而得之。精神解脱之乐，兼备崇拜与审美，是审美之中蕴含崇拜；崇拜之中蕴含审美。是审美的崇拜；崇拜的审美。无念、无想、无住、无缚，便"心常乐一"，此心常在愉悦而不纷驰于外境，是审美与崇拜二者兼具，相反相成。

就般若性空而言，心常乐一的乐，究竟之乐，毕竟空之乐，相悖于世俗审美意义的乐。"万事不起"之乐，四大皆空、不恋红尘便是入于乐境。在佛教看来，此乐之原，在于佛、菩萨与空等等，般若性空与菩萨行之境皆为乐，而境界自有不同。然则，此乐又是"假号"（假名），尤不应执著于此，永远的无所执著，便是毕竟空便是永恒的乐愉，称"禅悦"。

这里，佛教所说的"假号"，是一个深刻的思想。

> 所名曰佛，诸佛之法，亦无实字，但假号耳。[1]
> 有其假号，亦无所住亦不不住。[2]

既然连佛、菩萨、佛法、道（即般若性空）与空等，皆为"假号"，那便何必执著；倘执著于此，本在、原在之美，必不在当下。斥破法执、我执及一切"假号"，遂使佛教的"元审美"，成其一种心灵向往的可能。

---

① 《摩诃般若波罗蜜假号品第八》，载《光赞般若经》卷三，《大正藏》第八册，P0168b。
② 同上书，P0168c。

第三节　形象与方便

印度佛教由小乘发展到大乘时期，有一大嬗变。原先，小乘信徒仅崇拜释迦佛，以为其"先上天下，唯我独尊"。大乘信众，则以般若空智、以空之执著及空而又空的无所执著，为无上智慧，佛法的庄严与崇高地位，无与伦比。佛，不仅指释迦，且只要成就般若空智，都是成佛，皆可称佛。佛者无尽无数。开悟者即佛，觉者即佛。"当人们怀着疑惑来到佛面前，他给的回答为他整个的教义提供了一个身份。'你是神吗?'他们问他。'不是。''一个天使?一个圣人?''不是。''那么你是什么呢?'佛回答说:'我醒悟了。'"①对于大乘而言，佛已并非释迦牟尼的专名，惟自觉觉他、达于般若性空之境者，无不是佛矣。

佛法即般若空智，作为成就"诸佛"的根因与根据，遂被提升为悟空、成佛的唯一依归与标准。

这一般若智慧的绝对超验、形上而抽象性，却不易被广大信众所认识与领悟，般若之境及其空灵之美，以及对于空幻的审美体验，并非能够轻易地获取，反倒阻碍了众生的崇佛与成佛道路。佛，佛的境界，以及佛境的美，不可思议，不可言说。于是，便有所谓"佛身"、"法身"、"色身"与"三十二相"兼"八十种随形好"等种种佛教理论与形象描述的呈现，作为"形象"与"权智方便"，来"思议"、"言说"不可思议、不可言说的佛、空性与般若及其境界，凿通世间、出世间之际的种种障壁。

一、"佛身"、"法身"与"色身"

早在东汉支译《佛说百宝经》中，已提出"佛身"之说。继支译之后，三国吴支谦的译籍所谓"佛身"等说，已有弘传，可见于支谦所译《大明度无极经》、《佛说维摩诘经》，尤其《佛说慧印三昧经》等。其说要旨，是将般若空智等同于佛法，将佛法、佛性等简称为佛，又将佛神格化，进而渲染无比佛力

---

① ［美］休斯顿·史密斯:《人的宗教》，刘安云译，刘述先校订，海南出版社，2013，第79页。

的所谓"神通",以激起迷狂的崇拜之情。佛身,葱郁而燿然无色,不可见,不可得,不可言,不可知,不可思议,不可名状,神通广大,以至于极法身无相为体,寂同法相,妙等真如。任继愈主编《中国佛教史》第一卷有云,这是"把'法身'与'佛理'等同,把'法身'与'无相'、'法相'、'真如'当作同类性质的概念"①了。固然,佛身、法身、色身三者属于同一系统的概念,故而法身之类,与佛理(佛法)、无相、法相、真如等,在意义上便是相钩连的概念,而若细细推敲、琢磨,仍不难发现其中的差异。

应予指出,大乘关于佛身、法身与色身这一系列范畴、概念的创设,在佛教思维上,具有相反相成的特点。一方面,将佛身等加以无限神化,说成如佛法、般若、无相、真如之类一样的绝然抽象与形上,特具神秘性与神通性,以便众生顶礼膜拜;另一方面,恰恰为让众生领悟其不可思议、不可言说的神秘、神奇与神妙之真谛,在假言施设方面,又走上了一条世俗化之路。既神格化,又世俗化,这在人文意绪上,实际是一个既崇拜、又审美的动态结构。

又应着重指明,有关佛身,法身之类,都是具有一个"身"字的。世俗意义所谓身,指肉身;佛教指身为"三世"(身业,口业,意业)之一,"二苦"(身苦、心苦)之一与"五根"(眼,耳,鼻。舌,身)之一。佛经称肉身为"身城",为心之牢狱,为诸佛所弃舍,而凡夫俗子滞累于此。作为般若波罗蜜、空、佛性与成佛的重大障碍,是佛教基本教义所否弃、斥破的对象。所谓心之解脱,是舍身而悟空。

然而,这里所说的佛身、法身与色身等的身之义,指佛法、佛性的示现,或然可以说,是指成佛的津梁、方便与形象。佛身,法身、化身与应身的总名,是佛的神通幻化,又是佛法与佛性的示现。佛身这一范畴、概念,除了涵蕴佛法、佛性形上、超验的空寂、般若意义之外,兼指契于佛法、佛性的"方便善巧"即"应化"与"受用"。佛法、佛性本自空寂,而其应化、受用,便是示现、权智、方便。

西晋竺法护的诸多译籍,译传大乘佛身等说,比其前贤更见透彻,其重心,在于弘传与法身相契的佛法、佛理。

---

① 参见任继愈主编:《中国佛教史》第一卷,中国社会科学出版社,1981,第378—379页。

法身是佛的真身。就大乘般若学而言，法身作为法性的显现，以身现法性，故而名法身。《大乘义章》十八有云：言法身者，解有两义。一、显本法性；二、以一切诸功德法而成身，故名为法身。

其一、法身的本蕴是法性（佛法，佛性）；其二、以"诸功德法"即菩萨行进行修持而回归于法性之境。二者皆以"成身"为圆满具足。真等正觉之身，谓之法身。法身，无垠无极，无相无形，不方不圆，不可量度，不可思议，不可言说，真如平等、自觉觉他。诸法的真正觉智，假以"身"示现的，是法身。原本超乎时空和言语，又得竭言法身的本蕴，便是法性遍一切处，总摄于机权方便。值得注意的是，作为大乘菩萨行意义的法身论，从六度看，法身目睹为空，耳闻无声，鼻嗅无香，口语无言，身不触细滑，意则无虑，尽管法身不可避免地以身相示现，却无有"相好"。

相好的相，指法身的"三十二大人相"（略称"三十二相"）；相好的好，指"八十随形好"（"八十好"）。法身以三十二相兼八十好为示现，示现即相好本身，即是色身。

色身是色法所成之身相，分实色身、化色身二种：前指如来修成无量功德、感无比之相好庄严；后为如来、诸佛以大悲愿而为芸芸众生变现种种相好。这里的关键词，是相好二字。相好并非实相。《金刚经》说："凡所有相，皆是虚妄。若见（按：现）诸相非相，即见如来。"又说："如来说诸相具足，即非具足，是名诸相具足。"①此是。

心法示现即法身；色法示现为色身。法身与色身并非无涉，后者是前者的示现。佛法形上而空幻，其美空灵，其示现即法身；法身本蕴的示现，又为色身。佛教有"度脱身"与"度脱示现"的不同说法，前指佛的空幻本体的示现；后者，指应机化导众生成佛、成菩萨而由本体示现为诸种"形象"。形象者，也是示现佛性、般若空智的一种"方便"。

形象一词，最早出现在西汉初年的《淮南子》一书："大道坦坦，去身不远。求之近者，往而复反（返）。迫者能应，感者能动。物默无穷，变无形

---

① 《金刚般若波罗蜜经》，姚秦三藏法师鸠摩罗什译，载娄西元：《金刚经新式注释》，河北人民出版社，1991，第2、12页。

象。"①佛教所说的形象，指示现法性、空境的佛教手印。《大日经》卷一云："大梵在其右，四面持发冠，唵字相为印。执莲在鹅上。《大日经疏》五曰：大梵王，戴发髻冠，坐七鹅车中，四面四手，一手持莲华，一手持数珠，以上是右手。一手持军持，一手作唵字印，以上是左手也。印当稍屈头指，直伸余指，侧手按之，而作语状，是名净行者吉祥印。"②佛教所说的方便，是借用了汉语中现成的常用词汇，来译梵文Upaya，梵语徇和。"有二译：一对般若而译；二对真实而译。对般若而译，则谓达于真如之智为般若，谓通于权道之智为方便。权道乃利益他之手段、方法，依此译则大小乘一切之佛教，概称为方便。方者方法，便者便用。便用，契于一切众生之机之方法也。又，方为方正之理；便，为巧妙之言辞。对种种之机，用方正之理与巧妙之言也。又，方者众生之方域；便者教化之便法。应诸机之方域，而用适化之便法，谓之方便。"③佛教种种奥义，不可思议、不可言说，只得权且思之言之，谓之"方便说法"，是不得已而为之的。有如人类作为地球最高等的动物，是"宇宙的精华，万物的灵长"，却依然像一切动物、昆虫那般要排泄，这是不得已而为之的事情，故称"方便"。

佛法广大弘深，不是任何语言文字所能言说其一二的，又不得不加以不断的言说，便是"方便法门"。一切佛经文字是方便，手印（形象）、图像与讲经是方便，佛教所说的"世界"，也是方便。从佛法到佛身、法身与色身，所谓三世十方诸佛，周遍娑婆世界即"三千大千世界"，不可胜数，其实不过是示现佛法、佛性、空境的一种方便而已。比如世界这一范畴，梵语Loka，世指无尽时间之迁流，过去、现在、未来三世之谓；界为界域，无垠空间之谓，也不过是方便说法的一种方式。

印度佛教入渐中土之前，古代中华唯有"天下"而无"世界"之说。一般

---

① 《淮南子·原道训》，载《诸子集成》第七册，上海书店，1986，第13页。按：尔后，在东汉王充《论衡·乱龙篇》中，也出现"形象"一词。原文为，休屠王"拜揖起立，向之泣涕沾襟，久乃去。夫图画，非母之宝身也，因见形象，泣涕辄下"。（见王充：《论衡·乱龙篇》，载《诸子集成》第七册，上海书店，1986，第158页）

② 丁福保：《佛学大辞典》，文物出版社，1984，第205页。

③ 同上书，第310页。

而言，天下时空有限，世界则无尽无垠。佛教关于世界的想像与思维空间，十分奇特、丰富而宏伟，其三千大千世界说有云：

> 　　如一日月周行四天下（引者按：四部洲），光明所照，如是千世界。千世界中有千日月，千须弥山（妙高山，世界中心之山）王（动词：统率），四千天下、四千大天下、四千海水、四千大海；四千龙（梵名：那伽naga）、四千大龙；四千金翅鸟（天龙八部众之一，祥鸟）、四千大金翅鸟；四千恶道（"六道轮回"说中的地狱、饿鬼与畜生为三恶道）、四千大恶道：四千王、四千大王；七千大树、八千大泥犁（地狱），十千大山，千阎罗王（地狱之王），千四天王（居妙高山半腰处，帝释天外侍），千忉利天（帝释天，又称三十三天），千焰摩天（欲界第三天），千兜率天（欲界第四天），千化自在天（乐变化天），千他化自在天（欲界第六天）；千梵天（色界初禅天），是为小千世界。如一小千世界，尔所小千千世界，是为中千世界；如一中千世界，尔所中千千世界，是为三千大千世界。①

　　这一言说，称物理时空、心灵时空的无比广深悠远，是佛教以宗教语言文字所描述、夸饰的物理与心理宇宙，也是"亿万诸佛"及佛教所锺情的、特具神话、诗情与美的精神家园。佛教有"芥子纳须弥"之说，见于《维摩诘经·不可思议品》芥子纳须弥之叙。须弥山是佛教世界中心的山岳，至高至伟，坚不可摧，芥子至微至小，哪有芥子之内可纳得须弥的？而佛教做得到，真是大胆奇特的想象。世界无比神奇，美得不可思议不可言说，只好来一个"方便说法"。美的意蕴，不在说法中，又在于说法方便的导引。世界的美蕴，也是如此。竺法护所译《贤劫经》说，佛教的"娑婆世界"，仅现世在"住劫"之中，便千佛出世。娑婆世界"四天下"的每一方"天下"，都生成"百亿万佛"，却尚未包括世界无数其他的佛，其数量的浩瀚无比，难以形容。世界，是佛的世界，美蕴，属于佛与世界。赋予了中华文化一种属佛而新的世界意识

---

① 《世纪经阎浮提洲品》，《长阿含经》卷一八，佛陀耶舍、竺佛念译，载陈允吉、胡中行主编：《佛经文学粹编》，上海古籍出版社，1999，第518页。按：相关注释，亦参见该书。

与理念，深巨的历史与人文影响，不容低估。

世界是百亿万佛的世界，万佛又遍在于世界。佛的绝对形上空幻、抽象而神通广大，真是不可思议不可言说。于是，便以种种形象、方便来加以形容。所谓"三十二大人相"兼"八十随形好"，便是佛、佛的世界色身意义的形容。

《中阿含·三十二相经》专述"三十二相"，西晋时尚未译入；最早译入"三十二相"、"八十种好"说的，是东汉末年支道林（遁）所译《道行般若经》，而并未详言耳，仅称"身有三十二相，见已大欢乐"、"亦复当得三十二相，八十种好"[1]；《涅槃经》、《无量寿经》以及姚秦鸠摩罗什所译《大智度论》等诸多经论，也有有关言述。《妙法莲华经》说，"金色三十二，十力诸解脱"、"八十种妙好，十八不共法"[2]凡此载录言有所异，而其精神、意蕴、其崇拜兼审美的义、性，是相同的。

这里，先来一一列出"三十二大人相"兼"八十随形好"，随后稍加评说。

"金色三十二"：

佛身金色，容颜神异，能显现三十二种身体特征，以表众德圆满至极。据《大智度论》卷四，分别为：（一）足下平安立相；（二）足下千轮相（脚下有轮形——原注，下同）；（三）手指纤长相；（四）足跟广平相；（五）手足漫网相（手足指间有网丝连接如蹼状）；（六）手足柔软相；（七）足趺高好相（足背高而圆满）；（八）腨如鹿王相（股肉如鹿王般纤圆）；（九）手过膝相；（十）马阴藏相（男根如马阴密藏体内）；（十一）身广长相；（十二）身毛上靡相（汗毛向上偃伏）；（十三）毛孔生青色相（一毛一孔，全为青色）；（十四）金色相；（十五）丈光相（身放光明，四面各一丈）；（十六）皮肤细滑相；（十七）七处平满相（两足、两掌、两肩、脖颈平满而无缺陷）；（十八）两腋隆满相；（十九）身如狮子相；（二十）身端直相；（二十一）肩圆满相；（二十二）四十齿相；（二十三）齿白

---

① 《摩诃般若波罗蜜道行经·萨陀波伦菩萨品第二十八》，载《道行般若经》卷九，《大正藏》第八册，P0471b、0472a。

② 《譬喻品第三》，载《妙法莲华经》卷二，《大正藏》第九册，P0010c。

齐密相;(二十四)牙白净相;(二十五)狮子颊相;(二十六)入口得上味相;(二十七)广长舌相;(二十八)梵音深远相;(二十九)真青眼相;(三十)牛眼睫相;(三十一)顶髻相(头顶有肉,隆起如髻形);(三十二)眉间白毫相。

据《大般若经》卷三八一载,八十种好指:(一)指爪狭长,薄润光洁;(二)手足之指圆而纤长、柔软;(三)手足各等无差,诸指间皆充密;(四)手足光泽红润;(五)筋骨隐而不现;(六)两踝俱隐;(七)行步直进,威仪和穆如龙象王;(八)行步威容齐肃如狮子王;(九)行步安平犹如牛王;(十)进止仪雅宛如鹅王;(十一)回顾必皆右旋如龙象王之举身随转;(十二)肢节均匀圆妙;(十三)骨节交结犹若龙盘;(十四)膝轮圆满;(十五)隐处之纹妙好清净;(十六)身肢润滑洁净;(十七)身容敦肃无畏;(十八)身肢健壮;(十九)身体安康圆满;(廿)身相犹如仙王,周匝端严光净;(廿一)身之周匝圆光,恒自照耀;(廿二)腹形方正、庄严;(廿三)脐深右旋;(廿四)脐厚不凹不凸;(廿五)皮肤无疥癣;(廿六)手掌柔软,足下平安;(廿七)手纹深长明直;(廿八)唇色光润丹晖;(廿九)面门不长不短,不大不小如量端严;(三十)舌相软薄广长;(三十一)声音威远清澈;(三十二)音韵美妙,如深谷响;(三十三)鼻高且直,其孔不现;(三十四)齿方正鲜白;(三十五)牙圆白光洁锋利;(三十六)眼净青白分明;(三十七)眼相修广;(三十八)眼睫齐整稠密;(三十九)双眉长而细软;(四十)双眉呈绀琉璃色;(四十一)眉高显形如初月;(四十二)耳厚广大修长轮埵成就;(四十三)两耳齐平,离众过失;(四十四)容仪令见者皆生爱敬;(四十五)额广平正;(四十六)身威严具足;(四十七)发修长绀青,密而不白;(四十八)发香洁细润;(四十九)发齐不交杂;(五十)发不断落;(五十一)发光滑殊妙,尘垢不着;(五十二)身体坚固充实;(五十三)身体长大端直;(五十四)诸窍清净圆好;(五十五)身力殊胜无与等者;(五十六)身相众所乐观;(五十七)面如秋满月;(五十八)颜貌舒泰;(五十九)面貌光泽而无颦蹙;(六十)身皮清净无垢,常无臭秽;(六十一)诸毛孔常出妙香;(六十二)面门常出最上殊胜香;(六十三)相周圆妙好;(六十四)身毛绀青光净;(六十五)法音随众,应理无差;(六十六)顶相无能见者；（六十七）手足指网分明；（六十八）行时其足离地；（六十九）自持不待他卫；（七十）威德摄一切；（七十一）音声不卑不亢，随众生意；（七十二）随诸有情，乐为说法；（七十三）一音演说正法，随有情类各令得解；（七十四）说法依次第，循因缘；（七十五）观有情，赞善毁恶而无爱憎；（七十六）所为先观后作，具足规范；（七十七）相好，有情无能观尽；（七十八）顶骨坚实圆满；（七十九）颜容常少不老；（八十）手足及胸臆前，俱有吉祥喜旋德相（即卍字）①

这里，笔者所以不厌其详地引述佛教"三十二大人相"与"八十随行好"的资料，意在让读者了解其究竟说了些什么。色身意义的"三十二大人相"兼"八十随形好"说，塑造了佛的形象，其高大、健康与清净、庄严，是无与伦比的，实际却是现实男性人体及其仪容、举止与心态的形象夸饰与描绘。它的美学意蕴，试概述如次：

第一、数的崇拜与审美。关于数，印度佛典在在多有关于数之崇拜，其中最著名的，当为对"八"与"十"的崇拜。这里，暂且不言"十"。就"八"而言，有"八正道"、"八不中道"诸说，还有"八大菩萨"、"八金金刚"、"八百功德"与"八相"、"八法"与"八解脱"，等等，还有所谓"八十无尽"等言说，无不体现出对"八"与"八"的倍数的虔诚崇拜之情。崇拜不等于审美，而审美却与崇拜相互融摄。这是因为，无论崇拜抑或审美，都体现出主体心灵对客体对象的一种情感上的信任而美好联系，都达到物我、主客的浑契状态。不同之处，仅仅在于崇拜即客体对象被神化，同时是主体自我意识的迷失，对象的"能"与"势"被主体心灵所夸大了，于是主体心灵心悦诚服，甚至达成于迷狂。从历史过程看，崇拜感是一种悲剧性的狂欢。崇拜作为瞬时之快感，却依然是一种精神的满足与审美之倒错的替代。佛教关于"数"的崇拜，因崇拜而有可能进入某种审美关系，确因此时主、客之间形成了一定的信任与美好情感联系之故。无论"三十二相"还是"八十随形好"，都包含了对"八"之

---

① 《妙法莲华经》，姚秦三藏法师鸠摩罗氏什译，载心澄译释：《妙法莲华经》上册，广陵书社，2012，第144、145—147页。

倍数的尊重与崇尚。这种数的崇拜，固然是对"数"之审美的压抑，却同时又是关于"数"之审美的召唤。

第二、相与好的崇拜与审美。"三十二大人相"、"八十随形好"的关键，在相、好二字。佛教所谓相，指一切事物现象且想象于心的表征，以及联系于事物现象之真谛的领悟等。佛教有"相即"说，《般若心经》所谓"色不异空，空不异色；色即是空，空即是色"，便是典型的佛教"相即"之言。未可仅从表征角度偏颇理会佛教所言相的意蕴。所谓"实相无相"，指佛性、佛法之深蕴，指性相不二即相即。所谓"好"，佛教并未离相而独言好，"八十随形好"，是随"三十二大人相"而致于完善的好。佛典有"好相"与"相好"说。好相，指妙好之异相；相好，指佛性的示现，以身显示佛性（空）微妙之相征，便是相好。就佛而言，佛即实相；实相者，无相。就化身佛而言，相有三十二而好具八十。就报身佛而言，则具八万四千乃至无量的相与好。好者，三十二大人相之庄严与美及其令众生悦乐的信感、善感与美感，其间所融渗的崇拜之情，可以让信众的心灵，达到如痴似醉的程度。三十二大人相、八十随形好，是崇拜与审美的二律背反又合二而一。就信众的即时感受而言，难以理性分析而厘清何为崇拜、何为审美，这种浓烈的宗教情感，却从来不拒绝审美的渗入。三十二、八十，正如八万四千之类，作为佛教所特有的数喻，正如前述，也是崇拜兼审美的复合体。佛之色身的虚构与想象，出于崇拜又出于审美之需。作为佛性、佛法的真实示显与变现，充满了佛的神性，是不令人奇怪的。比如：所谓"足有千轮相""毛孔生青色相""金色相""丈光相""梵音深远相""眉间白毫相"，等等，并非世俗之相、好。而其中诸多相、好，世俗性现实性十分显明，如"足下平安立相""手指纤长相""手足柔软相""皮肤细滑相""齿白齐密相"之类，与现实中的常人无异。所叙说与描绘的，不啻是一种兼具一定神性理念的"人体美学"。三十二大人相与八十随形好，总体上给人一种具神性、神通又有"特殊功能"的感觉，有一种凡夫俗子那般心宽体胖、精顽身健而具有丰腴之福相的可爱形象。总体而言，佛慧外彰，名曰相；正智即实相；方便说法，姿容可羡，悦愉人情，说之为好。是佛相庄严、善德圆满的示现，以便邀人顶礼崇拜，而审美蕴含其间。

第三、佛之色身的三十二大人相、八十随形好，意在反复述说、强调佛相之庄严、美好。尽管其间重复甚多，有所矛盾不周，尤其八十随形好说，所叙颇缺乏逻辑性，是一睹便知的事情。然而在佛教看来，无论三十二大人相还是八十随形好，都是放大光明、朗照世界之佛慧的形象显现。通体神通，无量功德，不可思议。这种形象显现，将般若空智世俗化同时人格化了，大开从佛学到美学的方便法门。它也是千百年间佛寺塑造佛像的文字依据。

在本来意义上，美学研究、追寻世界本原本体及其大化流行之原美本美，而且研究、追寻原美本美的无数现实实现方式及其过程与成果。从本原本体看，人之积极的本质力量的对象化即美，那么这一美的实现，总与一定的形象、情感相联系，其方式、过程与成果，是美的从本体界到现象界的现实实现。

佛教基本教义的逻辑并非如此。其逻辑原点，是以对一切世间、世俗现实之真善美的否定与拒绝为前提的。这种否弃愈是彻底，建构其上的佛国论、涅槃说等便愈坚不可摧，庄严神圣，所言般若智慧的"真理性"，便愈不证自明，便愈能化导芸芸众生去向往佛国的"真善美"。否则，假如此岸、世间还有哪怕是一丁点儿的真善美，那么，芸芸众生究竟还有多大必要去向往佛国、遁入空门呢？众生又有什么必要非得涅槃成佛呢？或者说，那完美无缺的佛国世界与成佛境界，对于处于水深火热之中的众生而言，究竟还具有多大吸引力？

于是，愈是将世间、彼岸说得一无是处，愈是将佛、佛国与般若空智，描绘得尽善尽美，便愈顺理成章，合乎佛教本身的逻辑。

这其实是一大逻辑的"困难"。困难在于，只有彻底否定此岸现实之美，才能彻底肯定彼岸佛国及其佛智之美。可是，佛国、佛智之美，难道不就是以彼岸为逻辑预设、实际是改造此岸现实而以彼岸方式所肯定的此岸么？事实上，现实是最强有力的，不是可以被随意否定的。作为逻辑预设，佛教尽可以在现实世界之外，预设彼岸这一心灵世界，便是佛教的"两个世界"说中的彼岸即出世间。其基本主张，以彼岸为真实、此岸为虚妄。然而，被佛教斥为虚妄的此岸现实，恰恰是真实的存在。佛教所谓彼岸及其美，其实不过是理想意义上此岸、现实的一个侧影。从人文本涵看，佛教基本教义及其关于美之诉求的立足点，始终在此岸、现实而非彼岸、非现实。因而，由此岸、现实所存在、引起的问题只有放回于此岸、现实，才可能求得解决。于是，在彼岸、佛国这一理想国与此岸、现实之间，便不得不寻求一种妥协的方式，便是三十二大人相兼八十种随形好。

这一妥协方式，便是佛教所说的形象之一，也便是其方便法门。

从佛教美学来看，方便法门"的要素之一，是形象的描绘，是按照世间最健康、最壮硕、最美好的大男人形象，而称为法身意义的庄严法相的一种呈现。

与相对酷严的小乘成佛条件与诸多戒律相比，大乘空、有二总宗主张人人皆可成佛及其后代禅宗所谓"明心见性"、"即心即佛"，等等，都是"方便"得多的成佛说，它其实是建构于世间与出世间、此岸与彼岸、人性与佛性、俗谛与真谛之间的一种不得已的妥协，而与美、审美相关联的佛的伟大形象活跃其间。

这里不妨再说所谓方便，梵语upāya，方法便用之谓。《维摩诘经》与《妙法莲华经》等，都专设"方便品"以言述佛教方便思想。便是趋智、达如的津渡。般若者，洞达之慧名；方便者，权变之智称。方便又称权智。佛性、佛法、般若、真如、等等，空幻而幽微，作为最高的智慧之境，芸芸众生不易悟入，故有诸如三十二大人相、八十随形好这一类的形象、方便、方式与途径，作为启悟之法门、发暗之机枢而在佛教之中，发抒其活跃的生命。这里还要强调一下，就悟得的佛智来说，通过方便、形象而对于佛、佛性与空智的悟契，实在是不得已而为之的权宜而已，三十二大人相兼八十种随形好，并非佛、空性与实相本身，而是试图通过这一佛教思维与思想所开掘的"通孔"，窥视、悟契佛、佛性、佛境理想的权智。

方便法门一开，事情就发生奇异的化变。好比《水浒传》里的"洪太尉误走妖魔"，三十六天罡、七十二地煞，由此大闹天下。本是空幻、清净之境，忽而有一种被称为形象的东西，作为权智，从方便法门进入（其实也不得不进入"，因为，既然法不可说又不得不说，则以形象说法，不可避免），凿通从本体界到现象界的障壁，一切佛教艺术及其审美，包括佛之色身的三十二相，八十随形好，以及佛教手印等，都来做了中国佛教美学的主角之一。佛教最神圣、庄严、伟大而最推崇的，是佛陀（释迦）的崇高、清净无畏的形象，世尊形相，盛设庄严；佛国净土，金碧辉煌。一切有关佛的诗唱、音声、画绘、宫室、石窟和文字、言语等说法方式，都是借以无数形象、从而将美善与真实，"唤上前来"。一切形象，不等于佛、佛法、佛境，而倘无形象、方便，则佛教的一切，便无从谈起。

在中国美学史上，形象这一范畴意识的起始，在先秦《易传》之中。《易传》所谓"在天成象，在地成形"，该形、象虽未连缀为一词，却是形、象并提。《易传》有"形而下者谓之器，形而上者谓之道"之言。笔者推见，形而中者，必为象耳。象在器、道之际。象是什么？《易传》说，"见（现）乃谓之象"。象是现于心的。指人的心灵图景、印迹、印象与氛围，等等，它比器抽象，又不如道的绝对抽象。形与象所构成的形象一词的意蕴，具有一定的抽象性，又与形（器）相联系，实际是一半具象、一半抽象。

形象作为一大诗学范畴，显然不同于另一诗学范畴"意象"。意象指心灵之象。而形象者，固然维系于心，作为心的意象的一种，却是形诸外的，它首先是五官可以感觉的具体有形的对象，它是具体有形之象。形，指生命、生活现实之中存在的人或物的本来面目。如写实主义的绘画，努力以生活的本来面目，摩写人物与形状物事。形象（意象）一词，英语image，常有人误以为是外来语，其实非也。在佛典中，形象是梵语pratimā（钵罗底么）的意译，佛相庄严之谓。兼指佛像、菩萨像的种种具体规格与做法。佛教建筑（寺塔），佛、菩萨、力士与飞天等等的佛教造像及其一切仪容、庄饰，都是方便、形象与庄严，都是自世间通于出世间的菩萨行。自然亦包括供养，以食施与，以衣施与，常事法会，遂得三十二大人相、八十种好，便是佛教四圣谛的苦空之说所否弃的世俗形象的美善，却不料在佛教的方便说法中，又重新得到了肯定，这是佛教逻辑上的一个矛盾。佛的高大形象，在意蕴上，是一个崇拜兼审美的复合结构。它以形象的"方便善巧"，成为众生悟契于般若空境、成佛与向往佛国的导引；又将本体界佛慧形上之美善，贯彻于形下的现象界，开启了方便法门，在佛教崇拜甚或精神迷狂的人文机缘与处境中，欣喜而静穆、幸福又慈悲地实现为佛教艺术及其审美。三十二大人相、八十种随形好，正如一切形象、一切佛相庄严，都是"出淤泥而不染"的美。

第四、三十二相兼八十种随形好，是触及身体文化、身体哲学与身体美学的一个重要命题。许多佛典都说，身者，万恶之源。佛教有杀、盗、淫三者之"身业"说，称身业是欲界的恶业；称身为火宅，逃之唯恐不及；称"身苦"作为"二苦"（另一苦为"心苦"）之一，陷智慧于"身见"而迷妄而罪恶滔天，以至于称众生的肉身无非一副"臭皮囊"、"劳什子",凡此都对身体（佛教称"肉身"）表示极大的不信任，加以断然拒绝。这正如西方学者所说，"身体最突出的负面意象如下：它被视为心灵之牢笼、令人丧志之玩物、罪恶之源、堕落之根。"①其中逻辑是，"将灵魂最大限度地从身体中分离出来"，"最终达到灵魂完全独立的境地。"②

西方美学史上，古希腊柏拉图的理式论及其"灵魂回忆"、"灵魂升华"等说，普罗提诺的"极其耻于存在于肉身中"说，与笛卡尔"我思故我在"，等等，都是要么将身体置于被否弃、被审判的地位，要么并不把身体放在其哲学、美学的视野之内。信众坚信，神与上帝是一个纯粹的"灵"，在神学"关怀"之中的哲学、美学的理性、知识，已足以达到人的精神的升华和灵魂的拯救。人是"理性的动物"、"思的动物"而不是"身体的动物"。这一哲学与美学诉求，直到叔本华、尼采与弗洛伊德等那里，才有了真正的改观。

中国美学史关于身体意识、身体美学的理念和诉求，始于先秦。然而如《论语》"学而"篇曾子所言"吾日三省吾身"的身，指我自己而不是指人的肉身。儒家所谓"身体发肤，受之父母，不敢有所毁伤"与"舍身取义"、"杀身成仁"等信条，主要关乎政治道德，《黄帝内经》有所谓"夫精者，身之本也"的身体之说，主要从身体的自然去看待身体问题。关于身体，老庄道论的美学，虽有涉及而未多加注意。

在沿承印度佛学与中华本土化的中国佛学、美学中，身体问题无可回避。其表现是：一、认为身体遮蔽了对于真理的发现，阻断灵魂的回归。如果沾染了身体这一"恶业"，涅槃成佛便断无可能。身体作为世俗、感性以及欲望的渊薮，实际是涅槃成佛、证悟般若智慧的最大障壁。诸多佛教戒律如所谓"身戒"之类，都在对治于身体这一"罪恶"，佛教世界之大，却令人又恨又爱，或者不知如何安放。而禅修、调息、守意与入定，都是对治于肉身的，身、口、意三业，以身业为首。二、佛教有佛身、法身与色身诸说，在成佛、般若"方便"的意义上，让身体占有一席之地，承认身体在佛教理论与修为实践中的应

---

① ［美］理查德·舒斯特曼：《身体意识与身体美学》，程相占译，商务印书馆，2014，第1页。
② 同上书，第29页。

有地位。凡此都是身的否定与肯定二者得兼，是身体问题在佛教哲学、美学中的尴尬处境和圆融地位的同时解读。身体，显然并非佛教美学的"终极关怀"，却是这一终极作为特殊"语言符号"的导向载体正如佛、菩萨等塑像与佛手印之类一样，佛的三十二大人相与八十随形好，也是这样的一种载体，它是诗性一般的轻逸歌唱，又是沉重的一副铁链枷锁。却在一定程度上，有限地保留一点儿感性与意象而可诉诸于感官，从而在对于佛教哲学本体和意象的双重了悟与观照中，与意象的审美发生了一些联系与融会。从芸芸众生的身到佛身的呈现，跨越诸多修持阶段或一悟顿了，终于是对于肉身恶业的彻底消解。这是值得注意的。

第四节　佛教美学对向、郭玄学美学的影响

魏晋玄学，可分"贵无"，"崇有"与"独化"三系。

西晋玄学，由魏发展而来。从曹魏正始玄风的何晏、王弼倡言贵无，到魏末（249—265）嵇康、阮籍的激烈玄辨，成为西晋玄学的铺垫与基础。

西晋元康（291—299）年间，由嵇、阮所倡导的"越名教而任自然"的玄思玄风，狂放过甚，大批士子口尚虚诞，身则放荡无羁，便有裴頠（267—300），深患时俗放荡，不尊儒术而撰《崇有论》论释其蔽。

裴頠《崇有论》的批判对象，是何、王的贵无说与嵇、阮的"越名教而任自然"的玄风。裴頠《崇有论》说，夫至无者，无以能生，自生也。自生而必体有，则有遗而生亏矣。生以有为己分，则虚无是有之所谓遗者也。

裴頠崇有说的根本主张，是推崇这个有而反对道家的无，他把道家的无，理解为没有。故称无以能生，即无是不能生出天下万有来的。其逻辑依据在于，无（道）是有的所谓遗落，遗落便是无，无即没有。既然世界原本什么都没有（有之所谓遗者），怎么能够由没有而生出万有来呢？因而，要说世界万有何以始生，裴頠的回答只能是：故始生者，自生也。

裴頠的崇有思想，确是有感而发，对治于狂玄时弊，似乎十分有力。《崇有论》说，贵无必贱有。悠悠之徒，遂阐贵无之义，而建贱有之论。贱有则必外形，外形则必遗制，遗制则必忽防，忽防则必忘礼。礼制弗存，则无以为政矣。

裴頠是名教的自觉维护者，他以其崇有哲学的逻辑，来阐说名教的合理性。

几乎与元康崇有玄学振扬于一时所相应的，是向秀（227—272）、郭象（253—312）以"名教即自然"为旗帜的玄学思想。向秀辞世之时，郭象十九岁，而两人的哲学著述几乎同时。《晋书·向秀传》说，向秀雅好老庄之学，振起玄风，为《庄子》注，发明奇趣。《晋书·郭象传》记其续注《庄子》事，便是向郭注庄的一段因缘。向秀基本非西晋（265—316）时人，时值西晋，已是暮年。向秀注庄未竟而卒，所注在当时未行于世。郭象续注《庄子》，大部一循于向注，仅"自注《秋水》、《至乐》二篇、又易《马蹄》一篇"而已。这在《庄子》三十三篇注中，未占重要地位，因而可以说，郭注约等于向注。①

向郭注庄，标举"自然"之说。其《知北游》注云：谁得先物者乎哉？吾以自然为先之，而自然即物之自尔耳。大致依袭先秦老庄的思路与思想。《老子》通行本，本有关于道者，先天地生而"道法自然"之说，向郭亦然。自然，本然如此、原本就是这样的意思。《老子》通行本曾说，故天下万物生于有，有生于无。天下万物生于阴阳（有），阴阳指阴气阳气，也指天地；阴阳（有）生于道，道即无，便是：有生于无。

可是，向郭《齐物论》注却说：无即无矣，则不能生有。

无既然是指没有，那么此无，便不能生有，所谓天下万有的生成，便失却了逻辑依据，故只能是生者自生了。

向郭此说，无疑类同于裴頠的崇有之见，斩断了原先《老子》、《庄子》关于无中生有的逻辑之链。向郭也与裴頠一样，囿于经验哲学的崇有理论的束缚，达不到贵无玄思的深度。在美学上，如将无理解为美的本原本体，将有理解为美的事物，假定无不能生有这一命题可以成立，那么，便可以得出美的本原不能生出万物之美的结论来，人为地斩断了本体界与现象界逻辑之链。

然而，世界万有总处在生生不息的大化流行之中，万有始生于何，是哲学必须回答、不能回避的问题。《老子》通行本称，万有始生于道，所谓"道生一，一生二，二生三，三生万物"②，是对故天下万物生于有，有生于无之说的

---

① 按：《晋书·郭象传》称"象为人行薄，以秀义不传一世，遂窃以为己注"，当属不为贤者讳之言，可信。

② 《老子道德经》，王弼注，载《诸子集成》第三册，上海书店，1986，第26—27页。

逻辑展开。《庄子·天地》说："泰初有'无'，无有无名。一之所起，有一而未形，物得以生，谓之德。"①是对《老子》"道生万物"说的逻辑性说明。裴頠却提出了有别于《老子》的所谓故始生者，自生也的见解。既与《老子》的道法自然说相勾连，又有别于此。

向郭与裴頠在这一问题上的哲学见解，似乎无多差异，其实不一。向郭固然称无既无矣，则不能生有，似与裴頠所谓夫至无者，无以能生说相似，然而，向郭《齐物论》注谈及有关然则生生者谁哉？块然而自生耳之后，紧接着又说了一段十分重要的话。《庄子·齐物论》注说：自生者，非我生也。我既不能生物，物亦不能生我，则我自然矣。自己而然，谓之天然。

所谓天然，犹"毛嫱丽姬，人之所美也。鱼见之深入，鸟见之高飞，麋鹿见之决骤，四者孰知天下之正色哉？"②在向郭看来，所谓块然而自生的，固然如裴頠所言，是哲学意义的有的自生，却并非我生。那么，向郭所说的我生之我，究竟指什么呢？答曰：自然。这便是向郭所谓我自然的意思。我自然，实际指那个道（无）。那么，道（无）又为何要称作我、称作自然也便是所谓我自然呢？《老子》通行本有道法自然之言，其意为，道自本自法，而《老子》决无这里向郭所谓我既不能生物，物亦不能生我的意思。在《老子》那里，世界及其美的本质是无（道）的那个生。无，世界生气灌注的原本状态，无，就是世界生成的无限可能。《老子》断无"无生"（"不能生"）的思想。可是向郭以为，自生者，非我生也，类于裴頠的主张。而且，正因道（无）作为我的人文、哲学品格在于不能生，所以才得称之为我自然（自己而然，谓之天然）。这种我自然，独立自存。它的存在，是不需要任何条件，没有任何理由的。向郭有所谓无待、独化于玄冥之境之言。向郭注《庄子·齐物论》关于吾所待又有待而然者邪一语后说：若责其所待，而寻其所由，则寻责无极而至于无待，而独化之理明矣。

如果追问有关无生有、道生万物的条件，寻找其根因，那么，最终只能追

---

① 《庄子·天地第十二》，载王先谦：《庄子集解》卷三，《诸子集成》第三册，上海书店，1986，第73页。

② 《庄子·齐物论第二》，载王先谦：《庄子集解》卷一，《诸子集成》第三册，上海书店，1986，第15页。

问到无极那里，只能发现道（无）及其原美的存在，是没有任何条件与原因的，从而关于道（无，我自然）所谓独化于幽冥之境的道理，也就明了了。

在向郭《庄子注》看来，道即无；无不能生有，这是违背庄子本意的；正因如此，才是一种关于我自然的品格与状态；作为存在或曰原在，无待而独化。

这是向郭所贡献于魏晋玄学美学甚而中国美学史的一个重要思想。其重要性在于，在哲学思维上，向郭将道（无）及其原美"孤立"起来，称它是我自然的无待、独化的存在（原在）；在哲学思想上，是将道（无）及其原美彻底理想化了，因而，不免具有某些类于宗教神性的人文品格。

在笔者看来，向郭这一思维思想的形成，不能不是受到佛教思维思想之影响的一个结果。

其一、关于"无生"。佛教以为，无生者，无生灭之谓。斥破生灭烦恼，称为无生。无生与有生相对，众生妄见生灭，便是有生、有灭的无边苦海。佛经说，无生者，实相也。生是虚妄，死也是虚妄。愚痴者，漂溺于生死。无生，是涅槃是真实是真理，众生的生存及其人性与人格，唯有从诸法因缘、生灭中解脱出来，才是无生（无生灭）的境界。

中国哲学与美学，自先秦到西汉末年印度佛教入渐，都是生命哲学与生命美学，特别重视生而忌言死，从来不具有无生这样的思维与思想。自印度佛教入传，情况渐渐发生变化。人们将所谓涅槃之境，看作是众生的一种精神的皈依，认同所谓无生是一种恒常的境界，无生也便是永生。佛教所说的"常住"，就是佛法无生灭变迁的意思。离弃一切生灭之相，无生而常住。无生，为无生无灭，不迁不变之略语。然而西晋之时，向郭《庄子注》虽受入传的佛学思维与思想的影响，却是直观而不无偏颇地将无生，理解不能生（不生）的意思。以传统的不能生之说，来置换佛教所倡言的无生，是向郭在重新解读道（无）家生成论时，是对佛教无生说偏颇而生硬的说法。当然，这仅仅是就其思维方式而言的。

其二、关于"无待"。一切事物现象都是在与它事物它现象的必然联系中存在与发展的。孤立存在，便是不存在。佛教的十二因缘说，寓三世因果轮回之理，称众生无始以来，如轮一般旋转于生死而无有穷已。因缘轮回，坠堕三道，备受苦毒。佛教看世界看人生时所强调的，是诸事物现象之间的必然联系，便是其缘起、因果说，强调万类物事现象刹那生灭，瞬息万变，一切无常，持有待之见，便是当佛教看到万类事物间的因缘关系时，将事物、众生深陷于因果联系时，是四圣谛说所谓"苦、集"的荒谬、虚妄、尘累与黑暗，这也便是有待说。

佛教在持"有待"说的同时，更持无待之论。当众生成佛时，便意味着悟入于四圣谛"苦集灭道"的道的境界，斩断了一切的因缘、因果的联系，而入于佛、涅槃、般若、中道的境界，是一种无待的精神天国。这里的无待，指无条件的存在。

须从"即有待即无待"处，来理会佛教的有待、无待之真实联系的究竟。众生常在三世轮回中，此有待之时也；一旦成佛而致于涅槃空相，般若中观，便跳出轮回，拔离诸苦，达于无待之境。佛教的"无依"说，述"无依之境"，称佛之空相（按：相空），无所滞累系缚，作为本真、本美、本善的存在，是绝对无依即无待的，这也便是"无依涅槃"即"无余涅槃"又称"无余依涅槃"的境界。涅槃之境，无条件无因果无与他事物现象相联系。是一孤立永恒的存在，称之为本在可矣。

向、郭所说的我自然（自己而然、天然），就佛教美学而言，指的便是四圣谛中的道（空境）那种本在而无待的精神之美。这里，可将向郭的无待之说，看作受佛教无依（无余依）涅槃说影响的一个有力明证。它将传统道家的道（无），与佛教四圣谛所说的道（空）相对接时，以无说空又以空说无的一种理论表述，具有经过佛教濡染的新的道家之无的理想化品格。

《大般涅槃经·师子吼菩萨品》说：

> 得大涅槃者，为断众生一切生死、一切烦恼、一切诸界、一切诸谛故。断于生死乃至断谛，为得常乐我净法故。[1]

断灭生死等，即为"无生"。正如前述，部派佛教有"补特伽罗我"之说。

---

[1] 《师子吼菩萨品第十一之三》，载《大正藏》第十二册，《大般涅槃经》（北本）卷二十七，P0538c。

我者，法我、心我。常一之本体，不变之功用，执著而滞累。故佛教持无我之论。然此所言常乐我净之我，非法我心我之我、妄我之我，指真我，它与《涅槃经》所言常、乐、净的旨归相类相应。佛教又有"人我"、"自我"与"他我"①诸说，都指妄我（妄执之我）而非真我。《大般涅槃经》所说的"我者，谓大涅槃"的我，却指无执之我，其湛然圆明，常寂不坏。《大般涅槃经》说，真我便是了却生死，不生即无生。"不生（无生）者，名为涅槃。"②是。

美国学者休斯顿·斯密斯说：

> 我们可以从"涅槃"谈起，他用这个字来称呼他所看到的生命目的。从字源上看来，它的意思是"吹熄"或"熄灭"，不是及物性的，而是像火停止燃烧了。没有了燃料，火就灭了，这就是涅槃。③

也许，任何比喻都是蹩脚的。以火焰的熄灭，形容涅槃这一精神境界，其实并不贴切。火灭对于火的燃烧状态而言，是火焰这一物质的毁灭，可以说不是及物性的，而火灭对于火焰的燃烧而言，是火焰没有了的状态，可以勉强以独、寂二字来描述。佛教所谓涅槃之境，是常乐我净的境界。尽管是空寂的，却并非枯寂死灭，并非什么都没有。而是一种本体性的存在，即为空寂；空寂，即无生；无生，即不生不灭；不生不灭，即无所谓生无所谓灭，即为精神的永生。理会这一点，才能理解向郭注庄，为何以我自然这一玄学概念，来描述、规定道（无）的哲学、美学性格，诚然是对佛教无执之我、真我、无生说的一个借鉴，而不失为玄学的人文品格。

其三、关于"独化"。《庄子》云，得道（无）的逍遥游，便独与天地精神往来，此之为独，在道的出世人生境界中，指主体精神与天地自然的浑契合一，人、天相互应答交通。而向郭《庄子注》所说的独化，从其所谓道（无）则不

---

① 按：人我，人生妄执；法我，妄执于外物外境；自我，自我之妄执；他我，他执之谓。四者皆为妄我。

② 《光明遍照高贵德王菩萨品第十之一》，载《大正藏》"涅槃部类"第十二册，载《大般涅槃经》（北本）卷二十一，P0490b。

③ ［美］休斯顿·斯密斯：《人的宗教》，刘安云译，刘述先校订，海南出版社，2013，第108页。

能生有、无待之说来看，是说道（无）独存于天地之间而自本自化，这里或已汲取了佛教有关空寂的人文思想与思维因子。

佛教有"独空"之见。何谓独空？一切事物现象（法）在空幻这一点上是平等而唯一存在的。空，独立自存。这种自存状态，绝对无条件无因果，故而可称为空寂、独空。

空理一也，此之为独空，是独一无二的存在。这种存在，在大乘有宗那里，是成佛涅槃，是对佛土、佛国之境的执著；就大乘空宗而言，是对空的永远的消解、永不执著。向郭所说的独化的独，因为具有无待之性，而有佛教空思的因子。佛教的空，实际指寂，空即寂。《维摩诘经·弟子品》说："法常寂然，灭诸相故。"寂与静不一，静之生成，是有条件有原因的，寂则离烦恼弃生死（按：指事物现象的无生，非指人的生存死亡），是一种寂照之慧。寂为涅槃、为般若。寂是真常的我，寂为独，不独何以为寂？

可以说，向郭的独化说，因其主张无生（不能生）、无待，因而其独化的独中，存有佛教关于空寂因子。

佛教以为，空、寂、空寂之境，真常之谓。常住，指不生不灭，不迁不化，真常便是常住，此《涅槃经·如来性品》所以说，"如来常住，无有变易"。而向郭所说的道（玄、无），其性迁流而变易。是与佛说有别的。

向、郭有关道、无生、无待、独化诸说，虽有些濡染于佛说之处，还是坚守着道（玄、无）生万物、道化万物这一玄学的人文立场，向郭毕竟是玄学家而非佛教徒。

第四章　东晋：晋代佛教美学意蕴中国化的深入

时值东晋（317—420），时风大变。总体而言，作为佛教"格义"美学的典型的晋代佛教美学，加速其递进的历史步伐，拓展其嬗变的人文内蕴。以释道安、鸠摩罗什、慧远、竺道生与僧肇等为代表的佛学思想，促使晋代的佛教美学意蕴趋于深化。其间，"六家七宗"的"格义"的美学与罗什、僧肇的佛教美学理念，更具形上的思辨性；慧远佛教美学理念的中国化与世俗化，更富于鲜明的中华的时代与人文特色；竺道生的涅槃佛性与顿悟说，揭示了禅悟与诗悟的文脉联系。晋人风度、人格之美的塑造，由于佛教的有力滋养，可谓独具魅力。

第一节　南北两地的佛教流播

东晋时期，天下分治，佛教的流播，因南北地域的不同而分为两支，各具特色，形成颇为不一的人文、美学的时代、地域的氛围与格局。

在北方，匈奴、羯、鲜卑、氐与羌等五胡建立"十六国"，战乱百年，生灵涂炭，遂使标榜"救众生于水火"的佛教，在"误读"中更是深入人心。此时，各割据政权的统治者，相互攻伐，却大都笃信与扶植佛教，呈现出佛教传播史上甚为诡谲的局面。尤以羯人后赵、氐人前秦、后秦与匈奴北凉最为突出。石勒（274—333）、石虎（295—349）后赵统治时期，天下穷奢极侈，劳役烦苛，干戈不息，百姓苦难深重而赴诉无门，便寄望于"慈悲戒杀"、"放大光明"的佛教。滥杀成性、残暴无比的统治者，也时有惴惴于佛教因果报应之说，企望于"良心"的救赎，以期"放下屠刀，立地成佛"。其内心的虚弱与惶恐，期冀佛陀救世度人，拉来做一个精神的支柱。

在南地，自公元316年西晋亡而晋室南渡，至东晋立（公元317年，晋元帝建武元年）而都于建康，大批中原士人、王室贵族与平民百姓纷纷南下，他们被称为"侨人"，其中半数以上的南移人口，集中居住于建康、扬州等富庶之地，对于东晋南地佛教的发展与走向，起了重要甚而是关键的作用。在佛教文化、佛教美学的文脉上，东晋南地与西晋具有更多更直接的人文联系。东晋政权，主要是在南渡士族与南地原有士族联合支持之下建立起来的。一百余年历史，既时时深受北地五胡十六国的攻伐、侵扰，又深陷于王室与王室、士族与中央、中央集团与地方割据之间的不断争斗之乱苦。天下无有宁日，百姓颠沛流离，烽烟四起，而人的性命朝不保夕，遂使"救苦救难"的佛教，成为安慰人心、企望脱弃苦海的一剂良药。

比较而言，东晋之时南北两地的佛教，虽同在时世艰危、天下大乱、民人苦痛与人心思安而不得的时代条件下流播发展，却都得到众多统治者的推崇与扶持，各具特点。

其一、北地统治者信佛，大凡直接出于统治天下之需，作为胡人，需通过信佛，来提振称雄天下之信心。他们重用汉人，如石勒，提掖汉族士人张宾为汉人"君子营"之首要，参与军政决策，又主张研读汉籍，并推行学官制度与九品官人法等，做一些以汉治汉之事；他们自号为"国人"，严禁以胡为称，为其自己入主中原正名。《晋书·刘元海载记》记述匈奴刘渊自称"汉王"之理据云："夫帝王岂有常哉。大禹出于东夷，文王生于西戎，顾惟德所授耳"，又言"吾又汉氏之甥"，云云，力图证明其统治之正当性。然又以为，统以汉族儒家思想、仪规与典章制度来治理天下，毕竟并非万全之策、长久之计。以为必须有一尊神来正名分，做精神支柱，这便是来自异域印度的佛。石虎以"佛是外国之神"，自称"朕生自边壤"而认佛为"同道"，声言"佛是戎神，正所应奉"[1]。这种以佛为近缘的"亲近感"与"自豪感"，正是胡人崇信佛教的内在

———————————
[1] 慧皎:《高僧传》卷九，金陵刻经处本。

心理根据与动力之一。

南地统治者推崇佛教，因其并非胡人，故其信仰，不在于证明自己统驭天下的正当性，而为一般时势所趋，重在义理。东晋朝廷奉佛者众，晋元帝（317—322在位）、晋明帝（323—325在位）都礼敬沙门。据《辨正论》卷三，元帝曾建瓦官、龙宫二寺，度丹阳、建业千僧；明帝造皇兴、道场二寺。以为奉信佛教与治理天下之切要，首推沙门应否"尽敬王者"，实质上，是佛陀与皇上孰为天下之首的问题。在这一问题上，有长期而激烈的争辩，影响全社会的审美趋向与氛围。晋咸康五年（339），庾冰辅佐于晋成帝，代成帝诏示天下百姓称云，"沙门应尽敬王者"。遂引动朝廷反复论议，三度而未决。可见，上层统治集团内部传统儒家政治、道德斥佛力量之强。尔后在隆成年间（397—401），再度引起争议，太尉桓玄重提往昔之争，大德慧远以其崇高权威，著《沙门不敬王者论》宏文五篇，遂使争议暂息。建康佛教，势若燎原，可证传统儒学及其政教思想，虽根深蒂固，到底也有一时难敌佛教的时候。

其二，北地上层社会佛教的开始流播，偏于宗教信仰与禅学践履，南方则重于般若义学玄谈。

北地石勒、石虎杀人无数，残暴成性，却终生信奉佛教，并非出于对佛教义理、境界的真正领悟，是热衷于佛教三世因果、神奇方术的缘故。北地佛教隆盛，初与西域沙门佛图澄（232—348）在后赵的大力弘传密切相关。早在西晋永嘉四年（310），佛图澄来到洛阳，尔后通过石勒手下大将军郭黑略，"以道化勒"，于是获取了信仰。《高僧传》卷九称，石勒"有事必咨而后行"，尊佛图澄为"大和上"（大和尚）。石虎也"倾心事澄，有重于勒"。石虎曾请教什么是佛法，佛图澄以"佛法不杀"来加以引导。不杀生，作为佛教五戒之一，佛图澄故意以偏概全，以"不杀"谬读整个佛法，可谓劝善戒恶之良苦用心。固然，石勒、石虎信奉不已，视佛图澄为"神异"、为政治"导师"，曾在数十年间，大力资助佛图澄在诸多州郡建造佛寺、佛塔凡893处，实为空前之举。又首度明令汉人可以出家为僧，得风气之先。前秦符坚与后秦姚兴等辈，也雅笃于佛教。符坚及其弟符融礼敬高僧道安，与其交厚的原因，并非钦佩道安学识渊博与佛理玄深，而是崇敬其能"预知吉凶"、"料事如神"。公元383年8月，符坚不听从道安劝谏，举兵80万南下伐晋，结局艰危，溃不成军。由于淝水之败而更为迷信神佛。后秦姚兴少崇三宝，大力倡佛，以为"佛道深邃，其行唯善，信为出苦之良津，御世之洪则"①，以"信"而非"空"为佛法第一义。姚兴曾经派人迎罗什入长安，如获至宝一般，实际并非深谙佛法之故，而是崇信罗什为神巫、方士。龙飞二年（397），后凉驻守张掖的沮渠男成起兵反叛，吕光平叛前，鸠摩罗什预言平叛必败，固然确如其言，从此吕光叹服罗什有"神算之能"。

北地上层社会崇佛，多偏于信奉因果报应之说、佛教神通之类，对那些富于思想与思维深度的教义根本，似乎没有多大兴趣，也难入堂奥，往往仅在宗教信仰层面，依稀体会佛、佛国与佛教的真实与美好。从崇拜与审美关系角度分析，显然是精神迷狂意义上的崇拜，甚于精神清净的"审美"，也缺乏理性。

东晋南地的佛教，自当不无迷狂与迷信，受持士族理趣深巨的影响，是不争的事实。东晋朝廷诸多达官贵族在信奉佛教的时候，同时崇尚玄学，雅爱清谈。据《世说新语·文学篇》与《高逸沙门传》记载，王导任丞相时，过江左则称言"声无哀乐"、"养生"与"言尽意"三理而已。其清谈的话题与主题，在于西晋嵇康的"声无哀乐"，由先秦老庄传承而来的"养生"，以及西晋元康年间玄学"崇有"派裴颜的"言尽意"诸说。凡此"三理"，大致都属于老庄范畴。又，《晋书·庾亮传》称庾氏善于谈玄，性耽庄老。东晋名士，以老庄玄义为清谈，固不足奇，奇的是，他们往往既爱老庄，又锺佛法，在精神境界上，玄佛对谈，亦玄亦佛，出入于无空之际。东晋朝廷臣属中，与当时名僧大德交游的，除了前述王导、庾亮等辈，还有周凯、谢琨与桓彝等人。据僧佑《出三藏记集》卷一二，王洽（王导之子）曾与支道林（支遁）讨论"即色游玄论"；王珣（王羲之侄，书法家）、王珉（王洽之子）从佛僧提婆研学《毗昙经》。殷浩、何充、周崇、谢安、王恭、王羲之、顾恺之、孙绰与郗超等辈，都是玄佛兼擅的，同时雅好般若、老庄之学。名僧竺法雅、支道林、于法兰、于法开与于道邃等辈，也兼具玄学化的思想倾向。汤用彤指出，"及至哀帝，复崇佛法。深公、道林，复莅京邑。虽留驻未久，然废帝、简文之世，佛法清谈，复极为时尚。溯自元、明重名理，以潜、遁见重。成帝之世清谈消歇，而名僧东下，

---

① 慧皎：《高僧传·鸠摩罗什传》，金陵刻经处本。

清谈之中心乃在会稽一带。及哀帝时，而佛法清言并盛于朝堂。"①这一段史事，诚玄佛之映对也。一些帝王也一边信从佛教，一边好玄思清虚之旨。晋元帝、晋明帝都游心、托情于道玄蕴涵，又时时与法师呼朋引类。晋哀帝好重佛法，诚邀竺道潜入宫宣说《大品》，且雅爱黄老，辟（避）谷服食，以求不老，有趋于玄佛融合的理趣。

东晋南地佛教的流播，往往伴随以玄学清谈，颇重于玄义思辨与表述，使得以信仰为精神底色的佛教崇拜，可能深蕴着一定清净意义的审美因素。崇拜并非审美，而崇拜回归于理性，可望趋向于审美；审美不是崇拜，而审美走向迷狂，便来到了审美的入口处。这也便是南地佛玄对接、互溶的缘故，在名士、佛僧的人格还是有关佛教经义的解读，大凡都有这一特点。

其三、在东晋南北两地佛教流播的基本文化格局中，创始于东汉的道教依凭其土生土长的优势，成为其中相当活跃而有力的文化因素。早在西晋惠帝永兴二年（305），道士王浮撰述《老子化胡经》，伪称道教始祖老子有"化胡"即"化佛"的煊赫历史功绩与无比"神力"，以图贬抑佛教，将释迦说成先秦春秋末年老聃曾为"化导"的对象，以此自抬。佛教也不示弱，杜撰印度佛教早在先秦已经东来的神话，意在争先。道教与佛教之间所发生的剧烈冲突，显示出以中华正统自居的道教对于所谓"戎胡"佛教的民族文化优越感，与佛教对于自身文化立场的自卫。

东晋元帝永昌年间，炼丹家葛洪（283—363），撰成《抱朴子》一书。其《内篇》二十卷，作为先秦战国以来神仙思想的总结，继承、发展了魏伯阳的炼丹之说，论述神仙方药、鬼异灾变与延年长生之理，初步构建起中国道教神仙的思想体系。作为形、气、神、命、性思想与思维的奇妙而神秘的结合，不乏哲学深邃、诗情美丽与养生的理性内容，也宣扬了神巫的思想残余，从关于服食、守一、存思、导引、调摄与房中以及内外丹修炼的言说中，高扬钟爱生命的大旗而呐喊不已，其文化、哲学与美学的根因，是源自先秦老庄的道及其流衍即道教修持之说。在老庄那里，道作为本原本体，至高无上，气作为生命之原，在逻辑上服从于道，以道释气，因而老庄旨归，是道而非气的文化、哲学

---

① 汤用彤：《汉魏两晋南北朝佛教史》上册，中华书局，1983，第130页。

与美学，且赋以葱郁的理性，大凡能以哲思理性对治于巫术的神秘（当然，在《老子》《庄子》文本中，还有神巫、方术的思想残余）。

道教则与道家有别。其人文立论与哲学底蕴，固然重道即原于老庄，而哲学上的重道，不是唯一也并非至上的。道教已不是颇为单纯的哲学玄思，它往往更重视神秘的生命之气，更重视祛死、贵生与养气的宗教践履。气的神秘与神通，在道教文化中，显得非常活跃而有力。道教将太极图及其思想意绪神秘化，尤在道教内丹修持中，在形、气、神三维结构里，把神秘化的气作为根本的一维，凸显了来自原始气文化神巫、方术的一面。所谓性命双修，也因其强调了命理，使得道教的气说，削弱了道的理性及其哲学的思辨。在《抱朴子·内篇》中，葛洪重申原自老庄的道、玄之说，称玄、道得乎其内，而守之其外、用之其神、忘之其器，将道这一原本道家的根本范畴神秘化方术化，称颂守玄、守真的所谓"抱朴"，关键在于"守气""行气"，哲学的道，基本变成了神仙、方术的道。因而，欲求至高、至上的神仙之境，即所谓成道，关键在于宝精行炁（气）、服食大药。而所谓房中术，乃"宝精行炁"之"术"也。从葛洪《抱朴子》的美学意蕴来看，其人文立场，已从先秦哲学的老庄，有了向原始神巫、方术的挪移和回归，葛洪以丹鼎生涯终其天年，是其炼气、重气、炼神甚于重道、重理的一个明证。

葛洪之后上清、灵宝与三皇等道教经箓派的宗教理念，更具有这一本土宗教特点。上清派以上清经为其立派之要，由魏华存（252—334）始撰在前，杨羲（330—387）、许谧（？—376）共成于后。其中的《大洞真经》，宣说"存思"之言，称述上清凡三十九"帝皇"，道成了《三十九章经》，而人的肉身也恰好具有"三十九户"。因而，修持惟存思于每章经义的一"神"，神仙便下凡守护诵经肉身的每一户，从而"塞死尸"而"开生门"，即可乘云驾龙，即日升天，便是上赴上清，羽化登仙。所谓存思，可概言为存思五方之炁、存思日月法与存思二十四星之三法，以南宋程公端的话来说，叫作存心养性以事天，聚精会神而合道。在思想文脉上，存思之说未在根本上悖于老庄之道，它根原于老庄踏虚守静之说，只是将其所宣扬的炼气、养神、成仙之说，推向了极端。

奇妙的是，两晋尤其东晋时期的道教，作为一种与佛教对立相悖的文化力量、理念、精神，在道、佛严峻的"对话"中，土生土长的道教，却从佛教那里，采撷、借鉴了佛教的诸多文化因素。

别的暂且不论。道教存思说所谓"三十九章经"的命名，在人文思维方式上，显示得启于佛教《四十二章经》。道教所谓上清界，好比佛教的西方净土、兜率天宫。将三十九章经"诵咏万遍"而能"登上清"，有如佛徒一心专念佛的名号，从而往生"西方"。上清灵宝派以《度人经》为经典，称"灵宝无量度人上品妙经"，或称"元始无量度人上品妙经"，所谓度人、无量，云云，显然从佛经借用而来。度人者，从此岸到彼岸，是普度、解脱、成佛的意思；无量者，原指佛教无量寿佛，却成为道教的一个概念。上品妙经的所谓品，也来自佛教而无疑。佛经有"往生品"，"不二入品"与"方便品"等等说法，道教又移用了佛教的概念。在《度人经》中，还常常出现诸如"大梵"、"三界"、"地狱"与"劫运"等来自佛教的术语。

东晋佛教流播，与诸多高门士族信或不信道教相关。为元帝、明帝与成帝所器重的名士郗鉴及其弟其长子，都崇奉道教。《晋书·郗鉴传》称郗鉴长子郗愔（312—384），"与姊夫王羲之、高士许询并有迈世之风，俱栖心绝谷，修黄老之术"[1]。而郗愔之子郗超与名士何充、何准兄弟，并未信道却是佞佛的。《晋书·何充传》云，"于时郗愔及弟昙奉天师道，而充与弟准崇奉释氏。谢万讥之云：'二郗（按：郗愔，郗昙）'谄于道，二何佞于佛。"[2]《晋书·郗鉴传》说，"愔事天师道，而超奉佛"。这种发生在友朋甚至一门一族间相互背道而信佛却相安无事、彼此容受的文化景观，是晋时道、佛二教既相争竞又靠拢的一种历史与人文真实，想来东晋士子的生活及其思想，还是相当自由、散漫的。据《晋书·王羲之传》，羲之"性爱鹅"，曾为道士书写《道德经》以受赠一鹅，昭示了天下第一书家的散淡的人生，却是与道教有关的。"王氏世事张氏（按：张道陵）五斗米道，凝之弥笃"，"又山阴有一道士，养好鹅，羲之往观焉，意甚悦，固求市之。道士云：'为写《道德经》，当举郡相赠耳'。羲之欣然写毕，笼鹅而归，甚以为乐。"[3]鹅顶冠红而通常羽白，长颈体硕，有高视阔步之态，羲之雅爱其如有名士风流一般的"风度"。作为大书家与当代名士，羲之"又

---

① 《晋书·郗鉴传》，载《晋书》卷六七。

② 《晋书·何充传》，载《晋书》卷七七。

③ 《晋书·王羲之传》，载《晋书》卷八〇。

与道士许迈共修服食，采药石不远千里，遍游东中诸郡，穷诸名山，泛沧海，叹曰：'吾卒当以乐死'"①。许迈其人，道教上清派名道士许谧胞兄，王羲之与其交游，是志趣相投的缘故，信崇道教教义，想来也是很自然的事情。晋代尤其东晋之时，信奉道教又兼涉佛教，或者相反，往往是名士风度的一种生活常态，其间蕴含了关于世界、人生的审美态度，在于挣脱了儒家那些死板的伦理规矩之后所获取的精神的自由。

同是信奉道教兼佛教，在东晋南北两地的表现中，是有所区别的。一般而言，由汉魏时西蜀传至北方的道教，是比较纯粹的宗教信仰。南方则更多与名士风流、义理玄谈相联系。从修道原则看，都敬事神仙，讲究斋醮，尊神重气，性命双修，大事宣说羽化登仙之道，又皆与政治、道德攸关。东晋名士，固然多有践行于神仙方术的，玩一些"服食辟（避）谷"之类的勾当，如信奉天师道的殷仲堪"精心事神"，却有浓厚兴趣，来研读《道德经》，称"每云三日不读'道德论'，便觉舌本间强"②。

东晋及此后道教的流渐，与佛教流播始终有不解之缘。当佛教解读、宣说人之生命与人生真谛时，其实是以"死"（烦恼，寂灭）为其逻辑原点的。这正与中华本具的神、巫文化传统，又与儒、道及道教重"生"、忌"死"的文化相背。儒、道及道教与佛教之间的冲突调和，常在以"生"或以"死"为逻辑原点的两大文化与哲学、美学理念之际展开。东晋佛教美学的重大主题之一，亦在于此。东晋佛教美学与道教人文"对话"的基本格局，实际是死、生之间的对应与容受。

其四、东晋南北两地佛教流播的基本格局，是在历代诸多大德宗师大力翻译、弘传有关佛典尤其是在创构中国化佛教义学的过程中形成的。

这一历史时期的译经事业，有超越前代之功。总体而言，小乘佛典如《阿含经》,《阿毗昙》、大乘经论如《金刚经》、《大智度论》、《百论》、《中论》与《十二门论》及密教有关经典、律学的译传方面，成绩斐然；其经译数量，大超于前，译家之众，前所未有，竺佛念、法显与鸠摩罗什等众多高僧兼译者的大

---

① 《晋书·王羲之传》，载《晋书》卷八〇。

② 刘义庆：《世说新语·文学第四》，载《世说新语》卷二，刘孝标注，《诸子集成》第八册，上海书店，1986，第62页。

名，彪炳于史册。继佛图澄、道安之后最重要的佛经翻译家鸠摩罗什，曾在后秦弘始三年（401）至十五年（413）间，译出经论凡35部294卷，经译的水平，超于前贤。

东晋之前，汉译佛教作为佛教流播的基础，一般都会得到封建统治者的支持，时至东晋，这种支持更为有力。弘传佛教于北朝的著名高僧佛图澄，是中国佛教史上第一位获得最高统治者信任、将佛教纳入国家政权保护、利用国家政权之力来推动佛教大发展的人物。此后道安、支遁、慧远与鸠摩罗什等人的传教与译撰等活动，都曾得到最高当权者的大力推助。这种佛教与政治、政权的紧密联姻，使佛教的流播如虎添翼而风靡华夏。既逐渐形成众多佛教领袖及其僧团与译场，又上仿下效，朝野相推，佛教信众队伍急骤扩大，造成时代人心的趋于佛化，必然影响到时代的艺术与审美。

东晋时期，译经、论数量空前，其质量之好前所未有。无论佛图澄、道安还是鸠摩罗什诸人，都相当博学。除佛图澄大力弘传佛教而基本未从事佛典译传之外，道安、慧远、罗什与僧肇等，都是佛学修养尤为博实、见地深广的义学沙门。如道安其人，虽直接译经未多，而具主持、组织与校阅、定稿之功。僧伽跋澄所译小乘经典《鞞婆沙》、僧伽提婆与竺佛念共译《阿毗昙八犍度论》等，都由道安校定并作序。道安还从事如大品《放光般若经》与小品《般若道行品经》的比较研究，其一生著述甚丰。主要有：《道行经集异注》、《放光般若折疑准》、《大十二门经注》、《阴持入经注》与《十法句义连杂解》等数十种。在般若学研究方面，道安是本无宗的创始者。作为佛图澄弟子，道安改变了其师宣说因果报应、神秘方术的传教旧路数，标志着东晋佛教重视义学、改变汉魏佛教依附神秘方术传统的新生面。罗什一生的主要时间与精力，集中于译经事业，他的著述，仅《实相论》（已佚亡）、《大乘大义章》与《维摩诘经注》数种。然而罗什的译籍与撰述，集中而较为准确地译介与表达了大乘空宗、中观之说，对当时与后代中国佛教及其美学的影响是深巨的。《中国佛教史》第二卷指出，罗什译经及撰述的贡献，"象大、小品《般若经》和《维摩诘经注》等，为当时的玄学与般若学所重视，《阿弥陀》与《弥勒》等经典，为东晋起始的净土家所供奉；《成实论》成为南北朝时期的佛教入门手册；《中论》、《百论》、《十二门论》则是隋唐时期三论宗的理论基础；《法华经》为唐代天台宗所宗；《十住毗婆沙》为华严宗所看重；至于《金刚经》几乎家喻户晓，成为唐中期禅宗的主要经典。其它诸如对大小乘禅法和戒律的介绍，也都很有影响。"①罗什的译笔及其撰述，也有不周、误讹之处，总体上却代表了当时的最高水平。否则，决不会如此影响深远。正如道安、慧远等辈那样，罗什培养了诸多如道生、僧肇等义学高足，问学严谨而能融通，深微且具创说，与其汉学文字基础深厚、执笃于佛教而精通攸关，罗什对于佛教哲学的深究与领悟，是对佛教基本教义深度之美的召唤。

时至东晋，一些有利于佛教义学、理论之研究与弘扬的制度，得到了进一步的完善与创立。正如前述，早在西晋，就曾出现以竺法护为核心，以洛阳白马寺为译场的僧团与传法中心。北方后赵时期，已组有以"大和上"（大和尚）佛图澄为首的僧团，僧团的译事与传法渐趋规范，种种法规被制订并加以遵守。道安曾立"法"以规范讲经、赴请、礼忏与食宿等修行规矩：

> 所制僧尼轨范、佛法宪章，条为三例：一曰，行香定座上经上讲之法；二曰，常日六时行道饮食唱时法；三曰，布萨差使悔过等法。天下寺舍，遂则而从之。②

《高僧传》称，此"凿空开荒，则道安为僧制之始也"，此言不虚。道安又是中华佛教史上编纂经录的第一人。此前仅有某代、某人所译佛典的经录，简略而仅录经名，且时有错讹。"安乃总集名目，表其时人，诠品新旧，撰为经录。众经有据，实由其功"③。成为南朝梁代僧佑撰《出三藏记集》经录的先驱。僧佑称颂云，"寻夫大法运流，世移六代，撰注群录，独见安公"④，此是。道安又规定天下沙门以"释"为"姓"，以示对佛陀的尊敬。"初魏晋沙门依师为姓，故姓各不同。安以为大师之本，莫尊释迦，乃以释命氏"⑤。又，关于译

---

① 任继愈主编：《中国佛教史》第二卷，中国社会科学出版社，1985，第318—319页。
② 《释道安传》，载梁慧皎：《高僧传》卷五，金陵刻经处本。
③ 同上。
④ 僧祐：《出三藏记集》卷四，金陵刻经处本。
⑤ 僧祐：《出三藏记集》卷二，金陵刻经处本。

经的思想制度，道安的最大贡献，在于提出"五失本，三不易"之则。道安以为，"胡经"原有五"本"：（一）"胡语尽倒"；（二）"胡经尚质"；（三）胡经"不厌其烦"；（四）胡经有"义记"、"乱辞"；（五）"事已全成，将更傍及，反腾前辞"。凡此皆不足为训。道安提倡译经必须做到"五失本"，要求符合中国人的阅读、欣赏口味与理解规范，要求文句通顺，修饰文采，删繁就简，尽云枝蔓，力戒重复。又说译经有"三不易"即三大困难：一曰古经典古奥难解，如何"删雅古，以适今时"，是一"不易"；二曰古智的高慧，偏偏碰到今愚末俗之流，"愚智天隔"，则如何通过准确的笔译，"以千岁之上微言"，"使合百工之下末俗"，二"不易"也；三曰当初"阿难出经，云佛未久，尊者大迦叶令五百'六通'（引者按：六神通，指阿罗汉）"，倘且难传佛陀本意，"今离千年，而以近意量裁"，未解真谛几乎成其必然，故企图译传而准的，谈何容易？这是第三个"不易"①。"五失本、三不易"之说，充分体现了道安对佛陀与佛经的敬畏精神和严谨学风，主张尊古而非泥古，崇佛而非盲从，踵印度而非唯印度是瞻，既要求译笔的"信达雅"，又指出达成这一传译境界的"不易"（困难），既是对以往佛典汉译经验教训的总结，又指明未来译经的正确方向。这一原则的提出，道安本人以及鸠摩罗什诸人及其门徒，是努力实践者。在美学上，这都关涉于宗经、修辞、领悟、创说与中印文化、理念交流等义项，推动"中国元素"向佛教及其思想与实践的进一步拓展与深入，是深具意义与价值的。追求译笔的准确、尽可能无违于佛经本义而又中国化本土化，为信众所广为接受，就佛教美学而言，这是做了必要而优先的工作。否则，中国佛教美学的健康发展是谈不上的。

第二节 "格义""六家七宗"与道安佛学的美学意蕴

早在三国魏与西晋时期，中国佛教美学的玄学化进程已经开始，东晋是它辉煌而灿烂的继续与深入。魏与西晋时，中国佛教美学玄学化的人文主题，主要以玄学"本无"来言说佛教般若学的"性空"；以玄学"虚静"称述佛教的

---

① 参见僧祐：《出三藏记集》卷八，金陵刻经处本。

"空寂"；以玄学的"言意之辨"，解读佛教"真俗"二谛。时至东晋，这一主题更见发扬广大。

东晋佛教美学玄学化的历史与人文进程，首先是与诸多玄学化名僧的传教言说与实践活动联系在一起的。竺法雅、支道林、于法兰、于法开与于道邃等，都是玄学化的名僧。其中，佛图澄弟子竺法雅与康法朗等独标"格义"之说，首揭佛学研读、传播之法。南朝梁慧皎云：

> 竺法雅，河间人，凝正有气度。少善外学，长通佛义。衣冠仕子，或附咨禀。时依雅门徒，并世典有功，未善佛理。雅乃与康法朗等，以经中事数拟配外书，为生解之例，谓之格义。及毗浮、昙相等，亦辨格义，以训门徒。雅风彩洒落，善于机枢。外典、佛经，递互讲说。与道安、法汰，每披释凑疑，共尽经要。①

这里所谓"以经中事数拟配外书，为生解之例，谓之格义"，云云，可以看作对于佛教"格义"之义的一般性解读。所谓"事数"，指佛典之常见的名相法数，指佛典一些基本术语、概念与范畴之类，它们往往以"数"名之，如四谛、五阴、六道与十二因缘，等等。据南朝梁代刘义庆《世说新语·文学篇》云，"事数，谓若五阴、十二入、四谛、十二因缘、五阴（五蕴）、五力、七觉之属"②。事数的数，具数字义，指佛教法数、即佛智。此数，慧心之所法。中华传统易学重数，具有命中注定义，所谓"天数"，指前定之"命"。然而，《易经》并非一味宣扬所谓"死生有命，富贵在天"那一套，它以把握时机、趋吉避凶、生生不息、尊天命以就人事为易理根本，是中华文化终于未笃信天命而强调人为的杰出之处。佛教所谓事数，固然具有命运理念的余绪，佛教教诲众生解脱之道，实际主张跳出数（神、命）的轮回。佛教有"数灭"说，主张以智慧断灭惑障烦恼而证得寂灭涅槃。这里所谓外书，指佛典以外的书典，主

---

① 《竺法雅传》，载梁慧皎：《高僧传》卷四，金陵刻经处本。

② 刘义庆著、刘孝标注：《世说新语·文学第四》，载《诸子集成》第八册，上海书店，1986，第61页。

要指《老子》、《庄子》等道家典籍。

陈寅恪说:"所谓'生解'者,六朝经典注疏中有'子注'之名,疑与之有关。因为'生'与'子'、'解'与'注',都是可以互训的字。所谓'子注',是取别本义同文异之文,列入小注之中,与大字正文互相配拟。这叫做'以子从母'、'事类相对'。这样的本子叫'合本'。'格义'的比较,是以内典与外书相配拟;'合本'的比较,是以同本异译的经典相参校。二者不同,但形式颇有近似之处,所以说'以经中事数拟配外书,为生解(子注)之例'。例者,格义的形式如同合本子注之例也。"①

格义是佛教学者讲说佛典意义的一种理念、方法。以《老》、《庄》等所谓外书的一些术语、概念与范畴,来解读一时为人们所难以理解的佛教法数(教义、思想),或递互宣说,以无释空,便是格义。

中国佛教史上,先有竺法雅等人倡言格义之说,时至释道安,一时曾被舍弃。《高僧传·释僧光传》引道安语有云:"先旧格义,于理多违。"可见其不赞成竺法雅的格义之见。然而格义之法,确是源远流长的。据僧祐《出三藏记集》卷五《喻疑》(僧叡撰)云,汉末魏初,寻味之贤始有讲次,而恢之以格义,迂之以配说。证明早在佛典译传初期,实际已有格义方法的运用。东晋大德慧远,也曾热衷格义之法,有《高僧传·慧远传》所记为证:"远年二十四,便就讲说。尝有客听讲,难实相义,往复移时,弥增疑昧。远乃引《庄子》为连类,于是惑者晓然。是后安公特听慧远不废俗书。"②

应当指出,由竺法雅等所倡言的格义,或可称之为狭义的格义,它局限于经中以事数拟配外书,为生解之例,曾经受到道安、罗什等人的批评。其实,大凡佛典译传,大教东渐,法言流咏,不可不运用广义的格义之法。广义的格义断不可废。汤用彤指出:

> 但格义用意,固在融会中国思想于外来思想之中,此则道安诸贤者,不但不非议,且常躬自蹈之。故竺法雅之"格义",虽为道安所反对,然安

---

① 陈寅恪:《魏晋南北朝史演讲录》,万绳楠整理,贵州人民出版社,2008,第61页。

② 慧皎:《高僧传》卷六,金陵刻经处本。

> 公之学，固亦融合《老》《庄》之说也。不惟安公如是，即当时名流，何人
> 不常以释教、《老》《庄》并谈耶！①

所言是。格义有广、狭二种。广义的格义，实际是理念、思想意义上的佛学的中国化本土化，始于印度佛教初传。在魏、西晋尤其东晋时期，这种中国化本土化，通过佛经汉译，主要是文化、哲学、美学及其载体即汉文字术语、概念与理念意义的玄学化。

早在东汉末安世高所译《安般守意经》中，就已使用了广义的格义之法，来翻译"安般守意"四字的含意："安为清，般为净，守为无，意名为，是为清净无为也"。清净一词，固然为佛家译语，而无为也者，是老庄之言。考安般这一佛教术语，汉译又称"阿那波那"或"安那般那"等，为梵文 Ānāpāna 的初译，指小乘禅数学意义的出息、入息、镇心之观法，指情志入定于空境。安世高以"清净无为"译义，是中国佛教典籍汉译初始时广义格义的典型实例。这是糅用了老庄关于"致虚极，守静笃"、"清虚无为"之旨，来言说佛法空境。即使清净一词为佛家语，也是从道家"清静"、"清虚"之中化裁而来的。

尽管"格义迂而乖本，六宗偏而不即"②，后人的批评甚为苛刻，而施以格义之法，是必由之路。中国佛教广义的格义，在于以无说空、以无会空，使得中国佛教的思想、精神出入于无、空之际，往来方便。这也便是汤用彤先生所说的，东晋之时"以《老》、《庄》、《般若》并谈"③，实际以本土的老庄之无，"误读"印度般若性空之学。结果，生成了玄学化的中国般若性空之说。是中国佛教广义格义的本体精神实质。

这种佛教格义的文化传播，具有深度的哲学、美学的本体论意义。

早在魏与西晋之时，名教与自然关系问题的争论，大致发生于儒、道（玄）之际。儒家持"名教"，道家崇"自然"，两相分立。从哲学、美学本体论角度，来探讨两者之间可能的妥协与包容，成为一股汹涌的时代潮流，其

① 汤用彤：《汉魏两晋南北朝佛教史》上册，中华书局，1983，第169页。
② 吉藏：《中观论疏》卷一，载《大正藏》第四十二册，P0004c。
③ 汤用彤：《汉魏两晋南北朝佛教史》上册，中华书局，1983，第164页。

思想、思维的焦点，集中于哲思、美韵意义的有、无之际。玄学"贵无"派的何晏、王弼，持"名教本于自然"说，阮籍、嵇康宣说"越名教而任自然"，二者所取思路，皆"崇本息末"，即坚持一种重本体（无）而轻现象（有）的哲学、美学主张，崇尚虚无，毁弃礼法是其共同特点，只是其程度不一罢了。继而有玄学"崇有"论的代表人物裴頠撰《崇有论》，也从哲学、美学的本体论角度，来论述"名教"（有）的合理性，将现象、本体，都用一个有字来加以概括。然而，无论"贵无"抑或"崇有"之说，都没有在哲学、美学上建立有无、本末之际那种即体即用、即用即体的逻辑关系，没有解决儒之名教与道之自然的矛盾。于是，便有向秀、郭象以"玄冥"、"独化"说，为"贵无"、"崇有"并举，主张"名教即自然"，使哲学、美学本体意义的有、无矛盾，得以缓解与妥协。于是时至向、郭，晋代玄学向前发展的内在动力，便失却其发展势头。

晋代玄学的历史与人文发展，因佛教般若学的进一步普及与深化，而重新获得了动力。这便是以"空"为本体的佛教般若学，与作为玄学文化潜因的儒学以及作为玄学文化基质的道学，由于时代盛弘般若性空之学，形成了新的文化、哲学和美学"对话"格局。

首先，在文化、哲学与美学上无视儒、佛之间的对立与差别，称"周孔即佛，佛即周孔，盖外内名之耳"。说"周孔救极蔽（弊），佛教明其本耳"。其结论是，"故逆寻者每见其二，顺通者无往不一"[①]。在理念上，将儒、佛看作同一；在思维方式上，类于西晋向、郭的"名教即自然"即儒、道（玄）同一。难怪时人曾以儒家宣说的五帝、五行与五德等，配拟佛家的五戒之类。

其次，在文化、哲学与美学上，无视道、佛之间的对立与差别，称"夫佛也者，体道者也。道也者，导物者也，应感顺通，无为而无不为者也。无为，故虚寂自然；无不为，故神化万物"[②]。又将道、佛即无（玄）、空看作同一个东西，说"佛"能"体道"（无），而"道"（无）之"无为"，并非"虚静"，而是"虚寂"。虚寂，便是佛教所说的空幻，无异于说，道之无为，等同于佛之

---

① 孙绰:《喻道论》，载《弘明集》卷三,四部丛刊影印本。

② 同上。

空幻，做一些以无说空、以无会空的事情。其思维模式，其实与"周孔即佛，佛即周孔"的儒、佛同一说相同。

由于东晋之时玄学之中的儒学因素，仅仅作为玄学的潜因而存在，其文化力量相对少弱，因而这时的儒、佛同一说，并不是时代文化、哲学与美学的主流。

然而，道、佛同一与以无说空、以无会空的情况不一样。与西晋相比，东晋般若性空之学的译传，是空前的。据僧祐《出三藏记集》卷八，道安有关般若经典的注述甚丰，他在襄阳十五年间，开讲《放光经》（引者按：即《放光般若经》），常每年有多次。"及至京师，渐四年矣，亦恒岁二，未敢惰息。"① 可见其事佛、传述之勤。又如鸠摩罗什，他其后秦弘始三年（401）腊月居长安，到弘始十五年（413）四月圆寂这十一年里，译经三十五部二百九十四卷②，且以大乘般若经类为主。其中，有异译的《摩诃般若波罗蜜经》（《大品般若经》）、《小品般若波罗蜜经》；新译的《金刚般若经》、《大智度论》、《中论》、《百论》与《十二门论》等。在慧远著述中，也具有诸多大乘般若学篇章，如《大智度论钞序》与《大乘大义章》等③。慧远曾经研读鸠摩罗什所译《大智度论》。当时的佛教学者推崇般若性空之学，已是时风所趋。道安《合放光光赞随略解序》有云："般若波罗蜜者，无上正真，道之根也。"支遁也说："夫般若波罗蜜者，众妙之渊府，群智之玄宗，神王之所由，如来之照功"④。

可见时至东晋，大乘佛教的般若性空之学，日益深入人心，那些曾经接受中华传统道家思想熏染的义学沙门或是晋代名士，自觉或不自觉地企图填平道（玄）与佛、无与空以及此岸与彼岸之间的鸿沟，在以无说空、以无会空上，大做文章。从而推动中华本土化的般若性空之学的建构，在具有理论思辨深度的

① 道安：《摩诃钵罗若波罗蜜经钞序》，载僧祐：《出三藏记集》卷八，金陵刻经处本。
② 按：见僧祐：《出三藏记集》卷二，金陵刻经处本。该书卷一四又称，罗什译经三百余卷。《开元释教录》卷四说，其译经七十四部三百八十四卷。录以备参。
③ 按：慧皎：《高僧传》称慧远所著"集为十卷，五十余篇"。《大乘大义章》，见日本京都大学人文科学研究所：《慧远研究·逸文篇》。
④ 道安：《合放光光赞随略解序》、支遁：《大小品对比要钞序》，载僧祐《出三藏记集》卷七、卷八。

人文阴影中，放射出哲学与美学的灿烂光华。

于是东晋时期，中华本土化的般若性空之学及其佛学流派即所谓"六家七宗"，便应运而生。

关于六家七宗这一称名，最早提出者为后秦僧叡，其《毗摩罗诘提经义疏序》有"六家偏而不即"的言述。南朝梁宝唱《续法论》，曾经引用南朝宋昙济《六家七宗论》，而昙济此《论》已佚。直至唐代元康《肇论疏》才明确地提出："论有六家，分成七宗。第一本无宗，第二本无异宗，第三即色宗，第四识含宗，第五幻化宗，第六心无宗，第七缘会宗。本有六家，第一家为二宗，故成七宗也。"①

六家七宗的诞生，是佛教广义的格义的产物。其各家各宗的思想见解，实际是般若性空之学与晋代玄学进行"对话"的一个结果，从其思想品格与思想偏向看，都是玄学化的佛学。"本无"这一中心范畴，实为"本空"别名，正如《肇论·宗本义》所云："本无，实相、法性、性空、缘会一义耳。"六家七宗，以本无、即色与心无三家为要，与晋代玄学的关系最为密切。

第一、本无宗（包括本无异宗）。持"本无"之说的，主要是释道安。本无者，以无为本之义。《昙济传》说，"昙济著七宗论，第一本无宗曰：如来兴世，以本无弘教，故方等深经，皆备明五阴本无"，"无在元化之先，空为众形之始，故称本无，非谓虚廓之能生万有也。夫人之所滞，滞在末有。苟宅心本无，则斯累豁矣。故崇本可以息末者，盖此之谓也。"②吉藏《中观论疏》也说，道安所谓本无，本空之谓。诸法空寂，以格义言之，称本无。从"无在万化之前，空为众形之始"这一表述看，无即空；空即无。当然，这里所说的无、空，实指中道、中观的"中"。

> 此约所诠之理对破偏病，故名为中。
>
> 中，诸佛菩萨所行之道；观，谓诸佛菩萨能观之心。③

---

① 元康：《肇论疏序》，载《肇论疏》卷一，《大正藏》第四十五册，P0163a。。
② 《昙济传》，载《名僧传抄》，《续藏经》第一辑第二编。
③ 吉藏：《中观序疏》，载《中观论疏》卷一，《大正藏》第四十二册，P0002a。

由隋代三论宗大德吉藏（549—623）所转述的本无宗兼本无异宗的基本见解，与南朝宋昙济《六家七宗论》所说的本无宗，所倡导的"无在元化之先，空为众形之始，故称本无"说的基本精神相符。

本无一词，首见于早期汉译《道行般若经》，以本无一词对译"如性"、"真如"义，后世所译的该经"真如品"，初译为"本无品"。无疑，道安本无义的关键性表述，是"无在万化之先（前），空为众形之始"这一句话。从其思维方式看，道安将无、空对应，谈论"万化之先（前）"、"众形之始"是什么这一佛学根本问题。无，即"万化之先（前）"；空，为"众形之始"。既无又空，似乎是二元论。而万化之先（前），便是众形之始。无，代指空。考虑到晋代及此后诸多义学沙门、智者哲人的思维习惯与角度，道安的所谓本无，当为"本空"之说，其实是以本无来说本空。也许并非能够证明，道安连无、空都不分，而是当时慧风东扇、法言流咏，讲说般若性空的权宜、方便，正如《世说新语·假谲篇》所说，"无为遂负如来也"①。

从先秦老庄到魏晋玄学时期，关于世界（"万化"、"众形"）是什么、美是什么诸问题，中华哲人一般都将无（玄）认同为它的本原本体。通行本《老子》早就指出，"故天下万物生于有，有生于无"。这是道家关于世界及其美的哲学本原论。在王弼那里，却将《老子》的这一句话，解说为"天下之物，皆以有为生。有之所始，以无为本"②。这是本原本体二兼说，既说美的东西、美的现象来之于什么，又称本原本体意义的美是什么以及何以可能，且以言说本原本体为重点。这正是魏晋哲学、美学的思想与思维的一个特点。魏晋名士与诸多沾染名士风度的大德高僧，崇尚清谈，人们对那些看得见、摸得着的陋风恶俗，那些丑恶的情事深恶痛绝，又以具体形象的美为浮浅，其清谈主题，多集中于抽象玄思，"三玄"（《老子》，《庄子》与《周易》）以及佛、玄关系等，"谈论既久，由具体人事以至于抽象玄理，是学问演进的必然趋势"，"因其所讨论题材原理与更抽象之原理有关，乃不得不谈玄理。所谓更抽象者，玄远而更不近

---

① 刘义庆著、刘孝标注：《世说新语·假谲第二十七》，载《诸子集成》第八册，上海书店，1986，第227页。

② 王弼：《老子道德经注》，载楼宇烈：《王弼集校释》上册，中华书局，1980，第110页。

人事也"①。其实，这也是审美心理的必然趋势。

从《昙济传》、《中观论疏》所述，本无宗的入思方式，类于玄学自无疑问，都是重本原本体的，便都是"崇本息末"一路。然则，从美学角度研究或谈论审美问题，由于审美不仅关乎本原本体界，而且关乎现象界，就不仅仅是一个崇本息末的问题。审美是本体界与现象界的回互涵泳。从哲学美学或文化美学角度谈美，可以仅专注于美的本原本体，而从现象学美学谈审美，并非崇本息末而是"崇本举末"。考本无宗所说的"夫人之所滞，滞在末有"一句，可见其以末有这一现象为滞，而无美、无审美可言，这是本无宗仅从一般哲学美学，未从现象学美学角度涉及审美问题的缘故，当然，这也不必苛求的，东晋时人自当不会有现象学美学的理念，但不妨碍我们今天从现象学美学角度来加以辨析。

从文脉角度看，如果说先秦的哲学、美学主"心性"说②而秦汉主宇宙论，那么时至魏晋，其哲学、美学的宗旨，已偏重于本体论。这一趋势，以魏王弼开其端，所谓"得意在忘象，得象在忘言。故立象以尽意，而象可忘也"③。忘象、忘言便是所谓的"扫象"，为的是拂去现象而直探本体。晋人"已不复拘拘于宇宙运行之外用，进而论天地万物之本体。汉代寓天道于物理。魏晋黜天道而究本体，以寡御众，而归于玄极（王弼《易略例·明象章》——原注）；忘象得意，而游于物外（《易略例·明象章》）。于是脱离汉代宇宙之论（Cosmology or Cosmogony）而留连于存存本本之真（Ontology or theory of being）。"④此言不差。如果言说审美，则为同时关乎本原本体与现象，当然，当谈论审美现象时，依然须从本原本体论进入。

在晋代哲学、美学本原本体论的时代诉求中，般若学所说的空这一本原本体范畴，由于中国般若学的日益成熟，而必然参与这一时代哲学、美学本原本体论的思想、精神及其理论的建设。本无宗及本无异宗，是其中重要的代表。在以往印度来华佛典的译传中，空是其中最活跃、最重要的佛学概念与范畴，本无作

---

① 《汤用彤学术论文集》，汤用彤论著集之三，中华书局，1983，第205页。

② 按：先秦儒家偏于"心性"问题的道德解，道家偏于"心性"问题的自然哲学解，墨家偏于"心性"的逻辑解。

③ 王弼：《周易略例·明象》，载楼宇烈：《王弼集校释》下册，中华书局，1980，第609页。

④ 汤用彤：《汤用彤学术论文集》，中华书局，1983，第233页。

为本空的玄学化，有吉藏《中观论疏》所言"一切诸法，本性空寂；故云'本无'"为证。这是以空寂义释本无义，是空寂的方便说法。之所以行此方便权智，是当时人们暂时尚未深诣空寂义缘故。更有道安本人所说的可资证明。道安说："夫执寂以御有，崇本以动末，有何难也？"①。既然执寂之寂，与御有之有相互对应，可见这里也可将寂读为无的。在应该用无字之处，道安述之以寂，可见在其心目中，寂与无是互通的。实际上，寂并不等于无。早在先秦《老子》那里，已有"寂静"之说，然而，自从印度佛学东渐，所谓的寂，实际指空、空幻，已与原先作为无的寂静义有了区别。佛典以"离弃烦恼"，入于"空境"为寂，寂者，"灭"也，灭是涅槃的一个异名。《维摩经·问疾品》净影疏云：寂是涅槃。又，寂，真谛。道安既然称言"执寂以御有，崇本以动末"，则可以证明，他将寂（空，空幻）这一概念，作为哲学、美学的本原本体是显然的。也便是说，本无宗由此建立起了以寂（空，空幻）为本原本体的见解。难怪道安说，"般若波罗蜜者，无上正真，道之根也"②。般若即智慧；波罗蜜，渡到彼岸的意思，指精神的解脱与空寂。寂，不仅是天道之根，也是人道之根，在美学上，也是美之根。

将寂（空，空幻）这一道之根悬拟于彼岸，来言说出世间的空寂之美，作为佛教般若理想与终极境界，以佛之奇异的"放大光明"，来返照此岸（世间）的黑暗与丑恶，这是从哲学本原本体论，对传统中华道（玄）美学本原本体论的一个颠覆。所论在无、空之际。重在发明以空为本原本体。处处沾染玄学本无思辨模式的佛教般若性空美学，作为东晋佛教美学思想的一大奇观，也是广义格义的一个理性成果。

仍须指明，本无宗及本无异宗同属于一家，都标榜本无（本空），但在见解上，两者还是小有侧重的。本无宗以无（空）为事物现象（诸法）及其美的本原本体；本无异宗，则侧重与称说无（空）在有之先、无（空）为有（末有）的本原，重在触及世界万类即"万化"、"众形"之美的根因问题。本无宗追溯一切法即一切事物现象及其美的本原本体何以可能，认为只有当"宅心本无（本空），则斯累（滞累）豁矣"，强调本原本体之美，将末有即现象作为一个

---

① 道安：《安般守意经注序》，载僧祐：《出三藏记集》卷六，金陵刻经处本。

② 道安：《合放光光赞随略解序》，载僧祐：《出三藏记集》卷七，金陵刻经处本。

精神的累，而加以舍弃，这一崇本息末的本原本体说，显然是佛教空观与先秦老庄、三国魏何晏、王弼所持贵无说的一个结合。

在逻辑上，本无宗，与传自西晋元康年间郭象玄学"崇有"的所谓万有"自生"说，有些勾连。郭象说，"物之生也，莫不块然而自生"，这来自裴𬱟《崇有论》所说的"故始生者，自生也"之见。《名僧传抄·昙济传》云：本无之论，由来尚矣。何者？夫冥造之前，廓然而已。至于元气陶化，则群象秉形。形虽资化，权化为本，则出于自然。自然自尔，岂有造之者也。首先，无论裴𬱟、郭象或是本无宗，都并未将万类及其美的发生，归之于西方那样的佛或是中国先秦所说的天、天命，本无论不以外在的造物者是瞻，而是说万类"自生"，排除了"他者"、"他生"的可能。这是对这一世界和人自身依然抱有信心。问题是，这一"自生"究竟如何可能？如果自生无须任何因果条件，那么便是佛教所说的"无待"即空，也是佛经所反复说的"无生"，真是"空为众形之始"了。众形，自当包括美的形象、意象在内。假定无待的空可以"自生"世界"众形"，那么其自生的生，作为事物现象的存在方式，便不能不是一种内在运动，或称为内在矛盾运动也是可以的。凡是事物的运动发展，自当并非无缘无故。既然如此，因运动发展必然是"有待"的，即必在因果之中，而堕入于因果轮回的，必然并非空幻，那么，所谓"空为众形之始"的"自生"说，不能不在逻辑上遭遇困难。

一切诸法，本性空寂，故曰本无，这是道安之见，《昙济传》却指本无即"元气"。然而，元气本是一种"有"并非本无。所以说本无宗此言，看来是自相矛盾的。许抗生指出："元气是最初的物质存在，它能陶化万物。但元气与宇宙开端的空无状态究竟是何关系呢？道安似乎并没有交待清楚，到底是从空无中产生元气呢？还是元气本来就有的呢？如是从空无中产生元气的，这就是无中生有，对此道生是极（竭）力加以反对的，他接受了郭象的观点，认为虚廓之中是不可能生万有的。如果承认元气是本来就存在的，那么宇宙最初也就不是空无状态，这又与'无在万化之先，空为众形之始'的根本'本无'观念发生了矛盾。"[1]此言是。道安以元气说本无，岂非重蹈了王弼的覆辙？

---

[1] 许抗生：《僧肇评传》，南京大学出版社，1998，第74页。

第二、即色宗。此宗的代表人物是支道林（支遁）。支道林作为一代名僧，特具名士风度，一生辛勤笔耕，撰《即色游玄论》、《大小品对比要钞》、《释即色本无义》、《道行指归》与《逍遥论》等，也撰有诸多诗作。原著大多亡佚。现存著说若干，可见于安澄《中论疏记》、《出三藏记集》、《广弘明集》与严可均《全晋文》等。近人丁福保所编《全晋诗》，钩沉支道林诗凡十八首。

安澄《中论疏记》引《山门玄义》："支道林著《即色游玄论》云：'夫色之性，色不自色。不自，虽色而空。'"支道林法师所撰《即色游玄论》说：至于说到一切事物现象的本体，由于事物现象并非从事物现象中来，所以，虽然一切事物现象是存在而运动的，然而却是空幻的。一切事物现象因缘和合，刹那生灭，没有任何质的规定性，所以说本原本体是空。

《即色游玄论》的主题，一言以蔽之，即色为空。

> 夫色之性也，不自有色。色不自有，虽色而空。故曰：色即为空，色复异空。[1]

一切事物现象本原本体，不源自事物现象。从本原本体看，事物现象并非自身存有，虽然是事物现象，其本原本体却是空的。所以说：一切事物现象即是空幻，而事物现象与其本原本体之空是不一样的。

这两段引文，虽是后人转述，基本表达了支道林的佛学见解。显然，支道林未持"色空一如"之说。与道安的本无义比较，显然有别。从现象、本体的关系角度看，在思维方式上，道安本无之说，深受何晏、王弼"贵无"即"以无为本"思想的影响，其哲学、美学之见重本原本体而轻现象的倾向，是甚为明显的。支道林"即色游玄论"，则具有本原本体与现象无所谓轻重的思维与思想特点，主要体现在"色即为空"以及"即色游玄"这两个佛学命题之中。

色，指一切事物现象。即色，即色即空义，所以说即色为空；玄，一种广

---

[1] 《支道林集·妙观章》，刘义庆著、刘孝标注：《世说新语·文学第四》，载《诸子集成》第八册，上海书店，1986，第56页。

义性格义的说法。这里以玄说空，所指为空。在思维方式上，"即色游玄义"，类于玄学"独化"说。是借玄以说空幻、以玄误读空义。郭象有"独化于玄冥之境"之言，支遁所谓"游玄"，类于郭象的独化说，两者都指孤寂的精神境界；游玄，又通于"玄冥"，玄冥实指无，独化于玄冥之境，是一个即独化即玄冥的现象与本体二者相即的佛学、玄学命题。其思维方式，便是崇有与贵无、名教与自然的两者兼得。在思想品格上，"即色游玄"，便是"即色游空"，思维上显然类于西晋郭象。此其一。

支道林不仅称"色即为空"，而且指称"色复异空"。色即为空者，色空相即，体用不二；色复异空者，色空相离，体用不一。支道林一方面承认一切事物本体与现象（色）皆是空幻，另一方面又认为，一切事物本体的空与现象不一。所以，虽然支道林思维上具有本体与现象无所谓主次、轻重的特点，却并不等于说，所谓色即为空，是将色、空二者等量齐观的。从佛教缘起性空说分析，所谓般若性空，现象空与本体空是同一的，本体空即现象空，反之亦然，或曰不仅空本体而且空现象。现象空者，假有也。而支道林所谓色即是空、色复异空的言说，实际保留了一个以色为有而非"假有"的逻辑地位。这一有，便是"游玄"的玄。正如唐元康《肇论疏》所言：林法师但知言"色非自色"（引者按：即前引支道林所谓"色不自色"），因缘而成，而不知"色本是空"，犹存假有也。这批评是一针见血的。我们看到，支道林说过诸如前引"色即为空"如是的话语，实际并未彻悟般若性空之学关于"色即是空，空即是色"的真谛。什么是色空不二？彻底的般若性空之学，根本不承认有所谓色、空二维结构。现象空也罢，本体空也罢，二者"不二"，其实是一回事。仅仅由于言说的"方便"，但称现象、本体罢了。对于般若性空来说，所谓本体空的现象或者现象空的本体，都是不可思议的。人们之所以以色空、体用、本末、现象本体之类对应范畴，来言说般若性空的第一义谛，确是为了教化所需，图个"方便"而已，否则便是无以言说。然而支道林"即色游玄"这一命题，有不离弃于外物而"游"空之义，保留所谓的现象之有，没有从彻底的般若性空的立场，论证现象假有这一问题。支道林的佛学思想，尚未彻底舍弃玄学思辨关于世俗、现实、此岸的肯定性判断。汤用彤先生说："至若待缘之假色（引者按：

假有）亦是空，则支公所未悟。"①是。

那么，支道林"即色游玄"义的美学意蕴究竟何在？

即色游玄，不离于色而游玄（空）的意思，游玄，实际是游"空"之谓，其美在即色而游玄之中。支道林以为，既然色即为空又色复异空，这两个命题的逻辑关系，是背悖而合一的。色，处在佛教般若性空说与传自老庄的道（无）论之际。即色的色，是"假有"又是一种道家所说的"有"（道家的"无"），所以支公所说的色，已经不是道家所说的彻底之有（道家的"无"），也并非彻底的佛家所说的"假有"（佛家之"空"）。这里，色这一范畴，确在无与空之际。

这正可证明：支道林的美学立场，趋于空幻又留恋于道（无）之境。在佛教般若性空教义中，本无现象"有"的地位，现象之有，正是被佛教所否定的世俗、现实、此岸、人生及其美，实际指世间生死、苦、烦恼、尘垢和执著。支公确说"即色"而"游玄"，是趋于空幻而不离于色尘的意思，没有舍弃对于色尘的执著。道安曾经主张"据真如，游法性"②，即主张由"假有"这一现象，直接把握"真如"本体，以"游法性"之境。道安此"游"，确以离弃于色尘为前提，离弃了作为假有或曰虚妄世俗的美事美物，所谓"不恋红尘"是矣。支道林则不然。他将色尘定位在假有与有、出世间之空与世间之有之际。所以，他的即色之色，逻辑上具有非空非有、亦空亦有的体性。从游玄之玄来看，既不指空不指无而又指空指无。如果这里有美，则美在空、有二者若即若离、不即不离之中。既然，这一色除了指假有（空）以外，又指有（道、无），那么仅从此有处看，支道林的审美旨趣，显然与道无具有更多的历史与人文联系。

支道林是般若学者兼玄学清谈之名士。他说，"夫般若波罗蜜者，众妙之渊府，群智之玄宗，神王之所由，如来之照功"，"登十住之妙阶，趣（趋）无生之径路"；又说，"徒知无之为无，莫知所以无；知存之为存，莫知所以存。希

---

① 汤用彤：《汉魏两晋南北朝佛教史》，上册，中华书局，1983，第184页。

② 道安：《道行经序》，载僧祐：《出三藏记集》卷七，金陵刻经处本。

无以忘无，故非无之所无；寄存以忘存，故非存之所存。莫若无其所以无，忘其所以存。"①同一篇序文，持般若、道无两种言说。前者持佛家般若口吻，后者如老庄之言。值得注意的是，这二说并非"井水不犯河水"、各奔西东，而在当时佛学时代的"语境"中，尤其在支遁本人看来，其学理的逻辑并无什么矛盾。就支遁本人的审美人格而言，确是亦佛亦道、出入于佛、道的，过得甚为潇洒自由。支遁"家世事佛，早悟非常之理（引者按：佛理）"，"沈思道行（按：指《道行般若经》）之品，委曲慧印之经，卓焉独拔，得自天心"②，又雅爱清谈、山水，与王洽、刘恢、殷浩、许询、郗超、孙绰、桓彦表、王敬仁、何次道、王文度、谢长遐、袁彦伯等名士相与交游。《晋书·王羲之传》云："会稽有佳山水，名士多居之，谢安未仕前亦居焉。孙绰、李充、许询、支遁等，皆以名士冠世，并筑室东山，与羲之同好。"确是一个"即色游玄"的人格，而且践行之。这里，即色，恰恰是其游玄（游空）的前提，不即色不足以游玄耳，即色便有游玄之乐。这正如他自己所说："清和肃穆，莫不静畅"③、"何以绝尘迹，忘一归本无。空同无所贵，所贵乃恬愉"④。

无论道安的"游法性"，抑或支道林的"即色游玄"的"游"，都借鉴了先秦庄子的"逍遥游"。《庄子·逍遥游》"乘云气，御飞龙，而游乎四海之外"，《庄子·德充符》"而游心乎德之和"，《庄子·田子方》"吾游心于物之初"与《庄子·应帝王》所谓"游心于淡，合气于漠"等等，都有一个"游"字在，都指精神自由的无的审美，指精神从实用、功利之域解放而出。道安与支道林都称言"游"，一则直言"游法性"，由庄生所谓"游"这一话头，入而其心性冥契于般若"法性"；一则假言"即色游玄"，此"色"更多地保留以道无之"有"的属性。所以，支遁的佛学理论与人格践行，在崇佛的同时，更多地具有名士那般向往道无之境和自然之美的特点。他的"游"的审美境界，因有佛教般若性空的参与，已不同于先秦老庄，也与一般的魏晋玄学有别。老庄与玄学倡言的"游"，在世间，弃有（儒）而入无（道）；支道林的"游"，既遣

①　支遁：《大小品对比要钞序》，载僧祐：《出三藏记集》"经序"卷八，金陵刻经处本。

②　《支遁传》，载梁慧皎：《高僧传》卷四，金陵刻经处本。

③　支遁：《八关斋会诗序》，载《广弘明集》卷三〇，四部丛刊影印本。

④　支遁：《閜首菩萨赞》，载《广弘明集》卷十五，四部丛刊影印本。

于道无而悟入空境，又沾溉道无而流连其"风景"。支道林受魏晋玄学的影响，看来较道安为甚，他的般若性空之学更未曾彻底，空得不够。他倡言"即色"，在逻辑上，既舍弃了色，又在一定程度上执著于色（世俗）的美。总体上，支遁对于空的审美，是以"即色"之色这一"假有"为前提的，又以肯定世俗之色（事物现象）为补充，似乎有一点"出淤泥而不染"的美趣。刘孝标注云：

> 支道林："夫逍遥者，明至人之心也。庄生建言大道，而寄指鹏鷃。鹏以营生之路旷，故失适于体外；鷃以在近而笑远，有矜伐于心内。至人乘天正而高兴，游无穷于放浪，物物而不物于物，则遥然不我得。玄感不为，不疾而速，则逍然靡不适，此所以为逍遥也。"[①]

支道林重新解说了庄生"逍遥"的哲学含蕴，称鹏鷃的逍遥游，既失适于体外，又在于近而笑远，并非亦空亦无、非空非无、以无趋空、以空会无的遥然不我得的审美，又称庄子那种所谓至人的游，已经不是我辈所游履的逍遥。他明确地提出了"至足"的"逍遥"说。他诘问道："苟非至足，岂所以逍遥乎?"[②]，又称所谓"至足"，"建同德以接化，设玄教以悟神"[③]。这一用词依然具有格义的特点，接化、悟神，云云，是佛家语，确是新时代即色之游而涉于审美的。

即色宗之见，固然与老庄不无关系。而对于当时郭象《庄子·逍遥游注》所谓"夫小大虽殊，而放于自得之场，则物任其性，事称其能，各当其分，逍遥一也"的"适性"说，又持批评的态度。《高僧传》记云："遁常在白马寺，与刘系之等谈《庄子·逍遥篇》，云各适性以为逍遥。遁曰：'不然。夫桀跖以残害为性，若适性为得者，彼亦逍遥矣'。"[④]是的，若仅言"适性"即所谓任性而为，那么桀跖之类以"残害为性"，岂非也是"逍遥"？人性有善有恶，

---

① 支遁：《逍遥游论》，载刘义庆著、刘孝标注：《世说新语·文学第四》，《诸子集成》第八册，上海书店，1986，第55页。

② 同上。

③ 支遁：《大小品对比要钞序》，载僧祐：《出三藏记集》卷八，金陵刻经处本。

④ 《支遁传》，载慧皎：《高僧传》卷四，金陵刻经处本。

恶的人性，任意而为之的这一"逍遥"，当然与审美无涉。而"即色游玄"，必同时关乎外在对象的色即事物现象和人性（人格）即主体之心的玄，因"色法"而关乎"心法"，这里，又不是一切"即色"都可以成为审美意义的"游玄"了。

支遁本人的人格美，也具魅力。"人尝有遗遁马者，遁受而养之。时或有讥之者，遁曰：'爱其神骏，聊复畜耳'"。可见是与一般文士之好无别的。"后有鹤者。遁谓鹤曰：'尔冲天之物，宁为耳目之玩乎？'遂放之"。痴痴然与仙鹤对话，物我一如，又放鹤归去，翔其自由，以为未可亵玩耳，这是道家的审美心胸。"遁幼时尝与师共论物类，谓鸡卵生用，未足为杀，师不能屈。师寻亡，忽现形，投卵于地，壳破雏行，顷之俱灭，遁乃感悟，由是蔬食终身。"[①]师寻亡、现形、投卵与壳破雏行之类，是佛教神话，但是支遁因而感悟、终身蔬食，即信守佛教戒律的行为，可见真乃佛门中人。亦佛亦道，支遁人格之美即在于此。

第三、心无宗。此宗由支愍度（支敏度）、竺法温[②]与法恒所创立。刘义庆《世说新语·假谲篇》云，"愍度道人始欲过江，与一伧道人为侣。谋曰：'用旧义往江东，恐不办得食'。便立心无义"[③]。此将"心无义"之始，归于谋食使然，似乎有点儿"法论"未转而"食轮"先转的意思。心无义创始之因，自当并非如此简单。汤用彤引陈寅恪《支愍度学说考》，以为"心无之义，创者支愍度，传者道恒、法蕴。"[④]此说中肯。

心无之义，吉藏《二谛章》概括为"空心不空色"。吉藏之《僧肇·不真空论》云："心无者，无心于万物，万物未尝无。此得在于神静，失在于物虚。"此"无"，实"格义"之"方便"用法。"心无"即"心空"之谓，某种意义上，亦可说为"谬说'心空'"。如果僧肇关于"心无"的解说，真实而准确地

---

① 《支遁传》，载慧皎：《高僧传》卷四，金陵刻经处本。

② 按：竺法温，即竺法蕴，竺道潜（竺法深）弟子。佛徒法号，往往喻佛之义境。如本为"法温"，似于义境无通，"法温"似为"法蕴"传抄之误。

③ 刘义庆著、刘孝标注：《世说新语·假谲第二十七》，载《世说新语》卷六，《诸子集成》第八册，上海书店，1986，第226—227页。

④ 汤用彤：《汉魏两晋南北朝佛教史》上册，中华书局，1983，第189页。

传达了支愍度"心无"义真谛的话，那么，所谓"无心于万物，万物未尝无"这一"心无"之义，实际便是：于"万物"之上"无心"而"万物"不一定"无"，或曰"空心于色，色未尝空"，或曰"空心不空色"。"空心不空色"，以"格义"言之，即所谓"心无色有"亦即"心空色有"。

佛教般若性空之学，持"心空法空"之见，斥破我执、法执。此"法"，在这里有"一切事物现象"之义，类于佛学概念"色"。妄执于心之计较、分别，称我执；执持于心外之物境，称法执。"我执，法执"者，"心有色有"也。《唯识论》一有云，"由我、法执，二障俱生。"是。反之，斥破"我执法执"，则"心空法空"即"心空色空"耳。

元康《肇论疏序》，称"心无"义以"心空为空"，而"不空因缘所生之心为有"[1]。意思是，心不滞累于物，故"心空"，而物本身为"有"。

> 心无者，无心于万物，万物未尝无。此得在于神静，失在于物虚。[2]

此述支愍度"心无"义之"得"与"失"。无执于心，为"得"；不知物性亦空之理，为"失"。僧肇此言是。"得"在于心神宁静即心神空寂（"神静"乃"格义"用语，实为"清寂"）；"失"在于"物虚"（"物虚"亦"格义"用语，实为"物空"即"色空"），"心无"义不明"物性"（色性）是"空"，终归是其"失"。

"心无"义"空心不空色"，斥破了我执，却未斥破法执，为"心空色碍"。

值得注意的问题是，既然"但于物上不起执心"（心空），又怎么是"不空色"（色碍，不空外物）的呢？既然"不空色"，又如何能做到真正的"心空"？这种"我空法有"的佛学主张，其远因，是印度小乘佛教关于心物关系的基本见解，即否认心体实有而不否认客体实在，与大乘的"我法二空"有异。

---

① 元康：《肇论疏序》，载《肇论疏》卷一，《大正藏》第四十五册，P0163a。
② 僧肇：《肇论·不真空论第二》，上海佛学书局影印本，载《中国佛教思想资料选编》第一卷，第144页。

芸芸众生的"心"。总是有"我",总是系累于贪欲、嗔恨、分别、计较与烦恼,恶行皆由"心"而起。一旦此"心"悟入"无我"之境,便是"心空"。因此,所谓"法执""我执",归因于"心执";所谓"人法二空",实为"心空"。小乘教义一般推崇阿罗汉果。小乘"佛教徒自称,在修持中虽然已破我执,但不破法执,虽已证我空,但未证法空,虽已断烦恼障,但还未断所知障。"①实际是"空"得不够彻底,尚保留一点"物有"的思想与思维因素。从其近因看,中国自先秦始,即重视人之心体究竟如何以及如何修持这类根本的哲学、美学问题。比如孟荀的人性、心性说,实际说的是人心本善本恶之见。某种意义上可以说,中国传统人性论,是人心论,以为只要人心求得解放,便是人性的解放。或者说,试图将人性及其美学问题,逻辑地放在人心(心性)问题的层面上来求得解决。"六家七宗"中的这一心无义,可以说是中华传统心性说与印度来华小乘"我空法有"义的晋人格义的一个产物。印度佛教心性论,包括心识论与心性染净论等。在中华佛教哲学、美学史上,心是一个极为重要而基本的佛学范畴,所谓"肉团心"、"缘虑心"、"集起心"与"如来藏心"等,曾经引起热烈、深刻而持久的讨论,从而推动中华佛教哲学与美学的发展,无论是印度还是中国佛教的哲学、美学,都是由世界本原本体论与人生论及其修持论等所构成的,它们所要回答的问题,无非是世界源起于何,世界及其本体如何可能,世界应当怎样,世界的归宿究竟在哪里,等等。其中,人之心安在何处与人心如何解脱等问题,是其关键。佛教的哲学与美学,一定意义上可以说是一种"心学"。笔者想说的是,随着这一早期佛教美学史论述的深入可以看到,无论南北朝关于佛性、阿赖耶识与真心本觉等问题的论辨,还是以后如有可能,研究与写作有关隋唐天台、华严、三论与禅宗等佛教美学史时,其所要研讨的有关教义的创立与发明,都尤为离不开一个心字的。从东晋心无(心空)义说,可以让人见出中国佛学及其美学作为一种特殊"心学"的一点苗头。心性义的美学,在佛教般若性空说与魏晋玄学之际,既要以心无(心空)为美之本,又因其"空心不空色"而让世俗现象(色)的可能的美,得以肯定。

---

① 按:见黄心川:《印度佛教哲学》,载《中国佛教史》第一卷附录四,中国社会科学出版社,1981。

从般若性空角度看，心、色二维尚未圆成，所谓心无之美，并非圆照之境。从魏晋玄学尚玄（无）角度看，依然有玄无之美的影子在，而让心无义的美，栖居于魏晋玄学的历史与人文阴影之中，这是这一历史时期中国哲学与美学特有意思的一道风景。

关于"六家七宗"，僧肇曾说其中以本无、即色与心无三家为要。此是。从逻辑结构看，本无宗所讨论的，主要是世界源于何、世界及其本体如何可能，其中本无异义，侧重于世界本原（"无在有先"）问题。即色宗所谓"色即为空，色复异空"此说，前者类于本无说，后者类于心无说，在"六家七宗"的位置，相当有趣。心无宗关注人心安在、人心何为与人心如何解脱等问题，只是在"不空外色"的前提下，企望人心的解脱，受到后代彻底般若性空学者如僧肇等的批评。"六家七宗"的其余诸宗，如识含、幻化与缘会等，与心无宗相通而有所区别。如识含宗，称三界为长夜，心识为大梦，世俗群有，皆如梦幻，而梦幻既醒觉，即暗夜晓曦，倒惑断灭，三界（佛教以欲界、色界、无色界为三界，指芸芸众生未脱生死烦恼之世界）惟空。一旦觉醒，放大光明，心无尘累，美得灿烂。这，类于后世《大乘起信论》所言"一心开二门"，"自性清净心"因缘于"时"而开出"心真如门"与"心生死门"。由竺法汰弟子道壹所创立的幻化宗，正如安澄《中论疏记》所说：一切诸法，皆同幻化。心神犹真不空，是第一义。若神复空，教何所施？谁修道？此指一切事物现象皆为空幻，佛教都作如是说。可是幻化宗发现了一个佛教的"理论困难"，如果万法皆空，那么心神究竟空还是不空？如果心神亦空（幻化），那么教何所施，谁来修道？意思是说，谁是修道的主体。因而结论是：心神犹真不空。其实，众生修道之时，并未悟道成佛，或并未证得中观、毕竟空境，自当有我（主体）在。一旦成佛往生西方或般若顿悟，便悟入无我之境，证得空、美之至。从另一角度看幻化宗，正与心无（心空）宗对应而相反，似乎是"神不灭"说的另一说法。道邃所创立的缘会宗，吉藏《中观论疏》称其为：明缘会故有，名为世谛。缘散故即无，称第一义谛。这是从真俗二谛的关系立说。世谛，指世俗之谛即俗谛；第一义谛，指真谛。般若性空之学认为，万法因缘（即"缘会"）而起，刹那生灭，故无自性，故一切空幻。缘会宗认为，缘会即是和合，世界故有；缘会散而世界即无（空）。前为俗谛，后为真谛。这一格义，有庄周的影子。《庄子》曾以气的"聚散"论生死，称"聚则生，散则死"。缘会的会，有聚义。在思维方式上，缘会义没有斩断与传统庄学的人文联系。至于有、无这类用语，则更来自老庄而无疑，以因缘之会、散，来论证俗（有）、真（空）二谛，是打上了庄生烙印的佛教缘起论。

东晋"六家七宗"说，体现了这一时代雅爱抽象玄思的人文特色与潜隐于佛学教义中的哲学本体论等。其人文哲学，作为一种有思想深度的思维，隐隐地将美学"唤上前来"。"六家七宗"没有一字谈到美学（偶尔有"美"或"恬愉"等字眼），这不等于说其没有任何美学意义甚至思想。本无义以世界本空，从本原本体触及性空的美学之魂，提供了一种思考、论证美丑的思维深度，从有关世俗、现实、现象之美丑的否弃中，将一种趋于深致的意识，建构于无、空之际，假定这世界有美的话，则美在其中。本无异义更多地从哲学本原角度，来说空之圆美的人文根因。即色义认为，色在有与假有之际，以玄（无）的即色即空，将佛教所说的空，与庄子的逍遥、游玄（无）相对接，以图重新建构一种精神自由之美。心无义要求斥破心之障碍而不空外物，强调心无（空），便是强调无所执著的美。终于不达究竟而受到诟病："时沙门道恒，颇有才力，常执心无义，大行荆土。汰曰：'此是邪说，应须破之。'乃大集名僧，令弟子昙壹难之，据经引理，析驳纷纭。恒拔其口辩，不肯受屈，日色既暮，明旦更集。慧远就席，攻难数番，关责锋起。恒自觉以义图差异，神色微动，麈尾扣案，未即有答。远曰：'不疾而速，杼柚何为？'坐者皆笑。心无之义，与此而息。"[①]另一"佛门中人"的严厉批评，正可说明其曾经不小的人文影响。识含义以为，心识含藏了圆美的种子，为"惑"所蔽，"群有"未"美"，故提倡"觉"（空）性之趣。幻化义以"心神犹真不空"之说，触及了有关主体（心神）这一问题，所谓幻化，便是物我一如，主客浑一，有如审美的天人合一。缘会义以缘会为假有，缘散为空寂（无），缘散者，尘缘了断耳，为第一义谛的圆美之境。

"六家七宗"以本无、即色与心无三家为主。三家以本无为重。本无义，又以释道安的佛学、哲学与美学理念为要。道安是本无宗的开创者，其组织佛经

---

① 《竺法汰传》，载慧皎：《高僧传》卷五，金陵刻经处本。

汉译，首倡"五失本三不易"①。"自汉魏迄晋，经来稍多，而传经之人，名字弗说，后人追寻，莫测年代。安乃总集名目，表其时人，诠品新旧，撰为经录，众经有据，实由其功"②。道安教化弟子僧众数百，组成了当时最大的僧团，又注经作序，首开风气："序致渊富，妙尽玄旨，条贯既序，文理会通，经义克明，自安始也"③，"道安是我国东晋时最博学的佛学家"④。在其以玄解空、大弘般若性空、倡言"无在元化之前，空为众形之始，故谓本无"⑤学说的同时，还在《安般守意经注序》等诸多汉译佛经序文中，倡导禅学禅法。正如本书前述，道安所谓"得斯寂者，举足而大千震，挥手而日月扪，疾吹而铁围飞，微嘘而须弥舞，斯皆乘四禅之妙止，御六息之大辩者也"⑥之言，传达了关于禅寂之境的惊心动魄的美感。其《阴持入经序》强调，"以大寂为至乐，五音不能聋其耳矣；无为为滋味，五味不能爽其口矣"⑦。这里的寂，又称涅槃、寂灭。离所有相谓寂，不粘于相为寂。《维摩经·佛国品》说：知一切法皆悉寂灭。僧肇《维摩经注》：去相故言寂灭。寂者安乐也。根本之寂，可谓至乐。至乐的美感，不同于世俗的美感，它是精神彻底解脱无羁无累的快感。道安《人本欲经序》称其"邪正（引者按：即正邪）则无往而不恬，止鉴（鉴止）则无往而不愉。无往而不愉，故能洞照而旁通，无往而不恬，故能神变应会。神变应会，则不疾而速，洞照旁通，则不言而化"⑧。道安《了本生死经序》说，此则"道鼓震于雷吼，寂千障乎八纮，慧戈陷乎三有，于是碎痴冠，决婴佩，升信车，入谛轨，则因缘息成四喜矣"，故"美矣，盛矣"⑨。凡此禅悦之境，其心理内涵，即丰富又深致，实际难分孰为禅孰为美。

① 参见道安：《摩诃钵罗若波若蜜经钞序》，载僧祐：《出三藏记集经序》卷八，金陵刻经处本。
② 《道安传》，载慧皎：《高僧传》卷五，金陵刻经处本。
③ 《道安传》，载僧祐：《出三藏记集》，金陵刻经处本。
④ 《中国佛教思想资料选编》第一卷，第32页。
⑤ 《名僧传·昙济传》引《七宗论》。
⑥ 道安：《安般守意经注序》，载梁僧祐：《出三藏记集经序》卷六，金陵刻经处本。
⑦ 道安：《阴持入经序》，载僧祐：《出三藏记集经序》卷六，金陵刻经处本。
⑧ 道安：《人本欲生经序》载僧祐：《出三藏记集经序》卷六，金陵刻经处本。
⑨ 道安：《了本生死经序》，载僧祐：《出三藏记集经序》卷六，金陵刻经处本。

第三节 "法性""涅槃"：慧远佛学的美学意蕴

慧远（334—416）作为东晋庐山僧团的佛教领袖，与北地鸠摩罗什遥相呼应，是佛教史上一位具有重要影响的大德高僧。慧远俗姓贾氏，雁门楼烦（今山西崞县东）人。《世说新语·文学》注引张野《远法师铭》称其"世为冠族"。《释慧远传》云，慧远年十三，随舅令狐氏游学许、洛，故少为诸生，博综六经，尤善庄老。东晋永和十年（354），慧远二十一岁，钦敬江东豫章名儒范宣子，意欲南渡与之交游隐居，因南北战乱，道途阻隔而未就。此时，正值道安在太行恒山（今河北阜平北）筑寺弘传佛法，声名远播。慧远闻听，便改变初衷前往恒山拜访，从道安习佛教般若学，便智慧大开，悟佛高明。《高僧传》记慧远之言云，慧远"一面尽敬，以为真吾师也。后闻安（道安）讲《般若经》，豁然而悟。乃叹曰：'儒、道九流，皆糠秕耳'"[1]。深受道安赏识。《高僧传》说，安公常叹曰："使道流东国，其在远乎！"年二十四，便就讲说。遂影响日巨。东晋兴宁三年（365），慧远随师南抵湖北襄阳，宣述般若心无义。东晋太元三年（378），因苻丕攻襄阳，道安被拘而不得出，慧远南下荆州。后欲往罗浮山，行至浔阳（今江西九江），"见庐峰清静，足以息心，始住龙泉精舍"，又住西林寺。最后，因徒众日多，香火旺盛，刺史桓伊慕慧远高德，为其筑东林寺。自此，慧远一心弘法，"卜居庐阜三十余年，影不出山，迹不入俗，每送客游履，常以虎溪为界焉"[2]。慧远聚徒讲经，撰述佛论；遣弟子法净等往西域取经《华严》等；与鸠摩罗什探讨佛学；与社会上层、名士交游；并携门徒，发愿往生西方净土，是一个学养深厚而又虔诚的高僧，年八十有三而终老于匡庐。遂使庐山成为东晋南地一大佛教中心。慧远作为南地最著名的佛教领袖，几倾动于朝野。日人镰田茂雄说："由于慧远播下的思想种子和念佛结社所示的观想念佛、禅定实践修行等，在南北朝佛教的地平线，开辟了很广大的基地。慧远可以说是中国初期佛教的转捩者，其在思想

---

[1] 慧皎：《高僧传·慧远传》，载《高僧传》卷六，金陵刻经处本，《中国佛教思想资料选编》第一卷，第124页。

[2] 同上。

史上有不可磨灭的意义。"①此是。谢灵运《庐山慧远法师诔并序》说：

> 昔释安公（引者按：道安）振玄风于关右，法师（慧远）嗣沫流于江
> 左，闻风而说（悦），四海同归。尔乃怀仁山林，隐居求志。于是众僧云
> 集，勤修净行，同餐法风，栖迟道门。可谓五百之季，仰绍舍卫之风；庐
> 山之觉，俯传灵鹫鹄之旨，洋洋乎未曾闻也。②

难免溢美有过，到底是对慧远佛学、功绩及其佛教践履的肯定。

"法性""涅槃"与"原美"

慧远著述甚丰，后人编为十卷，凡五十余篇。其代表作，除已亡佚的《法
性论》外，有《沙门不敬王者论》、《明报应论》、《三报论》与《大智论钞序》
等，另有书信十四篇及少许铭、诗与赞等。主要收载于《弘明集》、《广弘明
集》、《出三藏记集》与《高僧传》。

考慧远佛学的精魂，法性、涅槃说是其题中应有之义。

《法性论》，《高僧传·慧远传》仅存二句："至极以不变为性，得性以体极
为宗"③。虽然如此，却让后人幸运地见出慧远佛学之见的精粹部分。

至极，实指涅槃。极，本指宫室木构架屋顶之最高处，至极，终极之谓；
涅槃者，成佛，佛教修持的终极。慧远《沙门不敬王者论》有"以化尽为至极"
语，也指涅槃。不变，恒常、不变易不毁坏义。以不变为性，实指以不变为法
性。法性为恒常之性真如之性。法性，不可坏不可戏论。得性，证得法性义。
体极，体悟、证会涅槃之境。

这两句的大意是：涅槃以永恒不坏为法性，证得法性以体悟涅槃为宗要。

---

① ［日］镰田茂雄：《中国佛教通史》第二卷，中国台湾佛光文化事业有限公司，1998，第
324页。

② 谢灵运：《庐山慧远法师诔并序》，载《广弘明集》卷二三，四部丛刊影印本。按：舍卫，指
舍毗罗卫国，属古印度，相传为释迦说法之处，有祇园精舍、灵鹫。灵鹫山，以称灵山。

③ 慧远：《法性论》，见慧皎：《高僧传·慧远传》，载《高僧传》卷六，金陵刻经处本，《中
国佛教思想资料选编》第一卷，中华书局，1981，第127页。

有两点值得注意。在东晋，一是以无说空；二则般若中观之学大倡毕竟空寂义。所谓空空者，空而又空，指对于空境的永不执著。东晋佛教的另一派，倡言涅槃佛性说。此说以成佛、涅槃为旨归。慧远的法性、涅槃说，便是如此。一般美学意义的审美理想，是真善美的集汇，追求十全十美的境界。佛教本是破斥这种人文理想的，佛教基本教义一再申言，对此岸、世间的真善美不作任何留恋与肯定。但这不等于说，佛教没有任何审美理想与人文追求，般若中观之学与涅槃佛性之论，都是有理想诉求的佛学。二者的区别仅仅在于，般若中观论无执于空，涅槃佛性说有执于空。涅槃，旧译泥洹，灭度，又译寂灭、不生与圆寂等。灭者，断灭，断灭于生死烦恼的因果，而跳出轮回，则为涅槃。度者，度一切苦厄而达彼岸，也便是涅槃。《涅槃经》卷四有云：灭诸烦恼，名为涅槃。离诸有者，乃为涅槃。涅槃，是以离弃、断灭世俗现实即此岸的虚妄、尘垢、功利与分别等一切事物现象包括真善美为前提的，其彼岸的"理想国"，却曲折而颠倒地寄寓着一种以空为执著的审美理想，实际是企冀以空为理想来解释、改造此岸世界及其人性。涅槃这一理想之境，因可被执著、执著于空境而称为妙有，这一妙有之性便是法性。法性，金刚不坏，不可亵渎，不可戏论。慧远《大智论钞序》论法性云：

请略而言：生涂兆于无始之境，变化搆于倚伏之场，咸生于未有而有，灭于既有而无。推而尽之，则知有无迥谢于一法，相待而非原；生灭两行于一化，映空而无主。于是乃即之以成观，反鉴以求宗。鉴明则尘累不止，而仪象可觌；观深则悟彻入微，而名实俱玄。将寻其要，必先于此，然后非有非无之谈，方可得而言。

尝试论之：有而在有者，有于有者也；无而在无者，无于无者也。有有则非有，无无则非无。何以知其然？无性之性，谓之法性。法性无性，因缘以之生。生缘无自相，虽有而常无，常无非绝有，犹火传而不息。夫然，则法无异趣，始末沦虚，毕竟同争（引者按：疑为净字），有无交归矣。①

---

① 慧远：《大智论钞序》，载僧祐：《出三藏记集》"经序"，卷一〇，金陵刻经处本。

这一长段引文的大意是，请允许简略地说：生命兆始于无的境界，万物的变化建构在阴阳转嬗的场所，一切都在生灭转递之中。生，从未有即从无到有；灭，从已有到无。由此可以推论，知道事物从无到有、从有到无的新陈代谢，具有一定的法则。有无相互依待，却不是世界万物的本原；生灭二者大化流行，相映于空幻而无自性。因而，从生灭转化来观照有无与生灭，为了探寻涅槃这一成佛的宗要而返观、鉴察。从法性、涅槃这一明净之镜进行明察，就能见出世俗人生红尘滚滚系累无尽，由此可以洞察世间万象的真谛；深致观照，就能领悟、彻解世间万类及人生的玄微，从而懂得无论万物形相还是实性，都是玄奥而空幻的。在探寻它的宗要前，必须懂得这一点，然后才可以谈说空为非有非无的道理。

这里试作论说：将世间万有执持为有，这是以有为有；将事物本原本体的无，执持为无，是以无为无。执持于有而为有这一本原本体，就不是指世界万有、人生万象；执持于无而为无这一本原本体，就不是指没有。怎么理解这一点呢？这里所谓无的性质，指空；空的属性，称法性。法性的空性，是因缘断灭，一切事物现象因缘而起，没有自性实相，虽然世界万有、人生万象是存有的，却是恒常不变的空。世界与人生的真谛，是恒常不变的空，但并非与世界万有、人生万象绝然无关。这好比火燃薪、薪传火的常燃、常传以至于不息一般。对一切事物现象即万法的缘起与发展趋向，不是有无的问题，它自始至终是空幻的，是彻底的空净而无例外的，世界与人生的万有万象，以及作为世界本原本体的无，统归于空幻的法性。

方立天在引述、解读慧远这大段言说时称："这一段话是慧远晚年对于世界的总观点，它集中地表达了慧远对'法性'和客观物质世界以及两者之间关系的看法。"[①]这一慧远晚年对于世界的总观点，大意在于世界究竟是什么，人生究竟是什么，也间接回答了美究竟是什么的问题。

世界、人生及其美究竟是什么，是有、无还是空？

慧远的回答很肯定。世界、人生及其美的本原本体，并非儒家所说的有，也不是道家所说的无，而是佛家所谓空。

① 方立天：《魏晋南北朝佛教》，载《方立天文集》第一卷，中国人民出版社，2006，第80页。

空或曰空幻，就是慧远所说的法性或者称为涅槃。

就佛教美学而言，世界的本原本体是法性，空幻联系于"美本身"。慧远所言：无性之性，谓之法性。法性无性，因缘以之生。这是与审美相系的言说。所谓无性，实指空性；这里所谓无，空之谓，以无代空之言，是东晋和尚的习惯说辞。慧远以无说空，所运用的，依然大致还是格义之法。也说明慧远的佛学之见，仍旧受到魏晋玄学思维与思想的影响。空与法性作为三千大千世界的本原本体，依稀可见世界的绝对之美，可证慧远对于世界及人生的认知和改造，还是抱有超世的信心的。

在慧远看来，尽管世俗世界充满污秽，却依然有救；尽管人生烦恼不已，仍可回归于清净澄明之境。"至极以不变为性，得性以体极为宗"，芸芸众生，可得性而达于至极的境界，坚信人人皆可成佛。真理可鉴而终极可期。既为成佛之纲，又是人性审美之要。然而至极也好，得性也罢，皆殊为不易，必以不变为性，以体极为宗。不变，法性金刚不坏；体极，体悟涅槃的真性（法性）即破斥法执我执。破法执，以一切外尘为空幻；破我执，在破斥外尘、物累的同时，又破斥心累即生之系累。物心、外内，都在破斥之列。其实，破我执就是破法执，反之亦然。无物无心，无是无非，无生无死，无悲无喜，法性存焉，涅槃臻成。这也便是"反本求宗"[①]的佛果之境。

如果说，鸠摩罗什的佛教美学之思以无所执著的"毕竟空寂"为不是终极的"终极理想"，那么慧远坚信，破除了法执与我执的空境，又是可以而且必须加以执著的。前者以空为空；后者以空为法性实有。前者是精神的永远漂泊，是无穷无尽的消解；后者则是精神的有所皈依与建构，即有一个至极的精神圣地。在佛教美学上，前者与后者都否定一切世间世俗的美，都以为现实此岸的美虚妄不实。但是，前者实际上并未将空看做美的"家园"，它以空之永恒的无执，不想也不能不必建构人的精神"故乡"，它的精神的无所皈依，固然空得彻底，空得绝对，空得澄明与空得自由，实际却在不是原美之"原美"的幸福中，毋宁说有某种精神的漂泊感在。后者即慧远的佛学实际以空为妙有为皈依为精神之幸福的故乡，其法性、涅槃，就是可被执著的"原美"。

---

① 慧远：《沙门不敬王者论五篇并序》，载《弘明集》卷五，四部丛刊影印本。

问题在于，慧远的这一佛教美学思想是怎样地在其佛学中孕育而成的。慧远以道安为师，他所习得的，应该说主要是般若性空之学，但为什么偏偏主要地成熟其涅槃佛性之见呢？

拙著《中国美学的文脉历程》曾经指出，"在印度佛教中，般若性空之学与涅槃佛性之论属于不尽相同的两个佛学思想体系"，"般若之学与佛性之论在关于事物本质之'空'的无所执著还是有所执著这一点上见出了分野"。"印度佛教般若经典主要译介于魏晋，玄学有接引之功"，"而印度般若性空之学对'空'的无所执著所体现出来的'终极'（实际无所谓终极）观与思维习惯，不是魏晋时代所能立即领会与适应的。于是便有以魏晋玄学关于事物本体'无'的先入之见即'前理解'来'误读'般若性空之学"①。东晋的情况也大致如此。慧远少时"尤善庄老"，其思想思维，在从学道安后固然已由庄老而入般若，却依然难以彻底摆脱玄学那种"求宗"、"明宗"②之追摄事物及其美之本质与终极思想思维的影响。

慧远以法性，涅槃为成佛终极，这在总体上决定其对美的基本看法。世间、此岸的一切美的事物固然难入其法眼，而其悬拟于出世间、彼岸原美的光辉，却要"照亮"现实人间及其人心的黑暗。可以说，法性、涅槃，实际是慧远所执著所体悟的原美。唐元康《肇论·宗本义》疏，曾经引述慧远之言有云：性空是法性乎？答曰：非。性空者，即所空而为名。法性是法真性，非空名也。元康的疏，表明了对于《肇论·宗本义》所见的不同见解。③般若中观的性空与涅槃成佛的法性，前者不可执著，是因为"所空而为名"，此"名"即假名；后者可被执著，是因为其并非"空名"。

问题是，慧远所推崇的出世间的原美，难道与世间没有任何关系么？当然不是。世间尘染，众生烦恼，使美处在遮蔽与系累之中。然而慧远对于佛教、

① 王振复：《中国美学的文脉历程》，四川人民出版社，2002，第410、411页。
② 慧远：《沙门不敬王者论五篇并序》有"求宗不顺化"、"明宗必存乎体极"等言，载《弘明集》卷五，四部丛刊影印本。
③ 按：《肇论·宗本义》云，"本无、实相、法性、性空、缘会，一义耳。""性常自空，故谓之性空。性空故，故曰法性。"（《中国佛教思想资料选编》第一卷，第141页）这在元康看来，是在概念上，将般若中观说的性空，与涅槃成佛论的法性混为一谈。

成佛、世界与人性等，实际并未丧失信心，坚信成佛是可能的，众生心（人性、人心）是可以改造的，以至可以达成涅槃之境。佛国、法性与涅槃的原美，作为成佛的接引，因其尘世无有、不可思议而涤除尘累污垢，特具精神提拉、升华的动力和魅力，实际便是对尘世之美的一种宗教式的肯定。

"冥神绝境" 与审美

慧远佛学，固然深受《大品般若经》与《大智度论》等般若中观说的影响，有将般若义玄学化的思想、思维倾向，同时兼具禅学及净土思想的修养，却是事实。这与其有关法性、涅槃的思想是一致的。从世界本原法性的证悟，到涅槃之境的精神性进入，是一条"反（返）本求宗"的成佛之路。其间，有一种被宗教化了的审美理想得以呈现。慧远《沙门不敬王者论·求宗不顺化三》有云：

> 凡在有方，同禀生于大化，虽群品万殊，精粗异贯，统极而言，唯有灵与无灵耳。[1]

慧远将群品万殊分为有灵、无灵两大类，是佛教所谓众生有情而成佛无情的别一说法。慧远进而分析道：

> 有灵则有情于化；无灵则无情于化。无情于化，化毕而生尽，生不由情，故形朽而化灭。有情于化，感物而动，动必以情，故其生不绝。其生不绝，则其化弥广而形弥积，情弥滞而累弥深，其为患也，焉可胜言哉？是故经称：泥洹不变，以化尽为宅；三界流动，以罪苦为场。化尽则因缘永息，流动则受苦无穷。何以明其然？夫生以形为桎梏，而生由化有。化以情感，则神滞其本，而智昏其照，介然有封，则所存唯己，所涉唯动。[2]

---

① 慧远：《沙门不敬王者论五篇并序·求宗不顺化三》，载《弘明集》卷五，四部丛刊影印本。
② 同上。

在这长段论述中，慧远将世界的生、化，从有灵、无灵角度而相应地分为有情于化与无情于化两大类。无灵、无情于化者，因生不由情，故形朽而化灭，实际是无生；有灵、有情于化者，因感物而动，动必以情，故其生不绝，实际是有生。

有生者，生不绝。为什么呢？是因为为情所累的缘故。

可见，情是泥洹（涅槃）、成佛的大敌。慧远大和尚说，情弥滞而累弥深，其为患也。此是此是。所谓三界①流动，以罪苦为场。罪苦者，苦海无边之谓。其间六道轮回，具生老病死四苦与爱别离苦、怨憎会苦、求不得苦与五蕴炽盛苦等四苦，共为八苦。真可谓"苦难深重"矣。那么苦因何在呢？便是与生、化（动）俱来的众生的情。情因流动即妄动不已而导致有情（有灵）众生受苦无穷，使得神滞其本，而智昏其照。情之累与生俱来，生者，妄念也，故而倡言"无生"，无生即"无我"。佛教有"情尘"说，称六根为六情、六尘。妄生计较、分别相，情累；心猿意马者，即为情累。《慈恩寺传》九云："制情猿之逸懆，系意象之奔驰"。如是如是。

> 是故反本求宗者，不以生累其神；超落尘封者，不以情累其生。不以情累其生，则生可灭；不以生累其神，则神可冥。冥神绝境，故谓之泥洹。②

情为罪苦之源，自然是应被否弃的世俗审美之源。这是因为世俗审美，大凡首先与情、与象（相）相系，否弃了情这一维，正如否弃象（相）另一维一样，便在逻辑上推到了世俗审美的合理性与有效性。从佛教逻辑看，不以生累其神者，无生；不以情累其生者，无情冥冥神绝境者，便是无生无情，离弃于世俗生死、功利、苦乐之类，便泥洹（涅槃）成佛，也便是一种"原审美"。这是以佛教的专有语汇所表达的审美理想。这种审美理想的思维方式，是反本

---

① 按：佛教认为，有情众生所处生死、往复之世界为三：欲界、色界、无色界，统称迷界。

② 参见慧远：《沙门不敬王者论·求宗不顺化三》，载《广弘明集》卷五，四部丛刊影印本。

求宗；其思想品格，是冥神绝境。

什么是冥神绝境？冥者，冥契，也称冥一，即毁弃精神的有生有情（有灵），以达成无生无情（无灵）的精神境界，冥契而出离生死，舍假有而为空寂。绝境者，拒绝、绝缘之谓，具有达成终极的意义。境，本义指物境外境，是一个空间性的范畴，这里具心识攀缘义。因而，所谓冥神绝境，佛教指称冥契于无生无情的绝对高妙境界。境，离弃于诸相而冥寂，融通一切而无碍。

从审美看，慧远在其佛学中所呈现的审美理想，在凡夫俗子即"外道"看来，是不可理喻甚而怪异的。从来的世俗性审美，从审美的刹那发生和实现看，都是无功利意念无功利目的的，又无主客二分，无是无非的，在其刹那审美的过程中，依然有一种纯化了的人情存在，成为审美发生与实现的主体精神动因之一，此《诗品》所谓"登山则情满于山，观海则意溢于海"是矣。毋庸置疑，凡世俗审美，必关乎情，无情焉能审美？情，总与生联系在一起，没有生命焉能有情感何以审美？早在先秦战国郭店楚简《性自命出》篇中，就曾在理论上言说了情的审美问题。《性自命出》云：道始于情，情生于性。在性→情→道的关乎美学的思维逻辑中，性是审美发生与实现的动因（本原），情是性、道之间的一个中介，一种不可或缺的、重要的主体心灵根因。《性自命出》所说的性，实际指气。喜怒哀悲之气，性也。气，人的生命之根。性具有喜怒哀悲的情。这是气、性与情的三者合一。总之，从来刹那发生与实现的审美，在中华古人看来，是决不能排斥情感的。情，无功利、无目的、无分别、无计较。《性自命出》说：凡人情为可悦也。又称：苟有其情，虽未之为，斯人信之矣。未言而信，有美情者也。人情的特性，在于可悦即可以发生与实现审美愉悦。这种审美之情，总是与审美主体心灵的真诚（信）以及接受主体心灵的真诚（信）融契在一起，便实现为美情者的一种自由的精神境界。

然而，慧远佛学所蕴含的佛教审美观，偏偏提倡无生、无情而冥神绝境，它意味着可以回到人的精神故乡即反本求宗，似乎与世俗的审美遥不可及。实际上，这里的所谓无情，无妄情无迷情之谓，不是指那种累其生、累其神的情，指无功利心，无分别心，无机心。这里的三无，是与世俗现实的审美心理机制相通的。世俗瞬时的审美，须具有三无之心，是舍弃了功利、分别和机巧时的心灵境界。当然，佛教所说的心，和审美之心的精神底蕴与境界，在相通之间还是各有特性的。而佛教所说的法性、涅槃（成佛），作为佛教人文的理想，实际是世俗现实审美理想颠倒而绝对的一种言诠表述。

在中国佛教美学史上，慧远是往生西方净土的大力提倡者与努力实践者，被后人尊称为"莲宗初祖"。不管这种佛教理想能否在现实中实现，作为精神境界的执著追求，是一种被佛教所拥抱、夸大与遮蔽的审理理想。慧远的净土思想，大致来自《佛说阿弥陀经》[①]：

> 极乐国土，七重栏楯，七重罗网，七重行树，皆是四宝，周匝围绕。是故彼国名曰极乐。
>
> 极乐国土，有七宝池、八功德水，充满其中，池底纯以金沙布地。四边阶道，金银、琉璃、颇梨合成。上有楼阁，亦以金银、琉璃、颇梨（玻璃）、砗磲、赤珠、玛瑙而严饰之。池中莲华，大如车轮。青色青光，黄色黄光，赤色赤光，白色白光。微妙香洁。舍利弗，极乐国土，成就如是功德庄严。[②]

这一净土理想，竭力渲染西方佛土的善美，以极乐为旨归为主题，反复宣说。纯属精神的向往，充满佛教神秘而神奇的乌托邦意味，显得空幻、飘渺而美丽。其文辞之表述，作为"方便说法"的一种方式，又是世俗而现实的，是富于想象性的现实图景的美丽描述，确是佛教崇拜与艺术审美的二律背反又合二而一。一方面，佛教基本教义一再言说世界虚妄不实丑陋无比，另一方面，又在"方便"处描绘西方极乐国土的美景，称这一"超言绝象"的美，不可思议不可言传，所以只好"假言施设"。慧远一方面笃信成佛而发愿往生西方，另一方面，又在庐山"创造精舍，洞尽山美，却负香炉之峰，旁带瀑布之壑，仍石累基，即松栽构，清泉环阶，白云满室"[③]。既在追摄西方极乐的美善，又享受此岸现实的美善，似乎自相矛盾。其实，固然庐山精舍风景雄奇而

---

① 按：此即"后汉支娄迦谶译《无量寿经》，郭朋：《汉魏两晋南北朝佛教》认为是西晋竺法护所译，待考。此经后由鸠摩罗什重译，题名《佛说阿弥陀经》。

② 《佛说阿弥陀经》卷一，鸠摩罗什译，载《大正藏》第十二册，P0346c、0347a。

③ 《慧远传》，载慧皎：《高僧传》卷六，金陵刻经处本。

秀丽，其美可羡，而从佛教言之，世间的美，只是具有"方便"的意义，由此"方便"，才得领悟西方极乐国土的美。本是超言绝象之美，却须以美的言、象来加以渲染描述，这有类于先秦《庄子》所说的"非言非默"，即西方极乐的美，不是言语文字可以表述的，也并非言语文字不可表述的。慧远笃信成佛往生西方极乐世界，在"外道"看来，固然虚无缥缈，而佛门中人对此的宗教体会，确是真诚、真实与真切的。由此所体悟的极乐，类于世俗审美的快感，是因为精神迷狂的缘故，可能显得更为让人如痴如醉。追求西方极乐的美善，固然不切世俗"实际"，却冥契于佛教大乘有宗所说的"实际理地"或者可以称为"真际"。它所寄托的佛教"理想国"的美善在"西方"，而其理想的现实土壤，总是在世间、在脚下，这是企图让佛教的理想之光，来"照亮"现实的黑暗和人性的丑陋。

"神不灭"与审美"形神"

形神问题，是中国古代美学史的重大主题之一。从魏晋至后代，愈为显得重要而突出。审美性的形神问题，在中国古代美学史上，应该说始于东晋慧远等所辩说的佛教"形尽神不灭"这一命题。

从文字学角度看，形字从开（按：形字的左偏旁是一个井字，写作开字）从彡（表示日影照射）。这个开字，实际指上古时代井田制度的井字，与形字从开（井）同。字源学意义的形字，与上古井田平面布局相关；神字从示从申，甲骨文为 彡（一期"京"四七六）等，"甲骨文申字象电耀屈折形"[①]。《说文》又说："申，神也"。中华上古关于神的意识理念，源自对雷电这一神秘、狞厉与恐怖天象的崇拜。

关于形、神，典籍中表述甚多。《左传》所言"盐虎形"，《易传》所言"在天成象，在地成形"与"见乃谓之象，形乃谓之器"与《荀子》有"君形者"之说等，大致以形与象对举而不以形与神相应。《尚书》有"偏于群神"与"八音克谐，无相夺伦，神人以和"之言，通行本《老子》中，有神字凡七见，

---

① 徐中舒主编、常正光伍仕谦副主编：《甲骨文字典》，四川辞书出版社，1989，第1599页。
按：此引叶玉森语。

《论语》十七见。《易传》说，"阴阳不测之谓神"，"知几其神乎"，"神也者，妙万物而为言者也"与"幽赞于神明而生蓍"等，神字具有原始神学、巫学及其向哲学、美学转递的人文意义。可见，先秦时期，形、神作为各别的术语、概念与范畴，都是分别开来说的，两者一般没有构成对偶性的范畴。

时至西汉初期，《淮南子》曾经说到人的生命问题：

> 夫形者，生之舍也；气者，生之充也；神者，生之制也。一失位则三者伤矣。是故圣人使人各处其位，守其职，而不得相干也。故夫形者，非其所安也而处之，则废；气，不当其所充而用之，则泄；神，非其所宜而行之，则昧。此三者，不可不慎也。①

这是印度佛教入渐中土之前，中华古代关于形神问题典型思想的典型表述。关键是从生、气的角度，对关乎人的生命形神的完整理解，它的特别的理论建构，是联系到气这一范畴，来言说形神。②

在印度佛教入渐中土之前，中国人关于形神的思考、认识与表达，是与人的生命之气的意识、理念密切联系在一起的。佛教东来，又一般与有关人的死（寂，空）亡的意识、理念联系在一起。两汉之际，桓谭（前23—56）曾撰《新论》倡"神灭"说云：

> 精神居形体，犹火之燃烛矣……烛无，火亦不能独行于虚空。③

桓谭指出，人"生之有长，长之有老，老之有死，若四时之代谢矣"，人"则气索而死，如火烛之俱尽矣"④。可见自桓谭始，有"形尽神灭"之论，显得

---

① 《淮南子·原道训》，《淮南子注》卷一，载《诸子集成》第七册，上海书店，1986，第17页。按：高诱《淮南子注·叙》称该书"其旨近老子，淡泊无为，蹈虚守静，出入经道，言其大也"。其旨在于黄老是矣。

② 按：参见王振复《周易的美学智慧》第六章第三节，湖南出版社，1991。

③ 桓谭《新论·祛蔽》，载《弘明集》卷五五，四部丛刊影印本。

④ 同上。

朴素而唯"物"。是由抨击起于西汉末年的谶纬神学与巫学而来的，着眼点在人的生、死之际。《新论》中的形神一词，已经连缀而成。顺便说一句，南朝范缜的"神灭"说，是继桓谭之说而起的一种说法，却是对于佛教包括慧远等"神不灭"说的攻讦与批判。

关于"神不灭"，早期佛籍《牟子理惑论》曾说：

> 魂神固不灭矣，但身自朽烂耳。身譬如五谷之根叶，魂神如五谷之种实。根叶生必当死，种实岂有终亡，得道身灭耳。①

身自朽烂而魂神固不灭，犹五谷根叶生必当死而种实岂有终亡，却不说也不信人的精神、肉身同生共死。这一人文理念，显然与道教珍爱人的肉体生命而由此求精神的超越有异。佛教在思考、认识人的肉身、精神即形、神问题时，一般是将二者分别言说的。

慧远《明报应论》称："夫四大之体，即地水火风耳，结而成身，以为神宅，寄生栖照，津畅明识，虽托之以存，而其理天绝。岂唯精粗之间，固亦无受伤之地，灭之既无害于神，亦由灭天地间水火耳。"②神宅作为形身，与暂居于此的魂神，自当不可同日而语。

"形尽神不灭"的有神说，是佛教也是慧远佛学思想的基石之一。这一理论基石的铺设，却颇为困难，它是在关于神灭、神不灭的诸多论争中完成的。

按佛教的基本教义，世界既然是四大皆空的，那么无论主与客、形与神以及世间与出世间的一切，都虚幻不实。一般教义尤其大乘佛教，主张破斥二执，即破斥我执法执。大乘般若中观学，是破斥二执最为彻底的一支。大乘有宗的涅槃佛性论，也主张破斥。因为，假如不是空诸一切，哪里还能涅槃成佛呢？

问题是，既然一切皆空幻虚妄，那么就连成佛的"我"，也是空幻不实的。假如成佛之我空幻不实，则"成佛者谁"便成为一个大问题。无主体之我的存有，则谁成佛又哪得成佛？岂非意味着诸法包括成佛的基础、条件、过程、因

---

① 《牟子理惑论》，载《弘明集》卷一，四部丛刊影印本。

② 慧远：《明报应论并问》，载《弘明集》卷五，四部丛刊影印本。

果与主体等，也是空幻不实的么？

真是一个二律背反。关于这一烦难问题，佛学理论的解决，可有二途。

其一、印度原始佛教认为，世界业感而起，并无独立于世、业感缘起的主体之我。部派佛教犊子部曾就主体问题提出"不可说的补特伽罗"（pudagala，"不可说之我"）说，以为补特伽罗作为业感缘起，就是轮回、解脱不可言说的主体之我。其依有情五蕴①立而不可说的，是五蕴之我离五蕴而存有之我，蕴与我是一种"非一非异"、"非异非一"的关系。《俱舍论·破戒品》云：犊子部执有补特伽罗，其体与蕴不一不二，是与世间依薪立火一样的。薪燃火在，薪尽火灭。二者不一不二又非一非二。

这里，涉及到"神不灭"说的薪火之喻。

关于补特伽罗指什么及其与中土慧远形尽神不灭说的文脉联系，黄心川说："犊子部这个我虽然说的（得）很玄妙，但归根结底它还是一种脱离自然、脱离人的意识的人类认识的变种，是一种用哲学雕琢过的灵魂"。②这一表述似乎不够准确。既然认为补特伽罗是人类认识的变种，又怎么会是一种脱离自然、脱离人的意识呢？大凡人类认识及其变种，没有任何哪一种能够脱离自然、脱离人的意识。虽然如此，称补特伽罗是一种用佛教哲学雕琢过的灵魂这一点，是很有意思的。

除了犊子部的补特伽罗说，部派佛教的经量部又提出所谓"胜义补特伽罗"说，胜义，即真实义，意在这一个我是真实的存有。

这在实际上承认了世界的"法有我空"。我空之我，便是补特伽罗，因业感、蕴集而空，自不同于一般哲学与美学的所谓主体，大约不妨可以称为"似主体"。

其二、大乘佛教主张世界"我法二空"，不仅否弃"人我"，也同时否弃"法我"。五蕴但是假名，如幻如影，空无实体。然而空宗、有宗于此持见有

---

① 按：五蕴，旧译五阴，五种积集，蕴含之义。为色蕴，受蕴，想蕴，行蕴与识蕴之总名。《增一阿含经》二七云："色如聚沫，受如浮泡，想如野马，行如芭蕉，识如幻法。"此喻空幻，无常，不实。五蕴假合而成身心之家宅。

② 黄心川：《印度佛教哲学》，载任继愈主编：《中国佛教史》第一卷（附录四），中国社会科学出版社，1981，第534页。

别。前者无执于我法二空，破斥彻底；后者破有而空，而破空之时却以空为执，以空为妙有，是将我空、法空执为妙有。

妙有正如补特伽罗，是成佛、涅槃的一个"主体"（似主体），也就是佛典所说的神。这个神，即使"形尽"而"神不灭"。

可见，佛教所谓神、所谓神不灭，不同于中华古代传统所说的鬼神，也并非指基督教的上帝。

慧远力倡"形尽神不灭"说，远绪于印度原始佛教的补特伽罗（不可言说之我）和大乘有宗的妙有说，与当时承传于汉代桓谭与王充等"神灭"之论展开论辩。《慧远传》引录刘遗民之言有云：

> 盖神者可以感涉，而不可以迹求；必感之有物，则幽路咫尺，苟求之无主，则渺茫何津？①

慧远坚信，神是神秘的，固然不可以迹求而可感涉，近在咫尺，是妙有、存有之主。要是没有这一个主即没有神这一主宰，那从此岸到彼岸如此渺茫，又靠谁来幽渡津梁？慧远说，神与形的关系，好比"火之传于薪，犹神之传于形；火之传异薪，犹神之传异形"②。慧远继续解释道：

> 夫神者何耶？精极而为灵者也。精极则非卦象之所图，故圣人以妙物而为言，虽有上智，犹不能定其体状，穷其幽致。而谈者以常识生疑，多同自乱，其为诬也，亦已深矣。将欲言之，是乃言夫不可言。今于不可言之中，复相与而依稀。神也者，圆应无生，妙尽无名，感物而动，假数而行。感物而非物，故物化而不灭；假数而非数，故数尽而不穷。③

神是什么？精极而灵者也。它并非《周易》卦象之所图。是因为卦象的精

---

① 《慧远传》，载慧皎：《高僧传》卷六，金陵刻经处本。
② 慧远：《形尽神不灭五》，《沙门不敬王者论五篇并序》，载《弘明集》卷五，四部丛刊影印本。
③ 同上。

极是气是生，可以用妙这一个词来加以言述，便是《易传》所说的"神也者，妙万物而为言者也"。慧远所说的神并非如此，它是补特伽罗，是执空的妙物与上智（源自孔子语："虽上智下愚不移"），圣人不能"定其体状"而"穷其幽致"，它往往横遭"谈者"的质疑，谈者限于常识而为诬已深。神者不可言，实际指"不可言说之我"。"神也者，圆应无生，妙尽无名，感物而动，假数而行"①。而"无生"、"不生不灭"之谓，是指"感物"者，"不灭"之"神"功也，"夫神者何耶？精极而为灵者也"②。其自身"非物"，所以物化而不灭，数尽而不穷。《周易》也讲到一个感字，《周易》有咸（感）卦，其义在于少男少女相感于气、生，是古代中华文化关于生命、生殖问题及其美学的典型表述。这里慧远"神不灭"说的所谓感，却是在佛教无生意义上说的。共立论之基，不是气也不是生，而是业力是无生。可以见出慧远"神不灭"观与传统中华生命美学（气美学）的哲学基础的严重分野。应当指出，以《周易》巫文化为代表的中华古代的术数，既承认万物有灵与命里注定，又主张循天则（数）而尽人事，表现出对于人的命运的抗争思想，其美学，有"天行健，君子以自强不息"来作为旗帜。慧远的"神不灭"说也承认数，却并非指中华古代巫文化意义的数。古代巫文化的所谓数，有象数与劫数即命理之数的意义，慧远则说"假数而非数，故数尽而不穷"。仅指佛教的"名数"、"法数"、"禅数"之类。以数表示，可有三空、四大、五蕴、六根清净与八正道等名数、法数。佛教所说的数，又是智的异名，数寓佛智。与补特伽罗相关。佛教有所谓"数取趣"说，数取趣者，即梵语所谓补特伽罗。《玄应音义》卷一有云：补特伽罗，此云数取趣也。言数数往来诸趣也。趣者，趣也，众生趣于所往之国土耳。《俱舍论》卷八云：趣谓所往。慧远所说的数，并非易筮象数之数、劫数之数，它

---

① 慧远：《形尽神不灭五》，载《弘明集》卷五，四部丛刊影印本。按："圆应无生"的"无生"，方立天：《魏晋南北朝佛教》认为"应作'无主'"。理由是，慧远：《晋襄阳丈六金像颂并序》云："万流澄源，圆映无主，觉道虚凝，湛焉遗照。"此见《方立天文集》第一卷，中国人民出版社，2006，第95页。可备一说。但"无生"这一术语与范畴，为佛教所本有，指涅槃成佛、出离轮回苦厄之境。《大乘义章》十二有云："理寂不起，称曰无生"。在慧远佛教著述中，"无生"、"无主"皆有言说。

② 慧远：《形尽神不灭五》，载《弘明集》卷五，四部丛刊影印本。

不具有命理意义，它指与补特伽罗即不可言说之我相契的一种佛禅智慧，它便是"不灭"而永恒的"神"。

"神不灭"说本是佛教的一大重要问题，在东晋及后的南朝，曾经引起激烈争辩。神不灭与神灭说的争论，推动佛教所言形神与中华传统形神观的"对话"，发生了以传统形神观为人文之基、融合佛教形尽神不灭说之新的审美"形神"说，源远而流长。由于直接从佛教神不灭说发展而来——佛教不以生之气为其形神的底蕴，而以无生之空为底蕴，因而，自东晋到南北朝，与中国艺术审美相关的"形神"说，是一般只说形神而不说气的，这改变了汉初《淮南子》有关"形神气"生命美学基本的思想与思维格局。

东晋时期，"神不灭"说的推行遇到诸多阻力，反对者大有人在。孙盛《与罗君章书》云：吾谓形既粉散，知神亦如之，纷错混淆，化为异物。大诗人陶潜撰《形》、《影》与《神》诗三首，其中《神》诗有云：三皇大圣人，今复在何处？彭祖寿永年，欲留不得住。老少同一死，贤愚无复数。应尽便须尽，无复独多虑。真正是朴素唯"物"的经验之论，几乎使得"神不灭"论者哑口无言，这正如南朝范缜所说，"形存则神存，形谢则神灭"①。

如果没有慧远等辈"形尽神不灭"说曾经风行于东晋，中国古代美学史上的审美形神说尤其"重神似轻形似"之说，决不会是现在所呈现的样子。在论辩中，慧远以佛教学界的崇高权威，撰《形尽神不灭》一文。当时，人们对于审美意义的形神问题，一般似乎尚未十分关注。在此之前，当陆机称说"丹青之兴，比雅颂之述作，美大业之馨香。宣物莫大于言，存形莫善于画"②时，古人所经验与感悟的世界，大致是经验意义的物与形的世界，注重绘画形象的美丑。西晋文学家左思曾说："美物者贵依其本，赞事者宜本其实。匪本匪实，览者奚信？"③意思是，文学在于宜本其实，实者，事也。否则，览者不觉得可信。而本与实的底蕴，并非指与物（形）相对应的神，而是指事物的本原之气（生）。

---

① 《范缜传》，载《梁书》卷四八。
② 张彦远：《历代名画记·叙画之源流》，《历代名画记》卷一，人民美术出版社，1963，第3页。
③ 左思：《三都赋序》，载萧统编：《昭明文选》，四部丛刊影印本。

早在先秦与秦汉之时，关于神的问题，已有诸多论说。《易传》有"阴阳不则之谓神"与"知几其神乎"等说；《淮南子》也说："道者无形，平和而神。"蔡邕《篆势》评说篆书之美，称言"体有六篆，妙巧入神"，俨然以神来作为评判的标准。然而东晋之前说神论形，一般总是以气（生）这一概念来作为文化、哲学与美学本原的。

时至东晋，美学意义上的形神问题逐渐倍受关注，其中诸多论言，不能不是深受佛教神不灭说影响的缘故。

据僧祐《出三藏记集》卷十，慧远本人曾说：心本明于三观，则睹玄路之可游，然后练神达思，水镜六府，洗心净慧，拟迹圣门。寻相因之数，即有以悟无，推至当之极，动而入微矣。这是一个大德高僧关于空寂之美的悟入与表述。在表述之中，时以道家之言来言说佛禅佛智。这里所说的三观，佛教空观、假观与中观之谓。空观，万法皆空，观悟诸法之空谛；假观，观悟诸法之假谛，诸法本无实体，借他而有，故为假。假者有三：法假、受假、名假，诸法虚妄不实而自性假，诸法含受业蕴而成体假，诸法假言施设因名为假；中观，观悟中之真理。一为双非之中观：观诸法非空非假，二为双照之中观：观诸法亦空亦假，三为洞明世界及其美，是谓三谛。心本明于三谛，则睹玄路之可游矣，真可谓出入无空之境而往来自由、方便，即有以悟无也。即有者，即形，悟无者，慧远在此以无说空，实为悟空。这里的空（无），佛教有时也称神，所谓"即有以悟无"，实际是"即形而悟神"之境。要达成这一境界，必须练神达思，洗心净慧，便是佛教所说的三观。

在审美上，佛教神不灭说是对审美形神说的一个推助。

试看戴逵（？—396）《闲游赞》。戴氏指出："我故遂求方外之美"[1]。所谓方外之美，显然是一个审美对象，戴氏将其悬拟于方外。方外，语出《庄子·大宗师》"彼游方之外者也，而游方之内者也"[2]，指无（玄）之境，犹言世外。《闲游赞》云："始欣闲游之遐逸，终感喜契之难会"。可见所求之难。

① 戴逵：《闲游赞》，载《艺文类聚》卷三六。
② 《庄子·大宗师第六》，载郭庆藩辑：《庄子集释》，《诸子集成》第三册，上海书店，1986，第121页。

什么缘故呢？因为这种审美境界实有神宰，忘怀司契，冥外傍通，潜感莫滞。如果不能做到忘怀而破斥于滞累，则何以傍通于冥外？这里所说神宰的神，已经不是老庄与后世道教意义上的了，其间熔铸了佛教所谓"不可言说之我"（补特伽罗）的思想因子。关于这一点，大约也可以从《闲游赞》的一个发问见出：

> 详观群品，驰神万虑。谁能高佚，悠然一悟？①

所谓群品，世界万类；高佚，彻底亡佚之谓。观审万类群品，人的种种精神意绪逸驰于道无之境。可谁又能彻底传诵驰神万虑的道无之境而悠然领悟于空幻呢？可见戴逵所求的方外之美，已由道无而趋于佛空。方外，作为佛空之境及其美的方便说法，具有超越于道无的意义，这也便是《闲游赞》所说的"缅矣遐心，超哉绝步"。穷绝于道的逍遥，大约只是惟求于佛的空幻了。

再读佚名《庐山诸道人游石门诗序》。此篇开头所说"石门在精舍南十余里"的所谓石门，是庐山北部的一处名胜②；精舍，指慧远所卜居、弘法的庐山龙泉精舍。该篇称庐山有七岭之美。其文云：夫崖谷之间，会物无主。应不以情而开兴，引人致深若此。这里，会物指造化，万物因缘和合；无主，无生、无心、无情之谓。会物无主，诸法太上无情义，故不以情而开兴而引人致深矣。这是由参悟会物无主而入于佛禅空幻之深境。该篇又说：俄而太阳告夕，所存已往。乃悟幽人之玄览，达恒物之大情。其为神趣，岂山水而已矣。这又是以道家语来说"幽人之玄览"③的佛家大情。大情的大，太的本字，原始原朴原本义，大情，太情原情本情，即太上无情之谓。依佛家的说法，芸芸为俗情所累，遂使人生烦恼不已，苦不堪言，而诸法本是无生无情，世界、人生及其美终于是有救的，故一旦达于大情（太情）之境，便是悟入大寂、大觉与大乐的境界。

---

① 戴逵：《闲游赞》，载《艺文类聚》卷三六。

② 按：郦道元：《水经注》云："庐山之北，有石门水，水出岭端，有双石高竦，其状若门，因有石门之目焉。"

③ 按：通行本《老子》原为"涤除玄监"。监，镜子。后人亦作"涤除玄览"。

大情作为美的神趣，就不仅仅是山水之美了。儒家从山水的有象喻君子人格，如孔圣所言"仁者乐山，智者乐水"然，来作道德人格的比拟；道家从山水自然，体悟"道法自然"的美即无之美，作"逍遥游"与"濠濮间想"；佛家以山水为假有并超绝于儒有、道无而悟空，便是大情之境、神趣之美。这种美，实际是打上引号的，是在消解了儒有与道无之美的同时，所悟得的那种不是美的"美"。这是三种不同的审美形神观，且以佛教形神说最为难解而彻底。

东晋审美形神说受佛教形尽神不灭观思想的濡染，自不待言。从艺术审美形神说诸多文本考察，大凡依然广采格义之法，据无（玄）以入佛，有时甚而以儒为本土的人文潜因之一。

书圣王羲之（321—379，或303—361）撰《题卫夫人〈笔阵图〉后》、《笔势论十二章并序》、《书论》与《用笔赋》诸篇，大凡都是法书造型与重神之言。《笔势论十二章并序》云，书法艺术之美，美在"视形象体，变貌犹同，逐势瞻颜，高低有趣。分均点画，远近相须。播布研精，调和笔墨。锋纤往来，疏密相附。铁点银钩，方圆周整"①。羲之重字形，重笔势，重结体，重气韵。其书法艺术的最高审美理想，是神逸。其《书论》一开头就说，"夫书者，玄妙之伎（技）也"②。玄妙犹言神妙，是以玄学口吻说神说逸。其《用笔赋》说："至于用笔神妙，不可得而详悉也。"③凡神妙之美境美趣，皆不可言不可道。正如其《笔势论十二章并序》所云：神者，"牵引深妙，皎在目前。发动精神，提撕志意。剔精思，秘不可传"④。书法艺术的美本自神妙、神奇以至于神秘，此秘不可传处，有佛教"神不灭"说的影响。

书法艺术的神的美，具有一个内在根因，必"发动精神，提撕志意"与"剔精思"然后乃成，所谓"夫欲学书之法，先乾研墨，凝神静虑"，"意在笔先"⑤。凝神为神志专注于无、空之境。静虚，梵文dhyana，禅定、静息心虑之谓。心不驰散，欲念断灭为静虑。无功利心、无分别心、无机心为静虑。羲之

---

① 王羲之：《笔势论十二章并序》，载《佩文斋书画谱》卷五。

② 王羲之：《书论》，载《佩文斋书画谱》卷五。

③ 王羲之：《用笔赋》，载《佩文斋书画谱》卷五。

④ 王羲之：《笔势论十二章并序》，载《佩文斋书画谱》卷五。

⑤ 同上。

以道家言兼佛家言叙书艺之美的审美心胸襟怀，比庄生所说的"心斋"、"坐忘"①的"虚静"说，又进了一步。心斋、坐忘的哲学、美学的根因，是虚无、静笃，而静虑的根因在空幻。空幻，是佛家所说的神境。

画家顾恺之（348—405）曾说如何以绘画营构人物形象的美，创"传神写照"这一美学命题而影响深巨。据南朝刘义庆《世说新语·巧艺》，顾恺之画人物"或数年不点目睛。人问其故。顾曰：'四体妍蚩，本无关乎妙处，传神写照正在阿堵中'"②。

阿堵，为这个之义。顾氏的画论主题，也在一个神字上。以得于神境即传神写照之难，而画人物数年不点目睛，盖"神明殊胜"③之故也。

> 凡生人亡有手揖眼视而前亡所对者，以形写神而空其实对，荃生之用乖，传神之趋
>
> 失矣。空其实对则大失，对而不正，则小失，不可不察也。一像之明昧，不若悟对之通神也。④

凡画人物必讲究经营位置，尤须实对。实对者，赖形以成。以实对之形传写节奏、韵律、气度与品涵，此之谓神。故而，以形写神是从实对之形的经营位置开始，至终极而求得神之美韵。"若长短刚软、深浅广狭，与点晴之节，上下、大小、秾薄，有一毫小失，则神气与之俱变矣"⑤。故绘人物形象之美，形的营构固然重要，无实对则传神之趋失矣，而实对之形仅是手段而已，关键在于悟对之通神、以形写神、重神轻形耳。

---

① 按：《庄子·人间世第四》："回曰：'敢问心斋'。仲尼曰：'一若志，无听之以耳而听之以心，无听之以心而听之以气。听止于耳，心止于符。气也者，虚而待物者也。唯道集虚。虚者，心斋也'"。《庄子》又云："堕肢体，黜聪明，离形去知，同于大通，此谓坐忘。"（王先谦：《庄子集解》卷一，载《诸子集成》第三册，上海书店，1986，第23页）

② 刘义庆著、刘孝标注：《世说新语·巧艺第二十一》，载《世说新语》卷五，《诸子集成》第八册，上海书店，1986，第18页。

③ 张彦远：《历代名画记》卷五，人民美术出版社，1982，第113页。

④ 同上书，第118页。

⑤ 同上书，第188页。

东晋、南朝刘宋年间画家宗炳（375—443）崇佛，撰《明佛论》（按：一名《神不灭论》），曾赴庐山问学于慧远。《明佛伦》重申"神不可灭，则所灭者身也"之见。宗炳与当时主张神灭者即天文学家何承天，就神灭、神不灭说展开激烈争辩，批驳慧琳《白黑论》。《明佛论》说：悲夫！中国君子明于礼仪而暗于知人心，宁知佛心乎？称说如果不懂得神不灭即"精神我"的道理，是"井蛙之见"。作为画家的宗炳的山水画论，深受神不灭即精神我的影响。认为"圣人含道映（亦作应）物，贤者澄怀味象。至于山水，质有而趋灵"，此"灵"即"神"。而"夫圣人以神法道而贤者通；山水以形媚道而仁者乐"[①]。《画山水序》一开头就论说描摹山水之道。此道，合道家之玄（无）、佛家之空（幻）与儒家之有三学因素，是显然的，且以道无、佛空为主。以此道接应万类，故能使贤者澄怀味象，心灵澄彻而明净，不为物累，不为形役，亦不为心劳。做到道家那般的心斋坐忘、刘勰《文心雕龙》所说的是以陶钧文思，贵在虚静，疏瀹五脏，藻雪精神，而且没有了佛教所谓法执我执。澄怀味象，既是一种审美方式，又是其审美境界。

宗炳斯言，是又一"形神"之论。所谓山水"质有而超灵"之有者，形；灵，神也。两者是以形媚道的关系，是形与神（道）的统一。此所谓媚，本义为女色之美容，这里用作动词，喜好义。山水之美，并非美在其形，而是美在以形媚道。宗炳并非一概否定形，这可以从《画山水序》所说的"况乎身所盘桓，目所绸缪，以形写形，以色貌色也"一语见出。然而以形媚道其义，在于重"道"（神）是显然的。所谓"应会感神，神超理得"，"又神本亡端，栖形感类，理入形迹，诚能妙写，亦诚尽矣"[②]。神超、神本之言，清楚不过地证明了宗炳重神的人文及其美学立场。宗炳《画山水序》还说："圣贤映于绝代，万趋融其神思。余复何哉，畅神而已。神之所畅，孰有先焉。"[③]宗炳的山水画思想，虽然崇佛同时受道家玄学的濡染，而从其有关圣人、贤者、圣贤等语不离于口可知，其思想深处，依然有儒家圣贤之学的潜因在。

---

① 宗炳：《画山水序》，载沈子丞：《历代论画名著汇编》，文物出版社，1982，第14页。
② 同上书，第14、15页。
③ 同上书，第15页。

　　道释儒三学趋于兼修的思想思维及其美学之思，西晋玄学贵无派的王弼等辈，东晋慧远、宗炳与南朝刘勰等人，都是如此，不过程度不同各有侧重罢了。由佛教"形尽神不灭"论所参与、哺育与影响的审美"形神"说，在东晋及此后的南朝，可谓蔚为大观。刘勰《文心雕龙》大讲"神思"，显然由宗炳所谓"万趣融其神思"接续而来，且大事发挥。刘勰、钟嵘又说"性灵"，是文学美学史的重要一页，其思想之源，不能不与"神不灭"说相关。此是后话。早在东晋文论中，"形神"问题也同样深受重视。谢灵运（385—433）《山居赋并序》，有"援纸握管，会性通神"、"研精静虑，贞观厥美"①之说，称其"少好文章"，"便可得通神会性，以永终朝"。谢灵运《与诸道人辨宗论》云，"六经典文，本在济俗为治耳。必求性灵真奥，岂得不以佛经为指南邪"。佛教倡言"神不灭"，可谓"唯佛究尽实相之崇高"②耳。东晋又渐渐以"品"这一标准，来评判艺术审美意象。自钟嵘《诗品》提倡"品"之美唐司空图撰《诗二十四品》，将诗之美，分为二十四种品格，张怀瓘《书断》与《画断》③提出品评书、画及书画家人格的标准，以神品、妙品、能品为序，神品为上。清《国朝书品》提"五品"之说，依次为神、妙、能、逸、佳。包世臣（1775—1855）《世舟双楫》云：平和简净，遒丽天成，曰神品。酝酿无迹，横直相安，曰妙品。逐迹穷源，思力交至，至能品。楚调自歌，不谬风雅，曰逸品。墨守迹象，雅有门庭，曰佳品。包氏所说的五品，由张怀瓘三品说而来。学界有称，包氏所谓逸品，类于张氏的神品；包氏的神品妙品，大约类于张氏妙品；而包的能品佳品，又类于张的妙品。虽然如此，时至唐代，神品当推第一。而神品之说，根原于晋人"形尽神不灭"说。

　　综上所述，慧远力倡"神不灭"，在当时的佛教界、在艺术审美"形神"说的建构上，影响是深远的。"形尽神不灭"本为佛学思想，尚具一些宗教迷信，却在历史与人文的陶冶中，自从教崇拜向艺术审美转嬗，从神秘向神妙神奇递变，终于融渗在艺术美学之思中。

---

① 谢灵运：《山居赋并序》，载《谢灵运传》，《宋书》卷六十七，中华书局点校本。

② 谢灵运：《与诸道人辨宗论》，载《广弘明集》卷一八，四部丛刊影印本。

③ 按：张怀瓘：《画断》已亡佚，若干逸文，见于唐张彦远《历代名画记》。

第四节　中道：鸠摩罗什所译主要佛典的中观美学意蕴

鸠摩罗什（344—413）[①]作为东晋时期（北方姚秦）一代高僧，是中国佛教史上与唐玄奘齐名的佛典翻译家。南朝梁僧祐《出三藏记集》、梁慧皎《高僧传》与《晋书·艺术列传》等有传。罗什祖籍天竺，生于龟兹（今新疆库车、沙雅之间），圆寂于后秦国都长安。罗什自幼习佛，七龄从母出家，始师事大德盘头达多，聪颖而先熟谙小乘经典。据僧祐《出三藏记集·鸠摩罗什传》，罗什曾留居于龟兹二十余年。继而"广诵大乘经论，洞其奥秘"，以大乘之学，"道震西域，声被东国"。前秦建元二十年（384），苻坚遣氐人吕光（骁骑大将军）兵破龟兹，劫罗什，遂使罗什陷留凉州十六载。期间罗什得以通晓汉语汉籍。后姚兴继姚苌即位于长安，于弘始三年（401）出兵攻取凉州，仰罗什高德智量，以"国师之礼"迎其入关。自此凡十二年间，罗什在长安译经传教，如日中天。罗什译经，成就空前。据《出三藏记集》卷二，为"三十五部，凡二百九十四卷"[②]。其中，大量的是大乘般若经论，其译义更趋准确而文句流便。慧皎《高僧传》称其"义皆圆通"，"词润珠玉"，"挥发幽致"。当然也有缺失之处，在所难免。

在中国佛教史上，鸠摩罗什的地位无疑是崇高的。罗什佛学，在中国佛教

---

① 按：有关鸠摩罗什的生卒年问题，梁僧祐《出三藏记集》称其"以晋义熙中（405—418），卒于长安"。梁慧皎《高僧传》先言其卒于"晋义熙五年（409）也"，又称"或云弘始七年，或云八年，或云十一"，极不一致。罗什弟子僧肇《鸠摩罗什法师诔》（《广弘明集》卷二三）云："癸丑之年，年七十，四月十三日，薨于大寺。"此说当属可信。"癸丑之年"，为姚秦弘始十五年，即东晋义熙九年（413）。"年七十"，应指其虚龄。故鸠摩罗什生年，为东晋康帝建元二年（344）。参见郭朋：《汉魏两晋南北朝佛教》，齐鲁书社，1986，第290页。近年日本塚本善隆倡"罗什生卒年（350—409）"说。罗什生年，较慧远为晚出。慧远谢世（416）晚于鸠摩罗什（413）三年，考虑到罗什与本书随之要论析的僧肇、道生为师生关系，其佛学的共同之处，为大乘般若性空之说（按：竺道生先攻一切有部小乘佛学，继而从罗什治大乘空宗般若学，最后转入大乘有宗涅槃佛性学。后详。），姑本书将有关鸠摩罗什这一节，放在慧远之后来加以阐论。

② 按：《出三藏记集·鸠摩罗什传》又称"三十二部，三百余卷"；慧皎《高僧传》也说"凡三百余卷"；唐道宣《内典录》卷三，据隋长房《历代三宝记》，录为"九十八部，四百二十五卷"。诸说不一。

美学史的人文意义又当如何?

鸠摩罗什所译佛典,范围遍及大小乘的经律论。就大乘经论而言,曾重译《维摩诘所说经》,《妙法莲华经》,《摩诃般若波罗蜜经》(《大品般若经》),《小品般若波罗蜜经》,新译《金刚般若经》(《金刚经》)与《中论》等,意义重大。罗什之前,译作"多滞文格义"①,以外典与佛经,递互讲说。罗什称支谦竺法护等前贤译本"多有乖谬,不与胡本相应"②。僧肇说,罗什以其博学与审慎,努力做到"考校正本,陶练复疏,务存论旨,使质而不野,简而必诣宗致划尔,无间然矣。"③吕澂说:"如支谦偏于'丽',罗什则正之以'质';竺法护失之枝节,罗什则纠之以'简'。"④罗什所译,不单纯是译经水平的提高,更标志着大乘般若性空之学的普及与深入。以罗什新译龙树《中论》、《十二门论》、《大智度论》与提婆《百论》尤为典型。可以说自罗什始,印度龙树一系的大乘中观之学才被正式译介于中土。如《大智度论》,是《大品般若经》的权威性解读,其间龙树的中观学说有创造性的发挥。罗什译出此论,仅详译其对《大品般若经》第一品的解说,其余诸品只是略译。这种详略得当的翻译,意义在于删繁就简,更是对印度佛学本旨的努力把握,不拘泥于狭义的"格义"之法。

这里,仅就罗什所译一些主要经论的美学意蕴,稍作简析。

《维摩诘所说经》:"空病亦空""禅悦"与维摩诘

在鸠摩罗什之前,《维摩诘所说经》的汉译,已经有五个译本:(一)严佛调《古维摩经》(二卷,东汉灵帝中平五年,188,已佚);(二)支谦《维摩诘说不可思议法门经》(二卷,三国吴黄武二年,223);(三)竺法兰《毗摩罗诘经》(西晋惠帝元康元年,291,已佚);(四)竺法护《维摩诘所说法门经》(二卷,西晋惠帝太安二年,303,已佚);(五)祇多密《维摩诘经》(四卷,东晋西域沙门,已佚)。鸠摩罗什重译后,在唐代,还有三藏法师玄奘于贞观年间重译此经,名《说无垢称经》。这样,《维摩经》一共有七个汉译本。此经的一再译出,可见此经是何等地受到中土佛学界的重视。鸠摩罗什的重译,名《维

---

① 慧皎:《高僧传》卷二,金陵刻经处本。

② 《晋书·姚兴载记》。

③ 僧肇:《百论序》,载《全晋文》卷一六五,《中国佛教思想资料选编》第一卷,第190页。

④ 吕澂:《中国佛学源流略讲》,中华书局,1979,第90页。

摩诘所说经》，三卷，译成于后秦（姚秦）弘始八年（406），收录在《大藏经》第十四册，第537—556页。比较而言，玄奘译本的字义更为准确。罗什译本，文字流便，最为流行，影响广泛。

什译《维摩诘所说经》凡十四品，分序分、正宗分与流通分共三大部分。序分（第一品），叙佛教法会的缘起；正宗分（第二品至第十二品），为本经主体；流通分（第十三、十四品），盛誉弘传功德。本经智量弘博，义理深致。僧肇说："《维摩诘不思议经》（即《维摩诘所说经》）者，盖是穷微尽化，妙绝之称也。其旨渊玄，非言象所测；道越三空，非二乘所议。超群数之表，绝有心之境，眇莽无为而无不为，罔知所以然而能然者，不思议也。"①这里，仅就什译《维摩诘所说经》"弟子品第三"与"菩萨品第四"有关"维摩诘问疾"的经文，试作一些美学意蕴的讨论。

> 尔时，长者维摩诘自念："寝疾于床，世尊大慈，宁不垂愍。"佛知其意，即告舍利弗："汝行诣维摩诘问疾。"舍利弗白佛言："世尊，我不堪任诣彼问疾。所以者何？忆念我昔，曾在林中，宴坐树下，时维摩诘来谓我言：唯，舍利弗！不必是坐，为宴坐也！夫宴坐者，不于三界现身意，是为宴坐；不起灭定而现诸威仪，是为宴坐；不舍道法而现凡夫事，是为宴坐；心不住内，亦不在外，是为宴坐；于诸见不动，而修行三十七道品，是为宴坐；不断烦恼而入涅槃，是为宴坐，若能如是坐者，佛所印可。"时我，世尊！闻说是语，默然而止，不能加报！故我不任诣彼问疾。②

> 时维摩诘来谓我言："唯，大目连！为白衣居士说法，不当如仁者所说。夫说法者，当如法说；法无众生，离众生垢故；法无有我，离我垢故；法无寿命，离生死故；法无有人，前后际断故；法常寂然，灭诸相故；法离于相，无所缘故；法无名字，言语断故；法无有说，离觉观故；法无形相，如虚空故；法无戏论，毕竟空故；法无我所，离我所故；法无分别，

---

① 僧肇：《注维摩诘经·序》，载僧祐：《出三藏记集·经序》卷八，金陵刻经处本，《中国佛教思想资料选编》第一卷，第193页。

② 《维摩诘所说经·弟子品第三》，载心澄译释：《维摩诘所说经》上册，广陵书社，2012，第172页。

离诸识故；法无有比，无相待故；法不属因，不在缘故；法同法性，入诸法故；法随于如，无所随故；法住实际，诸边不动故；法无动摇，不依六尘故；法无去来，常不住故；法顺空，随无相，应无作；法离好丑，法无增损，法无生灭，法无所归；法过眼耳鼻舌身心；法无高下，法常住不动，法离一切观行。"[1]

其大意是说，这时维摩诘长者心想："我有病在床，世尊大慈大悲，怎么会不加关爱呢。"佛知道维摩诘心里是这样想的，就对"智慧第一"的舍利弗说："你去探望一下病中的维摩诘吧！"舍利弗对佛陀说："世尊，我不堪这一重任。什么缘故呢？记得曾经有一次，我正在林中静坐参禅，维摩诘来对我说：喂，舍利弗，真正的禅坐不是这样的。禅坐，不必正襟危坐，端起架子，故意做出打坐的姿势，也并非心中生起打坐的妄念，才是真正的禅坐；不要主观上刻意追求禅定，真正的禅坐，是心中没有滞累挂碍，在行走坐卧中，都可以入定；禅坐，也不必不同于凡夫俗众的日常生活，唯有心中有佛，百姓日用处都是禅坐；内不染尘，外不著相，这便是禅坐；在污浊中不起邪念，如如不动，修行三十七种道品，才得解脱；不是断灭烦恼另有解脱，而是在尘世烦恼中入定于涅槃，烦恼即涅槃，涅槃即烦恼，假如能够如此坐禅，是佛陀所印可的。世尊，当时我听了维摩诘的这一席话，默默无言以对，我和维摩诘所持的境界相差太远了，因此，我不能够担当前去探病的重任。

这时候，维摩诘来对我说："喂，大目犍连啊！对居士说法，不能像你这样。什么缘故？宣说佛法，应该吃透佛法的本蕴。佛法本蕴，不应执著于众生相，因为它是远离一切虚妄分别的；没有自我相，因为它远离于偏执；没有寿者相，它本来就是如此，舍弃一切生死烦恼；没有与自我相对的人相，它永恒如此，没有过去、现在与未来三世的相续；它恒常寂静，没有生灭；所以舍弃一切生灭之相，因为它脱弃了因缘；它不可言说不可以名字称呼，它是脱弃一切名言的；它所以不可言说，是因为以俗世之心加以思虑；它无迹可求，虚空

---

[1] 《维摩诘所说经·弟子品第三》，载心澄译释：《维摩诘所说经》上册，广陵书社，2012，第172—173页。

一般看不透摸不着；它不能被随心所欲地妄加评说，它毕竟空寂；它并非是对于自我的依存，自我本身虚妄，则如何依存于自我；它不能从语言文字加以分别，是远离心识分别的；它不可相互计较，因为它是独存而无待的；它舍弃因果，超越了一切缘起的条件；它便是法性，深蕴着世界的本质；它不生不灭，真一如常，无有它因的随在；因为不生不灭，它如如实际，湛然圆明；它不以一切而动荡摇落，不沾染六根六尘；它没有去来的妄动，不沾染于万相；它无形象、无造作、无美丑、无增减、无生灭、无归趣、超脱于六根六尘；它恒常空寂，没有高下，没有一切观行的限制。"

佛陀依次要"智慧第一"的舍利弗、"神通第一"的大目犍连、"苦行第一"的大迦叶、"解空第一"的须菩提、"说法第一"的富楼那、"议论第一"的摩诃迦旃延、"天眼第一"的阿那律、"持戒第一"的优波离、"密行第一"的罗睺罗与"多闻第一"的阿难等，"诣维摩诘问疾"。他们共同的回答是，"故我不任诣彼问疾"，向佛陀言述维摩诘的言行、精神境界与道行之高，叙述各各往事因缘，说出了佛法诸多深邃的义理。

再看该经的"文殊师利问疾品第五"，佛陀要文殊菩萨"汝行诣维摩诘问疾"。"文殊师利白佛言：世尊！彼上人者，难为酬对。深达实相，善说法要，辩才无滞，智慧无碍；一切菩萨法式悉知，诸佛密藏无不得入；降伏众魔，游戏神通，其慧方便，皆已得度。虽然，当承佛圣旨，诣彼问疾。"[1]文殊对世尊说：维摩诘居士智慧高妙，参悟佛法之上人也，要质疑他是困难的。维摩诘深悟诸法实相，善于解释佛法宗要，辩才无碍，智慧无双；他完全理会菩萨行的一切法式，深契于佛法密藏，凡此没有不深入堂奥的；他所持的佛法，可降伏一切外道魔障，以佛之无上神通自由地应对世间出世间，在佛智慧与方便之间出神入化。虽然这样，我领受佛的付托，愿意前去维摩诘那里探病。

接着，此经展开了有声有色的"探疾"的描述。文殊师利问，维摩诘居士答，真正可以说是，一来一往，彼此映照，辩说大乘空宗中观奥义，将菩萨行的义理，说得头头是道，令人叹服。

---

① 《维摩诘所说经·文殊师利问疾品第五》，载心澄译释：《维摩诘所说经》中册，广陵书社，2012，第360页。

文殊师利言:"居士!有疾菩萨,云何调伏其心?"维摩诘言:"有疾菩萨,应作是念:今我此病,皆从前世妄想颠倒诸烦恼身,无有实法,谁受病者?所以者何?四大合故,假名为身;四大无主,身亦无我;又此病起,皆有著我。是故于我不应生著。既知病本,即除我想及众生想,当起法想,应作是念:但以众法合成此身。起唯法起,灭唯法灭;又此法者,各不相知。起时不言我起,灭时不言我灭。彼有疾菩萨,为灭法想,当作是念:此法想者,亦是颠倒。颠倒者,即是大患,我应离之。云何为离?离我我所。云何离我我所?谓离二法。云何离二法?谓不念内外诸法行于平等。云何平等?谓我等涅槃等。所以者何?我及涅槃,此二皆空。以何为空?但以名字故空。如此二法,无决定性,得是平等,无有余病,唯有空病。空病亦空。是有疾菩萨,以无所受而受诸受,未具佛法,亦不灭受而取证也。"①

菩萨有病,病根何处?"妄想颠倒诸烦恼身"也。众生色身,四大和合,假名为身罢了。四大无有主宰,色身也没有主宰。众生所以有疾,都是因为执著于这个假名。所以不应偏持我执("我不应生著"),既然懂得病根在哪里,就应该舍弃关于我、关于众生的妄想,应该生起佛法之禅思,懂得色身不过是因缘和合的假名而已。生起是众缘和合,断灭是众缘离弃,无论生起离弃,都是本然而不以言说(假名)为转移的。因为众生有病苦,菩萨慈悲为怀,遂起疗救的愿心,要从"灭法"即断灭诸法实有的角度去禅定静虑,万法空幻即为真实,否则便是妄想颠倒。妄想颠倒,就是一种大病,应该离弃断灭。什么是离弃断灭?放弃我(我执)我所(法执)便是。什么叫放弃我执法执?便是离弃二法即二法执②。如何离弃呢?不执著于内外诸法,用平等觉看待。怎样才有平

---

① 《维摩诘所说经·文殊师利问疾品第五》,载心澄译释:《维摩诘所说经》中册,广陵书社,2012,第362页。

② 按:这里,"二法",指"愚人法"与"声闻法"。维摩诘说,有疾菩萨应该降服妄心。"所以者何?若住不调伏心,是愚人法;若住调伏心,是声闻法。是故菩萨不当住于调伏不调伏心,离此二法,是菩萨行。"(见《维摩诘所说经·文殊师利问疾品第五》,载心澄译释:《维摩诘所说经》中册,广陵书社,2012,第363页)亦指"二法执"。(转下页注)

等觉？应该将自我和涅槃，都领悟为空幻。为什么说都是空幻？因为都是假名而非实有的缘故。这样的我执法执，没有内在的规定性。以平等觉智去领悟，就不会有什么病苦了。惟有一种病患，便是对于空幻的妄执。须知断灭空，也是一种大病患。因此，作为有病的菩萨，须以无所受而受的精进，去领会佛法，虽则尚未获得佛的最高果位，也不能不取佛法高标而征得彻悟性的佛果。

这是维摩诘菩萨与文殊师利展开论辩时的一段对话。像这样精彩的诘问和辩答，在《维摩诘所说经》中，在在多是，呈现出维摩诘菩萨对于佛法大意的深刻颖悟和辩才无碍的菩萨风度。所谓菩萨之疾，实际是众生之疾。所谓"问疾"，是从般若空宗的角度，对于"愚人法"、"声闻法"的断然斥破，重在斥破"唯有空病"即顽空、断灭空这样的病苦，弘传"空病亦空"的大乘般若空宗之说。竭力强调菩萨行这一修持法。当文殊师利提问，如何"调伏其心"时，维摩诘大展辩才，侃侃而谈，从容不迫，悟觉深致，一共从二十九个方面，辩说了菩萨行的不二法门。[①]维摩诘开导的结果是，"说是语时，文殊师利所将大众，其中八千弟子，皆发阿耨多罗三貌三菩提心"[②]，悟得了无上正等正觉的境界。

在中国美学史上，《维摩诘所说经》所示现的，是彻底的般若空观的美的意蕴，不同于世俗审美的那种精神境界。

"维摩诘因以身疾，广为说法"[③]，这也便是所谓"现身说法"。维摩诘为法身大士，因众生有病苦，故而假以病苦，执持正法，以种种利益，施行教化。身者，病根所在，万恶之源，空无虚妄，无可执著。这是因为："是身如聚沫，

（接上页注）一、"俱生法执"；二、"分别法执"。俱生法执，"无始时来熏习成性，常与一切法妄生执着者。此妄执非由心分别而起，乃与自身俱生，故曰俱生"。分别法执，"为邪教及邪师所诱导，故分别计度而固执诸法之实有，是为分别起之法执。分别之法执，菩萨于见道顿断之；俱生之法执，于修道渐断之。"（参见丁福保：《佛学大辞典》，文物出版社，1984，第34页）

① 按：关于菩萨行法门，《维摩诘所说经》有一长段文字，恕不在此引录，请见《维摩诘所说经·文殊师利问疾品第五》，载心澄译释：《维摩诘所说经》中册，广陵书社，2012，第363—364页。

② 同上书，第364页。

③ 《维摩诘所说经·方便品第二》，载心澄译释：《维摩诘所说经》上册，广陵书社，2012，第127页。

不可撮摩；是身如泡，不得久立；是身如焰，从渴爱生；是身如芭蕉，中无有坚；是身如幻，从颠倒起；是身如梦，为虚妄见；是身如影，从业缘现；是身如响，属诸因缘；是身如浮云，须臾变灭；是身如电，念念不住；是身无主，为如地；是身无我，为如火；是身无寿，为如风；是身无人，为如水；是身不实，四大为家；是身为空，离我我所；是身无知，如草木瓦砾；是身无作，风力所转；是身不净，秽恶充满；是身为虚伪，虽假以澡浴衣食，必归磨灭；是身为灾，百一病恼；是身如丘井，为老所逼；是身无定，为要当死；是身如毒蛇、如怨贼、如空聚，阴界诸入所共合成。"①

如此之身，是否与审美有关呢？

以世俗现实的眼光审视审美问题，审美及其美感，是对那种世俗性的实用、功利、目的与分别性的斥破，只有排斥、破除了世俗意义的实用、功利、目的与分别，主体便进入了审美过程及其审美的实现。美感的产生，便是天人、物我、主客以及情感与意象、意志与理性等的融合、消解，澄明于世俗意义的无可执著的境界，此时所呈现的美感，便是美的现实确证。

在《维摩诘所说经》看来，这并非是什么可以肯定的美与美感，依然不啻是那种妄想颠倒的病苦渊海。其"弟子品第三"明确提出"法无形相""法离好丑"这样的命题，把"形相"（形象）、"好丑"（美丑）等世间世俗的审美，看作与佛法相敌，认为"形相""好丑"等，都是虚妄不实的。佛教所向往的境界，首先是对于世间经验实有的斥破，在外道看来正常而正当的物欲、利害、计较与分别心等，都被看作不正当的"非法"而不符于佛法。现实经验的"有"，都作为物累情累，而应断然地加以唾弃；这还不够，还必须从世间审美那种天人、物我、主客一如的地方"出走"，挥斥以"无"为境界的世间的审美（按：如道家的审美），将其统统斥之为象累、思累与情累的种种滞碍，追求一种空幻的境界；这还不够，还必须往前走。要是一味地追求、执著于空幻，则还深陷在病苦之中，用《维摩诘所说经》的话来说，叫作"唯空有病"，而且病得不轻。须知"唯空有病"，是病在顽空、恶趣空即断灭空，其精神还是不得彻底解脱，还得破除对于空幻的执著，以免陷入顽空、恶趣空的病苦境况

---

① 《维摩诘所说经·方便品第二》，载心澄译释：《维摩诘所说经》上册，广陵书社，2012，第127页。

之中。必须斩断其魔障，领悟到"空病亦空"即毕竟空的新境界。对空本身的执著，是一种新的病苦，其病根就是对于空本身的妄执。必须认识到，空也是一个假名，不可偏执于此。空而又空，永远是对于空本身的破斥，才有可能征得大自在大解放。

由此，读者诸君也许尚可对维摩诘所说的境界体会一二，假如这里真有美的话，则究竟是怎样的一种意蕴呢？

《维摩诘所说经》，将世间的"形相""好丑"与对于空本身的妄执等，都看作精神的疾苦而加以抛弃，都将一切语言文字的说教看作假名，可是《维摩诘所说经》自身，又不得不以如此滔滔不绝、喋喋不休的语言文字，反复地演说佛法奥义，似乎难免陷入了自相矛盾的尴尬境地。为了避免这一尴尬，佛教建构了"方便"即"权智"说，成为一个可供自己"逃逸"的"通道"，在言诠法的意义上，做到自圆其说。在大乘空宗看来，一边是空，一边是有（假有、假名），两者是二而一、一而二的关系，既分立又合一，既相互否弃又相互映照。语言文字等一切假有（假名），作为应当否弃的身之病，偏偏而且只能是导引众生向佛的"方便善巧"，将为佛法所否弃的假名，做了众生向往佛法、悟契佛法的向导。由此，譬如《维摩诘所说经》，便虚构了一个个有人物有情节、有声有色、有头有尾的"问疾"的故事，在世俗的意义上，当作文学作品来看，也不是不可以的，让人领略到世间性的故事美、人物美和文字美，它确实是很"文学"的，然则这种"文学"，不过是宣说佛法的"方便"而已。

陈允吉先生说，鸠摩罗什所译《维摩诘所说经》，"它以在家修行的维摩诘居士为中心人物，强调划清大乘和小乘的界线，主张不离世间生活而发现所在，积极宣传大乘佛教'应世入俗'的观点。经中通过对维摩诘居士的不可思议神通的种种现象化描述，显示出很强的说故事特征，而译文之委婉畅达，无疑亦增强了它的感染力量。在中国漫长的封建社会里，维摩诘这个生动的艺术形象，不仅见于壁画、雕塑、变文和诗歌，而且还成为谢灵运、王维、白居易、苏轼等众多文士推崇、效仿的榜样"[1]。所言是。

───────────────

[1] 陈允吉、胡中行主编：《佛经文学粹编》，上海古籍出版社，1999，第16—17页。按：该书《维摩诘所说经世尊遣弟子问疾》一文的"选释"，为陈先生所撰。

　　这部佛经，通过文字、故事与人物凡此文学因素，作为佛教说法的"善巧方便"，来演示不可思议、不可言说的佛法，在说法的逻辑上，是很自洽的。作为权智，导引了众生的心灵趋向于佛法，是一种"应世入俗"的做法。它的巧妙之处，在于以佛法所否弃的世俗之美的人物、故事与形象，来思不可思、说不可说的佛法之美。世间世俗之美，相对形上；佛法出世间之美，绝对形上。以相对形上，来演示绝对形上，是以原本的否定来暗示要肯定的东西，是《维摩诘所说经》世俗意义的美学意蕴的魅力所在。

　　《维摩诘所说经》，塑造了一个在家居士维摩诘的睿智而葱郁的形象，这在美学上，是很对中国历来骚人墨客的胃口的。维摩诘，"深植善本，得无生忍；辩才无碍，游戏神通；逮诸总持，获无所畏；降魔劳怨，入深法门；善于智度，通达方便；大愿成就，明了众生之所趋；又能分别诸根利钝；久于佛道，心已纯淑，决定大乘；诸有所作，能善思量；住佛威仪，心如大海"，是一位完美的大菩萨，连最高的佛的果位不远了。其"欲度人故，以善方便，居毗耶离；资财无量，摄诸贫民；奉戒清净，摄诸毁禁；以忍调行，摄诸恚怒；以大精进，摄诸懈怠；一心禅寂，摄诸乱意；以决定慧，摄诸无智。虽为白衣，奉持沙门清净律行；虽处居家，不著三界；示有妻子，常修梵行；现有眷属，常乐远离；虽服宝饰，而以相好严身；虽复饮食，而以禅悦为味。"①维摩诘家财无数，总是救济贫人；持戒清净，是修持者的榜样；忍辱勤修，震慑于嗔怒的众生；永远奋励精进，以摄化那些慢法懈怠的人；禅定的功夫极深，收摄心神；以无上智慧，断灭无明愚痴；作为白衣居士，严守律行；虽则在家修行，却不执著于欲界、色界、无色界；有妻儿子女一大群，也不妨碍其一心向佛；家眷众多，心却不执而为诸多烦恼所累；浑身服饰美好，而其心常在庄严法相；天天食不厌精吃得好，但是所享受的，是美的禅的愉悦境界。既超世绝俗又应世入俗，其人格及其处世的哲学和践行，达成既入世又出世、臻于入世出世之间的一个人品人格的理想，并且在历史上影响到山水诗的形成。

　　谢灵运作为中国山水诗的真正发蒙者，是《文心雕龙·明诗》所言"庄老告退，而山水方滋"的代表人物。这里所说的"庄老"，泛指玄言诗。玄言

①《维摩诘所说经·方便品第二》，载心澄译释：《维摩诘所说经》上册，广陵书社，2012，第126页。

诗盛期过去，便是谢灵运山水诗的登场。谢灵运出生于容纳道无、佛释的世族高门，作为士族中人，政治上抱负很大，却郁郁不得，《宋书》称其"自谓才能宜参权要，既不见知（按：不为朝廷所知），常怀愤愤"，终于在刘宋王室的争斗中为文帝所杀。谢灵运宗儒、游道又向佛，有儒道佛趋于一如的精神素养与知识才情，于是在其出仕永嘉太守之后，无论在仕抑或隐居，便不舍道、佛，纵情山水，其精神意趣，寄寓在出世与入世之间。他在《见何尚之答宋文帝赞扬佛教事》一文中说："六经典文，本在济俗为治耳。必求性灵真奥，岂得不以佛经为指南邪？"[①]可又并非彻底皈依佛门，而是向往那种亦儒亦道亦佛、又非儒非道非佛的精神生活，在儒、道、释三者之际从容应对，沉潜涵泳，来去自由，出入"方便"。既在儒在道在佛，又逃儒逃道逃佛。结果呢，弄出了一个"山水诗祖"的谢康乐。山水及其山水诗，成了谢灵运的精神归处，留下了诸多山水诗的名句："春晚绿野秀，岩高白云屯"（《入彭蠡湖口》）、"海鸥戏春岸，天鸡弄和风"（《于南山往北山经湖中瞻眺》）、"林壑敛暝色，云霞收夕霏"（《石壁精舍还湖中作》）、"近涧涓密石，远山映疏木"（《过白岸亭》）、"池塘生春草，园柳变鸣禽"（《登池上楼》）与"野旷沙岸净，天高秋月明"（《初去郡》），等等。他在山水自然的怀抱里，应答流连，寻找精神的故乡与出路。

在这些诗句里，读者也许难以看出谢氏的哲思与诗情，究竟在多大程度上，从儒门"出走"，似乎没有一点儿愤世嫉俗的火气，也不见遁入空门的禅思，只是以貌似道无的审美心胸，去平淡而"木然"地拥入山水自然罢了。

诚然，当谢灵运的精神徜徉于山水时，那种"济俗为治"的儒的志向，已是昨日梦境，成了不能触碰的心底的隐痛，山水诗就是埋葬其入世为仕以济天下的坟墓，是其摒弃入世之儒的冷冷的目光；难以见出他的山水诗里，有唐代王维禅诗那样的空寂的灵感与意境。这是因为，谢灵运生当东晋、刘宋之际的乱世，儒道佛三学的融合，还处在稍有深入的阶段，并未像有唐一代那样已经深入到诗人的骨髓灵魂，故而其山水诗，只能呈现出既挥斥又眷恋儒学，以无说空、以无会空的"格义"的影子，所以给人的感受，好像仅仅是道无的淡泊

---

① 按：见于《中国佛教思想资料选编》第一册，中华书局，1981，第219页。

和平素。其实，要是没有对于佛禅的初步领会，没有佛思的推助，在留恋儒门的同时，绝不会对佛禅的空境投去匆匆的一瞥。譬如这样的诗句，在谢灵运的山水中，并非孤例。"千念集日夜，万感盈朝昏"，而"三江事多往，九派理空存"（《入彭蠡湖口》），前两句，描摹心系于天下而不得于出世弃世，后两句，却将"三江""九派"置于脑后，而独存空理（"理空"）。"潜虬媚幽姿，飞鸿响远音"（《登池上楼》）二句，将自己喻为"潜虬"和"飞鸿"，顾影自怜，而只能听闻其"远音"，便"徇禄反穷海，卧疴对空林"（同上）了。这里，又见一个空字，显然有一点儿佛禅空寂的意义。所以，《石壁精舍还湖中作》最后四句唱道："虑澹物自轻，意惬理无违。寄言摄生客，试用此道推。"这里，"惬理"的"理"和"此道"的"道"，显然在眷儒又斥儒的同时，有向往道无且在这向往之中，有些佛之理佛之道的意蕴渗融其间。

在山水诗的形成中，佛禅的空智空理，作为由佛教假有假名所导引的智慧因素，对于山水诗以道无为主的意象意境的营构，有一臂之助。这也便是，大乘空宗综观空、有（假有）二边说的关于诗歌创作的一个"意外"收获。

《妙法莲华经》：开三显一、"法华七喻"

《妙法莲华经》，简称《法华经》，汉译共有六种，现存三种：竺法护译《正法华经》（凡十二卷二十七品，西晋太康七年，286）；鸠摩罗什译《妙法莲华经》（七卷，姚秦弘始八年，406）；阇那崛多、达磨笈多译《添品妙法莲华经》（凡七卷二十七品，依梵本重勘，补订罗什译本，隋仁寿元年，601）。

《妙法莲华经》，是一部传播最广、注疏最多、影响最大的佛经。据心澄《佛经经典译释》："正如道宣律师所讲：'自汉至唐六百余载，总历群籍四千余轴，受持盛者，无出此经。所以在《大藏经》五十一册收编了唐代七世纪中，蓝谷沙门惠详撰写的《弘赞法华经》和八世纪中期僧详撰写的《法华经记》。前者记载了一百二十九位，后者记载了一百八十位书写、受持、读诵和讲说《法华经》的比丘、比丘尼，以及男女居士。"[1]可见其受众之广、影响之深。

当我们品读北宋周敦颐的《爱莲说》时，有感于这位濂溪先生，何以有"独

---

① 心澄译释：《妙法莲华经·题前概述》上册，广陵书社，2012，第1—2页。

爱莲"①的品藻和雅趣，想是作为佛教圣花的莲华比拟清净人格的缘故。中国古代诗词中，常常可见可悟莲华的倩影和品格。杨万里是歌吟莲美的高手，其《小池》有"小荷才露尖尖角，早有蜻蜓立上头"的名句，写得莲华一般清丽朴素而有情趣。其《晓出净慈寺送林之方》唱道："毕竟西湖六月中，风光不与四时同。接天莲叶无穷碧，映日荷花别样红。"把那西湖夏荷的风姿绰约，状写得入木三分。周邦彦《苏幕遮·燎沉香》："叶上初阳千宿雨，水面清圆，风荷举。"贺铸《踏莎行·芳心苦》："杨柳回塘，鸳鸯别浦。绿萍涨断莲舟路。断无蜂蝶慕幽香，红衣脱尽芳心苦。"姜夔《念奴娇·闹红一舸》："三十六陂人未到，水佩风裳无数。翠叶吹凉，玉容消酒，更洒菰蒲雨。嫣然摇动，冷香飞上诗句。"等等，都可以说是种种莲华精神，神来之笔，跃然纸上。

《妙法莲华经》，是一部说"三乘方便，一乘真实"的经典。

凡是佛经，可判其经名的通与别。"妙法莲华"是别名，"经"是通名。以妙法莲华为名，在所有佛经中，是独一无二的。以妙法、莲华二词相系，以莲华譬喻妙法，故妙法莲华经，又别称莲经。妙法的妙，有相待妙、绝待妙二义。前者有条件；后者无条件。佛法所以称为绝待妙，因佛法不可思议不可言说、没有其它的法可与其相比之故。佛法同时具有相待妙，可以而且必须以莲华来作喻体，从而显示所喻。佛法即本妙；说法即迹妙。整部《妙法莲华经》的说法，是以迹门之妙，说本门之妙。这也便是：开权显智，开方便门显本门真实义。隋智顗《法华经玄义》，把佛法的迹门之妙，分为"境妙""智妙""行妙""位妙""三法妙""感应妙""神通妙""说法妙""眷属妙"和"利益妙"等十妙；将佛法的本门之妙，概括为"本因妙""本果妙""本国土妙""本感应妙""本神通妙""本说法妙""本眷属妙""本涅槃妙""本寿命妙"和"本利益妙"等十妙。妙，梵文 Manju，初译曼乳。不可思议不可言说、绝待无比的意思。《法华经玄义》之所以说："妙者，褒美不可思议之法也。"②

---

① 按：周敦颐：《爱莲说》全文："水陆草木之花，可爱者甚蕃。晋陶渊明独爱菊。自李唐来，世人甚爱牡丹。予独爱莲之出淤泥而不染，濯清涟而不妖，中通外直，不蔓不枝，香远益清，亭亭净植，可远观而不可亵玩焉。"（《周敦颐集》卷三，中华书局，1990，第53页。）
② 按：参见黄忏华：《法华经玄义》，载《中国佛教》第三辑，知识出版社，1980，第262—263页。

《妙法莲华经》以莲华开方便之门，显示佛法究竟。佛的妙法妙不可言深不可测，故以莲华这一迹门，悟入诸法实相这一本门。"莲华具有六义，即以譬喻佛法界的迹本两门：一、为莲故华，譬喻为实施权。二、华开莲现，譬喻开权显实。三、华落莲成，譬喻废权立实。这三种譬喻迹门从初方便引入大乘，终竟圆满，称为迹门三喻。四、华必有莲，譬喻从本垂迹。五、华开莲现，譬喻开迹显本。六、华落莲成，譬喻废迹显本。这三种譬喻本门始从初开终止本地，称为本门三喻。又莲华还譬喻十如、十二因缘、四谛、三谛、二谛、一谛、无谛等法。"①此是矣。

莲荷本是一种水生植物，在中国与印度的夏季，都是很普通常见的，然而其特殊的品相风韵，尤为若人注目和品味，在古代文典中，留下了诸多记载和歌诗。在《诗经》里，就有对于莲荷的赞美。《诗·山有扶苏》："山有扶苏，隰有荷华。不见子都，乃见狂且。"《诗·泽陂》："彼泽之彼，有蒲与荷。有美一人，伤如之何。""彼泽之彼，有蒲菡萏（按：荷）。有美一人，硕大且俨。"《诗经》的莲荷意象，是与美人同时出现的，证明在很早的中国，莲荷就是一个"比德"性的审美对象，以此为人性之美与人格之善的比拟。莲的特性特质，令人欣羡。在古印度，因莲藕和莲子可供食用，先民对其一向心存感激，早早地形成了对于莲荷的崇拜，是其远古自然崇拜的一种。印度《罗摩衍那》一书，也以莲荷比拟女性之美："悉多有位女郎长得仪容秀美，浑身却像满是淤泥的莲藕，闪光的美容从不显露。"这是崇拜与审美的结合，却说其莲藕的美，美在与淤泥在一起，美在"从不显露"。一般以为，《罗摩衍那》成书于公元前三、四世纪至公元前二世纪，印度人这种对于莲荷源自自然崇拜的审美，是很早的。

将莲荷作为圣物圣美来看待，在中印古代文化中有其一致的地方。莲荷的意象，往往出现在汉译佛典之中。最有名的，为康僧铠译《无量寿经》卷上，其文如此描述西方净土的美："八功德水，湛然盈满，清净香洁，味如甘露"，在这西方池水中，"天优钵罗华、钵昙摩华、拘牟头华、分陀利华，杂色光茂，

---

① 按：参见黄忏华：《法华经玄义》，载《中国佛教》第三辑，知识出版社，1980，第264页。
　　按：笔者以为这一解析，颇为契合《妙法莲华经》要义，引录于此。

弥覆水上"。这里所列数的"华"（花）的美好，依次指青莲花、赤莲花、亦赤亦白莲花和纯白莲花，都是圣洁无比的佛教信物。

在佛教中，莲荷是一种庄严崇高而清净素洁的巨大意象，是佛性、佛法的名物象喻。佛经中说，摩耶夫人坐在莲床上，于是降诞。释迦降生，是与莲华相伴的，舌根发闪金光千道，每道圣光幻化一朵白莲。佛陀说法，拈花微笑，此花又是一朵金色莲花。佛教世界有须弥座①，世尊端坐其上，称莲座，又称莲台、莲华台，便是为什么寺庙大雄宝殿的主佛佛座都饰以莲华造型的缘故了。佛教莲华藏世界，净沐平等之智水，优游不染之莲藏。莲华胎藏，指胎藏界的曼陀罗，为胎藏大悲门。母胎于子，如莲华之于莲种，为莲胎。《杂宝积经》说，世尊曾告诸比丘云，久远无量世时，波罗奈国有仙山，有梵志住于此，泄物久而成精，有雌鹿来舐而成孕，生一女长大成人，为梵豫国王所娶。后有了身孕，相师占言：当生千子，日月满足，便生千叶莲华。果然，一叶有一婴儿，养育成长，各有大力，降服诸国。这个传说中为梵豫国王所娶的女子，便是前文所说的摩耶夫人。佛教手印中有莲华印，《演密钞》卷九称，"莲华印，谓大指名指相持，余三指舒散是也"。有莲华坐式，结跏趺坐，称为莲华坐，是与半跏趺坐的吉祥坐不一的。西方净土极乐之境遍生莲华，有莲华大如车轮，故称莲土莲国。中国东晋大德慧远隐居庐山，与刘遗民等结社，发愿往生西方，同修净土，故称莲社，其宗在后世又被尊称为莲宗，在中国佛教史上，曾有"莲宗九祖"之说。还有，佛珠称莲珠，袈裟称莲衣，合十称为莲华合掌。阿弥陀佛跏坐在莲台，而掌托一小莲台，以示西方极乐。观世音菩萨，端坐在莲座上，一手持净瓶，一手持白莲，是清净无为的示现。莲华，不仅是《妙法莲华经》的一大名物象喻，也是整个佛法的普遍"语汇"。莲华之喻，喻示离诸烦

---

① 按：须弥山，梵文Sumeru，为"一小世界之中心也。译言妙高、妙光、安明、善积、善高等。凡器世界之最下为风轮，其上为水轮，其上为金轮即地轮，其上有九山八海，即持双、持轴、担木、善见、马耳、象鼻、持边、须弥之八山八海与铁围山也。其中心之山，即为须弥山。入水八万由旬，出水八万由旬。其顶上为帝释天所居，其半腹为四天王所居，其周围有七香海七金山，其第七金山外有咸海，其外围曰铁围山，故云九山八海。"须弥山，居世界中心的山，喻妙高、居中而金刚不坏，佛座其上。（参见丁福保编纂：《佛学大辞典》，文物出版社，1984，第1127页）

恼、不染污垢、本体清净、圆满具足。正如《大智度论·释初品中户罗波罗蜜》所说,"譬如莲华,出自污泥。色虽鲜好,而出处不净"。

出处不净的莲华,又偏偏有不染之净,这是一个奇迹,发生在净染、真假、本迹、空有(假有)、真谛俗谛与出世间世间之际。凡此二者、不一不二、不不一不不二,其美是超于世俗的。仅从其淤泥处观,则无美可言;仅孤立地看待莲华,便落入世俗美的观想,而莲华之美的出世间性,确是植根于染垢的世间,莲华是世间出世间的二律背反又合二而一。故须同时从染净、迹本、有(假有)空二处谛观,才可能体悟其超越的美如何可能。

在《妙法莲华经》里,有著名的"法华七喻",便是《譬喻品第三》的"火宅喻"、《信解品第四》的"穷字喻"、《药草品第四》的"药草喻"、《化城喻品第七》的"化城喻"、《五百弟子授记品第八》的"衣珠喻"、《安乐行品第十四》的"髻珠喻"与《如来寿量品第十六》的"医子喻",通过"七喻",阐述"开三(声闻、缘觉、菩萨)显一(佛)"即"开权显实"的大乘法门。关于佛教譬喻的美学问题,本书后文还将论及,这里仅就"火宅喻"稍加简析。

《妙法莲华经·譬喻品第三》:

> 若国邑聚落,有大长者,其年衰迈,财富无数,多有田宅及诸僮仆。其家广大,唯有一门,多诸人众,一百、二百乃至五百人止住其中。堂阁朽故,墙壁隤落,柱根腐败,梁栋倾危。周匝俱时欻然火起,焚烧舍宅。长者诸子,若十、二十,或至三十,在此宅中。长者见是大火从四面起,即大惊怖,而作是念:我虽能于此所烧之门,安隐得出,而诸子等,于火宅内,乐著嬉戏,不觉不知,不惊不怖,火来逼身,苦痛切己,心不厌患,无求出意。
>
> 尔时,长者即作是念:此舍已为大火所烧,我及诸子若不时出,必为所焚。我今当设方便,令诸子等得免斯害。父知诸子先心各有所好,种种珍玩奇异之物,情必乐著,而告之言:汝等所可玩好,希(稀)有难得,汝若不取,后必忧悔。如此种种羊车、鹿车、牛车,今在门外,可以游戏。汝等于此火宅,宜速出来,随汝所欲,皆当与汝。

> 尔时，诸子闻父所说珍玩之物，适其愿故，心各勇锐，互相推排，竞共驰走，争出火宅。[①]

火宅喻，是"法华七喻"中最重要的一喻。以火宅譬喻三界，以诸子喻芸芸众生，以长者（父）喻佛陀[②]，以门外的种种羊车、鹿车、牛车，喻出离三界火宅诸苦的成佛之道，亦即声闻、缘觉、菩萨三乘。这一佛乘譬喻，对艰困于火宅之中的有情众生充满悲怜，晓之以理，动之以情，为其指明出离火宅的有效路径，意在启其觉悟，而非耳提面命，强词夺理。觉者，大乘方便说法的终极之处。觉者佛也，佛是觉醒了的人，而不是神性的西方上帝一般的宗教偶像。《无量寿经》下有云，"佛眼具足，觉了法性"。其实，佛即觉即法性。觉了便是彻悟，释尊是彻悟本身。如此而言，觉便是一种最高果位的美。

而一切有情，久困于火宅而不觉不知、不惊不怖，为无上愚痴者，在火宅里乐著嬉戏，不觉苦厄，该是何等危怖可怜！便唯有大乘菩萨慈悲为怀，开权显实，会三归一。佛说三乘，三乘都是方便。三乘中的菩萨乘，本非佛地却已趣佛地。故而"火宅喻"等方便说法，是一个祛染向净、祛伪存真、渐渐觉悟的过程。罗什四弟子之一慧观《法华宗要序》说，"是以从初得佛暨于此经，始应物开津，故三乘别流，别流非真，则终期有会，会必同源，故期乘唯一。唯一无上，故谓之妙法"[③]。此是。三乘作为佛性、佛法开显的阶位、过程，从美的创造看，觉了这一理想，也是其渐渐示现的过程，只是佛教并不这样措辞罢了。

《妙法莲华经·观世音菩萨普门品第二十五》，又塑造了一个大慈大悲、法

---

① 《妙法莲华经·譬喻品第三》，载心澄译释：《妙法莲华经》上册，广陵书社，2012，第132、133页。

② 按：关于"法华七喻"，心澄云："在这七个比喻当中，第一，火宅喻中的长者比喻佛陀，诸子就是众生，火宅比喻三界；第二，穷子喻当中的父亲就是佛陀，穷子就是众生；第三，药草喻当中的云雨比喻佛陀的法雨，草木花卉等植物就是众生；第四，化城喻中的导师就是佛陀，大众就是众生，化城比喻阿罗汉果；第五，衣珠喻中的亲友比喻佛陀，酒醉的人比喻众生，藏在衣服中的宝珠比喻人人都有佛性；第六，髻珠喻中的转轮王就是佛陀，群众是众生，髻珠比喻《法华经》；第七，医子喻中的父亲比喻佛陀，诸子比喻众生。"（心澄译释：《妙法莲华经》上册，广陵书社，2012，第18页）录此以备参阅。

③ 慧观：《法华宗要序》，转引自心澄明译释：《妙法莲华经》上册，广陵书社，2012，第12页。

力无边的观世音菩萨形象，是与该经"妙音菩萨品第二十四"的妙音菩萨形象相对应的。① "观世音菩萨普门品第二十五"云，"闻是观世音菩萨，一心称名，观世音菩萨即时观其音声，皆得解脱"；"假使黑风吹其船舫堕罗刹鬼国，其中若有乃至一人称观世音菩萨名者，是诸人等，皆得解脱罗刹之难。以是因缘，名观世音"；"若复有人临当被害，称观世音菩萨名者，彼所执刀杖寻段段坏，而得解脱"。其偈云："假使兴害意，推落大火坑，念彼观音力，火坑变成池。或漂流巨海，龙鱼诸鬼难，念彼观音力，波浪不能没。"② 尔后，偈言一连用了十一个排比句，一再强调"念彼观音力"，众生便得解脱，皆发无上正等正觉的真理。观音大神通力，开无上法门，只要诚念观世音名号，火难、水难、刀杖难、禁枷难、罗刹难、恶鬼难、恶兽难、雷电难等一切苦厄，都立刻化为乌有。观世音大力神通，救苦救难，无坚不摧，普渡众生，只要念彼观音力，便能起死回生，化腐朽为神奇，一切染垢、凶险、死灭，都不在话下。而所谓观音力，并非是一个离开信念者的信念而独立自存的偶像，它其实便是对于观世音大士的坚强信念即绝对崇拜本身。假如受持者的心念不起信念崇拜，所谓"观一切法空"的观世音，也无能为力。观世音的无上相好和无边法力，是以信持者即众生对观世音的绝对崇拜为转移的。观世音的无比美好，诸如慈悲为怀、救一切苦厄，如寺院里通常所见的温柔亲和、娟娟可羡的造像那般，都是以形相的方便，来"言说"佛的法性、空性。要是没有受持者的观悟，佛与观世音菩萨等，都是不"在场"的。这里的关键，是"观其音声"的观字，从见，却

---

① 按：妙音菩萨，即狮子吼菩萨。《法华经》该品称，如来世尊放闪肉髻白毫之光二道，照彻东方八万亿世界，有国土谓净光庄严。妙音菩萨，自彼世界与八万四千菩萨，共来灵鹫山。时当法雨七宝莲华，百千音声自鸣。花德菩萨问于佛陀，妙音菩萨植何善根，竟然由此神力？佛陀云，过去有一个云雷王佛，此时妙音菩萨以十万种伎乐及八万四千宝钵供养之，因而今生净华宿王智佛国，得现一切色身三昧，于一切世界，现三十八种法身，说法普度众生。狮子吼菩萨，曾得一切众生语言陀罗尼（又译陀罗那、陀邻尼，持、总持、能持能遮义）《法华文句》云："昔得一切众生语言陀罗尼，今以普现色身，以妙音声遍吼十方，弘宣此教，故名妙音。"（参见丁福保编纂：《佛学大辞典》，文物出版社，1984，第606页）

② 《妙法莲华经·观世音菩萨普门品第二十五》，载心澄译释：《妙法莲华经》下册，广陵书社，2012，第499、502页。

并非指一般的看，音声如何能被看见？这里的音声，也并非音乐那样一般地能够被听到。观，观弃妄惑、悟彻实相之谓。绝对是心观、观心的意思，实际指菩提心、智慧觉。因之，观世音的观，并非有一个外在的什么菩萨（尽管可以通过佛、菩萨的种种造像作为方便法门由此观悟实相），可被执著。如果执著，便是心灵的滞碍，观世音菩萨作为趋向于佛性、佛境的显现，便无任何法力可言，也就不能通过菩萨乘而悟入佛乘之境。观者，观心心观、净心心净之谓。观的生起，起于对佛、菩萨的信念崇拜，崇拜本是精神的执著。信念意义的执著性崇拜，从不拒绝审美因素的参与，是因为大凡崇拜——无论宗教崇拜抑或世俗崇拜，都是一种审美的极致，因而凡是崇拜，都有审美"在场"。就观而言，一定程度上是崇拜与审美的合一。从崇拜角度看，观是对于崇拜之心念的执著；从审美角度看，观又是崇拜之信念的消解与提升，从而悟入真谛即完美佛性的境界，获取心灵的自由。考辨观的心灵结构，有浅显、深蕴两个层次。浅显者，由信念（诚则灵）而趣入于佛境却并非佛境的圆成；深蕴者，对于信念的解构与升华，从而悟入佛地。这里有一个崇拜与审美的动态结构，用《妙法莲华经》的说法，是迹门本门、显三开一，迹本二者互逆互顺、互对互应。

可是，中国本土的观世音崇拜，往往也只是一种佛教崇拜罢了，观世音的信从者，一般只是停留在迹门的阶位，是错把其自己的信念对于观世音菩萨的崇拜，当作作为佛性本门的大美之至了。信士们为《妙法莲华经》种种有关观世音的美妙描述所深深打动，把关于观世音的文字般若，等同于实相般若，只是看到了《妙法莲华经》中文学性的故事、情节、人物及其意义。诚然，这种文学性本身，在世俗意义上也是富于审美属性的，不过它在《妙法莲华经》中，只是方便说法而并非佛法本身。迹门的美与本门的美，属于审美的两个层次。前者是在崇拜之中蕴含以审美因素，方便之门不得不染有世间、世俗性的一些污泥俗水；后者则是对于方便之门的消解和提炼，是精神悟入佛地本门的禅悦大美。

《金刚经》："如梦幻泡影，如露亦如电"

在中国佛教史上，《金刚经》的汉译本甚多。自姚秦三藏法师鸠摩罗什在弘始四年（402）首译《金刚般若波罗蜜经》之后，重译此经的很多。主要有：

一、北魏天竺三藏菩提流支译《金刚般若波罗蜜经》；二、南朝陈天竺三藏真谛译《金刚般若波罗蜜经》；三、隋大业年间三藏达摩笈多译《金刚能断般若波罗蜜经》；四、唐三藏法师玄奘奉诏译《能断金刚般若波罗蜜多经》；五、唐义净译《佛说能断金刚般若波罗蜜多经》。除了藏文、满文译本，还有国际上的多种译本，从东晋至清直至现当代，注家蜂起，而最早的，是罗什弟子僧肇的《金刚经注》一卷。①比较而言，罗什所译《金刚经》流传最广、影响最大，历史上的三论宗、天台宗、贤首宗与禅宗等宗派，都以《金刚经》为立宗之要。这主要是因为，此经概括了般若类经典的纲要②，所弘传的般若空宗之学，所译文字锤炼有加，辨义准确，在中土尤为受到欢迎，也因为所译《金刚经》祖本不一的缘故。

什译《金刚经》凡三十二分，由南朝梁昭明太子萧统所分。一般以为，此经的前半部分说众生空，后半部分述法性空，而阅尽全经，却未见一个空字，此罗什之妙译也。明代皇帝朱棣曾撰有一篇序文，称"是经也，发三乘之奥旨，启万法之玄义，论不空之空，见（现）无相之相。指明虚妄，即梦幻泡影而可知；推极根原，于我人众寿而可见。诚诸佛传心之秘，大乘禅道之宗，而群生明心见性之机括也"③。

此经以经为通名，以金刚为别名。金刚，以金刚石坚硬纯净而锐利的自然属性，来比拟菩萨宝冠的庄严饰物金刚宝。此宝可有青、黄、红、白与无等诸色，在种种庄严中，尤以无色示现彻底的般若空观的第一义。金刚为方便，般若是智慧。金刚般若，以金刚为说法，以般若为空性。金刚是假有，以般若观之，可以达成性空圆融之境。

《金刚经》说："凡所有相，皆是虚妄。若见诸相非相，即见如来。"④如来，便是以圆融空智所观悟的"诸相非相"。然则，观悟本身作为方便权智，又是不离于"所有相"即假有的。不能执著于假有，又不能断灭于假有，从假有观

---

① 按：参见心澄译释:《金刚经》，广陵书社，2012，第19—21页。

② 按：除了《金刚经》，还有玄奘奉诏译《心经》（具足称《般若波罗蜜多心经》），仅以260汉字，概言般若要义、佛法心要。此勿赘。

③ 朱棣:《〈金刚般若波罗蜜经〉集注·序》，见心澄译释:《金刚经》，第25页。

④ 《金刚经·如理实见分第五》，载心澄译释:《金刚经》，第68页。

悟"诸相非相"，便是般若空观。

《金刚经》说："一切有为法，如梦幻泡影，如露亦如电，应作如是观。"①
这便是"六如"或称"六喻"之说。六如，喻一切有为法的虚妄不实。有为法
的有为二字，是相对于无为而言的。有为的为字，有造作的意思，有因缘造作，
便是有为。造作即是心念上执著、滞碍于诸法因缘，故为因缘所困厄，此《大
乘义章》之所以说"为是集起造作之义，法有为作，故名有为"。所谓有为法，
指一切事物现象，是与无为法相对应的。无为，无因缘造作义，无为者，空也。
无为法，离弃因缘造作之佛法。按大乘空宗之见，六如之说，并非仅仅说一切
事物现象如梦境、如魔幻、如泡沫、如影子、如露水、如闪电般一无所有。

然而，仅仅认识到这一点，在大乘空宗看来，仍旧是一种偏见、边见、
执见。

心澄大和尚说："而知一切有为法，无论是有情的众生，或是无情的世界，
皆缘生性空，犹如梦境之不真，如幻术之虚伪如影子之不实；而且无常迅速，
如水上泡，如朝间露，亦如电光一闪，刹那即逝，其相岂可取？何止其相不可
取，即此空性，亦不可取。而能不取于相，不取于非相，不再执相迷性，反而
能因相见（现——引者）性；开始觉悟般若真空妙理，降心无住，终于契证诸
法实相的本体，与如如不动的真如自性相应，成就佛果无上菩提，才是释尊特
别说此《金刚般若波罗蜜经》的目的。"②

仅仅认识到一切事物皆为空幻，是不够的，必然是顽空、恶趣空的偏执。
即此空性，亦不可取（执）。与空性相对的，是假有。假有固然并非实有，固
然同样虚妄不实，然而作为一种有，不是可有可无的。空与假有二者的相应，
指空性对于假有而言；同时是假有对于空性而言。两者非一非二、非二非一；
非非一非非二、非非二非非一。大乘空宗面对有为法无为法，是同时从空、有
（假有）二边看，而并非只从空这一边看。

从佛教美学角度分析，有如《妙法莲华经》的法华之美，并非仅从出淤泥
而不染、亭亭净植这一边看，而是同时从不染、净植和淤泥这二边看。不染、

① 《金刚经·应化非真分第三十二》，载心澄译释：《金刚经》，第289页。
② 同上书，第294—295页。

净植固然并非淤泥，而不染、净植之美，一旦离开淤泥，便不会有其圆成。此之谓染净不二。所谓众生即佛，佛即众生，也是这个意思。这里的一个即字，主要并非指是、等于、相同义，而指二者的相应相比。

在《金刚经》中，有一个所谓"三段论"的言说，其句式为：XX—即非XX—是名XX，反复出现，值得我们注意。

这便是："庄严佛土者，即非庄严，是名庄严""佛说般若波罗蜜，即非般若波罗蜜，是名般若波罗蜜""是实相者，即是非相，是故如来说名实相""如来说人身长大，即为非大身，是名大身""如来说诸相具足，即非具足，是名诸相具足""众生众生者，如来说非众生，是名众生""凡夫者，如来说即非凡夫，是名凡夫""如来说一合相，即非一合相，是名一合相"与"所言法相者，如来说即非法相，是名法相"[①]。

佛说庄严、般若波罗蜜、实相、大身（人身长大）、诸相具足、众生、凡夫、一合相与法相，都并非庄严、般若波罗蜜、实相、大身、诸相具足、众生、凡夫、一合相与法相本体，不过假名罢了。假名便是假有。这一个假字，是假借的意思。诸法本无实体，仅仅借它而有，故称假有。诸法实相，不可言说，不过借名而说而已。假有本身，虚妄不实；假名本身，是说其依名言而说，一切名言，不契合于实相。《大乘义章》云，诸法无名，假以施设，故曰假名也。僧肇说，譬如"四大和合，假名为身耳"[②]。四大，指地水火风，和合万法的四大因素，世间认其实有，是谓色身，实则空幻，是假名为四大，此《圆觉经》之所以说，"妄认四大为自身相"。僧肇又说："如来去常故说无常，非谓是无常；去乐故言苦，非谓是苦；去实故言空，非谓是空；去我故言无我，非谓是无我；去相故言寂灭，非谓是寂灭。从五者，可谓无言之教，无相之说。"[③]佛说无常、苦、空、无我与寂灭等，皆非其本体，是假言施设以言说本体。前述

---

① 《金刚经·应化非真分第三十二》，"庄严净土分第十"；"如法受持分第十二"；"离相寂灭分第十四"；"究竟无我分第十七"；"离色离相分第二十"；"非说所说分第二十一"；"化无所化分第二十五"；"一合理相分第三十"；"知见不生分第三十一"，心澄译释：《金刚经》，第110、131、145、208、239、244、257、277、283页。

② 僧肇：《维摩经注·文殊师利问疾品第五》，载《中国佛教思想资料选编》第一卷，第180页。

③ 僧肇：《维摩经注·弟子品第三》，载《中国佛教思想资料选编》第一卷，第175页。

《金刚经》所言，也是如此，一切的佛说、菩萨说，都是如此，概莫例外。这实际是语言哲学的逻辑角度，演说佛法佛理，为的是教示有情众生勿迷执于说法本身，启悟众生领会说法的所指而非说法这一能指。

从佛教美学角度看，《金刚经》的这一"三段论"，集中揭橥了能指、所指的辩证关系。说法作为能指，便是关于佛法的言说。唯其因是能指，它指向所指，却永远不能到达所指的境地，因而只能是假名而已；佛法作为所指，因能指的功用，可证所指的所"在"，却并非所指的本体。由于这一本体，只是假借能指所言说所指称的，也只能作为"彼岸"的"在"，却并非此在本体。就此而言，人类所创造的一切文化、哲学、科学、美学等及其一切言说、符号，都只是假名，假借其功用而指向其所指，却永远不能穷尽所指。好比月与指的关系，月异于指，指异于月。须以手指月，才得可证月之所在；月之所在，又不是手指所指彻的。人类的审美活动包括艺术审美，就审美本身而言，由于只是对于美的东西（主要的世界意象和人类情感及其二者的融合）的观照（直观），它是指向"美本身"的，否则审美便不能发生，却永远难以达成美本身的境地，这便是古希腊的先哲要感叹"美是难的"的缘故了。就此而言，本书也只是关于中国佛教美学的假言施设，不能达到佛教美学之真理的彼岸是肯定的，就如《金刚经》所说的诸法实相须从空（本体、所指）、有（假有、假名）二边去加以领会那样，它企望指向真理，却没有也不能滞碍于通往真理的道路。

《中论》：舍空、舍假无执于中与"八不中道"

罗什在汉译《维摩诘所说经》《妙法莲华经》与《金刚经》等的同时，又曾初译《中论》等"四论"，对于推进中国大乘中观学说来说，其功至伟。僧叡《中论序》云：

> 《百论》治外以闲邪，斯文祛内以流滞，《大智释论》之渊博，《十二门》观之精诣。寻斯四者，真若日月入怀，无不朗然鉴彻矣。①

---

① 僧叡：《中论序》，载《大正藏》第三十册，"中观部类"，载《中论》卷一，P0001b。

这里，斯文指《中论》;《大智释论》即《大智度论》;《十二门》即《十二门论》。大意是,《百论》对治外学以断灭邪见;《中论》的本旨重在宣说性空,祛涤滞累;《大智度论》的含蕴广博深巨（意思是，最能体现大乘中观之学的方方面面）;《十二门论》在阐弘观法方面尤为精到。探寻、领悟"四论"的精义与境界，好比日月光明朗照心灵。

僧叡《大品般若经序》称，罗什"慧心凤悟，超拔特诣，天魔干而不能迴，渊识难而不能屈，肩龙树之遗风，振慧响于此世"①，此是。汤用彤曾指出，"但什公学宗《般若》，特尊龙树（四论之三均为龙树所造——原注）。其弟子之秀杰，未有不研大乘论者"②，此言是。

鸠摩罗什译传佛典，宣说大乘中观之学不遗余力，而著述较少（罗什本人晚年曾以此为憾），且所著《实相论》与《注维摩经》等，早已亡佚。仅存今本《大乘大义章》，应庐山慧远问难而撰，凡文十九，后人编为十八章（其中第十七章收录两篇），有"问法身"，"问如、法性、真际"等名篇。僧祐《出三藏记集》著录《问涅槃有神否》、《问般若法》与《问法身》远偈一首。③僧肇《注维摩诘经》所录"什曰"之言，应为罗什《注维摩经》若干佚文。还有《金刚经注》，收录于《广弘明集》卷二二所载唐李俨《金刚般若经集注序》，而又称罗什著述，诸家"经录"未载。《高僧传》曾间接地"转述"罗什的若干佛学言说。

凡此篇什，虽则有限，仍体现出鸠摩罗什的佛学之见，虽则罗什所译佛教经、论，不能等同于罗什本人的佛学思想，而在其所译的文辞中，依然蕴含着译者罗什对于佛学的理解和体会，可由此一探其美学意蕴。

罗什之学的主要方面，可用"中道实相"四字加以概括。中道实相，即毕竟空寂义，是龙树一系大乘般若性空即中观之学的通常说法。

罗什《大乘大义章》说:"诸法实相者，假为如、法性、真际。此中非有非无尚不可得，何况有、无耶"④？万有本体即所谓实相，可假号为如（真如）、

---

① 僧叡:《大品经序》，载《中国佛教思想资料选编》第一卷，第131页。
② 汤用彤:《汉魏两晋南北朝佛教史》上册，中华书局，1983，第224页。
③ 参见汤用彤:《汉魏两晋南北朝佛教史》上册，中华书局，1983，第227—229页。
④ 《大乘大义章》第十三《问如、法性、真际》，中国台湾佛光出版社，1996。

法性、真际。中道并非有并非无（空）却不可求（不可执著）。中道况且如此，难道有、无（空）反倒可以执著吗？

短短一句，佛学精义丰瞻。其实，无论"实相"还是"如，法性，真际"云云，都是佛教言说万有即一切事物现象之本体的假名施设。《大乘大义章》这样解说，"若如实得诸法性相者，一切议论所不能破，名为如"；"如是诸法，性性自尔，是名法性"；"更不求胜事，尔时心定，尽其边极，是名真际"①。如果实在地求得天下万有的体性本相，且这体性本相不是"一切议论"（文字言语）所能破斥的，可假名为如（真如）；如果天下万有空性本然如此，是谓法性；进而不执求于事物现象及其本体，便是静虑禅定，无所攀缘，离弃有、无（空）二边，可名之曰真际。可见从假名施设而言，本体真实，即常住之真如；万法体性真实常住，自本如此，称为法性；舍弃有（假有）、无（空）的边极，又无执于中道，便悟入于真际之境。真如、法性、真际与实相，皆异名同实。实者，非虚妄义，实相之相，即无相。《涅槃经》四十指出：无相之相，名为实相。不过，鸠摩罗什这里所说的实相，指中道、中观境界，与一些佛教宗派所说的实相义有别。鸠摩罗什说：

> 所观之法，灭一切戏论，毕竟寂灭相。②
> 众缘生法，非有自性，毕竟空寂。③
> 一切法毕竟空寂，同泥洹相，非有非无，无生无灭，断言语道，灭诸心行。④
> 本言空以遣者，非有去而存空。若有去而存空，非空之谓也。⑤

这里罗什所言，皆为中道（中观）之见。所观之法者，中观也。中观之学，

---

① 《大乘大义章》第十三《问如、法性、真际》，中国台湾佛光出版社，1996。

② 《大乘大义章》第二《重问法身》，中国台湾佛光出版社，1996。

③ 《大乘大义章》第十四《问实法有》，中国台湾佛光出版社，1996。

④ 《大乘大义章》第十二《问四相》，中国台湾佛光出版社，1996。

⑤ 按：此为僧肇《注维摩诘经》卷三所录罗什《注维摩经》佚文，见《中国佛教思想资料选编》第一卷，中华书局，1981。

扫灭外道及佛教原始、部派、小乘与大乘有宗等一切戏论，所宣弘的，是中观意义的毕竟寂灭相（毕竟空寂）。其思想与思维的原型，是印度龙树《中论》、《大智度论》等大乘中观派的"四论"。

龙树《中论·观四谛品》说：

众因缘生法，我说即是无（空）。亦为是假名，亦是中道义。[①]

这是中国佛教史上著名而意义深远的"三是偈"。印度佛教的基本教义，主"三法印"即"诸法无我，诸行无常，涅槃寂静"说。万法因缘而起，刹那生灭，而无自性。无自性即空幻。空无待而在，作为本体，却无可言说，又不得不说，此之谓我说。因是我说，故必假名耳。假名者，佛教又称名言，包括一切言说、符号及其概念、理念、思想与文化，等等，皆为空幻。吕澂先生说，首先，"颂（指"三是偈"）的原意是批判部派佛教的偏见"：

佛学的根本原理是缘起，部派佛学对缘起的说法不尽相同，其中有部的说法，最为片面，他们主张，"一切有"就以缘起为根据，如讲六因、四缘，结果把凡是从因缘而生的法，都说成是实有的了。龙树此颂，主要就是针对有部。"众因缘生法"，就是指缘起。缘起之法有两个方面，第一，是无自性，即空，"我说即是空"。这个空是存在认识之中的，是以言说表现出来的，所以说"我说"。所谓"法"，事物、现象等本身，无所谓空与不空。有部的说法则认为法在观念上是实有。龙树又指出，仅仅这样来认识空还不够，所以第二，还应明白诸法是一种"假名"："亦为是假名"。这就是说，如果光说空，不就否定一切了吗，世界上何以又有千差万别的事物呢？为了不产生这样的误会，所以说法虽然是空，而还有假名。《大智度论》把"假"音译成"波罗聂提"，别处也译为"施设"、"假设"，意思一样，都是指概念的表示。概念表示不外乎语言、文字（佛学也叫"名

言"——原注，下同）。由此看来，对缘起法，不仅要看到无自性（空），而且还要看到假设（假有）。二者又是相互联系的，因其无自性才是假设，因为是假设才是空。用这种方法看待缘起法就是"中道观"——既不着有（实有），也不着空（虚无的空）。这就是龙树讲的中观方法，是他对中观所下的定义。①

《中论》所说的中观之学，关键在于中道义。

什么是中道义？因缘所生之法，固无自性（空），空便是假言施设（假有）。因其缘起性空，才必假言施设；因其假言施设，才必为空幻。而既非执于空幻，又非执于假有，离弃空、有二边即"不堕两边"，是谓中道中观。然则，中道也不是可以执滞的对象，它也无非是假名而已，若执滞于中道，便不是中道实相。天台宗智顗《摩诃止观》说：

> 又《中观》偈云"因缘所生法（引者按：原为众因缘生法）"，即是生灭。"我说即是空"，是无生灭。"亦名为假名（原为亦为是假名）"，是无量。"亦是中道义"，是无作。②

---

① 吕澂：《印度佛学源流略讲》，上海人民出版社，1979，第105页。按：吕澂：《中国佛学源流略讲》云："在龙树看来，般若的整个精神就是以假成空，由假显空。因此，他主要以'三假'贯彻于般若的全体，从而构成空观。""'三假'是说'法假'、'受假'、'名假'。""一切事物的认识都是假名的（即概念的——原注）。为什么是假名？可以从假的三个阶段，即概念发展的三个阶段来看。首先是法假，这是构成一类事物的基本因素，例如五蕴，它也是假，因为它的每一蕴，如色，都是和合而成。其次受假，受就是对法有所取（结构），以取为因之假，说名受假。这是发展到以五蕴和合构成为集体形象的'人'的概念阶段。第三名假。这个阶段是概念更高一步，在形成的个别事物上，再加抽象，得到集合的概念……，人们不理解这些假有的实际是空，反把三假执为实有了。如果能了解这种道理，即知道一切法的认识都是依据假名，并无如假名之实在自性，就可以了解空。所以了解'三假'的过程，也正是认识空性的般若的过程。"（该书，中华书局，1979，第92页）

② 按：无量，广大而普在义。《摄大乘论》云："不可以譬类得知为无量"。无量兼"不可思议"义。无作，斩断、扫涤因缘造作之义。

　　这是将"三是偈"四句，逐一加以解读。"众因缘生法"，指"生灭"之理；"我说即是空"，是说"无生灭"；"亦为是假名"，是说"无量"；"亦是中道义"，称为"无作"。这里所谓"无量"，指实相不可限量。指中道实相无量。《法华嘉祥疏》说，"无量义者从一法生，其一法者，即无相也"。《俱舍论》称，"无量有四。一慈；二悲；三喜；四舍。言量者，无量有情为所缘故，引无量福故，感无量果故"。佛教有"四无量"说，无量者，"佛菩萨慈悲喜舍之四德也。与乐之心为为慈；拔苦之心为悲；喜众生离苦获乐之心曰戏喜；于一切众生舍悭亲之念而平等一如曰舍。缘无量众生而起此心，谓之无量"[1]。"无作"，无因缘造作之义，即无为，无所执著。这里的无量无作，指中道实相之境。

　　罗什所言中道（中观），源自印度龙树之学。所谓众缘生法而非有自性，毕竟空寂之说，是龙树"三是偈"的罗什版。毕竟空寂，并非指部派一切有部、小乘或大乘有宗的"涅槃佛性"说之一般意义的空寂，它指中观意义的毕竟空，也便是罗什所说的"若有去而存空，非空之谓也"意思。假如舍离、斥破假有之后，依然在理念上堕入于空，便是滞空边见，亦即存假有之见，不是中观学所说的空。罗什曾经重译《大品般若经》，此经所说的"十八空"，诚然有"毕竟空"之言，却并非龙树、也不是罗什所认同的。按中观之学，毕竟空应为第一义空，而《大品般若经》仅将毕竟空作为十八空之一，其学理地位并未高显而纯粹。十八空说的逻辑有所混乱，它没有将毕竟空看作中观意义而并非终极的"终极"之空、彻底之空与无待之空。

　　《大智度论》对毕竟空（毕竟空寂）义，曾经下过一个属于中观学的断语：

　　　　毕竟空者，以有为空无为空破诸法令无有遗余，是名毕竟空。如漏尽阿罗汉名毕竟空净。[2]

　　　　复次一切法皆毕竟空，是毕竟空亦空。[3]

---

[1] 丁福保编纂：《佛学大辞典》，文物出版社，1984，第1090页。按：行文中所引《法华嘉祥疏》《俱舍论》，亦见该书此页。

[2] 《大智度初品中十八空义第四十八》，载《大正藏》第二十五册，"般若部类"，［印］龙树菩萨造，鸠摩罗什译：《大智度论》卷三一，P0290a。

[3] 同上书，P0290a。

有为空、无为空的为字，造作义。有造作，称有为；无造作，称无为。因缘所生起的事物现象（色），有为。指明、揭橥万法皆因缘而起的，称有为法。有为万法既然必生起于因缘集聚，则必性空而假有，故说有为空。反之，拔离于因缘造作业力，即无为。无为法，其境称无为空。印度原始、部派佛教以有为空、无为空为十八空中的二者，这在罗什译传龙树一系的大乘中观说看来，是不彻底的边见。惟有中道义的毕竟空，才得以"破诸法令无有遗余"。破，即破色。包括心空法空，本然如此，不假外求。空即色而色即空。万法包括世俗之心所以未空，皆遮蔽、蒙暗与烦恼而万劫不复。因而，须发明本性本心，无执于空、无执于假有，也无执于中。如株守于有为空、无为空以及已经舍弃了空与假有的中这一偏见，则必未臻于中道实相。对中道实相亦未可执滞，因为它也无非是假名而已。因而《大智度论》称，是"毕竟空亦空"。

《中论》等所阐述的基本而重要的中观之学，可以"八不中道"与"实相涅槃"来加以概括。这里，仅略析由罗什译传的龙树的"八不"真义。作为中观之学毕竟空说的最好解说，是中国后世三论宗的立宗之要。

《中论》有云：

> 不生亦不灭，不常亦不断，不一亦不异，不来亦不出。能说是因缘，善灭诸戏论。我稽首礼佛，诸说中第一。[①]

这是以言诠否定之法，来言说"诸说中第一"的中道毕竟空（毕竟空寂）义。立论关乎生灭、常断、一异、来出（去）凡四对八大佛学概念。与中观学相对应，以不字来加以斥破边见，以断灭、横扫诸（一切）戏论。

从佛教哲学审视，八不义的不生不灭，是说世界的本原本体既非生又非灭，既非不生又非不灭，而在不生不灭之际。所谓不常不断，是说世界的运化

---

① 《观因缘品第一》，载《大正藏》第三十册，"中观部类"，［印］龙树菩萨造、梵志青目释、鸠摩罗什译：《中论》卷一，P0001b。按：《顺中义论入大般若波罗蜜经初品法门卷上》："不灭亦不生，不断亦不常。不一不异义，不来不去。佛已说因缘，断诸戏论法。故我稽首佛，说法师中胜。"《大正藏》第三十册，"中观部类"，《中论》卷一，P0039c。

方式，常住抑或断灭究竟如何，既不常又不断，既不是不常又不是不断。不一不异，指世界诸色多样而无限，不一而不异，不不一又不不异，而万物本体不异。不来不出，说的是空的世界恒在，在其本在这一点上，不来且不出，不不来又不不出，即事物没有从此形态（来）向彼形态（去）的嬗递，僧肇称为"不迁"："是谓昔物自在昔，不从今以至昔；今物自在今，不从昔以至今"，"如此，则物不相往来，明矣。既无往返之微朕，有何物而可动乎！然则，旋岚偃岳而常静，江河竞注而不流，野马飘鼓而不动，日月历天而不周，复何怪哉？"①。

所谓八不，亦称八不中道、八不正观。从中这一角度观悟世界的生灭、常断、一异与来出等四应八维，是唯一真实真理的观悟。八不的不字，有破、否之义，是破邪谓之正的意思；祛偏谓之中，中观，正观之谓。青目《中论》疏云：

> 八不者，盖是正观之旨归，方等之心骨也。定佛法之偏正，示得失之根原。迷之则八万法藏冥若夜游，悟之即十二部经如对白日。②

八不义，以不生亦不灭为根本法，此青目《中论疏》之所以称"为成不生不灭义故，复说六事"的原由。不常不断、不一不异与不来不出该"六事"，实际是"不生亦不灭"这一主题的逻辑展开，是八不中道说的关捩点。

"有为之诸法，依因缘和合而为未有法之有，谓之生。依因缘离散而为已有法之无，谓之灭。有生者必有灭，有为法是也；有灭者必不有生，无为法是也。但自中道之正见言之，则有为法之生灭为假生假灭，而非实生实灭"③。不生的生，梵语jati，指有为法意义的因缘现起；不灭的灭，梵语nirodha，指因果意义的妄。生灭以及常断、一异与来出为八迷。生灭，有为法因缘和合而为虚妄，

---

① 《肇论·物不迁论第一》，载《中国佛教思想资料选编》第一卷，第142页。

② 青目：《中论疏》。按：青目，公元四世纪印度佛教论师，具体生卒年未详，为《中论》注解者，圣天再传。释僧叡《中论·序》云："今所出者，为天竺梵志，名宾伽罗，秦言青目之所释也。"

③ 丁福保编纂：《佛学大辞典》，文物出版社，1984，第449页。

谓之生；依借因缘、离断而无执著，谓无为，称断灭。从因缘因果言，有生必灭，有灭必生。刹那生灭，为有为法。执持于生灭，为颠倒见。然而，从中观学派正见角度分析，这实际是假生假灭的戏论。从一般逻辑看，有生之因，才得以灭之果，十二因缘说便承认这样的因果链。六道轮回说亦然，凡此，都并非中观之见。

"不生亦不灭"这一命题，在逻辑上是二律背反的。"不常亦不断"、"不一亦不异"、"不来亦不出"之论亦然。都以 A 等于–A 同时 A 不等于–A 的思辨方式，使慧见从两个意义对立的命题中得以生起。不是非此即彼、说一不二，而是非此非彼又非非此非非彼、说一并非不二。这是打破了原始佛教、小乘等佛教宗派知见的逻辑域限。虽然《中论》的"不生亦不灭"等说，亦从因缘说起，却由此推出无所谓生灭、无所谓不生不灭这一结论。本来，缘起说在于阐扬缘起而性空与因生而灭的佛理，龙树中观学的毕竟空说，却来加以修正甚而颠复。在龙树、罗什看来，生灭、常断、一异、来出四对八种概念，都是缘起性空意义的假言假名。离弃空、有二边，才得臻于中道真相之境，毕竟空寂，同时又出离此境，永不执著。这是龙树斥破诸戏论而作为思想叛徒的光辉体现，也是鸠摩罗什佛学新见的一个佐证。此其一。

其二、八不中道说的主题，是"不生"即"无生"。《中观论疏》说："佛虽说八不，则束归一无生。"《十二门论·观缘门第三》亦称，"是故无有因缘能生果者，果不生故缘亦不生"[①]。是谓"无生"便是"不生"。印度佛教的基本教义总是说，万法因缘而生起，故无"空性"。它是从哲学本原本体来回答"世界源于什么"和"是什么"的问题的，从因缘即事物的因果与相互联系角度，论述世界本原本体及其运化，尽管持"本空"之见，而其本原本体意义的空的文化、哲学的素质与品格，却还是关乎生（灭）的。否则，怎么能说"因缘而起，刹那生灭"呢？所谓刹那刹那，一生一灭，到底是在乎生灭的。罗什所译且认同其义理的《中论》，从因缘说推导出"不生"（无生、"不灭"）这一新的结论。意思是：世界惟有"无生"，"生"是绝不可能的。不啻是说，世界惟有无

---

① 《观缘门第三》，载《大正藏》第三十册，"中观部类"，［印］龙树菩萨造、鸠摩罗什译：《十二门论》卷一，P0162b。

我而有我绝不可能。什么缘故呢？因为无论怎样，"生"之因、或者说"我"之因不存在，便没有了"发生"的原始因原动力。断灭生死，是毕竟空境的真谛。既然了断了生死尘缘，也就没有了这一原始因原动力的发生。

《中论》说：

> 诸法不自生，亦不从他生，不共不无因，是故知无生。①

事物发生，无非自生、他生、共生与无因之生四类。

第一、"自生"云者，邪见耳。《中论》说，从生的世性即其时间性分析，"生非生已生，亦非未生生，生时亦不生"。已生属过去世，既然已生，何必再生呢；未生属未来世，既然未生，侈谈生因，是无意义的；生时属现在世，然而光凭生时又是难言生的，因为除了生时，还有"生法"②。《中论》又说，"若法有缘有时有方等和合则生者，先有亦不生，先无亦不生，有无亦不生。三种先已破，是故生已不生。未生亦不生，生时亦不生。何以故？已生分不生，未生分不生"。"复次若离生有生时者，应生时生，但离生无生时，是故生时亦不生"。"复次生法未发则生时，生时无故生何所依？是故不得言生生时生"③。这主要是从生时、生法反复言说无生的佛理。生时、生法皆是不生之义。《十二门论》说，"此生若未生，云何能自生。若生已自生，已生何用生"，而"此生未生时，应若生已生，若未生生。若未生而生，云何能自生"④。反正，"自生"是断无可能的。第二、所谓"他生"说也不能成立。理由之一，"若谓以他性故有者，则牛以马性有，马以牛性有"⑤，牛怎么能生出马、马又如何生出牛呢？理

① 《观因缘品第一》，载《大正藏》第三十册，"中观部类"，［印］龙树菩萨造、鸠摩罗什译：《中论》卷一，P0002b。

② 参见任继愈主编：《中国佛教史》第二卷，第349—357页，中国社会科学出版社，1985。

③ 《观三相品第七》，载《大正藏》第三十册，"中观部类"，［印］龙树菩萨造、鸠摩罗什译：《中论》卷二，P0010b。

④ 《观缘门第三》，载《大正藏》第三十册，"中观部类"，［印］龙树菩萨造、鸠摩罗什译：《十二门论》卷一，P0163b。

⑤ 《观因缘门第一》，载《大正藏》第三十册，"中观部类"，［印］龙树菩萨造、鸠摩罗什译：《十二门论》卷一，P0160a。

由之二，"何以故？因自性有他性。他性于他亦是自性，若破自性即破他性，是故不应从他性生。若破他性即破共义"①。既然"他性"就"他"本身而言，亦是"自性"，那么，"自性""自生"之说，岂非不攻自破了？第三、至于"共生"之说，不就是"自生"与"他生"合一的意思么？而若破"自性""他性"，即破"共生"义，所以简直不值一提。第四、至于无因之生，云云，这在《中论》看来，也是不值一驳的。既然无因，又怎么谈得上无因之生呢？因而《中论》的结论是斩钉截铁的：世界"无生"（不生）"无灭"（不灭），此乃无上真理中观宗要。

问题不在于何以《中论》热衷于以如此逻辑来言说它的"不生亦不灭"，问题的关键在于，入渐于中土的中观之学如是宣说无生无灭，对中国文化、哲学与美学的影响究竟何在。

其一、"不生亦不灭"之说，既否定了世界之生又否定其灭的必然性，等于称世界无有生灭也便是无所谓生灭。这一否定就世界世俗审美而言，因非实际而悖于情理。就自然言之，春生夏发秋收冬藏，物物有生有灭，美的东西，也随之生生不息而灭灭有序，如何让人理会不生不灭、不不生不不灭的所谓真理？从人文看，从朝代更叠，社会变迁，文化转嬗至人的年华易老，心灵心思的忽起忽落乍喜乍悲，等等，都是现实经验的事件与经验的实际，看得见摸得着，其美的东西生生灭灭，应接不暇，都是五官可以感觉的对象，则如何能说世界及其美丑"不生亦不灭"呢？世俗审美，是一项由人的整个心灵所参与而实现为一定价值判断的"工作"。其发生其过程其结果，必然首先蕴含以无功利无目的的渗融着一定理性之情感且理性、情感和意象融和的因素，否则，审美便不会实现为现实。可是在佛教这里，世俗审美因其首先与五官的感觉（佛教称之为五根、五浊、五妄想、五情②等）相联系，其杂染于现象、滞碍于情感而未脱于生死轮回，故必系累于五欲之五境即色、声、香、味、触等感性，

---

① 《观因缘品第一》，载《大正藏》第三十册，"中观部类"，[印]龙树菩萨造、鸠摩罗什译：《中论》卷一，P0002b。

② 按：五根，类指眼、耳、鼻、舌、身，亦称五情。五浊，亦称五惑、五浑、五滓等，不净之义。劫浊、见浊、烦恼浊、众生浊、命浊之总名。五妄想，即五蕴。坚固妄想（色蕴）、虚明妄想（受蕴）、融通妄想（想蕴）、幽隐妄想（行蕴）、颠倒妄想（识蕴）。

而感性便是尘垢的一种。在世俗审美中，审美主体无欲无求无功利目的，这从佛教美学看来，这种审美本身便是五浊、五妄想的表现，沾染于意象之情感、情感之意象的系缚而不得解脱，好比苦海无边而望不到彼岸。世俗审美所获取的快乐，佛教称为"五欲之乐"、"五情快乐"，是顽愚众生贪染五境之乐实际是五境尘垢的表现。

由罗什所译介的龙树《中论》"八不中道"说的主纲，在于"不生亦不灭"之说，首先是对世俗审美这一感觉经验事件的佛法意义上的否弃与扫除。世俗审美的情感与意象，在龙树与罗什看来，是一种沾染于尘浊、生死的美与迷妄的美，或曰著相之美、情猿之美。著相者，执相；情猿者，有情众生心灵系于生死而无定，可以心猿意马来加以形容。正如《慈恩寺传》卷九所言，制情猿之逸懆，系意象之奔驰，系累也。

罗什所译的佛教般若中观，斥破世间世俗的美，却并未就此止步，否则与一般的佛教之说还有什么区别？般若中观看世相万类，并非执著于一边，它是同时离弃空与假有而悟于中的。不执著于空又不执著于假有，不不舍弃于空又不不舍弃于假有，才能对这个作为哲学本在的中的意蕴有所领悟。这种领悟，又并非执著滞累于中，倘然如此，被执著滞累的中，便也是一个假名了。固然不可对假名加以执著，而如果言诠意义的假名不立，则作为假名之对应的另一边即空相又何以能立？所谓离弃空与假有二边的中又从何谈起？既然无所谓中，则中的所谓美学意蕴又在哪里？由此，可以进一步领悟般若中观的美学意蕴究竟何在，它在对于中道实相无所执著的悟契之中。

"八不中道"说中的"不生亦不灭"，实际是八不中道说的命根所在。执滞于生灭，必系累于情感与意象。"不生亦不灭"，等于说世界无有生灭。因其不生，故而不灭；因其不灭，因而不生。"不生亦不灭"的意思，就是一切烦恼，都断得清清净净，一些儿也没有，不再受生死的苦恼了。然而，理会"不生亦不灭"这一命题时，同时还得理会，这一命题实际也是指不不生亦不不灭，须从二边的意义上来加以领会，才可能闷摸般若空观的佛法底蕴。

贯彻于四论中的主要思想，乃是实相的学说。所谓实相，相当于后来一般组织大乘学说为境、行、果中的"境"。境是行果之所依，是行果的理论基础。龙树宗对境的论述，即是中道实相。实相是佛家的宇宙真理观。用中道来解释实相，也就是以二谛相即来解释实相，从真谛来看是空，从俗谛来看是有。换言之，这种中道实相论是既看到空，也看到非空；同时又不着两边，于是便成为非有（空）非非有（非空）。[①]

罗什实相说的立论之本，为二谛相即，此即中道实相，非有（空）非非有（非空），不着两边也。不着两边的着字，执持义。既非执于非有（空），又非执于非非有（非空），便是中道的无执实相义。不着两边"之后又如何？不着两边即中，而中亦无可执著，便是毕竟空寂，便是根本智意义的中道实相，便是慧根证悟。

从"二谛相即"看，"不生亦不灭"以及"不常亦不断"、"不一亦不异"与"不来亦不出"等，表面上，正如《大智度论》所引述而未知源于何处的"摩诃衍义偈"所云，"一切实一切非实，及一切实亦非实。一切非实非不实，是名诸法之实相"[②]，似乎的确同时从二边观悟，而实则不是。龙树的中道实相说以及罗什之见的逻辑假设，是后世所谓"空、假、中"说。试问，这三维结构之说如果有美的话，则其美又当如何可能？

其美之可能，不在现象不在本体，又不不在现象不不在本体；不在现象与本体，又不不在现象与本体之际；非有非空非中，又非非有非非空非非中；非生非灭以及非常非断、非一非异、非来非出，又非非生非非灭以及非非常非非断、非非一非非异、非非来非非出。可以以唐人的诗句来作比："过尽千帆皆不是"。试问，般若中观的所谓美的意蕴究竟是什么？这种提问的方法本身，不符合般若中观及其美之意蕴的言诠法，我们只能说，般若中观的美学意蕴是可能的而且是可以被领悟的，却难以在理性上断言哪便是美或者不美或者是丑。从"究竟"这一意义称言，这一美的底蕴，存在于无尽的解构之途。龙树及罗什所译的中观学，是以佛学般若中观的面目、逻辑地演译的佛学美学的解构主义。

---

① 吕澂:《中国佛学源流略讲》，中华书局，1979，第97页。

② 《大智度缘起义释论第一》，载《大正藏》第二十五册，"中观部类"，［印］龙树菩萨造、鸠摩罗什译:《大智度论》卷一，P0061b。

　　既然关于中道实相之学须以"二谛相即"与从空、假、中三维去悟解,那么,中道实相所可能的美,除须把握其本原本体之外,同时应从被舍弃的所谓俗谛这一边、从三维去悟解。真俗二谛,又一又二而不一不二。空、假、中固为三维,确又是一维即毕竟空寂。实相否弃种种形相又不离于各各之形相。实相绝对形上,因缘断灭而无生;实相又须与形下即形相(现象)、情感之类相即。这个即,并非是的意思,而是系的意思。其相即方式,是前者对后者的否弃,后者却因前者的否弃,而本具意义;就实相言,不可思议不可言说,实相之所以如此,又须在思议言说之时才可理会。此之谓真俗不二、实相即殊相、世间即涅槃、烦恼即菩提、不可说即可说也。

　　心澄说:"佛教中观学派对中国古代艺术的影响,主要是通过其思维方法的浸渍而达成的。突出体现在以下几方面:一、色空不二的世界观影响了后世对美之真幻和艺境特征的看法。二、对空有关系的否定性辩证阐述形成了'不即不离'的'诗家中道'。三、'双遣双非'法的系统运用使传统艺术呈现出独特的审美言说方式。四、'三谛圆融'说影响了后世以圆为美,贵圆、尚圆的审美思想。"[①]此言善。

　　僧肇说:"然则万物果有其所以不有,有其所以不无。有其所以不有,故虽有而非有;有其所以不无,故虽无而非无。虽无而非无,无者不绝虚;虽有而非有,有者非真有。若有不即真,无不夷迹,然则有无称异,其致一也。"[②]僧肇的《不真空论》,是对龙树中道学说的解读。"有",假有;"无",空;"一",中。僧肇说的是,仅仅说空与假有,是世谛;非空非假有,非非空非非假有,才是中道实相。这在思维和言诠方式上,好比审美,仅仅说审美对象、审美主体,尚不是关于审美的言诠法。在说对象、主体的同时,更注重于此二者的融和即审美的意象、意境,才是到位的关于审美的言诠。审美的意象、意境,必关乎审美对象、主体及其融和三维而并非二维,以佛教般若中观学言之,在思维和言诠上,便是空、假、中,且以中为最重要一维,这用僧肇的话来说,叫

<hr/>

① 《中论》,[印]龙树菩萨造,鸠摩罗什译,载心澄译释:《中论》第一册,广陵书社,2012,第150页。

② 《肇论·不真空论第二》,载《中国佛教思想资料选编》第一卷,第145页。

作"其致一也"。这个"一"，便是"双遣双非"，在思维与言诠上，有类于审美。故而，唐代皎然创"诗家中道"说。

中道实相说的要义所在，是圆融。后世天台创"三谛圆融"说，其源在经罗氏什汉译的龙树同时"斥破空有（假有、假名）"又不执著于中的学说。这个"中"，不是传统中华所说的中间、中途、中和、中庸，而是教理意义的圆融。这对于我们理解审美的"真谛"是有启发的。美不在于对象，不在于主体，而在于主客之间的相即融合，美是一种无可执著的圆融，有如中道实相的"假有性空，真幻相即"。钱锺书先生说，释书"以十五夜满月喻正遍智。如《文殊师利问菩提经》云：'初发心如月新生，行道心如月五日，不退转心如月十日，补虚心如月十四日，如来智慧如月十五日'""菩萨身光明照耀，对如来前不可伦比""菩提心相如'圆满月轮于胸臆上明朗'"，又说，"译佛典者亦定'圆通'、'圆觉'之名，圆之时义大矣哉。推之谈艺，正尔同符"①。这里以月喻佛教所说的圆融，并非专门就"三论"（空、假、中）而言，而作为喻体的十五月华，却是可喻圆融之境的。

陈允吉先生有一篇著名论文，题曰"王维《鹿柴》诗与大乘中道观"。详细而周到地论析了该诗"空山不见人，但闻人语响。返景入深林，复照青苔上"四句的审美意境。先生说，"非常有意思的是，这首诗歌摹状'空'境的创作意图，却必须依靠刻画有声有色的物象来实现，正像清人李锳《诗法易简录》卷十三说的，此诗'写空山不从无声无色处写，偏从有声有色处写'。诸如此类容易被人们看做存在扞格的问题，放在大乘'中道观'相对主义的理论框架下面，居然也可以得到圆融无碍的合理解释。龙树的中观学说将'假有'与'空'连带起来探讨，主张证空必不离'假有'，即色而达于真际，反复强调'假有'和'真空'二者的相即相依，早已替绘声绘色的形象化笔墨留下很大空间"②。

这是说得很到位的。色者，物象、景色而假有、假名也。审美不离于色，又不执著于色，否则便不是真的审美。此之谓"即色"。即色的审美，有如王

---

① 钱锺书：《谈艺录》（补订本），中华书局，1984，第307、112页。
② 陈允吉：《佛教与中国文学论稿》，上海古籍出版社，2010，第310页。

维的这一首《鹿柴》，即色而不执于色，即色而悟入空这一真际，这真际便是中，便是圆融。既是中观的圆融，也是审美的圆融。

其二、这里关系到佛教"方便"即"随宜"的美学意义。佛法包括中道实相，等等，不可思不可言又可思可言，就连佛陀说法，也是方便随宜的，罗什的思议与言说，自无例外。罗什《赠慧远偈》有云：

> 既已舍染乐，心得善摄不？若得不驰散，深入实相不？毕竟空相中，其心无所乐。若悦禅智慧，是法性无照。虚诳等无实，亦非停心处。①

既然已经舍弃了世俗之染污及其所谓的快乐，此心能得以擅自珍摄么？心灵已经不再驰奔散乱，就能悟入实相妙境么？毕竟空相之心，便有无俗尘之乐，却具有"禅悦"之美。而禅悦智慧，则意味着法性圆融而空性无待。虚诳等必非真际之境，不是本心归趣的精神故乡。

慧远之学主宗涅槃佛性说，与罗什中观之见并非一路，故两人有相互答问、辨难之事。罗什此偈主题，在于讨论"乐"之与否。正如前述，作为"方便说法"之方式，偈这一文学样式本身，不得不运用一定的、世俗意义的言语文字及其音律节奏，这从世俗美学的角度看，自当有一定的审美价值。然而，佛教对偈言语文字等的运用，并非在于肯定其世俗意义的审美，而是作为方便善巧的一种言说方式而存在的。这一方式是必然为之的，并非可有可无可人为地随意取舍，实际是性空真理、中道实相之显现的必由，直接便是其显现的印证。方便说法作为一种假有假名，构成了显现中道实相之圆融境界的重要一维，它的特征便是即色。将必须否弃的物色、言辞等符号表述再捡回来，通过这一假名施设，恰好由此悟入中道实相的境界。在这里，因世俗及其美的舍弃，促成方便说法的必然"出场"，构成了空、假、中的动态有机的三维结构。在这结构中，作为假名施设的善巧言说及其世俗之美与性空之美，达成了不一不二、不不一不不二的圆融，便是中道实相之美的意境。

---

① 《罗什法师答慧远书》，载梁慧皎：《高僧传》卷六，金陵刻经处本，载《中国佛教思想资料选编》第一卷，第120页。

偈言言说形式本身的美与其所示现的佛法、实相之美，本是两种不同的美，前者在世间，后者在出世间，从前者走向后者之前，首先要实现的，是假名施设与空的"对话"。这种"对话"的实质是，假名施设本身便是一种空相，是对于名言的否弃，其存在的意义便是否弃本身。却由于这一意义的存在，意味着中道圆相的实现，是其与空的相即相依，在否定的同时有所肯定。因而，中道实相的审美之乐，在于世间出世间之际，又超于世间与绝对的出世间。正如《心经》所说"色不异空，空不异色；色即是空，空即是色"[①]，色、空二维的不一不二又不不一不不二，可以导向中观的正觉，在此，所谓禅悦之美存矣。

俗谛之乐，大凡可分求神、求善、求真与求美此基本四类，与人类把握世界的四大基本实践，即宗教（巫术）崇拜感、道德感（善恶）、理智感（真假）与审美感（美丑）相应。这里，只有以艺术为主的一切审美实践方式，人才可能获取真正的美感，其余的人的感觉（快感）皆不是。世俗审美及其美感的实现，瞬间必出于无功利、无是非、无计较之心，这是直接的生理、心理动因，但是，审美的间接之远因与背景，又并非与崇拜求神、实用求善与认知求真绝然无缘。由此审视佛教及其中观的审美，可以说，已经脱弃了"因缘际会"与"生死"泥淖。

从有、无、空对应于审美言之，人的精神境界，有有、无与空三大层次三大诉求，审美必分别与之关系。比如面对一朵花一幅画之美，可以建构三类审美方式及其精神之愉悦（乐）。一，欣赏其形态、色相之美，是对于世界之有的审美，这是经验层次的；二，从其形态、色相之美，缘相而入，遂感悟道即无的意境，是对无的审美，这也是经验层次的，而从经验之有，走向了经验之无；三，舍离于花、画之类的有、又否绝其无的境界，弃世间之烦恼尘俗的有、无，而让精神、意境悟入于超验的空境，是对空的超验意义的审美或曰观照。从经验性的角度看，这一审美所以应当打上引号，是因为其阈限在于出世间，绝对形上而不可思议不可言说。这一真谛与俗谛的关系，既一分为二又合二而一，俗谛作为方便、随宜的言说而将一种新的美趣，召唤在中道实相之中。从

---

① 《般若波罗蜜多心经·正宗分》，唐三藏法师玄奘译，载心澄译释：《心经·正宗分》，广陵书社，2012，第84页。

经验现实看，世界是有；假如将此有全部拿走，放在括号里加以"悬置"，那么试问，世界及其美还存在什么？答案是，还存在一个无。故而无即存在[1]；假如进而将有、无二者统统拿走，悬置于括号，那世界及其美还存什么？答曰空。空，是消解了有、无之时的一种境界。而中道实相的美，却在消解有、无的同时，又在言说、假名的意义上，让空的境界，不要走向绝对的断灭，从而达成圆融。

这也便是鸠摩罗什所说的"毕竟空相中，其心无所乐"，便是"法性无照"（引者按：即法性空照）的"原乐"之境。精神否斥于有、无而快乐地悟入空境，又不以此空为滞累，此之谓"中道实相"、"毕竟空寂"与无所执持之"乐"。而审美之愉悦（乐）的精神因素，亦必以"方便"、"随宜"方式存在于此。这也便是后世禅宗所说的"青青翠竹，尽是法身。郁郁黄花，无非般若"。

其三、龙树系与其译价者鸠摩罗什的"中道实相"（"毕竟空寂"）说，一定意义上又是对传统中华以"生"为人文主题之文化、哲学与美学意识、理念的一个颠复。

正如本书前述，所谓生，是中华传统文化、哲学与美学的人文命根之一。生，甲骨文写作草木生于大地的象形，是中国文化的一大主题。先秦老庄以为，世界原生于道，通行本《老子》云："道生一，一生二，二生三，三生万物"。《周易》本经以气讲巫筮，其巫筮的感应，所谓灵验的根由与根性，是因为神秘莫测的气。气是神性、巫性的观念性的原始生命之原。此《易传》所以说"生生之谓易"、"天地之大德曰生"、"是故易有太极，是生两仪，两仪生四象，四象生八卦，八卦定吉凶，吉凶生大业"[2]。一定意义可言，易理的根本是生命、生存与生活之理。生的人文意识、理念，始于古悠的易筮原神原巫文化，其历史的悠邈自不待言。苏渊雷先生曾说：

> 综观古今中外之思想家，究心于宇宙本体之探讨，万有原理之发见
> 者多矣。有言"有无"者；有言"终始"者；有言"一多"者；有言"同

---

[1] 按：参见叶秀山先生：《世间为何会有"无"？》一文，《中国社会科学》，1998年第3期。

[2] 《易传》，载朱熹：《周易本义》，天津市古籍书店，1986，第295、322、314页。

异"者；有言"心物"者，各以己见，钩玄阐秘，顾未有言"生"者，有之，自《周易》始。①

此是。梁漱溟也说，在先秦原始儒家，"这一个'生'字是最重要的观念，知道这个就可以知道所有孔家的话，孔家没有别的，就是要顺着自然道理，顶活泼顶流畅地去生发。"②起码在印度佛教于两汉之际入渐于中土之前，中国文化、哲学与美学意识、理念，是尤为重"生问题"的。因其重生，故敬宗重孝、追求长生以及世间与现世的快乐，此之谓"乐生"。中华传统文化面对死难，固然并非无动于衷，并非全无悲哀、悲悯的神色，《易传》有云："易之兴也，其于中古乎？作易者，其有忧患乎？"③这里所说的"忧患"，仅属于伤时忧国型的生活之忧，而非本有意义的生命之忧；并非人性之忧，而是指人格之忧。可以这样说，那时中华文化的"头脑"，一般都从生之角度，看待世界即自然与人文、其哲学与美学之思是重生的，却并未认真而深沉地从哲学、美学好好思考、解答生命之"死"究为何事、何因、何本。

这里最有力的证据之一，在于《易传》几乎通篇讲生的问题（按：与此相涉的，还有象与时等问题），却几乎忌言死。仅仅在一处有一个死字。叫作"原始反终，故知死生之说"④。在《易传》看来，所谓"死生之说"，可以"原始反终"来加以概括。人的群体生命的过程，无非从生到死再到生。从父生到子生，中间必有父之死；从子生到孙生，中间必有子之死。这里的死，实际是两次生之际的一个暂时、暂在。人的个体生命有限，而群体生命无限。《易传》尤为重视的，并非个体生命的死，而是所谓绵绵瓜瓞、子子孙孙未有穷尽的群体的生。关于死本身，倒是没有多少深沉的哲学与美学思考，在传统中国人的文化、哲学与美学心灵中，这世界，这人生固然有苦难，有死灭，但归根结蒂，是辉煌灿烂、前路无量之生的福地乐园，但总也习惯（集体无意识）地将死作

---

① 苏渊雷：《易学会通》，中州古籍出版社，1985，第62页。
② 梁漱溟：《东西文化及其哲学》，载《梁漱溟全集》第一卷，山东人民出版社，1989，第448页。
③ 《易传·系辞下》，载朱熹：《周易本义》，天津市古籍书店，1986，第336页。
④ 同上书，第291页。

为生问题的一个人文背景，从而终究坚信生的无往而不胜、生的圆满。《易传》说，"乐天知命故不忧，安土敦乎仁，故能爱"[1]

值得注意的是，将中国文化、哲学与美学有关"生"的人文意识与理念加以颠复，正是入渐于中土的印度佛教生死观及诸如这里鸠摩罗什所译传的"中道实相"论的"不生不灭"说。

印度佛教生死观，首先鲜明地表现于六道轮回与三世轮回说中。众生轮回，分地狱、饿鬼、畜生、阿修罗、人、天六阶段；又可分为过去世，现在世与未来世。轮回，有情众生有始以来，苦业深重，如车轮旋转回复于六道（六趣）生死，佛经说，以诸欲因缘，坠堕三恶道，轮回六趣中，遂令众生备受诸苦毒。众生系累于因缘，便堕于生死轮回，苦海无边，实指人的现实生活、生存与生命囿于六道苦厄，犹如火城、地狱；三世说尤重因果报应。佛经说，欲知过去因，见其现在果；欲知未来果，见其现在因。现世众生之所以受尽苦厄，那是前世造的孽；现世众生不修持佛法，作恶多端，又决定了人的未来命运。所谓善有善报，恶有恶报，人人都是"自作自受"。六道轮回说称世间、现实与人生犹如地狱一般，三世轮回即因果报应说，在竭言因果、业力与报应"铁律"的同时，似乎给予芸芸众生以一点光明，劝人今世诸善笃行，诸恶莫作，在对人进行恫吓的同时，谈不上依持于上帝，也并非由天命安排，而自"主"地安排自己的命运道路，其间蕴含以由佛指引而向善、自救的意义。

佛教以现实人生的生死为六道轮回、三世果报。跳出轮回、果报，便是斩断因缘而觉悟。这也包括罗什译传龙树系的中道实相的主旨。倡"不生亦不灭"等"八不中道"说，因其"不生"故"不灭"，是则"无生"。无生即永生。永生者，涅槃之谓。这里的涅槃指中道实相。这是因为，既然断绝无明、贪爱，是将现实的生死"置之度外"。这里的度，计较、分别义。无计较无分别，即无生死烦恼。是则涅槃、中道实相的乐果，是从现实人生的生死、真假、善恶与美丑的泥淖中觉悟，呼唤一种所谓中道实相的"原美"，驻守在佛地。中道实相的这种美，本在真俗二谛之间及其升华圆成，其亦真亦俗，不真不俗，并非所谓"客观自在"，而是一种美善人生的绝对理想，或曰刚刚被佛教基本教

义在前门所否定的现实人生的美，却在后门以诸如"不生亦不灭"这一命题方式，被重新肯定了下来。

"不生亦不灭"这一中道实相之命题的美学意义，固然绝不可与中国传统的生命美学思想相提并论，两者的内涵与外延均不一。然而，中印两大民族关于人生的文化哲学，都关涉于人的生死问题。所不同的，前者首先看到与思考的，是生与乐生；后者则为死与死苦。罗什所译传的"八不中道"说的中道实相命题意义的文化哲学之根，依然远承于印度佛教十二因缘等原始教义。其佛学之基，仍为无明缘行，行缘识，识缘名色，名色缘六处，六处缘触，触缘受，受缘爱，爱缘取，取缘有，有缘生，生缘老死的那个"缘"。缘者，攀缘义，即因果、滞碍、系累、轮回。这与六道轮回、五蕴等一起，是对人生现实死苦的描述与阐发。佛教竭言人生之苦，有所谓二苦、三苦、四苦、五苦、八苦之类。在佛教看来，现实人生无论生老病死，抑或富贵贫贱、荣辱得失等一切，皆可以一个苦字加以概括，或可称之谓虚妄、尘垢、烦恼包括无世俗之美丑等，都是流转不已而不能自己跳出生死轮回的。中道实相以及一切佛之智见，都是对治、觉悟之策。"不生亦不灭"即"无生"，永生即生命之寂或曰寂静。这是一种佛教所崇尚的境界。引导众生入寂，也是一种境界。寂者，不生不灭，不染不净，不悲不喜，不功不利，不名不知，佛法常寂，灭诸相故尔。离弃于烦恼为寂，断灭苦患者为静，此即"无生"，无世俗人生烦恼与苦厄；"永生"，永恒、无苦的生，精神、灵魂的生。

中道实相即"不生亦不灭"等"八不中道"的美学意义，关乎人的肉身与灵魂的关系问题。

肉身或曰身，是佛教所说的心的牢狱，以老病、饥渴、寒热等为身苦，与心苦相对。所谓身、口、意三业，以身业为首。在佛教看来，身业为万恶之源。对众生的身、肉身作种种观想论述的《菩萨修行经》曾说，修行须观身污秽，本为不净。观身臭处，纯积腐烂。观身危脆，要当毁坏，故观身非我，众缘积聚。人身一无是处，纯粹一副"臭皮囊"。目的在于观想肉身"非我"而"无生"，把肉身看作暂时的"众缘积聚"而已。观想，即观空、观照，以求达观于真际，为求舍离肉身而悟入于涅槃与般若空境，或通过中观，让精神、灵魂有可能弃肉身的牢狱，自由地向空寂、中道之境提升高扬。

中道实相，是佛教观想之一。"不生亦不灭"，既观生又观灭，既观不生又观不灭，离弃世俗生死（有），看空而不滞累于空尤其包括中道之境，故称中观。离弃空、假二边又不碍于中，为中道之观。

E·云格尔说：

> 在其（按：指亚里士多德）《哲学箴言》中，青年亚里士多德就人的灵魂与肉体生命的关系比较了人的灵魂与伊特拉斯坎海盗的俘虏的命运。伊特拉斯坎海盗尤其令人发指，首先因为他们对待俘虏的方式。"为了折磨俘虏，海盗将其活生生地捆绑在死尸上，面对着面。就这样迫使生命与腐尸结合，他们让自己的牺牲品渐渐渴求死去"。亚里士多德认为，人的灵魂生存在肉体之中，就像伊特拉斯坎海盗的俘虏被缚于死尸之上。①

这一可怕文字，读之令人的灵魂感到战栗。肉身与灵魂的关系，犹如海盗将其俘虏"活生生地捆绑在死尸上"，而且"面对着面"，为了"折磨"生命而"迫使生命与腐尸结合"。这一喻指，自然不适于中国文化传统、哲学与美学关于人的肉身与灵魂关系的解读。印度佛教入渐之前，中国人一般将人的身心看作生之意义的统一与和谐。古希腊先哲却认为，两者的本在关系，有如生者与死尸被"捆绑"在一起，而令生者的灵魂窒息而"死去"，可谓残酷之极。因此，肉身与灵魂是敌对的，必须令促二者分道扬镳，去崇尚上帝这最高的"灵"。所谓"道成肉身"这一西方基督教文化命题的主题，重在于"道"而非"肉身"，耶稣被钉十字架而受难，是在戕害肉身的同时，让灵魂自由飞升。从神学美学角度看，那是绝对意义的"所谓美，就是上帝的在场"，"只有在宗教里才存着真正的美"②。

比较而言，由罗什所译传的中道实相说，将世俗现实人的生死，看如"死

---

① ［德］E·云格尔：《死论》，生活·读书·新知三联书店，1995，第38页。原注：W·耶格尔《W·Jaeger》：《亚里士多德文集》，1955，第101页。

② ［瑞士］冯·巴尔塔萨：《神学美学导论》，曹卫东、刁承俊译，生活·读书·新知三联书店，2002，第79、11—12页。

尸"一般如此残酷而可怕地困挠、染污着中道实相这一"生者"（按：即"八不中道"所谓"无生"、"不生"）。世俗生死、烦恼作为业力、业障，始终阻碍中道实相如"不生亦不灭"之境的悟入，首先是身苦、同时是心苦，滞碍于精神、灵魂绝对地戕害了美的实现。因而，只有斩断业障，须在世间"立地"悟入，才可能观照中道实相之美。此美并非什么别的，它是中道实相的境界。中道者，名为性空，中道能破生死，故名为中，"第一义空"名为中道。中道作为正慧，"具正慧者，远离一切烦恼诸结，是名解脱。故名正慧永断一切烦恼结故，故名解脱"①，此美，实为精神解脱的一种悟入，是无是无非、无真无假、无善无恶、无死无生、无悲无喜与世俗意义的无所谓美丑的境界。

第五节　僧肇中观学的美学意蕴

僧肇（384—414）②，高僧鸠摩罗什四大弟子之一③，中国佛教史上著名而重要的义学沙门。其佛学思想，推动了中国佛学也推动了佛教美学思想的发展。梁慧皎《高僧传·僧肇传》云：

> 释僧肇，京兆（今陕西咸阳）人。家贫以佣书（被雇而抄书）为业。遂因缮写，乃历观经史，备尽坟籍（《三坟》、《五典》等典籍）。志好玄微，每以庄老为心要。尝读《老子》道德章，乃叹曰："美则美矣。然期栖神冥累之方，犹未尽善。"后见旧《维摩经》（三国吴支谦所译《维摩诘经》），欢喜顶受，披寻玩味，乃言始知所归矣。因此出家，学善方等

---

① 《师子吼菩萨品第二十三之一》，载《大正藏》第十二册，"涅槃部类"，《大般涅槃经》卷二五，P0767c、P0768a、P0768c、P0771c。

② 按：关于僧肇生卒年，学界持见不一。《高僧传·僧肇传》（梁慧皎《高僧传》卷七，金陵刻经处本）称"晋义熙十年（公元414年）卒于长安，春秋三十有一矣"。上推三十一载，僧肇应生于384年。日本学者冢本善隆《肇论在佛教史上的意义》一文持僧肇生于374，卒于414年说，此见日本京都大学人文科学研究所研究报告：《肇论研究》（法藏馆）。本书采《高僧传》说。

③ 按：鸠摩罗什四大弟子，一般指僧融、僧叡（或慧观）、僧肇、道生。

（大乘经典总名），兼通三藏（佛教经、律、论）。及在冠年，而名振关辅。①

　　晋隆安二年（398），僧肇远赴姑臧（今甘肃武威）从师于罗什。后秦弘始三年（401），随从罗什抵长安，"及见什咨禀，所悟更多"。从事译经、注经与撰述，尤以撰述为要。其主要著论，为《不真空论》、《物不迁论》、《般若无知论》与《涅槃无名论》②。收入《肇论》的《答刘遗民书》与《维摩经注》等也颇为重要。《高僧传》有云，"秦人解空第一者，僧肇其人也"，这是后人对僧肇的高度评价。隐士刘遗民则称"不意方袍（僧肇），复有平叔（何晏，字平叔）"。何晏为魏晋玄学鼻祖之一（另一人为王弼），刘氏称"平叔"再世，此喻僧肇拓荒之功。

　　僧肇佛学，属中国化的大乘般若空宗，尤擅中观之学。其理论与思辨的精致，标志着中华大乘般若中观之学的开始成熟，对中观佛教三论宗与禅宗等都有深巨影响，富于中华佛教美学的人文意蕴与价值。

　　僧肇般若中观之学的佛学主题，大致以中国人的人文、哲学的眼光与思辨方式，来"解空"而力避"六家七宗"的"格义"之法。分为"不真空"、"物不迁"、"般若无知"与"涅槃无名"等四大佛学命题，是一种有相当思想深度、具有深致思辨特色的中华大乘般若中观之学。其学之原，是其师鸠摩罗什

---

① 《僧肇传》，载梁慧皎：《高僧传》卷七，金陵刻经处本，载《中国佛教思想资料选编》第一卷，第194页。

② 按：由南朝梁陈间人汇编成集的《肇论》，除收入《宗本义》、《不真空论》、《物不迁论》、《般若无知论》与《维摩经注》外，亦收入《涅槃无名论》一文。关于《涅槃无名论》的真伪，石峻：《读慧达〈肇论疏〉述所见》（《图书季刊》新第五卷第一期，1944）、汤用彤：《汉魏两晋南北朝佛教史》认为非僧肇所撰。日本横超慧日：《涅槃无名论及其背景》（载日本京都大学人文科学研究所《僧肇研究》）以为系僧肇所作。吕澂：《中国佛学源流略讲》（北京：中华书局，1979，第101页）认为，"此论是否僧肇所作，还可以研究。"许抗生《僧肇评传》云："僧肇本作有《涅槃无名论》一文，但现存的《涅槃无名论》虽原为僧肇所作，然已经过了后人的篡改和增补。"（南京大学出版社，1998，第35页）本书采《涅槃无名论》为"僧肇所作"说。另，据有关资料，僧肇首先撰成《般若无知论》，《肇论》以《物不迁论》为其"四论"第一篇，自当有据有理。而就僧肇般若中观之学与美学的关系而言，当以《不真空论》最为切要，因而笔者之论析，试从《不真空论》始。

所译传的印度龙树菩萨的般若中观之学，受到魏晋玄学的思想与思维的影响，蕴含以葱郁的美学意蕴。

论"不真空"

僧肇所谓"不真空"，有"不真"者，即"空"故"空"之义。一切皆空而非"顽空"，也并非玄学所谓本原本体的无，更不是世俗经验意义的没有。倘然论及此论与美学的关系，其要在于斥破顽空、无与经验意义的没有，此空即般若中观意义的世界与审美究竟如何可能。

首先，僧肇从有、无的角度，言说"不真空"的道理。《不真空论》云：

> 然则万物果有其所以不有，有其所以不无。有其所以不有，故虽有而非有；有其所以不无，故虽无而非无。虽无而非无，无者不绝虚；虽有而非有，有者非真有。若有不即真，无不夷迹。然则有无称异，其致一也。[①]
>
> 谓物无耶，则邪见非惑；谓物有耶，则常见为得。以物非无，则邪见为惑；以物非有，故常见不得。然则非有非无者，信真谛之谈也。[②]

其大意是：然而，天地万类果然俗有，所以不是真有；果然真有，所以并非不是俗有。俗有不是真有，所以虽说存有而不是真有；真有不是没有俗有，所以虽说无俗有却不是真的无俗有。虽说无俗有而并非真的无俗有，是因为这真的无俗有，不是绝对的空幻；虽说真有并非俗有，而俗有亦非真有。如果俗有与真有不相应即，那么所谓无（空），便不是夷灭形相的。但是，所谓有所谓无（空），只是称名不同，从本原本体看，两者归致为一。

说万物为无或是有，一为邪见、不真、迷惑，一为世俗习常之见，即滞碍于有；以为万物不是无，所以邪见迷惑。以为万物不是有，所以不滞累于世俗习常之见。然而，既非有又非无之见，是坚信般若中观真谛的见解。

---

① 《肇论·不真空论第二》，上海佛学书局影印宋本，载《中国佛教思想资料选编》第一卷，第145页。

② 同上。

这一段言述有些难解，意思还是可以明白的。僧肇反复言说的，是无与有即空与假有的关系。这里的无，是借用道家的名词（无），实际指佛教中观学的空；有，实际指假有假名；真有，指真谛。从真俗二谛看，有无也好，俗有、真有也罢，都是"致一"的关系。天地万类亦有（假有）亦无（空）、非有（假有）非无（空）；亦俗亦真、非俗非真，致一于中道空观。这里的"致一"，指中道实相的圆融。这也便是《不真空论》所说，"然则非有非无者，信真谛之谈也"。《不真空论》又说：

> 一切诸法，一切因缘，故应有。一切诸法，一切因缘，故不应有。一切无法，一切因缘，故应有。一切有法，一切因缘，故不应有。[①]
> 言有是为假有，以明非无，借无以辨非有。[②]

万法从因缘看，都是俗有；万法因缘而起，刹那生灭，无自性，故性空，又不应是俗有。一切无为法有为法，都是真俗不二的。这里的所谓有，实际是假有，为的是印证不是绝对之无即顽空，是借无这一言述，来辨析什么是非有的道理。《不真空论》又云：

> 如此，则万象虽殊，而不能自异。不能自异，故知象非真象；象非真象，故则虽象而非象。然则物我同根，是非一气，潜微幽隐，殆非群情之所尽。

这是僧肇以源自《周易》卦爻之象的象意识与中国传统文化哲学的气范畴，来言述不真即空故空的道理。天地万类形相各异，但都不能将自己与其它相分别。彼此不能分别，所以由此可知，呈现于六根的万类的形相，不是事物的本来面目。形相不是形相本身，所以虽说是形相而形相的决定者，又不是形相。物我、主客、是非，同根于一气，这玄妙、潜隐的空理，芸芸众生是难以理会

---

① 《肇论·不真空论第二》，载《中国佛教思想资料选编》第一卷，第146页。
② 同上。

的。气这一范畴，在中国早期汉译佛经或义学沙门的言述中颇为多见，这里僧肇偶以为之，实际指般若中观义，也便是物我同根的根。大凡佛教言说，在哲学认识论知识论上，由于其穷探究竟，追问本根实相，几乎都是彻底的"扫象"论者。僧肇自非例外。

然而僧肇的"不真空"论中，象意识又顽强地出没在字里行间。正可证明般若中观之看世界、看人生及其美的角度与方法，这便是中观的角度与方法。中观学将万物的形相及其言说称之为假有假名，对其抱着既否弃又拾取的态度，否弃的是其污浊，拾取的是其假有假名这一作为言说的方便，这就在言说的意义上，让已经被舍弃的形相、形象、现象等因素，在般若中观的哲学视野里，保留了一点儿地位，为中观的审美，提供了方便。意思是说，万物现象虽然各各不一，但不能自己与自己不一，现象万殊，是有其根由的。便是因万类的本原本体，离弃于空（无）、有二边又即空（无）即有（假有）。所以，仅仅知晓万物现象不是其真相（"真象"）是不够的；认为万象与真相无关也不对，现象不是真相（中道实相），然而真相也不能绝对离弃现象而孤立存在。然则，"物我同根，是非一气，潜微幽隐"的中道实相的道理，不是芸芸有情所能领悟的。

《不真空论》说：

> 夫以名求物，物无当名之实；以物求名，名无得物之功。物无当名之实，非物也；名无得物之功，非名也。是以名不当实，实不当名，名实无当，万物安在？[1]

这是从有（假有）无（空），来言说名实的关系，进而论说不真即空故空之理，且与僧肇另一名篇《涅槃无名论》相涉。既然这世界总是名实无当，试问万物安在？这在大乘般若空观看来，真正是一个有力的诘问。所以僧肇接着又指出："既悟彼此之非有，有何物而可有哉？故知万物非真，假号久矣。"[2]

万物在言说方式上说，都是假号。假者，虚假、施设、权宜、方便之谓。

---

[1] 《肇论·不真空论第二》，载《中国佛教思想资料选编》第一卷，第146页。

[2] 同上。

因虚假，故不真（不真实）；因不真，故空。不真即空，空即不真。意思是说，凡此假号，假有假名耳，当然是空的。两者若即若离、若离若即。名与实的关系也是如此。这是僧肇接续《放光般若经》所谓"诸法假号不真"而阐扬的般若中观之理。

许抗生说，关于名实关系，"用'物'这一名称来称谓物，那么所称谓的物必定是可以被称谓的物。如果用物来称谓非物，那么虽用物来称谓它，它仍是非物而不是物。由此可见，物并不随着它的名而有它的实在存在，在这里名实是不相当的。同样名称也不随着它所指的物而有真实的内容，在这里名实也是不相当的。名实之间既然不相当，所以真谛（引者按：中道实相）也就不能用名言来表达。"[1]此言甚是。应当说，名言固然不能尽达佛性真谛，而仍要无穷无尽地加以表达，可见，名（能指）实（所指）二者，实际便是假有假名与空性实相的关系，在这里便是假有、空与中道实相的关系，是一种由中观所领悟的境界。借用《庄子》的话来说，叫作"非言非默"[2]。而就名言本身来说，言者权宜耳，正如僧肇有云，"然不能杜默，聊复厝言以拟之"[3]。

总之，僧肇不真即空故空的中道空观，大致从三方面来加以阐说。其一、诸法因缘而生起而坏灭，故诸法性空，故非有；诸法既然因缘而生起而坏灭，那么因缘本身便是非无。此正如《不真空论》引《中观》云："物从因缘故不有（真空），缘起故不无（俗有）。寻理即其然矣？"《中观》所阐，在于非有非无，亦有亦无，真俗不二，体用不二，离弃无（空）、有（假有）二边，且无执于中，是彻底的中道空观。其二、诸法形相各异，惑众生之耳目心智，所以不真，是分别、计较的缘故。而万相同根于无分别相，无分别相即实相，实相即空。其三、诸法性空，无以述说，又不得不加以述说，只好权宜方便，巧立名目，假名施设（名），中观之空（实）这一本原本体，非在非不在，亦在亦不在。

---

[1] 许抗生：《僧肇评传》，南京大学出版社，1998，第202页。

[2] 《庄子·则阳第二十五》，载王先谦：《庄子集解》卷七，载《诸子集成》第三册，上海书店，1986，第175页。按：庄子这一段的原话是："道不可有，有不可无。道之为名，所假而行。或使莫为，在物一曲。夫胡为于大方。言而足，则终日言而尽道；言而不足，则终日言而尽物。道物之极，言默不足以载。非言非默，议其有极。"录此供参阅。

[3] 《肇论·不真空论第二》，载《中国佛教思想资料选编》第一卷，第145页。

在美学上，僧肇的《不真空论》，实际隐在地体现了一种美学的本原本体论思想，便是僧肇所说的"一气"、"同根"。

"宇宙中之最究竟者，古代哲学中谓之为'本根'。"[1]本根一词，原自《庄子·知北游》："惛然若亡而存，油然不形而神，万物畜而不知，此之谓本根。"[2]其实，早在通行本《老子》那里，已然隐约存有本根之思，此之为"夫物芸芸，各复归其根。归根曰静，静曰复命"[3]。老庄所说的本根，指天地万类之美的根因与本体为道。

僧肇《不真空论》一文，并没有直接谈到美，这不等于其没有触及美学问题。僧肇所谓一气、同根说，既然是一种佛教哲学观，那就可能触及于美学。美的事物现象的根因与本体，既不是儒家所说的天、命与有，也并非道家所言说的道（无、虚、静），那么，它是不是佛家通常所说的空呢？答案：是亦不是，不是亦是。美的本原本体，关乎无（空）有（假有），也关系到非有（假有）非无（空）；即相离相亦相非相、亦分别非分别非分别亦分别；即名即实非名非实、即假号非假号非假号即假号，是消解即建构、建构即消解的二律背反又合二而一，一种关于美之本根本体的"美在关系"说。自当不同于十七世纪法国狄德罗所说的"美在关系"。这里所谓关系，不真而空，空而不真，圆成于中，是僧肇《不真空论》关于美的本根本体之见的逻辑原点。此其一。其二、正如前述，僧肇论说般若中观之学，由象（形相、现象）而直探般若中道（本原本体）、由假名而求实，由实反观于名、由中道反观于象（相），遂使"物我同根，是非一气，潜微幽隐"之境得以实现。这里所说的物我，是非有非无（空）、处于有（假有）无（空）之际的别一说法。佛教三法印寓"诸法无我"之说，诸法常一不变，诸法无常。诸法无我者，无我即空。不啻是说，物我同根于无我。既非法执又非我执，既不执于空不执于假名又不执于中，是彻底的无执。在彻底无执这一点上，般若中道观是最典型的。这一中观的思维结

---

① 张岱年:《中国哲学大纲》，中国社会科学出版社，1982，第6页。

② 《庄子·知北游第二十二》，载王先谦:《庄子集解》卷六，载《诸子集成》第三册，上海书店，1986，第136页。

③ 《老子》上篇，载王弼:《老子道德经注》，载《诸子集成》第三册，上海书店，1986，第9页。

构，确与审美关系同构，审美也是无执于物我的。这里所说的是非一气，无异于说是与非是一原的。原指本原，而气是本原的方便说法。实际上，般若中观之学的主张，是是非不二是非一如的，而且同原于无执的中道实相。因而，这里所说的般若中观的审美，是从其根上即中道上来言说的，就其作为假有的形相、形象而言，中道观的审美，实际是舍象而悟入与缘象而悟入的两者得兼。

论"物不迁"

僧肇的《不真空论》一开头，就说"夫生死交谢，寒暑迭迁有物流动，人之常情。余则谓之不然"①，撰写此文，为的是斥破"常情"，主要从有（假有）与无（空）、形与相的即有即空、非有非空、分别无分别与假号不真而即真的诸多关系来立说，从"动静未始异"、"昔物不至今"②这两大命题、从动静二边，来言说空有问题。其佛教哲学及其美学意蕴，依然持本体论立场。

世界是动是静抑或非动非静、形动实静或现象动本体静，或求动求静还是去动复静，等等，这在一般的哲学、美学理念上，是众说纷纭的。《论语》记孔子语云："子在川上曰：'逝者如斯，不舍昼夜'。"称"仁者静，智者动"。《周易》强调"唯变所适"，要求"与时偕行"，"与时消息"，知进退而"动静不失其时"。老子云："归根曰静，静曰复命"，要求为人处世"致虚极，守静笃"。在宋明理学中，动静问题也是重大的理学主题之一。理学开山北宋周敦颐有"主静"说，称"太极动而生阳，动极而静，静而生阴。一动一静，互为其根"，"圣人定之以中正仁义（敦颐自注："圣人之道，仁义中正而已矣"。）而主静（敦颐自注："无欲故静"。）立人极焉。"③二程、朱熹与陆、王等，都自有各自的动静说。

佛教以"无常"为其基本而重要教义之一。诸法刹那生灭，谓之无常。《涅槃经》云：是身无常，念念不住犹如电光、暴水、幻炎。《无常经》云：未曾有一事不被无常吞。无常即无我，无我即空。在空这一点上，诸法平等，动静一

---

① 《肇论·物不迁论第一》，载《中国佛教思想资料选编》第一卷，第142页。
② 同上。
③ 周敦颐：《太极图说》，载《周敦颐集》卷一，中华书局，1990，第4、6页。

如。僧肇《物不迁论》般若中观学的主题，论证了动静未始异、昔物不至今的命题，反对小乘偏执于无常的思想倾向，对治于声闻、缘觉的无常说。

《物不迁论》以为，所谓动静未始异，是说俗称的动静，仅是假言施设而已。《物不迁论》说：

> 《放光》云："法无去来，无动转者。"寻夫不动之作，岂释动以求静？必求静于诸动。必求静于诸动，故虽动而常静。不释动以求静，故虽静而不离动。然则动静未始异，而惑者不同。①

《放光般若经》称，诸法即一切事物现象即色即空，不一不二，不去不来。"诸法本无所从来，去亦无所至"。既然如此，"斯皆即动而求静，以知物不迁明矣。"②

经验世界意义的所谓动静，在僧肇看来，其实都是假象幻相。在超验意义上，无所谓动静及其区别。动静一如。正如《放光般若经》说，诸法无去来，焉有动静？如果硬要区分动静，也只是：动者，静之动；静者，动之静。《物不迁论》强调，"若动而静，似去而留"③。事物现象，好似在动，实际上，动乃假相，实则为静。又好像是静，实则在动。僧肇所强调的，是动之静，实际是唯静而无动，既然如此，也就无所谓动静。

> 旋岚偃岳而常静，江河竞注而不流，野马飘鼓而不动，日月历天而不周，复何怪哉？④

旋岚，旋吹猛烈之山风；野马，《庄子》以"野马也，尘埃也"，喻宇宙磅礴、飘荡无羁之游气。佛教说"刹那生灭"、"念念无住"，这在僧肇看来，犹如

---

① 《肇论·物不迁论第一》，载《中国佛教思想资料选编》第一卷，第142页。
② 同上。
③ 同上书，第143页。
④ 同上书，第142页。

自然界万类现象剧变之烈。而诸法性空，在空（无所执着）之意义上，不仅"动静未始异"、动静一如，而且以"静"为"究竟"。可见，僧肇关于"动静"的般若中观说，还是偏于"主静"的。

当然，这里所谓"主静"的"静"，是指超越于俗称所谓动、静而证悟的那个"本静"、"原静"，并非俗世所谓"动静"的那个"静"，实际指无所谓动、无所谓静的那个"空"。《物不迁论》进而论证，此"本静"、"原静"作为存在的一个逻辑理据：

> 夫人之所谓动者，以昔物不至今，故曰动而非静。……我之所谓静者，亦以昔物不至今，故曰静而非动。①

通常人们说世界万物是运动的，理由在于，因为今物与昔物不一、今昔有变，可证明一切都在运动变化之中。这是一种承认事物之运变同时本具间断性与连续性的动静观。僧肇则认为这是边见。其逻辑是，既然今物、昔物不一，便可证明："昔物不知今"。既然"昔物不至今"，那么，世界万类便"静而非动"。僧肇云："是以梵志出家，白首而归，邻人见之曰：昔人尚存乎？梵志曰：吾犹昔人，非昔人也。"②《物不迁论》的这一比喻，以昔之梵志不等于今之梵志，却称昔之梵志不是今之梵志，而证世界"本静"、"原静"。在哲学、美学上，这实际是将事物发展之时间的间断性绝对化，否认时间的大化流行。《物不迁论》于是总结云：

> 今而无古，以知不来；古而无今，以知不去。若古不至今，今亦不至古，事各性住于一世，有何物而可去来？③

万物古今"不来"、"不去"，便是"性住"。万法"不去不来"，是般若学

---

① 僧肇：《物不迁论第一》，载《肇论》，载《中国佛教思想资料选编》第一卷，第142页。
② 同上书，第143页。
③ 同上。

"八不"中观的观空法之一。佛教有三世说，过去世、现在世与未来世在时间上前后相续，因相续而成果报之联系，此"十二缘起"之论。而僧肇"本静"、"原静"之见，大凡是对传统佛教"十二缘起"时间观的一个颠复。这是学界的一般看法。以愚之见，僧肇"物不迁"说，固然具有颠复印度佛教"三世"缘起时间观的思想倾向，然而，其真正的思想意义在于：所谓"物不迁"的说法，在于强调时的"本静"、"原静"。此"静"，指跳出"十二因缘"之因果轮回的那种状态、境界，实际指中观毕竟空境，正如明代高僧德清《肇论略注·物不迁论》所云，"诸法当体寂灭，本自无生，从缘而生，故无所从来，缘灭散，故去亦无所至。如空中花，无起灭。"万法随缘而生灭，故无生灭，故性空，故无所谓世俗意义之时空、无所谓动静，故"物不迁"。

在美学上，"物不迁"说反复论说的问题是，在这个世界上，究竟什么是"不迁"即"本静"、"原静"的？既然世俗意义的动与静，在源始上就不是相异的，那就必存有一种决定"动静不相异"、"昔物不至今"之果的本因。

僧肇《物不迁论》说："果不俱因，因因而果。因因而果，因不昔灭。果不俱因，因不来今。不灭不来，则不迁之致明矣。"[①]在逻辑上，这是重复了"动静未始异"、"昔物不至今"的推理法。以世俗眼光看，事物是普遍联系的，因果联系是其中之一。有因有果，有果有因。佛教因果论，如十二因缘然，强调众生尘缘未了，不得自在。惟有斩断尘缘，跳出因果之羁绊、滞碍，才得涅槃或入中观之境。《楞伽经》二有云，"一切法，因缘生"。诸法因缘而起，故无自性，故性空。一旦涅槃成佛、般若中道，即无因果业报。可以说，佛教既持因果论又不持因果论。成佛与中道之境本身，所谓"因果"，是被解构了的。僧肇并未否弃佛教因果说，他只是以其"逻辑"，斩断事物有无、古今、去来的因果之链。因虽导果，而果非因，果中无因；果由因起，而因非果，因中无果。故因果无兼。这一"物不迁"之说，实乃般若中观之言。

决定"动静不相异"、"昔物不至今"的本因，究竟美还是丑或无所谓美丑？僧肇未予提出，自然亦没有加以解答。然而问题在于，《物不迁论》又为什么说"动静未始异"呢？在逻辑上，这是从"无分别"这一基本教义对治于世

---

① 僧肇：《物不迁论第一》，载《肇论》，载《中国佛教思想资料选编》第一卷，第144页。

俗动静。就动静而言，世俗之美大凡有三类：动之美、静之美、动静合一之美（按：当然，动、静以及动静合一，也可以不美或丑）。这三大类的美（丑），在《物不迁论》看来，都刹那生灭而虚妄不真；都因"分别"言之而"假号"不真。作为对动静与动静相合之美（丑）观的否定与破斥，有所否定必有所肯定，否则便无所否定。从该否定与破斥之中，便不难体会与扪摸《物不迁论》所肯定的究竟是什么。其意在：斥破世俗动之美（丑）、静之美（丑）与动静合一之美（丑）。肯定"不迁"此一"本静"、"原静"的状态与境界，以《物不迁论》之言，便是"虽动而常静"的那个"常静"，便是唐慧能偈"菩提本无树，明镜亦非台，佛性常清静，何处惹尘埃"的那"常清静"。"清静"实即"清净"，亦即般若中观所谓"空寂"。无有诸相为空；不执起灭曰寂。譬如莲华，儒者比拟于君子人格，"亭亭净植，出淤泥而不染"；道家羡其自然天成，借以悟道（无）；佛释以莲华为名物，象喻佛性，而莲华本身，却并非佛性，亦非空寂，而是"假号"、"施设"、"方便"。莲华之美，可动，可静，亦可动静合一。莲华之美，在于动、静风姿及与此相关的人格比拟，或"道法自然"的喻义之中。然而在佛教看来，世俗莲华之美，以世俗的眼光看，皆虚妄不实、不入法眼的。惟有"谛观"、"禅观"，莲华作为"现量"的对象，才可能是禅寂、禅悦的象征。在僧肇看来，莲华固然有"美"，"美"在已是消解了因果的"动静未始异"，"虽动而常静"之境。

可见，如果说儒家以"动"为美之本原、本体；道家以"静"为美之本原、本体，或者儒、道两家均崇尚"动静不失其时"即动静合一的美，那么佛教所谓有无、动静的"审美"，是以"本静"、"原静"即"常静"为其根因与本体的。其禅悦（包括"美感"），恰恰并非五官所感觉以及俗世之心灵所领悟的那种境界，而是不离于五官及心灵（六根）又同时加以斥破、消解的那种空寂的境界。

论"般若无知"

僧肇参与乃师鸠摩罗什翻译《大品般若经》，译成后自撰一重要佛学论文，便是《般若无知论》。其思想主题，是对世俗意义之"有知"知识论、认识论的怀疑与否弃，提倡般若中观意义的"无知"即"真智"、"真谛"说，它在美学上，相通于审美直观。

在僧肇看来，人类的智慧，假定可以分为"圣智"（般若之智）与"惑智"两大类，则就等于承认，《般若无知论》所言"惑智"（世俗之知），具有与般若同等的人文品格与地位。然而，"惑智"即"惑取之知"，其实是不能认识、洞见世界之真谛及其美学意蕴的。"惑取之智"，建立在主体、客体与主观、客观分别且承认一切事物都具形相的思维基础之上。故此"知"只能是"惑智"。既然是"惑"，则何得称为"智"（般若）？《般若无知论》云：分别所谓知，"取相故名知"。"取相"即滞相、系累于相。这是一个具有关键意义的佛学命题。世俗之知，必以"取相"为思维运动之前提，而世界万相森罗，倘欲执取之，又必以主、客分裂、万物之形相不一为前提。因此，凡"取相"而分别所获之"知"，在僧肇看来，是不可靠而值得怀疑与否弃的。僧肇对世俗之知包括科学认知与人文德性之知，抱着极其不信任与否定的人文态度。

然而，僧肇并不认为这世界及其真谛不可悟入。所谓"惑智"，"惑取之知"，断不可靠，"圣智"（般若之智），照亮了洞彻世界真谛的放大光明之途。僧肇《般若无知论》引述《放光般若经》、《道行般若经》有云：

> 《放光》云："般若无所有相，无生灭相"。《道行》云："般若无所知，无所见"。①

> 信矣！是以圣人虚其心而实其照，终日知而未尝知也。故能默耀韬光，虚心玄鉴，闭智塞聪，而独觉冥冥者也。②

般若之所以为无上之佛慧，因其无执取于世界万象及其生灭且无执于般若中观本身之故。般若无相、无别、无生灭亦即无知。因为"无知"，故"无所不知"，此"圣人（佛，觉者）"般若智慧而"独觉冥冥者"。

此亦即《般若无知论》所谓"圣人以无知之般若，照彼无相之真谛"、"但

①　僧肇：《般若无知论第三》，载《肇论》，载《中国佛教思想资料选编》第一卷，第147页。
②　同上。

真谛非所知，故真智亦非知"①之境。

真智并非一般俗虑所能知者，真正之智慧必非俗知之"惑知"。僧肇的逻辑是，既然世间万有之形相皆为虚妄，既然执取于万相因"有知"而为一歧途，那么，以"真智"观照于"真谛"，此即"不得般若，不见（现）真谛"之必由。

无相、无别亦无生灭，便是般若之智，便是斥破且否弃世俗之"知"的一种境界。般若即无知。

这里，僧肇坚信自己向众生所指明的，是悟得世界真谛的一个正见。其逻辑是，既然世界及其万有形相皆为虚妄不实，既然执持万相、分别是一条死途，那么，以真智（圣智）照彻真谛，此为究竟、必由之路。这也便是《般若无知论》强调"不得般若，不见真谛"的缘故。

般若作为究竟智，具有无上的人文品格。

> 以圣（佛）心无知，故无所不知。不知之知，乃日一切知。故经云："圣心无所知，无所不知"。……若以所知美般若，所知非般若。②

僧肇另一文《维摩经注》亦说："无知而无不知，谓之智也。"

这是将佛教般若智慧证悟真谛的品格与功能，智慧地加以肯定，是建立于佛教信仰基石之上、对治知识论的一种般若中观之说。

僧肇"般若无知"论断言，主体如果执取万物形相，且加以分别（比如分别形相、生灭等），那就只能获得"惑取之知"而非般若之智。"惑取之知"，即众生之知，世俗众生以有知即分别即是非与执相为其思想与思维之特点。般若之智作为真谛，"无知"即无相、无别亦无缘，即离弃于因缘、轮回。否则，还能称之为般若之智么？般若之智，其证悟之人文品格与功能，一般地排斥概念、逻辑与推理。般若本身，难以言语、文字符号加以表述。它是一种难得之

---

① 僧肇：《般若无知论第三》，载《肇论》，载《中国佛教思想资料选编》第一卷，第148、149页。

② 同上书，第147—148页。

直了顿悟的心灵之境，类于西方现象人类学所谓"现象直观"。此正如禅门所云，"言语道断，心行处灭"。人一旦以言语、文字加以描述、论证，甚或对其稍加思索，它便"断"、"灭"而不"在"（being）于当下。般若之智的了悟方式，与世俗思维须以概念、逻辑、推理去进行不一。

有趣的是，当智者如僧肇在《般若无知论》中，严峻而深致地阐述、论证这一"现象直观"式的般若之智时，其实般若之智本身，本不"在"于僧肇言说之当下。然而，僧肇又不得不运用一系列概念、逻辑与推理这一"惑智"（俗知）方式，来论证其"般若无知"的"真理性"，岂非二律背反、自相矛盾？

关于"般若无知"之"智"的论述，却遮蔽"般若之知"本身。"智"，并非"般若无知"。说"般若"者"般若"即非"在场"。所谓"般若之智"，既不可思议、不可言说，又必须加以思议、言说，"说似一语即不中"，"过尽千帆皆不是"。却总也思而又思，千语万言，固然永无抵达于终极之时，仍不舍于此。此正是僧肇等佛门中人与一切凡夫俗子，所不得不面对的一种语言困境、哲学尴尬与美学景观。

无论僧肇抑或所有大德高僧，便也"命里注定"，须与般若之智达成佛学也是语言哲学、语言美学的一个"妥协"。即以佛教所谓"权智"来言说"般若"。"权智"即"方便"意义之"智"。"方便"者，"不得已而求其次"之谓。佛典、教义等一切言说，皆为"权智"之言而非般若之智的本"在"，却又不得不思、不得不说，从而可能趋于般若所摄之境。就连笔者这里试图加以研究之中国早期佛教美学史的这一小著，如能叩响"实相般若"之禅门，大约亦至多只是无奈地停留于所谓"文字般若"之境地而已吧。

僧肇毕竟是僧肇，作为"解空第一"者，其般若中观之说，有如罗什所译龙树《中论》"因缘所生法，我说即是空。亦为是假名，亦是中道义"，亦空亦假亦中，又非空非假非中。空、假、中三维，既二律背反，又合二而一。这便是"般若无知"的语言呈现。离弃于空、有（假有）二边而说"中"，且无执于"中"（因为中亦假名），谈空说有而非空非有。其言说之重点，固然在于离弃空、有而无执于"中"。从"中"观悟，称"般若中观"，悟入于无知即无相、无别、无缘之境，斥破有知即有相、有别、有缘。《般若无知论》云：

> 缘法故非真，非真故非真谛也。故《中观》云："物从因缘有，故不真；不从因缘有，故即真。"今真谛曰真，真则非缘。①

诸法因缘生起，并非真实。虚妄不真，不得真谛。诸法因缘生起而称为有（假有），因缘生起不得中道实相；因缘假有自非中道，中道非假非真而即假即真。中道实相，既因缘断灭，又无累于空。

以般若之智观照真谛、真实，自与俗知（"惑知"）相关，否则，般若之智又怎么由现象所显现、所证知呢？般若之智并非与俗世、俗知绝然无涉。然而，真谛不是俗谛，般若之智并非俗知。不能误将般若之智等同于俗知（"惑智"）。企图从一般的佛教因缘论求中道实相，是将中道实相等同于一般的空幻之境了。而绝对离弃因缘，又不得真谛。这是说，有知无知，即有相无相、真谛俗谛与俗知圣智，等等，都是非一非二、亦一亦二，非彼非此、亦彼亦此之双非双照、双照双非的中道关系。

中道实相如何可能？

假定般若之智"唯照无相"，那么一旦离弃于世界万有，又何能称为无相？无相总是对于万有之有相而言的，反之亦然。倘然只承认般若无相，那么离开这世界万有，也便无所谓无相。不要指望在世间、轮回泥淖之外去证印什么解脱即理想之境。"唯照无相，则无会可抚"②。绝对的无相无知，则哪里谈得上什么"无知"者便"无所不知"？

《般若无知论》的结论是：

> 真般若者，清净如虚空，无知无见，无作无缘。斯则知自无知矣，岂待返照然后无知哉？③

---

① 僧肇：《肇论·般若无知论第三》，载《中国佛教思想资料选编》第一卷，第149页。

② 《刘遗民书同附》，载《肇论·般若无知论第三》，载《中国佛教思想资料选编》第一卷，第156页。

③ 僧肇：《肇论·般若无知论第三》，载《中国佛教思想资料选编》第一卷，第148页。

一般的佛教因缘论，固然不是般若中道观。般若之智，是对于因缘的断灭与断然拒绝，否则并非般若之智，此即所谓"般若无知"。然而，般若智又并非与"缘"（因缘）绝然无涉，般若、真谛固然"非知"（无知），却是"照缘而非知"，中道与因缘的关系，确系双非双照、双照双非。

在美学上，僧肇的"般若无知"论作为般若中观之见，令人意外地触及了美学的一根神经，这便是审美直观。

审美直观，大凡亦可称为现象直观。指审美主体不直接依凭一定概念、逻辑与推理而刹那实现之对于审美对象的审美观照。审美直观实现之时，排除显在之实用功利、理性分别、是非判断和机巧心理等心灵因素，拒绝知识、理性之类的直接参与，不直接表现为一定概念、逻辑与推理的思考方式，其人文时间特性，是"当下立见"，亦可谓"放下屠刀，立地成佛"。有如欣赏"亭亭净植"、"出淤泥而不染"的莲华之美，为当下、刹那实现的审美直观，无主客、物我之分别，也暂时排除柴米油盐、荣辱得失、功名利禄等念想，主体的心灵心境，突然沉浸、洋溢与融和于在主客，物我浑一愉悦、幸福、温馨或崇高、净化等的精神氛围之中。无功利、无目的、无物欲、无分别、无是非、无机心，是审美直观之典型的心态与心境，这相通于僧肇所倡言的"般若无知"之境，或曰"般若无知"相通于审美直观亦可。

首先，审美直观也是一种心灵的"无知"。它直接排拒世俗意义上的功利心与知识理性意义上的分别心，有类于般若禅悟。在中国美学史上，关于审美直观的瞬时发生与实现问题，首先为老庄道论的美学所揭示。审美直观的无欲无知，意味着主客、物我浑契，归趣于虚无，此正如通行本《老子》所谓"致虚极，守静笃"，《庄子》所谓"心斋"、"坐忘"。

《庄子·人间世》有云，"闻以有知知者矣，未闻以无知知者也。"[①]这里，庄生对俗世仅知"有知知者"而不悟"无知知者"的状况感到不满。所言"无知"之"知"，指以虚无为精神归趣的审美直观。"无知知者"的意思是，"无知"作为虚无之道，通于审美，是一种有别于儒家世俗意义的"知"（孔子仁学

---

① 《庄子·人间世第四》，载王先谦：《庄子集解》卷一，《诸子集成》第三册，上海书店，1986，第24页。

意义上的"智"①）。当老庄所谓"智者"发生、实现审美直观之时，其审美心灵的状态、氛围与境界，无疑是对虚、无的执著。

尽管僧肇所言"无知"一词源自《庄子·人间世》，但其所指意涵不同于《庄子》。《庄子》的"无知"指虚无之境，僧肇的"无知"，指般若之智即般若中观。两者的人文素质，内涵与品格是不同的。正如《华严经随所演义钞》卷一所说，此佛家所谓"借语用之，取义则别"。

作为无知有知即无相有相、真智惑知等双非双照、又非又照关系的僧肇"般若无知"说，其本身有包含关于人类"知"问题之整体与幽微的思考和成果。

人类认识世界、观照美与人自己等一切事物现象，不可以没有"知"，此大凡指人感性及由感性升华之理性认知。从世俗角度辨析，知性，人之本性的重要构成。人之所以为人，首先是因为人本具知性，"知"乃人之性命所在。人倘若无此"知"，则兽性、则非人。人知性之生成，即知识之获取。人获取知识有一前提，即必主客、物我判然有别。即生分别心、是非心与机巧心等尘心。知识催醒人的主体意识。主体意识是以双刃剑。一则促成人的自我觉醒、自我认同，其中包含一定的主体审美心灵条件；一则令欲望、分别、是非与机巧之心滋张，这又有违于审美。对于审美而言，却不可直接有"知"又不可无"知"。前者，指欲望、分别、是非、机巧等不可直接参与；后者，指由历史地生成之人的主体意识，审美须一定的主体心灵条件，如果一定的主体意识未曾启蒙、觉醒，那么审美不可能发生。有如孩提，其在襁褓之中、童蒙未开、知识及主体意识未获生成，遑论审美？一旦长成已备一定值主体、主观条件，有时时陷于分别、欲望等心灵牢笼而悖于审美。故大凡审美，正如《老子》所言，"见（现）素抱朴，少私寡欲"。素者，未染之丝；朴者，不析之木。此指"涤除玄鉴"之境，通过祛蔽，刹那重现被欲念与分别、是非、机巧之心所"污染"的人之原朴本性。此即所谓"道"之境。其间，如果将"私"与"欲"，理解为知识主体、功利实用主体即"有知"之"知"的心灵因素，那么，直接之

---

① 按：《论语·雍也篇》云："子曰：'智者乐水，仁者乐山。智者动，仁者静。智者乐，仁者寿。'"

"私"之"欲"，必当排除在审美之外，或曰审美被抑制而不能真正地发生。故老子这里所说的"少私寡欲"，与审美不能契合，应当说，审美必"见素抱朴"而"无私无欲"，这是指审美直观发生时，直接的"思"、"欲"作为"知"不"在场"。《庄子》云，道者，"素朴而天下莫能与之争美"①。值得注意的是，此指直接、瞬时的审美之境。从审美现象看，已将知识、分别即"有知"之"知"及欲念与计巧等尘心刹时"涤除"干净。可是须要再次提醒的是，审美发生时，固然直接之"私"、"欲"不"在场"，这不等于在间接意义上，"私"、"欲"等心灵因素不参与审美过程而发挥其作用，它是作为审美心灵蕴涵、氛围与背景而"在"的。就此意义而言，老子所谓"少私寡欲"，又与审美现象契合。

然而，僧肇所谓"般若无知"又与老庄所谓道"道"即"无知"自当有别。两者的根因、根性有别。前者为空而后者为无。这是必须加以强调的。不过正如前述，僧肇的"般若无知"，指中道实相，为中观之境，不是一般佛教教义如涅槃成佛论所言的"空"，更并非所谓"恶趣空"（顽空）。

从儒、道、释三学之各别人文、哲学思维与思想审视，三者所言审美，殊有差异。

其一，儒家谈审美，不弃于"有"（有知），一般非指刹时发生的那种审美直观，而是指与礼、仁（道德伦理）的历史实践所相容的道德之审美。这审美，一是指，当道德趋于完善，在一定条件下，可能走向审美，如先秦孔子所言"智者乐水，仁者乐山"和荀子"虚一而静"然。"道德作为本体"，审美是"可能"的。如道德意义上的"幸福"与"崇高"，通于审美。"幸福"感与"崇高"感，两栖于道德与审美；二指在历史长河与生活实践中，由于儒道释三学的逐渐融合，在儒家思想体系中，包含着道、佛所主张的美学见解及其与儒家审美论的融合。儒家关于审美问题，整体而言，以"有"为宗要，一种关于一般地不离于经验生活、生命的审美论。此美以及审美在何处？一般地在人的五官所能感觉、把握与判断的经验事实与事情之中，有可能升华的种种精神现象之中，与人格的完善相结合。

---

① 《庄子·天道第十三》，载王先谦：《庄子集解》卷四，《诸子集成》第三册，上海书店，1986，第82页。

其二，道家所说的美及其审美，在于与儒家之"有"相对的超验之"无"。假定将儒家所肯定的经验世界及其美与审美"悬置"或曰"放在括号里"，这世界与美、审美作为"存在"，便是"无"的境界。"无"即"存在"，相系于美与审美。审美直观，就是当下立现之"在（道，无）"。"无"之美与审美，作为本体之现象，可缘象而体会；作为现象之本体，即老子所言"象罔"，亦《庄子》"庖丁解牛"篇所言"无听之以耳，而听之以心"、"以神遇，而不以目视"①。这是指超越儒家之"有"、超越经验层次之老庄式的"无知"之美与审美。

其三，那么，假定将儒之"有"和道之"无"及其美与审美"放在括号里"加以"悬置"，试问，这世界及其美与审美又究竟如何可能？答案只有一个：这世界只"存在"一个"空"。"空"之可能的美与审美，是消解"有"、"无"之美与审美之瞬时所呈现的一种境界意蕴。此乃斥破世俗之"有"（入世）、"无"（出世），又必与"有"、"无"构成双非双照、亦非亦照之关系，不啻可以看做以"般若无知"所顿悟到一种原美。它是离弃顽空与有（包括儒家所谓"有"即入世、道家所谓"无"即出世）的两边，即非空非有而"中"、又无执于"中"之境。此境，无生无死、无是无非、无善无恶、无染无净、无悲无喜。有如唐王维《辛夷坞》"木末芙蓉花，山中发红萼。涧户寂无人，纷纷开且落"和《山中》"山路原无雨，空翠湿人衣"那般的太上无情且意蕴葱郁。

正如本书前述，比如穿鞋，儒家以穿鞋（遵循经验事实、伦理规矩等）为自由为美（有）；道家以不穿鞋、纯为天足为自由为美（无）；佛家则云，鞋及人之穿与不穿，均虚妄不实，都是空的，而佛教般若中观、僧肇"般若无知"论，主张无所谓空无所谓有、离弃空有两边为中、又无执于中的那种自由与美，其"在"于"此"即"当下（中）"又未执于"此"即"中道实相"之境。

"般若无知"作为"中观"，是解构儒的经验之有，道的超验之无，进而解构大乘有宗涅槃佛性论执空之见，与空宗无执于空的中道实相之智。无执于空

---

① 按：《庄子·天地第十二》："黄帝游乎赤水之北，登乎昆仑之丘，而南望还归。遗其玄珠，使知索之而不得，使离朱索之而不得，使喫诟索之而不得也。乃使象罔，象罔得之。黄帝曰：异哉！象罔乃可以得之乎？"《庄子养生主第三》："始臣之解牛之时，所见无非牛者。""方今之时，臣以神遇，而不以目视，官之止而神欲行。"（王先谦：《庄子集解》卷三，第71页；卷一，第19页，载《诸子集成》第三册，上海书店，1986）

即"般若无知"。其所为原美，确"在"于"中"即当下又非滞累于"中"，为一"直观"。此正如前文所引龙树《中论》"三是偈"然。因缘生起之法（一切事物现象及美与审美等，此指儒、道有、无）固然为空，而此空仅为假名，故须离弃空、有两边斥破"边见"又无执于"中"（"中"亦假名）。

就"般若无知"相通于美与审美直观而言，"般若无知"所领域的中道实相，正如前述，其作为现象之本体，固然无可执着；作为本体之现象，又可能缘象而悟入，这便是世上一切禅诗之美与审美之魂所在。般若中观以为，一切审美与艺术审美现象，皆为"假名"。审美直观，必缘此假名而悟入，此则"无知"矣。一切美与审美的本体与现象之关系，确可借用庄子之言云："非言非默"，而又亦言亦默。

应当再次强调的是，在美的现象与审美中，被瞬时所消解的概念、逻辑和推理等知识理性以及前文所述那些功利、是非、分别等尘心，并非毫无意义，其如直接参与，必阻碍审美直观而为非审美，然而，凡此人文心灵因素，又是一切审美包括"般若无知"、审美直观之不可或缺的心灵蕴涵和背景，否则，般若中观、审美直观亦断不可能。者确如古人有云，譬如"蜜中花，水中盐，体匿性存，无痕有味"。

要之，僧肇《般若无知论》一文的美学意蕴，在于解构儒有、道无①之时而"当下"所"在"之空境又无执于此空，在于离弃空、有即"中"又无执于"中"性之境。

僧肇所说的"般若无知"与先秦老庄所说的虚、无意义的"无知"以及出世间与世间等等，实际是一种非二非一、双非双照的中道关系。"般若无知"固然并非一定是审美直观，却又并非一定之非审美直观，正如出世间并非世间、同时又非绝对出世一样，反之亦然。这种中道关系，就"般若无知"而言，就是前文所论说的"照缘"。

在此意义上，具有双非性的"般若无知"与审美直观，同时具有双照性。因而，般若无知并非一定是审美直观、却又与审美直观相契相融。

这意味着，僧肇所倡言的"无知"，实际指般若与儒有、道玄与空幻之际

---

① 按：此二者，皆具世间性，佛家通称"有"（假有）。

的一种精神境界，其人文意蕴，在儒有、道无、佛道之际，且以儒之有为背景。如果说，老庄所言说的道家"无知"是虚无之美与审美的话，那么僧肇所称述的"般若无知"的美与审美，在佛与道、空与无之际。浸淫于佛禅空幻之理想，深受魏晋玄学玄无之道的影响，又以否弃儒有、道无与顽空的态度与方法，是僧肇"般若无知"美学观的一个基本特点。

论"涅槃无名"

僧肇《涅槃无名论》一文云：

> 夫众生所以久流转生死者，皆由著欲故也。若欲止于心，即无复于生死。既无生死，潜神玄默，与虚空合其德，是名涅槃矣。既曰涅槃，复何容有名于其间哉？斯乃穷微言之美，极象外之谈者也。①

何谓"涅槃"？僧肇的答案很是简了：心灵之了断生死即是。涅槃汉译为灭，灭即了断于生死。灭诸生死烦恼、造作虚妄，离相而入寂静之境。此境，不可言说且不可思议，原本超言而绝象，而又不得不思之言之，这便是"涅槃无名"论之宗要。它与美学的关系，确在于"斯乃穷微言之美，极象外之谈者也"。

涅槃分"有余"和"无余"两类。《涅槃无名论》"开宗第一"云："经称有余涅槃、无余涅槃者，秦言无为，亦名灭度"。有余涅槃，未究竟之涅槃，断灭生死烦恼之因而未断果报身之因果；无余涅槃，彻底斩断三界烦恼、一切因果之链、因果之境。

《涅槃无名论》又说，涅槃者，"寂寥虚旷，不可以形名得；微妙无相，不可以有心知。""然则言之者失其真，知之者反其愚，有之者乖其性，无知者伤其躯"。因而僧肇认为，涅槃"无相"即"无名"，这是首先对于无余涅槃而言的。"无余者，为至人教缘都讫，灵照永灭，廓而无朕，故曰无余。"然而"无名"论，并没有将有余涅槃彻底排除在外，是何缘故？其一，"有余

---

① 僧肇：《肇论·涅槃无名论第四·奏秦王表》，上海佛学书局影印宋本，载《中国佛教思想资料选编》第一卷，第157页。

无余者，盖是涅槃之外称，应物之假名耳"。有余、无余之境界不一，其言说，皆为假名。在假名这一点上，二者并无差异；其二，从有、无的联系看，"涅槃非有亦复非无，言语道断，心行处灭"，"果有其所以不有，故不可得而有；有其所以不无，故不可得而无耳。"①涅槃的无论有余、无余，都系于世俗有、无而超于有、无。许抗生说："说涅槃为有，然已超越了生死，五阴（色、受、想、形、识五阴构成人的生命）永灭；说涅槃为无，然其灵知独照而不竭。五阴永灭与'道'（宇宙之真谛）相同，故其体虚而不改，所以不可为有；然而其'幽灵不端'，'至功常存'，所以又不可为无。因此涅槃应是超越了有无，泯灭了称谓，不可以有无来题榜的，涅槃只能是非有非无的，超言绝象的"②。如果仅从有无之关系看，此有无仅关涉于俗谛：

> 有无之数，诚以法无不该，理无不统。然其所统，俗谛而已。经曰：真谛何耶？涅槃道是。俗谛何耶？有无法是。③

因而，涅槃关乎有无而并非有无本身。"别有妙道妙于有无，谓之涅槃"，"而曰有无之外别有妙道，非有非无，谓之涅槃。"④

《涅槃无名论》设问，"论旨云涅槃既不出有无，又不在有无。不在有无，则不可于有无得之矣；不出有无，则不可离有无求之矣。"这岂不是涅槃"有名"了么？答案是"夫言由名起，名以相生，相因可相，无相无名，无名无说，无说无闻。经曰：'涅槃非法非非法，无闻无说，非心所知'。""然则玄道（按：指涅槃）在于妙悟，妙悟在于即真，即真则有无齐观，齐观则彼己莫二。"此即"妙存"即涅槃。涅槃有无莫二、不在有无而不出有无，超于有无。这里，《涅槃无名论》的佛学旨要与美学相关处在于：

① 僧肇：《肇论·涅槃无名论第四·越境第五》，载《中国佛教思想选编》第一卷，第158、158、158、159、158、158页。
② 许抗生：《僧肇评传》，南京大学出版社，1998，第226页。
③ 僧肇：《肇论·涅槃无名论·越境第五》，载《中国佛教思想资料选编》第一卷，第161页。
④ 僧肇：《肇论·涅槃无名论第四·越境第五》，载《中国佛教思想资料选编》第一卷，第161页。

其一，僧肇该文内容，主要有所谓"九折十演"①，即逐一论析关于涅槃的九个问题。加上文前上奏秦王表一文，凡十九节。其主题，在于讨论、分析涅槃究竟无名、有名及其品性与如何成就涅槃正果。正如前述，果然涅槃与有无相关，而涅槃"无名"还是"有名"，是否可被言说，值得一辨。僧肇断言："涅槃无名"。"无名"一词，源于通行本《老子》"道可道，非常道。名可名，非常名"与"大象无形，道隐无名"句。道作为世界万物现象之本原本体，不是不可以言说的，而一旦言说，却并非那个本原本体的恒常之道，道，不"在"言说之当下；道，自当可勉强地给以命名②，而一旦命名，道即不"在"。道无"常名"。涅槃并非道家之"道"，也不能说是事物的本原本体。

涅槃乃是以佛家之言所表述的人类之一大绝对理想之境。因为是理想，其中蕴含一定的美与审美因素。关于美，可以言说的，仅是世间无数美的东西。而美的东西的本原本体，即古希腊柏拉图所谓"美本身"，几不可言说，因而称"美是难的"③。认为只有作为"上智"的少数"哲学家"可以"理解"与言说"美本身"，作为"多数"的"下愚"是不能的。这与中国先秦《老子》所言不尽相同。般若"无知"、"无名"，同样同时包含既不可言说又必加以言说这两个义项。以指指月④，指非月，月非指。指为能指，月为所指，两者非一

① 按："九折十八演"为"'开宗'第一"、"'核体'第二"、"'位体'第三"、"'征出'第四"、"'超境'第五"、"'搜玄'第六"、"'妙存'第七"、"'难差'第八"、"'辨差'第九"、"'责异'第十"、"'会异'第十一"、"'诘渐'第十二"、"'明渐'第十三"、"'讥动'第十四"、"'动寂'第十五"、"'穷源'第十六"、"'通古'第十七"、"'考得'第十八"和"'玄得'第十九"。

② 按：通行本《老子》第二十五章云，"有物混成"之"道"，"吾不知其名"，只能"字之曰道"，"强为之名，曰'大'（按：太之本字）。"

③ 按：柏拉图《国家篇》云："另一种（引者按：这里，柏拉图指少数哲学家）能够理解美本身，就美本身领会到美本身，这种人不是很少吗？"柏拉图《大希庇亚篇》云，"一切美的事物有了就成其为美的那个品质（按：指"美本身"）"（[古希腊]《柏拉图全集》卷四，人民出版社，2003）。

④ 按：《大智度论》云："如人以指指月，以示惑者，惑者视指而不视月。人语之言，我以指指月令汝知之，汝何看指而不看月？此亦如是。语为义指，语非义也。"见《大智度初品中十方诸菩萨来释论第十五》，载《大正藏》第二十五册，"般若部类"，[印]龙树菩萨造、鸠摩罗什译《大智度论》卷九，P0125b。

而非二，非二而非一。智者以指指月，月者有如涅槃，涅槃本身"无思"、"无名"。涅槃与涅槃之名言，此二者不一。有如月与指不一，故不可将涅槃与涅槃之名言相等同；涅槃与涅槃之名言，既不一又不二，有如以指指月，如无指，则何以指月？指固然并非月，然而尚无指，月又在哪里、哪里是月即月之安"在"（bing）？因而，涅槃又因涅槃之名言得以"方便"。这便是《大智度论》所谓"义"（所指）与"语"（能指），亦即《涅槃无名论》所谓"涅槃"与"说涅槃"二者，是"无名"与"有名"、所指与能指的关系。与此相涉的美与美的东西，或称美与美之现象二者的关系，也是如此。涅槃作为理想，蕴含着美的本原本体因素，或可称为原美，此则朗朗然之月也，真谛也，可指、可望而不可及；涅槃修持及涅槃名言，以指指月之谓、摄求之谓，俗谛也。"不在有无"而"不出有无"，其修持，其过程，其审视，其名言，可能有美的现象与审美因素"妙存"于此，但并非"美本身"。

其二，关于顿悟、渐悟，作为成佛、涅槃的方式问题，在中国佛教史上的思辨与论析，最著名而重要的，为晋宋之际的竺道生。在此之前，有僧肇《涅槃无名论》"诘渐"、"明渐"等关于渐悟问题的诘问与阐述。僧肇持渐悟之论，与其师鸠摩罗什略同。其主要理由有四：一，涅槃本身圆融无碍，而"三乘"[1]之于修道之众生，因结缚过甚未能一次顿了，"结是重惑，而可谓顿尽，亦所未喻。"故须渐悟。二，涅槃妙境固然无别，而其道蕴无限，未能一次顿尽。"况乎虚无之数，重玄之域，其道无涯，欲之顿尽耶？""为道者，为于无为者也。为于无为而曰日损，此岂顿得之谓？"[2]三，众生悟力不一，三乘修持果位有别，意气"量"有限之故，未能顿尽。"三乘众生俱济缘起之津，同鉴四谛之的，绝伪即真，同升无为（按：涅槃），然其所乘不一者，亦以智（按：般若智）力不同故也。夫群有虽众，然其量有涯"；"夫以群生万端，识根不一，智鉴有浅深，德行有厚薄，所以俱之彼岸而升降不同，彼岸岂异？异自我耳。"[3]四，众生经"七住"已始涅槃而终未圆成，仍须进修"三阶"，为渐悟之以反证。可见，僧肇作为一个坚定的渐修、渐悟论者，显然与竺道生首倡且

① 按：大乘所言"三乘"，为声闻（小乘）、缘觉（中乘）、菩萨（大乘）之总名。
② 僧肇《肇论·涅槃无名论第四》，载《中国佛教思想资料选编》第一卷，第164页。
③ 同上书，第166页。

持顿悟说有异。

僧肇《涅槃无名论》的专论"无名"，所谓"言语道断，心行处灭。"[①]在佛教哲学、佛教美学上，属语言哲学、语言美学范畴。言说"无名"而倡言渐悟，其理由为四，且以第一理由为最重要[②]。值得在此简略讨论的，是佛教渐悟与审美之悟的关系。

在美学上，大凡审美之主体心灵，一旦进入审美境界，或曰实现为审美，则意味着悟。其悟之心灵结构与氛围、底蕴，必与一定现象的观照、感受、直觉、体验和领会等相联系。其间，必有静态而平和、即暂时"忘"去是非、善恶等因素之情感等的参与。康德从无功利的功利、无目的的目的、无概念的普遍和无概念的必然等四方面，揭示了审美判断的内在心灵结构、氛围与底蕴。审美总是当下的、在场的。审美，全神贯注于对象，此之所谓"凝神观照"；其时，宁和的心灵、心境必不可缺，大悲、大喜、狂躁、妒忌和阴郁等心境条件，必不利于审美，此之所以"生气灌注"；审美情感或曰美感，作为人之愉悦、幸福、崇高甚而灵魂之净化的情感方式，是一种基于且超越于人生理快感之全人格的感动，因而，其历史和人文的内核是悟。

悟，指精神的解放、心灵的觉醒。佛教是最讲"悟"的宗教。作为对于世界真理、真谛的领会，主要由于悟之时间性与阶位的不同，而可分渐悟、顿悟两类。小乘讲渐悟，大乘渐、顿互说。三乘之二的声闻、缘觉，尚谈不上真正的"悟"。自无始以来，惟有大乘菩萨之无漏种子，越声闻、缘觉之位行而直了菩萨之果性，是为顿悟，顿悟刹时实现；菩萨之无漏，须经声闻、缘觉二乘果位、自浅而深、逐渐成就菩萨，是为渐悟，多次圆成而非功其毕于一役。在时间性上，渐悟是一个历时性的悟，它是具有时段性的。

暂且勿论顿悟。渐悟作为审美之悟的方式之一，在个人审美经验中，由于其经验是一个累积过程，经验有丰欠，学养须积累，悟力往往随之增强或减弱，故审美渐悟不可避免，而且是历时性即具有时段的；就一个民族、时

---

① 僧肇：《肇论·涅槃无名论第四·开宗第一》，载《中国佛教思想资料选编》第一卷，第158页。

② 按：《文殊师利问疾品第五》，僧肇：《维摩经注》再次强调这一点。其文云："群生封累深厚，不可顿舍，故阶级渐遣，以至无遣也。"

代而言，其审美的实践及经验，同样也是一个历史性过程，这里，充满了可能而必然的渐悟。无论个人或群团的审美之悟，都可以是一个渐进过程。这里，充满了传播、影响、回互甚或倒退，是实践、经验的不断积累甚或反复。而且，审美之"慧海"广深无比，任何对于事物现象包括审美现象的观照，不可能一次完成，或者说，完成了一次，不能保证就不会有第二、第三次直至无数次。所谓悟境，总是处于不同的历史与层次，它们无穷无尽。审美之所以可能实现为"悟"，是因为此悟之智慧内核，实际为熔融于意象之中的理性和理解力，被称为悟性的那个东西，是被把握到的现象与本体、思性与诗性的相互渗融。这里，无论佛教所谓渐悟的悟，还是审美之悟，决定此悟之广度和深度的，实际是那个与诗性相融的思性，或者可称之为识性、认识力，也是一个历史的成果，这一成果，永远不会彻底成熟。可见，无论僧肇所谓渐悟，抑或历史性审美之悟，都是"未完成时态"式的，都永远"在路上"。当然，同样是渐悟，佛教所言，离弃且不离于世间，而以究竟之智，悟于空幻、中道实相；审美的悟，悟在生活真理、真实。前者悟于涅槃、中道，后者悟于万类意象的底蕴。

关于渐悟问题，在僧肇所著的其它一些佛学篇什中，亦往往论及，它有时与美、丑观念联系在一起。兹以《答刘遗民书》一文为例。该文有云：

> 君既遂嘉遁之志，标越俗之美，独恬事外，欢足方寸，每一言集，何尝不远。[1]

这是以"越俗之美"，称许刘遗民的"嘉遁之志"、"独恬事外"。所谓"越俗"，超越、舍弃于世俗之谓。"越俗"的"俗"，指儒的"有"与道的"无"此类人生之境。因而僧肇所言"越俗之美"，指般若中道之"美"。僧肇曰：

> 公以过顺之年，湛气弥厉，养徒幽岩，抱一冲谷，退迹仰詠，何美如之？每亦翘想一隅，悬庇霄岸，无由写敬，致慨良深。君清对终日，快有

---

① 僧肇：《肇论·答刘遗民书》，载《中国佛教思想资料选编》第一卷，第151页。

悟心之欢也。①

这是以敬畏、崇仰之心，称"过顺之年"（按：六十多岁。《论语》子曰："六十而耳顺"。）的慧远幽居于庐山的崇佛之"美"，并说，这是人间其它的美所难以比拟的。又称"君"（刘遗民）作为居士的"悟心之欢"。什么是"悟心之欢"？只有领悟般若空境之真谛者，才得体验。又称颂云：

> 并得远法师《三昧咏》及"序"。此作兴寄既高，辞致清婉，能文之士率称其美。可谓游涉圣门，扣玄关之唱也。②

此"美"，首先并非仅指文篇辞澡之美，此从"游涉圣门（佛门）、扣玄关（般若之境）之唱"一言可知。此"美"非比寻常。僧肇进而又有"妙尽"说。

> 疏曰：谈者谓穷灵极数，妙尽冥符，则寂照之名，故是定慧之体耳。
> 言象莫测，则道绝群方；道绝群方，故能穷灵极数；穷灵极数，乃曰妙尽；妙尽之道，本乎无寄。夫无寄在乎冥寂，冥绝故虚以通之；妙尽存乎极数，极数故数以应之；数以应之，故动与事会；虚以通之，故道超名外。③

"穷灵极数"，指深契于中道实相、涅槃之境。"妙尽"，指悟道到了极致。极致的佛道，"妙尽冥符"，便是"寂照"；"妙尽之道，本乎无寄"，指离弃空、有二边且无执于中道；所谓"道超名外"，此即"无名"，指般若中道，它不是"名"也不在"名"中，因而超乎"名外"；而中道本身，亦一假名，未可执取。这也便是"妙尽"之"美"。

在中国美学史上，"妙"是一个活力四射且隽永有味的美学范畴。它由通行

---

① 僧肇：《肇论·答刘遗民书》，载《中国佛教思想资料选编》第一卷，第151页。
② 同上书，第152页。
③ 同上书，第152、153页。

本《老子》首先提出，所谓"玄之又玄，众妙之门"。老子所言道，作为本原本体之美，是天下万类"众妙之门"，可见道是一种"根本妙"。这里，僧肇以"妙尽"称言佛教般若空境，是借道玄（无）的"妙"，来称佛之空幻寂照及般若之"美"。般若中观的"妙尽"，既然已借老子道玄之"妙"这一概念，则可证中国的般若中观，已经沾溉于道玄之"妙"这一假名，又无滞累于此；沾溉于"空"这一假名，亦无滞累于此；而所言中道实相，亦不执著。这用僧肇《维摩经注》的话来说，叫做"道之极者，称为菩提"，"故其为道也，微妙无相"，在佛教美学上，可用"美恶齐旨，道俗一观"①来加以描述。

最后还需指明，僧肇佛学的基本思想，在大乘空宗般若中观之学，从其四"论"看，基本如此。僧肇说：

> 如来去常故说无常，非谓是无常；去乐故言苦，非谓是苦；去实故言空，非谓是空；去我姑言无我，非谓是无我；去相故言寂灭，非谓是寂灭。此五者，可谓无言之教，无相之说。②

从中观看，"说无常"不等于"是无常"，"无常"是"说"意义上的关于无常的一个假名，并非无常本身。余皆类推："言苦"、"言空"、"言无我"与"言寂灭"，不等于"是苦"、"是空"、"是无我"与"是寂灭"。僧肇所论，大凡属于般若中观之言，所谓"无言之教，无相之说"，如是如是。惟《涅槃无名论》宗要，以"涅槃无名"为题，属于涅槃佛性论的佛学范畴，与般若中观说有别。即便如此，僧肇论"涅槃"，在其思维思想上，依然是"般若中观"式的。该文言说"无名"，皆从有无、有名无名、真谛俗谛与动静等不落二边来加以言说、辨析。可以从《涅槃无名论》所言"有者有于无，无者无于有"、"所以处有不有，居无不无，故不无于无；处有不有，故不有于有"、"涅槃非法非非法，无闻无说，非心所知"见出。正如前引，僧肇《注维摩诘经》有"渐悟"说，且论"佛无国土"头头是道，所谓"法身无定，何国之有"、"无

---

① 僧肇：《维摩经注·弟子品第三》，载《中国佛教思想资料选编》，第178、172页。
② 僧肇：《肇论·维摩经注·弟子品第三》，载《中国佛教思想资料选编》，第175页。

定之土，乃为真土"，的确将涅槃佛性论"般若中观"化了，该文的佛教美学因素，应作如是观。

第六节　佛教理趣与晋人风度

晋人风度究竟指什么？拙著《中国美学的文脉历程》，曾以"审容神，任放达，重才智，尚思辨"十二字加以概括。据刘义庆（403—444）《世说新语》所述有关资料，该书称晋人风度具有"容神之美"、"任其自然之美"、"率真重情之美"、"巧辞灵思，智慧俊拔之美"、"雅量、无私之美"与"生命悲慨之美"[①]等六大方面。刘义庆其人，生年在东晋末与南朝宋初之际，彭城（今徐州）人氏，另著《徐州先贤传》、编《幽明录》与《宣验记》等。现存《世说新语》此书，记东汉末至两晋士人风度、品行与思想风貌等，状物述事写人，每每要言不烦、传神而有蕴味。该书是今人研究晋人风度美学问题的重要资料之一。

晋人风度，远承于东汉末（三国魏）的士人人格，其中何晏、王弼、嵇康与阮籍等辈的风度修为，已得时风之先。成名稍晚于"建安七子"的"竹林七贤"，除嵇康、阮籍外，还有山涛、向秀、刘伶、王戎与阮咸，均为西晋前人物。因而，这里所言晋人风度，假如从其人文之源头算起，亦即魏晋风度，而时至两晋尤其东晋，随着中国佛学的进一步深入推进，晋人风度中的佛学因素，更为显明。

时人评说、研究晋人风度，重视其玄学意义之人格的玄远、淡泊、自然、潇洒与愤世等品行，追摄其"尚无"这一哲理、美韵的本体诉求，固然不谬。然而，如果忽略晋人风度的佛学因素诸问题，则亦难体会、把握晋人风度的人文真谛。

这种佛学因素，作为晋人人格、风度与修为的重要构成，可有诸多方面。其中重要之点，是深受佛教影响的悲慨情性，由悲慨而放逸之特有的苦空意蕴，熔铸中国美学关于人格美的悲剧意识，而言说辩难的思维方式，有传统名学与

---

① 王振复：《中国美学的文脉历程》，四川人民出版社，2002，第395—405页。

入渐的印度佛学逻辑因素的影响。

魏晋之时，名士辈出。且不说先有曹魏时期的"建安七子"，以孔融、陈琳、王粲、徐干、阮瑀、应场与刘桢等为代表。南朝梁刘勰《文心雕龙·时序》云，观"七子"之"时文"，犹其人品、风度然，其"雅好慷慨，良由世积乱离，风衰俗怨，并志深而笔长，故梗概而多气也。"①且不说曹魏正始年间及稍后，何晏、王弼与夏侯玄等，为"正始名士"之翘楚，以"贵无"之哲思、美韵为其思想风度之特色。稍后则有"竹林名士"（竹林七贤），阮籍、嵇康、山涛、王戎、向秀、刘伶与阮咸等辈，虽其处世态度及思趣、情志各略有不同，而尚无、狂放、嫉俗与雅爱老庄等，是其共同旨归。他们放荡无羁，蔑视权重，酣歌纵酒，以竹自命，活得潇洒而痛苦。且不说时至西晋，所谓"竹林名士"王戎、山涛从"竹林"走来，依然无改其放逸之初衷。裴頠嫌嵇、阮口尚玄虚而蔑视礼法过甚，遂倡"崇有"之说以救"时弊"。傅玄、左思、皇甫谧、张协与陆机陆云兄弟等，往往弄那执爱于一生的"劳什子"文学，一时名声鹊起。还有王衍、乐广之流，清谈、任诞兼备幽默，却活得也有些辛苦。

且说东晋名士群体，更具华茂之神韵。王导、祖逖、卫铄、王伯舆、王廙、王忱、葛洪、羊欣、顾恺之、李陵容、谢安、谢玄、王羲之、王献之、王洽、刘恢、殷浩、许列、郗超、孙绰、李充、桓彦表、王敬和、王文度、何况道、陶潜、许允、戴逵与刘琰诸人，身居江左而思栖玄-淡，志与自然共在，既坐观林泉，又出入于朝堂；一会儿流觞曲水，"仰观宇宙之大，俯察品类之盛"；一会儿青灯佛前，在玄风东扇之际，向往六根清净、菩提心觉，时或"热恋"孔训儒说。

在文化上，东晋名士无疑继承自魏以来的清谈传统。无论其身栖于庙堂而执掌重权，还是一边心忧天下却游观在石间、林下与濠濮之际，大凡多以"三玄"即《周易》、《老子》与《庄子》为谈资与主要人生教本。此时由于佛学进一步浸润于社会心灵，虽说东晋名士大多已然少了些慷慨悲歌之气与愤世嫉时之慨，有时，却并未见得其内心深处存有几多温馨与宁和。清谈，一种晋人所特有的优雅、高逸之风度。灵趣一动，心潜魂犀，机锋叠出。在所谓"谈言

---

① 刘勰:《文心雕龙·时序第四十五》，载范文澜:《文心雕龙注》卷九，下册，人民文学出版社，1958，第674页。

微中"①、直探本蕴之际，分明有难以压抑的苦空之意绪时时掠过心头；在那麈尾一挥，侃侃娓娓、机敏应对、四座默然会心之时，终于拂不去的，是些许印入心田的佛影禅觉，还有那空门难遁的苦寂与焦虑。

时代有些变了。东晋名士的人生功课，除了"三玄"，还有佛典之类，佛学确已成为清谈主题之一。然而，由于艰难、困迫之时世的影响，亦因一般名士研习与接受佛学、总以道玄之"无"甚至儒说之"有"为其人文底色，没有也未能让其心灵彻底地超越人生烦恼而真正地遁入空门。因而，在其作为人格模式之基型的风度、意蕴中，往往一边潇洒地谈空说无言有，一边"顺其自然"地出入于朝堂与林泉之际，一边却是挥不去的烦恼、焦虑甚而苦痛。假定以数的比例来分析晋人风度之美的复杂性，那么，大约便是四分的道、三分的佛与三分的儒。当然，所谓道、释与儒的思想成分，在终于未仕、或时仕时隐、或又仕又隐之名士身上的表现及程度，是不一样的。

例如，名士何充（292—346）于晋成帝时任吏部尚书，永和初年，又以宰相之职辅佐年幼的穆帝，应是热衷于一国事、功名之辈，又性忱佛典，甚而为修造佛寺而耗资巨亿，可谓出入佛儒，佛犹儒、儒犹佛，但其亲友贫困，却无出援手，遂为世所诟病②，其人格修为，实去"儒"、"佛"颇远。何充之弟何准"唯诵佛经，修营塔庙而已"③，其征拜散骑郎中职而不就，惟佛是瞻，且以素行高洁自许。考二何之人格表现，固然不一，以何准更具典型之名士本色。

殷浩（殷中军，286—374）好学"三玄"，雅爱玄谈，名重于当时。曾辞去记室参军与司徒左长史之职，隐逸乡野近十载。永和二年（346），终于不甘寂寞，为褚裒举荐所动，先后出任建武将军、扬州刺史与中军将军，统五州军事北伐中原而连遭败绩，于永和十年（354）被废为庶人，徙东阳信安（今浙江衢州）。《世说新语》记殷浩"被废徙东阳，大读佛经，皆精解，唯至事数处

---

① 按：牟宗三：《中国哲学十九讲》云，所谓"谈言微中，是指用简单的几句话，就能说得很中肯，很漂亮。"上海：上海古籍出版社，1997。

② 按：参见《晋书》卷七七《何充传》。

③ 按：参见《晋书》卷九三《何准传》。

不解。"①无论《维摩经》还是大品、小品《般若经》，都研读得甚是认真，遇不懂而难解之处，向僧人请教或争问，曾想与支道林论辩之，竟不得而引以为憾事，可见其佛学修养不差。《世说新语·黜免》又说，殷浩在信安被黜，终日书写一个"空"字②，可见，其内心有几多不平、焦虑与烦恼，似乎什么都看破的样子，其实并未真正地遁入空门，其人格，非专崇于佛而时在玄、佛与儒之际。

孙绰（320—377），东晋南北士族尤具影响之一代名士。祖籍太原中都（今山西平遥西南），东渡而居会稽（浙江绍兴），博涉经史，性爱山水，尚清言玄谈，喜诵佛典，与当时名僧支遁、竺道潜交游甚深，与高阳名士许询同为"一时名流"。著述丰富，其大部已佚。其中《名德沙门论目》、《道贤论》与《喻道论》等，为佛学著作。孙绰《喻道论》首倡周孔即佛，佛即周孔，盖外内名之说，其解说云，"佛者梵语，晋训觉也。觉之为义，悟物之谓。犹孟轲以圣人为先觉，其旨一也。应世轨物，盖亦随时。周孔救极蔽，佛教明其本耳"③。既然称"佛教明其本"，则"周孔"（儒）为"末"而可知矣，岂非以玄学"本末"之哲思而言说佛儒之关系？可见，孙绰所谓"周孔即佛，佛即周孔"，仅从两者"应世轨物"即同具应世、治世之功能而言。在孙绰看来，两者还是"内外"、"本末"有别的。孙绰又调和佛与孝的关系，称佛之出家，无碍于孝，且为根本之孝行。"昔佛为太子，弃国学道，欲全形以遁，恐不免维萦。故释其须发，变其章服，既外示不及，内修简易"，这无异于为佛教徒的所谓"剃度"即"削尽三千烦恼丝"作辨护，以为"故孝之贵，贵能立身行道，永光厥亲"④。既然佛教徒所言所行，"贵"在"立身行道"，岂不是等于说，出家削发为僧，此为最"贵"之孝？又，从佛与玄（道）关系看，孙绰称"夫佛

---

① 刘义庆著、刘孝标注：《世说新语·文学第四》，载《诸子集成》第八册，上海书店，1986，第61页。按：刘孝标注："事数，谓若五阴十二入四谛十二因缘五根五九七觉知声。"
② 刘义庆著、刘孝标注：《世说新语·文学第四》，载《诸子集成》第八册，第228页。
③ 孙绰：《喻道论》，载《弘明集》卷三，四部丛刊影印本，载《中国佛教思想资料选编》第一卷，第27页。
④ 同上书，第28、27页。

也者，体道者也"，"应感顺通，无为而无不为者也"①。这以老庄之言、玄学之思宣说佛义、佛境，属于以"无"说"空"、以"空"附"无"之格义说。难怪其《道贤论》曾将"竹林七贤"比作两晋七僧，以阮籍比于法兰、嵇康比于帛远、山涛比于竺法护、王戎比于竺法乘、向秀比于支遁、刘伶比于竺道潜与阮咸比于道邃，看出名士与佛僧二者人格、风度的一致与对应，寄寓着孙绰调和佛、玄（道）的人格审美理想。

总之，从孙绰的有关言述可知，一种趋于健全而潇洒的晋人风度，应是佛，玄，儒三者合一的人格模式，以佛言之"空"为本、玄言之"无"为主而不舍儒训之"有"，颇具人格美之魅力。其间，尤其不能缺乏佛空的人文因素，而首先是佛空与玄无之间所展开的时代人文"对话"。

试看孙绰《游天台山赋》，通篇时采佛家语，又不废道家对于山水之钟情，且隐隐有儒言在。如"太虚辽廓而无阂，运自然之妙有"，"过灵溪而一濯，疏烦想于心胸；荡遗尘于旋流，发五盖之游蒙；追羲农之绝轨，蹑二老之玄踪"；又如"王乔控鹤以冲天，应真飞锡以蹑虚，骋神变之挥霍，忽出有而入无"，"散以象外之说，畅以无生之篇，悟遣有之不尽，觉涉无之有间。泯色空以合迹，忽即有而得玄。释二名之同出，消一无于三幡"，等等。这里，"妙有"、"烦想"、"遗尘"、"五盖"、"应真"、"飞锡"、"神变"、"象外"、"无生"、"色空"与"三幡"等，皆为佛教用语。如"妙有"，《老子》（通行本）有"玄之又玄，众妙之门"说，此为"妙"之出典。而"妙有"，诸法皆空且以空为执之境，佛教以涅槃成佛为"妙有"。"烦想"，即佛家所言"烦恼"。"遗尘"，佛教所言"尘"，乃"垢染"之义，不净为尘、生死世间迷惑真性为尘劳，亦即"遗尘"之谓。"五盖"之"盖"，覆盖义，遮蔽真性之义，佛教以"贪欲"、"瞋恚"、"昏睡"、"掉悔"、"犹疑"为迷惑清净心之"五盖"。"应真"，阿罗汉果之旧译名，"应"为能应之智，"真"谓所应之理。以智应理之人，称为应真。"飞锡"之"锡"，指锡杖，佛教十八法器之一。"神变"，妙用无方者"神"，神通变异者"变"。"象外"，本佛家之言。超言绝相、不可思议不可

①　孙绰：《喻道论》，载《弘明集》卷三，四部丛刊影印本，载《中国佛教思想资料选编》第
一卷，第25、25—26页。

言说者，佛也，佛在"象外"。"无生"，不生不灭。"色空"，《般若心经》云，"色不异空，空不异色，色即是空，空即是色"。"三幡"，《游天台山赋》李善注："三幡：色，一也；色空，二也；观，三也"。至于属于道无的用语亦随处皆是，不用细析，读者自当明了。而儒家之言，所谓"追羲农之绝轨"的"羲农"与"忽出有而入无"的"出有"之"有"，前者指儒家所推崇的伏羲、神农，后者指儒家学说的人文品格与境界。

一篇寻常游记，竟将佛、玄、儒三学趋合于一炉，尤以佛、玄为主，前所未有，实属难得。要不是作者具有悟佛、体道（玄）且恋儒的人文学养与风度修为，绝不至于如此。

然而东晋之时，佛、玄（道）、儒三学的趋于和合，仅刚刚开始。尽管佛学先进如僧肇等辈，对佛学精义的阐说已渐遥深，而倘论晋人风度，其间所蕴含的佛学因素与修养，却在空寂、潇洒、自由与美丽之中，往往不免带有某些拖泥带水的尘累甚或苦痛。就孙绰而言，虽其理论上努力凿通佛空、玄无与儒有三者之间的本在壁垒，且在称言佛空之时，常常以玄学口吻，将佛看做上觉、自由之境，但又不自觉地以诸如"禅定拱默，山停渊淡，神若寒灰，形犹枯木"[1]之类的话语，来加以表述。这至少可以证明，孙绰这里所理会的佛境及由佛、道、儒所构成的人格、风度，不是也不能如般若中观学所主张与追求的那般毕竟空寂，而有一点枯寂、冷寒、焦虑与忧伤的人文因素在。

这种人格状态决非绝无仅有。比如，名士王恭（？—398），与王忱齐名，清操方正，世有美誉，累迁吏部郎，历建威将军，晋孝武帝时，为前将军，又任兖州、青州刺史，终于兵败而被诛。《晋书·王恭传》称其不闲用兵，尤信佛道（义），调役百姓，修造佛寺，务在壮丽，士庶怨嗟"。又称王恭临刑，犹诵佛经，自理须鬓，神无惧容。令人立刻想起西晋"竹林七贤"之嵇康从容赴刑的情景。嵇康临刑前，顾视日影，弹奏一曲《广陵散》，曲尽而叹曰："广陵散于今绝矣"，然后慷慨赴死。

这种晋人风度，佛学及佛教修为的因素日渐而重，仍不足以改变自三国魏

---

① 孙绰：《喻道论》，载《弘明集》卷三，四部丛刊影印本，载《中国佛教思想资料选编》第一卷，第28页。

与西晋以来名士风度以玄无为主的基本格局，且以儒训为潜因。从彻底的意义来说，凡得道高僧的人格风度，应是无生无死、无染无净、无是无非、无悲无喜、彻底超脱。一般晋代名士自当未达这一人生境界，他们的潇洒风流，谈空说无，甚或白眼世俗，从容赴死，固然美丽，却往往尘缘未尽，业根难除，其忧伤、焦虑与痛苦，是难免的。正因如此，才显出晋人风度的丰富复杂、摇曳多姿。

人之生命及其世界是悲是喜，世俗意义上可以用"悲喜交加"四字来回答。人生有悲有喜，乃世间常态。可是佛教并不这么看。佛教认为，世间现实，无论人之生命、生活及其所处之世界，是一种烦恼、苦难和黑暗之轮回。人生悲剧即轮回，而轮回之原力，为"业"。故业为悲剧之本因本根。业者，身、口、意造作之谓。造作即业。佛教有身业、口业、意业以及宿业、现世诸说。尤其所谓善业、恶业之说，以善业为所感乐果之本因；以恶业为所感苦果之本因，是从业感缘起角度，从本因上彻底否定、摒弃世俗人生苦乐。世间及其人生，无论是苦是乐，都是一场悲剧，生命本身就是悲剧。故只有离舍世间造作，通过长期修持或一时顿悟，才得断业障、离苦恶而得出世间的根本大乐。佛教对现实世界及人生抱着否定与悲观的人文审美态度，而又乐观主义地看待、肯定佛教对世俗世界、人生的"完美"改造与精进。可以说，佛教所谓苦乐、悲喜，正在世俗与出世间之际。而根本大乐，是在对世间否弃之时即对出世间的肯定。此正如《无量寿经》所云"尔时三千大千世界六种震动，大光普照十方国土，百千音乐自然而作，无量妙华芬芬而降"[①]彼佛国土而"清净安稳，微妙快乐"然。

从这一意义而言，晋人人格风度的人文属性，正处于世间苦乐、悲喜与出世间的非苦非乐、无悲无喜等之际。东晋名士往往出入于朝廷，眷恋在林泉，又奉佛佞禅。从一方面看，出入方便，左右逢源，来去自由，身心安和；从另一方面看，业障未除，进退有碍，悲喜失据，活得不免有些辛苦甚而苦痛。据僧祐《出三藏记集》，名士王导、庾亮、谢琨、周凯与桓彝等固不必言，王导之子王敬和

---

① 《佛说无量寿经》卷下，曹魏康僧铠译，载《大正藏》第十二册，"宝积部类"（无量寿经类），P0279a。

曾向支道林请教"即色游玄"义；王导之孙王谧，亦向鸠摩罗什询问"涅槃有神否"等义，这是名士向佛教僧侣讨教人生真谛以解人生与人格的困惑。王导从子王羲之幼承道教"好服食养性"之家学，在其任右军将军、会稽内史之时，又与诸多佛僧、名士唱游，其中就包括支道林。刘义庆《世说新语》称，"时人目王右军：'飘如游云，矫若惊龙'"，可见其容神之美，其飘逸、其风流真令吾辈后世之俗人惊羡不已。

可是，如果仅看到这一点，我们对晋人风度的理解，便难免有些偏颇。"书圣"王羲之固然"夫子自道"云："或因寄所托，放浪形骸之外"，"快然自足，曾不知老之将至"而俊逸、放达得可以，然而，仍不免耿耿于人之死生、悲喜："固知一死生为虚诞，齐彭殇为妄作，后之视今，亦犹今之视昔，悲夫！"

晋人风度之美及其悲剧意识的建构，在吸取佛教教义、佛教无染无净、无悲无喜等人格"美"的同时，又因有道教服食养生文化理念与实践的参与，而显得更为有味而有深度。

晋人除了好饮，诸多名士还钟情于药石。当服药以求长生而成为晋人风度的世俗表现、人们在笃信酒正使人人"自远"于俗世的同时，那种任诞又钟爱生命的苦悲与欢乐，便无以复加。早在三国魏时，玄学领军何晏是"吃药的祖师"[①]，王弼、夏侯玄成为他的"同志"。名士们所服之药石，称五石散，由石钟乳、石硫黄、白石英、紫石英与赤石脂等五味药石所成而有毒。因何晏是名流，他吃开了头，时人便多仿效。服药之余，人便发寒发热，故须不停走路，称"行散"。又须冷水浇浴，吃寒性食物，故五石散又称寒食散。因为浑身发热故裸形者有之，衣裳穿着亦渐见宽大。这种服食之风，至东晋依然流行。王羲之内弟郗愔以及王献之、王凝之，皆曾服食固不待言，就是羲之本人，亦是热衷者。《晋书·王羲之传》曾云："羲之既去官，与东土人士尽山水之游，弋钓为娱。又与道士许迈共修服食，采药石不远千里，遍游东中诸郡，穷诸名山，泛沧海，叹曰：'我卒当以乐死。'"这种人生之快乐，今人已很难体会，而在佛教看来，无异于业障未除之悲苦。鲁迅说：

---

① 鲁迅：《魏晋风度及文章与药及酒之关系》，载《而已集》，人民文学出版社，1973，第86页。

现在有许多人以为，晋人轻裘缓带，宽衣，在当时是人们高逸的表现，其实不知他们是吃药的缘故。一班名人都吃药，穿的衣服都宽大，于是不吃药的也跟着名人，把衣服宽大起来了。[①]

这种人格榜样，可以在一定程度上改变时风，将名士人格中的佛学修为的人文因素，推到后面去。本来是佛教的"看破红尘"、"追求""无生"（无死无生）境界，不料却是热衷于现世生命的所谓"长生"。鲁迅又说"名士吃药之后，因皮肤易于磨破，穿鞋也不方便，故不穿鞋袜而穿屐。所以我们看晋人的画像或那时的文章，见他衣服宽大，不鞋而屐，以为他一定是很舒服，很飘逸的了，其实他心里都是很苦的"。[②]

真是说得入木三分，洞察彻底。又因服药不常洗浴，身上难免多虱，偏偏爱滔滔清言，唠唠叨叨，于是便"扪虱而谈"，风度俊逸。这在今人眼里，真是神韵独异，放达得如此不拘小节，其实是一副邋遢、脏兮兮的样子。并且由于滥服药石且时嗜酒，健康状况每况愈下，精神意绪焦灼、狂躁，"晋朝人多是脾气很坏，高傲发狂，性暴如火的，大约便是服药的缘故。比方有苍蝇扰他，竟致拔剑追赶"[③]。服药是钟爱生命的表现，结果往往是对生命的戕害，魏晋士人对于这种生命的付出，却总是忽略不计，甚至毫不在意，一意孤行，便是魏晋风度在如何对待生命问题上的朴质、挥霍、可爱与大度。这是一种生命的悲剧。钟爱生命者，道；因钟爱生命而无所谓生命的付出，佛。道者出世而佛者弃世，这一生命之美丽的悲剧，发生在道无与佛空之际，且以对治之入世的儒文化因素为人文潜因。

晋人风度的人格之魅，固然因佛学因素与佛教修为的日渐融渗，而加深了对现世生命之悲而非生活之悲的涵咏，一种属于人性之悲而非人格之悲的悲剧意识正在生起。然则，由于道无与儒有的世俗力量，尤其是源于道家养生说、盛于道教服食成仙理念与践行的有力参与，实际使晋人承受了生命之悲与生活

---

① 鲁迅：《魏晋风度及文章与药及酒之关系》，载《而已集》，人民文学出版社，1973，第86页。
② 同上。
③ 同上。

之悲双倍的沉重。晋人风度，初步建构于佛之弃世、道之出世与儒之入世的苦乐、悲喜之际。

最后应当指出，从晋人风度深受佛教思想及其道德人格的影响来看，被中国化的佛教维摩诘居士的形象，为晋人之风度，提供了一个亦僧亦俗的人格范型。晋代诸多名士以及后之唐代的王维、白居易与北宋苏轼等，在人格风度上，往往以其为人格榜样。大乘经典《维摩诘所说经·弟子品》[①]述维摩诘称病不出，佛遣诸弟子"诣彼问疾"，皆敬畏于维摩诘之滔滔雄辨、具不可思议之神通而未敢前往。全经塑造了一个亦俗亦真、又道又僧而非道非僧、风度潇洒而辩才无碍的在家居士形象，正所谓尤具"审容神，任放达，重才智，尚思辨"之美矣，有《维摩诘所说经·菩萨品》所言"智度无极"之理趣。

---

① 按：在中国佛教史上，《维摩诘经》前后凡七译。其中自三国吴至后秦，共四译。以支谦:《佛说维摩诘经》本为最早，加上竺法护、竺法兰与鸠摩罗什译本，凡四。以罗什译本《维摩诘所说经》最为流行。

第五章　南北朝：佛教美学意蕴新的深度

　　南北朝时期，朝代更迭十分频繁。自东晋亡（420）至隋朝一统天下（589），仅169年历史，中华南方历宋（420—479）、齐（479—502）、梁（502—557）、陈（557—589）四个王朝，史之统称南朝。北方的北朝，包括北魏（420—534）[①]、东魏（534—549）、西魏（534—556）、北齐（550—577）与北周（557—581）[②]。烽火不息，天下大乱，南北分裂，社会动荡不已，百姓苦难深重。人心更其未得宁静，无休无止的苦痛与焦虑，遂使佛教势若燎原。大批信众拜倒于佛殿之下，芸芸众生，坚信佛教能"救时"、"救人"、"救心"于水深火热。其间，虽有比如北朝太武帝于太平真君七年（446）、周武帝于天和二年（567）曾两度短暂灭佛，不久便"野火春风"，死灰复燃。总体上，南北朝诸帝大多佞佛，尤以南朝梁武帝萧衍（502—549在位）为甚[③]。上仿下效，遂使朝野以佛是瞻。在如此社会思潮与氛围之中，佛教美学的人文"呼吸"随之变得有些兴奋、急促起来。南北朝佛教信仰、意绪的进一步趋于狂热，同时是佛学、理念之向社会人心的浸淫与沉潜，是这一特定历史、人文时期佛教文化及

---

① 按：这里称北魏始于公元420年，是从明元帝（拓跋嗣）泰常五年正式进入南北朝时期算起。如从道武登基元年（386）"即代王位"算起，到公元420年，已历34年。其间，道武帝（拓跋珪）于天兴元年（398）迁都，称魏。

② 按：北魏后分为东魏、西魏。东魏亡于北齐，西魏亡于北周。北周于公元577年兼并北齐。

③ 按：梁武帝曾四度舍身同泰寺，且广造佛寺、佛像、敕命僧人编译佛典，亲自撰写著作与讲述佛经，禁止僧人饮酒食肉，严肃僧团戒律。

其美学的既背反又合一，又是佛教美学的渐致深入之时。其主要表现：

一是义学沙门之宗说逐渐形成。自南朝宋始，中国佛学之主流，已从两晋以般若学为主，逐渐转递为涅槃学盛行，且同时流行成实学、毗昙学、楞伽学、摄论、三论、四论、地论及诸律之学。围绕诸学，出现许多论师即诸宗学者，如涅槃师、成实师、地论师、摄论师、楞伽师与毗昙师等，成为隋唐佛学宗门的时代前驱。

二是沿承中国佛教发展的历史老传统且更为变本加厉。正如前述，南北朝历代帝王、王室绝大多数提倡、扶植佛教。如南朝宋文帝（424—453在位，下同）、孝武帝（454—464）、齐武帝（483—493）及其子竟陵文宣王萧子良（460—494）、梁武帝（502—549）、武帝长子昭明太子萧统即其第三子简文帝（550—551）、第七子元帝（552—554）、陈武帝（557—559）、文帝（560—565）、宣帝（569—582）与后主（583—588）等，还有北朝北魏道武帝（396—409）、明元帝（40—423）、文成帝（452—465）、献文帝（465—471）、孝文帝（471—499）、宣武帝（499—515）、孝明帝（515—528）、西魏文帝（535—551）、北齐文宣帝（550—559）、北周明帝（557—560）、宣帝（578—579）与静帝（579—581）等，端的是"你方唱罢我登场"，走马灯一般，风景独异，然多大倡佛教。其中，梁武帝几乎将佛教抬高到国教唯我独尊的地步。这证明了一条中国式的真理：政治尤其政权意志，是全社会最强有力的力量，无论社会经济文化还是政治本身，没有一定政权的提倡与支撑，想要有所发展，十分困难。道安曾说："不依国主，则法事难立"①。试回顾东晋慧远大和尚，似乎有点儿不懂中国国情、"中国特色"，曾撰五篇宏文力倡其论："沙门不敬王者"。其实古往今来，在政治、政权面前，佛教以及其他宗教，就没有真正独立过。且不说慧远"卜居庐阜三十余年，影不出山，迹不入俗，每送客游履，常以虎溪为界焉"，究竟未能彻底不食人间烟火；"远创造精舍，洞尽山美，却负香炉之峰，旁带瀑布之壑，仍石垒基，即松栽构，清泉环阶，白云满室"②，虽清高、淡远如此，终于还是在世间，仅就参与沙门"敬"或"不敬"王者这一论争本身来说，热衷其

---

① 《道安传》，载慧皎：《高僧传》卷五，金陵刻经处本。
② 《慧远传》，载慧皎：《高僧传》卷六，金陵刻经处本。

事，已经沾染于政治、政事之类"污浊"，可证到底未能斩断"计较"、"分别"之心。按"无计较心"、"无分别心"有关佛经教义，其实对于沙门而言，对王者的"敬"或"不敬"，均无所谓。因而，佛教与有关政治的现实联系，必会影响中国佛教美学的人文质素与品格的建构，虽称佛教美学，总也不可避免地具有属于王权统治之"儒"的人文因素或者起码是其政治、人文背景之一。

三是这一历史、人文时期，地分南北，政治、军事、经济与文化的交流传播往往彼此阻塞，使得佛教发展的地域差异更其明显。简约地说，南朝一贯崇尚佛学的义理玄思与玄谈，江东佛法，弘重义门；北朝偏于佛教的禅法、戒律及践行。因此，所谓神灭神不灭之争、夷夏之争等抽象义理的讨论与争说，往往发生于南朝。南朝译师如曼陀罗，僧伽陀罗与真谛等，所译大量各类佛典之精深教义，对于南朝义学沙门之精到佛理的钻研、争辩与弘传，具有深广之佛学理性的滋养和浸润。这不等于说南朝沙门绝对不重视佛教禅法的修为，比如宋初在建康、江陵与蜀郡，僧印、净度、慧览与法期等的佛禅实践，曾经造成了盛行禅法的风气，然而较之北地，南朝的佛教义学之玄思、玄谈，更显得空灵与飘逸。至于说到北朝佛教，亦并非全无义学的弘传与研读。北朝义学，小乘系以成实学、毗昙学为盛，大乘系以涅槃学、华严学与地论并弘。其中，如来华之菩提流支、勒那摩提、昙摩流支以及北魏玄高（402—444）、北齐僧稠（480—560）与北周僧实（476—563）等，对于义学的译、传，作出诸多贡献。这不等于说，北朝佛教不是以律学、禅法与实修为主的。重禅法、重践行而少尚空言，确是北朝佛教的显著特点。

这一南北差异，对于佛教美学的滋养与影响非同小可。南北朝时期，佛教美学不仅继续从弘传的佛学底蕴之中生发出来，更重要的是，佛教哲学、仪规与禅律等，多方位地向艺术审美领域的漫溢、渗透与深入。以愚之见，由于南朝偏重于佛学义理的弘传、争说与研习，其抽象而空灵的佛学意识、理念，便有机会较多地影响了如文学审美及其文学美学理论的初步建构；北朝因偏重禅修、重践行之故，则如相继开凿诸多石窟等此类情况，在南朝佛教中，则几乎见不到。无论南北都曾大造佛寺、佛塔等，亦是事实。唐杜牧有诗云："南朝四百八十寺，多少楼台烟雨中"，诚非艺术夸张。当然，与南朝相比，北朝所造寺塔，则一点儿也不逊色。

第一节 "佛性""顿悟"：竺道生佛教美学意蕴与影响

竺道生（355—434，一说其生年未详）[①]，梁慧皎《高僧传》卷七《竺道生传》称其"本姓魏，钜鹿（今河北钜县）人，寓居彭城（今江苏徐州），家世仕族"。又称"生幼而颖悟，聪哲若神"，随沙门竺法汰受业，改姓竺。"既践法门，俊思奇拔，研味句义，即自开解。故年在志学（十五岁），便登讲座"。晋安帝隆安中（397）入庐山问学于慧远，会僧伽提婆，习一切有部之小乘教义。约于公元404年，竺道生与慧叡，慧严同游长安，拜鸠摩罗什为师，主要从习大乘般若中观学，为罗什门下四圣、十哲之一。义熙三年（407）南返，义熙五年（409）到建康（今南京），大倡涅槃之学，深为朝野所重。进而撰多篇佛学论文（今多亡佚），试图以"法身"说为主题，融小乘、大乘有关经说。公元418年（义熙十四年），法显所译《大般泥洹经》六卷，称说除一阐提[②]外，皆其佛性、皆得成佛。竺道生反其意而首倡一阐提亦得成佛说。被当时佛学界谬斥为"邪说"，"讥愤滋甚"。故约于公元428—429年（时值南朝宋初年，东晋亡于公元420年）被摒弃而出走，遂入吴中虎丘。《佛祖统记》卷二六、三六皆以神话口吻，称其曾面对群石说《涅槃经》大义，当说及"一阐提人皆有佛性"、均能成佛时，顽石为之点头。元嘉七年（430），竺道生重返庐山时，昙无谶所译《大般涅槃经》四0卷（译出于公元421年）传入建康，其中卷五、卷七与卷九等，皆说"一阐提人有佛性"，皆得成佛。于是佛教界赞叹生公有先见之明，对道生佛学无不折服。竺道生晚年于庐阜精舍大倡涅槃义与顿悟说，听者"莫不悟悦"，影响深远。元嘉十一年（434），说法将毕时，端坐正容而卒。

竺道生著述，亡佚者有《泥洹经义疏》、《小品经义疏》、《法身无色论》、《佛无净土论》、《二谛论》、《佛性当有论》、《应有缘论》、《顿悟成佛义》、《涅

[①] 按：从生卒年看，竺道生为晋宋间义学高僧，其大半生年，属于东晋时期，而道生的一些重要的佛学之见，倡于南朝宋初，故将道生佛学之见的影响与美学的关系问题，放在"南北朝"这一章来谈。

[②] 按：一阐提，亦称一阐提人，一阐提迦，梵文Icchāntika音译。有佛经称其"信不具"、断善根、不得成佛者。

槃三十六问》等，现存于《妙法莲华经疏》。僧肇《注维摩诘经》与《大般涅槃经集解》、《净名经集解关中疏》中，存有道生所言片断，其短篇《答王卫军》（答王弘问顿悟义），收录于《广弘明集》卷一八。

考源竺道生佛学之见，融汇毗昙、般若与涅槃三学，尤深得于涅槃学，后代称其为"涅槃圣"。然道生涅槃学，因为融契毗昙、般若尤其般若中观之学，已不同于一般意义的涅槃学。

"一阐提人皆得成佛"与"大顿悟"说

佛教自西汉末年入渐中土，直至三国之时，基本以安世高小乘禅数学与支谶、支谦大乘般若学开其两大佛学潮流。小乘禅数学与汉代黄老道术，具有更多的历史与人文联系，在宗汉的西晋文化中首先得以传播。东晋文化，固然由西晋发展而来，而东晋士族集团的强盛以及自魏晋以来玄学的深入，使得崇尚哲思、义理的般若学，在东晋的大为流播，成其必然。

般若学因玄学的滋养而得以长足的进步，是在"六家七宗"的学见之争说、鸠摩罗什有关"四论"即《中论》、《百论》、《十二门论》与《大智度论》）的弘传、慧远"法性"、"涅槃"说的阐扬与僧肇"不真空"、"物不迁"、"般若无知"、"涅槃无名"说的创见中实现的。其中慧远佛学，虽以"法性"、"涅槃"为其主题，却也并非与般若性空之学绝然无涉。因此大体上，东晋佛学之汹涌的人文主潮，为般若之学。这亦不能因此可以否定，东晋般若性空之学与涅槃佛性说之间，存在严重的分歧甚至对立，这在鸠摩罗什与慧远之间所曾经发生的问难与答疑中可以见出。

东晋末年至南朝宋这一历史时期，中国佛教争说的时风已有所改变。当僧肇（384—414）在创说"新三论"（指其《物不迁论》、《不真空论》和《般若无知论》）与《涅槃无名论》时，关于般若中观，仿佛能说与该说的话均快要说完。般若学的趋于沉寂，大约乃佛教历史与人文之必然。故慧远的"法性"、"涅槃"之见，作为与涅槃学具有更多人文联系与因素的佛学，其实是尔后竺道生大倡涅槃佛性说的一支"友军"。竺道生的生年（355）比僧肇（生于384年）早29年，而其卒年（434）又晚于僧肇20载，作为同门，两者大致是同时代人。可是，竺道生的涅槃成佛与顿悟说，确系其晚年所为。这正为证明，道生佛学，体现出佛学从以般若学为主向以涅槃学为主的时代与人文的嬗变。随着本书的阐说，读者将可以看到，尽管南朝佛教宗门多出而"天下大乱"，涅槃佛性说作为南朝佛学的主流，应是事实。其相应的，从东晋到南朝的佛教美学，自当亦有一定程度的递嬗。

竺道生上接般若下启涅槃。在思想上，即从谈"空"为主，转嬗为说"有"（妙有）为主，且以涅槃说尤其"一阐提人"具有佛性和"顿悟"说，为其佛教思想的宗要。其佛学的美学思想因素，正如其整个佛学一样，处于晋宋之际，其思想之创获，重在于南朝宋。

竺道生的涅槃之学，富于时代与其个人思想的特色。

道生敏锐地看到涅槃与般若义的共通性，从而突破门户之见。从两者的共通性分析，般若学、涅槃说都是佛学的重要构成。般若乃无上之佛慧，主要从主体角度看；涅槃是最终之佛果，主要从客体角度看。这当然是一种"方便"说法。其实般若、涅槃二者，无所谓主客。倘分主客，则既非般若，亦非涅槃。般若、涅槃，非一非二，非非一非非二。如果假设般若为智因，则涅槃是慧果。既然为般若、为涅槃，则皆离弃因果，跳出轮回。佛典有"般涅槃"说，"般涅槃"的"般"，圆之义；"涅槃"，"寂"之义。"般涅槃"，犹言涅槃圆境。涅槃为何又称"般涅槃"？两者共通之故。所谓"般涅槃"，为根本而无与伦比之涅槃。般若学与涅槃说，都以为一切事物现象因缘而起，刹那生灭，故无自性，故空幻。般若中观学进而倡言，此空幻无可执著。此空亦空且无可执著，为彻底之空，此前引《大智度论》所言"毕竟空亦空"。涅槃论则以为，此空可被执著，即执空为"妙有"。此"妙有"，指成佛之境。因此，佛性涅槃论以成佛为"究竟"，般若中观学及其"美学"，为彻底之空观及其"审美"。竺道生则说，释迦教法有"善净"、"方便"、"真实"与"无余""四种法轮"说，一为"善净法轮"，二为"方便法轮"，三为"真实法轮"，四为"无余法轮"。这成为后世判教的起源之论。黄忏华《道生》一文称此为"生公四论"："善净法轮指人天乘的教法，从一善（一毫之善）起说到四空（四空处定，亦称四无色定），去除三涂的浊秽，所以称为善净。方便法轮指声闻、缘觉二乘的教法，以无漏三十七道品获得有余、无余二涅槃，所以称为方便。真实法轮指《法华经》，破三乘之伪，成一乘之宗，所以称为真实。无余法轮指《涅槃经》，畅会归一极之谈，标如来常住之旨，所以称为无余。"①方立天则说，与此"生公四论"说，"相应的经典是《阿含》、《般若》、《法华》、《涅槃》。竺道生把《涅槃》放在高于《般若》的地位，就是主张经过般若学而归结到涅槃学。"②此是。

基本站在涅槃佛性论的佛教立场来融通涅槃、般若之义而归于涅槃之学，是竺道生佛学及其"美学"的基本特点。

首先，竺道生以般若之学来改造一般意义上的涅槃成佛论。一般涅槃论认为，所谓涅槃，灭生死因果，入寂于无为、安乐、解脱之境。涅槃即成佛。成佛当有皈依。皈依之处谓之净土。而竺道生却主张"佛无净土"说。

所谓成佛，意味着精神与般若实相相融契。实相者，真如、真实，一种舍弃一切系累、无因果羁绊之纯粹的精神本体，故实相即无相。无相之相即实相。实相，法性之异称，法性无相。无秽之净，乃是无相无土之境。这是与净土宗之类的涅槃成佛说大为不同的。在般若中观看来，空如被执著，便成为有即妙有而非般若毕竟空。因而实相、法性、真如与真实等等，无有形相，亦即所谓"佛无净土"。

既然"佛无净土"，又为何佛经有"净土"之说？竺道生称，此为化导众生"方便"故。凡化导众生，必须说法。凡说法，必须"方便"。不"方便"，则无以说法。不说法，又无以化导？故佛经立"国土"、"净土"之言，确系不得已而行"权宜"，以便循循善诱于众生。

> 夫国土者，是众生封疆之域。其中无秽，谓之为净。无秽为无，封疆为有。有生于惑，无生于解。其解若成，其惑方尽。③

应当指出，道生所言"无秽为无"，即"无秽为空"。"无生于解"，即"空生于解"。以"无"说"空"，受玄学理念影响之故。"国土"空相，而执相为"有"。一旦悟入"无秽"之境即净土，即是成佛。佛即空相，"净土无相"。成佛即入"无秽"净土。竺道生说：

---

① 中国佛教协会编：《中国佛教》（二），知识出版社，1982，第51页。

② 《魏晋南北朝佛教》，载《方立天文集》第一卷，中国人民大学出版社，2006，第23页。

③ 竺道生：《注维摩诘经·佛国品》，载《中国佛教思想资料选编》第一卷，第204页。

> 无秽之净，乃是无土之义。寄土言无，故言净土。①

"净土"之言，为的是启迪"欣美尚好"的"人情"（芸芸俗情）。众生"企慕"成佛，无以启蒙，故立"净土"之言而"借事通玄"，这一"方便"，岂非其"益"甚"多"。

其次，道生"孤明先发"，在中国佛教史上，首倡"一阐提人皆得成佛"②说。其《妙法莲华经疏》有云："闻一切众生，皆当作佛"。又说："一切众生，莫不是佛，亦皆泥洹（涅槃）"③。

般若智慧所悟实相，作为宇宙本体，亦人性本圆之根因，这亦便是佛性，可称作"理"或"道"。竺道生说，"今但言十方，何耶？十者，数之满极，表如来理圆无缺，道无不在，故寄十也。"④道生的涅槃成佛说，预设了一个逻辑原点，称为"理"、"道"，即佛性。它是宇宙本体，也是人性之根。竺道生云：

> 理既不从我为空，岂有我能制之哉？则无我矣。无我本无生死中我，非不有佛性我也。⑤

"理"（佛性），既然并非因"我"而成"空"，难道"有我"就能制约"空"（理）的存有么？"无我"，即空幻。"无我"的意思，是说人身无非五

---

① 《妙法莲华经疏·寿量品》，载《续藏经》第一辑第二编乙第二十三套第四册，载《中国佛教思想资料选编》第一卷，第204页。
② 《竺道生传》，载梁慧皎：《高僧传》卷七，金陵刻经处本。按：《高僧传》卷七《竺道生传》有云："六卷《泥洹》先至京都，生剖析经理，洞入幽微，乃说一阐提人皆得成佛。于是大本（按：指《大般涅槃经》）未传，孤明先发，独见忤众。于是旧学以为邪说，讥愤滋甚，遂显大众摈而遣之。"然"后涅槃大本至于南京，果称阐提悉有佛性。"
③ 《妙法莲华经疏》"方便品""见宝塔品"，载《续藏经》第一辑第二编乙第二十三套第四册，载《中国佛教思想资料选编》第一卷，第203、204页。
④ 《妙法莲华经疏·序品》，载《续藏经》第一辑第二编乙第二十三套第四册，载《中国佛教思想资料选编》第一卷，第203页。
⑤ 《注维摩诘经·弟子品》，载《中国佛教思想资料选编》第一卷，第207页。

蕴①之假言和合，众生生死轮回，没有自我主宰。然而，这不等于说没有"佛性我"。

这里佛教所谓"我"，指常住之主体，具主宰义。对于人身而言，执有于此，称为"人我"；对于一切事物现象而言，执有于此，称为"法我"；对于自性而言，执有于此，称为"自我"；对于他物而言，执有于此，称为"他我"。佛教以为，世界万类包括人身等等，都是因缘而生起，假言和合，无有常一之"我"体，故无"人我"、"法我"、"自我"、"他我"，如此云云，则毕竟"无我"。法无实相，故称"无我"。这里所言"无我"，是就"诸法无我，诸行无常，涅槃寂静"的"三法印"而言，当然并不能由此可以否定佛性（理道）的存有，这便是竺道生所解说与肯定的"佛性我"。"佛性我"这一范畴，是"中国化"了的。本来，在印度原始、部派佛教教义中，"我"指"常一不变"。可是诸法念念无住，刹那生灭，无有"不变"之性，故主张"无我"即"空"。道生肯定佛性即空性，使"佛性"与"我"两个概念相连，而成"佛性我"。此"我"，采自印度佛教"常乐我净"之"我"，而非"无我"之"我"，是显然的。道生"佛性我"说，显然有中国本土传统心性说中"人性本善"的思想因子。

"佛性我"是指，佛性本空而被执著，佛性为"妙有"。"妙有"即佛性，即"佛性我"。

这就是说，在佛学理论上，竺道生坚持"诸行无常，诸法无我，涅槃寂静"的佛学之见，重申佛性本"有"（意即执佛性此"空"为"妙有"）的主张，便是"佛性"与"我"相即不二、但这并非不二论之大乘般若实相的思想。以《涅槃经》所谓"佛性即我"的思想，来改造、调和大乘般若实相说，从而为其"一切众生皆可成佛"、进而为"一阐提人皆得成佛"说奠定一个逻辑基础。

在佛教界，先行译出并流传的法显（？—422）《大般泥洹经》云，一阐提人于如来性所以"永绝"，因其"永离菩提因缘功德"故。一阐提人本无佛性，不能成佛。

竺道生却坚持认为，其一，"本有佛性，即是慈念众生也"②。一阐提人既然

---

① 按：五蕴，亦称五阴，指色蕴（rūpa）、受蕴（vedanā）、想蕴（samjña）、行蕴（samskhara）与识蕴（viññana）。色蕴，相当于物质；受、想、行、识四蕴，相当于指心理现象。

② 《大般涅槃经集解·如来行品》，载《中国佛教思想资料选编》第一卷，第213页。

属于众生范畴，那么，一阐提人自当亦具佛性。佛法无边，如果佛法不具有普世性与普世价值，那么，这无异于否定佛作为真理、真如、真实的普遍性，故而佛性亦是普在的。连未具"信根"之一阐提人虽断善而犹有佛性，更遑论其余。一般而言，竺道生承认众生本具佛性，实指善性，为成佛之正因。一阐提人既然"断善"，其"正因"天生缺乏，那又如何能够成佛？竺道生为宣说成佛之绝对的普遍性，便提倡所谓"缘因"说。意思是，佛性虽是成佛之正因，而成佛是一修道践行的过程，其间的"缘因"，也是不可或缺的。这里所谓"缘因"，亦可称"缘"。佛教基本原理，说一切法而不出"因缘"二字。诸法无不因缘而生灭。因者，"正因"，指内在依据；缘者，"缘因"，犹外部条件。所谓"缘因"，具助成正因之功。一阐提人虽乏"信根"，"正因"欠缺，而本具随"缘"成佛之条件。其对于佛之召唤，同具"缘因"之"心"。"缘因"者，实乃"缘应"。所谓照缘而应、作心而应。竺道生阐明了一阐提人亦得成佛的可能性与必然性。竺道生的"一阐提人皆得成佛"说，为后出昙无谶所译《大般涅槃经》四十卷之经义所证明，《大般涅槃经》云，"是故我说一切众生（引者按：包括"一阐提人"）悉有佛性。"[1]

第三，在涅槃佛性论的前提下，竺道生又首倡"顿悟成佛"说。涅槃佛性，指成佛的根因与条件；顿悟成佛，指成佛的状态、境地与方式。

竺道生指明，成佛即悟，悟即成佛。"法既无常苦空，悟之则永尽泥洹（涅槃）。"[2]认为，悟舍弃世间又不舍世间。"夫大乘之悟本不近舍生死远更求之也，斯为在生死事中即用其实为悟矣。"[3]悟即涅槃成佛。

在中国佛教史、中国佛教美学史上，竺道生是首倡具有独特性"顿悟"说的第一人。

　　　　所以始于有身终至一切烦恼者，以明理转扶疏至结大悟实也。[4]

---

① 《大般涅槃经》（北本），卷二十七，昙无谶译，载《大正藏》"涅槃部类"第十二册，P0489a。
② 竺道生：《注维摩诘经》，载《中国佛教思想资料选编》第一卷，第207页。
③ 同上书，第210页。
④ 同上。

一念无不知者，始乎大悟时也。①

这里所谓"大悟"，根本之悟，即大顿悟。竺道生之前，道安（312—385，一说314—385）倡言禅修，其禅法，执寂以御有，崇本以动末；执古以御有，心妙以了色。此所言"了"，指渐修渐悟。支道林（314—366）云："夫至人也，览通群妙，凝神玄冥，灵虚响应，感通无方。建同德以接化，设玄教以悟神，述往迹以搜滞，演成规以启。"②主张"顿悟"的南朝齐刘虬《无量义经序》说"顿悟"，"寻得旨之匠，起自支安。"《世说新语·文学篇》注引《支法师传》（《高僧传》卷四）说："法师研十地，则知顿悟于七住"。所谓"十地"，又称"十住"，佛教所谓修行之阶级。"十住"：一发心住，二治地住，三修行住，四生贵住，五方便具足住，六正心住，七不退住，八童真住，九法王子住，十灌顶住。支道林认为，修行至第七住（七地），生起顿悟而悟之未彻底完成，七住之后仍须修行，故称此为"小顿悟"说。此正如慧达《肇论疏》言，"第二小顿悟者，支道林法师云，'七地始见（现）无生'。"此"无生"，指舍弃生死、因果，无生灭即涅槃真理。慧远（334—416）大倡"法性"、"三世报应"与"形尽神不灭"说，对成佛顿悟与否问题，似乎尚未多加注意。僧肇（384—414）以"物不迁"、"不真空"、"般若无知"与"涅槃无名论"说，倡言有无（体用）、动静、无知、无名，不遗余力。关于顿渐问题，僧肇《不真空论》、《物不迁论》与《般若无知论》等，言焉未详。而正如前引，其《涅槃无名论》"诘渐第十二"云："有名曰：万累滋彰，本于妄想。妄想既祛，则万累都息。二乘得尽智，菩萨得无生智，是时妄想都尽，结缚永除。"又云，"不体则已，体应穷微，而曰体而未尽，是所未悟也。"这是对"悟"问题的诘问。其"明渐第十三"，是对渐悟问题的阐明。"结是重惑，而可谓顿尽，亦所未喻"，"况乎虚无之数，重玄之域，其道无涯，欲之顿尽耶？"显然因"道无涯"而不赞成"顿尽"之说，提倡渐修、渐悟。

竺道生认为，这种大顿悟，是突然而至，豁然开朗，一了百了，彻底明白。

① 竺道生：《注维摩诘经》，载《中国佛教思想资料选编》第一卷，第208页。
② 支遁：《大小品对比要钞序》，载僧祐：《三藏记集·经序》卷八，金陵刻经处本。

> 夫真理自然，悟亦冥符。真则无差，悟岂容易？①

> 以佛所说，为证真实之理，本不变也。唯从说者，得悟乃知之耳。所说之理，既不可变，明知其悟亦湛然常存也。②

大顿悟，是对"真理自然"的"冥符"，它没有阶差，它不像渐悟那样分阶段逐渐明了佛理，故顿了殊属不易。要么不悟，要么全悟。其性"不变"而"湛然常存"。

慧达《肇论疏》指出：

> 第一竺道生法师大顿悟云：夫称顿者，明理不可分，悟语照极。以不二之悟，符不分之理。理智恚释，谓之顿悟。③

在竺道生看来，大顿悟之所以没有阶差，刹那实现，且成其必然，是因此"悟"之对象"理不可分"之故。大凡真理，都是不可分的，因而只能"以不二之悟"，"符不分之理"。

顿悟之所以可以是一种"美"、"美感"，是因为顿悟来袭、突然而至，令主体内心突而惊喜骤起、顿觉身心解脱、通泰熨帖之故。顿悟"使伏其迷，其迷永伏，然后得悟。悟则众迷斯灭，以之归名其为常说（悦）"④。"悟"，身心之大解脱，其喜莫名，此之谓"于缚有解，亦名解脱也。"⑤

竺道生的涅槃佛性论与顿悟成佛说，尤其是后者，在当时及此后，具有重要而深远的影响。一生崇佛的谢灵运（385—433），尤为赞成道生之见，亦以"寂鉴微妙，不容阶级"称言道生顿悟说。说道生所言，主旨在于去"渐悟"而主"顿悟"，肯定大顿悟实现之前的"积学无限"之功，为道生张目。唐代禅宗（南宗）大倡顿悟成佛之论，竺道生实为其先驱。此后唐代宗密等，亦主

---

① 竺道生：《大般涅槃经集解·序题经》，载《中国佛教思想资料选编》第一卷，第212页。
② 竺道生：《大般涅槃经集解·纯陀品》，载《中国佛教思想资料选编》第一卷，第212页。
③ 慧达：《肇论疏·涅槃无名论》，载《续藏经》第一辑第二编乙，第二十三套，第四册。
④ 竺道生：《大般涅槃经集解·序题品》，载《中国佛教思想资料选编》第一卷，第212页。
⑤ 竺道生：《大般涅槃经集解·德王品》，载《中国佛教思想资料选编》第一卷，第214页。

"直显心性"顿悟之见，从其思想文脉之追溯而言，竺道生功不可没。

"一阐提人皆得成佛"、"大顿悟"说的美学意蕴

在美学上，竺道生涅槃佛性论关于"一阐提人皆得成佛"之见，是中国美学史关于人格美学之独特的佛学表述。

人格美学所讨论的重大主题是，人格完美的理想、依据与途径，以及是否具有普世性与普在性。

竺道生高唱"人人皆具佛性"甚而"一阐提人皆得成佛"说，是一种理想主义的成佛论。这表明其对这一世界及其人性可被改造、并且向完美方向发展这一点，充满了佛教意义上的信仰与信心。世间、世俗意义的悲观主义与出世间意义的乐观主义，遂使道生以佛学方式所表述的涅槃成佛论，颠倒而夸大地体现了另一种人格美理想之诉求。当然，这种人格美理想，在世俗意义上是不可能实现的，然而却有力地影响了世俗人格的审美及其理想的建构。

竺道生通过强调人人皆具"佛性我"，试图为人格美的普遍实现即"涅槃成佛"，奠定其哲学之根因与条件。这一问题可从两方面分析。

其一，竺道生说，众生本具佛性作为成佛根因，实际指"善性"。

> 善性者，理妙为善，返本为性也。①

人人皆具"善性"，何以见得？"理（佛性）妙为善"也。因而，只要"返本"归宗，便成就佛果，遂使人格完美。竺道生云，"成佛得大涅槃，是佛性也。"② "佛果"即"大涅槃"，即人格美的佛学表述。其实现，惟众生皆具"佛因"故。关键在于，"佛因"是"善"的。

其二，竺道生的"一阐提人皆得成佛"说，有一逻辑支撑点，即先预设"一切众生悉有佛性"，又称"一阐提人"作为"含生"而归属于众生范畴，结论便必然是"一阐提人"亦具佛性而成佛。

---

① 竺道生：《大般涅槃经集解·德王品》，载《中国佛教思想资料选编》第一卷，第214页。
② 竺道生：《大般涅槃经集解·师子吼品》，载《中国佛教思想资料选编》第一卷，第215页。

道生并非否认"一阐提人"的"断善"（恶）之性。"一阐提者，不具信根，虽断善，犹有佛性事"。值得注意的是，道生明言"一阐提人"，"不具信根"，即不具有成佛的正信、正因。但从前文所述"缘因"（缘、条件）来看，"一阐提人"终究"犹有佛性"，故亦得成佛。

这可证明，在道生"人人皆可成佛"的前提下，所谓成佛，其实有两种模式，即以"善"为成佛之正因，以"恶"（断善）为成佛之缘因。前者强调根因，后者强调条件。在道生看来，固然众生以"善性"为佛性正因，而作为众生（含生）之"一阐提人"的"断善"（恶），尽管并非佛性正因，却仍无碍于成佛的实现。这不等于说，道生没有看到"一阐提人"的"断善"（恶）之性，相反，这一成佛方式，反倒以"断善"（恶）为必要条件。

在中国美学史上，战国《孟子·告子章句上》主"性善"说，称"乃若其情（性），则可以为善矣，乃所谓善也。"孟子以为，人本具恻隐、羞恶、恭敬与是非之心，所以"善"故，以为"善端"为人格美得以完成的人性基因。战国《荀子·性恶》主"性恶"说，称"人之性恶。其善者，伪也。"《荀子·儒效》称"故圣人化性而起伪"，《荀子·性恶》又称，"无伪则性不能自美。"人性本恶，"不能自美"，然而"化性而起伪"，经过后天的道德践履与习得，却成"文理隆盛"的人格之美。

竺道生的涅槃成佛说之美学意义，与先秦孟、荀关于人性本善、本恶的人格美说，一在出世间，一在世间，不能作简单比附，两者在思想内涵上大相径庭。然则，这不妨碍道生在思维方式上，可以而且已经分别从孟子"性善"与荀子"性恶"说获取借鉴。此即实际以"善性"为成佛之正因、以"断善"（恶）为成佛之缘因。正可与孟、荀"性善"、"性恶"说大致相应。可见，其不仅将般若学与涅槃说相结合且大倡"涅槃成佛"，而且在其涅槃成佛与人格美之完成的言述中，渗融着属于先秦本土"国学"的人文因素。应当指出，由于两者思维方式上的相通性，便影响其思想内涵一定程度的一致性。本来，人格美的问题，具有世俗性；而涅槃成佛，是超世俗的，然而所谓人格美，又为什么不可以用"涅槃成佛"来加以表述呢？"涅槃成佛"，又为何不可以是人格美的另一说法？这是"真谛即俗谛，俗谛即真谛"、真俗不二的缘故。

当然，竺道生关于"一阐提人皆得成佛"、因"断善"（恶）作为缘因而成佛之见，从"缘因"这一成佛条件而未能从根因来论证成佛即人格美完成的必然性，固然不失为"精巧"，却是其佛学逻辑、也是与此相应之印度佛经言说的一块"补丁"。

道生在中国佛教美学史上的主要贡献，便是"顿悟成佛"说。"顿悟成佛"云云，在唐代及此后中国佛教美学史上的再度倡说，将大有人在。道生这一"顿悟"说之所以令人瞩目，是因为它在中国佛教美学史及中国人审美心理与修养上所日渐发生的深远影响。此影响，开始渗透到世俗生活及其审美与艺术之中。竺道生说：

> 夫大乘之悟，本不近舍生死远更求之也。斯为在生死事中，即用其实为悟矣。苟在其事，而变其实为悟始者，岂非佛之萌芽起于生死事哉？其悟既长，其事必巧，不亦是种之义乎？所以始于有身终至一切烦恼者，以明理转扶疎至结大悟实也。[①]

大乘所谓悟、觉之谓，即涅槃成佛。舍弃世俗而并非远离世俗之生死，犹莲华之出于淤泥而不染。生死即众生，从生死中解脱即成佛。故而，悟亦是涅槃成佛即"道成"人格完美的种子（实）。涅槃成佛，即悟即觉。难道不就是成佛之始于生死又消解生死么？悟的过程漫长，此为渐修、渐悟。从生死顿悟，当下即是。此"是"（Being）者，本原本体之谓，不亦证印悟为成佛种子之意么？因而，涅槃成佛始于世俗人生，终于一切烦恼解脱即结成大顿悟这一慧果。

正如前述，佛教讲顿悟并非自竺道生始。而竺道生的大顿悟说，具有不同于以往顿悟说的佛学特点。从道生的"佛无净土"说，很容易导出所谓"净土"不在西方而在人间这一结论的。这就将所谓成佛与世间顿悟即将人格美的完成与世间顿悟，在逻辑上密切联系在一起。在道生这里，无论成佛还是顿悟，实际都具有葱郁的世俗性而非纯粹虚无缥缈。起码在逻辑上，拉近了涅槃成佛即人格美的实现与世俗生活的联系。这一联系的种子（实），实际也是从世俗生死"事"中升华而起的顿悟。

---

① 竺道生：《大般涅槃经集解·佛道品》，载《中国佛教思想资料选编》第一卷，第210页。

同时，就顿悟本身而言，重要的问题之一，是顿悟的主体究竟如何可能。

小乘主"无我"说，所谓"诸法无我"是佛教三法印的重要构成。大乘一般亦重"无我"说。这便产生一大矛盾，即究竟谁造业、谁受果，又是谁超脱于生死轮回即顿悟主体究竟如何可能。小乘犊子部的"补特伽罗"（"不可说之我"）与经量部的"胜义补特伽罗"（"真实之我"）说，是论证"我"（主体）之存有的最初努力。大乘重"无我"之说又非唯"无我"。中观学将般若"无我"与"我"相互否定且肯定，指其关系不一不二、不不一不不二；相离相即、相即相离。竺道生的大顿悟说，从般若实相即空、有之际而言说其主体问题，且强调众生皆具"佛性我"。正如前引，竺道生说，"无我本无生死中我，非不有佛性我也"。意为从缘起说看，众生生死轮回，而可四大皆空，故称"无我"。这不等于没有"佛性我"。这就有点令人费解，此"佛性"即涅槃成佛、即顿悟，怎么又可称为"我"呢？可见此"我"即空幻，不可思议、不可言说，不是世间一般哲学、美学所说的主体。可是问题在于，当道生强调涅槃学的这一"佛性我"时，尽管时至东晋、南朝之际，所谓"格义"（广义之"格义"）的思维方式及其影响，依然尚未彻底消退，按中国人的习惯性思维，既然顿悟、大顿悟在经过"积学无限"、长期修习之后的突然而至，总该有一主体作为推动者、承载者，于是便认"佛性我"的"我"为主体了。这真是又一种有趣的"误读"。

然而，其历史、人文影响却不容低估。谢灵运《与诸道人辨宗论》称"顿悟"为"但阶级教愚之谈，一悟得意之论矣"。又说："至夫一悟，万滞同尽耳。"[1]谢氏贬"阶级"即渐修、渐悟，斥其为"教愚之谈"，而尊"一悟"即大顿悟说。以为渐悟者，"然数阶之妙，非极妙之谓"[2]。谢灵运是竺道生顿悟成佛论的热烈赞同与鼓吹者。虽因其不重渐修、仅重视大顿之说而受到竺道生本人的批评[3]，但谢氏顿悟说深受道生的影响是实，也可由此加深对竺道生顿悟说美学意义的理解。

---

① 谢灵运：《与诸道人辨宗论》，载《广弘明集》卷一八，四部丛刊影印本。

② 同上。

③ 按：道生《答王卫军书》评谢灵运之言云，"以为苟若不知，焉能有信？然则由教而信，非不知也。"意思是，如称渐修而不知任何佛理，又哪里会有信解、信修？可见渐修、信修并非全然不知。由此可见，竺道生倡大顿悟说是实，但不等于其不重渐修、信修。

《与诸道人辨宗论》一文的"辨宗"之义，显然与"顿悟成佛"的人格美意义问题，有内在联系。

> 灭累之体，物我同忘，有无壹观。
> 壹有无、同我物者，出于照也。①

这一"物我同忘，有无壹观"、"壹有无、同我物者，出于照也"的言述，尤为切要。这是佛教大顿悟说提出后，所提出、推进之具有新时代与人文内涵的命题。在中国美学史上，庄子首先提出"忘"这一美学范畴，庄子云：

> 忘足，屦（注：麻葛制成之单底鞋）之适也；忘要（腰），带之适也；忘是非，心之适也；不内变，不外从，事会之适也。始乎适而未尝不适者，忘适之适也。②

美学意义"物我"同"忘"、同"照"说的滥觞，是庄子"心斋"、"坐忘"说。其内蕴，泯灭天人、物我浑契、"忘"乎一切而入于道无之境。谢灵运称"物我同忘，有无壹观"之"无"，实即佛禅所言"空"。这是以"无"说"空"，是谢氏受玄学道无思想及思维之影响而习用"格义"的见解。谢氏所言"忘"，是由佛教大顿悟说向美学"顿悟"说开始转递的一个重要契机。审美也是"物我同忘"、"有无壹观"、"出于照也"（照，即观照）。所不同的，道家审美在"无"而佛禅之审美在"空"。作为一种新的审美方式，佛禅"物我同忘"的审美，无疑丰富而深化了中国人的审美境界。

竺道生大顿悟说对中国美学顿悟思想的产生与发展之贡献，自不待言。正如汤用彤《谢灵运辨宗论书后》一文所言："自生公以后，超凡入圣，当下即是，不须远求，因而玄远之学乃转一个新方向。由禅宗而下接宋明之学，此中虽经过久长，然生公立此新义（大顿悟说），实此变迁之大关键也。"③此言是。

---

① 谢灵运：《与诸道人辨宗论》，载《广弘明集》卷一八，四部丛刊影印本。
② 《庄子·达生》，载陈鼓应：《庄子今注今译》，中华书局，1983，第492页。
③ 汤用彤：《谢灵运辨宗论书后》，载《汤用彤学术论文集》，中华书局，1983，第293—294页。

最后应当指出，竺道生与僧肇诸名僧一样，其精湛而深微的佛学思维，又在相当程度上推进了中国美学"象外"思想的建构与发展。

正如前述，在佛学上，竺道生主"佛无净土"说。既然"佛无净土"即以"净土"为假言施设，那么试问：佛究竟在何处？佛实际是一个"空"即所谓"理"（或道）。佛，觉者也，超言绝象者也。佛在言外、象外。佛是佛之色身么？如果是，那还是佛么？可见佛不等于佛之色身。那么，天下无数寺庙中独多佛像，佛像是佛吗？不是。佛像也是佛的假言施设，为化导众生而说法"方便"之故。可见，佛在形外、言外、象外。竺道生《妙法莲华经疏》说："至象无形，至音无声，希微绝，朕思之境，岂有形、言者哉？"这是以老庄之言说佛在象外之旨。《老子》说"道"（无），有"大象无形"、"大音希声"等语，以述"道"之"无"性。竺道生改"大象"为"至象"，改"大音"为"至音"，以"无"说"空"，以"无"这一"假言"而说"空"。竺道生称：

> 人佛者，五阴合成耳。若有便应色即是佛。若色不即是佛，便应色外有佛也。[1]

假定佛象人一样，那么，佛也是由五阴即色、受、想，行与识等五蕴因缘和合的。如果确是如此，那么"色即是佛"。但佛为觉、佛是空，故"色不即是佛"，因此，应当是"色外有佛"，或者说"佛在色外"。色、色蕴之谓，在佛学中相当于指一切事物现象，包括指物质现象。色，作为物质现象，在世俗意义上，总是对精神本体的滞碍与系缚。破斥色碍，则意味着悟入空之境界，此之所谓佛境也。

> 空似有空相也，然空若有空则成有矣，非所以空也，故言无相耳。[2]
> 夫言空者，空相亦空，若空相不空，空为有矣。[3]

---

① 竺道生：《注维摩诘经·菩萨行》，载《中国佛教思想资料选编》第一卷，第211页。
② 竺道生：《注维摩诘经·弟子品》，载《中国佛教思想资料选编》第一卷，第207页。
③ 竺道生：《注维摩诘经·文殊师利问疾品》，载《中国佛教思想资料选编》第一卷，第209页。

空作为精神本体，似存有空相。"空若有空则成有"，这句话很关键，可证竺道生既持涅槃佛性论，又主般若中道观。故其有云，如将此空执为实有，那么便成为滞有了。"此为无有无无，究竟都尽，乃所以是空之义也。"①既无"有"，又无"无（空）"，离弃"有"、"空"二边，即"中"且无执于此。此"空"，指中道、中观之"毕竟空"，非涅槃佛性说以"空"为"有"的那个"空"。故此言佛本"无相"义，并非指一般的佛即"空相"，而专指中道、中观的"空相"、真正彻底之"空相"。故竺道生之所以说，"空似有空相也，然空若有空则成有矣，非所以空也"。毕竟之空，为真正"象外"之"空"，且永无可执。佛在"象外"，佛者彻底"无相"，执相即为颠倒、虚妄。一旦执空，空则非彻底之空。

这是后人称竺道生此论为"象外之谈"的缘故。

"象外"亦称"言外"、"色外"。悟"象外"之空境，悟佛之谓。《高僧传·竺道生传》称，道生"彻悟言外"。并引道生语云，"夫象以尽意，得意则象忘。言以诠理，入理则言息。自经典东流，译人重阻，多守滞文，鲜见圆义。若忘筌取鱼，始可与言道（佛）矣。"②

这里，竺道生借用魏王弼"得意在忘象，得象在忘言"即"得鱼而忘筌"，来言说"佛在象外"③之旨。王弼"忘象"之说，原自《周易》卦爻之象。所谓卦爻之象，实指卦符、爻符，是有形相的。严格而言，所谓卦爻之象的象，指卦爻之符在心灵的映象、印迹、图景与氛围。《易传》曾云："见乃谓之象"。可见象是"见"（现）之于心的。所以，象并非实际存有之符号，而是一种心理、心灵现象，一种精神现象。王弼借易象阐说玄学之无，"忘象"以得之于无。当然，这里王弼所谓"忘象"的"象"，实际指具有形相的卦爻符号，这是必须指明的。"忘象"以入无境，这是王弼玄学美学的基本主题，也是王弼"扫象"说重要构成。

竺道生借王弼"忘象"得"无"之见，来称说"象外"（"言外"）之旨，是对王弼"忘象"的否定（尽管其话头起自王弼"忘象"之言），从而，从王

---

① 竺道生：《注维摩诘经·弟子品》，载《中国佛教思想资料选编》第一卷，第207页。

② 《竺道生传》，载《广弘明集》卷二三，四部丛刊影印本。

③ 王弼：《周易略例·明象》，载楼宇烈：《王弼集校释》下册，中华书局，第609页，1980。

弱的称"无"乃本体与境界，而推进到说"空"（佛，理）。正如前引，竺道生称"象者，理之所假，执象则迷理"，实际是对"象"的不信任。在其看来，世界本体与人生境界如果是美的，那么，它并非"象"本身，也不仅是可由"忘象"而得之，而是在"象外"。

那么试问，"象外"又是什么？不是《周易》卦爻符号之有，不是王弼"忘象"（忘去符号形相）之无，而是有、无以及有无之外的空。这以谢灵运之言云：

> 夫昌（倡）言贤者，尚许其贤，昌言圣者岂得反非圣耶？日用不知，百姓之迷蒙，唯佛究尽实相之崇高。[①]

崇高这一美学兼伦理学范畴，正如本书前述，在佛教入渐之前，仅具《国语》所谓"土木之崇高"与《易传》所谓"崇高莫大乎富贵"等义。与竺道生涅槃成佛、顿悟说相契的谢灵运所言说的"实相之崇高"，于佛相庄严的神圣之光中所透露、洋溢的，是佛陀、佛国的神圣庄严、慈悲为怀及其佛性亦寓人格的庄敬、伟大之美。在佛经中，佛教罕有"美"字，仅见"二美"之说。《吽（按：通吼）字义》所云，"二美具足，四辩澄湛"然。此"美"，定慧之庄严。定慧即正慧正觉。摄灭妄念为定，悟入究竟为慧，得微妙之法成正觉而功德庄严。而庄严者，即非庄严，是名庄严。庄严亦为假名，亦未可执着；佛教所言"美"，亦是假名，不可执著。读者不难体会，竺道生且为谢灵运所崇尚的涅槃成佛、中观顿悟说与美学之关系，究竟意味着什么。

第二节 "常乐我净"：《大般涅槃经》与佛教美学诉求

对于南北朝及此后中国佛教及其佛教美学思想而言，由昙无谶所译《大般涅槃经》（北本），是一部重要而影响深远的佛学经典。其关于"一切众生悉有

[①] 谢灵运：《与诸道人辨宗论》，载《广弘明集》卷一八，四部丛刊影印本。

佛性"①与"一阐提"未断未来世善根、故得成菩提的佛学命题与思想，有力地灌输于当时大批崇信涅槃学善男信女之头脑，使得涅槃成佛学说深入人心，义学沙门有关"因果佛性"、"智慧"即"佛性"与"大涅槃"诸说的讨论与争辩，趋于严正而深切。其间，《大般涅槃经》关于"常乐我净"这一著名佛学命题，与佛教美学具有更多的内在文脉联系。这里仅作简略之分析。

> 云何为佛性？以何义故名为佛性？何故复名常乐我净？若一切众生有佛性者，何故见（现）一切众生所有佛性？②
> 中道之法名为佛性，是故佛性常乐我净。③
> 如是中道能破生死故名为中，以是义故，中道之法名为佛性，是故佛法常乐我净。④

"常乐我净"，是在"佛性"、"中道"意义上说的，佛教亦称"涅槃四德"。

什么是常？常即恒常，常一不变之谓。佛性常住。法身佛本性无生灭为本性常；报身佛常生起无间断称不断常；化身佛没已、复化现而竟不断灭为相续常。佛教有七常果说，指菩提、涅槃、真如、佛性、菴摩罗识，空如来藏与大圆镜智。诸法因缘生起，刹那生灭，是则无常。而一旦立地成佛，则意味着轮回断灭、离弃因缘，即入恒常之佛境。"大涅槃"即"非因缘作"。世间在因缘轮回之中，一旦涅槃成佛，则是因缘之消解。"一切诸法有二种因：一者正因；二者缘因"⑤。断缘为"常"，佛境不可坏者即常。无"身聚"、离弃"五阴"（即

---

① 《师子吼菩萨品第十一之一》，昙无谶译，载《大正藏》第十二册，"涅槃部类"，《大般涅槃经》（北本）卷二七，P0524b。按：原文为"是故我说一切众生悉有佛性"。关于"一切众生悉有佛性"，《大般涅槃经》（北本）多处论及。

② 同上书，P0523a。

③ 《师子吼菩萨品第十一之一》，昙无谶译，载《大正藏》第十二册，"涅槃部类"，《大般涅槃经》（北本）卷七，P0523b。

④ 《师子吼菩萨品第十一之一》，昙无谶译，载《大正藏》"涅槃部类"，《大般涅槃经》（北本）卷二七，P0523c。

⑤ 《师子吼菩萨品第十一之三》，昙无谶译，载《大正藏》第十二册，"涅槃部类"，《大般涅槃经》（北本）卷二九，P0535b。

"五蕴")之积聚，唯存"法性"即"常"。"法性"即"理"，"理"作为"法性之性"，"不可坏"。

什么是乐？梵文sukha，适悦于身心者称乐。佛教有"三乐"说，禅定静虑为禅乐；离弃生死、证成涅槃为涅槃乐；修十善受享种种天之妙音为天乐。佛教又有"五乐"说：一，出家乐。祛世间烦恼苦厄，出家斩断尘缘，永尽苦痛；二，远离乐。初禅天之乐。远离欲爱、烦恼而禅定，以得喜乐；三，寂静乐。二禅天之乐。静观而澄心，发深妙、微邃之乐；四，菩提乐。成无上佛境，获法界自在之法乐；五，涅槃乐。永尽生死之苦，入无余涅槃，为究竟寂灭之乐。《大般涅槃经》（北本）云：《大般涅槃经》卷二五云：

> 有四种乐。何等为四？一者出家乐；二者寂静乐；三者永灭乐；四者毕竟乐。①
>
> 又涅槃者名毕竟归。何以故？能得一切毕竟乐故。②

"毕竟乐"，即"大乐"，此相对于凡夫之"乐"而言。此"大乐"，犹如佛经所言"大我"、"大寂静"与"大涅槃"之"大"，具原本、根本之义，故"大乐"者，根本、无上之"乐"。"毕竟有二种。一者庄严毕竟；二者究竟毕竟。一者世间毕竟；二者出世毕竟。庄严毕竟者，六波罗蜜；究竟毕竟者，一切众生所得一乘。一乘者名为佛性。以是义故，我说一切众生悉有佛性"③。

"涅槃即是常乐我净"、"得安乐者譬诸菩萨得大涅槃常乐我净"④。此"常乐我净"之"我"，非印度原始、部派佛教所言"补特伽罗（pudagala）之我"，此"我"，指轮回之主体；部派经量部提出"胜义补特伽罗"说，"胜义"即

---

① 《师子吼菩萨品第十一之一》，昙无谶译，载《大正藏》第十二册，"涅槃部类"，《大般涅槃经》（北本）卷二七，P0527b。

② 《师子吼菩萨品第二十三之一》，昙无谶译，载《大正藏》第十二册，"涅槃部类"，《大般涅槃经》（南本）卷二五，P0771c。

③ 《师子吼菩萨品第十一之一》，昙无谶译，载《大正藏》第十二册，"涅槃部类"，《大般涅槃经》（北本）卷二七，P024c。

④ 《师子吼菩萨品第二十三之一》，昙无谶译，载《大正藏》第十二册，"涅槃部类"，《大般涅槃经》（南本）卷二五，P0757b、P0754c。

"真实"。经量部认为有"真实之我",是与一切有部不同的。佛教"三法印"说主张"诸法无我",此与"诸行无常"、"涅槃寂静"说相应,"无我"指诸法惟空。亦可称"我空"。"我"即"空"之谓。彻底之空即毕竟空者,无所执著。一旦以空为执,便以执空为妙有。此妙有,实即"涅槃我"。佛教以五蕴因缘和合为"假我",以涅槃成佛为"真我"。

此"我"指"真我"。自当并非世俗哲学、美学意义的主体主观,而指佛教所谓实相、真实与本体意义之"大自在"、"本我",一种绝对自由之境。具"大我"者,即"大涅槃"而"无我"(无执之我)。

"无我",是对世间、世俗之"我"、系累于世间烦恼苦厄之"我"的彻底舍弃。芸芸凡夫总以自身心为"我",这在《大般涅槃经》看来,此"我"断无"自在",实乃"妄我""假我"。倘然此"我"与审美相系而进行审美观照,则为"伪审美"。

什么是"净"?"常乐我净"之"净",清净之谓。离烦恼之系累,舍恶行之过失为"净"。净者,如来本性,无染而纯净。此汉译佛经所言"性善"。与"性恶"相对。并非指孟子"人性本善"与荀子"人性本恶"义,一般不从道德角度去理解,并非伦理哲学范畴,而为一佛学范畴,指涅槃成佛的本因与依据。涅槃学认为,人皆具佛性,悉得成佛,何以至此?佛性"善"故。修持、成佛即向善,为本善之回归。万善皆行,诸恶莫作,即向善,亦即"善"之发现。离烦恼之尘垢,弃苦厄之累染,为佛性本善的"放大光明",便相通于净的"审美"。所谓"是光明者即是如来,如来者即是常住。常住之法不从因缘。"[①]离弃于因缘牢笼,便通于解脱之"美"。

"常乐我净"这一佛学命题的佛教美学意义在于,"常"指涅槃性境恒常不易;"乐"指舍离世间俗乐、臻于涅槃的根本"大乐";"我"指精神"大自在",所谓"大自在"故名为"我";净亦名"本净"、"大净"、佛性、佛境的本善本寂。"常乐我净","大涅槃"之圆境。

何故为心不贪著?为得解脱故。何故为得解脱?为得无上大涅槃故。

---

① 《光明普照高贵德王菩萨品第十之一》,昙无谶译,载《大正藏》第十二册,"涅槃部类",《大般涅槃经》(北本)卷二一,P0489a。

何故为得大涅槃？为得常乐我净法故。何故为得常乐我净？为得不生不灭故。何故为得不生不灭？为见（按：现）佛性故。①

"大涅槃"是一个佛教"理想"，颠倒而夸大地体现涅槃学出世间的理想之光，企图照亮世间的黑暗，从而在精神上，引领芸芸众生成佛且冀望荡涤世间的污泥浊水，追求世界的"光明"之境。但凡理想，无论社会理想抑或审美理想，如果有待于现实之实现，那一定具有世俗性。此佛教美学理想的提出与建构，实际是企冀以宗教崇拜、弃世与幻想的方式，以否定世间、世俗的方式，来言述与企求实现世俗、人间的真善美。

佛教有所谓"四颠倒"说，认为世间人生之生死轮回，本无常、无乐、无我、无净，而世间芸芸却执为常乐我净，这是妄执、妄见，迷途而不知返。因而，涅槃学大倡佛教涅槃意义的"常乐我净"之理想境界，以宗教崇拜之慈悲心怀与言述，来救治世俗与人。

《大般涅槃经》与佛教美学思想的联系，固然不能不与佛教信仰与崇拜有密切关联，却并非纯粹的信仰与崇拜，它具有一定的逻辑力量与思想深度。早在译传于三国曹魏时代的《无量寿经》中，有关西方极乐净土佛国之"真善美"的描述，十分的奇思异构而无比美丽②。《佛说无量寿经》说西方净土有云：

八功德水，湛然盈满，清净香洁，味如甘露。黄金池者，底白银沙；白银沙者，底黄金沙。水精池者，底琉璃沙；琉璃池者，底水精沙。玛瑙池者，底琥珀沙；琥珀池者，底珊瑚沙。砗磲池者，底玛瑙沙；玛瑙沙者，底砗磲沙。白玉池者，底紫金沙；紫金池者，底白玉沙。或有二宝、三宝乃至七宝转共合成。其池岸上有旃檀树，华叶垂布，香气普熏，天优钵罗华，钵昙摩华，拘牟头华，分陀利华，杂色无茂，弥覆水上。③

---

① 《师子吼菩萨品第十一之二》，昙无谶译，载《大正藏》第十二册，"涅槃部类"，《大般涅槃经》（北本），卷二八，P0529b。

② 按：关于彼岸佛土之理想，除了西方净土，还有兜率天、药师净土与莲华藏世界等。

③ 《佛说无量寿经》卷上，载《大正藏》第十二册，"宝积部类"（无量寿经类），P0271a-b。

可谓其美无以复加，独一无二。然而，其所绘理想佛国之蓝图，无非人间无数宝物的集萃而已，且纯以感性形象的虚构、幻想，来感染、打动信众，属于佛教信仰层次。《大般涅槃经》则不同，它以常乐我净这一命题的逻辑论证，来诉诸信众的佛理理性，从而企图建立牢固的佛教信仰，且在此信仰之中从理性体会美的理想。这不啻可以看作，东方古代宗教理想及其美之"理性的信仰"、"理性的胜利"①。

《大般涅槃经》关于常乐我净的佛教美学因素，涅槃成佛这一微妙理想——作为"妙有"，更符合中国人一贯的偏于崇实的接受习惯，更易被当时南北朝人所接受。大乘般若中观之学是有佛教美学理想的，是以空为空，无执于空，无碍无得，毕竟空寂，这在偏于崇尚实际的信众尤其下层信众那里，是一时难以理会的。而大乘涅槃学的佛教美学理想，以空为执，变般若学的"无得"为"有得"，其教义所蕴含之美学理想的相对坐实，对于中国人的接受与欣赏口味而言，是更为适宜的。而且南北朝时，般若学的盛期已过，涅槃学与成实学等等正当其时，故在佛教美学理想上大批信众青睐涅槃成佛之说，势所必然。

"常乐我净"说，将《阿弥陀经》一类经典的西方净土信仰，努力地安置于具有一定佛学思辨深度的基础之上。其一，早在东汉末年，阿弥陀信仰始入传于中土。所谓"净土三大部"②的"净土"理想之"美"，充满于文字描述，而一般缺乏富于佛学理论色彩的逻辑论证。如《无量寿经》说西方净土宝物无数，华林遍野，"行行相值，茎茎相望，枝枝相准，叶叶相向，华华相顺，实实相当，荣色光曜，不可胜视"。力图以最美文字，打动凡心。此可称之为"文字涅槃"；

---

① ［美］罗德尼·斯达克：《理性的胜利——基督教与西方文明》"导论：理性与进步"，管欣译，复旦大学出版社，2013，第2页。按：《理性的胜利》一书说，"世界各大宗教都强调神秘与直觉，唯有基督教把理性和逻辑作为探索宗教真理的指导"，"其他各大宗教都认为诸神在本质上是语言所无法言表的，而内省才是精神修炼的正途。但是从早期的基督教开始，教父们就在谆谆教诲：理性是上帝至高无上的馈赠"（该书第2页）。笔者以为，固然作为"理性的信仰"之西方基督教义，可称为"理性的胜利"，固然佛教强调"神秘与直觉"、其佛智境界，"是语言所无法言表的"，"内省才是精神修炼到正途"，而这不等于说，佛教教义的逻辑建构和思想，不能不是所谓"理性的胜利"。

② 按：指《无量寿经》二卷（曹魏康僧铠译）、《阿弥陀经》一卷（姚秦鸠摩罗什译）与《观无量寿经》一卷（南朝刘宋畺良耶舍译）。

其二，一方面通过文字描述，让人无限地向往彼岸、出世间之"美"，另一方面，又以对此岸、世间之苦厄、罪错、痴妄情景的描绘，来对芸芸众生加以劝诫与恫吓，此《无量寿经》所谓"贫穷乞人，底极斯下。衣不蔽形，食趣支命。饥寒困苦，人理殆尽"云云，将社会之苦难、穷者号饥啼寒的惨状呈示于前，自当有值得肯定之处，而其本意，却在与西方极乐佛国理想的强烈对比中，坚定净土信仰，却未能真正彻解世俗现实之苦厄的真实原因；其三，宣扬"往生"佛国的便捷容易。只要闻说、执持阿弥陀佛名号，可使临终时，心不颠倒，即得往生阿弥陀佛极乐净土，"无有三涂苦难之名，但有自然快乐之音，是故其国名曰极乐"[①]。佛教有"三往生"说，一曰"大经往生"，《无量寿经》所宗；二曰"观经往生"，《观无量寿经》所倡；三曰"难思往生"，《阿弥陀经》所言。均称"往生"之容易。"往生"之"生"，"永生"之谓，毕其功于一役。"往生"之"乐"，"极乐"，世间无有，无与伦比。闻佛言或呼佛名号，即得"往生"，有求必应。应佛之导引，去往娑婆世界、弥陀佛之极乐世界，称"往"；化生、再生、永生于莲华佛土，为"生"。"往生"之"真善美"，非同寻常。

"常乐我净"之说，是对所谓尽善尽美之西方净土境界的逻辑展开与概括，而非一般的文字描述。"常"即恒常，"乐"即"永乐"，"我"即本我而"净"即"寂灭"，都是涅槃"无生"即因果无生、永绝因缘之"美"的佛理阐解，为净土信仰奠定了一个佛学依据。

第三节 "一心二门"：《大乘起信论》与佛教美学诉求

南北朝时，昙无谶（385—433）所译《大般涅槃经》分南本、北本而流渐于中华；诸多大乘瑜伽行派之典籍纷纷译出，其中，以真谛（499—569）所译无著《摄大乘论》、世亲《论释》与菩提流支等所译《十地经论》等影响为大；又如，由鸠摩罗什译成于后秦弘始十三、四年（411—412）的《成实论》，此时亦由罗什门下推波助澜，法雨播撒。诸多义学沙门之宗说，确在逐渐酝酿与

---

① 《佛说无量寿经》卷下，康僧铠译，载《大正藏》第十二册，"宝积部类"（无量寿经类），P0271b。

形成之中。其间，不乏辩说、歧义与会通。除涅槃师的涅槃佛性说，又有摄论师的阿赖耶说，地论师的如来藏说，楞伽师的如来藏与阿赖耶调和说，以及成实师关于涅槃学、般若学与三论宗之交汇的思想，等等，可谓蔚为大观。

中国佛教与佛教美学史上具有重要地位的《大乘起信论》，总体上以其特有的"一心二门"说，一定程度上调和义学沙门的多宗说教，在佛学"心性"说上，具有承上启下之功。

《大乘起信论》一著，相传为公元一、二世纪之际印度大乘学者马鸣撰，后为南朝梁真谛所译。有关这部重要论籍的真伪及其著者究竟是谁等问题，中外学界争论颇多而没有一致的结论。目前似乎有比较多学者倾向于认为，此著乃中华本土佛教学者所撰①。此暂勿赘述。

该书具有独特的佛学思想，它推动了以"心性"为中心命题之佛教美学的历史与人文发展。

中国美学史上，较早提出"心性"问题的，是年代略早于《孟子》的郭店楚简与上海博物馆藏楚行书②。前者《性自命出》与后者《性情论》，均有关于"息"（仁字别写，字形为上"身"下"心"）③的诸多论述。如《性自命出》云，"笃，之方也"，"息，性之方也"，"笃于息者也"；《性情论》云，"修身近至息"，等等。其余如郭店楚简的《缁衣》、《语丛》、《五行》、《尊德义》、《忠信之道》、《唐虞之道》等儒籍与道家《老子》郭店楚简本，都有息字及其论述，一再见诸于文本。

从目前检索到的字符来看，甲骨卜辞有身字而无心字，可证关于"心"的意识比较后起。查《论语》有心字仅六处，它们主要是《为政篇》的

---

① 按：参见《大乘起信论校释·序言》及"附录"，[印] 马鸣菩萨造，真谛译，高振农校释，中华书局，1992。

② 按：《郭店楚墓竹简》，文物出版社，1998；《上海博物馆藏战国楚竹书（一）》，上海古籍出版社，2001。

③ 按：庞朴《郢燕书说》说："整个郭店楚简的一万三千多字中，无论各篇的思想倾向有无差异，学术派别是否相同，以及钞手的字体如何带有个性，其所要表述的仁爱的'仁'字一律写作上身下心的'息'，其所写出的无数个上身下心的字，一概解作仁爱之'仁'，全无例外。"《郭店楚简国际学术研讨会论文集》，湖北人民出版社，2000，第40页。

"七十而从心所欲不逾矩",《雍也篇》的"回也,其心三月不违仁",等等。说明孔子的人性论思想尚未自觉地从"心"之角度说性。《孟子》一书,述"心"处竟达一百二十次,最著名的,如"心之官则思"以及"恻隐之心"、"羞恶之心"、"辞让之心"与"是非之心",依次释"仁之端"、"义之端"、"礼之端"与"智之端",等等。①

在年代大致处于孔、孟之际的郭店楚简与上博馆藏楚竹书中,涌现大量从身从心的仁字别体。如勇,《尊德义》写作上甬下心;顺,《缁衣》为上川下心;逊,《缁衣》为上孙下心;反,《穷达以时》为上反下心;伪,《性自命出》为左旁竖心右侧为;过,《性自命出》为上化下心;义,《语丛》为上我下心;德,《性自命出》与《性情论》均为上直下心;爱,《成之闻之》、《唐虞之道》皆为上既下心,等等。这雄辩地证明,从春秋末期的孔子到战国孟子百余年间,先秦儒家以"心"释"性"、释"仁"之心学时代的到来,这一审美意识与观念,曾经在先秦孔孟之际,经历了一个文化心灵觉悟的以"心"释"性"的时代。

简略地说,春秋战国时期,儒家心性说如孟荀论心性,偏重于心性问题的伦理学解;道家老庄论心性,偏重于心性问题的哲学解,这便是其精神自然的哲学。

无论儒抑或道的心性说,逻辑上都具有以"心"释"性"的思维特点。这即使从性字从心从生这一点亦能见出。难怪孟子以"恻隐"、"羞恶"、"辞让"与"是非"此四"心",来言说其"人性本善";有如庄子所谓"养生"论,实即主张"养性"、亦为"养心"、身心兼养。

印度佛教关于心色、心王与心所心色不二、万法唯心等重要教义,关于心法、心所法、色法、心不相行法与无为法,以及心识(如六识、八识)与如来藏心、真如心等的思想,包含着丰富而深邃的佛教哲学与美学思想因素,其主题是,心作为世界本原本体如何可能。

中国佛教的心本原本体说,在中国传统儒道心性说基础上,是对入渐之印

---

① 王振复:《中国美学史教程》,复旦大学出版社,2004,第69页。

度佛教心、识诸说的接引、改造与生发。本书前述东晋"六家七宗"的"心无"义，是较早出现的一个代表。东晋郗超（336—377）《奉法要》有"四等之义"即佛教所谓"四等心"①之说，其文有云："心所不安，未常加物。即近而言，则忠恕之道，推而极之，四等之义。四等者何？慈、悲、喜、舍也。"如果说，前者"心无"义是玄学本原、本体之"无"与佛教"空"义相结合的思想成果，那么后者郗超此言，则明显是打上了儒家心性说思想烙印的佛教心性说。其所言"慈、悲、喜、舍"此"四等之义"，富于佛教心性本原、本体意义上的审美情感诉求。《奉法要》指出：

> 何谓为慈？愍伤众生，等一物我，推己恕彼，愿令普安，爱及昆虫，情无同异。何谓为悲？博爱兼拯，雨泪恻心。要令实功潜著，不直有心而已。何谓为喜？欢悦柔软，施而无悔。何谓为护？随其方便，触类善救，津梁会通，务存弘济。能行四等，三界极尊，但未能冥心无兆，则有数必终。是以《本起经》云："诸天虽乐，福尽亦丧。贵极而无道，与地狱对门。"②

虽然，这里所言"慈、悲、喜、护"的人文内涵，本是佛教意义上的慈悲为怀、普渡众生，然其"等一物我"、"博爱"、"恻心"、"欢悦"、"无悔"与"善救"、"弘济"等等，是明显吸纳儒家"忠恕之道"与仁爱之心说的佛教审美情性论。尤其"等一物我"、"情无同异"与功利处"不直有心"等等说法，在一定程度上，与世俗意义的审美心理、审美心性说相契相通。

南朝梁武帝所引佛经关于"心为正因，终成佛果"③的著名佛学命题，蕴含以典型的中国佛教及其美学意义的本原说因素。在先秦儒家那里，"心"本为道

---

① 按：亦称"四等"、"四无量心"。从所缘之境，无量诸众生起；以能起之心，而谓为等，于平等处起此心故。四等，《增一阿含经》卷二一写作"慈、悲、喜、护"。

② 郗超：《奉法要》，载《弘明集》卷一三，四部丛刊影印本，载《中国佛教思想资料选编》第一卷，第20—21页。

③ 萧衍：《立神明成佛义记》，载《弘明集》卷九，四部丛刊影印本，《中国佛教思想资料选编》第一卷，第299页。

德完善之源（本原）；道家与魏晋玄学，以"游心"、"心无"之类，言说道本原、本体之美的自然心性因素。梁武帝则引以极简洁的文字，称"心"（又称为心神、真神）为成佛之"正因"，可以说，这里所谓"佛果"，即"心"果，成佛即成"心"，救世即救"心"之谓。如以美学来加以表达，岂非成佛、涅槃即"心"空之"美"？

在《大乘起信论》撰作、流渐之前，中国佛教美学史关于心性说，已积淀许多思想与思维资源，因而，《大乘起信论》佛教美学心性说的出现，并非偶然。而且，它比以往的中国佛教心性美学，更具理论深度与逻辑力量，成为此后唐代禅宗等心性佛教美学的历史、人文先导。

作为全书的总体思想，"一心二门"是《大乘起信论》的不二法门。

"一心"指"众生心"，或称"心真如"、"如来藏"。

> 摩诃衍者，总说有二种。云何为二？一者法，二者义。所言法者，谓众生心。是心则摄一世间法、出世间法。依于此心显示摩诃衍义。何以故？是心真如相，即示摩诃衍体故。[①]

大乘佛法（摩诃衍，又称摩诃衍那），概而言之，是两方面，一是它的本体，二是依止于本体的义理。所谓法，称"众生心"。此"心"统摄世俗世界一切有为、有漏法与出世间一切无为、无漏之净法。依止于"众生心"，就能显现大乘佛法的一切义理。

"二门"，指"心真如门"与"心生灭门"。

> 显示正义者，依一心法有二种门。云何为二？一者心真如门，二者心生灭门。[②]

分而言之。《大乘起信论》说：

---

① 《大乘起信论校释》，［印］马鸣菩萨造，真谛译，高振农校释，中华书局，1992，第12页。
② 同上书，第16页。

> 心真如者，即是一法界大总相法门体。所谓心性不生不灭。一切诸
> 法唯依妄念而有差别，若离心念，则无一切境界之相。是故一切法从本已
> （以）来，离言说相，离名字相，离心缘相，毕竟平等，无有变异，不可破
> 坏，唯是一心，故名真如。①

所谓"心真如门"，指法界总相法门本体。"心性"即"心真如"的本体不
生不灭。诸法形相千差万别，都由众生妄心、妄念所生起。如离弃妄心、妄念，
即无虚妄境界之存有。因而，诸法从本体而言，都离弃言说、名相与妄心之对
于言、相的攀缘。万事万物（诸法）彻底平等，无有变易，不可坏灭，便称为
"真如"、"一心"。

> 心生灭者，依如来藏故，有生灭心。所谓不生不灭与生灭和合，非
> 一非异，名为阿黎耶识。此识有二种义，能摄一切法，生一切法。云何为
> 二？一者觉义，二者不觉义。②

所谓"心生灭"，依止于如来藏，所以有生灭之染心。所谓"阿黎耶
识"，指不生不灭自性清净心与有生灭之末那识的和合，两者关系，并非同
一、又不是不一。阿黎耶识有两种意义，能统摄染、净诸法而生起染、净诸
法。这两种意义：一个是"觉"；一个是"不觉"。

《大乘起信论》又说，"一心二门"统摄"三大"、"四信"与"五行"。

"三大"：

> 一者体大，谓一切法真如平等不增灭故。二者相大，谓如来藏具足无
> 量性功德故。三者用大，能生一切世间出世间善因果故，一切诸佛本所乘
> 故，一切菩萨皆乘此法到如来地故。③

---

① 《大乘起信论校释》，［印］马鸣菩萨造，真谛译，高振农校释，中华书局，1992，第17页。
② 同上书，第25页。
③ 同上书，第12页。

　　这里，"三大"即"体大"、"相大"与"用大"之"大"，甲骨文写作大，为正面站立成年男子象形，具人之生殖的原始义。转义为哲学、美学，指本原。这为前文多次所提及。"众生心"或云"心真如"、"如来藏自性清净心"，可以展开来说，为"体大"、"相大"与"用大"，此即其"体"为"真如平等不增减"；"相"，由"体"即"如来藏"显现为"具足无量功德"；"用"，从"体"而显"相"且"生一切世间出世间善因果"，而归根结蒂，无论"相"还是"用"，统归于作为本原、本体之"一心"即"众生心"。

　　《大乘起信论》所谓"四信"，即"信根"、"信佛"、"信法"、"信僧"，以及"五行"即"布施"、"持戒"、"忍辱"、"精进"、"止观"与"一心二门"的逻辑关系，亦在本原意义上可归结为"一心"即"众生心"，此勿赘。

　　在美学上，"心"是一大重要的佛教美学范畴。虽然，"心"这一概念并非始于佛教，无论在印度与中国，都因佛教的流传与发展，而赋予其复繁、深刻的历史与人文内涵。中国佛教美学史对"心"问题的关注与研讨，当然并非始于《大乘起信论》。正如前述，起码早在东晋时期，所谓"六家七宗"中，已有三家论"心"之有、无（空）诸问题。元康《肇论疏》卷上引录宝唱《续法论》，称释僧镜《实相六家论》云："第三家，以离缘无心为空，合缘有心为有。第四家，以心从缘生为空，离缘别有心体为有。第五家，以邪见所计心空为空，不空因缘所生之心为有。"方立天《中国佛教哲学要义》指出："三家论心空，有三种不同观点：一是心离开因缘，是无心，是心空；二是心从缘生而起是自性空；三是以邪见计度心空是空。三家论心有，有两种观点，第三第五两家都是以因缘和合而生起有心为心有，第四家则以离开因缘而别有心体为有，即心体是离缘而存在的。"[1]可见东晋的佛教学者，已经开始认真讨论"心"的空、有问题，而始成不同宗说。僧肇的"不真空"、"物不迁"、"般若无名"与"涅槃无名"诸说，一定值意义上，实际亦在倡说"心"的体用、动静即"心"的空、有之见，其有关"心无者，无心于万物，万物未尝无"的说法，可读为"心空者，空心于万物，万物未尝空"，批评"心无"义"此得在于神静，失在于物虚"[2]为空心不空色，云云。可见，僧肇主张心物（色）二空。

---

① 方立天：《中国佛教哲学要义》下卷，中国人民大学出版社，2002，第812页。

② 僧肇：《不真空论第二》，载《肇论》，上海佛学书局影印本。

心本原说，在东晋郗超那里，被概括为"心为种本"①这一佛学命题，自当别开生面。然这一佛学所蕴含的美学之思，是包含在其果报思想之中的，并非自觉地提出新见。南朝宋宗炳《明佛论》称，"夫《洪范》庶征休咎之应，皆由心来"。又引述佛经云："心为法本。心作天堂，心作地狱。"提出"是以清心洁情，必妙生于英丽之境；浊情滓行，永悖于三途之域"②。宗炳以经典佛学的"心为法本"这一命题，阐其佛学之见，其实已从这一佛教的心本原说后退。他先从中华传统古典《洪范》关于"庶征体咎之应"的巫术命理角度，来说"心"的本原意义，所谓"皆由心来"，实际已不合佛教心本原义；又将佛教成佛意义的"心"，既释为"清心洁情"，又否其"浊情滓行"，在理论与逻辑上，显然不够准确。宗炳持"神不灭"说，这妨碍其提出明晰的心本原说。梁武帝萧衍引述佛经并发挥道："心为正因，终成佛果"。"夫心为用本，本一而用殊，殊用自有兴废，而一本之性不移"，此心原之说，与《大乘起信论》所言相通。梁武帝臣沈绩"序注"有云："略语佛因，其义有二：一曰缘因，二曰正因。缘者，万善是也。正者，神识是也。万善有助发之功，故曰缘因。神识是其正本，故曰正因。"③

《大乘起信论》"一心二门"及其佛教美学的"心本原"思想，是对前哲与时贤相关思想、思维成果的承传与超越。

首先，它糅合东晋"六家七宗"之三家即"本无"、"心无"与"即色"关于"心空"（各有偏重）与僧肇心、物二空之见，采撷东晋郗超有关"心为种本"、南朝宋宗炳与梁武帝源于印度佛典有关"心为法本"、"心为正因"的思想，剔除与拒绝来自魏晋玄学那种以"无"说"空"的"格义"方式，以及关于因果报应与"神不灭"的局限，以"一心"这一范畴，简洁地言说成佛之本原。从而，一般而原则性地寻找与奠定成佛的依据，为成佛意义上的心灵之大

---

① 郗超：《奉法要》，载《弘明集》卷一三，四部丛刊影印本。

② 宗炳：《明佛论》，载《弘明集》卷二，四部丛刊影印本。按：三途：佛教以火途、血涂与刀途为无边苦海之喻。火途：地狱道猛火焚烧处；血涂：畜生道相互残食处；刀途：饿鬼道刀山剑丛处。

③ 萧衍：《立神明成佛义记并沈绩序注》，载《弘明集》卷九，四部丛刊影印本，《中国佛教思想资料选编》第一卷，第299页。

美，打下心学之基。

其次，它并非仅仅将成佛与心灵之大美的必然与可能，一般地归结为"心"，而是把这"心"在理论上规定为"众生心"。这立刻让人想起《大般涅槃经》关于"一切众生，悉有佛性"的论述。这是以"众生心"来言说、概括与改造"众生悉有佛性"，无异于将成佛、成美的正因，归结为主体、主观意义上的"众生"之"心"，而不是原则地然而也是笼统地归结为佛性。在逻辑上，这是将成佛的本原（正因），从作为本体的佛性，向主体、主观意义的"一心"即自心、自我、大我转移。

成佛、成美究竟如何必然与可能？都因"众生心"普遍存有，且永恒地显现与发挥其功用之故。佛性固然是夸大而完美的人性，而且"一切众生，悉有佛性"，然而佛性本身，却不能自己成佛、成美。成佛、成美须依止于主体、主观的渐修渐悟或顿悟。

学界有人以为，"众生心"即佛性。如果两者在外延、内涵上完全等同，就没有必要在佛性这一范畴之外，再创构"众生心"这一范畴。其实，两者是非一非异的关系。人性美的实现与提升与心灵美的创造与发展，固然并非绝对同一，然而，难道两者又是绝然不同的吗？无论世界意义上道德人格美的修为，还是佛教意义上的成佛涅槃，一般人众还是佛徒，现实中最管不住的，是他自己的那颗"心"。无论修身养性，还是往生西方净土之类，关键在于其直接之"心"如何可能，而"性"为"心"之本在依据。往生净土，当净其心。心净即佛土净。佛国何在？不在"西方"，在当下此"心"，"西方"即"心"。故"心净"则"佛土净"，成佛、成美实乃"成心"。"心"为万象之原。"心为种本"、"心为法本"，此之谓。中国先秦孟子所倡"人性本善"、荀子所倡"人性本恶"，实则"人心本善"、"人心本恶"，都从"心"立论、从"心"处说。胡塞尔现象学，将"意向性"作为审视、认知世界的逻辑原点，"意向"、（意象）即"心"。故世界即"意向"、世界即"心"。或曰世界及其可能之美，即"心"之意义。就《大乘起信论》"众生心"及其美学意蕴而言，此"众生心"，即佛性，否则，何以可说"一切众生，悉有佛性"？自不同于孟荀"本善"、"本恶"与胡塞尔的"意向性"。"众生心"，指众生之人性即人心成佛何以可能，指本在之空寂，其"心"之尘垢唯因俗世遮蔽之故。《大乘起信论》关于"众生心"

的提出及论证，丰富也推进了佛性说的心学内容与心学思辨。

第三，"众生心"作为如来藏自性清净心，之所以生起"心真如门"即"心生灭门"，是因其"显示正义"之故。这里所言"正义"，实为成佛亦即成美之"正因"。"正义"（正因）是"一心"之所以能够开出（"显示"）"二门"的根据与动原。从"一心"开"二门"，是《大乘起信论》独特的逻辑展开。它引入"真如缘起"的如来藏思想。所谓如来藏，为如来（真理）藏于烦恼之义，又指真如出于烦恼。《楞伽经》卷四云："如来之藏，是善不善因，能遍兴造一切众生。"如来、真如犹胎藏，孕育于一切有情众生之烦恼，而无烦恼即无所谓如来。如来者，如实而来，如真理而来。《胜鬘经》云："如是（按：实之义、真理之义。）如来，法身不离烦恼藏，名如来藏。"此乃众生烦恼"藏"于如来之谓。此经又说，"此性清净如来藏，而客尘烦恼、烦恼所染，不思议如来境界"。如来自性本净，"若离若脱若异一切烦恼藏"；又"不离不脱不异不思议佛法"。因而，如来藏的逻辑结构是：佛众生、真如烦恼、清净染污、出缠所缠、无漏有漏、空不空、觉不觉、善因不善因等，合二而一又二律背反。不一不异非一非异。不生不灭与生灭和合，非一非异，名为阿黎耶识。

南北朝时，印度诸多大乘瑜伽行经典入渐于中土，大力宣说作为瑜伽行派的根本佛学观及其主导性的佛学范畴"阿赖耶识"（亦译为"阿黎耶识"等）。当时，地论师、摄论师所争论的问题之一，是关于阿赖耶识的真妄问题。隋代吉藏（549—623）总结这一争辨有云：

> 又旧地论师（按：相对于隋地论师而言）以七识为虚妄、八识为真实。摄大乘师（按：摄论师）以八识为虚妄、九识为真实。又云，八识有二义：一妄、二真。有解性义是真，有果报识是妄用。《起信论》生灭、无生灭合作梨耶体（按：阿黎耶识）。《楞伽经》亦有二义：一云梨耶是如来藏，二云如来藏非阿黎耶。①

南北朝时，大乘瑜伽行派的一支，以世亲《十地经论》为典要，称地论师，

---

① 《行品第十三》，载吉藏：《中观论疏》卷七，载《大正藏》第四十二册，P0104c。

主张前六识及七识，皆为妄识，而第八名识，称真识。摄论师之论，以无著《摄大乘论》为宗依，主九识论，称"法身"，由九识即阿黎耶识所摄持，才得成就"法身"。即在八识之外，再标第九，或名"阿摩罗识"（amala），主张八识为妄，而第九为真。这是真谛译传《摄大乘论》、取《决定藏论》的缘故。《决定藏论》卷上有"断灭"之论：

　　　　断有四种：一者避断，二者坏断，三者定断，四者本永拔断。①

　　《决定藏论》认为，"阿罗耶识"即阿赖耶识者为妄识。此即《摄大乘论》以第八识（阿赖耶识）为虚妄，以九识即"阿摩罗识"为真实。所谓"转识成智"，为阿罗耶识"断灭"，"此识灭故，一切烦恼灭"而证阿摩罗识。阿罗耶识有漏而阿摩罗识无漏。

　　这也是《楞伽经》②的基本教义，是如来藏说与阿赖耶说的结合。其卷一云，"如来藏自性清净"、"不生不灭"。其卷四称，"如来藏是善不善因"。就其"善"因而言，自性清净；就其"不善因"而言，其"为无始虚妄恶习所熏，名为识藏，生无明住地，与七识俱。此如来藏虽自性清净，客尘所覆故，犹见（现）不净"。

　　可见，《大乘起信论》所谓"一心"（众生心）生起"二门"，即"心真如门""心性不生不灭"与"心生灭门"的"有生灭心"说，是在糅合大乘唯识论八识与九识论关于真、妄以及《楞伽经》关于如来藏与阿赖耶识论基础上而所创构的一个新说。它以简洁、明晰的表述，准确而简要地概括所谓"正道邪道不二，了知凡圣同途，迷悟本无差别，涅槃生死一如"的精神境界，这也便是吉藏所谓"《起信论》生灭、无生灭合作梨耶体"，它以真为"觉"、妄为"不觉"。

　　真妄作为一对偶性佛学范畴，是"众生心"所开出的"二门"，亦即所谓

---

① 《决定藏论》卷上，载《大正藏》第三十册，P1021c。
② 按：全称《楞伽阿跋多罗宝经》，凡四卷，南朝宋求那跋陀罗译。另有菩提流支译本、实叉难陀译本，以求那跋陀罗译本为最早。

"是心则摄一切世间法、出世间法"，自当不同于巫学意义的吉凶、科学认知意义的是非、道德判断意义的善恶与世俗审美意义的美丑。它以离弃世间俗谛而为真为觉，以沾染世俗实有而为妄为迷，是对世俗意义之真妄的颠复与拒绝。

世间万类及其美之事物，从哲学上看，都是现象本体、主体客体、主观客观的统一，此之所谓天人合一、物我浑契。丑之事物，有时原为如是之"统一"。往往因为，随着历史、人文时空的变迁，原本美的事物现象，可能由美变丑。这便由"统一"转化为"分裂"。美在于和谐，而不等于和谐。和谐之美，以优美为典型。悲剧的崇高之美，并非因其"天人合一"，而是相冲突之故。有时美并非原于和谐，倒是与不和谐相联系。在悲剧崇高的审美中，悲剧美本身，起于冲突的不可调和而导致痛苦甚而"正义"的毁灭。就悲剧美的欣赏来说，是欣赏者"正义"之"心"，与悲剧美的"正义"性达成谐调和鸣。一般意义的现象是本体的，本体是现象的。其美丑及崇高卑下等，既属现象亦属本体，二者二而一、一而二，统一存在、实现于同一现实。因此就世间美丑、真妄而言，世界是唯一而统一的，它为人类对它的审美（感悟），提供了无限可能性。

可是，佛教并不如此审视世界的美丑问题。在逻辑上，佛教首先将世界看做世间出世间、此岸彼岸两分。前者生灭、虚妄；后者不生不灭、真实；前者俗有而后者空幻；前者丑而后者美。之所以如此，是因为世间此岸及其万类现象，无一不为因缘所攀缘系缚；出世间即彼岸这一世界，已是了断尘缘、跳出轮回而入于涅槃之境。世间、此岸之所以虚妄，是由于本体为现象所遮蔽，众生的感觉、认知与感悟力无以真实地把握，佛即众生；出世间、彼岸之所以真实，是因众生通过修持、感悟而祛蔽，使本体真实与美，得以显现之故，众生即佛。一切世间法可知见者，如水月形。一切诸法从意而生形。六根即眼耳鼻舌身意诸根所"知见"的世界及其可能之美丑，作为妄知妄见，如水中之月那般不真不实。僧肇说世界之妄与丑与出世间之真与美有云：

> 夫以见妄，故所见不实；所见不实，则实存于所见之外；实存于所见之外，则见所不能见；见所不能见，故无相常净也。①

---

① 僧肇：《维摩诘经注·弟子品第三》，载《中国佛教思想资料选编》第一卷，第177页。

在佛教瑜伽行派看来，人的六根所感知的，只能是一个虚妄而不真实的世界，这是因为真实及其美，只存在于或实现于六根感知之外。按大乘瑜伽行派八识论①，前六识即眼识、耳识、鼻识、舌识、身识与意识等，不能真实地感知彼岸世界及其美，第七识末那亦然。惟有第八识阿赖耶，以其含藏一切诸法之种子故，可能与涅槃、佛性、真实与美相系。至于九识论，则主张这一真实与美的种子，属于第九识阿摩罗。然而正如前述，虽说八识论主张"前六及七，同名妄识，第八名真"，而九识论又"以八识为虚妄"，可见《大乘起信论》的真妄之见，即由"一心"开"心真如门"与"心生灭门"此"二门"的真妄之见，实际乃糅合地论师"第八名真"与摄论师"以八识为虚妄"的见解而成。这无异于承认，第八识阿赖耶，既是真（美）、又是妄（丑）的根因与本体。只是《大乘起信论》将此真（美）、妄（丑）的根因与本体，用"众生心"即如来藏自性清净心这一佛学概念、范畴来加以表示罢了，它"摄一切世间法、出世间法"。

虽然如此，《大乘起信论》并未将此"世间法"之妄（丑）与"出世间法"之真（美）同等看待。它以"熏习"说的逻辑"方便说法"，称"众生心"固然本是清净而真（美），却因"熏习"之故，"随染分别，生二种相，与彼本觉不相舍离"。这里所言"二种相"，即"心真如门"与"心生灭门"；所谓"本觉"，即指"众生心"。《大乘起信论》接着以一个生动比喻，来称说"众生心"与"熏习"的关系：

> 如大海水，因风波动，水相风相不相舍离。而水非动性，若风止灭，动相则灭，湿性不坏故。如是众生自性清净心，因无明②风动，心与无明俱无形相，不相舍离。而心非动性，若无明灭，相续而灭，智性不坏故。③

① 按：《阿差末菩萨经》卷五云："所云识者，眼色、耳声、鼻香、舌味、身触、心法，所识之著，是谓之识。"此为六识之论。在六识之上加第七末那、第八阿赖耶，称八识。

② 按：无明，痴妄、暗钝之心，真理无以彻照。《大乘义章》卷四云，"言无明者，痴暗之心，体无慧明，故曰无明。"

③ 《大乘起信论校释》，[印] 马鸣菩萨造，真谛译，高振农校释，中华书局，1992，第36页。

　　"众生心"犹如"大海水"，由于"无明"此"风"之"熏习"而"因风波动"。然而，无论"风动"、"风止"，却是"大海水"本在的"湿性不坏"。"自性清净心"亦然，尽管"无明风动"，"而心非动性"，尽管"智性"可被"无明"遮蔽，而"智性不坏"。《大乘起信论》又说："以熏习故，则有妄心。以有妄心，即熏习无明。"①"众生心"本是清净，本在真实，仅因"熏习"而堕于"无明"、虚妄不真。

　　以佛教美学言之，世界的真美，一定是"自性清净心"本在的真美。好比水之"湿性"，永恒"不坏"。以水之"湿性不坏"喻"智性不坏"，此喻美丽。此"心"无论何时何地，都是真美的正因、本体。因"熏习"故，气分染于真如、阿赖耶识，称为种子或习气作用，遂开"心真如门"与"心生灭门"。《大乘起信论》又有喻曰，"熏习义者，如世间衣服实无于香。若人以香而熏习故，则有香气"。"香气"熏染，遂使"二门"显现，"心真如"本于真美，而"心生灭"染在妄丑。可见妄丑之成因，并非真如、阿赖耶识本身，是真如、阿赖耶识因无明熏习之故。这一成因，残留着缘起说的思想因子，实际是本书前文所述"正因"与"缘因"之间的某种作用。这亦便是，世界之真美本在而永恒。其妄丑，作为真美本在之"他者"，是暂在而可被"祛蔽"的。从浓重的佛教氛围中，透露关于世界的真妄与美丑，鲜明地具有悲观主义的世间观兼乐观主义出世间观之双重的思想品性和倾向。

　　第四，从"一心"所开"二门"，有"觉"与"不觉"的分野。"心真如门"者，"觉"；"心生灭门"者，"不觉"。觉，梵文Bodhi，菩提、觉悟之谓。断烦恼障而证涅槃之一切智，称菩提。僧肇《注维摩诘经》云："道之极者，称曰菩提。……菩提者，盖是正觉无相之真智乎。"《唯识述记》亦云："梵云菩提，此翻为觉。觉法性故。"《大乘起信论》说"觉"与"不觉"义尤为透彻：

　　　　所言觉义者，谓心体离念。离念相者，等虚空界，无所不遍，法界一相，即是如来平等法身。依此法身说名本觉。何以故？本觉义者，对始觉义说。以始觉者，即同本觉。始觉义者，依本觉故而有不觉，依不觉故说

---

① 《大乘起信论校释》，[印]马鸣菩萨造，真谛译，高振农校释，中华书局，1992，第78页。

有始觉。又以觉心源故，名究竟觉。不觉心源故，非究竟觉。[①]

"觉"，指"心体离念"，离弃妄念而现清净心。念则有妄，"正念"实为无妄念，无妄念必发明"本觉"。"本觉"是就"始觉"而言。就本体来说，"始觉"与"本觉"在"觉"处相同。在逻辑上，与"始觉"、"本觉"相对立的，是"不觉"。"不觉"即"本觉"的受蒙蔽，即系累、尘心、妄心。"始觉"是"本觉"的发蒙。"究竟觉"，彻觉"心源"（心原）之谓。《大乘起信论》说："一念相应，觉心初起，心无初相，以远离微细念故。得见（现）心性，心即常住，名究竟觉。"此是。反之，则为"非究竟觉"。

《大乘起信论》对"觉"与"不觉"问题，进行了多方面的论证。一，"觉"作为"心体"，即为"离念"的自性清净心，此所谓"一心"。反之，为"不觉"；二，"本觉"作为本在之觉，"藏"于"如来平等法身"，离弃妄念，脱尽业障，具无边大功德，故名"法身"；三，"本觉"是一本体论范畴，"始觉"是就主体而言的。"始觉"发生，必然是对"不觉"即妄念的拒绝；四，"始觉"生起而回归于"心源"[②]即"一心"（心体），为"究竟觉"，意味着"得见心性，心即常住"。

"觉"抑或"不觉"，是佛教美学一大主题。从世俗看，"觉"是觉知、明了事理的意思。如科学认知，就是一种"觉"，它先有物我，主客的分别，通过一定的实践方式与过程，包括可能的反复试验与验证，可能达成物我、主客的合契，以发现真理为目的，具有一定的科学真理性。道德意义的"觉"与"不觉"，决定于道德主体对一定健康的社会公德之自觉的认知与践行，以达成道德的趋于完善，否则便是不自觉。道德觉中，具有一定的科学认知与审美因素，它体现了一定社会人群在认知、处理人与自然，人与社会之关系时历史与人文的内容与水准，道德是处理、协调人际关系的准则。其中重要的，在认知与实践意义上，不断调整、创立与淘汰某些道德准则与行为，以健康地认知与

---

① 《大乘起信论校释》，[印] 马鸣菩萨造，真谛译，高振农校释，中华书局，1992，第27页。

② 按：《菩提心论》云："妄心若起，知而勿随。妄若息时，心源空寂，万德斯具，妙用无穷。"依《大乘起信论》，"众生心"是诸法空寂的源泉，故有"心源"之说。参见《大乘起信论校释》，第27页。

处理一定的人际关系，从而完善个体与群体之人的人格。科学认知之"觉"与道德知、行之"觉"，都是主体的一种自觉意识与行为，虽然两者都与审美相关，但是"科学觉"与"道德觉"不同于"审美觉"。从快感角度分析，认知感、道德感与审美感三者，尽管彼此溶渗，它们在人文品质与心理结构上的区别，还是很大的。相比而言，审美是一种高级的实践与心理的活动方式、过程、状态与境界。无论关于自然、艺术或人格之类的审美，实际都体现出一定时代、社会与人文、包括科学认知、哲学关怀、道德操守等的质素、意义与水平。就此意义而言，审美是一定时代与社会人群的心灵感觉，也是心灵感悟。它是人类之高级而自觉的人文、心灵之"觉"。而科学认知、道德求善与艺术审美三者，都在不同程度与意义上，与宗教崇拜相联系。科学认知一般地与宗教崇拜背反，又往往与宗教崇拜结伴而行。科学认知以追求真理为崇高理想，这理想，可以进入宗教境界，它相系于审美；道德的趋于完善，既通向宗教，又令道德求善，向人格审美转嬗；审美本身达于化境，可以进入宗教般的崇拜之域。科学求知、道德求善、艺术求美与宗教求神，作为人类把握世界的四大基本方式，历史地生成、推进与相互转嬗人的理智感、道德感、审美感与崇拜感，它们都是属于人的"感觉"。

无论科学认知、道德知行、艺术审美还是宗教崇拜之"觉"，究竟是否是一种"本觉"呢？一般而言，这四者的"觉"，都与主体、主观相联系。其间，审美主体与主观意义上的自我意识、自觉意识，同时是审美过程、审美实现时，体现为一定天人、物我与主客浑契、统一的自我、自觉意识。这四"觉"的人文质素品格，以及不同程度地所体现的审美心理机制等，固然有不同，而在四者之不同的感觉、认知与感悟中，所共同存在与实现的那种"觉"，都是人的尊严崇高（在宗教中首先表现为神的尊严崇高）、人的理想追求、人的幸福快乐与人的痛苦生活毁灭。它是人的"本觉"也是人的"始觉"。就科学认知而言，它是在认识、把握谬误之时发生的；道德知行，始于对一定道德之"恶"的回避与反对，是弃恶向善；在艺术审美或是对于自然的审美中，它启动于审美瞬时的泯灭是非、荣辱、功利与物我、主客等分别的心理界限，达成审美的物我一如、宁和、愉悦，或是从剧烈的内心冲突、痛苦之中，升华起心灵的崇高与净化，这主要体现在对艺术悲剧的审美中。而宗教崇拜，或是作为凡此种种的人文与心灵背景，或者直接成为历史与人文"主角"，它一直在不同境遇、不同程度上发挥作用。

《大乘起信论》认为，那种"离念相者，等虚空界，无所不遍，法界一相，即是如来平等法身"的"觉"，是一种本体本原意义的"本觉"。在逻辑上，是将"觉"这一范畴从主体、主观向客体、客观方向挪移，"觉"作为精神实体，被设定为似可离开主体、主观，而客观地独立存有于西方哲学与美学的所谓"客观唯心主义"地位。进而又将"觉"这一个"心"，称之为"心体"，将"觉"这一范畴，由客体、客观向本原本体挪移，设定其为本原、本体范畴。"觉"的本体化即为"本觉"；"本觉"这一范畴，当指本在之觉，且具本原意义。阿赖耶识作为一种精神实体兼精神载体，是"觉"（亦包括"不觉"）之本在亦是"觉"的发生之根因，可称为本在、本原之"觉"。这用《大乘起信论》的话来说，正如前引，"此识有二种义，能摄一切法，生一切法"。"能摄一切法"，指本体；"生一切法"，指本原。"又以觉心源故，名究竟觉"，此指主体、主观之"觉"，向"心源"这本在、本原之"觉"的回归与合契。这里，"心源"即为心原。

在佛教美学上，《大乘起信论》的"本觉"说，具有作为心原、心体之"心性"趋于解放的意义。

人之"心性"何以解放？在佛教及《大乘起信论》看来，世俗意义之科学认知、道德知行与艺术审美等，都不能使人的心性获得真正解放。惟有宗教意义的断灭妄念，斩除业障，遂使阿赖耶识的"本觉"作为本原、本体重见光明，才能是心性的真正解放。该心性包括人性、人格两方面，而且是属心意义上的。《大乘起信论》以为，尽管世俗世界及其众生无比黑暗、罪孽深重、五毒俱全、妄念横行，却远不是不可救药的。如来藏自性清净心即本在之觉性，是对治的良药。这觉性，即阿赖耶识之"心真如"。所谓对治，《大乘起信论》称"对治邪执者"，即对治于妄念。"一切邪执，皆依我见。若离于我，则无邪执。""无邪执"即断灭我执（人我见）、法执（法我见）。为此，《大乘起信论》倡言"发心"：

复次，信成就发心者，发何等心？略说有三种。云何为三？一者直心，正念真如法故；二者深心，乐集一切诸善行故；三者大悲心，欲拔一切众生苦故。①

这里，问题的关键在三方面：

一，当《大乘起信论》说心性"本觉"时，则无异于倡说佛性"本觉"。这佛性，是完美之人性的别一说法。人性本是完美，以佛家之言，即阿赖耶识"不生不灭"的"心真如"。这又重申了所谓"一切众生，悉有佛性"的老命题。不过，这里阿赖耶识之说，在理论上远比《大般涅槃经》的佛性之见，显得复杂而精致。

二，《大乘起信论》的"本觉"说，作为对治世间妄念、妄执的精神利器，其觉性的本原、本体化，实际已将佛性、涅槃所谓完美的心原、心体化，这也便是将人性的完美与否，变成了一个"人心"问题，亦即将人性的解放，转化为人格的解放。这里，有诸多蕴含于佛教、伦理之审美意蕴在，其间，包含崇拜与审美、道德作为审美如何可能等问题。这是因为，任何出世间的问题包括美丑与否，都不能不与世间相关。为了企图解答、解决世间的人性、人格之美丑何以可能，不得不在逻辑上，将世间之人性、人心，悬拟为出世间的佛性、涅槃与如来藏自性清净心（心真如）之类来加以求解。这一求解，在宗教的崇拜狂热与寂默沉思之中，可谓诗意盎然。然则此求解之不易，又不得不借助世间、现实的力量，从而回到世间。世间与出世间的往复回互、出入"方便"，当然亦是富于诗趣之美的。

三，按大乘教义，佛性无疑是完美的，成佛也是可能的，这是由于佛性"本觉"之故。然而这并非等于说，人人皆必成佛，有如人性的解放与美的提升，只是可能而非必然。《大乘起信论》说："譬如大摩尼宝（按：如意宝珠），体性明净，而有矿之垢，若人虽念（按：想念、追求）宝性，不以方便种种磨治，终无得净。"所谓"发心"即发"直心"、"深心"与"大悲心"等，便是人格修为意义上的"方便种种磨治"。

---

① 《大乘起信论校释》，[印] 马鸣菩萨造，梁真谛译，高振农校释，中华书局，1992，第137页。

《大乘起信论》又云，"得净"之"方便"有四种，即所谓"根本方便"、"能止方便"、"善根增长方便"与"大愿平等方便"，考究其义，与"发心方便"通。"方便"的美学意义，体现了世间与出世间、人性与佛性、人性解放与佛性"本觉"之间逻辑与人文的必然联系，它以"发心"即"发菩提心"、"真如心"的种种修为、体悟方式，将如来藏自性清净心及其"本觉"之美与回归，实现于人格层次。

四，《大乘起信论》以如来藏自性清净心为成佛、成美之根因（正因），又以"熏习"说，以"众生心"在开显"心真如门"时又开显"心生灭门"来说丑、恶之"缘因"，在思维方式中，有如从孟子"人性本善"兼荀子"人性本恶"之综合来论述成佛所蕴含人性、人格美的发生。只是一在空观，一在有观；一在真谛，一在俗谛。在此空有、真俗不二。而在《大乘起信论》看来，妄念之丑恶源于"缘因"，一般并非"本觉"所致，因而是暂在的。

第四节　譬喻、偈颂、梵呗与诗性审美

佛教广传中土，以宣说教义、仪规使天下信徒"起信"为宗。教义之意邃义深，复繁玄奥，往往难以为人所理会领悟。佛法之不可思议、不可言说又不得不思议、言说，这种宗教人文的尴尬与无奈，佛教聊以"方便说法"来加以解决。作为"方便说法"，便运用种种手段，包括譬喻、偈颂、梵呗、唱导与转读等，来加以实现，以开示众生、咸令欢喜的传教目的，包含一定的诗性审美因素。其中，譬喻、偈颂与梵呗之类，构成文学、音乐审美之艺术符号形象与佛教教义之间微妙而深邃的人文联姻，具有独特的美学品性。

关于譬喻

譬喻的美学意义问题，本书前文已稍有论及，这里再试作简析。

　　种种譬喻，广演言故。无数方便，引导众生，令离诸著。[①]

---

① 《方便品》，载《妙法莲华经》卷一，《大正藏》第九册，P0005c。

为了"演说佛法"即讲经"方便",汉译佛典如《百喻经》、《旧杂譬喻经》、《杂譬喻经》、《众经撰杂喻经》等,都以故事生动有趣,言辞优美,说法透彻,诗性与思性相结合的种种譬喻,来传达佛法智慧,以化导众生。《旧杂譬喻经》卷上所载"鹦鹉救火"、卷下"昔有鳖遭遇枯旱",《杂譬喻经》"开瓮自见身影"、"田舍人鞭背"与《百喻经》"灌甘蔗喻"、"债半钱喻"等,皆尤为精彩。佛僧讲经时,常以"譬喻"开化愚痴,实际以浅近事例、生活经验等现象,以此譬彼、以浅喻深而启心智。令佛经的听者、读者领会玩味。

《百喻经》"灌甘蔗喻"有云:

> 昔有二人,共种甘蔗,而作誓言:"种好者赏,其不好者,当重罚之。"时二人中,一者念言:"甘蔗极甜,苦压取汁,还灌甘蔗树,甘美必甚,得胜于彼。"即压甘蔗,取汁用溉,冀望滋味。返败种子,所有甘蔗,一切都失。①

这是讥讽妄执"功利"无当、急功近利之举,譬喻修持佛法,须顺其自然、水到聚成。

"债半钱喻"云:

> 往有商人,贷他半钱,久不得偿,即便往债。前有大河,雇他两钱然后得渡。到彼往债竟不得见。来还渡河复雇两钱。为半钱债而失四钱,兼有道路疲劳之困。所债甚少所失极多。果被众人之所怪笑。世人亦尔。要少名利,一至毁大行。②

> 昔有愚人至于他家。主人与食嫌淡无味。主人闻已更为益盐。既得盐美便自念言:所以美者缘有盐故。少有尚尔况复多也。愚人无知便空食盐。食后口爽返为其患。譬彼外道,闻节饮食可以得道。即便断食,或经七日或十五日,徒自困饿,无益于道。如彼愚人,以盐美故而空食之。③

---

① 《灌甘蔗喻》,载《百喻经》卷一,《大正藏》第四册,P0545b。
② 同上书,P0545b。
③ 《愚人食盐喻》,载《百喻经》卷一,《大正藏》第四册,P053a。

求之小利，而失之愈大，得不偿失；未明因果联系，执滞于偏，岂得真谛？讽喻芸芸众生的迷妄愚痴。

在《阿含经》中，寓意深刻的譬喻，亦颇多见。据本书前引《中阿含经》，佛陀导引鬘童子随佛修行，鬘童子请求佛陀先为其解答如下疑难："如来终、如来不终？如来终不终、如来亦非终亦非不终耶？"这一提问，很有些形而上的意味。佛陀却未作玄义深奥的说理，而是以"譬喻"开导："犹如有人身被毒箭，因箭毒故受极重苦"。此时，其亲族本该做的一件事，是立即求医、拔箭、清除毒患。

> 然彼人者方作是念："未可拔箭。我应先知彼人如是姓、如是名、如是生为长短精细，为黑、白、不黑不白、为刹利族、梵志、居士、工师族、为东方、南方、西方、北方耶？未可拔箭，我应先知彼弓为拓、为桑、为槻、为角耶？未可拔箭，我应先知弓扎，彼为是牛筋、为獐鹿筋、为是丝耶？未可拔箭……"[①]

是的。现在最迫切要做的事，是立刻拔除箭毒，而不是空谈、研究射箭者姓甚名谁、毒箭射自何方与以何种材料制成等问题。这一譬喻，说理透辟而诗意葱郁，是一则著名"箭喻"。讲、读这一"箭喻"故事，有令听、读对象"恍然大悟"之效。

《妙法莲华经》有所谓"法华七喻"，包括"火宅"、"穷子"、"药草"、"化城"、"衣珠"、"髻珠"与"医子"诸喻。比如"火宅喻"，譬说欲界、色界与无色界等所谓三界生死轮回，犹因于火宅。三界如火宅烈焰，诸苦犹如网罗，畏怖非常，生老病死，忧患烦恼，痛苦不已。《金刚般若经》有"六喻"之说，一切有为法，如梦、幻、泡、影、如露亦如电，应作如是观，此之所谓"六如"之喻。此喻世间皆是造作、虚妄不实而刹那生灭。《金刚经》以此"六喻"说"有为法"义，确有导引众生顿入般若之效。颇为流行于南北朝的《大般涅槃经》，亦有"乳药喻"、"寄物喻"、"额珠喻"、"一味药喻"、"卖乳喻"、"二女

---

① 《箭喻经》，载《中阿含经》卷六〇，《大正藏》第一册，P0805a。

喻"与"筌筏喻"①等。而《涅槃经》卷六所载所谓"盲人摸象"之喻，以全象喻佛性，盲人譬如无明众生，被称为"象喻"，更是深入人心。

譬喻，梵文avadāna，以浅近感性的言说，显引未了难了之佛法。《法华文句》卷五有云，"譬者，比况也；喻者，晓训也。托此比彼，寄浅训深"，故为譬喻。《涅槃经》卷二九有佛典"譬喻八法"之说。此即一、顺喻（随顺于世谛而说自小而大之理）；二、逆喻（逆反于世谛而述自大而小之义）；三、现喻（以现象为喻）；四、非喻（假设非实事之喻）；五、先喻（先设喻而后以解佛法）；六、后喻（先说佛法而后设喻）；七、先后喻（先后所述皆取喻意）；八、遍喻（通篇设喻以明佛法）。《大智度论》有"佛法十喻"之言，称说"设喻晓佛"的根因与必要。其文云："问曰：'若诸法十譬喻皆空无异者，何以但以十事为喻，不以山河、石壁等为喻？'答曰：'诸法虽空，而有分别。有难解空，有易解空。今以易解空喻难解空。'"②"设喻晓佛"即"解空"，有易有难，故设"十譬喻"是必要的。其实也是《涅槃经》称喻具有八法的理由，"诸法虽空，而有分别"之故。以"易解空"来譬喻"难解空"，即以"易"浅之理，喻"难"深之义，是《大智度论》"十喻"之说的新见解。

且再略说《百喻经》。此经旧题《百句譬喻经》，原名《痴花鬘》，约公元五世纪为印度僧伽斯那所造③。译者求那毗地，中印度人，为僧伽斯那门生。据考，南朝建元初（479），求那毗地来抵建业，弘法于毗离耶寺，并译成此经，时为永明十年（492）九月十日。

在十二部经中，此经属"譬喻"类④。四卷本，凡九十八喻（以"百喻"名，有利于流传）。一卷，二十一喻；二卷，二十喻；三卷，二十四喻；四卷，三十三喻。其经义，集中于讽喻愚痴、嘲笑恶行、对治烦恼与开示法义诸项，文辞优美而意味隽永。该经单行本，以金陵刻经处刻本（1914年版。1926年易

---

① 按：参见陈允吉、胡中行主编：《佛经文学粹编》，上海古籍出版社，1999，第447—462页。
② 《大智度初品中十喻释论第十一》，载《大正藏》第二十五册，"般若部类"，《大智度论》卷六，P0105b-c。
③ 按：《百喻经》原"后记"云："尊者僧伽斯那造作《痴花鬘》竟。"
④ 按：十二部经，一切经十二种类的总名，包括：契经、应颂、讽颂、因缘、本事、本生、未曾有、譬喻、论议、自说、方广、授记。

名《痴花鬘），印行于上海》为重要，由鲁迅断句并施资刻成①。鲁迅《痴花鬘》"题记"云：

> 尝闻天竺寓言之富，如大林深泉，他国艺文往往蒙其影响，即翻为华言之经中亦随在可见。明徐元大辑《喻林》颇加搜寻，然卷帙繁重，不易得之。佛藏中经，以譬喻名者，亦可五、六种，惟《百喻经》最有条贯。②

譬喻所以在佛典中显得如此重要，是因为它是一种说法以开示众生的重要方式。譬喻者，"比方说"之谓。以佛法玄微、深致而"不可思议"、"不可言说"，倘然直接说理，不易说得明白；打个比方来说，说的并非佛法本身，由于启人心智，从感性而导于理性之境，而佛法反寓譬喻之中。譬喻非佛理，循譬喻而可能悟入。好比佛陀拈花，迦叶微笑；又如以指指月，会心处自有佛在。

就美学而言，譬喻即修辞美学所谓比喻。先秦《周礼·大师》有"教六诗：曰风，曰赋，曰比，曰兴，曰雅，曰颂"之说。其中，"比"（譬喻）为六类诗美之一。东汉郑玄《周礼注疏》云：赋之言铺，直铺陈今之政教善恶；比，见今之失，不敢斥言，取比类以言之；兴，见今之美，嫌于媚谀，取善事以喻劝之。以赋、比、兴三者相比较，郑玄称"比"为"比类"，其功用在于"见今之失，不敢斥言"而故取"比类"。其实"比"之范围尤广，以此比彼，以大比小，以小比大，以今比古与以古比今，等等，其思维模式，大凡属于"以此事比彼事"，即以具体比具体，感性比感性，形象比形象，等等。《周易》本经的巫筮占例，往往处处用"比"。大过卦九二爻辞云："枯杨生稊，老夫得其女妻，无不利。"从巫文化看，"枯杨生稊（按：根荣茂于下，即枯杨之根未枯而再生之嫩芽）"为吉兆，故占验结果，是"老夫得其女妻"，吉利。从"比"角度分析，此即"以此事比彼事"，以具体比具体，确可称为"比类"，即同"类"相"比"。

---

① 按：以上参见隆莲：《百喻经》，中国佛教协会编《中国佛教》（四），知识出版社，1989。

② 按：《痴花鬘》"题记"（鲁迅），王品青校订，北新书局，1926年6月版。按：该"题记"，收入《鲁迅全集》第十卷，人民文学出版社，1981。

比喻（譬喻）与比类有所不同。比喻不仅包括比类，而且由"比"而"喻"，比喻是由"比"之具象而启诗情、诗性、诗境。或从"比"之浅显而可能入于深邃，即从具象到抽象、感性及于理性。甚或从"有"入"无"、从"有"入"空"以及从此岸向彼岸、世间到出世间等。

《百喻经》等佛典大量运用譬喻，大凡都是从"有"入"空"之类的比喻。它由喻体与喻依所构成，具有对应的结构。喻体为所喻之佛法；喻依即喻体（所喻之义理）之所依，亦可称喻符。从广义分析，全部佛教经论、佛像雕塑、音乐梵呗、佛像绘画与寺塔建筑等等，其实都可以称为晓喻、隐喻佛法的喻依，便是"说法方便"的种种方式。因而，《因明大疏》卷上有云："如空等，此举喻依以彰喻体。"喻体即空，喻依为有，由"有"喻"空"，是佛教譬喻之根本的佛学、美学特征。以西方语言哲学美学的话来说，喻依、喻体，是能指与所指的关系。无论一般比喻或佛教譬喻，首先是一种不舍于"形象"的"言说"（符号）方式，因"形象"而相通于审美。世俗审美，无弃于一定的形象系统（与此相关的，还有融渗于形象的想象、情感、认知与意志等一切心灵、心理因素），否则如何可能进入审美过程？这是缘象的审美、缘象的悟入。佛教譬喻的"审美"，以"譬"即具体喻指为"缘因"，以"喻"为义、境，是先缘象且终于舍象而悟入。有如先秦庄子、三国魏王弼的"得鱼而忘筌"的审美。不同在于，庄生等"忘筌"时，所"得"之"鱼"为"无"（此即佛教所谓"有"的一种）。佛教譬喻的"得鱼而忘筌"，一则所"得"在"空"，即执著于空，如大乘有宗那样；一则所"得"即无"得"，非执累于空，如大乘空宗的般若中观那样。两者都是舍象而悟入。舍象是悟入的必要条件，即不舍此象不得悟入。

同样称审美悟入，世俗与佛教譬喻的悟入之境不一。前者为"有"，后者执或无执于"空"。学界有将审美分为"外审美"与"内审美"两类的看法，似乎前者在于外在形象的观照，后者因是"内审美"，故与形象无关。其实，就人类审美实践而言，相对于人类其余把握世界的基本方式即宗教求神、科学求知和道德求善三者，所谓审美，是不分"外""内"、唯一而统一的一种把握世界的基本实践方式。并非在所谓"外审美"之外，另有一种"内审美"。世俗审美与佛教及其譬喻的审美，实际是人类的同一种审美方式，这是因为大凡审美，都首先与一定的审美对象的形象系统相联系。譬喻作为权宜"方便"，其前提，与一定形象相联系，其出发点在于另一种"缘象"，同时是舍弃形象即舍象而悟入。假如佛教及其譬喻因"舍象"而否认其与一定形象、现象的联系，那么，"舍象"便无从谈起。世俗审美、佛教及其譬喻审美的区别，主要并非其与形象、现象的种种联系，而在于两者的"能指"与"所指"有异以及悟入的境界、层次不同。

关于偈颂

偈，梵文 gātha，音伽陀，十二部经所谓应颂（祇夜）。《法华玄赞》卷二有云："梵云伽陀，此翻为颂。颂者，美也，歌也。颂中文句极美丽故。歌颂之故，讹略云偈。"故颂即偈。汉译佛典以梵汉对举称"偈颂"。

偈颂作为一种佛经文体与讲经时所宣说的文本，应"说法方便"之需而具有葱郁的诗性生命力。其中颇多幽邃的哲理，或具有崇高的道德之善美，是一种可咏、可讲之格言式的诗体，言志、述义而不失其抒情品格，篇幅往往短小，时具思性、诗性双兼的美趣。以"四阿含"言，偈颂这一文体已运用得相当娴熟。《杂阿含经》卷二二有偈云：云何度诸流？云何度大海？云何能舍苦？云何得清净？此第一首，为帝释天所问；信能度诸流。不放逸度海。精进能除苦。智慧得清净。此第二首，为佛陀之答辞。《杂阿含经》卷三六又有偈言二首。帝释天问：何等人之物？何名第一伴？以何而活命？众生何处依？佛陀答：田宅众生有。贤妻第一伴。饮食已存命。业为众生依。这里，所引二偈文句短简，深于佛法之大理，且以譬喻方式来言说。

"四阿含"的陆续译传，始于东晋末至南北朝初期，历时约六十年。其中最早译出的，是《增一阿含经》（符秦建元二十一年，385）与《中阿含经》（东晋隆安二年，398），《长阿含经》，译成于姚秦弘始十五（413）年，《杂阿含经》译出于南朝宋元嘉二十（443）年。它们的译者，依次为：兜佉勒国沙门昙摩难提、罽宾沙门僧伽提僧伽罗叉、罽宾沙门佛陀耶舍与竺佛念、三藏求那跋陀罗。据有关考证，《杂阿含经》在"四阿含"中最早撰成，陈允吉师曾指出："该经主旨在于揭示止观（定慧——原注）修习之理，保持了较多佛陀说法精要，其中所载偈颂也更接近古天竺的俚俗歌谣。"①此言是。在求那跋陀罗本译前，自东汉末至东晋末，已有安世高、支谦与竺法护诸本相继译传。②可见，《杂阿含经》等四种"阿含'及其偈颂在南北朝时影响颇大。

这不等于说，其它译传的佛典中，没有意义精妙的偈颂。尤其那些名偈，是佛典行文的"诗眼"，它们的"眼神"或深幽，或凝郁，或清丽，或空灵，或看透世相，或惊鸿一瞥，或顾盼有神，可谓其美可羡而其思可叹。其中最为流行的，大约要推鸠摩罗什所译《中论·观四谛品》那首著名的"三是偈"："众因缘生法，我说即是空。亦为是假名，亦是中道义。"印度龙树所撰《中论》原为颂体，僧叡《中论序》曾经指出，此论原有五百偈③，"以中为名者，昭其实也。以论为称者，尽其言也。"罗什翻译此经时，对有关偈颂作了删改，保留此"三是偈"并且译义准确，文辞既通俗又好记。中国佛教美学史上的另一名偈，是唐代南宗禅六祖慧能的"得法偈"。《中论》开卷一偈尤为精彩而意蕴深致："不生亦不灭，不常亦不断，不一亦不异，不来亦不出。能说是因缘，善灭诸戏论，我稽首礼佛，诸说中第一。"④将那"八不"中观之说译得相当准确。再如鸠摩罗什所译《大智度论》有偈云："佛以忍为铠，精进为刚甲，持戒为大马，禅定为良弓。智慧为好箭，外破魔王军，内灭烦恼贼，是名阿罗诃。"⑤短短八句，以譬喻而精要地表述有关佛学思想，可谓深到。至于《金刚般若经·应化非真分》中的那道"六如偈"，前文论述"譬喻"时已有引述，这里从略。

偈颂在佛典中的出现与存在，往往浓缩地表达了佛学思想，具有总结佛学思想的意义，突出一经或一论的要旨，便于信众领略佛典主题，且便于记诵。在文体上，偈颂造成歌诗与散文相间的文本格局，平添佛典行文的节奏感与韵

---

① 陈允吉、胡中行主编：《佛经文学粹编》，上海古籍出版社，1999，第60页。

② 按：唐玄奘、义净与宋法贤、法天与施护诸人曾重译此经。

③ 按：实为四百四十六偈。称"五百"，取概数以便于流传。

④ 《中论》卷一，[印]龙树菩萨造，梵志青目释，鸠摩罗什译，载《大正藏》第三十册，P0001b。

⑤ 《大智度初品中婆伽婆释论第四》，载《大智度论》卷二，[印]龙树菩萨造，鸠摩罗什译，载《大正藏》第二十五册，"般若部类"，P0071b。按：梵文 Arhat，供养义。《大智度论》卷二："阿罗诃，名应受供养"。

律感。有些偈颂，译笔素朴，通俗易解。有些则具有独立的审美价值，如由竺佛念所译《出曜经·梵志品》有偈云："如月清明，悬处虚空。不染于欲，是谓梵志。"前二句仅八字，描绘出明月朗照、清辉无染的美丽意象，且由此意象而立刻让人领悟到"不染于欲"的精神境界之美。

偈颂作为活跃于佛典中的文学因素，对于中国文学的审美可谓影响深远，它是汉译佛典的思想、语言、风格与美学理想的表露，渗透、影响并改造中国文学等艺术审美的一部分。

其一，汉译佛典及其偈颂，为古老中华输入了"两个世界"的人文理念，即在世间、现实世界（中国人称为"天下"）之外，又预设了一个出世间、彼岸的佛与涅槃世界。汉泽《长阿含经》关于"天宫"，"四部洲"、"须弥山"与"三千大千世界"等理念，打破了关于"天下"（天圆地方）的传统思想，使中国人及其文学等艺术审美的世界与境界，从世间、现实的"有"、"无"走向出世间、非现实的空幻。佛教关于"地狱"的思想，改变、改造了文学等艺术审美有关"阴间"与"鬼神"的人文品格；佛教"西方净土"、"西方极乐世界"之类，为文学等艺术的审美，悬拟了一种从未有过的理想"国土"。

其二，汉译佛典及其偈颂，为中华文化包括文学等艺术审美，输入了大量来自异域佛教文化的词汇、概念与范畴。如佛、空幻、涅槃、般若、智慧、静虑、庄严、寂、因缘、劫、轮回、菩萨、悟、觉、地狱、世界、解脱、业、识、烦恼、禅、瑜伽、真如、真实与醍醐灌顶等。据日本版《佛教大辞典》，其收录词条凡三万五千余，可见有多少佛教新词汇、新概念、新范畴，参与中华文化、语言及其人文、哲学与美学等的改造与创生。由此，中国文学艺术等的审美，获取了不可估量的人文滋养。

其三，汉译佛典及其偈颂的译传，据《佛祖统纪》卷四五所记，自汉安世高于东汉桓帝元嘉元年（151）译成《大明度经》，到北宋宣和二年（1120），由朝廷正式宣布废止大平兴国寺翻经院，大规模的佛典译传，延续了近千年，尚不算此后不时出现个别、小规模译经的历史。岁月悠悠，佛教长时期地培养、锻炼了中国人的思想、思维及其艺术审美的奇思异想。首先，在《庄子》、《山海经》与屈原《天问》之类已有那种天马行空般富于想象、幻想的基础上，又叠加了佛教诸如帝释天、须弥山、四部洲与三千大千世界等广大无限、稀奇古怪之空幻世界的无比想象与幻想，文学等艺术审美的空间，极大地扩展了；其次，中国传统文化及其文学艺术的审美，一直根植于以生命观为根因的时间观，《易传》"生生之谓易"以及老庄、孔孟等美学思想，都是重"时"的，所谓"天时，地利，人和"三要素，以"天时"为首要。然而印度佛教东渐暨佛典的译传，使有如佛教"三世"即过去世、现在世与未来世说深入人心，它严重地丰富、改变了中华审美文化的时间观；第三，中国传统神话不可谓不丰瞻，却因中华传统文化本质上是重"巫"的文化，这使得中华原古神话，比起表现在佛典中的印度神话来，可谓"稍逊风骚"。佛典及其偈颂的东传使法言流咏而神佛之思广被，有关神迹、神圣与神变的神奇，甚而荒诞、怪丑的想象与幻想，遂使中华文学与艺术的审美世界，神气活现、诡谲多变、摇曳多姿甚或光怪陆离。

正是在此意义上，偈颂对中国文学及艺术审美的深远影响，就不仅仅是文本、文体上的，它首先是审美理想、理念与品格上的改变与拓进。这得益于思想与思维方式的改造。时至南北朝，本来主要用于宣说教义的偈颂，更是具有歌诗的审美品格。当然，南北朝佛教偈颂理念及文体对于文学等艺术审美的浸染，比起隋唐及此后来，仅为小试牛刀而已。东晋慧远有云，"《阿毗昙心》①者，三藏之要颂，詠歌之微言"：

> 其颂声也，拟象天乐，若云籥自发，仪形群品，触物有寄。若乃一吟一詠，状鸟步兽行也；一弄一引，类乎物情也。情与类迁，则声九变而成歌；气与数合，则音协律吕而俱作。拊之金石，则百兽率舞；奏之管弦，则人神同感。斯乃穷音声之妙会，极自然之众趣，不可胜言者矣。又，其为经，标偈以立本，述本以广义，先弘内以明外，譬由根而寻条，可谓美发于中，畅于四肢者也。②

作为"三藏之要颂，詠歌之微言"，《阿毗昙心》"拟象天乐"，"声九变而

---

① 按：《阿毗昙心》，是法胜对于《阿毗昙经》的注读。慧远：《阿毗昙心序》云，该书"始自界品，讫于问论，凡二百五十偈，以为要解，号之曰心。"
② 《阿毗昙心序》，载僧祐：《出三藏记集》卷一〇《经序》，金陵刻经处本。

成歌"，"穷音声之妙会"。它不仅"弘内"而"立本"即弘传佛法，而且"明外"即其言辞有偈颂的"音协律吕"之美。无论"弘内"、"明外"，都有赖于"标偈"。这种对《阿毗昙心》有关偈颂审美特性的评说，毋宁可以看做对一切佛典偈颂之美的肯定。

南北朝时期，一些佛教学者或受佛教影响的一般文士、诗者所撰的佛禅诗篇。其实这类诗作，从内容品性到形式表述，大凡都有佛教偈颂的深刻影响。"有人好文饰，庄严章句者。有好于偈颂，有好杂句者。有好于譬喻，因缘而得解。所好各不同，我随而不舍。"① "好"偈颂，为的是说法"方便"。庐山慧远与鸠摩罗什之书信交往中，时有偈言传递。慧远有偈云："本端竟何从，起灭有无际。一微涉动境，成此颓山势。惑想更何乘，触理自生滞。因缘虽无主，开途非一世。时无悟宗匠，谁将握玄契？末问尚悠悠，相与期暮岁！"② 鸠摩罗什回书有偈云："既以舍染乐，心得善摄不（否）？若得不驰散，心入实相不？毕竟空相中，其心无所乐。若悦禅智慧，是法性无照。虚诳等无实，亦非停心处。仁者所得法，幸愿示其要。"③ 毕竟空相之"乐"，非俗乐，乃"无所乐"之"乐"，"禅智慧"之"悦"。偈颂这一"说法"方式，时以譬喻以喻空理，空不可言说，超言绝像，故必待譬喻。此所谓"借言以会意"也，以偈之文体譬喻佛义、佛境。

东晋慧远善为诗偈，一生写诗甚多，以玄思之"无"，会佛慧之"空"，情志双栖，而出入"方便"。其诗偈主要有：《昙无竭菩萨赞诗偈》、《五言游庐山诗》、《庐山诸道人游石门诗》、《五言奉和刘隐士遗民》、《五言奉和王临驾乔之》、《五言和张常侍野》与《报罗什法师偈》等，又有《晋襄阳丈六金像颂并序》，为韵、散双兼之作④。据有关史料，讲经制度中的所谓"唱导"之法，庐山慧远曾有亲身实践，从而使"唱导"得以在讲经仪轨和程序、方式中最终确

---

① 鸠摩罗什译：《十住毗婆沙论》卷一。

② 慧远：《又与罗什法师书》，载慧皎：《高僧传》卷六，金陵刻经处本。

③ 《罗什法师答慧远师》，载慧皎：《高僧传》卷六，金陵刻经处本。

④ 按：据《高僧传·慧远传》，慧远"所著论、序、铭、赞、诗、书、集为十卷，五十余篇，见重于世焉"。这里所录慧远诗偈篇名，见于《庐山慧远法师文钞》"正编"，沙健庵、项智源辑，苏州弘化社，1935。

立。慧远"报偈一章"（见《又与罗什法师书》），已如前述。其《晋襄阳丈六金像颂并序》，有"堂堂天师，明明远度，凌迈群萃，超然先悟。慧在恬虚，妙不以数"①等偈句，写来辞气清雅，精义简要，真可谓"夫明志莫如词，宣德莫如颂。故志以词显，而功业可存；德以颂宣，而形容可象。匪词匪颂，将何美焉！"②

晋宋之际，为慧远撰碑铭的著名诗人谢灵运（385—443），兼擅儒、佛之学而栖心于山水，何尚之《答宋文帝赞扬佛教事》一文记其言云："六经典文，本在济俗为治耳。必求性灵真奥，岂得不以佛经为指南邪？"可见其推崇佛教。谢氏深受慧远影响，一生撰佛理诗甚多，在其理念与诗趣上，不能不受偈颂的濡染。如其《维摩经十譬赞》（凡八首），其一《聚沫泡合》唱道："水性本无泡，激流遂聚沫。即异成貌状，清散归虚壑。君子识根本，安事劳与夺。愚俗骇变化，横复生欣怛。"又如其七《浮云》："泛滥明月阴，荟蔚南山雨。能为变动用，在我竟无取。俄已就飞散，岂复得攒聚。诸法既无我，何由有我所。"其余六首，其二《焰》，其三《芭蕉》，其四《聚幻》，其五《梦》，其六《影响合》与其八《电》，与其一、其七两首一样，都是关于"喻空"的同一主题。

南朝梁代诗人刘孝先，有一首《和无名法师·秋夜草堂寺禅房月下》，写得意象清空而文辞娟美流便："幽人住北山，月上照山东。洞户临松径，虚窗隐竹丛。山林避炎影，步径逐凉风。平云断高岫，长河隔净空。数萤流暗草，一鸟宿疏桐。兴逸烟霄上，神闲宇宙中。还思城阙下，何异处樊笼。"该诗由写秋夜月影之下的幽人、山峦、洞户、松径、凉风、流萤、晴草、宿鸟与疏桐此总体意象，而抒"神闲宇宙"之情志，遂悟空幻之美，可谓良善。

梁武帝萧衍（502—549在位）与当时沈约、谢朓、萧琛、王融、范云、任昉、陆倕等曾为"竟陵八友"，高倡三教并用，又说"《涅槃》是显其果德，《般若》为明其因行。显果则以常住佛性为本，明因则以无生中道为宗"③。曾撰《断酒肉文四首》、《述三教诗》与《和太子忏悔诗》等，有偈颂之风色、风调。《述三教诗》有云：

---

① 慧远:《晋襄阳丈六金像颂并序》，载《广弘明集》卷一五,四部丛刊影印本。
② 《高僧传·慧远传》，又见于《广弘明集》卷一五,四部丛刊影印本。
③ 《注解大品序》,载僧祐:《出三藏记集》卷八,金陵刻经处本。

> 少时学周孔，弱冠穷六经。孝义连方册，仁恕满丹青。践言贵去伐，为善在好生。中复观道书，有名与无名。妙术镂金版，真言隐上清。密行贵阴德，显证表长龄。晚年开释卷，犹月映众星。苦集始觉知，因果方昭明。示教唯平等，至理归无生。分别恨难一，执著性易惊。穷源无二圣，测善非三英。……①

此诗述"少时"、"中"岁与"晚年"问学三教经历，倡儒、道、释三教同源之说，叙其思由"好生"到"无生"之变，文句朴素，有佛教偈颂言辞通俗之美趣。

诗人颜延之、沈约、谢朓、徐陵与江总等，都有以禅入诗、以诗颂禅之作，此勿赘述。

偈颂在佛经文本与讲经过程中的重要传导价值，丰富了"方便说法"自不待言，且偈颂文体本身，一定意义上，可谓影响、培育与发展了中国文论的美学品类。

南北朝的"文笔"说，曾盛行于一时。此说成因，果然源远流长，难以一一述言。未可否认的是，它与佛典偈颂的译传相关。汉译佛典文本，往往韵、散对举。就偈颂本身而言，在文句押韵方面，有时做得不甚严格，而大致有些韵律，亦唱诵有乐感，确为不争之事实。以四言、五言与七言为常式，已颇具诗韵品格。刘勰（约465—521）《文心雕龙·总术》云：

> 今之常言，有文有笔，以为无韵者笔也，有韵者文也。夫文以足言，理兼诗书，别目两名，自近代耳。②

文、笔之分，始自"近代"，且为"今之常言"。《文心雕龙》一书的局部结构，大致按文、笔之理念安排篇目。该书自"明诗"至"谐隐"十篇，包括

---

① 《述三教诗》，载《广弘明集》卷三〇，四部丛刊影印本。

② 刘勰：《总术·第四十四》，载范文澜：《文心雕龙注》下，人民文学出版社，1958，第655页。

歌诗、乐府、赋体、颂赞、祝盟、铭箴、诔碑、哀吊、杂文与谐隐①等，属于有韵之"文"范畴；从"史传"至"书记"十篇，包括史传，诸子，论说，诏策，檄移，封禅，章表，奏启，议对与书记等，属于无韵之"笔"。这贯彻了刘勰本人的文论、美学之思："若乃论文叙笔，则囿别区分"②。约与刘勰同时的萧子懋，则称"文笔"为"诗笔"，以"文"与"诗"对。《南齐书·萧子懋传》有"及文章诗笔，乃是佳事"之记。可见与"笔"相比，"文"更具诗性、诗趣。此所谓"诗"，主要就"文"之审美属性源自音律、声韵与齐整之句式而言。

可见，文、笔之论与入传之佛典文体相应。汉译佛典往往偈颂与散句相间，犹文、笔之相得益彰。固然不敢断言，文、笔之说，仅启源于偈、散相间的佛典文体，然这一文体格局，对文、笔问题的立说与探讨，则无疑起了推助的作用。东晋尤其南北朝时，大教东流，法言浸润，佛徒诵经之风，不能不影响社会习俗与审美风气。虽然早在印度佛典入渐于中土之前许多个世纪，作为"诗国"的古代中华，其诗美之传统，已是磅礴于天地，深潜在人心，但大教东来，促成文、笔之分及其合谐的发展态势，且将天下文章，既将文、笔一分为二，又合二而一，从而突现声律及其诗美的意义。佛教诵经，尤其高唱诗偈时的虔诚与美感，其内心体验及其意境，妙处难与君说。王运熙、杨明教授在引用《高僧传·诵经论》所言"若乃凝寒清夜，朗月长宵，独处闲房，吟讽经典，音吐遒亮，文字分明。足使幽显欣育，精神畅悦"后说："诵经时对于声音之美的欣赏，正与文士吟讽诗文相同"③。吟诵诗歌之传统，得到佛偈法雨的浇灌，便发扬光大，新声雄放。

这便是所谓"永明体"与"永明声律论"得以形成的人文助因之一。

> 永明末，盛为文章。吴兴沈约，陈郡谢朓，琅珊王融，以气类相推毂。汝南周颙，善识声韵。约等文皆用宫商，以平、上、去、入为四声。以此

---

① 按：这里所说，即《文心雕龙》所言"明诗"之"诗"；赋体，即其所指"诠赋"之"赋"；杂文，即"杂以谐谑"而"颇亦为工"、为宋玉所"始造"的"对问"。
② 刘勰：《序志·第五十》，载范文澜：《文心雕龙注》下，人民文学出版社，1958，第727页。
③ 王运熙、杨明：《魏晋南北朝文学批评史》，上海古籍出版社，1989，第222页。

制韵，不可增减，世呼为"永明体"。[1]

"永明体"的创始者，不是沈约（441—513）。而沈约作为当时文坛领袖，著《四声谱》而影响深远。沈约论歌诗音韵、声律云：

> 夫五色相宣，八音协畅，由乎玄黄律吕，各适物宜。欲使宫羽（引者注：宫商角徵羽五音之略称）相变，低昂互节，若前有浮声，则后须切响。一简之内，音韵尽殊；两句之中，轻重悉异。妙达此旨，始可言文。[2]

沈约及其同道王融、谢朓与周颙诸人，都崇爱佛教。且以其诗学音韵修养之沉厚，又迎对佛偈梵颂声歌之美的滋养，助倡"永明体"及其声律便成其必然。所谓"四声八病"[3]，是对诗作声律形式之美的刻意追求与禁忌，犹如"戴着镣铐的舞蹈"，别具美的神韵，因其对诗韵、声律的严格要求近于苛刻，试图撰写当时人们心目中的好诗丽辞，便愈见困难，此之谓"知音"[4]难觅。然则时人却是钟爱有加，追摄不已，其热衷与激情，类于佞佛。或者可以说，正因沈约等辈深受佛偈唱颂之濡染，才得以近乎崇佛的心态与理想，追寻、肯定与提倡"永明体"声律之美，这是由印度入渐之佛教偈颂、梵呗与中华诗歌声律人文联姻的一个产物。

关于梵呗

佛教举行法会，有"四法要"：其一，法会之初，以梵呗唱咏如来，歌颂佛慧，遂令外缘静定；其二，梵呗唱咏之后，散华供献于佛祖，伴以偈言唱颂佛德；其三，散华之后，续唱十方妙胜之偈言，遂使梵音到耳而止心；其四，

---

[1] 《南齐书·陆厥传》。

[2] 《宋书·谢灵运传论》。

[3] 按：四声，平声、上声、去声与入声；八病，平头、上尾、蜂腰、鹤膝、大韵、小韵、旁纽与正纽。

[4] 按：沈约：《谢灵运传论》云，"世之知音者，有以得之，知此言之非谬"。

唱颂之僧唱诵偈言，振持锡杖①，锡杖乃佛慧、佛德之标志。"四法要"以梵呗
为第一。

梵（brahma），梵天略语。离弃于淫欲、烦恼而清净、空幻，称梵天。《大
智度论》卷十说，"梵名离欲清净，今言梵世界"。呗，呗匿略称，声咏偈颂。
梵呗，法会以声咏偈颂之法歌而赞誉佛慧、佛智。"然天竺方俗，凡是歌咏法
言，皆称为呗。至于此土，詠经则称为转读，歌赞则号为梵呗。昔诸天赞呗，
皆以韵入弦管。五众既与俗违，故宜以声曲为妙。"②

据传，梵呗肇自三国魏曹植。其后支谦、康僧会曾以梵呗主持法会。据
《法苑珠林》："关内关外吴蜀呗辞，各随所好。呗赞多种，但汉梵既殊，音韵不
可互用。至于宋朝有康僧会法师，本康居国人，博学辩才，译出经典。有善梵
音，传《泥洹》呗，声制哀雅，擅美于世。音声之学，咸取则焉。又昔晋时，
有道安法师，集制三科上经、上讲、布萨等。先贤立制，不坠于地，天下法则，
人皆习行。"③《道安传》称，"安既德为物宗，学兼三藏。所制僧尼轨范，佛法
宪章，条为三例：一曰，行香定座上经上讲之法；二曰，常日六时行道饮食唱
时法；三曰，布萨差使悔过等法。天下寺舍，遂则而从之。"④

梵呗为"四法要"之第一。其以歌咏，声曲抑扬而在法会仪式中占有重
要地位，其佛教氛围浓郁而虔诚。梵呗之声唱，梵音令身心寂和而欢愉。此正

---

① 按：锡杖，佛教之名物。又称鸣杖、智杖等，佛之象喻。《得道梯隥锡杖经》云："佛告比
丘，汝等当受持锡杖。所以者何？过去、现在、未来，诸佛皆执故。又名智杖，彰显圣智
故。亦名德杖，行功德本故。圣人之表帜，贤士之明记，道法之正幢。"《妙法莲华经》卷
十四："手执锡杖，当愿众生。设大施会，示如实道。"
② 慧皎：《高僧传》卷十三《经师论》，金陵刻经处本。
③ 《法苑珠林校注》第三册，第1170—1171页。按：原引文"宋朝有康僧会法师"有误。康
僧会为三国吴高僧。引文所言"晋时"，指东晋。
④ 《道安传》，载慧皎：《高僧传》卷五，金陵刻经处本。按：张雪松说，此"条为三例"的
"第一条应为道安制定的讲经制度"。指出《大正藏》本《道安传》此条为"一曰行香定
座上讲经上讲之法"，此"衍一'讲'字"。查勘金陵刻经处本《道安传》，所言是。而
该句句读应为"行上香、定座、上经、上讲"为四个程序，以行香（梵呗）为第一。"即
讲经之前，先行香赞颂，主讲人上'经座'（高座——原注），都讲转读经文（所谓'上
经'——引者注），主讲人开始讲解经文（'上讲'）"。见张雪松：《魏晋南北朝佛教史卷》，
山西教育出版社，2014，第275、266页。

如《华严经》云，"演出清净微妙梵音，宣畅最上无上正法，闻者欢喜，得净妙道。"梁慧皎《高僧传》说："自大教东流，乃译文者众，而传声盖寡。良由梵音重复，汉语单奇。若用梵音以咏汉语，则声繁而偈迫；若用汉曲以咏梵文，则韵短而辞长。是故金言有译，梵响无授。始有魏陈思王曹植，深爱声律，属意经音。既通般遮之瑞响，又感鱼山之神制。于是删治《瑞应本起》，以为学者之宗。"关于梵呗，虽可据传说而追溯到曹植，"实则流行于5世纪'宋齐之间'"①。"大体定型于东晋道安、庐山慧远之后。讲经之前先行香赞呗。"②

梵呗体例，作为讲经之"序幕"，以兼具有韵之偈言和佛曲为特点，实际可能以属佛之一定音乐曲调，来颂唱有韵之偈句。或然，其最初仅为以静场、净心即排除杂念、以备专心听讲为目的，偈之文辞多为简短，尔后渐渐发展为较长的篇章。严可均《全齐文》卷一三所载王融《净住子颂》（凡三十一则）那般丰富且寓意深致的作品，应并非初期之作。王融《净住子颂》第六，为七言，凡八十四字且押韵③，文辞颇为雅简，似为具有相当佛学和文学修为之文士所撰。梵呗便于吟唱，是合乐的偈言，是佛曲之偈、偈之佛曲，或称佛曲歌辞、歌辞佛曲亦可。敦煌石窟所发现的俗讲话本④，其源关乎梵呗。"开讲俗讲时除用图画外，似乎也用音乐伴唱。变文唱辞（引者按：此指俗讲）上往往注有'平'、'侧'、'断'诸字，我们猜想这是指唱时用平调、侧调或断金调而言。"⑤

除讲经时僧人须运用譬喻、偈颂和梵呗外，唱导这一讲经制度，也是不可

① 张雪松：《汉魏两晋南北朝佛教史卷》，山西教育出版社，2014，第274页。

② 同上书，第265—266页。

③ 按：《敬重正法篇颂》："出不自户将何由，行不以法欲焉修。之燕入楚待骏足，凌河越海寄轻舟。仁言为利壮已博，圣道弘济邈难求。通明洞烛焕曾景，深凝广润湛川流。翼善开贤敷教义，照蒙启惑涤烦忧。攻成弗有名弗居，淡然无执与化游。"见陈允吉、陈引驰主编：《佛教文学精编》，上海文艺出版社，1997，第235页。

④ 按：据日僧圆仁：《入唐求法巡礼行记》，知唐代寺院盛行俗讲，巴黎藏伯希和第3849号敦煌卷子一纸背书有"俗讲仪式"四字，从罗振玉：《敦煌拾零》所见数篇标题为"佛曲"可见，后世一些说唱即俗讲，与佛曲梵呗有关。

⑤ 王重民、王庆菽、向达、周一良、启功、曾毅公编：《敦煌变文集》"引言"，上集，人民文学出版社，1957，第4页。

不推行的。梁慧皎《高僧传·唱导论》说："唱导者，盖以宣唱法理开导众心也。昔佛法初传，于时斋集，止宣唱佛名，依文致礼。至中宵疲极，事资启悟，乃别请宿德升座说法，或杂序因缘，旁引譬喻。"唱导之功用，主要在于"宣唱法理开导众心"，或唱说"无常"，或吟歌"地狱"，或颂赞"西方"，遂使听者心存敬畏，或情志恬悦，或默然会心，等等。法会往往通宵达旦，唱导常夜半升座，在"中宵疲极"之时，施唱导以振扬信众身心，可谓亦圣亦俗、出入无碍。唱导经文者为唱导师，法会首座。《高僧传·慧远传》曾称，"其后庐山僧慧远，道业贞华，风才秀发，每至斋集，辄自升高座，躬为导首"，又"远神韵严肃，容止方凌"，遂令信众精神为之一振，庄严肃穆。这里所体现的人格魅力，是崇拜之中的审美、审美之中的崇拜。

除了唱导，又有所谓转读。从前引《高僧传》"咏经则称为转读，歌赞则号为梵呗"可知，转读首先是与梵呗相对而言的。似乎转读的音乐性少弱。其实不然。转读与梵呗、唱导一样，都有吟唱的一定的声调、情韵。所不同的，转读的特点在于一个"转"字。转读者，"转"经而"读"之谓。大致具三义：其一，与梵呗、唱导等一般以通俗之言唱说经义相比较，转读称为"真读"。是每行每字的严格阅读；其二，在读经方式上，展转经卷，前后对阅，以加深领会；其三，在"真读"基础上，可能转翻经义。既宗本经，又以确凿理据而求触类旁通。如以弥陀类经义，"转"《大般若经》义。

譬喻、偈颂与梵呗之类，在佛教"方便说法"和讲经制度中，富于活跃的美学生命力。"其颂声也，拟象天乐，若云籥自发，仪形群品，触物有寄。"[1]其文学因素和音乐因素的有机结合，使艺术审美，参与、推助经义的传达和以佛教崇拜为圭臬的说法、讲经活动，得以信众通俗易懂的方式进行；使以皈依佛门、以佛教崇拜为精神陶冶的说法、讲经，富于艺术审美的情调、情趣。宗教和艺术文学，都诉诸于幻想、想象、虚构和情感等，是两者的共同文化血缘，都从人类原古文化的摇篮中诞生，具有相同、相通的文化心灵结构。当一定艺术文学因素拥入于教义及其传讲活动，可能叩响信众内心深处以幻想、想象、虚构和情感为主的心灵之门，唤起审美"器官"的苏醒，从而触发、加深对教义、境界的理解

---

[1] 慧远：《阿毗昙心序》，载《出三藏记集序》卷一〇，金陵刻经处本。

和领悟。正如前述，佛教有"梵音"说。梵音是一种什么"音"？据佛经所言，梵音者，大梵天、佛所发音声之谓。其音有五种微妙清净：正直、和雅、清澈、深满、远闻，声犹雷震，八音畅妙。梵音即佛音，一种犹如庄子所谓"无听之以耳，而听之以心"的音，绝言弃相，不可言传，只可意会。然则，艺术文学包括音乐之音声、节奏、旋律，却可以拟此微妙清净之境而"方便"为之。从"方便"说，梵音、佛音与梵佛文本如譬喻、偈颂之歌诗和讲经法会如梵呗等的音乐性，两者同构。可以说前者为体后者为用，体用不二；可以说前者真后者俗，真俗不二；亦可说前为崇拜后为审美，崇拜与审美不二。

第五节 "志怪"的佛教美学诉求

"志怪"一词，典出于《庄子·逍遥游》："齐谐者，志怪者也。"[①]早在先秦，审美意义上的"志怪"理念，已自诞生。它的审美，当然总与先秦巫文化的理念纠缠在一起。这里所言"志怪"，与"志人"相对，指魏晋南北朝糅合巫风鬼气与神异之人文因素的小说。其盛行一时，其间佛教关于苦空、地狱、神变与奇迹种种思想理念，是志怪小说形成与发展的重要人文成因，也不乏道教鬼神思想因素的参与。

鲁迅《中国小说史略》云：

> 中国本信巫。秦汉以来，神仙之说盛行，汉末又大畅巫风，而鬼道愈炽。会小乘佛教亦入中土，渐见流传。凡此皆张皇鬼神，称道灵异。故自晋迄隋，特多鬼神志怪之书。其书有出于文人者，有出于教徒者。文人之作，虽非如释、道二家，意在自神其教，然亦非有意为小说，盖当时以为幽明虽殊途，而人鬼乃皆实有，故其叙述异事，与记载人间常事，自视固

---

① 按：唐德明：《经典释文》引录梁简文帝说，称"齐谐"当为书名；"志"此处为记义，"志怪"，记载怪异之谓。朱桂曜：《庄子内篇证补》云，谐，"亦作隐，《文心雕龙》有'谐隐'篇，以为文辞之有谐隐，譬九流之有小说；《汉书·艺文志》'杂赋'末，列隐书十二篇，盖以其辞夸诞，于赋为近。《齐谐》者，盖即齐国谐隐之书。"参见陈鼓应：《庄子今注今译》，中华书局，1983，第3页。

无诚妄之别矣。①

此言是。殷、周巫卜、巫筮文化大行于天下，中国人的文化心灵，浸润于巫风鬼气。春秋战国理性流渐，而巫卜、巫筮等等依然绵绵不绝。西汉末年大教入传中土，正值巫风大畅之际。继之东汉谶纬盛行，推波助澜。东汉末年佛教初传时期，首先接引佛教于中土的，并非哲学，而主要是巫学文化。尔后时至魏晋，才渐渐有玄学作为一种本土哲学，对于佛教中主要是般若学，有接引之功。虽然如此，中国传统之巫文化，仍不绝如缕。东汉时人所接纳、所"误读"的佛，为"大神"，能飞升、善幻变，比本土神仙，更神通广大。最初来华的西域僧人，往往以"幻术"示人，让信众相信佛力无比，从而扩大佛教影响。据梁神祐《出三藏记》卷一三，三国东吴"主公"孙皓不敬，曾于四月八日"便溺"于佛象，戏称"灌佛"，于是立遭"报应"。"未暮，阴囊肿痛，叫呼不可堪忍"。有一位"太史"为之占了一卦，结果说，孙亵渎"大神"，当受惩罚。即使"群臣祷祀诸庙，无所不至，而苦痛弥剧，求死不得。"可谓举"恶"者必遭殃。以巫术因果思想，附会佛教因果报应说。而且，佛力比巫力更能呼风唤雨、改天换地。慧眼炯炯，奖罚分明，"佛"网恢恢，疏而不漏。此类"故事"，一些佛教文献如《高僧传》等，多有记载渲染，高僧安世高曾作法降服"宫亭湖庙"之"蛇精"故事，让人哑舌。康僧会亦擅"神通"，且以"神通""正心"。《出三藏集记》记康僧会云，"在吴朝亟说正法，以皓（按：孙皓）性凶粗，不及妙义，唯叙报应近验，以开讽其心焉。"②南北朝尤在北朝，此类"故事"，不乏其例，一言无尽。仙仙佛佛，鬼鬼神神，凡是人力所不为、不能为的，仙与佛、鬼和神，都能做到。神机妙算，料敌如神；大敌当前，撒豆成兵。可谓佛法无边，洞察秋毫。佛犹巫，巫犹佛；佛性犹如巫性，巫性犹如佛性。这种文化景观之形成，一因印度佛教中原本存有巫文化遗存，二为"中国本信巫"之故。

中国志怪小说这一文学样式的主要文化成因，在于汲取了中国传统巫文化

---

① 鲁迅：《中国小说史略》，载《鲁迅全集》第九卷，人民文学出版社，1981，第43页。

② 僧祐：《出三藏记集·康僧会传》。

之中国佛教意识理念与叙事文学传统的哺育与滋养。虽志怪小说的人文意识理念始于先秦，而那时的"志怪"之义，仅主要与传统的"巫"即鬼神、神异观相联系。佛教东来，使得叙事文学的审美，有机会吸收来自佛教的人文养分，"西方"、"地狱"、"奇迹"和"鬼怪"、"神变"、"虚幻"、"果报"等理念以及有些佛经中"故事"情节，丰富、拓深了"志怪"的"叙事"和意义。

此暂且勿论题名为汉班固《汉武故事》、《汉武内传》与题名郭宪《洞冥记》是否为先出，题名曹丕《列异传》者，由于亡佚亦只能在几种类书中觅其点滴踪影。《宋定伯捉鬼》①一则，述写少年宋定伯夜出遇鬼，因假称自己亦鬼而得真鬼之信任，且获"鬼惧人唾"之重要秘密。两鬼一路同行去市场，宋定伯一唾而使真鬼从此化变为羊，且卖得一千五百钱。从来的鬼故事大都渲染"人怕鬼"此类令人畏怖的主题，这一则大有巫之"降神"即人无惧于鬼怪的意思，可能由当时的"神灭"论者所撰作亦未可知，阐弘唯"物"而非唯"鬼"是其人文美学诉求，自当受佛教思想影响之故。《旧杂譬喻经》（康僧会译）卷下一则佛教故事有云：

> 昔有五道人俱行，道逢雨雪，过一神寺中宿。舍中有鬼神形象，国人吏民所奉事者。四人言："今夕大寒，可取是木人烧之用炊。"一人言："此是人所事，不可败。"便置不破。此室中鬼常啖人，自相与语。言："正当啖彼一人，是一人畏我；余四人恶不可犯。"其呵止不敢破像者，夜闻鬼语，起呼伴："何不取破此像用炊乎？"便取烧之，啖人鬼便奔走。②

真是愈敬鬼怕鬼，鬼就愈要吃他，一旦不敬不怕了，吃人之鬼便自"奔走"（逃走），很有点儿意思。与这一则佛经故事相比较，《宋定伯捉鬼》的主题，不仅不敬不怕鬼，而且将鬼捉来换钱，显得更为机智、幽默，在"志怪"小说中，可谓别出心裁。

《宋定伯捉鬼》是东晋时代干宝（？—351）《搜神记》中的一篇。《搜神

---

① 按：《杂譬喻经》卷下，有关于天帝化作"贾人"在市肆卖鬼的譬喻故事。
② 《旧杂譬喻经》卷二，康僧会译，载《大正藏》第四册，P0518b。

记》，为中国第一部受释、道思想影响较深而比较成熟的志怪小说①。该书还有关于"干将莫邪"、"韩凭夫妇"、"李寄斩蛇"与"三王墓"等故事，记载诸多鬼怪灵异之情事。宣弘"解体"、"还魂"等幻术与因果报应之佛教主题的作品，还有南朝宋刘义庆（403—444）《幽明秀》、《宣验记》、齐王琰（生卒年待考）《冥祥记》与北齐颜之推（529—595）《冤魂志》②等作品。如《幽明录》（原著失佚），鲁迅《古小说钩沉》辑录其佚文凡二百六十余则。此书以幽明分阴间、阳世，又明幻术、奇迹。《搜神记》卷二载一幻术故事：

> 晋永嘉中，有天竺胡人，来渡江南。其人有数术，能断舌复续，吐火，所在人士聚观。将断时，先以舌吐示宾客。然后刀截，血流覆地。乃取置器中，传以示人。视之，半舌犹在。既而还，取含继之。坐有顷，坐人见舌则如故，不知其实断否。③

"断舌再续"，在当时尚不可能是生活真实。有如魔术表现，恐是传闻而已。作为"数术"（又名术数）记录于《搜神记》，因其关于神异、灵怪与奇迹等佛教思想因素，迷乱民众心智之故。在《幽明录》卷一中，属于这一类人文风貌的怪异奇闻，更显其灵妙："豫章太守贾雍有神术，出界讨贼，为贼所杀，失头。上马回营，胸中语曰：'战不利，为贼所伤。诸君视有头佳乎、无头佳乎？'涕泣曰：'有头佳。'雍曰：'不然。无头亦佳。'言毕遂死。"

"无头"之人说人语，以无头为"佳"，有"刑天舞干戚，猛志固常在"之无头刑天的勇猛与乐观。《幽明录》卷一又记述一则"换头"故事："河西贾弼之，义熙中，为琅邪府参军。夜梦有一人，面魉疱，甚多须，大鼻瞤目。请之曰：'爱君之貌，欲易头，可乎？'弼曰：'人各有头面，岂容此理！'明昼又梦，意甚恶之。乃于梦中许易。明朝起，自不觉，而人悉惊走藏。云：'那汉何处

---

① 按：汉之后，"志怪"渐开风气。张华：《博物志》与托名东方朔《十洲三岛记》等，为地理博物体"志怪"，深受道教思想影响，亦受佛教思想的滋养，且以后者为甚。

② 按：又名《还冤记》，凡三卷。另有《集灵记》二十卷，亦为王琰所作，已佚。

③ 干宝：《搜神记》卷二，载鲁迅：《古小说钩沉》，载《鲁迅全集》第八卷，人民文学出版社，1981。

头?'弼取镜自看，方知怪异。因还家，家人悉惊入内，妇女走藏。云：'那得异男子？'后能半面啼半面笑。"

这与"无头亦佳"相媲美的"易头（换头）"故事，亦令人匪夷所思。纯属虚构，而就佛教而言，却是神通而真实的。

其一，在佛教看来，人由五蕴和合而成。五蕴者，色、受、想、行、识之谓。其中所谓色，指肉身；受、想、行、识，指精神。因此，人是由身、心因缘和合而生成的。既然因缘和合，便刹那生灭，故空幻，故不必执著。色又有变坏、质碍与示现等义，所谓色尘、色碍也。因而执著于色，便以色为心魔。色者肉身，必须破除、坏灭。便是所谓"色即是空，空即是色。色不异空，空不异色"。众生的人生问题是，色碍即心魔。所以，去心魔即破色碍；破色碍，即斩断因缘之链；斩断因缘链之"方便"的一种，就是以身为虚妄，并且破除之，让空幻之心从色身的牢笼中解放出来，而不破除，不足言空幻。这便是从《搜神记》到《幽明录》这种"断舌"、"无头"与"易头"等幻术的佛学思想基础。

其二，佛教重"神通"。神者，灵异，圆妙不测之性；通者，无碍之义。《大乘义章》云："神通者，就名彰名。所为神异，目之为神；作用无碍，谓之为通。"佛教又重"神变"，即所谓神妙莫测、变异无常。正如《法华玄赞》卷二所说："妙用无方曰神，神通变异曰变。"志怪小说所常见的鬼神变异、人身毁损或是异体交换等等荒诞不经的情节故事，都是"神通"、"神变"的示现，毋宁可以看做相应佛教教义的叙事形象演绎。

总之，佛教有关五蕴因缘和合与"神通"、"神变"之类教义，是志怪小说之人文主题的重要思想来源。五蕴和合以成人之身心，确是假言存有。其中尤其色蕴，更非真实。人身无它，四大和合之谓。"夫四大之体，即地水火风耳。结而成身，以为神宅"，故"灭之既无害于神"。[①]既然如此，所谓"失头"、"易头"之类，当不在话下。肢体宰割，自戕或用于交换，又有何妨？且"神通"广大，既然砍头、断肢等等，可以随心所欲，那么，令其复原如初，亦易如反掌。这是无惧于肉身与灵魂（鬼魂）二分，两者本自二分，所惧何来？且

---

① 慧远：《明报应论并问》，载《弘明集》卷五，四部丛刊本，载《中国佛教思想资料选编》第一卷，第89页。

只有灵魂、肉身相互离弃，灵魂才是"神不灭"而绝对自由的。

佛教又倡言"慈悲"。《大智度论》卷二七云："大慈与一切众生乐，大悲拔一切众生苦。"这是从乐苦讲慈悲。佛教本生故事如"舍身饲虎"，宣说萨埵那太子舍肉身于饿虎以救虎之生命的慈悲，又有"尸毗王舍身救鸽"，亦是慈悲主题，志怪小说有些作品，如前述"易头"所谓"梦中许易"情事等，以己所有，而施惠于他者，同样毕竟有慈悲心因素在。又如刘义庆《宣验记》记述一故事云：

> 车母者，遭宋庐陵王青泥之难，为虏所得，在贼营中。其母先来奉佛，既然七灯于佛前，夜精心念观世音，愿子得脱。如是经年，其子忽叛还。七日七夜，独行自南走，常值天阴，不知西东。遥见七段火光，望火而走，似村欲投，终不可至。如是七日，不觉到家，见其母犹在佛前伏地，又见七灯，因乃发悟。母子共读，知是佛力，身后恳祷，专行慈悲。①

在志怪小说中，宣说大慈大悲救苦救难观世音菩萨的故事尤多。其主题，集中于求救于观世音而应验。所谓"火不能烧"、"舟行遇险得脱"、"驱鬼治疾"与"求子得子"等等，只要心诚，便"有求必应"。

> 吴郡人沈四，被系处死。临刑市中，得诵观世音名号，心口不息，刀刀自断，因而被放。一云，吴人陆晖系狱，分死。乃令家人造观世音像，冀得免死。临刑三刀，其刀皆折。官问之故。答云："恐是观世音慈力。"及看像，项上乃有三刀痕现，因奏获免。②
>
> 宋孙道德，益州人。奉道祭酒，年过五十，未有子息。居近精舍。景平中，沙门谓德："必愿有儿，当至心礼诵《观世音经》，此可冀也。"德遂罢不事道，单心投诚，归观世音。少日之中而有梦应，妇即有孕。遂以产男也。③

---

① 《宣验记》，载《太平广记》卷一一〇。
② 同上书，卷一一一。
③ 王琰：《冥祥记》，载《法苑珠林》卷二五，四部丛刊本。

真是法力无边，可称奇迹，令人难以置信。《妙法莲华经》卷七《观世音菩萨普门品》(鸠摩罗什译本)说："若有无量百千万亿众生受诸苦恼，闻是观世音菩萨，一心称名，观世音菩萨即时观其音声，皆得解脱。"南北朝之时，随着历代大量佛教经论的译传，观世音信仰亦开始在民间普及。一心专念菩萨名号，观世音就来接引你避苦得乐，逢凶化吉。这种以"他力"、"他度"而得救、解脱的菩提路，是与"自力"、"自度"即"明心见性"、"顿悟"与"转识成智"等，互补而相应的。

志怪小说中还有诸多地狱故事，如《幽明录》、《冥祥记》等多有记载。《幽明录》关于"舒礼"、"康阿得"、"李通"、"石长和"、"吉未翰"、"甲者"与"王明儿"等则，将地狱、饿鬼的情状，描绘得淋漓尽致，阴怖可怕。志怪小说，作为"释氏辅教之书"，起到了一种宣扬生死轮回思想的作用，有恫吓众生之功用。地狱为佛教"六道轮回"之一。《大乘义章》说："言地狱者，如杂心释，不可乐故，名为地狱。"这是指心狱，所谓"此云地狱，不乐可厌"。而"若正解之言地狱者，就处名也。地下牢狱，是其生处，故云地狱。"地狱亦称阴间、阴司，佛典有时又称冥界。但严格而言，冥界是地狱、饿鬼与畜生这三恶道的一个总名，甚至包括天堂。西汉马王堆汉墓帛画，隐然表达印度佛教入传之前中华古代之天上、人间与地冥的人文理念，这天上、地冥，不同于佛教所言西方、冥界，至于中华先秦至西汉的地冥这一概念，当然也不等于地狱。地狱这一人文理念，是佛教所独具的。地狱，梵文naraka，译作那落迦，或云niraya，译作泥梨。地狱观是佛教业报思想的重要标志。作为佛教所预设的一个场所，地狱是严惩众生罪业深重之处。所谓苦海无边，除指众生人间(世间)，更指地狱；这里又是判决罪错并加以惩罚的地方，有阎罗王(十地阎王)、判官与无数鬼卒的残酷统治，以阎王为最高裁决者；这里还是一个广深无比、恐怖与黑暗的世界，等级森严，有所谓八热地狱、八寒地狱与阿鼻地狱等区别，种种冻馁、火焚、下油锅与凌迟等酷刑的实施，比现实人间的刑罚更严酷，与佛、菩萨的所谓慈悲、宽容、宁和形成强烈对比。可见，佛教并非一味言空，作为与西方净土、世间相对应的"第三个世界"，这地狱情状，倒是被描绘得十分具体而实在的。地狱观随印度佛教一起入传于中土。据梁僧祐《出三藏记集》与慧皎《高僧传》记载，东汉光和二年(179)，由支娄迦谶所译成之《般若道行品经》（即《道行般若经》），其卷三《泥梨品》，可能是地狱观的最早译传。三国时，康僧会译出《六度集经》九卷，其卷一《布施度无极》说："因化为地狱，现于其前曰：'布施济众，命终魂灵入于太山地狱，烧煮万毒。'"此所言"太山"，即"泰山"，早期汉译佛典有将地狱译作"太山"（泰山）的，所谓"太山王"，即指阎罗王。孙昌武说："传为安世高所译的《十八泥梨经》、《鬼问目连经》就是早期传播地狱思想的佛典。吴支谦所译《撰集百缘经》中也已描绘了不少饿鬼形象。后魏杨衒之《洛阳伽蓝记》卷二崇真寺条又记述了阎罗王所居的地狱。"[①] 按中国佛教翻译史，所谓安世高译《十八泥梨经》与《鬼问目连经》，恐仅为传说而非历史事实。而支谦所译《撰集百缘经》与康僧会所译《六度集经》等，都是译传地狱、饿鬼说之较早的经典。

志怪小说深受佛教有关奇幻、神通、慈悲与地狱观念的影响，自不待言。因为佛教的入传，遂使叙事文学的思想、思维、情感及其题材、主题等探出于"方外"，开出文学审美的新生面。

其一，扩展了文学的审美视野。"志怪"的视野不仅在世间，而且在出世间，是以出世间的虚诞故事，来影射人世间的生存、生活境况。在审美情感上，以出世间为真实且以世间为虚妄。鲁迅曾说："六朝人并非有意作小说，因为他们看鬼事和人事，是一样的。统当作事实。"[②] 一般六朝人相信鬼神的真实存在，将出世间的真实与世间的真实相等同，是六朝人文化审美之眼光的独特处与可爱处，这一审美视野，建构在佛教信仰的基础之上。

真实这一美学范畴，究其内涵，是真理性、真诚性与真切性三者交互涵咏。其中，真理性首先关乎科学认知，真诚与真切性，首先关乎宗教求神、道德求善和艺术求美，与此相关的，是巫术文化方式对世界与人之命运的把握，在求神与降神之际，它们都关乎真实与否。在印度佛教入渐之前，关于"真"，先秦道家以无"即道为"真"，是一种偏于哲学的理解，所谓"真人"、"真君"与"至人"云云，都是首先从哲学着眼，指哲学意义的道德之人；儒家以经验事实为"真"，此班固《汉书·河间献王传》颜师古注所谓"务得事实，每求

---

① 孙昌武：《佛教与中国文学》，上海人民出版社，1988，第275页。
② 《中国小说的历史与变迁》，载《鲁迅全集》第九卷，人民文学出版社，1981，第311页。

真是"，是一种历史学意义上的真实观。它在经验与道德求善的知行中，当然也讲真理性，不过是以道德之善为真，偏于牟宗三所谓"内容的真理"而非"外延的真理"①的理解。"内容的真理"是与人文"主观"相系的"真理"，所以尤具人格行为、意义的真诚性和真切性，不象"外延的真理"那样是"客观真理"，此指自然科学之可证的事物本质规律。

佛教所言"真人"，指证真者。可印证者为真。真即真如。真，真实义；如，如常义。真与妄相对。系累于因缘为妄，悟不生不灭之理为真，离妄即真。《大乘义章》卷二云，"法绝情妄为真实"，此亦支道林《八关斋诗三首序》所言"悟身外为真"之"真"。凡此，改变了传统"真实"、"真理"观，志怪小说仅以故事之叙事，主要演说佛教"真实"观而已，也宣讲道教"真实"之理，许慎《说文》，以"仙人变形而登天也"释"真"义，也是志怪小说艺术真实或曰审美真实的人文底蕴之一。

其二，丰富了文学审美的品类与品格。中国文学自先秦起，一向有"温柔敦厚"的诗教传统与"致虚极，守静笃"的审美体验，自六朝"志怪"一出，那种"温柔敦厚"的贵族气质与蹈虚守静的逍遥风气，即被打破。在这两种文学审美之风色继续存有的同时，增添了关于神异、怪诞与奇幻的审美。尤其在叙事文学领域，其审美对象，是世间的美善，亦是冥府、鬼域的丑恶。审丑成为审美的另一方式。从荒诞、恐怖、惊悚等审美体验之中升腾而起的审美意绪与情志，刺痛了中国文学本是温婉、宁和的神经，文学的情感世界，有些动荡与焦虑起来。文学尤其是"志怪"叙事所表现的痛苦、悲剧感、怪丑与夸诞，还有奇迹、幸福与激情等等，使得审美的天空，有几朵灰色而美丽的乌云飘过，其光影的忽明忽暗，象征这个伟大民族之不安的灵魂，总是在绝望与企望之际来回游走。

明胡应麟《少室山房笔丛》卷二九曾经指出："魏来好长生，故多灵变之说；齐梁弘释典，故多因果之谈。"其实，"灵变之说"与道教"好长生"，未必尽有之必然联系。魏晋道教确有"灵变之说"，然而道教主"灵变"，亦受佛教之影响使然。而佛教关于三世因果报应的宿命论，则在众生通过修持，在追求"他力"、"他度"以实现解脱的同时，加重了对命、对盲目自然力量的崇拜

---

① 按：参见牟宗三：《中国哲学十九讲》，上海古籍出版社，1997，第31—32页。

与敬畏，使得关于文学审美的品格内涵，愈加变得复杂而深厚。

其三，锻炼、提高了文学叙事的兴趣与表达能力。主要以"巫"为原始人文根性之中华民族，原先作为一个"诗性"民族，对诗的感悟与表达，历史悠久。《诗经》的出现与诗性审美的成熟，即为一大明证。相比之下，中国人似乎生来拙于"讲故事"。先秦时期并非没有叙事之作，其中的神话传说，就是叙事体文学的体裁之一。然而，中国的原古神话并非十分发达确是事实。正如本书前述，如有关伏羲的神话，主要见于战国中后期的《易传》，且仅片言只语。保存诸多神话叙事的《山海经》，凡十八篇，其中十四篇考定为战国时作品，《海内经》四篇为西汉初年之作。关于黄帝的传说，起于战国黄老派而成于西汉"五德终始"说。盘古开天辟地说，始于三国徐整所著《三五历记》①与南朝梁任昉《述异记》。如后羿射日、女娲补天与大禹治水诸神话传说，都篇幅简少，成篇较晚。可以说，中华民族的诗性，好比少女的含蓄而多情，偏于其内心之诗性的体验与表达，却不善于外向之故事的叙述。其原因在于："神话其实并不是中国原古文化的主导形态"。中国文化本是一种"淡于宗教"的文化，其神话文化的诞生，必然缺乏丰饶、深厚的肥壤沃土。

印度佛教东渐，佛典中随处可见的譬喻、传说与故事，锻炼、提高了中国人"讲故事"的兴趣与能力。"志怪"的直接目的，为传播、领会有关佛教教义，此属于"有意栽花"而并非"花不活"。岂料"无心插柳"旁枝逸出。南北朝以至整个六朝的叙事体文学，因佛教（还有道教）的哺育而借"志怪"得以实现初步的繁荣。虽然大凡依然篇幅短小②，确是唐传奇、宋话本与明清小说的人文审美之先驱。志怪小说在六朝时期所以繁荣③，一因其作者多为佛教徒或是佞佛之人；二则佛典中诸多本生、譬喻等故事的表达方式，与班固《汉书·艺文志》所言"街谈巷语，道听途说"小说何其相似？前者神圣而后者平凡，多为大胆虚构之辞。这无疑唤醒了中华民族编故事、讲故事的想象力，且不落俗套，怪怪奇奇，鬼鬼神神，冥府人间，荒诞不经，无所拘忌，将叙事文

---

① 按：此书已佚，关于盘古神话，见《太平御览》卷二所录。三五，三皇五帝。

② 按：有的篇幅较长，如《幽明录》中有些篇什，一则故事可有千余言，情节曲折。

③ 按：目前见于著录者，凡二十家左右。

学的审美，发展到纵横恣肆的地步。

其四，进一步丰富文学等艺术形象的审美表达。先秦确无"形象"一词，战国《易传》有"形而下者谓之器"、"见乃谓之象"与"立象以尽意"等说，未构成"形象"这一复合词及其范畴。西汉《淮南子》有"物穆无穷，变无形象"①的"形象"一词；东汉王充《论衡》"夫图画，非母之宝身也，因见形象，泣涕辄下"②的"形象"，已是趋向于艺术审美的一个范畴。随后在诸多文论、画论等文献中，偶有此范畴的出现，而其思维、思想之阈限，大致在生活经验层次。

佛教之东渐且伴随以东汉道教的创立，使中国人的象思维、象情感、象意志和象虚构，有可能提升到"身外"、"方外"之境。除了魏晋六朝的那些属佛、属道的音乐、绘画、书法与诗歌等之外，志怪小说，也是显示属于佛、道"身外"和"方外"之"形象"（意象）观的一个方面，如优填王即以牛头栴檀作"如来形象"之"形象"然。佛经称说法之佛陀拈花，迦释微笑，默然会心，此"拈花"、"微笑"，为可见之"形象"；"默然会心"者，即"意象"即悟入即空幻。似有类于《易传》"见（现）乃谓之象"之"象"，而所"见"此"象"非巫象，是悟空之境象，即在"身外"。前引《旧譬喻经》卷下所谓"鬼神形象"之"形象"，为恍惚之际所"见（现）"冥府之鬼魂形象，众生业缘未除，遂入地狱，故现鬼象。在佛教入传前，中国人就有鬼魂的意识、观念，将鬼魂仅仅看做《易传》所谓"精气为物，游魂为变"的另一种"物"（有）。此"物"与"精气"的不同，仅在于人之生而气之聚；人之死而气之散。《庄子》就有"气聚则生，气散则死"的典型思想。气永远不死。人死而为鬼魂（游魂），是一种"气散"状态的"物"（有）。因而在佛教东来之前，关于鬼魂，固然在冥府，以常常在人间游荡、作祟，却与佛教关于空幻的地狱观无关。佛教地狱仅"关于空幻"而绝非空幻。因为如果众生悟入于"空"，众生即佛，何来地狱？志怪小说以及诸多佛教诗词、变文、音乐和绘画如后世唐代"地狱变"等地狱观，往往是中国

---

① 《淮南子·原道训》，高诱注：《淮南子》卷一，载《诸子集成》第七册，上海书店，1986，第13页。

② 王充：《论衡·乱龙篇》，载《诸子集成》第七册，上海书店，1986，第158页。

化、本土化了的，是如汉代马王堆帛书之帛画所绘"阴间"、道教"方外"与佛教地狱观的一个综合，其"形象"，在气之"有"、气之"无"（此指道教）与佛教"关于空幻"而非空幻之际。这种"形象"或曰"意象"，为中国美学提供了关于形象、意象的一个新的视角、维度和思想理念，其中蕴含以"梵音"即空的佛学思想因素。

第六节 《文心雕龙》：儒道释美学"折衷"

《文心雕龙》一书的文论美学与佛学的关系究竟如何？

大教东渐，由此走上中国化、本土化之路。《文心》这一文本，在这一点上具有典型意义。中国传统之儒、道与佛三学之间从对立、纷争而逐渐走向调和、融合，要到唐代南宗禅六祖《坛经》，才得趋于实现。儒、道与释三学的真正合一，及其对于中国美学尤其诗文艺术的深刻浸润，须待于宋明理学时代，全面贯彻于艺术审美及其美学理论的建构之中。

在南北朝，《文心雕龙》一书关于文学审美的佛教美学思想，是儒道释三学之间展开艰难"对话"的一大重要契机。其思想特征，可用刘勰自己所言"唯务折衷"[①]四字加以概括。

在中国美学及其佛教美学史上，《文心雕龙》美学思想的文化哲学品格究竟是什么，属儒、属道（玄）还是属佛或是儒道释三栖的"折衷"，是力图研究、厘清《文心雕龙》佛教美学思想的一个重要课题。

李泽厚等学者认为，《文心雕龙》美学思想的"理论基础"，是属儒的："从《原道》及《文心雕龙》全书可以清楚地看出，儒家的重要经典《易传》的基本思想，是《文心雕龙》的根本的理论基础。"[②]王元化先生说得更肯定："《文心雕龙》基本观点是'宗经'"，"《文心雕龙》书中所表现的基本观点是儒家思想，而不是佛学或玄学思想。"[③]

---

① 刘勰：《文心雕龙·序志第五十》，载范文澜：《文心雕龙注》卷十，下册，人民文学出版社，1958，第727页。

② 李泽厚、刘纲纪主编：《中国美学史》第二卷，中国社会科学出版社，1987，第623页。

③ 王元化：《文心雕龙讲疏》，上海古籍出版社，1992，第10、15页。

《文心》一书，确系往往采儒家之言，如《原道》所谓"仰观吐曜，俯察含章，高卑定位，故两仪既生矣"，"人文之元，肇自太极，幽赞神明，易象惟先。庖牺画其始，仲尼翼其终。而乾坤两位，独制文言"①等等言述，凡读过《易传》者都知道，这些说法，从语言文字到思想，都来自先秦儒家经典《易传》。又如《宗经》云，"经也者，恒久之至道，不刊之鸿教也。故象天地，效鬼神，参物序，制人纪，洞性灵之奥区，极文章之骨髓者也。"②凡此言论，显然都属于儒家之"道"。

可是《文心》一书，同样有确凿的证据证明，该书的"基本思想"是非儒的。

第一，该书《序志》篇有云："盖《文心》之作也，本乎道，师乎圣，体乎经，酌乎辨乎骚，文之枢纽，亦云极矣。"③意思是，《文心》的思想"枢纽"，关乎"道"、"圣"、"经"、"纬"与"骚"五个方面，故不能仅从某一方面去看。而比如"本乎道"之"道"，究竟指儒家之"道"、道家之"道"还是儒、道合一之"道"，就颇值得注意。《文心雕龙·原道第一》说：

> 文之为德也大矣，与天地并生者何哉？夫玄黄色杂，方圆体分，日月叠璧，以垂丽天之象；山川焕绮，以铺理地之形：此盖道之文也。④

关于这一论述，《中国美学史教程》曾作如下解读：

> 这里，刘勰把"文"与天地万象看做并列、并生的一种东西，指出它们都是作为本原、本体之"道"的美的显现，"道"是显现文章之美与自然万类之美的"本在"。就美"文"而言，自当为"心"所造，这"心"，决非计较功利、是非之"心"，而是契"道"、悟"道"之心。这"道"，即

---

① 刘勰：《文心雕龙·原道第一》，载范文澜：《文心雕龙注》卷一，上册，1958，第1—2页。
② 刘勰：《文心雕龙·宗经第三》，载范文澜：《文心雕龙注》卷一，第21页。
③ 刘勰：《文心雕龙·序志第五十》，载范文澜：《文心雕龙注》卷十，下册，第727页。
④ 刘勰：《文心雕龙·原道第一》，载范文澜：《文心雕龙注》卷一，上册，第1页。

《原道》所言"心生而言立，言立而文明，自然之道也"。"自然"者，文之本原。文之美，不是用美丽的辞藻"外饰"于伦理道德思想情感之故，而是"自然"即"道"本身就是"文"及其美的内在根据，或云"自然"本身就"美"的。①

可见，《文心雕龙》所谓"道"，显然指道家之"道"即"自然"而非儒家之"道"即伦理道德，《文心》该书的思想，并非纯粹宗"儒"。

第二，那么，《文心雕龙》又是否宗"道"（道家之道）呢？且看该书《诸子第十七》如下言述："李实孔师，圣贤并世，而经子异流矣"②（按：李，指老子，这里刘勰称老子为李姓，即所谓"李聃"）。其《情系第三十一》又云，"老子疾伪，故称'美言不信'，而五千精妙，则非弃美矣。"③其《神思第二十六》也说，"暨乎篇成，半折心始。"④简炼而准确地解读通行本《老子》关于"道可道，非常道"的思想精髓；"枢机方通，则物无隐貌；关键将塞，则神有遁心。是以陶钧文思，贵在虚静，疏瀹五藏，澡雪精神。"⑤这是通行本《老子》所谓"致虚极，守静笃"的南朝梁代版。凡此足可证明，《文心雕龙》的思想，深深濡染于道家玄思而无疑。

可是问题还有另一面，刘勰此书在赞美玄学家何晏等辈"盖人伦之英也"⑥的同时，又在《明诗第六》中，讥评"何晏之徒，率多浮浅"⑦，嘲讽江左篇制，溺于玄风。显然不满于江左以道家思想为精神底蕴的玄学思辨。《论说第十八》更是一笔抹煞玄学崇有、贵无两派："然滞有者，全系于形用；贵无者，专守于寂寥，徒锐偏解，莫诣正理。"⑧

这一自相矛盾的评说，正如前述可资证明亦儒非儒那样，《文心雕龙》在道

---

① 王振复：《中国美学史教程》，复旦大学出版社，2004，第154—155页。
② 刘勰：《文心雕龙·诸子第十七》，载范文澜：《文心雕龙注》卷四，上册，第308页。
③ 刘勰：《文心雕龙·情采第三十一》，载范文澜：《文心雕龙注》，卷七，下册，第537页。
④ 刘勰：《文心雕龙·神思第二十六》，载范文澜：《文心雕龙注》卷六，第494页。
⑤ 同上书，第493页。
⑥ 刘勰：《文心雕龙·论说第十八》，载范文澜：《文心雕龙注》，卷四，上册，第327页。
⑦ 刘勰：《文心雕龙·明诗第六》，载范文澜：《文心雕龙注》，卷二，上册，第67页。
⑧ 刘勰：《文心雕龙·论说第十八》，载范文澜：《文心雕龙注》，卷四，上册，第327页。

家、在玄无问题上的哲学、美学立场，又是亦道非道的。

第三，至于说到《文心雕龙》关于佛学及其佛教美学的人文立场与态度问题，自当并非几句话就能说得清楚。试问《文心》非佛抑或是佛？从文本分析可知，《文心》一书，说了许多亦儒非儒、亦道非道的话，但它并没有非毁佛教与佛学的地方。相反，其美学思想，倒处处表现出释与儒、道趋于"折衷"、融合的思想倾向。

《文心雕龙》全书凡五十篇。自《原道第一》到《程器第四十九》共四十九篇，加上《序志第五十》①一篇，构成"四十九加一"的篇目格局。这是刘勰自觉借用《周易》"大易之数"（大衍之数）的人文理念，而有意为之。《易传·系辞上》云："大衍之数五十，其用四十有九"。指古人占筮时，取筮策五十，任取其中一策象征太极，用余下四十九策进行算卦。证明此书的篇目结构方式，确是宗儒的，这又是一个显例。但其并未因此而贬损佛教。

首先，在《文心》全书中，诸多佛教概念与理念，往往体现于其美学、文论思想的表述之中。如关于"圆"，佛教高倡"圆"说，所谓圆寂、圆成、圆妙、圆果、圆相、圆信、圆悟、圆音、圆照、圆通、圆融与圆教等言，比比皆是，所指都是成佛理想与精神境界，都与美学相谐。

《文心雕龙》亦多处说"圆"。其《明诗》篇云，"随性适分，鲜能通圆"②；《指瑕》篇说，"而虑动难圆，鲜无瑕病"③；《论说》篇曰，"故其义圆通，辞忌枝碎"④；《杂文》篇称，"足使义明而词净，事圆而音泽"⑤；《比兴》篇谓，"诗人比兴，触物圆览"⑥，等等，凡此好"圆"之论，证明刘勰的佛学修养不在你我之下，并且渗融于文论、美学思想之中。至于《神思》篇所言"研阅以穷照，驯致以怿辞"的"穷照"与"独照之匠，窥意象而运斤"⑦的"独照"之类，显

---

① 按：《序志》篇为全书总序。古人之序文，往往安排在书后，以示其重要。
② 刘勰：《文心雕龙·明诗第六》，载范文澜：《文心雕龙注》卷二，上册，第68页。
③ 刘勰：《文心雕龙·指瑕第四十一》，载范文澜：《文心雕龙注》，卷九，下册，第637页。
④ 刘勰：《文心雕龙·论说第十八》，载范文澜：《文心雕龙注》，卷四，上册，第328页。
⑤ 刘勰：《文心雕龙·杂文第十四》，载范文澜：《文心雕龙注》，卷三，上册，第256页。
⑥ 刘勰：《文心雕龙比兴第三十六》，载范文澜：《文心雕龙注》，卷六，下册，第603页。
⑦ 刘勰：《文心雕龙·神思第二十六》，载范文澜：《文心雕龙注》，卷六，下册，第493页。

然是佛教"照寂"、"照览"与"悟照"等概念、范畴的活用。《论说》篇所言"动极神源,其般若之绝境乎"①的"般若"一词,更是直接以佛家语来论述其文论、美学之思。

其次,虽则以往学界有人认为《文心雕龙》体例、思维即"法式"受印度佛教因明学影响的看法难以成立②,然而,该书体例受佛教成实论思维方式的影响,则是可以肯定的。

《文心》一书,其内容可分文原论、文体论、文本论、文评论与绪论(序志)五大部分,偏偏《成实论》亦以"五聚"③为其基本结构,此即发聚、苦谛聚、集谛聚、灭谛聚与道谛聚。两相对照,其义自明。从细部分析,《文心》文原论部分包括:一,"原道论"、"征圣"论与"宗经论"等三论;二,"正纬"论、"辨骚"论,为"余论"。《成实论》"发聚"亦包括:一,其《具足》、《十力》、《四无畏》、《辨二宝》、《无我》与《有我无我》等三十五品,可概括为佛宝论、法宝论与僧宝论等三论;二,主要以四谛大要、教内十异见之说为"余论"。又如,《文心》文体论部分,主要分"明诗"、"乐府"、"诠赋"、"颂赞"与"祝盟"五类;《成实论》苦谛聚,分色论、识论、想论、受论与行论等五蕴说。显然,这是《文心》法式受启于《成实论》的明证。再如,《文心》有《序志第五十》为全书之总结,具有"长怀序志,以驭群篇"概要之意义,而《成实论》以道谛聚的定论与智论,来阐扬止观成佛之道,也具有冠表佛教成实论的作用。

在思想上,显然不能将《文心雕龙》与《成实论》作简单类比,但是在两著的结构方式上,《文心》有意、无意地接受了佛伦的影响这一点,还是看得出

① 刘勰:《文心雕龙·论说第十八》,载范文澜:《文心雕龙注》,卷四,上册,第327页。

② 按:理由之一,因明学著作《方便心论》译出于北魏延兴二年(472),当时并未引起南北学界注意。此时刘勰(465—532)仅七、八岁。刘勰撰成《文心》一书,约在35岁至36岁之时(501),《方便心论》此时是否已传入南朝,且该书的因明之学是否对刘勰具有实际影响,皆不可考。理由二,印度因明学著作《回诤论》,译成于东魏孝静帝兴和三年(541);另一因明学著述《如实论》,译成于梁简文帝大宝元年(550),都是刘勰去世之后的事。

③ 按:此"五聚"之"聚",有因缘集聚之义。

来的。

这并非偶然。刘勰其人，思想之宏博令人叹服。从《文心雕龙》看，儒道释三学都在其人文学术视野之内，都有相当的学问造诣。他在亦儒非儒、亦道非道的同时，却并未对佛教说半个"不"字。

刘勰《文心雕龙·序志》夫子自道："予生七龄，乃梦彩云若锦，则攀而采之。齿在踰立，则尝夜梦执丹漆之礼器，随仲尼而南行。"①可见，其曾是孔子、儒学的忠实追随者。

《梁书·刘勰传》又说："勰早孤，笃志好学，家贫不婚娶，依沙门僧祐，与之居处积十余年。"②刘勰二十岁时，赴建康（今南京）紫金山的定林寺，依当时名僧僧祐（444—518）而相处十余载，遍览佛典，助僧祐整理经论，校定典册。僧祐精通律学。《高僧传·僧祐传》称，"祐乃竭思钻求，无懈昏晓，遂大精律部，有迈先哲。"③且其主大乘性空之说，兼习成实之学。有《出三藏记集》十卷、《弘明集》十卷等存世。齐梁之世，成实学大行，论师众多。《高僧传》称北朝与南朝，有成实师七十余人。南朝成实之学，始倡于僧导，其为鸠摩罗什主要弟子之一，著《成实义疏》等。又有僧柔、慧次等推波助澜。而僧柔就在定林寺弘法。《出三藏记集》有竟陵文宣王萧子良"招集京师硕学名僧五百余人，请定林僧柔法师"宣讲"成实学的记载。又据《高僧传》，僧祐与僧柔为同辈友好。"沙门僧祐与柔少长山栖，同止岁久，亟挹道心"。僧柔宣法而僧祐集记，且僧祐参与《成实论》略本的删定，撰《略成实论序》。刘勰与僧祐过从甚密。僧祐圆寂，"弟子正度，立碑颂德，东莞刘勰制文。"④《梁书·刘勰传》称，"因区别部类，录而序之。今定林寺经典，勰所定也。"又，"勰为文长于佛理，京师寺塔及名僧碑志，必请勰制文。"⑤范文澜氏云，"彦和（按：刘

---

① 刘勰：《文心雕龙·序志第五十》，载范文澜：《文心雕龙注》卷十，下册，第725页。

② 《梁书·刘勰传·文学传下》，载范文澜：《文心雕龙注》上册，第1页。

③ 慧皎：《高僧传·僧祐传》，载《高僧传》卷一一，金陵刻经处本，载《中国佛教思想资料选编》第一卷，第295页。

④ 《高僧传·僧祐传》，载《高僧传》卷一一，金陵刻经处本，载《中国佛教思想资料选编》第一卷，第296页。

⑤ 《梁书·刘勰传·文学传下》，载范文澜：《文心雕龙注》上册，第1页。

勰字彦和）精湛佛理。《文心》之作，科条分明，往古所无。自《书记》篇以上，即所谓界品也；《神思》篇以下，即所谓问论也。盖采释书法式而为之，故能鳃理明晰若此。"①此言是。

除《文心》之外，刘勰另有《灭惑论》与《梁建安王造剡山石城寺石像碑》②等存世，皆为佛学撰述。《灭惑论》云："妙法真境，本固无二。佛之至也，则空玄无形，而万象并应，寂灭无心，而玄智弥照。"此一派佛家口吻。又称："大乘圆极，穷理尽妙。故明二谛以遣有，辨三空以标天，四等弘其胜心，六度振其苦业。"这里，二谛指真谛俗谛；三空指空相、无相与无愿三大空理、三解脱；四等指慈、悲、喜、舍之四无量心；六度指布施、持戒、忍辱、精进、禅定与智慧六波罗蜜。据考，刘勰撰《灭惑论》，当其生年入梁之后任记室之时。

《文心雕龙》这一文论、美学大著，始撰于齐明帝建武三、四年（496，497），《灭惑论》撰成于齐和帝中兴二年（501）③。两著撰就，《文心》在前而《灭惑论》在后，其一致之处，皆为崇佛之作。可是崇佛之程度，却不一样。《灭惑论》是思想比较纯粹的佛学著述，《文心雕龙》所面对与解答的，是文学、文章学问题。在刘勰看来，文学、文章学自不同于佛学，故须从儒、道、释三学之调和角度立说。然而，人们还是可以从《灭惑论》来加深对《文心雕龙》佛教美学思想的理解。

刘勰少诵儒典、道籍，年轻时居定林寺潜心佛学，又眷恋孔儒之教诲，自称"齿在踰立（引者按：此指三十岁，孔子有"三十而立"之言），则尝夜梦执丹漆之礼器，随仲尼而南行"，因而，虽"依沙门僧祐"十余载，始终是"白衣"身份，未曾正式出家。故后来一遇机会，便于梁武帝天监初年近四十岁之时，应仕去了。历任中军临川王萧宏记室、车骑仓曹参军、太末（今浙江衢州）令，南康王萧绩记室兼东宫通事舍人与步兵校尉兼东宫通事舍人等职，始

① 范文澜：《文心雕龙注》下册，1975，第728页。
② 按：前者载《弘明集》卷八；后者载《会稽掇英总集》卷一六。
③ 按：范文澜氏云："《文心雕龙》一书，自来皆题梁刘勰著，而其著于何年，则多弗深考。予谓勰虽梁人，而此书之成，则不在梁时而在南齐之末也。"（《文心雕龙注》下册，第729页）称《文心》撰成于"南齐之末"，是。而刘勰（约465—521）一生，实际历宋、齐、梁三代，不能认为《梁书》有《刘勰传》而简单地说勰为"梁人"。

终未居显要。大凡做些幕僚文字工作，且每每赴任未久，就换了岗位，想来不免辛苦。虽曾得梁武帝萧衍与昭明太子萧统的赏识，但终于在去世前一年皈依佛门。

复杂的人生经历与丰富的为学背景，造就《文心雕龙》思想的恢宏与深邃，亦不乏内在的矛盾与错综。刘勰《文心雕龙·序志》自言其写作动机与甘苦云：

> 夫诠序一文为易，弥纶群言为难。虽复轻采毛发，深极骨髓，或有曲意密源，似近而远，辞所不载，亦不胜数矣。及其品列成文，有同乎旧谈者，非雷同也，势自不可异也。有异乎前论者，非苟异也，理自不可同也。同之与异，不屑古今，擘肌分理，唯务折衷。[1]

这是一段很重要的话，往往为以往有的"龙学"学者所忽略。此研究《文心》文论及其佛教美学思想所不可不察，其主旨在"唯务折衷"四字。

其一，刘勰撰《文心》，意在"弥纶群言"，即广采儒、道、佛三学以解读刘勰当时所面临的文学、美学问题。这问题，主要是文学、美学的本原、本体、风格、心理与标准等方面，这是"难"的。"难"在格局宏放，又具思想深度，难免"同乎旧谈"、"异乎前论"，又要自创新格。

其二，为创新格，其前提是"唯务折衷"，即努力融通儒、道、佛三学，作为其文论、美学的人文哲学与美学之基。但在刘勰看来，要做到"折衷"，不是个人可以随意为之，无论"同乎旧谈"还是"异乎前论"，均乃"势"、"理"之必然，由为学、为文的时代条件、文化潮流、人文精神与历史传统等因素所决定。刘勰生当南朝宋齐梁之世，以"道"为文化、哲学之基质，以"佛"为人文学术之灵枢，以"儒"为思想潜因的玄学曾大盛于魏晋。时至南北朝，玄学盛期已过，而佛学更其浸润于朝野，并向创立宗说方向发展。而因时世动荡，朝政更迭频繁，百姓生活困穷，遂使佛教大行于世，更需儒的经世致用之术，来维系世道、人心的平衡。因而南北朝时，尽管儒、道、佛三学仍是社会意识形态的三大支柱，实际却是以佛、儒之间艰难"对话"为主之三学趋于融

---

① 刘勰：《文心雕龙·序志第五十》，载范文澜：《文心雕龙注》下册，第727页。

合，而使"道"（玄）稍稍靠后。

这便是这一历史、人文时期的"势"与"理"，刘勰的思想实际，固然是儒、道、佛三栖，却是以佛、儒之间的艰难选择为主要特征的。因此，刘勰治"文心"而"弥纶群言"，确为时代"势"、"理"使然。

其三，刘勰"唯务折衷"的"折衷"，亦称"折中"，有判断、处理问题取正无偏之义。所谓"折衷"，首先是观念与方法论意义上的。首先，《文心雕龙》的佛教美学思想，兼取三学，力求态度公允、中正与兼蓄并收固然是矣，而对道（玄）的批评相对严厉，总体上是重新审视儒、道、佛三学，不盲从前贤、时论，所谓"同之于异，不屑古今"。因此可以说，《文心雕龙》佛教美学思想，有一种俯瞰"群言"，高蹈古今的气度。其次，从方法上看，在将宏观意义之儒、道、佛三学的美学看做一个有机整体的同时，在微观的方法上，做了"擘肌分理"的工作。显然对三学的取舍角度有别。如：肯定作为文原的"自然之道"；肯定作为道德伦理的"儒"；肯定"佛"的终极意义。但其分析问题的方法，努力做到兼及两边又离弃两边的"中"点上，有些大乘空宗"中观"的影子而并非"中观"本身。这是刘勰较其前贤、时人高明的地方。"圆该"、"圆融"，是刘勰的治学理想兼方法。虽然《文心》所体现的三学、古今互答的方法难免有些生硬，这是其儒、道、佛三栖的哲学与人文学术立场所决定的，而总体上确做到前无古人。其思想成就之高，令后人惊异。儒道佛三栖，造就《文心》博大的风范与格局，而"擘肌分理"深入到文学审美的方方面面诸多具体问题，使《文心》的思想精微而深邃。

其四，"唯务折衷"并非骑墙，并非人云亦云，随波逐流，而是自出新裁。《文心》在大谈儒家美学思想时，并未简单重复古训，而是往往变调。传统儒家美学的"诗六义"说，以《周礼·春官·宗伯·大师》的风、赋、比、兴、雅、颂此"六诗"为本；《诗大序》说，"故诗有六义焉：一曰风，二曰赋，三曰比，四曰兴，五曰雅，六曰颂"。刘勰博学，未必不知这一传统儒家诗教的精义，但在努力融通三学的前提下，在细致分析传统"诗六义"说的基础上，独标其自创的"六义"说：

　　故文能宗经，体有六义：一则情深而不诡，二则风清而不杂，三则事

信而不诞，四则义直而不回，五则体约而不芜，六则文丽而不淫。^①

这是标举"情深"、"风清"、"事信"、"义直"、"体约"与"文丽"之旨，提出了文之审美的六标准说。便是文须情致深笃而不虚诡，风格清净而不杂碎，叙事诚实而不荒诞，取义纯真而不回曲，体势简约而不芜漫，文采修丽而不淫妖。从字面上看，似乎只要做到"宗经"，就能达到此文之美的六种境界，实际离"宗经"本义已远。而且，刘勰的这一新"诗六义"说，显然已经吸纳了一些佛教思想的因素，如"诡"、"杂"、"诞"、"芜"与"淫"等，都是佛教所反对的，《文心雕龙》取之用于他的文论、诗说，是很有意思的。又如"性灵"之说，虽大约始于谢灵运所谓"六经典文，本在济俗为治耳。必求性灵真奥，岂得不以佛经为指南邪"^②之言，是以"六经"与"佛经"相对，"济俗"与"性灵"相对。可是，性灵这一美学范畴，在谢灵运这里，首先是一佛学范畴。所谓性灵，性体之本觉也，真如之谓。《文心雕龙·原道第一》说："仰观吐曜，俯察含章，高卑定位，故两仪既生矣。惟人参之，性灵所钟，是谓三才，为五行之秀，实天地之心。"从儒家经典《易传》"三才"之说出发，却令人惊讶地落实到人的"性灵"（关乎文之"情性"）问题之上，将"三才"说即"天地人"合一说中的"人"这一道德主体，转嬗为人的"性灵"主体，这改造了谢灵运以佛教所言"性灵"与六经所言"济俗"相对立的美学思路，且将"性灵"此佛学范畴与儒学的"三才"、"五行之秀"对接，又进一步称"性灵所钟"，为"五行之秀"、"天地之心"。这是以佛教心性说融合儒家传统的"三才"、"五行"之言，打破了传统易学的思想域限，将"性灵"这一精神主体提升到"天地之心"即宇宙本原、本体的崇高地位，为中国佛教美学史之尔后的钟嵘"性灵"说、明代王阳明"良知"（"一点灵明"）说，与从晚明到清初"公安"三袁与袁枚"性灵"说的提出与论证，打开了历史、人文之门。

---

① 刘勰：《文心雕龙·宗经第三》，载范文澜：《文心雕龙注》卷一，上册，第23页。
② 《何尚之答宋文帝赞扬佛教事》，载《弘明集》卷一一，载《中国佛教思想资料选编》第一卷，第219页。

第七节　寺塔神圣：中国化的佛教建筑美学风色（一）

时至南北朝，中国佛教信仰遍于朝野，崇教的狂热空前高涨，极大地刺激了佛教寺塔的竞相兴造。所谓"招提栉比，宝塔骈罗"、"南朝四百八十寺，多少楼台烟雨中"，云云，并非虚言。

撰于东汉末年的牟子《理惑论》云，永平七年（64）的"求法"使者，于永平十年（67）回洛阳后，"时于洛阳西雍门外起佛寺，于是壁画千乘万骑，绕塔三匝。"[①]据《三国志·吴志·刘繇传》，丹阳人笮融于彭城（今徐州）、广陵（今扬州）间"大起浮图祠，以铜为佛像，黄金涂身，衣以锦彩，垂铜盘九重，下为重楼阁道，可容三千人，悉课读佛经。"规模之大，简直令人不敢相信。据有关记述，当初佛徒礼佛之处所以称"寺"，为随"求法"东来之西域僧人迦叶摩腾、竺法兰居于洛阳鸿胪寺之故。鸿胪寺原为衙署，是后代旅舍、酒店建筑的原型。西晋之前，洛阳曾为汉传佛经重地，在此兴造寺塔是必然的，除兴建城西白马寺、菩萨寺等，又往往塔寺共建。"三国时魏明帝将宫西佛图徙于道东，为作周阁百间，这些都是文献记载中最早以佛塔为主的寺院建筑。洛阳、彭城、姑臧、临淄等地，都曾建有阿育王寺，这是依阿育王造八万四千舍利塔的传说而建立的。东吴赤乌十年（247），也因在建业宫内立坛求得佛舍利，而在其地立了建初寺。"[②]诚然，所谓"最早以佛塔为主的寺院建筑"，并非指"以佛塔为主"、以寺为次。而指中国早期的塔，一般建于寺区之内，大致在六朝之后，逐渐发展为寺塔分建。有两种情况：一、寺塔同建，塔建于寺院近旁；二、寺塔分建于两处。分建又有两种情况：一、建寺不建塔；二、建塔不建寺。这是说，寺院与佛塔，一般并非同时、同地建造。之所以如此，则为求寺院平面安排与空间序列，舒阔大气、不显拥挤之故。寺、塔相互独立，更显得平野

---

① 牟子：《理惑论》，载《弘明集》卷一，四部丛刊影印本。按：《理惑论》作者，题为"汉牟融"，题下"注"："一云苍梧太守牟子博传"。

② 金维诺：《佛教美术卷》，载总主编季羡林、汤一介：《中华佛教史》，山西教育出版社，2013，第10页。

之上，寺院的平面布置舒展宏阔，而塔势如涌，显得崇高而神圣。

有些早期中国佛塔建于寺院环境之内的形制理念，源于印度"支提"窟。窟中有"中心塔柱"，佛徒绕塔礼佛，这在中国早期石窟寺中比较多见。凡此本著前文已有阐述。

且不说早在西晋，据《释迦方志》、法琳《辨正论》卷三，"西晋二京（长安、洛阳）合寺一百八十所，译经者一十三人，七十三部，僧尼三千七百人。"梁僧祐《出三藏记集》卷一三云："寺庙、图像崇于京邑。"其中，以洛阳白马寺、东牛寺、菩萨寺、石塔寺、满水寺、大市寺、竹林寺、槃鵄山寺、愍怀太子浮图寺、宫城西法始立寺等为著名。当时中国北方正值十六国时期。后赵偏安一方，政权如昙花一现（335—348），据梁会稽嘉祥寺沙门释慧皎《高僧传》卷第十"晋邺中竺佛图澄"传，却竟然在诸多州县，立寺凡"八百九十三所"。

且不说东晋朝廷礼敬沙门。据法琳《辨正论》卷三，一些贵族官宦为求"超度"，而"舍宅为寺"风气很盛。元帝（317—322在位）"造瓦官、龙宫二寺，度丹阳、建业千僧"；明帝（323—325在位）"造皇兴、道场二寺，集义学、名僧百余"。高僧慧远（334—416）于符丕攻陷襄阳（377）而经荆州至庐山后，"创造精舍，洞尽山美，却负香炉之峰，旁带瀑布之壑，仍石垒基，即云栽构，清泉环阶，白云满室。"①慧远长期主持庐山东林寺。佛陀跋陀罗、法显、慧观与慧严等，都以建康道场寺为说法宣教之地。此二寺，一在山野，一在京都，并为东晋南地的佛教中心。除此之外，建康还有瓦官、长干等大寺，天下闻名。

南朝（420—589）时值短促，近一百七十年短暂时光，却依次经历宋齐梁陈四朝。宋文帝（424—453在位）笃信佛教，时与名僧慧观、慧严参究佛理，尤锺道生"顿悟"义。孝武帝（454—464）雅爱佛教，曾主持兴建药王寺、新安寺。最有名的是梁武帝（502—549），其执政时，南朝佛教达于极盛。曾四度"舍身同泰寺"，诵经吃斋，袈裟芒鞋，担水劈柴，不爱江山爱"西方"。其一次次"舍身"，一次次被臣属花巨资"赎回"，遂令朝野震动。武帝原为道教信徒，岂料于执政第三年（504）"四月八日，率僧俗二万人，在重云殿重阁，

---

① 《慧远传》，载慧皎：《高僧传》卷六，金陵刻经处本。

亲制文发愿，舍道归佛"，并主持"建有爱敬、光宅、开善、同泰等诸大寺。"①据《续高僧传》卷一，凡此如大爱敬寺"经营彫丽，奄若天宫"；据《历代三宝记》卷一一，同泰寺"楼阁殿台，房廊绮饰"。

据有关资料，宋有寺院约一千九百所，僧尼三万六千人；齐代寺院二千多所，僧尼三万二千五百人；梁有寺院二千八百四十六所，僧尼八万二千七百人，其中后梁寺院一百零八所，僧尼三千二百人；陈代有寺院一千二百三十二所，僧尼三万二千人。

北朝佛寺的营造，亦盛极一时。据有关记载，石赵所立寺庙凡八百九十三所。东晋太元九年（384），前秦羌人姚苌以武力崛起于乱世、立后秦而始举佛事，继位者姚兴佞佛犹过，于弘始三年（401），迎大德罗什至长安，以国师礼敬。在译经、诵经、说法与拜佛的同时，长安大兴土木，起寺造塔，与开凿石窟"同声相应，同气相求"，成为城域一道神圣而神异的天际线。

自北魏明元帝泰常五年（420，即晋亡之年），至北周静帝大定元年（581），中国北部的北魏、东魏、西魏、北齐与北周诸代的佛寺建造，极为可观。如献文帝（465—471），嗜好佛教，在其宫殿区建寺习佛。孝文帝（471—499）立寺、起塔、迎像、度僧与设斋，等等，广作佛事，提倡《成实》、《涅槃》与《毗昙》等佛典，礼爱学问僧道登与佛陀扇多，在嵩山立少林寺。宣武帝（499—515）为来华僧人在洛阳立永明寺，房舍千余，楼宇崔巍。孝文帝太和元年（477），平城有新旧寺庙一百所，其余各地六千四百七十六所。时至西魏末年，仅洛阳一地有寺一千三百七十六所，各地寺院三万余所。北齐帝室嗜爱佛教，文宣王（550—559）晚年遁入空门，在辽阳甘露寺深居于寺院之中。此后北齐几代帝王，大多佞佛。据史载，邺城有大型寺院近四千所，北齐全境四万余所。虽有北周武帝（560—578）"灭佛"，下令尽毁齐境八州佛寺四万余所，改作宅第，令僧尼三百万人还俗。岂料武帝一死，宣帝、静帝继位，则重立佛教，寺院香火依然如故。

北朝佛寺广被河山，仅弹丸洛阳一地，有寺千余。其中著名者，有永宁寺、

---

① 黄忏华：《南朝佛教》，载中国佛教协会编《中国佛教》第一辑，知识出版社，1980，第29页。

瑶光寺、景乐寺、法云寺、皇舅寺与祇园精舍等，其建筑空间意象，"凝固"了芸芸众生对于佛教的迷狂意绪。

杨衒之《洛阳伽蓝记》为北魏时著作。书中记载北魏及之前洛阳佛寺凡四十二例。① 其中所记永宁寺，为北魏熙平元年（516）胡灵太后所主持建造。其平面呈长方形，中轴对称。前有山门，山门后立塔，塔后建主殿。这种寺塔合建模式，多染印度"支提"风格之早期中国寺塔建筑的特点。其四周围墙皆建短椽，有瓦覆顶。围墙四边共设四门其中东西门楼为两层构筑，南门风水佳好，位置显要，故设三层门楼顶盖，有轩昂之态。北门为乌头门制，应在《周易》文王八卦方位的坎位之上。整座寺院，以主殿与塔为注目中心，建偏殿、僧舍等凡千余间，群体组合，次序井然。绘梁粉壁，屋宇俨然，气魄雄伟而环境清雅宁静。寺内空地植栝柏松椿，花木扶疏；寺之山门外皆植青槐，绿水环流。暮鼓晨钟，香烟袅袅，刹是一方佛门净地。在北魏甚至在中国佛教建筑史上，洛阳永宁寺名气很大。其规模之大，在佛塔上亦能见出。据《三辅黄图》一书所记，"九层浮图一所，架木为之，举高九十丈，有刹复高十丈，合去地一千尺。"如以先秦古制，一尺合现制0.23米，则该塔全高230米。这在当时完全不可能。即使今日，大凡木构建筑物，亦难以建造得如此之高。所谓"合去地一千尺"，有夸饰、讹传的成分。然此塔的高峻崔巍确为事实。否则，古人就不会如此夸言其高。永宁寺与塔早已被毁。

与永宁寺齐名的，有始建于北魏太和十九年（495）的河南嵩山登封少林寺。该寺位于原登封县西北30华里处少室山北麓五乳峰下，因孝文帝佞佛，由自印来华弘教之高僧跋陀主持修造。孝明帝孝昌三年（527），大德菩提达摩由岭南、经建业、渡长江而最后落脚于少林寺，成为中国禅宗初祖。与少林寺可称双璧的，是山西五台山古刹。作为佛教圣地之一，始建于北魏孝文帝。北齐之时，五台寺院，已达二百余间规模。虽然北朝所建庙宇早已荡然无存，而现存南禅寺、佛光寺大殿，则成为中华大地上现存最古老的佛教建筑。据南禅寺正殿平梁下墨书"题记"，该寺重建于唐建中三年（782，未知始建的确切年代），佛光寺重建于唐大中十一年（857），应为唐武宗"会昌灭佛"（会昌五

---

① 按：杨衒之：《洛阳伽蓝记》："至晋永嘉（引者按：307—313）（洛阳）唯有寺四十二所。"

年）未久而成。至于安徽九华山的佛教寺院，始建于东晋隆安五年（401）。天竺僧人怀渡初修茅舍，在此弘法，尔后得有唐代的大发展。唐永徽四年，来华的新罗（古朝鲜）国王近宗金乔觉在此辟地藏王道场，大造寺院。《地藏讲式》说："梵号叉底俱舍，密亦号悲愿金刚，今号地藏萨埵也。"佛典云，地藏菩萨在释迦灭度、弥勒未生之前，发愿必度六道众生，誓现身于"天人"、"地狱"之际，遂拔离苦厄，始乃成佛。新罗附会教义，言称佛陀圆寂一千五百年后，有地藏降迹于国王家族，金姓，号乔觉，年二十四，来至中土安徽青阳县（古属池洲府）九华山，竟默坐九华山巅七十五载，于唐开元十六年七月三十成佛，时年九十有九，云云。奇异想象的佛教传说，殊无"达诂"，佛教"诗性"的想象，却在晋代初建寺宇的基础上，极大地激发、成就了九华山佛教建筑崇拜兼审美的建造热忱。还有诸如始建于西晋永康元年（300）的浙江宁波鄞县天童寺，当时有僧人义兴在此结茅为佛舍，营构浓重的佛教神秘氛围。

考南北朝以及中国古代寺院建筑之美学风色，有一点尤为值得注意。北宋李诫（"诫"，学界有以为乃"诚"之误，可存疑）奉神宗之诏撰《营造法式》，其中规定宫室用材"模数"制度，如所谓"材分八等"等，对"大木作"、"小木作"做出详细规定，有强烈的政治伦理意识渗透其间。然而中国建筑的平面安排，有一个原型，即平面"中轴对称"。在风水理念中，中国建筑强调"正向"即"面南而建"。只要自然地理环境允许，尽可能做到"正向"，而且追求"中轴对称"。这在古代城市规划与建筑平面安排上，称为"中国"观[①]。无论城市、宫殿、宗庙、民居、官署、陵寝还是庙宇包括佛寺、道观等平面群体组合制度，凡是典型的，一般都具有这一"中国"制度。

梁思成先生曾说：

　　我国寺庙建筑，无论在平面上、布置上或殿屋之结构上，与宫殿住宅等素无显异之区别。盖均以一正两厢，前朝后寝，缀以廊屋为其基本之配置方式也。其设计以前后中轴线为主干，而对左右交轴线，则往往忽略。交轴线之于中轴线，无自身之观点立场，完全处于附属地位，为中国建筑特征之一。故宫殿、寺庙、规模之大者，胥在中轴线上增加庭院进数，其平面成为前后极长而东西狭小之状。其左右若有所增进，则往往另加中轴线一道与原中轴线平行，而两者之间，并无图案上关系，可各不相关焉。①

中国建筑的平面制度，崇"中"而追求左右对称安排，是其基本特征之一。

据考古发现，河南二里头晚夏（早商）一座宫殿遗址的台基，其平面呈横向长方形，有一圈柱洞，洞底部有柱础石，围于台基四周，其柱洞数，南北两边各九，东西两边各四，间距3.8米，呈东西、南北对称排列态势。这座宫殿的平面，是具有中轴线的，就处于其南北两边第五柱洞的连接直线上，且与台基东西两侧为四的柱洞连线平行。

清戴震曾按《周礼·考工记》所述建筑平面制度，绘成一"考工记宗庙示意图"，图上见出强烈的"中轴对称"意识。宗庙主题建筑，总建造于整个宗庙建筑群的中轴上，两边对称安排副题建筑。宫殿建筑群如明清北京紫禁城，从天安门、午门、太和门、太和殿、中和殿、保和殿、乾清门到景山，自南至北，有一条强烈的中轴线，是以这一系列建筑标示出来的，其左右两边，对称安排其它建筑。太和殿中皇帝的宝座，就在这条中轴线上。这一中轴线，也是整个北京古城的中轴。

佛教寺院尤其大型的平面制度，追求"中轴对称"格局，是佛教建筑中国化、本土化的体现。

正如本书前述，一座典型的佛教寺庙，通常有一条由主要建筑物的空间序列所形成的南北纵向的中轴线，两边是次要建筑物，造成"中轴对称"的态势。其最南为山门，山门两侧或有钟鼓楼。进山门，迎面是天王殿；过天王殿，为一院落，迎面的主题建筑大雄宝殿。院落两侧为配殿，最后是藏经阁等。大型寺院群落，一定有一条中轴，还可以有与中轴平行的次轴。主轴形成几进院

---

① 《梁思成文集》（三），中国建筑工业出版社，1985，第239页。

落，很有进深感。多进跨院，坐落于次轴，起烘托之势。主轴也称中路，左右安排东西配殿。通常为伽蓝殿、祖师堂、观音殿与药师殿等。有的寺院，或有五百罗汉堂。东侧跨院有僧房、斋堂、香积厨、茶堂与职事堂等。西侧跨院的辅助建筑，主要有用以接待云游僧的云会堂。宋之后，禅宗寺院逐渐形成定型的"伽蓝七堂"制，包括佛殿、法堂、僧房、库房、山门、西净与浴室。大型禅院，还可以有讲堂、禅堂（即云会堂）与钟鼓楼等。

凡此，从魏晋到南北朝的佛教寺院平面制度，大致上也是具备的。它是中国传统崇"中"文化意识的顽强表现。"周人崇奉'择中'论。'择中'为我国奴隶社会选择国都位置的规划理论。"① 不仅"周人"，其实"择中"是中华民族自古具有的历史与人文"嗜好"。所谓"中"，原指原古测天之具，甲骨文象形字写作 中 或 𣎴。李圃《甲骨文选读序》说，测天之具实物当作垂直长杆形，饰以飘带以观风向（ ）， 架以方框以观日影（中）。"相传中华文化，肇始于炎黄。华夏之地，史称中土、中州、中原、中国。甲骨卜辞有"立中"之记。《尚书·周书》："王来绍上帝，自服于土中"，《逸周书》："作大邑成周于土中。""土中"，即"天下土地中央"② 之谓。《淮南子·地形训》："正中冀州曰中土"，《后汉书·西域传》："其国则殷乎中土"，《韩非子》："事在四方，要在中央"，《汉书·司马相如传·大人赋》及注："世有大人兮，在乎中州"、"中州，中国也"，世世代代，华夏族生于斯、长于斯、老于斯者，即"中土"、"中国"。《易经》亦大尚其"中"。师卦九二爻辞："在师中，吉无咎"，复卦六四爻辞："中行独复"，益卦六四爻辞："中行，告公从，利用。为依迁国"，等等，皆不离于"中"、"中行"之词。至于《易传》，关于"中"的言说，更不胜枚举。"时中"、"中正"、"中行"、"中道"、"中节"、"中无尤（忧）"与"中不自乱"等辞，比比皆是。《易传·彖辞》释讼卦："利见大人，尚中正也"，释蒙卦："蒙，亨。以亨行时中也"，释同人卦："文明以健，中正而应，君子正也"，以及《易传·文言》释乾卦："龙，德而正中者也"、坤卦："君子黄中通理，美在其中"，等等，不一而足。《礼记》云：

---

① 贺业钜：《考工记营国制度研究》，中国建筑工业出版社，1985，第56页。

② 同上书，第56页。

喜怒哀乐之未发谓之中，发而皆中节谓之和。中也者，天下之大（引者按：太之本字）本也；和也者，天下之达道也。致中和，天下位焉，万物育焉。①

"中"，中华文化之命脉；"尚中"，中国人一贯的崇拜兼审美意绪；"致中和"，自古中华一切艺术包括建筑文化审美的最高境界。因而，在南北朝佛寺平面布局中，总是出现"中轴对称"以求中正和谐之规划、建筑的空间序列，就不足为奇了，它改变了原本印度"支提"窟的平面制度而成为"中国"的建筑形象。

南北朝时汉地寺院的平面序列基本一致而大同小异。作为整个寺院建筑的一个"序曲"，山门在前。山门是一座殿类建筑，一般以坡顶覆盖，门槛很高。殿内空间不大，两侧依壁塑有两躯金刚，左右各一。金刚为佛教力士，高大孔武，有威猛之气。手握金刚杵，有守护佛法之功。

南北朝时，一般寺院已设天王殿，但殿内不设弥勒像。正中供奉弥勒佛像，可能始于五代。据佛典，弥勒意译为慈氏。原为大乘菩萨。《弥勒上生经》称其现住兜率天，《弥勒下生经》说其将从兜率天下生凡界，在龙华树下承释迦衣钵而成佛，故为未来佛。在中国佛寺中，天王殿多供大肚弥勒像，作笑口常开之状，所谓"容人间难容之事，笑天下可笑之人"。其像原型，据传为五代一名为"契此"的和尚，传说为弥勒化身，是佛教中国化的又一明证。

天王殿左右两壁间，有四天王像，两两相对而立。形象勇武狞怖。在佛教世界里，据《长阿含经》卷十八，帝释天居于须弥山顶。须弥山入海水中八万四千由旬，出海水上，高八万四千由旬，须弥山顶有三十三天宫，宝城七重，栏楯七重，罗网七重，行树七重，乃至无数众鸟相和而鸣，须弥山是最高而处于世界中心的山。佛教将世界分为三界，依次为欲界、色界、无色界。帝释天居于最高之无色界。欲界最低，有六大层次。六根未净之芸芸众生，处于欲界之最低一层。最上第"六欲天"，即"四天王天"，在须弥山半腹部。这里有山名犍陀罗，有四山峰，分别为四天王守持之所，各护一天下。

---

① 《礼记·中庸第三十一》，载杨天宇：《礼记译注》下册，上海古籍出版社，1997，第899页。

此天下，分东胜身洲、南瞻部洲、西牛货洲、北俱卢洲，称"四大部洲"。四天王：东方持国天王，其像身披白色坚甲，左手执利刃右执长矛；南方增长天王，通体白色盔甲，手持利剑，寓斩断俗缘、增长善根之意；西方广目，红色盔甲，左手执矛而右手执一赤索，护西牛货洲之意；北方多闻天王，身披金色战袍，头戴金翅鸟形冠，长刀在身而左手持一宝塔、右手执三叉之戟，脚踏三夜叉鬼魅。

在南北朝，四天王之塑像颇多为异族形相，渐渐便有改变。自元代始，四天王被称为四大金刚。其造型渐趋简化。东方持国天王手弹琵琶，成为帝释天之"乐官"；南方增长天王手执宝剑而面善了许多；西方广目天王，自清代起手缚一蛇；北方多闻天王，明代开始变成手里只拿一把大雨伞，好似风尘仆仆、浪迹天涯。

这一改变，来自中华文化的伟大底蕴。大致是从佛教崇拜的狞厉畏怖，向艺术审美平和明丽的转化。有如一般佛教雕像，早期甚至南北朝时，形态偏瘦，陷目隆鼻，体衣紧乍，好似刚从水中捞出，被称为"曹衣出水"。时至唐代，一般佛教雕像，渐渐趋于面容平和，衣带宽松而飘逸，体态更为丰满闲雅，被称为"吴带当风"。但见洛阳龙门石窟唐塑卢舍那佛像与唐塑四川乐山大佛，皆为"富态"之象。据传"见西国佛画，仪范写之"者，始于三国吴曹不兴。"时曹不兴见西国佛画仪范写之，故天下盛传曹也"[1]。

天王殿弥勒佛座背后面向大雄宝殿而立者，有韦陀像。韦陀是四天王南方增长天王手下八大神将之一。《金光明经》称为"风水诸神，韦陀天神"。韦陀的站姿，或双手合十，金刚杵横在两腕之际，作肃立状；或左手握杵拄地，右手插在腰间，左足略前跨，为保护神将。

佛寺的主体、主题建筑为大雄宝殿。[2]大雄者，佛之德号。释迦有大力，能伏"四魔"，故称大雄。《法华经·踊出品》："善哉善哉，大雄世尊。"所谓"四魔"，一曰烦恼魔，贪欲即其一；二为阴魔即五众魔，指色欲等五阴生种种

---

[1] 郭若虚：《图画见闻志·论曹吴体法》，载《图画见闻志》卷一，人民美术出版社，1963，第17页。

[2] 按：中国佛教寺院，尤其大型者，一般皆有大雄宝殿。亦有例外。如浙江普陀因是"观音道场"，不设大雄宝殿而设圆通宝殿，即观音正殿。

苦厄；三是死魔，死则断人命根，便成恶魔；四则天魔，又称自在天子魔，指欲界第六天即他化自在天之魔王，能害人之善。释迦牟尼佛，大智大雄，威德于世界，尊为佛祖。

在建筑美学上，大雄宝殿为整座寺院之最大尺度的建筑物，是整座建筑群幽微令人崇拜兼审美的中心。其地位之显要、品格之高扬、意象之神圣，相当于北京明清紫禁城（现北京故宫）的太和殿、明十三陵的祾恩殿与山东曲阜孔庙大成殿，其人文主题，在于"空幻"二字。

大雄宝殿所供奉佛像，一般为释迦主尊，或毗卢佛、接引佛等。南北朝及其前，有一尊或三尊、五尊、七尊之区别。

一尊之象，为释迦摩尼佛，主要为坐式，亦有立、卧式。坐时盘腿坐于左右股之下。南北朝之后，坐式愈为丰富，主要为"跏趺坐"，俗称"双盘"式。以先以右足押左股，再左足押右股，为"降魔坐"，此为禅宗寺院释迦摩尼佛像的主要坐式；或先以左足押右股，再右足押左股，称"吉祥坐"，为密宗寺院释迦像的主要坐式。又有一足押在另一足之上，称"单盘"，密宗所谓"莲花坐"。

大雄宝殿释迦佛象跏趺坐之常式，左手横放于左膝之上，称"禅定印"；右手直伸下垂，称"触地印"；左手放于左膝上，右手向上曲指作环形，称"说法印"。有的大雄宝殿的释迦佛像为立姿。左手下垂，为"与愿印"，表示"有求必应"；右手曲臂上伸，为"施无畏印"，表示"拔离诸苦"。

释迦佛卧像即所谓"卧佛"的造型特点，作侧身卧睡的自然之状，两腿伸展，左臂平放于腿，右臂弯曲托头而眠，佛典云，此乃佛陀圆寂之状，安详而静穆。

一尊式，即"一佛二胁持"（一佛二菩萨），通常为释迦居中，其二弟子迦叶、阿难为左右胁持。隋唐华严宗寺院，在释迦像左右，以文殊、普贤为胁持，称"华严三圣"，并非古制。亦有释迦居中而迦叶阿难分列于左右、文殊普贤在分列于左右并侍的，便成"一佛四胁持"式。

至于如三尊之象，大致出现于宋之后，有两种形制。一为"三身佛"即法身、报身、应身三佛；一为"三世佛"即过去、现在、未来三佛。如"三世佛"造像式，过去佛为燃灯佛，曾"预言"释迦必成大器必得成佛，这在佛典中称为"授记";现在佛即释迦,佛教极重现在[1],故以释迦佛为尊;未来佛即弥勒,可望于未来成佛。

大雄宝殿佛象,象喻娑婆世界以释迦佛居中为尊;左为药师佛,象喻净琉璃世界(东);右为阿弥陀佛,象喻西方极乐世界(西)。这一形制,释迦居中,庄严静穆,跌跏趺坐于莲座之上;左侧药师佛亦作跏趺状,左手持钵,钵盛琼浆甘露,右手执药丸,象征为众生拔离病苦;右侧阿弥陀佛亦为跏趺式,掌托一金莲台,象征接引众生往生于西方净土。

南北朝寺院的大雄宝殿,一般殿宇高敞,立柱雄伟,彩绘辉煌,包括天花藻井等处布满以佛教教义为主题的绘画、楹联及其书法艺术等,加之佛相庄严、锦帷低垂、香烟袅袅而气氛静寂,正可悟入佛教崇拜兼审美的奇妙境界。虽则迄今中华大地上现存年代最古的寺庙建筑,据梁思成先生考证,为山西五台山之佛光寺、南禅寺大殿,南北朝及其之前的中国佛教寺院,早已无存,因而我们不能从实物上,感性地见出当时的寺院包括大雄宝殿及其内部布置、装饰与氛围究竟如何,然而仍可从一些历史文献中体会一二。据《法显传》[2]所记,西域"其城西七八里,有僧伽蓝名王新寺,作来八十年,经三王方成,可高二十五丈,雕文刻镂,金银覆上,众宝合成,塔后作佛堂,庄严妙好,梁柱户扇窗牖皆以金箔。别作僧房,亦严丽整饰,非言可尽。"所谓"塔后作佛堂",是早期寺塔平面位置关系的又一显例。

中国汉地佛塔的空间造型,不同于其原型印度Stupo(堵坡)。在南北朝及之前,中华大地上曾经建造与毁坏过多少佛塔,难以确计。

据北魏遗臣杨衒之《洛阳伽蓝记》所载,北魏洛阳"于是招提栉比,宝塔骈罗。争写天上之姿,竞摹山中之影。金刹与灵台比高,广殿共阿房等壮。"[3]

---

① 按:佛教的时间意识,有点如西方之时间现象学,所谓"当下即是",极重当下(现在)。审美亦是"当下即是"的,须注意。

② 按:《法显传》,又名《历游天竺记》、《释法显行传》与《佛国记》等,为东晋法显(334—420)撰成于义熙十二年(416)。

③ 按:杨衒之:《洛阳伽蓝记》,据考成书于东魏孝静帝五年。该书"序"有云,作者痛感于"城郭崩毁,宫殿倾覆。寺观灰烬,庙塔丘墟。墙被蒿艾,巷罗荆棘。野兽穴于荒阶,山鸟巢于庭树"、"今日寥廓,钟声罕闻"之衰败景象,"恐后世无传,故撰斯记。"

北魏道武帝天兴元年（398）造五级浮图，大事营构，绘饰炫目。献文帝皇兴元年（467），在平城所造的永宁寺塔，九层木制。"永熙三年（534）二月，浮图为雷火所焚"。

> 火初从第八级中平旦大发。当时雷雨晦暝，杂下霰雪。百姓道俗，咸来观火。悲哀之声，震动京邑。时有三比丘赴火而死。火经三月不灭。有火入地寻柱，周年犹有烟气。①

早期中国佛塔，以楼阁式木塔与密檐式砖塔为基本形制。

据范晔《后汉书》卷一〇三《陶谦传》、杨衒之《洛阳伽蓝记》卷一，楼阁式塔制，首见于东汉末年，多见于南北朝。

《尔雅·释宫第五》云："四方而高曰台，狭而修曲曰楼。"《释名·释宫室》云："楼，谓牖户之间，有射孔。楼，高然也。"《说文》云："楼，重屋也。"阁，楼之一种。通常于重屋之第二层起，四周设槅或栏杆回廊，可供登临远眺。《淮南子·主术训》有"高台层榭，接屋连阁"之记。

由此可想见楼阁式木塔之空间形象。

仍以洛阳永宁寺塔为例，虽则被毁，无疑是北魏甚而中国早期最伟巨的佛教建筑之一。诸多文献均有记载，此塔九层，平面正方形，四立面之数，喻"四圣谛"、"四大皆空"。②每立面皆为九间制。九为中华《易经》所崇尚的老阳吉利之数。易筮以一、三、五、七、九为阳；二、四、六、八、十为阴，九为阳之最。崇"九"，中国文化的重要"语汇"③。此佛塔平面为四而立面为九，

---

① 按：杨衒之：《洛阳伽蓝记·序》及正文。该书写成于东魏孝静帝五年。

② 按：《长阿含经》卷十八"三千大千世界"说有云，"如一日月周行四天下，光明所照，如是千世界。千世界中有千日月，千须弥山王；四千天下、四千大天下；四千海水、四千大海；四千龙、四千大龙；四千金翅鸟、四千大金翅鸟；四千恶道、四千大恶道；四千王、四千大王"。反复言说其"四"。

③ 按：在中华传统文化中，帝王称"九五之尊"，原于《周易》乾卦第五爻。此爻居于上卦之中位，为阳爻居阳位最为吉利。其爻辞云，"九五：'飞龙在天，利见大人'。"明清北京紫禁城主殿即太和殿的主立面，明时为九间制；清代修缮时，其左右稍间，包含暗间各一，为十一间制，是对"九"的强调。

为印度、中国人文"语汇"之结合。当然，在佛教入传中土之前，中华文化包括宫室制度，亦有崇"四"等偶数的现象。时至西汉，建筑物主立面，有二间、四间与六间制等。凡堂、厅建筑，其平面皆为方形，不可能建成圆形或不规则之形等。除出于建筑材料与建造技术所需，在儒家文化出现之后，亦是崇尚体面而"堂堂正正"的表现。

永宁寺塔每一立面，设三门六窗，门之原涂色为朱红，门扉金环铺首，有金钉五行，全塔金钉凡五千四百枚。塔刹有宝瓶、承露金盘。宝瓶下置金盘十一重，称"十一天"。塔之每层四角悬金铎凡一百二十。风力劲吹，昼夜铿然，"梵音到耳"。该塔建于高大台基之上，称须弥座。塔身自下而上，逐层收分，而各层腰檐未施平坐。据刘敦桢等建筑学家推断，该塔造型，类于现存日本奈良"飞鸟时期木塔"，"塔内可能有贯通上下的中心柱，但如塔身过高，柱材供应困难，也可能采取其它结构方式"。[①]

梁思成先生曾将整个中国佛塔史，分为"古拙"、"繁丽"、"杂变"三期，并指出：

> 根据前引的那类文献记载和云冈、响堂山、龙门石窟中所见佐证，以及日本现存的实物（引者：即指日本"飞鸟时期木塔"），可以看出早期的塔都是一种中国本土式的多层阁楼，木构方形，冠以窣堵坡，称为刹。但匠师们不久就发现用砖石来建造这类纪念性建筑的优越性，于是便出现了砖石塔，并终于取代了其木构原型。[②]

中国早期即南北朝之前的佛塔，楼阁式"木构方形"，风格"古拙"，确是"中国本土式"。然并非皆为木构楼阁式；逐渐向以砖石为材之主要为密檐式佛塔的方向转递，然并非皆为密檐式。北魏楼阁式木塔的变体之作，是在其中期所出现的模仿楼阁式木塔的石塔，以石为材料，却做成楼阁式木塔模样，亦颇

---

① 请参见王振复：《佛塔英姿临风》，载罗哲文主编、王振复执行主编、杨敏芝副主编：《中国建筑文化大观·魏晋：乾坤沉浮》，北京大学出版社，2001，第173—174页。

② 按：参见梁思成：《图像中国建造史》，英文原著，费慰梅编，梁从诫译，百花文艺出版社，2001年汉英双语版，第337—447页。

有趣的。如云冈21窟塔心柱、云冈6窟塔心柱、云冈7窟浮雕以及北魏九层石塔（原藏于崇福寺）等，都是仿楼阁式木塔之作。《魏书·释老志》对此有颇详的记载。

楼阁式塔的最大特征，是塔檐的出挑与檐角的反翘。层与层间距较大，塔身即是高起的楼阁。塔檐出挑深远，是传统大屋顶形制的借用，给人以深刻的印象。从结构看，楼阁式塔的内部设有楼层，有木制楼梯或砖石梯阶可供上下。其内部楼层，一般与塔身外显之层檐相一致。也有些设有暗层，内部楼层多于外观层檐。在审美上，楼阁式塔有飘逸之美感。

密檐式砖塔，较为晚起。由于以砖石为材，在防止火焚上较木构为优越。其密檐之制，檐之密乍是其主要造型特点。这不是说，密檐式塔全部以砖石为材，往往其外观以砖石垒筑，而内部结构以木为材。

> 密檐塔的特征是塔身很高，下面往往没有台基（引者：实际上，台基是有的，只是并不露出于地面），上面有多层出檐。檐多为单数，一般不少于五层，也鲜有超过十三层的。各层檐总高度常为塔身的两倍。习惯上，人们总是以檐数来表示塔的层数，于是，这类塔便被说成是"几层塔"，其实这并不确切。从结构或建筑的意义上说，这类塔的出檐一层紧挨一层，中间几乎没有空隙，所以我们称之为"密檐塔"。[1]

密檐式塔的造型特征，一是塔层紧密，自第二层以上，塔檐层层叠叠，各层间距尤短。二是塔之第一层尺度高大，集中了佛龛、佛像与雕柱、斗栱、门窗的雕塑装饰，有许多中国化的符号，它实际是一个高大的须弥座。三，由于材料性能所限，塔檐之出挑不能深远，短檐造成塔势浑朴的美感。四则因为檐短而不供登临眺望。即使如北魏嵩岳寺塔之内部是"空心"的，有楼梯可供上下，也并非供登临眺览之用。据考证，辽以后的密檐式塔，皆为"实心"塔。河南登封嵩岳寺塔，是一个密檐塔。刘敦桢《河南省北部古建筑调查记》一文，

---

[1] 梁思成：《图像中国建造史》，英文原著，费慰梅编，梁从诫译，百花文艺出版社，2001年汉英双语版，第358页。

对此有相当详备的记述。①又据梁思成先生所考，嵩山嵩岳寺塔，建于520年1月，是现存中国最古老的塔例。

第八节　石窟苍凉：中国化的佛教建筑美学风色（二）

南北朝时期的佛教美学，因教义的日益深摄于人心而具有沉潜于思的特点，又因佛教信仰激情的普遍高涨而显得有些狂热。沉潜与狂热，思性与诗性，始终体现在佛典教义及偈颂、譬喻、志怪等佛教文学的审美兼崇拜之中，石窟及造像艺术也是如此。

从佛教流播的地域看，南方重义理而北地偏禅观②，这是一般倾向。重义理，通过诵读、深研佛典而探颐索原，重在追寻思想的真谛；偏禅观，主要以禅修、观照的方式以崇拜佛、菩萨。两者都具有思性沉潜与情感虔信的特点。相对而言，与崇佛、菩萨的激情与虔信，有更多联系的禅观，更注重一定的佛教践行方式。这里除佛徒、居士等修持之外，建寺、凿窟造像之类，亦是禅观与修行的重要途径。南北朝时，北地开凿石窟及建造佛、菩萨石象之风，远甚于南方，其偏重禅观，是其主要因之一。

石窟，亦称石窟寺，是佛寺的一种，寺为佛徒、信众礼佛修行、膜拜甚而居住的场所，也是供奉佛、菩萨像与藏纳经籍之处。相比而言，石窟的人文功能，比一般佛寺单纯，除极少数兼具修行如"壁观"、供信徒居住之外，极大多数只是供奉佛、菩萨像，用于礼佛、敬祀菩萨等等。

所谓石窟，凿石山为窟。历史上，以石山自然山洞为窟的，极为罕见，大凡石窟，都由人工开凿。凿窟过程，艰苦卓绝，历时弥久，一般也是修持过程。窟者，本义指"土室"，本指上古初民所居之穴，此窟字从穴之故。《礼记·礼运》云："昔先王未有宫室，冬则居营窟。"窟本为地下居穴，后又发展为地上

<hr>

① 刘敦桢：《河南省北部古建筑调查记》，载《中国营造学社汇刊》第6卷第一期。

② 按：鸠摩罗什弟子僧肇，为东晋时代北地的义学高僧，被誉为"解空者第一"，其《不真空论》、《物不迁论》、《般若无知论》与《涅槃无名论》等佛学著作，重在义理的探究与创说，故这里称"北地偏禅观"，实为相对而言，而南朝宋初亦曾盛传禅法于一时。

累土壁为窟。唐孔颖达《礼记·礼运》疏云："地高则穴于地，地下则窟于地上，谓于地上累土而为窟"。窟具洞穴之义，应为一有内部空间之建筑物。而现存诸多佛教石窟及其造像，是在石山山坡凿出佛龛、龛内凿成佛、菩萨等像，或作崖刻，为免风蚀雨淋日晒，其上往往设出挑浅短之木构檐。

印度石窟寺作为礼佛之场所，支提（caitya）与精舍（vi-hara）是其两大常式。支提，平面一般为前方后圆，为马蹄之形，前为长方形平面空间，为佛徒诗经、说法处，有如普通佛寺之讲堂，后部平面为半圆形，其平而中心处立一中心塔柱，塔柱四面，或设佛、菩萨诸像，供信徒绕塔礼佛之需。精舍平面一般呈方形，窟室后壁安置舍利塔，设讲堂，窟壁上凿出诸多小窟，仅七、八尺见方，为佛徒修行、栖身之处，所有小窟，都面对平面呈方形的石窟大空间。

中国石窟艺术文化，是印度石窟寺的中国化。

时至南北朝，中国石窟艺术文化已经走过很长的历史、人文之路。由克孜尔、小积石山（炳灵寺）、麦积山、敦煌鸣沙山（莫高窟）、须弥山、云冈、龙门、响堂山与天龙山等石窟所构成的宏伟、壮丽而荒寒时空意象，是千百年由虔诚而笃信佛教的无数信徒，用空幻、苦寂之心和"血肉"所铸成的"长城"与通往涅槃、"西方净土"之"路"。伟大的建筑工程，皆一凿一凿开凿而成，千百年寒来暑往，经年累月，艰苦卓绝，没有坚强无比的信念信仰，绝不可能有如此辉煌之杰构，它是中国化的崇拜兼审美的中华魂魄之所在，有深沉的历史感。

最早的石窟及其佛教造像，始于古代地处西域的克孜尔石窟[①]，亦称克孜尔千佛洞，地处现新疆库车附近拜城县东约六十公里、克孜尔镇东南约十公里处的木扎提河谷北岸之悬崖上。现存编号凡236窟。这里，属两千多年前雅利安人所建之古龟兹国[②]。始凿于公元三世纪初，约相当于东汉末年（终凿于唐末，约在公元十世纪初）。由于历史悠久，其中窟形与造像、壁画等保存完整的，仅81个窟（一说74）。彩塑2415躯，壁画面积45000余平方米，是国内外知名度最高的石窟之一，被联合国教科文组织列入"世界自然与文化遗产保护名录"。

---

① 按：有学者认为，新疆库车"森木塞姆千佛洞"早于克孜尔，时约东汉永元二年至建和元年（90—147）。

② 按：新疆地区现存石窟群，集中于喀什以东的古龟兹、古焉耆与古高昌地区。

克孜尔石窟，为中国石窟艺术，留下了不朽的遗产。石窟佛教题材多样，有"萨埵太子舍身饲虎"、"象王施牙"与"萨波达王割肉"等，在宗教与审美上，具狞怖之特色，然其主题为"舍身"、"慈悲"。

《中华佛教史 · 佛教美术卷》将此"龟兹型窟"的特点概括为三：一、"覆钵顶方形窟"；二、"有着曲尺形过道的供僧人起居的僧房"；三、"用于右旋礼拜的中心柱窟"，并说，此第三类"占克孜尔石窟重要位置的中心柱窟，共有五十九个，是龟兹特有的洞窟样式"①。甚是。有一点值得加以纠正，即克孜尔石窟内部空间"中心柱"形制，受印度"支提"窟形制的影响很大，为中国早期石窟的重要样式。但其并非"特有"。比如开凿于北朝时期的敦煌石窟之编号为第248、297、432、435、251、254与257诸窟，其实都是具有"中心柱"的，只是其窟顶形制与造像的题材有所不一而已。

据唐代武周圣历元年（698）《李君莫高窟佛龛碑》，"莫高窟者，厥前秦建元二年，有沙门乐僔，戒行清虚，执心恬静，尝杖锡林野，行至此山，忽见金光，状有千佛"。又称，遂"造窟一龛。次有法良禅师，从东届此，又与僔师窟侧，更即营建。伽蓝之起，滥觞于二僧"。这一则带有神话色彩的记载，称莫高窟始凿于"前秦建元二年"即公元366年，时在东晋，始凿者为沙门乐僔、继之者禅师法良。据考证，莫高窟的开凿，经历了漫长的历史时期。其492个窟，相继开凿于前秦，北魏、西魏、北周、隋、唐、五代、宋、西夏与元诸代，且以隋、唐为盛期，风格、题材与形制等亦有差异。属于北朝时期的现存石窟，为36个。清光绪二十六（1900）年，道士王圆箓偶然发现后来编号为16窟的北壁，发现砌封之洞窟所藏历代经卷、文书与画像等文物典藏凡五万余件，尔后法国斯坦因等人相继来华"考古"，以极低廉的"价格""购"走（实为掠夺），"无价之宝"、"国之重器"，成为异族的囊中之物。

尽管在建筑上，早期敦煌石窟艺术具有较多的"中心柱"窟，而一个伟大的民族，无论什么宗教、哲学、科学与艺术，等等，终究不可能跟在洋人后面亦步亦趋，终究会将本民族的文化意识、理念、爱好不同程度地体现出来，以

---

① 金维诺：《佛教美术卷》，载季羡林、汤一介总主编：《中华佛教史》，山西教育出版社，2013，第29、30页。

营造的方式"写"在东方大地上。如敦煌石窟有些佛龛，有木构造型的斗栱、檐口。以石为材，又要做出木构模样的龛形，有的甚至就是仿木构窟型，将中国特有的建筑"语汇"，顽强地呈现出来。

云冈石窟，在山西大同西十六公里武州山南麓、武州川北岸，东西走向，绵延约为一公里，气度恢宏，现存主要洞窟凡四十五，有大小窟龛二百五十二，造像五万一千余躯，最巨者十七米，最小仅数厘米。据考，该石窟始凿于北魏兴安二年（453），至北魏迁都洛阳（494）前，其大部洞窟均已凿成。[①]云冈石窟与甘肃敦煌、河南龙门石窟齐名，亦被列入"世界自然与文化遗产保护名录"。按开凿之先后，分三期，早期以所谓"昙曜五窟"为代表，气势不凡；中期窟风精细华丽；晚刚窟宇尺度趋小，"瘦骨清像"。其窟品类，有大像窟、佛殿窟、塔庙窟、禅窟与僧房窟等多种，是中国佛教石刻艺术的瑰宝。

云冈石窟之著名者，为"昙曜五窟"，即今编号第16—20窟。值得一提的，是其窟之平面为马蹄形，即前为方形接后为圆弧形。这种平面形制，实际便于施工，窟之后部为圆弧形，在力学上比较坚固。其窟内空间较为深广，窟内佛像相对高伟。如第19窟主佛像，实测16.8米，为结跏趺坐式，有宁和静穆之意象。在中国化方面，兼有龟兹"中心柱"窟与敦煌窟仿木构的情趣。而且年代愈晚，石窟建筑的中国化程度愈深。如编号第9、10两窟形制，其阙形龛仿中原建筑样式，其门楣做出檐口模样。梁思成先生指出："山西大同近郊的云冈石窟（五世纪中叶至五世纪末），虽无疑渊源于印度，其原型来自印度卡尔里、阿旃陀等地，但其发源地对它的影响却小得惊人。石窟的建筑手法几乎完全是中国式的。唯一标志着其外来影响的就是建造石窟这种想法本身以及其希腊—佛教型的装饰花纹，如茛苕、卵箭、卍字、花绳和莲珠等等。从那时起，它们在中国装饰纹样的语汇中生了根，并大大地丰富了中国的饰纹。"[②]此是。

龙门石窟，亦作为"世界自然与文化遗产"被联合国教科文组织列入"保

① 按：任继愈主编：《中国佛教史》第三卷云，云冈"大窟多完成于北魏文成帝和平初（460年）至孝文帝太和十八年（494年）间。较小窟龛的开凿，则一直延续到孝明帝正光末（524年）"（第696页），中国社会科学出版社，1988。

② 梁思成：《图像中国建造史》，英文原著，费慰梅编，梁从诫译，百花文艺出版社，2001年汉英双语版，第139页。

护名录"，始凿于北魏迁都洛阳（494）前后，历经东魏、西魏、北齐、隋、唐、与北宋诸代而凿成。现存窟龛2 345个，其中三分之一为北魏时所凿。又有佛塔70，造像10万余躯，碑刻、题记2 680多例，为中华石窟、碑刻艺术之冠。又有卢舍那佛像高17.14米，雍容而恬静，而最小的雕像，仅二厘米高，艺术造诣很高。

整个龙门石窟，凿建于龙门山与香山东、西两山对映之际，伊水缓缓北去，所谓伊阙山水之美。但见石窟密布，坐落于东西两山相对的崖壁之上，绵延一公里之遥，可谓自然与人文相谐而和鸣矣。该石窟群造像，于北魏孝文帝、宣武帝之时首度掀起高潮。"宾阳三洞"，始凿于北魏，为颂孝文帝功德而建[①]，与由自然山洞开凿而成的"古阳洞"同为杰构。从"古阳洞"保存至今的造像铭文可见，此洞窟的建造者，多为孝文帝至亲与官吏，除证明其佛教信仰的热切，还有对王权的忠贞。

在中国化方面，龙门石窟也留下诸多人文痕迹，如有些窟顶做成中原建筑的"藻井"样式即为显例。藻井者，水藻井水之谓也。中国传统木构建筑，最怕的是火灾。历史上为火所焚者，不知凡几。如前文所言洛阳永宁寺塔，

克孜尔石窟、敦煌石窟在南北朝的续建与云冈、龙门石窟在南北朝的始建，正如普天下一般佛寺、佛塔的大量建造一样，是佛教传播与"方便"说法的重要方式，在佛教信仰、崇拜的浓重氛围中，其艺术、审美的意义与价值不可忽视。

其一，从石窟开凿的原因分析，尽管各个石窟及其造像、壁画等的创构，可能各具特殊之因，而所有石窟，都有一般意义的文化成因。

首先，早在旧石器、新石器时代，人类包括中华族群，在"万物有灵"思想意识诞生之后，都不同程度地崇拜巨石，所谓"巨石建筑"，曾经在非洲、欧洲与亚洲原野上屹立，所谓"列石"之类，由许多块巨石排列于大地之上，可有数英里之遥。这种史前建筑，主要不用于遮风避雨，而在初民相信，不规则的巨石排列，具有拦截有害神灵、不使其伤害人的巨大精神意义，巨石的灵异之气，可以保佑人们获得一个精神上的安全空间。中华远古是否有这种"巨

---

① 按：该三洞，北魏时仅凿成宾阳洞中洞，共南洞、北洞及其造像，完成于初唐。

石建筑”，这一点迄今尚未得到考古的证明。然而在远古印度，巨石崇拜是曾经存在的。这当然不等于说，中华先民绝对不具有关于山石的崇拜情结，这方面，原先神话中的昆仑崇拜与"女娲补天"等等，就是明证，女娲用来补天的，就是那不可多得的灵石。

其次，人类旧、新石器时代的生产工具，主要是石头而不是其他木材之类。以往人们仅仅将石头看作生产工具，殊不知初民心目中的工具，也是具有灵气的，这便是为什么初民一般地舍弃木材而宁可使用加工难度更大、更笨重之石材为生产工具的缘故。这一点，可以从比如四、五千年前浙江良渚先民的玉石崇拜得以反证。玉其实就是灵石、美石是自古中华之重要而精致的一种石崇拜对象。而且，源自远古的摩崖古刻，早在印度佛教及其石窟文化入渐中土之前许多世纪，就已存在于古老的中华大地，它也是山石崇拜的一种文化方式，凡此，都为中华石窟的开凿，准备了本土条件与文化底色。

其二，大凡具体到某一些或某个别石窟的开凿，自当还有其特殊的原因。古印度佛教东传的首传之地，是古代西域于阗、龟兹，分南北两路，南以于阗为中心，北以龟兹为中心。这里属现在的新疆。因此，石窟得以首先在新疆的克孜尔开凿，是必然的。而且数量多、规模大且尤为集中。又如敦煌石窟，位于古代丝绸之路东部重镇，这里是雄据玉门关与阳关，西接葱岭，东去河西走廊之交通要道，法音东流，佛光始照，故早在前秦始造石窟，理所当然。

南北朝时期，历朝帝王大多崇信佛教，封建政治的力量、帝王个人的嗜好、意志与提倡，是石窟开凿的有力推动。如云冈石窟之始凿，由北魏皇室主持，从财力、物力到人力，皇帝均大力支持。北魏王朝之太武帝于太延五年（439）灭北凉，俘获北凉佛教信徒、工匠无数，又得高僧昙曜、玄高与惠始等，成为建造石窟及其造像的中坚。"道武帝时道人统法果，曾带头礼拜皇帝，宣称皇帝即当今如来，拜天子乃是礼佛。文成帝兴安元年（452年），造石像令如帝身。兴光元年（454年），又于五级大寺为太祖以下五帝（道武、明元、太武、昭穆、文成）铸释迦立像五躯。这种情形，与'沙门不敬王者'之争甚嚣尘上的南朝不同"[①]。此言是。诸多石窟，之所以始凿或续凿于北魏、东魏与西魏等朝

---

① 任继愈主编：《中国佛教史》第三卷，中国社会科学院出版社，1988，第697页。

代，并掀起狂热而持久的凿窟之风，王权力量的领导、支持与参与，功不可没。

北魏等朝代凿窟风气之盛烈，又因佛道之争而导致灭佛而复振之故。如太武帝太平真君七年（446），皇帝诏告天下灭佛，此首开中国佛教史废佛、灭佛之风，沙门还俗或被坑杀，佛经、佛像付之一炬，并毁佛寺、佛塔，一时间昏天黑地。兴安元年（452），文成帝即位，屁股还未坐热，即刻诏示海内复兴佛法。第二年奉昙曜为"沙门统"，始凿云冈第一期石窟即前文所谓"昙曜五窟"。灭佛事件作为一大反戟与契机，遂使人们不仅更为勉力地开凿石窟，在洞窟之中造像、绘壁，而且将佛教经文直接刻于石窟。如响堂山石窟[①]的北响堂第三窟，有该窟外壁"碑记"云，"于鼓山石窟之所，写《维摩诘经》一部、《胜鬘经》一部、《孛经》一部、《弥勒成佛经》一部。起天统四年三月一日，尽武平三年岁次壬辰五月二十八日"。意在佛法不朽金刚不坏，与天地日月同在。凿经，恐灭佛而有意为之。固然，在此石经凿成未久之时，北周武帝又于建德三年（574）五月十七日下诏，再度禁佛。

其三，在初步探讨南北朝石窟及其造像、壁画之类成因问题之后，再来论说究竟如何认识石窟文化艺术的审美意义与价值，就顺理成章了。

（一）从石窟及其造像、壁画的创作动机看，这里，首先需要讨论的问题之一，就是为什么古人要如此艰巨无比、锲而不舍、千年激情不减地开凿石窟。

石窟本是寺的一种。"南朝四百八十寺，多少楼台烟雨中"，此乃唐诗名句。实际南朝所修造佛寺，何止"四百八十"？杨衒之《洛阳伽蓝记·序》称仅洛阳一地，亦"招提栉比，宝塔骈罗"。在一个寺塔遍布大江南北的时代与国度里，究竟还有什么必要去创造如此辉煌的石窟文化艺术？如果仅仅为求满足佛教崇拜兼审美的一般需要，那么，普天之下的一般寺塔，已能满足这一精神之需。可见石窟的开凿，是因一种别样的佛教崇拜兼审美之需而应运而生。

中华宫室，自古主要以土木为材，石屋、石墓与石塔之类，仅偶一为之。而开凿石窟，正如前述，信徒们做的是一篇"崇石"、"崇山"兼审美之大块文章。山石的神圣不朽，正可比德于广大佛教信众心目中佛、菩萨的崇高与伟大。

---

① 按：响堂山石窟，位于河北邯郸鼓山山麓，包括南、北响堂与水峪寺三处石窟群，始凿于北齐。

一般佛寺、佛塔的土木结构与空间意象，唤起信众心目中的宁静、温馨、庄严甚至惊奇感，固然充满皈依佛门之禅悦情调，然而，人们又为什么不可以同时去经验石窟文化艺术那种更磅礴、恢宏、冷峻、苍凉、狞厉的意境呢？在崇山峻岭之山河大地的苍茫中，这种"石头的史书"，更能营构佛的苦空与禅寂之境。试看云冈、龙门石窟，均绵延一公里之遥，加之其开凿完成时日的悠久，这种巨大的时空尺度所激起的，是无比的崇高感、敬畏感与归属感。就此感觉而言，试问孰为崇拜，孰为审美？其实是两者兼而有之，是由崇拜亦是审美所唤醒之宗教意义上的巨大幸福感、皈依感。又如，发现于1957年的山西沁水县南涅水石造像，其人文主题，亦是由崇石、审石而表达对佛之境界的钟爱与皈依的。该石造像分石塔、佛与碑之造像三类，绝大多数创作于北魏至北齐。这是一个崇石、且以石喻佛的世界。石塔之佛龛雕像的题材、主题，主要为：菩提静虑、白马吻足、降伏醉象、法轮常转与阿输迦施土[1]等佛传故事，这里，崇佛与崇石得以重合、亦即背及之崇拜与审美的合一。

（二）作为印度佛寺的特殊品类，石窟本是"舶来品"，一入中土，则难免中国化即汉化，这一过程，是逐渐完成的。

首先，正如前述，中国石窟的建筑原型，是印度石窟之一的支提（caitya）平面前方后圆，后部半圆形平面之中，设一中心塔柱。这种型式，早在克孜尔石窟中，表现得很明显。该窟群一般石窟，多为前后室制，后室有中心塔柱，直至窟顶，塔柱供信徒绕行礼佛，取右旋式，称为龟兹式中心塔柱窟，以第一期克孜尔窟为典型，类如阿富汗巴米扬（Bamiyan）龛窟式大像窟。早期"克孜尔"洞制，如新窟1与窟69、窟97与98、窟171与172、窟178与179、窟184与185、窟192与193等，都是双窟对应的中心塔柱式。开凿年代稍晚于"克孜尔"的库木吐拉石窟[2]的早期洞窟亦是中心塔柱式或平面方形式，这种形制，正好与印度"支提"与"精舍"相对。然而，发展到云冈第二期石窟形制，[3]虽然正

---

① 按：阿输迦，梵文Asoka，旧称阿恕伽，即阿育王。据史料，公元前321年，其祖旃陀掘多王创立古印度孔雀王朝。公元前270年，阿育王统一全印度，归佛而大倡佛教。

② 按：与克孜尔石窟一样，亦属于新疆龟兹石窟类。现存112个窟，始凿于十六国时，最晚凿成的，约在公元十一世纪，窟址在库车西南约30公里之渭干河东岸。

③ 按：分布于云冈中区与东区，开凿年代，在文成帝后至孝文帝迁都洛阳前（465—494）。

是双窟对应，如窟7与8、9与10、1与2、5与6等，但也有三窟即窟11、12、13、为一组的，且多数窟，已无中心塔柱。而开凿于十六国北凉时的莫高窟编号为268、272与275三窟，均方形平面而无中心塔柱。这种情形可以说明，中国人在建造石窟窟内空间时，有一个舍中心塔柱之支提式而保留印度方形平面之精舍形制的大致发展趋势。这种文化选择，曾经出现在中国寺、塔之关系的形制中。当印度寺、塔佛教建筑文化传入中土之初、三国笮融"大起浮图祠"①时，其寺、塔是合建于同一建筑环境之中的。后来便渐渐寺、塔分建，将塔建于寺后成寺旁，不再建在寺内空间环境之中。中国石窟从一律的中心塔柱式、发展为逐渐减少中心塔柱式以至于完全拒绝中心塔柱式的文化之因，与一般寺、塔从合建到分建的原因是一样的。从一般寺院来看，最早的寺院尚未建造如后代大雄宝殿这样的主殿，可以让佛徒、信众对释迦佛像，顶礼膜拜，所以礼佛的方式，是塔建于寺中而绕塔而行，后来寺庙空间扩大，天王殿、大雄宝殿、药师殿、观音殿以及藏经楼等各有所建且群体组合，此时，再要寺、塔合建就不合时宜了，也显得空间逼仄而拥挤，于是塔就从寺中分离出去。就石窟言，中心塔柱的主立面或其余三面，多雕设佛像以备礼佛之需，后来佛像扩大到可以凿于岩崖或是洞凿之壁，礼佛的方式有变，于是中心塔柱式被渐渐放弃，亦在情理之中。

其次，石窟文化艺术固然有崇石的文化基因，而中华民族在建筑美学上醉心于土木结构及其大屋顶形制，亦是根深蒂固的，这一遇时机，就会顽强地表现出来。最原始的中国石窟，比如早期"克孜尔"，是典型的"石作"。然而即使在早期，克孜尔石窟亦并非是印度"支提"的照搬，有的在塔柱主立面凿摩崖大龛、龛内雕半浮雕式立佛大像的同时，却在立像上方，前接木结构窟檐，将中华建筑艺术的"语汇"鲜明地留在上面。据考，开凿于十六国北凉敦煌（约420—442）之时的敦煌275窟的窟顶，设计建造了一个人字形坡顶样式，是木结构的中原风格。北魏时继而开凿的敦煌莫高窟一些洞窟，受中原文化的浸淫，亦为必然。敦煌莫高窟居于第一期的275窟，有人字形木构坡顶，但是它指明，莫高窟第二期（属北魏时期，时在公元420—534年）依然沿承了这一中原

---

① 《吴志·刘繇传》，载陈寿：《三国志》卷四九。

木檐之风。西魏（534—556）的石窟形制，多承继北魏旧制，其造形，如窟之入口，雕以平面为八角形列柱形象，做出来自中原的屋脊瓦垅样式。在云冈石窟第二期（465—494）遗存中，亦发现来自中原木构窟檐造型与屋形龛之显例，如编号第9、10两窟。

第三，这种中国化，也体现于石窟造象与壁画。

佛教雕造造佛象始于何时?《增一阿含经》曾云，传说古印度优填王时代，优填王对诸能工巧匠说，"我欲作（如来）形象"，工匠悉遵王命。"是时，优填王即以牛头栴檀作如来形象，高五尺"。栴，香木；檀亦为名木，均质地优良，用以雕造，信徒虔诚之心可鉴。但佛经所记，毕竟不等于历史纪实。

据考，佛教雕刻、造塑艺术之始，应在印度阿育王孔雀王朝弘法之时，而比如在山奇大塔佛本生浮雕中，尽管已有象、牛、蛇与金翅鸟等雕象，但佛陀形象并不直接出现，仅以菩提树形象来加以象征。在有些佛画中，亦仅以佛座、佛足来加以表现。

相传东汉永平十年（67），汉明求法，派使者赴印度尔后归来之时，以白马驮经卷佛象回洛阳。似可证此前印度已有佛像存矣。然而实际上，直到公元一世纪后，印度佛教才开始绘、造佛象。

据《三国志》卷四九《吴志·刘繇传》，汉魏之际笮融"大起浮图祠，以铜为人，黄金涂身，衣以锦采"，是中华正史首度记述佛教造象之事。至于古代西域，包括新疆地区龟兹、于阗佛教造与壁画等的出现，应在更早一些时候。据杨泓《国内现存最早的佛教造象实物》一文云，十六国时后赵有鎏金铜佛造象，像作禅定印，据铭文，时为建武四年（338）。该象造型的通肩衣襞，自佛身中心以重叠的抛物线状为特征，不是犍陀罗造象那种由佛身左侧作抛物线重叠的造型。于阗初传小乘，在此出土的金铜佛象，亦作禅定印，时代约为公元三、四世纪。拉瓦克寺基座上的圆塔周绕立面上，有礼拜造塑佛象八十多身，尚具明显的波斯风格：佛相双目深陷，衣薄透体，其年代约在公元五世纪。凡此实例，都还不是石窟造象。

石窟造象如莫高窟北魏中期（约465—500）造像，一般的造型是，丰满甚至于肥硕，圆脸大目，期衣饰具有鲜明的印度风格，其绘塑手法，重在凹凸晕染。可是，年代属北魏晚期（约500—534）的莫高窟佛教造象，一般以面容清丽、宽衣博带、风姿秀逸为特征，有些儒雅的风韵。就连供养人形象，俨然中土贵族妆扮。供养人造像均有生活原型，为颂其供养之功德，想来其造像不至于离原型太远。

云冈早期"昙曜五窟"之造象，亦佛陀之面相方正饱满，高鼻梁深眼窝，一副"西域之相"，更多地沿承犍陀罗雕象的艺术风格。可云冈二期石窟佛象造型，又现宽衣博带装束，改变了衣着轻薄的"西域风"。飞天之造型，亦从早期之形象的偏于笨拙，变而为体态轻盈、衣裙飘举，显得空灵而美丽。至于云冈三期，佛之面容造型趋于清瘦，褒衣博带。最显著的，是其头颈细长而肩膀瘦削，菩萨造型亦然，一派悲天悯人、慈悲为怀又风度翩翩的样子。

龙门石窟之造象的艺术美学特征，亦大致如此。北魏迁都洛阳后，孝文帝大力推行太和改制，加速吸收南朝政治、文化制度，包括语言、服饰与南朝儒士任用等。一种被称为"秀骨清象"的石窟造象风格，在北地流行。龙门宾阳三洞、药方洞与赵客师洞等洞窟中的造象，正如云冈三期佛象那样，亦多面容清俊、骨韵劲秀、一派宽衣博带、形神飘逸之相，将那"秀骨清相"的美学诉求，演绎到淋漓尽致。

"秀骨清相"之风始于南朝画家陆探微（生卒年未详），宅生动地表现出玄学清谈之士的仙风道骨之相。[1]作为本土文化的道玄神韵在绘画美学的初步表达，不就便沾溉于佛象造型。此风流渐于北方，遂使佛象身材日趋修长，面相瘦劲，铮骨峻拔，在佛之庄严、宽和、清净之形象中，透出冷峻、飘逸与英奇之气。

这种中国化即本土化之美学风色，亦体现于石窟壁画。

克孜尔早期石窟壁画题材比较纯粹，多本生、因缘、说法与佛传故事。甘肃炳灵寺169窟现存壁画，主要为西秦时作品。[2]大多分布于该窟的北壁与东北壁，亦是题材单一、形象拙素，设色以土、青绿与浅黄为主，有西域原始情调。

---

[1] 按：张彦远：《历代名画记》称，"陆探微，上品也，吴人也。（南朝）宋明帝时，常在侍从，丹青之妙，最推工者。"张怀瓘称陆画"秀骨清相"，"陆得其骨"。

[2] 按：甘肃炳灵寺石窟，位于甘肃永靖西南四十公里处，据考始凿于十六国时而终于明，现存洞窟195个。169窟北壁题记称，该窟为"建弘元年岁在玄枵三月廿四日造"，建弘元年，即公元420年。

有些壁画的佛、菩萨形象，取沉虑默念之状，气氛寂穆而神秘。其维摩诘居士绘像，表现其寝疾于床而问疾的情状，有佛经所描绘的那种原汁原味，不像此后受中原玄学文化美学之影响而清羸示弱之容、却侃侃而娓娓，一派名士风流。莫高窟第275窟"交脚弥勒"造像，属于北魏作品，其背景壁画的左右各一侍从像，居然画出一手叉腰、一手高举如晋代名士手挥麈尾的形象。莫高窟现存大量壁画中，于强烈、神秘之佛教主题渲染之际，又采撷诸多民族文化题材，如神话传说中的伏羲、女娲、西王母、龙凤以及八卦、风水术之青龙、白虎、朱雀、玄武等四灵，主要集中绘制于第249与285等窟，如莫高窟第285窟的窟顶东披绘伏羲，女娲之像，为西魏时期作品，在崇拜佛陀、菩萨等同时，精神上又不舍对中华人文先祖传说、形象与根因的依恋，是中华本土文化顽强生命力的生动体现。

小 结

作为中国早期佛教美学史著，试以汉魏两晋南北朝佛教及其美学意蕴为研究对象。以佛教中国化、本土化及其所能给予中国美学包括审美与文学艺术理念的深巨影响为研究重点。

为求凸显这一历史时期中国佛教美学的民族人文特性和中国化、本土化程度的时代发展轨迹，在结构上，本书第一章"内因：中国佛教美学史的前期准备"和第二章"外因：入渐于中土的印度佛教基本教义及其美学要义"的设立和简析，是可能与必要的。从第三至第七章，在努力追溯佛教教义、思想的译介、传播与接受及其中国化、本土化的文脉历程中，展开早期中国佛教美学史这一学术主题的讨论，将重点放在第五、六、七三章。

假如将所谓"空之美"、"心之美"、"实相之美"、"涅槃之美"与"般若之美"等，简单地等同于世俗美、现实美，显然是不妥的。佛教美学及其历史著述所要重点研究的，应当并非如世俗美那样的美。这是因为，所有佛教教义、佛陀人格和信众的成佛诉求等，都首先是对世俗真假、善恶与美丑的"对治"。这里尤其应当加以思考和研究的，其实是佛教教义、思想、仪轨、制度与修为及其佛教艺术等的"美学意义"或"美学意蕴"。任何美学的底蕴，在于关乎世界、人生、意象与心灵的哲学。哲学，不仅是关于世界观的学问，更是一种人文思维方式与"看世界"的角度。表面看，一切佛教教义，都从其缘起论出发，将世间的美看作虚妄不实，实际是从"空"、"涅槃"与"中观"等角度，对于世间的美丑事物，以及与此相系之真假、善恶的另一种别致的"肯定"。

别的暂且勿论，仅仅佛教以为世界与人类总是"可治"这一点，就与所谓审美理想相系。

可以将佛教美学所要阐析的"意义"、"意蕴"，看做处于佛教"崇拜"与世俗"审美"二者之际。

总体上，从"崇拜与审美"的角度进行审视，此为中国佛教美学研究方法论意义之第一义。宗于"崇拜与审美"关系的学术立场，必以教义的言说、佛教艺术与制度、仪轨、修持等，作为佛教所言的"权智"、"方便"。佛、涅槃、佛国、般若、中道及其"美"等境界，本"不可思议"、"不可言说"，又不得不加以思议和言说。因而，这一"佛教美学"，不过是关于佛教之"美"的"方便说法"而已。

作为一部断代佛教美学史而非一般的佛教史，本书论述的主题，自是佛教美学而非佛教。为求解析其"美学"何以可能，又须从佛教进入、以一定的佛学为研治基础。

中国佛教美学的理念和思想之历史文脉的演变与推进，存在、发展于彼此相系的三大方面。

其一，作为广义的"格义"方式，通过佛典译传逐步中国化、本土化的佛教教义和本土大德高僧的佛学创见本身，因其一般地具有深邃的哲学意识、理念与思想，而本具一定的美学意蕴、意义与理想诉求。

正如本书所一再强调的，哪里有哲学，那里未必有美学；哪里有美学，则那里一定有哲学存矣。美学是关于世界现象及其人类意象、想象、情感与意志等哲学或文化哲学的系统阐释。佛教之所以与美学或文化美学具有本在联系，首先是因其教义、佛学部分的人文底蕴，在其与之相应的哲学或文化哲学。其哲学或文化哲学的广博与深邃，自无疑问。就此而言，汉魏两晋南北朝历史时期的中国佛教美学，主要是一种"作为文化哲学的美学"。

入渐于中土且发挥重要影响之印度佛教基本教义的美学意义，作为"印度元素"，是中国佛教美学的外来"底色"，成为中国佛教美学，发生与建构的外部条件。诸如安译和支译的佛学、涅槃类和般若类的佛学、以"格义"为方法论的"六家七宗"的佛学、慧远的"法性"往生、鸠摩罗什的"中道实相"、僧肇的"不真""不迁""无知""无名"、竺道生的"一切众生悉有佛性""皆得成佛"与"顿悟"以及以《大般涅槃经》的"常乐我净"、《中论》和《大智度论》的"中道""中观"、《大乘起信论》的"一心二门"为代表的佛学，等等，都因其佛学的底蕴是文化哲学，且与其相应的世界意象、情感、意志等相联系，从而与美学存不解之缘。

佛教教义关乎世界与人的三大文化哲学主题：究竟为何、应当如何、出路何在。这也是全部佛教教义的根本人文精神及其文化哲学精神，其间存有一定的"美学意蕴"。

佛教教义及其人文哲学的表述，包括前述三大人类文化主题与对语言文字的"方便"，以及关于佛教制度、戒律、践行、佛徒人格和佛教艺术现象等的认知和领悟。"作为文化哲学的美学"，意味着它是文化哲学的，某种意义上，也是文化美学的。佛教承认有美，这在世俗看来，则是打上引号的美；在佛教看来，世俗世界如果有美，也是打上引号的。双方都将对方所认可的美，加以"悬置"、"放在括号里"。

其二，佛教美学的一些范畴、命题和思想，是入渐的印度佛学与中国本土文化、哲学，与美学传统相融和，而相生相成的思维与思想成果。就范畴的创生而言，如"空"、"识"、"无生"、"般若"、"涅槃"、"中观"、"变现"与"顿悟"等等，都是如此。这极大地丰富、深化了中国本土美学的知识系统、思想库和美学天地。

以"空"为例。在传统儒"有"、道"无"之外而别立佛"空"这一范畴，从而使"空之美韵"，成为与中华本土以儒道墨为代表的美学，在相互对立之中又相互涵泳。一种从未体验过的"空"、"毕竟空"的境界，悟入于心灵，从而悟得的一种高妙又遥深的"元审美"的精神之境。

这有如龙树所著、鸠摩罗什所译《大智度论》所云，"复次一切法皆毕竟空，是毕竟空亦空"[①]。空作为假名，本未可执著。如果执著，即是以"空"为执，此即有宗之言"妙有"。"妙有"并非"中观"学派的佛学主张。此之谓"是毕竟空亦空"。离弃空、有二边而无所执著，此即假名、即"中观"即自

---

① 《大智度初品中十八空义第四十八》，载《大正藏》第二十五册，"般若部类"，《大智度论》卷三十，T25，P0290a。

"中"而"观"之意义的"中道"。佛教以为，儒"有"，以五官、身体为世俗经验的滞累；道"无"，虽属超验而此超验仅仅超越"有"而入于"无"境，仍未舍弃世界污垢、人生苦海与人性、人格的"黑暗"。这两个世界及其美，借用梁慧皎《高僧传》所录《慧远传》慧远之言，"儒道九流，皆糠秕耳"，将那儒"有"、道"无"贬到糟遗的程度。又可借用唐代王昌龄的话来说，叫做"物境"（物累）、"情境"（情累），而惟有为佛教唯识论"三识性"说所说的"意境"①，其佛教美学意义的文化哲学底蕴，是所谓得其"真"的"圆成实性"。此"圆成实"之境，亦可以是一种"毕竟空"。

在逻辑上，"圆成实性"，消解了"物累"、"情累"即"偏计所执性"、"依他起性"时所"在"的一种空幻境界，也通于中观的"毕竟空亦空"。"有"、"无"、"空"三境的逻辑预设为，（一）、承认此世界为人之五官感觉（佛教所谓"五根"即眼耳鼻舌身诸根与此大致对应）所可把握，世界即"有"；（二）、假如将经验世界之"有"拿走，那么此世界便存在一个"无"。此"无"，首先建构于五官经验、且令思维向超验世界超越而从"有"到"无"；（三）、假如将经验之"有"和超验之"无"统统舍弃，那么，这世界便本"在"一个"空"（空幻）。"空"之"美"，在涅槃佛性论那里，意味着可被执著；在般若性空、"中观"说看来，作为"中"的"空"之"美"，亦不可执著。

这是佛教预设"空"（中）之教义及其文化哲学、文化美学的第一逻辑。

般若空观所领悟的"美"，以"空"、"中道"等为假名，以及"空"及"空"为中心范畴的佛学范畴群，为中国文化、中国哲学和中国美学，建构起何等不可思议、不可言述的灵妙、葱郁而深邃的一个美学新语境。

---

① 按：欧阳修、宋祁：《新唐书·艺文志》始载王昌龄：《诗格》二卷云，"诗有三境"。"一曰物境"，"处身于境"，"故得形似"；"二曰情境"，虽"深得其情"，而"娱乐愁怨，皆张于意而处于身"；"三曰意境，亦张之意，而思之于心，则得其真矣"。这里，王昌龄分诗境为三："物境"——大致对应于"有"；"情境"——大致对应于"无"；"意境"——大致对应于"空"。"物境"和"情境"，皆滞累于作为"糠秕"的"身"。唯有"意境"，"则得其真"。此"真"，当指诗境之真实，而其文化哲学底蕴，实为佛教所谓"真如"、"实相"、"究竟"。王昌龄"三境"说，显然深受佛教"三识性"关于"偏（遍）计所执性"、"依他起性"和"圆成实性"说的影响。参见拙文：《唐王昌龄"意境"说的佛学解》，《复旦学报》（社会科学版）2006年第6期。

佛教"无生（不生）"亦即"无我"这一范畴，是从生命的角度看待世界万类及其"美"的，却从"无生"这一独特角度视之。这与中华本土的生命文化观、生命哲学与生命美学观相应而背反。

以中华民族之"只眼"看世界看人，一切生生不息。《易传》所谓"天地之大德曰生"，"生"为世界"本在"及其美之根因根性，且将"死"看做非本体而"暂在"，《易传》所言"原始反终，故知死生之说"，凡此以"死"与"生"相对，"死"指肉体、灵魂的"暂在"，"生"则"本在"而永恒。世界与美以"生"为"原始"，"死"只是两次"生"之际的一个"中介"，从"生"到"死"、再由"死"到"生"，便是"反终"。归根结蒂还是"生"。本土文化并非绝对无视"死"，而是以为，即使处于"死"的境遇中，依然是再一次"生"的机遇、机缘，终于是"生"的战胜。这便是中华本土关于"生"之哲学与美学的"乐感文化"、"乐观主义"和"达观主义"。

佛教"无生"这一范畴，并非指灵肉之"死"，而是指"非生非死"、"不生不死"，或曰无所谓"生"亦无所谓"死"。生死一如，皆为空幻。是消解了经验之"有"、超验之"无"时的一种"本在"（空），因其为假名而永无可执著。这是"本在"即"空"（中）的"原美"。

其三，自印度佛教东渐，中国本土艺术文学的审美及其美学范畴的创生，逐渐受其深刻而广泛的人文哲学与美学的濡染，而别开一新生面。

建筑艺术如佛教寺塔，是新创的"宫室"样式，从印度"支提"窟、"塔婆"经中国化、本土化而成，具有强烈的中华本土"宇宙即建筑，建筑即宇宙"的文化、哲学与美学理念。寺庙的平面布局，有如中国本土庭院，有"中国"（国，都邑义）即中轴线居中而左右对称、多重进深的特色。佛塔以楼阁式塔和密檐塔为主要品类，其造型的灵感，来自中国土木结构传统与印度佛教塔庙理念的结合，即使接受"印度元素"较多的中国石窟寺，也富于中国化的文化特点。

佛教之于中国文学的深潜影响，大约表现在：一、入渐之印度的佛教本生故事、寓言等，拓宽中国文学审美的题材与"叙事"空间。以六朝"志怪"小说的兴起为代表；二、丰富讲故事"的以白为主、又韵白相间的言说格局；三、改变其一定的文学审美境界与审美理念。其佛国、西方净土和成佛诉求的审美理想，融渗以"空之美韵"。其审美意象的文化哲学，已不再是本土原先比较单纯的原于原始卜占、易占"巫"象、道家"无"象的意象观，而是在此基础上，主要在于以无说空、以空会无、空趋转于无、又回归于无的新的意象观。是以佛学之空为灵枢、以玄学之无为宗要、以儒学之有为潜因的三维结构的初步融和。这可以南朝梁代刘勰《文心雕龙》这一文本的文学审美理念为代表。佛教的真俗二谛说，影响文学审美真实理念的建构。人生皆苦、四大皆空的佛教苦空意识，改变中华本土"乐感文化"的乐观、达观主义美学素质，将中华本土经验生活、人格意义的悲剧理念，提升到超验的生命与人性的层次与境界，即从世间走向出世间、又回归于世间。

佛教逻辑也参与中国佛教美学的逻辑建构。

佛教入传中华之前，中国本土的逻辑学，已是根深叶茂、硕果累累，富于"中国"特点。儒道墨三家的逻辑学，主要集中于语言逻辑和形式逻辑。孔儒关于"名不正则言不顺，言不顺则事不成"、"必也正名乎"、通行本《老子》的"道可道，非常道"与《庄子》的"非言非默"等，大致都属于这一逻辑学范畴。中华本土关于名实关系的语言、形式逻辑，正可与佛教教义的假名施设和真谛实相的逻辑论题相对应，两者构成中印逻辑的"对话"态势。不同在于，佛教逻辑在于通过一系列的术语、概念、推理、判断，以证明超验的佛教空理；尽管在概念上，其中道家的语言逻辑，围绕着"无"这一中心词而展开，然作为对于世间的逻辑预设、推理与判断，这在佛家看来，儒道两家的逻辑，依然沾溉着世俗经验的特色，因而并非究竟。

佛教及其美学的逻辑，一方面讲佛性、涅槃、中道、解脱及其"美"等何等"不可思议"、"不可言说"，另一方面作为"权宜"、"方便"，又以无数言说说空理，却永远说不尽。一部《大藏经》言述经律论三藏，尽管篇章如此浩繁，竟依然是"言语道断，心行处灭"、"说似一语即不中"。既同时怀疑与肯定"语言是精神之家园"的真理性，又肯定与怀疑"语言乃思想之牢笼"的真理性。既妙不可言，又妙在可言。既月不在指，又以手指月。其间多少源自逻辑之深邃而美丽的美学精神，真可谓妙处难与君说。

正如本书第二章所言，在惠施"合同异"说的基础上，《墨子》的"离坚白"、"三名"说、"白马非马"之共相殊相论与"一尺之捶，日取其半，万世不竭"①之"事物无限可分"等的逻辑及其美学思趣，对于佛教逻辑的东来，有相应的接引之功。"离坚白"这一逻辑，将事物的统一属性，首先在空间上加以"逻辑"地割裂，见"白"则无"坚"；触"坚"而无"白"。于是，事物及其美的有机性和整体性被消解了。"离坚白"不无诡异地道出了人关于世界之"发现"即"遮蔽"、"遮蔽"即"发现"的"形而上学"的荒诞与美。

但看僧肇《物不迁论》论"不迁"之"美"，在形式逻辑上，恰有类于《墨子》的"离坚白"。僧肇说："夫生死交替，寒暑迭迁，有物流动，人（按：芸芸众生）之常情。余则谓不然。何者?"僧肇自己的答案为，"吾则求今于古，知其不去"，"今而无古，以知不来；古而无今，以知不去。若古不至今，今亦不至古，事各性住于一世，有何物而可去来?"故僧肇的逻辑推理与判断是，事物"各性""不灭不来，则不迁之致明矣"②。为求证明佛性、涅槃、般若之中道常住、常"在"而湛然圆明，竟"逻辑"地斩断同一事物所属"各性"之内在的有机联系。尤其关于"昔物自在昔，不从今以至昔；今物自在今，不从昔以至今"而"三世"各别之"性""住"于各自"一世"，以及关于"旋岚偃岳而常静，江河竞注而不流，野马飘鼓而不动，日月历天而不周，复何怪哉?"③的逻辑诘问，甚为有力。

由此推理，佛性、涅槃、中道常"住"即恒"静"而"不迁"，倒真的是何"怪"之有?

这立即让人意识到，在逻辑上，僧肇的"物不迁论"，是佛学中的"离坚白"论。不过，《物不迁论》重在世界及其"美"之性的人文时间性，《墨子》的"离坚白"论，重在其人文空间性；前者的逻辑性，属于"空"（超验）的逻辑推理，后者的逻辑性，属于"有"（经验）推理，如此而已。

俄国学者舍尔巴茨基曾说，佛教逻辑，"是关于我们知识的可靠性的理论，关于我们的感觉与表象所认知的外部世界的真实性的理论"，而"佛教徒自己

---

① 按：《庄子》"天下篇"关于惠施之言的转述，见于王先谦：《庄子集解》卷八，载《诸子集成》第三册，上海书店，1986，第224页。

② 僧肇：《物不迁论》，载《肇论》，上海佛学书局影印本，载《中国佛教思想资料汇编》，第142、143、144页。

③ 同上书，第142页。

管这一科学叫逻辑理由的理论或正确认识来源的理论，或者就简单地称作正确
认识的量度。它是有关真实与谬误的理论。"① 属于知识论、认识论、思维论范
畴的一定的佛教逻辑，预设了一种凝聚于"名言概念中的实在"②。就佛教美学
而言，佛教逻辑的推理与判断，可望证明佛教所征得的"美"何以可能。诸如
因果律、矛盾律、排中律、否定性判断与三段论等，在佛教逻辑中，比比皆是，
发挥着重大的论辩作用，使得思维得以澄明。不同于西方基督教那般的上帝创
生、灵魂救赎的逻辑证明。佛教将世界、现象、人生及其人的世俗意识的生起，
归原于无处不在的因果律，便是它的轮回说。"莲华戒说：'佛教哲学的瑰宝中，
因果理论是最主要的宝石。'"③ 此有故彼有，此无故彼无，因果也。佛教承认世
俗世间因缘起而假有、以刹那而存假有。因果说及其对于因果的破斥，坚持宣
说世间的烦恼性、苦厄性、荒谬性和空幻性，为的是启人觉悟。因果逻辑证明
轮回因业而缘起。缘起于因果之中，诸法刹那生灭，故无我无住，世界、人生
的本质在于无常，所谓世俗意义的真善美，也在业缘之中。所以必须破斥世俗，
去追求理想的所谓"佛国"或是般若智慧即觉悟，使得世界、人生有一种另一
种意义的"真善美"。佛教承认这个世界、这个人生还是有救的，在一般地以
众生这一"自力"即人皆有佛性、皆得成佛的愿景中，通过断灭因果的修为中，
可以将佛教所说的真实、实相与般若之境及其"原美""唤上前来"；或是诸如
否弃业缘、跳出轮回，在"藏识"伴随以"无始习气（anadai-vasana）"的"自
我发现""自我救赎""自我回归"之中，挥斥宗教上帝那般的权力意志，把众
生人性中本有的"种子识"的无限可能性，包括"原美"唤醒，等等。凡此，
对于可能的真实即"原美"而言，其智慧的觉悟，即空门的遁入，中观的澄明，
则意味着因果之链的立断，解脱之境的呈现，毕竟空幻的实现，意味着人性之
真正的解放。

　　无论佛教的何宗何派，都以"否定"这一逻辑言诠的推理、分析与判断，
而向众生"说法"，同时通过"否定"而得肯定，便是如佛教有宗那般的"成
佛"之思。或者如大乘空宗中观说那样，将一切都认作"假名"，离弃空、有

---

① ［俄］舍尔巴茨基：《佛教逻辑》"绪论"，载《佛教逻辑》，商务印书馆，1997，第5、6页。

② 同上书，第7页。

③ 同上书，第119页。

（假有）二边，而不滞累于中道实相，主张"毕竟空亦空"，在无尽的否定即无尽的消解中，体悟精神澄明的"乐"即"美"。《大智度论》云："是实法相。不生不灭，不断不常，不一不异，不来不去，不受不动，不著不依，无所有。是涅槃相、法相如是。"①这里所说的"实法相"，是中观意义的，是说一切都是"假名""假号"，都在否弃之列。在无尽的否弃中，让"实法相"即"毕竟空亦空"的一种精神境界得以澄明，亦即一种彻底的无所执著，体悟包括"原美"在内的精神大解放的可能。有关三段论逻辑，佛教也运用得很是娴熟。最显著的例子，便是所谓一、"大前提"："一切众生悉有佛性""皆得成佛"；二、"小前提"："一阐提"是"众生"；三、"结论判断"："一阐提"也具"佛性"，故"亦得成佛"。其余可作如是观。总之，尽管佛教在不断的"否定"性逻辑的言说中，所证得的同样是作为"假名"的"原美"等，是非逻辑甚而是反逻辑的"现量"②。正如竺道生的"大顿悟"说那样，关于佛教"现量"即"直接感知"（"瞬时灵照"）与审美顿悟关系的的言述，是符合于逻辑的。"现量"本身非逻辑、反逻辑，有关佛教"现量"的阐析，则具有逻辑的思辨性。

凡此，假如与隋唐及尔后中国佛教美学史相比较，本书所论析的，仅仅是中国早期佛教之初步的美学意义的阐发，本书所说的"佛教美学"，其实是指"佛教美学意蕴"，它一开始就因译介这一"误读"而走上了一条逐渐中国化、本土化的历史、人文与学术的必由之途。这是必须再此强调的。作为一个序

---

① 《大智度初序品中缘起义释论第一》，载《大正藏》第二十五册，"般若部类"，［印］龙树释，鸠摩罗什译，T25，P0057c。

② 按：佛教因明（关系于佛教逻辑）"现量"说，在中国佛教美学史上的理论阐明，要到明清之际的王夫之美学"现量"说，才真正地实现。关于这一点，为本书所述佛教史的时限之故，而暂且勿论。在魏晋南北朝佛教美学史上，据有关史料，大约公元四、五世纪，可能有印度龙树:《回诤论》等因明学著述的传入，"作为陈那之前的经典"，对中国佛教美学的影响尚不明显。然而，佛教因明"现量"作为一种俄国学者舍尔巴茨基所说有关现象的"直接感知"，实际是佛教所宣说的"刹那生灭"而可能实现的佛教顿悟及"元审美"的顿悟。这有如后代严羽所说的"禅悟""诗悟"。这被舍尔巴茨基称作"只有当下的刹那才为感觉（引者：直觉）所把握"（以上，参见舍尔巴茨基:《佛教逻辑》一书，中华书局，1997，第35、103页）。刹那顿现、顿悟，与西方现象学所说的所谓"当下即是"相通，佛教称为"现量"。

幕，中国佛教美学与中国本土儒道墨等美学真正的建构与融合，尚有待于汉魏两晋南北朝之后。汉魏两晋南北朝，大致是它的酝酿期；隋唐是它的真正建构期；两宋及其尔后，是它的完成期。在后两个历史时期，由印度入传的佛教的进一步的中国化、本土化，逐渐达到了高潮和圆成，中国佛教及其佛学，进一步深入于中国的诗性审美——文学（诗）、绘画、音乐、书法、舞蹈、园林与建筑；进一步促成了中国文人的人格塑造。这一切，都因中国化、本土化的佛教及其佛学的哲学，熔铸而且一定程度上，改变了中国传统哲学的缘故。这种哲学、美学的改变要到将来才能够完成，却可以在此听到其隐隐而汹涌的时代潮声了。

附录　佛的空幻：中国佛教建筑文化之美

　　自大约两汉之际印度佛教入传中土，中国的文化、哲学、艺术及其美学，逐渐走上了一条"三学融和"的历史、人文之路。儒道释三学的真正融和，要到宋明时代才能实现。先是儒的规矩、道的自由与佛的空幻各呈其性，语言欠通，曾经发生过长期而剧烈的冲突。在冲突之中，渐渐达成三学一统的文化格局，而仍以儒学为文化基质。这在中国建筑文化上，也体现得鲜明而突出，持久而美丽。

　　就中国佛教建筑文化、哲学及其美学而言，情况也是如此。

　　中国先秦时期，原本没有中国本土意义的宗教文化，有的仅是远承于上古的原始神话、原始图腾与原始巫术，三者"三位一体，各尽所能"，皆属于原始"信文化"范畴——本质上都是神性兼人性的文化形态，而其文化功能不一。三者所可能呈现的美，是同一的神性与人性的结合、妥协或冲突，而各具风格特征。神话是一种"话语"文化、口头文化，先民用以诉说历史、祖宗、命运、处境以及对于世界、自身的理解、情感、想象、虚构和意志；图腾，始于自然崇拜，是以自然崇拜的方式，进行祖神崇拜，是在崇拜的过程中，寻找、歌颂与肯定什么是氏族的"父亲"，而真正的"父亲"，其实并不"在场"；巫术起于实用功利的追求，是先民企图借助神灵的力量，自己"作法"，趋吉避凶，让自然、环境、他者，等等，服从"人"即被神化的巫的意志，从而企图达到其自己的实用性生存目的。这三者并非宗教，却为宗教的历史性到来，准备了历史与人文条件。

中国先秦，并无成熟意义的宗教建筑。有一种用于祈天、拜天的建筑，称为灵台。《诗经》唱道："经始灵台，经之营之。庶民攻之，不日克之。"意思是说，开始建造灵台前，先得规划、设计，尔后才能营造。人民大众大家一起动手，没有多久就造成了。其诗意充满了欢愉的情调。《孟子·梁惠王》云："文王以民力为台为沼，而民欢乐之，谓其台曰灵台，谓其沼曰灵沼，乐其有麋鹿鱼鳖。古之人与民偕乐，故能乐也。"①灵台是先民用来与天神"对话"的建筑，其精神性意义很是丰富，但它不是宗教性建筑。

真正的中国宗教性建筑，是佛教东来以后才出现的。除了始于东汉的道教②建筑，几乎遍于北国江南、西陲东隅，是中国宗教性建筑的主要样式，而且历史时弥久。

由此，凡言中国的宗教性建筑，不能不首先关注佛教建筑。中国佛教建筑，大凡有佛寺、佛塔二类。在佛寺中，又包括石窟寺。中国佛教建筑的文化精神，可以用"佛的空幻"四字加以概括，而儒的规矩、道的自由，尤其是儒的规矩，也往往体现于诸多佛教建筑上。

佛寺之始

中国佛教建筑，是随着印度佛教的入渐，尔后出现于中华大地的。③而人出于对佛教的偏爱，爱屋及乌，有时会把中国佛教建筑的起始，说成在先秦。南朝宗炳《明佛论》说："道人澄公（引者：指西域僧人佛图澄，其生卒年为232—348，据说活了117岁，于后赵建武十四年即公元348年十二月八日，在邺宫寺圆寂）仁圣，于石勒、石虎之世谓虎曰：'临淄城中有阿育王寺处，犹有形象承露盘在深林巨树之下，入地二十丈。'虎使人依图搜求，皆如言得。"④这难

---

① 按：参见陈子展：《诗经直解》卷二十三，复旦大学出版社，1983，第894—895页。

② 按：中国道教，由张道陵倡导于东汉汉安元年（142），始于四川崇庆。后经汉末张角、张鲁的发扬、葛洪的理论建树以及南北朝嵩山道士寇谦之和庐山道士陆静修的改革而臻于完成。

③ 按：据《魏书·释老志》："（西汉）哀帝元寿元年（前2），博士弟子秦景宪，受大月氏王使伊存口授浮屠经。"这是正史首次记载佛教入传，可以看作印度佛教东来中土的时间，约在西汉末年。

④ 宗炳：《明佛论》，载《弘明集》卷二，四部丛刊本。

以确定，石虎派人所"搜求"的阿育王寺古迹的建造年代，更不是为先秦时所造的证据。历史上出于道教、佛教的互为争先，佛教徒也往往把佛寺佛塔的始造，像编神话一样进行虚构，而离真实的历史甚远。魏晋之后，佛教徒编造种种神话，说阿育王寺，早在秦以前中国已有建造，只是始皇"焚书坑儒"，也连带烧毁了阿育王寺。据史载，阿育为印度创立孔雀王朝（公元前321）的旃陀掘多大王之孙，于公元前270称王，而统一全印度，且大兴佛教，到处建造佛教寺塔，相传造塔八万四千座，供奉舍利，供养僧众。如此看来，中国早在先秦前已有阿育王寺，是不可能的。

东汉初年，汉统治者上层已有信奉佛教之人。《后汉书·楚王英传》称，楚王刘英年轻时喜好游侠，而其晚年"更喜黄老，学为浮屠，斋戒祭祀"。东汉明帝永平八年（65）所颁的一篇诏文说："楚王詠黄老之微言，尚浮屠之仁祠，洁斋三月，与神为誓。"可见，此时佛教的入传，大约已经有些时日了。所谓汉明帝"感梦"遣使"求法"发生于永平十年（67）。汉明帝时佛教进一步入传的结果，是中国佛寺佛塔的的始建。据《高僧传·佛图澄传》记述，后赵王度曾有一则奏议称："汉明感梦，初传其道。惟听西域人得立寺都邑，以奉其神。"佛教建立起初步、有了信众之后，必然要有拜佛礼佛的场所，便是中国佛寺建造的历史机缘。

中国早期佛典《四十二章经》，曾经讲述汉明帝派遣使者求法而归便有中国佛寺建造的情事。牟子《理惑论》明确地说：

> 问曰：汉地始闻佛道，其所从出耶？牟子曰：昔孝明皇帝梦见神人，神有日光，飞在殿前，欣然悦之。明日，博问群臣："此为何神？"有通人傅毅曰："臣闻天竺有得道者，号之曰佛，飞行虚空，身有日光，殆将其神也。"于是上悟，遣使者张骞、羽林郎中秦景、博士弟子王遵等十二人，于大月支写取佛经四十二章，藏在兰台石室第十四间。时于洛阳西雍门外起佛寺，于其壁画千乘万骑，绕塔三匝，又于南宫清凉台，及开阳城门上作佛像。①

---

① 牟子：《理惑论》，四部丛刊影印本，载《弘明集》卷一，载《中国佛教思想资料选编》第一卷，中华书局，1981，第10页。

这是关于汉地佛寺建造的最早记述，指的是洛阳白马寺，此寺位于洛阳西雍门外。西雍门，据杨衒之《洛阳伽蓝记》卷一，指洛阳西城墙自南至北第二门。《洛阳伽蓝记》作为东魏时人所著的一部著作，称"白马寺，汉明帝所立也，佛教入中国之始"，大约是比较可信的。《高僧传·摄摩腾传》云，"腾所住所，今洛阳西雍门外白马寺也"。据今人所编《中国名胜词典》，白马寺作为中国中国第一古寺，在今洛阳市东10公里处，"建于东汉永平十一年（68）"。一说城西，一说城东，尚无确考。而白马寺作为中国佛教建筑史上的第一座寺院，古往今来，多为人信从。

从古代中国的中外交往史看，寺这一称谓，早已有之。汉有鸿胪寺，为接待宾客的住所和机构。最早的西域僧人来华传教，大约就住在鸿胪寺里，一些传教活动，也有可能在此进行，所以，将奉礼佛的建筑称为寺，不是偶然的。

寺院森森

中国建筑文化史上，曾经有过狂热的建造佛寺的时代。佛寺是供奉佛像的场所，是佛教僧人、信众礼佛和僧众生活的场所，是收藏、展出佛像艺术、经册与一般图书的地方，可能成为名胜而名扬中外。就寺院本身而言，其中诸多是建筑杰构，有的可以和宫殿、陵寝一比高下。

梁思成曾经评说魏晋南北朝的佛教建筑：

> 虽在当时政治动荡、战争频繁、民不聊生的情况下，宫殿与佛寺之建筑活动仍极为澎湃。而佛教之兴盛则为建筑活动之一大动力。实物之在艺术表现上吸收有"希腊佛教式"（Greece Buddhist——原注）之种种圆和生动之雕刻，纹饰、花草、鸟兽、人物之表现，乃脱汉时格调，创新作风，遗有至今者有石窟、佛塔、陵墓等。[①]

中国佛教建筑，首先是佛寺的建造激情，随着天下家国之兴替、时代之变迁而潮涨潮落。

---

① 梁思成：《中国建筑史》，百花文艺出版社，1998，第22页。

据《后汉书·西域传》，东汉桓帝时期，开始"百姓稍有奉佛者，后遂转盛"，民间信众的渐多，信佛之风起云涌，由民间力量托起的造寺之风，也随之兴起。据《后汉书·陶谦传》记述，丹阳人笮融建造寺院的狂热。汉献帝时，笮氏聚众数百，往依徐州牧陶谦，"大起浮屠寺，上累金盘，下为重楼，又堂阁周回可容三千人。作黄金涂像，衣以锦彩。每浴佛辄多设饮饭，布席于路，其有就席及观者且万余人。"印度佛教，原就是一个喜欢"说大话"的宗教，比分对于世界的看法，就大得无法想象。由佛陀耶舍、竺佛念所译的《长阿含经》卷十八《世纪经阎浮提洲品》如此描述佛的世界："如一日月周行四天下，光明所照，如是千世界。千世界中有千日月，千须弥山王，四千天下、四千大天下、四千海水、四千大海，四千龙、四千大龙、四千金翅鸟、四千大金翅鸟，四千恶道、四千大恶道、四千王、四千大王，七千大树，八千大泥犁，十千大山，千阎罗王，千四天王，千忉利天，千焰摩天，千兜率天，千化自在天，千他化自在天，千梵天，是为小千世界。如一小千世界，尔所小小千世界，是为中世界，是为中千世界。如一中千世界，尔所中千千世界，是为三千大千世界。"这种超长的想象，极其富于神话色彩，是不能也不必作为实际的情事来看待的。这种极其"夸大其辞"的佛教"说法"，也往往影响了中国历史上有关佛教记事的文风。因此，《后汉书·陶谦传》所记，所谓"堂阁周回可容三千人""其有就席及观者且万余人"云云，大约不是没有一点虚饰"水分"的。即便如此，笮融所建造的浮屠寺，在当时也一定奇大无比而空前的。

三国时，中土遍地烽火，战乱连年，生灵涂炭，笃信佛教的人众便大为增多，为的是想在出世间那里"讨生活"，图的是心灵的安宁。佛教建筑也因势力而起。据《魏书·释老志》，魏明帝（227—239在位）曾经"大起浮屠"。孙权偏安江东，曾建造建初寺等，推赞佛法。其孙孙皓当了皇帝后，因不信佛教而意欲毁损佛寺，这时大德康僧会去感化他，终于使其"从受五戒"，回心转意。

西晋佛教大弘，其主要的佛事，是译经。时遇佛教与道教的争斗日趋剧烈，信众拜佛渐起，建寺之风更为兴盛。据《出三藏记集》卷十，早在竺法护传教时代，"寺庙图像崇于京邑"。法琳《辨正论》云，西晋东都洛阳与西都长安，建寺凡180所，僧尼3 700余众。虽则为后人追述，大约未可尽信，而西晋时佛寺建造的进一步发展，则是可以肯定的。黄忏华《西晋佛教》一文指出："见于现存记载中的，西晋时洛阳有白马寺、东牛寺、菩萨寺、石塔寺、愍怀太子浮屠、满水寺、槃鵄山寺、大市寺、宫城西法始立寺、竹林寺等十余所。"①

东晋时佛教的传播，更是势若燎原，佛寺的建造为世所热衷。著名佛寺，当推庐山东林寺。这里聚集了一批著名的高僧大德、佛教学者。东林寺的主持者慧远（334—416），倡导"念佛"法门，门下有大批虔信徒众。建康（今南京）的道场寺，又是一大南方佛教圣地。佛陀跋陀罗、法显、慧观、慧严等都曾在此译经且大弘佛道。如佛陀跋陀罗（359—429），为迦毗罗卫（今尼泊尔）人，佛学修养深厚，门徒数百，始与鸠摩罗什齐名，后因与罗什有分歧而被罗什门徒排挤，于是南下庐山，转道建康，在道场寺弘法。

东晋帝室热衷于建寺修庙。元帝（317—322在位）造瓦官、龙宫二寺，度丹阳、建业（今南京）千僧。明帝（323—325在位）执政时日不长，居然也造皇兴、道场二寺，寺内集名僧、义学者众。

南北朝时，建寺之风更为狂热。南朝梁武帝（502—549在位），曾四度舍身同泰寺。其即位第三年（504），便发愿皈依佛门，建爱敬寺、光宅寺、开善寺与同泰寺。如同泰寺，"梁武普通中起，为吴之后苑，晋廷尉之地，迁于六门外，以其地为寺，兼开左右营，置四周池堑，浮图九层，大殿六所，小殿及堂十余所"，"起寺十余年，一旦震火焚寺，唯遗瑞仪、柏殿，其余略尽"②南朝寺院之多，实为空前。据有关记载，宋有寺院1 913所，僧众36 000人；齐有佛寺2 015所，僧众32 500人；梁有寺庙2 846所，僧众82 700人；陈有浮屠1 232所，僧众32 000人。南朝寺院，以同泰寺最为华美雄伟，《历代三宝记》卷一一，称其"楼阁殿台，房廊绮饰"；据《续高僧传》卷一，大敬爱寺"经营雕丽，奄若天宫"；大智度寺"殿堂宏壮，宝塔七层"。

北方亦很风靡。北魏"经河阴之役，诸元歼尽。王侯第宅，多题为寺。寿丘里间，列刹相望，宝塔高凌。四月初八日，京师士女，多至河间寺。观其廊庑绮丽，无不叹息，以为蓬莱仙室，亦不为过"③。这一时期，据《中国佛教》

---

① 中国佛教协会编：《中国佛教》第一辑，知识出版社，1980，第18页。
② 《建康实录》卷一七所引《舆地志》，孟昭庚等点校，中华书局，1987，第478页。
③ 范祥雍：《洛阳伽蓝记校注》卷四，上海古籍出版社，1982，第208页。

第一辑，仅后赵建佛寺凡839所，姚兴"起造浮屠于永贵里，立波若台，居中作须弥山，四面有崇岩峻壁，珍禽异兽，林草精奇，仙人佛像具有"。

献文帝（466—471在位），曾在皇兴二年（467）在平城造永宁寺，退位后在宫中坐禅礼佛，又造寺庙以敬爱佛祖；孝文帝（471—499在位），为道登在嵩山造少林寺；宣武帝（499—515在位），为来华一批"洋和尚"在洛阳兴建永明寺，寺院有房舍千余间，可住沙门千余之众。而孝文帝太和元年，平城有新旧寺院近百所。各地共6 478所。据《洛阳伽蓝记》，北魏末年，仅洛阳一地，有寺庙1 376所，各地凡30 000余所。

正如《洛阳伽蓝记》所云，"招提栉比，宝塔骈罗"。

隋朝历史短暂，亦无碍于造寺之风甚烈。文帝（581—604在位）一上台，便一改北周武帝"灭佛"的立场，修复已废寺院，改周宣帝所建陟岵寺为大兴善寺，下令五岳各造寺一所，天下各州各县建僧寺与尼姑庵各一所，四十五州各造大兴善寺一所。据有关记载，文帝时，隋朝共有寺院凡3792所。炀帝（605—616在位）亦佞佛。即位当年，为先帝建西禅寺以超度之，又在高阳造隆圣寺，在并州兴弘善寺，在扬州建慧日道场，在长安构清禅、日严、香台等寺，又舍九宫为九寺，在泰陵、庄陵二处造筑寺院。据《续高僧传》卷十八，东禅定寺尤为壮丽，"驾塔七层，骇临云际。殿堂高耸，房宇重深，周间宫阙、林圃如天苑。举国崇盛，莫有高者。"

唐代佛教大盛。自高祖武德二年（619）始，已有佛教造寺活动，钦定于各州造寺、观各一所。太宗时，先在旧战场造寺院凡七所，以超度亡灵。贞观十五年（645），随玄奘大师自印度取经东归而佛教大兴，便建译场、佛寺与塔院，蔚为大观。武周更是崇佛有加，下令天下各州造大云寺，遂使全国寺院总数两倍于唐初。"安史之乱"使得造寺之风一时大减。武宗（841—846）"会昌灭佛"，拆毁天下大寺凡4 600余所，小寺40 000有余，令僧尼还俗达260 000余众，收回寺院田产千万顷。可这是暂时现象。"法难"一过，造寺又死灰复燃。比方说，中国现存最古的寺庙，当数五台山的南禅寺（782）和佛光寺（857），二者先后建于唐建中三年与唐大中十一年。

五代是一个历史上的"过渡"时期，天下大乱，各代帝王的建寺兴趣依然未减。据有关记载，南方的闽地，曾经增造寺院凡267所，后来闽地归于吴越管辖地域，27年间又新增221所佛寺。后周显德初年，曾经大废天下寺院，却哪里能够"斩尽杀绝"，仅杭州一地区区"弹丸"，竟然留存佛寺凡480所。

宋代理学勃兴，给人的印象是，似乎礼佛的兴致，大约宋人应该减弱些吧，其实不然。这里有几条材料，可以证明这一点。一是北宋（960—1127）初年，一改后周政令，不准废弃佛教寺院，一方面派遣沙门凡157人组成庞大的僧团赴印度"求法"，另一方面恢复译经大业，且大造浮屠寺。宋太宗太平兴国元年（976），度童行170 000人之多，至宋天禧末年（1021），全国已有寺院近40 000所。宋徽宗（1101—1125在位）因笃信道教，曾改佛教寺院为道宫道观，不久营造寺庙之风再起，天下蜂拥。宋代佛教门派众多，寺院风格总体一致而各具特色，如净土信仰刺激下，有些寺院增设弥陀阁与十六观堂，等等。

辽代的佛寺建筑页曾辉煌于一时。现存最著名的，有原河北蓟县独乐寺观音阁与山门；河北宝坻县广济寺三大殿；山西大同下华严寺、上华严寺和辽宁义县奉国寺，等等。

金代的佛寺建筑遗构，现存主要有山西大同普济寺大雄宝殿、普贤寺、三圣殿与天王殿；应梁净土寺大殿；朔县崇福寺阿弥陀佛殿以及大同善化寺三圣殿与山门等。

元蒙入主中土，也雅爱佛教。据朝廷宣政院至元二十年（1291）统计,，当时全国有佛教寺院凡24 318所。元统治者建造了许多所谓"官寺"，仅仅自至元七年（1270）到至正十四年（1354），在京都就建有大护国仁王寺、圣寿万安寺、殊祥寺、大龙翔集庆寺、大觉海寺与大寿元忠国寺等，规模之大令人瞠目。如英宗至治元年（1321），曾经建造寿安山佛寺，寺中拟设一个佛的造像，即今北京西山卧佛寺的那一尊卧佛，所用冶铜重50万斤，这一数字，虽非确指，而卧佛之巨，当世所唯一。

元代佛寺文化有一个特点，即规定每一大型寺院应有僧众，不能少于300人。因而，国家机构即批拨大批土地赐予寺院，成为寺庙的地产。如1260年，朝廷曾经赐予庆寿寺、海云寺土地各500顷；1301年，赐兴教寺土地120顷，上都乾元寺90顷，万安寺600顷，南寺120顷。尤其元皇庆初年（1312），曾经赐予大普庆寺土地凡80 000亩。据《续文献通考》卷六，从元世祖中统二年（1261）到至正七年（1347），朝廷颁拨全国寺院的土地，共有3 286万亩，促成了元代寺院经济的恶性发展。

明代的情况又如何？明太祖朱元璋本人当过和尚，对佛教可谓情有独钟。自洪武元年（1368）起，便有南京天界寺设立善世院，敕命高僧慧昙管辖天下佛教，设置统领、副统领、赞教、纪化等官员，掌管全国名刹大寺之住持的任免，下令度牒天下僧人。洪武十五年（1382），再度仿照宋制设立僧司、僧官制度。洪武二十四年（1391），下令各州、各县保留大寺、大观各一所。据有关典籍，明代成化十七年（1481）之前，仅京城内外的官立寺庙和道观，达到639所之多。明代的寺院经济也颇为发达。如南京报恩寺、灵谷寺与天界寺，号称天下三大寺，都拥有大量寺院地产。据《金陵大报恩寺塔志》，该书寺有土地、塘荡万余亩。常州武进弥陀寺，也有寺田3 000亩，一时盛况空前。

清代的情况也值得一说。据康熙六年（1667）礼部统计，清代早期，国内所建官立大型寺院凡6 073所，另有中小型寺院6 409所。民间所属寺院，大型的，有8 458所，中小型的，58 682所。到清代末年，全国有僧尼共800 000人，天下汹汹，崇佛之风可谓盛矣。

佛殿制度

寺院这一佛教建筑，原本是一种建筑"舶来品"，源自印度。寺这一称名，本指中国古代官署，是佛教入传之前就有的。

本是官署的寺，又如何转变为一种建筑的样式与名称的呢？这里有一个历史因缘。天竺或西域僧人来华之初，朝廷自当没有准备好专供那些"洋和尚"居住的房子，中土用以接待外来僧众的，作为暂住的地方，是一种称为"寺"的建筑。据有关史载，最早来华弘法的印度与西域僧人，就住在洛阳的鸿胪寺中。所谓鸿胪寺，秦代称为典客，汉代改称大行令，汉武帝时，称大鸿胪，北齐时置立鸿胪寺，从隋唐到北宋，沿袭了这一制度，而自南宋到元朝不曾设立，明清得以恢复，直到清末废除。《明史·职官志三》云："鸿胪掌朝会、宾客、吉凶仪礼之事。凡国家大典礼、郊庙、祭祀、朝会、宴飨、经筵、册封、进历、进春、传制、奏捷，各供其事。"由于最早的来华僧众暂住鸿胪寺，后来便将专供僧人居住、礼佛兼供养佛像和接待佛教信众拜佛的建筑，称作佛寺、寺庙、寺院，寺即成为一个专用的称名在文化意义上，与原先的鸿胪寺有了区别。

中土佛寺，一般都是院落式建筑。小寺仅为一进，大一些的可有二进、三进、多进，并且可能筑为廊宇相接而并列的多重中轴序列。中国佛寺，还有另一种建筑样式，便是石窟寺，它一般依山而建，不具有院落。在我国西藏等地区，还有藏式喇嘛寺院，其建筑样式，也与汉式佛教寺院有别。

一座典型、完备的中土佛教寺院，通常有一条由主要建筑的空间序列所显示的中轴线，其建筑平面的布局，为中轴对称，一般南向。最南为山门。进山门，两侧或设置钟鼓楼，钟楼设钟，鼓楼设鼓，所谓晨钟暮鼓耳。向前，迎面便是天王殿。过天王殿，有一个院落，迎面是大雄宝殿，大雄宝殿两侧的左前右前，即殿前院落的两侧，设偏殿。大雄宝殿的后面，可有藏经阁之类。大型寺院是一个建筑群落，除了具有一条主要中轴外，还可能有多条与主轴平行的次轴。主轴上的主要建筑，构成多进院落，很有进深感，所谓"庭院深深深几许"，对于大型寺院来说，也是适用的。次要平面的中轴构成多重跨院，由一些副题建筑构成。主轴也可以称为中路，中路左右两侧安排东西配殿，通常为药师殿、观音殿、伽蓝殿、祖师殿等。有的寺院有五百罗汉堂，可以安置在主要中路的一侧。中路东侧跨院，可以有僧房、斋堂（食堂）、香积厨（厨房）、茶堂（接待云游僧和香客处）与职事堂（库房）等；西侧跨院，也是一组辅助建筑，其中主要的，可有云会堂，用来接待云游僧众。宋代以始，中国禅宗寺院发展很快，逐渐形成有一定形制的所谓"伽蓝七堂制"。所谓七堂，指佛殿、法堂、僧堂、山门、西净与浴室。其基本功能，在利于供佛、礼佛、藏经和生活起居。大型禅院，还可能设有讲堂与钟鼓楼。大型寺院，多修建于风景胜地，有的坐落在闹市之域，成为"城市山林"，是尘嚣中的一方净土。

佛教崇弃世之思。所谓弃世，是相对于儒的入世和道的出世而言的。佛教将世俗生活及其精神，视为泥淖、系累，无论儒的入世还是道的出世，都是要舍弃的，所谓遁入空门，是第一义谛。然则这种弃世，并非是绝对的，否则便是所谓"恶趣空"（"顽空"）了。尤其在大乘有、空二宗的教义和践行中，要么宣说成佛而往生"西方极乐"，要么是无所执著而彻底的"觉"。大乘空观的"中道"说，主张离弃空、有（假有、假名）二边，而无执于"中道"（因为该"中道"也是"假名"）。虽然是假有、假名，是因空观而"假"，并不等于说在佛徒的修为生活中，不是世界的一种"构成"，而只是须将其"看空""悟空"罢了。"青青翠竹尽是法身，郁郁黄花无非般若"，是。但是翠竹黄花作为假有、假名，却还是一种"有""名"，却是赖于悟、觉的依据。要是连这一点也得舍弃，也就取消了悟空成佛、觉于中道实相本身。因而，大乘有、空二宗的寺院，往往选择风景佳美之处而建，并非留恋俗世与自然，而是依此因缘而成佛而悟觉。泥淖即清净、清净即泥淖；众生即佛，佛即众生。这里的一个即字，并非等于、而是相即相系的意思。

中国汉式佛教寺庙的建筑形制及其空间序列，在建筑美的观念上，原于中国本土的庭院式民居。倘然来到寺前，便见山门耸立在前，作为整座寺院的"序幕"，是很有意思的。按照德国谢林、黑格尔的著名比喻，叫做"建筑，凝冻的音乐"，那么，寺院建筑的山门，就是整部乐曲的一个序曲。山门的名称，并非因为寺院往往建于山区而来，而是佛教"三门"说的一个象喻。在建筑上，山门一般设三个门洞，中间为大而左右两门为小，象征佛教教义关于空门、无相门、无作门此"三解脱门"的思想信仰。山门是一座殿式建筑，一般以两坡顶覆盖，门槛很高。殿内空间不大，两壁却依壁塑立两躯金刚之像。金刚是佛教力士，其形体一般很是高大孔武，有威猛之气。金刚造像手持金刚杵，意思是说金刚在此，鬼妖莫入。其手执坚固、锐利之武器，以侍卫佛祖、守持佛法，有类于清净佛地的一介"门房"。

进山门来到天王殿。殿内正中供奉弥勒佛像。弥勒是一个"大肚汉"，看上去十分面善，因为腆着大肚子，笑容可掬，风趣而可爱。它的笑容里，充满了智慧，笑天下众生系累于世俗，却是善意而劝慰的。弥勒佛像所在泥塑座山的背后，与弥勒佛像背向而立、朝向大雄宝殿的，是韦陀像，也是手持金刚杵，是佛国的保护神。

天王殿空间不大。东西两壁塑立着四大天王像，它们两两相对而立，形象高巨而勇武，狞怖而巍然。

在佛教所想象、虚构的世界里，帝释天住在须弥山顶，据《长阿含经》，那里"有三十三天城，纵广八万由旬。其城七重，七重罗网，七重行树，周匝校饰，以七宝成"。须弥山是最高而处于世界中心的山。佛教把世界分为三界，依次为欲界、色界、无色界。帝释天临于三界之上。欲界最为低下，六根未净芸芸众生所住处所即为欲界；欲界又分六大层次，称六欲天。第六欲天即欲界的最高层次，为四天王天，便是四大天王及其眷属所居之所。按佛教的说法，这里是须弥山的山腰，山腰处又有一座山，称健陀罗，它有四个山峰，是四天王守持的地方。因而，四天王的神圣职责，是在健陀罗山的四个山峰"各护一天下"。整个天下，分为东胜身洲、南瞻部洲、西牛货洲与北俱卢洲等"四大部洲"，四大天王各掌管其中一洲。

四大天王，按四个方位命名。一、东方持国天王。其造像特点：身披白色坚胄，左手执利刃，右手执长矛。长矛作拄地状，或手持弓箭作欲射之状，掌东胜身洲；二、南方增长天王。意为见此天王之像而令人增长善根。其造像特点：一身白盔白甲，手握利剑，有斩断俗缘之意，是南瞻部洲的守护天王；三、西方广目天王。广目者，目睛看透一切也。通体红色甲胄，左手执矛，右手持一根赤索，保卫西牛货洲；四、北方多闻天王。该天王有些特殊来历，据说是古印度教天神俱毗罗，又名施财天，既守护北俱卢洲，又是一位财神。财神也者，尤其使得处于贫困之中的中华佛教信众两眼发亮，所以中国佛教壁画，往往把他绘描成一个施财济贫的形象。作为天王之一，其一般的装束，是身披金色战袍与盔甲，头戴金翅鸟形冠，长刀在身而左手持一宝塔，右手执三叉之戟，且脚踏三个夜叉鬼魅，十分了得。

在中国化的历史中，四大天王渐渐被中国人改变了模样。中国人是一个很能"改变别人"也被"别人改变"的民族。元代开始，四大天王像也被称为四大金刚了。其造像特点有所简化，不像原本那般复杂神秘。东方持国天王像，手弹琵琶，称为帝释天的乐官；南方增长天王像，手握宝剑，依然威武却比原本的要面善许多；西方广目天王像，自清代起塑为手缚一蛇；北方多闻天王像，从明代起变为手里只是拿着一把大雨伞，一副风尘仆仆、浪迹天涯的样子，以示福德广被。

天王殿里，自当少不了主角弥勒佛像。据印度佛典，弥勒，意译为慈氏，原为佛教大乘菩萨。《弥勒上生经》称其现住在兜率天，《弥勒下生经》又说它从兜率天下生此凡界，在龙华树下承继释迦佛陀而成佛。所以，弥勒是未来之佛。在中国佛寺中，弥勒佛像是中国化了的，天王殿多供奉大肚弥勒像，作笑口常开状，其原型是五代时名字叫做"契此"的一位和尚。传说这和尚是弥勒化身，也就被后人供奉为天王殿正中的弥勒像，实在是很有点儿意思的事情。

韦陀的来历，是四大天王南方增长天王手下八大神将之一。《金光明经》说："风水诸神，韦陀天神。"此是。其站姿，或双手合十，手执金刚杵，或拄地，或横杵在两腕之际，作肃立状，背对弥勒像，面向大雄释迦佛。金刚杵拄地的，是左手握杵，右手插在腰间，左脚略为前跨，是威风凛凛的形象。

中国汉地佛教寺庙的"重头戏"，非大雄宝殿莫属。

大雄者，佛陀之德号也。释迦佛有大智大力，能伏"四魔"，故称大雄。《法华经》说"善哉善哉，大雄世尊"，此之谓也。所谓"四魔"，一曰烦恼魔。比如贪欲就是一种恼害身心的魔；二曰阴魔。即五众魔，又称蕴魔。比方说色欲等五阴，能生种种之苦恼；三曰死魔。死能断人之命根，人恐怖其死亡，便是一种魔；四曰他化自在天子魔，又称自在天魔。指欲界第六天即他化自在天之魔王也，能害人善良清净，故称为魔。而释迦佛大智大雄，以此斩断四魔即四大心魔，还一个清净的世界。

大雄宝殿，是整座寺院之最重要的建筑。其位置的显要，品位的高崇，尺度的巨硕，用材的精良，结构的严谨，为整个寺院的核心，相当于北京明清紫禁城（现北京故宫）中的太和殿、明十三陵中的长陵祾恩殿、山东曲阜孔庙中的大成殿。当然，大雄宝殿是佛教建筑，其文化主题，在于"空幻"二字。

大雄宝殿所供佛像，一般有释迦主尊佛像或毗卢佛、接引佛等，不同的寺院，往往有一尊、三尊、五尊与七尊的区别。

所谓一尊之像，以释迦本尊为主像，其姿态有坐、立与卧三式。其中以坐像为常式。释迦佛的坐式称作跏趺坐，获或称跏趺，指坐式足背结跏趺于左右股之上，作盘腿状。又分全跏坐，即盘腿而使得左右足背加于左右股之上，也便是所谓双盘。或以右足押左股、再以左足押右股，称为降魔坐，为禅宗寺院释迦佛像的主要坐式；或以左足押右股，再以右足押左股，两个足掌心仰于双股之上，便是吉祥坐，为密宗寺院主像的主要坐姿。又分半跏坐，即以以足押在另一股之上，称单盘，便是密宗所谓莲华坐。

大雄宝殿释迦佛的结跏趺坐常式，通常是左手横放在左足之上，称定印；右手直伸下垂，称触地印。或左手放在右足之上，右手向上屈指作环形，称说法印。

有的大雄宝殿中的释迦佛为立姿。其造型，左手下垂，右手屈臂向上伸。

下垂者，称与愿印，表示有求必应；上伸者，称施无畏印，表示诸苦拔离。

还有一种便是释迦佛的卧像。其造像特点，作侧身卧睡之态，双腿伸展，左臂平放在腿上，右臂弯曲托着头部而卧。据佛典，此乃佛陀圆寂相，显得恬静、优美而静穆。

一尊之像的定式，通常为"一佛二胁侍"（一佛二菩萨），即主尊释迦佛居中，以释迦佛二弟子迦叶、普贤二菩萨为左右胁侍，或以文殊、普贤二菩萨为左右胁侍，称为"华严三圣"。另一种，是释迦佛居中，两大弟子迦叶、阿难和两菩萨文殊、普贤并侍于左右。

有的寺院大雄宝殿的主佛像，供奉的是毗卢佛而便是释迦佛。毗卢佛者，佛典所谓三身佛之法身佛也。《义冠注》云，"毗卢遮那，此翻最高显广眼藏。毗者，最高显也。卢遮那者，广眼也"。《般若理趣释上》说："毗卢遮那，如名遍照报身佛。于色界顶第四禅色究竟天，成等正觉。"佛殿上，毗卢佛坐在莲座上，莲座右千叶莲形塑成，象征华藏净土。

净土宗的寺院大雄宝殿，也往往不供释迦佛而供阿弥陀佛。阿弥陀佛又称接引佛，取立式，作接引芸芸众生往生净土的姿态。其像左手当胸，掌中持金莲台，意为接引众生往西方净土金莲台这一极乐世界；右手作下垂式，即前述所谓与愿印，表示有求者必应也，众生成佛之愿悉皆满足。

三尊之像，出现于宋之后较大型的寺院中，为"三佛同殿"式，有两种类型。

其一为三身佛。三身者，法身、报身、应身也。天台宗寺院大雄宝殿，供奉法身、报身、应身三佛像。居中者，为法身佛即毗卢遮那佛，示现光明遍一切处。左为报身佛，意思是经修持而终获圆果，号卢那佛；右为应身佛，随缘教化，启悟众生，应化显现，放大光明，意指释迦佛乃毗卢遮那之应身。

其二为三世佛。分"竖三世""横三世"二类。

前者所谓"世"，指时间性的因果轮回，指过去、现在、未来三世。过去佛通常指燃灯佛，光明烛照，燃灯也。燃灯佛来头不小，佛典称其为释迦"导乎先路"之师，曾预言释迦未来必成大器而成佛，这在佛典里称为"授记"。佛典说，弥勒从兜率天下生此界，承传释迦之佛位，在龙华树下成佛。大雄宝殿的位置安排，燃灯佛居左，释迦佛居中，弥勒佛居右。

后者所谓"世"，指空间性的居于中、东、西三个不同世界。中，为娑婆世界，以释迦佛为教主；东，为净琉璃世界，以药师佛（即药师琉璃方佛）为教主；西，为极乐世界，以阿弥陀佛为教主。在佛殿造像的安排上，释迦佛居中，结跏趺坐于莲座之上；药师佛左手持钵，钵内盛满甘露琼浆，右手执药丸，象喻众生拔离病苦，亦作结跏趺坐式，居于释迦佛左侧；阿弥陀佛也作结跏趺坐，其双手叠置于双股、双足之上，掌中托一金莲台，象征接引芸芸往生西方极乐，位于释迦佛右侧。

三世佛这一造像模式，也有各配以两菩萨，组成"一佛二菩萨"样式的。便是释迦佛的左胁侍为文殊，右胁侍为普贤；药师佛之左，为日光遍照菩萨，右为月光遍照菩萨；阿弥陀佛，左为观音菩萨，右为大势至菩萨。

五尊之像，即五方佛像，分东西南北中五方，意为"五智如来"。宋辽时的密宗寺院，多供奉五尊佛像。其位置关系，居中者，法身佛，即大日如来（前述毗卢遮那佛）。其左侧一为宝日如来（居于南方），表示福德；一为阿閦如来（居于东方），表示觉性。右侧一为阿弥陀如来（居于西方），表示智慧；一为不空成就如来（居于北方），表示佛性圆成。

七尊之像，在中国汉地寺院中较为少见。按有关佛典，七佛，指释迦主尊，加上毗婆尸佛、尸弃佛、毗舍婆佛、拘楼孙佛、拘那含佛、迦叶佛。它们都是"过去佛"，除了释迦佛，其余就不大有名了。

在建筑及其空间布置上，一般寺院大雄宝殿的空间尤为高敞而气宇轩昂，立柱雄伟，彩绘辉煌，包括天花、藻井等处都布满了以佛法为主题的彩绘，内部空间阔大。其佛座高显，帐帏低垂，佛像庄严而崇高，且往往在内外空间的立柱上，尤其在主尊之像的楹柱上，有宣说佛法内容的楹联点缀其上，书体或雄放、或遒劲、或圆融。加以佛之造像的金光辉耀、佛像两侧的帷幔款款垂落，且无论佛的塑像，还是帷幔、彩柱等，都以金色、姜黄为其基调，而与整座寺院的外墙体的姜黄色相辉映，营构了浓郁的佛教氛围。加上高大的主尊之像，像前横置的长条供桌，供桌上的时鲜供品以及供案前的巨大香炉，香烟缭绕和香客的虔诚跪拜，每逢早课、晚课或者做佛事时僧众沉沉、嗡嗡的诵经与木鱼之声，还可能在早晚之际的晨钟暮鼓，凡此一切，都令人回肠荡气，崇佛之情得以宣泄。还有，大雄宝殿内部空间的左右墙间，往往供奉十六或十八罗汉像，对主尊佛像起到了强烈的烘托作用。

走出大雄宝殿，可以到一些偏殿去膜拜。一般大型寺院的空间环境中，多有菩萨殿（包括观音殿与地藏殿等）、伽蓝殿、祖师殿、藏经殿与五百罗汉殿等，足以让信众深深地感悟佛地的清净、庄严、神圣与崇高，又可能感受到中国佛教寺院的世俗生活情调。

一个院落又一个院落，一个景深又一个景深，到处可以感受佛的氛围。在院落之间往往遍植花木，四近常常山景蓊郁，景色幽静，令人精神宁和、心旷神怡。每每入得寺院，未必个个都是佛门弟子，一般细民百姓、贩夫走卒，或者达官贵人，种种人等，亦常常将佛寺认作游赏的好去处，在游赏之际，心灵也会受其感染。

少林疏影

尽管在中国佛寺中，资格最老的，当数洛阳白马寺，而迄今佛寺中最为著名的，大约是河南少林寺。

少林寺，在河南登封城西北15公里处的少室山北麓五乳峰下。这里有一大片密林，苍翠而葱郁，便有少林之称。

该寺始建于北魏太和十九年（495）.当时孝文帝礼佛，特为从印度来华弘教的高僧跋陀所修建。过了大约30年，著名高僧菩提达摩由广东，经南京，渡长江，最后落脚在少林寺，那是北魏孝明帝孝昌三年（527）。达摩是中国禅宗初祖，他在少林寺弘传禅法，广收弟子，传授一种称为"心意拳"的武功，终于门徒日众，声名大振，少林拳、少林功夫天下无双。

少林寺在初唐达于大盛。当时有达5000余间，住着僧众1000余人。这样的巨大规模，得益于唐王朝的支持。武功高超的少林寺佛门弟子，曾参与当年李世民的平叛，战功赫赫而使少林寺深得唐太宗的青睐。于是大赐田产，扩建寺院，发展寺院农业经济。尤其，太宗还特许寺内设僧兵，立盘营，俨然一个军事堡垒。佛门中人，不图清净，居然也舞动刀兵，不避血污，真乃出世入世，来往自由，也够世俗的了。

在历史上，少林寺并非一直香火很旺。清人顾嗣立有一首《宿少林寺》，其诗云："山游访古刹，荆棘苦蒙密。入寺眼忽明，当门拱少室。老柏翠苍天，疏影漏斜日。碑版多唐宋，斑驳映玉质。广庭岚气袭，单衣骤凛栗。何处发钟声，凉飒助萧瑟。"这里，把清代少林寺的萧疏、苦寒甚而有点儿冷落的环境氛围写出来了，寒钟古柏，残碑陈书，冷寂萧条。

然而，这仅仅是当时诗人眼中、心中的少林寺。实际上，即使在清代，少林寺也经过认真修缮。比方说，少林寺的山门即现在少林寺大门，始建于清雍正十三年（1735），1974年又经过一次修葺，而门额上的"少林寺"三字，是雍正前康熙的手迹。少林寺门外左右两侧，有修造于明代的石牌坊。山门之内，有数十通碑碣，构成天下少有的碑林一景。这里最可珍贵的，还有唐人书写与镂刻的《大唐天后御制诗书碑》，宋代书法家米芾《第一山》石刻，有明人题书的达摩面壁石。

关于达摩面壁，佛教史称其曾面壁9年，以参悟禅理，想是崇尚渐修的一路，与以后唐代六祖慧能所倡言的顿悟而不习禅的做法有别。

在规划、建筑上，少林寺现存的初祖寺庵，有一殿、两亭和千佛阁。其中，大殿建于宋宣和七年（1125），有石柱16根，石柱与檐柱、殿础石以及须弥座上，镂刻着飞天、卷草、水怪与麒麟等纹样。大殿之前，有古柏，遒劲而苍郁，传为六祖慧能手植，倒有1 300多年的历史了。

少林寺区域，设有二祖庵。二祖者，慧可也，北魏虎牢（今荥阳）人，曾从师达摩习禅，有"断臂"的传说，可见其志弥坚而精勤不懈，受达摩器重而传其衣钵。后，其弟子为慧可精神所感动，为纪念祖师传统，弘扬佛法，建庵供奉，便是二祖庵的来历了。此庵的主要建筑，为三楹式大殿，有数通石碑。殿前有四眼水井，相传为慧可所掘，井冽而甘，后人思之有味。庵之外，另建三塔，其中一塔挺秀，为唐武则天执政时遗构。

少林寺的天王殿尤为高巨雄伟，显得很是醒目。藏经阁是少林寺的"图书馆"，葬书丰富。藏经阁后有方丈院，1750年乾隆游嵩岳时曾住于此，故名"龙庭"。其南壁上，有石刻"面壁之塔"四字，为宋代蔡京所书。方丈院走廊之东，悬一口大铁钟，为元代遗物。

距少林寺不远，有塔林。都是砖石墓塔，凡220多座，形制不一，是历代和尚的坟墓。

少林寺文物之丰富，令人生羡。除前述外，千佛阁内，有五百罗汉朝拜毗卢遮那佛壁画，面积约300平方米，为明代文遗；白衣殿中，藏有清代少林拳谱、十三僧人救唐壁画；寺院保存唐以来石碑300余座，以李世民告少林寺主教碑以及苏东坡、米芾、蔡京、赵孟頫、董其昌与日僧邵元所书手迹、碑刻最为珍贵。少林寺是一个很"文化"的地方，其景观也美丽，古人所谓"岩壑深瞑入翠微，少林金碧雾烟霏"也。

五台古刹

少林寺在河南嵩山，与少林齐名的，是山西五台山佛教圣地。五台山位于山西五台县东北偶，是北岳恒山蜿蜒而至的五座山峰怀抱平广台地，故称"五台"。此即东台望海峰，南台锦绣峰，西台桂月峰，北台叶斗峰，中台翠岩峰。

五台山，也称清凉山。传说这里是文殊菩萨说法与显灵的道场。唐华严宗澄观国师《大方广佛华严经疏》云："清凉山，即代州雁门郡五台山也。于中现有清凉寺。以岁积坚冰，夏乃飞雪，曾无炎暑，故曰'清凉'。五峰耸立，顶无林木，有如垒土之台，故曰'五台'。表我大圣五智已圆，五眼已净。总五部之真秘，洞五阴之真源。故首戴五佛之冠，顶分五方之髻，运五乘之要，清五浊之灾矣。"以五台的地形特点，象喻佛教五方如来座，是自然景观的人文化、佛教化，作为文殊菩萨的说法、显灵道场，也是很"文化"的。

五台山开拓为中国佛教圣地之一，始于北魏孝文帝，与少林寺同时。据方立天《中国佛教与传统文化》所述，北齐时，五台山的寺院，已经有200多间的规模。隋文帝时，曾在五台山顶各修一寺。唐开元年间，由于文殊信仰大振而使佛寺规模急剧扩展，这可以从敦煌莫高窟第61窟现存《五台山图》见出。宋时，五台建寺72所。元代密宗盛行，五台山的密宗寺院大增，如元武宗曾征用军兵凡6 500人以建寺，可见其何等热衷。明万历年间，五台山的寺院，急增至300多所。清嘉庆之后，五台香火渐渐冷落，依然存有佛寺100余所。这里，还是汉式寺庙与喇嘛庙的杂处之地，此即所谓青庙与黄庙的相互映照。

五台山，现存佛寺凡47所，其中最著名的，是南禅寺和佛光寺等。

南禅寺，现存一个大殿，是中国现存最古老的寺院土木遗构，位于五台县西南22公里李家庄的西侧。该寺始建于何时，已难确考。据大殿平梁之下现存墨书题记所示，其重建于唐建中三年（782），比下文要说的佛光寺，还要早75年。

南禅寺正殿的开间不大，其平面为面阔三间，进深三间，殿内平面几乎为正方形。屋顶为单檐式。殿前的月台很是宽敞。屋檐举折平缓，使得其屋顶的坡度十分平渐而舒放，且屋檐出挑深远，使得整座大殿的空间意象，如大鹏展翅。而屋檐下柱头上的斗栱十分雄大，凡此，都充分体现了大唐雄风，是不可多得的一处遗构。

虽说其体量不大，而殿内空间不设立柱，证明中国建筑技术到唐代已臻较高水平，尤其建造在山野弊僻处，殊为难能。由于殿内无柱，使得其内部空间显得宽敞了许多。殿内设佛坛，宽8.4米；高0.7米，显得严正而端庄。佛坛上的造像，都是唐代彩塑。本尊释迦之像，为结跏趺坐式，禅坐于须弥座之上，作拈花手印。其左右有菩萨、弟子胁侍。彩塑个个体态丰润，面容饱满而闲雅，其服饰线条流畅而简洁，是典型的唐塑艺术风范。

南禅寺大殿，正默默守持着一方清凉世界，1 200多年的"人生"历程，风雨无碍，算得一个奇迹，是五台山佛教圣地也是中国佛教建筑文化的骄傲。

与南禅寺大殿可以媲美的，是五台山的佛光寺。此寺位于台南豆村东北大约5公里的佛光山腰，建于唐大中十一年（857），是仅次于南禅寺历史的现存大地之上最古老的寺庙原构。

该寺坐落于三面环山、西向地势跌落且疏朗开阔的地域，环境幽静，松柏苍翠，植被丰美。该寺大殿，为唐武宗"会昌灭佛"（845）不久重建的。大殿面阔为七间制，进深作八架椽，其屋顶为单檐四阿顶。在近1 200年的历史风雨中，佛光寺大殿经过多次修葺，大体保存了唐风唐貌。大殿的台基较为低矮，其平面由内外两圈柱组成柱网，继承了北宋《营造法式》"金厢斗底槽"的做法。内外两种立柱的高度相等，仅仅柱径有所区别。檐柱即外柱有生起和侧脚，使得大殿在造型上更为稳固。大殿亦为坡顶，坡度较为平缓，整座大殿的空间形象，很是舒展、安和的样子。其檐口与主脊，都呈现两端生起的曲线形，微微上翘，有轻盈感。柱高与开间的比率，接近于一比一，而外檐斗栱的高度，达到了柱高的二分之一，更显得斗栱雄大，十分醒目。加上柱径很大即柱子很粗，柱身粗壮和深远的出檐，充分体现出唐代建筑雄浑而有力的风格。

佛光寺大殿，是中国古建筑的一大瑰宝。此寺有"四绝"：一是其建筑为唐代遗存，实为难得；二是佛坛之上，有彩塑包括佛、菩萨、弟子、金刚与供养人的造像，凡35躯，都是唐代原作；三是保存了一批唐代雕刻作品，有石刻经幢，有诸多佛、菩萨、罗汉与力士的石雕造像；四是唐人墨迹。尤其值得一提的，还有佛光寺大殿南侧的祖师塔，作为始创佛光寺的禅师墓塔，是佛光寺现存之唯一的北魏原构。

宋人王陶（1020—1080）有一首《佛光寺》存世。其诗云："五台山上白云浮，云散台高境自幽。历代珠幡悬法界，累朝金刹列峰头。风云激烈龙池夜，草木凄凉雁塞秋。世路忙忙名利客，尘机到此应尽休。"可以由此领会该寺的佛教意蕴。

海天佛国

浙江普陀，中国佛教四大名山之一，是浙江东北部普陀县舟山群岛上的一方小岛，别名小白华。《华严经·入法界品》称，观世音菩萨曾住于普陀珞珈山（梵文potalaka，简称普陀）。于是，中国佛教信众，将这一大海中的小岛，称为普陀山，说它是观音道场。

普陀山成为观音道场，是历史与人文的塑造和积淀。相传唐代大中元年（847），有一位天竺僧人来华弘教，到后来称为普陀山的这个地方自焚十指，以示从佛的坚决和虔诚。果然感动佛陀，使得僧人在潮音洞前天目开显，亲睹观音菩萨现身说法。便在观音显灵处结茅为舍，以供奉观音。又传说有一位日本僧人，法名慧锷，属于日本临济一宗，曾在唐代多次来华。五代后梁贞明二年（916），当慧锷从山西五台山请观音之像回归东瀛时，岂料途径普陀山遇到狂风暴雨，白浪滔天，不能回归日本，只得滞留于此。日僧在冥冥中请示观音，得到菩萨不肯东渡的灵示。于是，慧锷便在普陀山潮音洞紫竹林修造一座寺院，名"不肯去观音院"，便是普陀山成为中国佛教圣地之一且为观音道场的起因。

在中国建筑文化的生成与发展中，往往富于优美或者凄美的神话传说，诸多古建筑在历史与人文风雨中屹立，久之就可能像雨后蘑菇破土而出一样，衍生出种种神话传说，遂令建筑文化顿生诗意，这在佛教、道教建筑中颇为多见；或者先有佛教经典或民间信众创造的神话传说出现和流传，再根据这样那样的神话"蓝图",建造佛教寺塔或道观等,普陀山观音寺院的建造理念就是如此。可见,一般建筑作为一种大地上的空间"美术",一种大地"宇宙",虽则其本身并非诗那样纯粹性的审美艺术,却与纯粹性的艺术审美,有亲缘的联系。

普陀山现有三大寺,以普济寺、法雨寺和慧济寺名闻天下。

普济寺亦称普济禅寺、前寺,是普陀山寺庙群中的主刹,现有佛殿凡586间,面积约达40 000平方米。位于普陀山梅岑山东、灵鹫峰下,始建于宋神宗元丰三年(1080),它的前身,便是"不肯去观音院"。初建时,赐名"宝陀观音寺",后数度废兴,饱经沧桑。清康熙三十八年(1699)获得重建,康熙赐"普济群灵"御匾,雍正九年(1731)再度扩建,顾现存的,主要是清式建筑。

普济寺建筑群,包括山门、天王殿、圆通宝殿、藏经楼、方丈殿和内坛等主要建筑,大致安排在一条中轴上,构成九重院落。其建筑的文化"语汇"比较统一,一色的琉璃瓦顶杏黄色墙壁,廊庑环绕,琳宫错落,画栋雕梁,飞彩流霞,空间造型庄严而巍然。

一般的佛教寺院,都以大雄宝殿为主殿,殿内以释迦佛为主像,普济寺因为是观音道场,不设大雄宝殿,而以圆通宝殿为主殿,此即观音正殿。殿高21米,面阔47米,进深29米,殿内空间宽敞而堂皇,殿为重檐歇山顶,显得巍峨而壮观。殿内正中供奉观音塑像,高8.8米,庄严而优美,有神闲气定之态、金碧秀逸之气。主像四周,又有观音三十二应身化身像,其间所塑老僧、尼姑、龙蛇与大鹏之类,或者芸芸俗人之像,都象征观音在"十方世界"愿力无边、普渡众生、大慈大悲、救苦救难的应、化之灵力,佛教氛围十分浓郁。

普济寺山门两侧有钟鼓楼,楼阁飞檐,很有特色。其三层楼宇,四柱通顶,气宇轩昂。值得一提的是,钟楼内有一口达钟,重达7 000斤,为清嘉庆十二年(1807)所铸。试想钟声撞响,似沉雷滚动,海天震撼,人心激荡,佛教的神韵与魅力,即在于此了。

普济寺的环境中,到处是各式书体的匾额和对联。"普济群灵"四字,为康熙御书(康熙三十八年,1699),高悬于大圆通殿;"狮子窟"三字,亦为康熙御书(康熙四十二年,1703),悬于方丈殿内。另在圆通殿前,有匾"应身慈济",为明代天启丙寅(1626)白毫庵主瑞图所书。今人所写的如"琉璃世界""普门总持""悲智双勇"与"华钟度水"等匾额,都是今人捐书的。而悬于山门殿前的匾额"普济禅寺"四字，由福建陈丽红等敬助、赵朴初敬题。

普陀寺内的楹联众多，有数十对，一般为今人的敬助和手迹。最早的，为1984年所敬书，联曰："忉利会上，集无量分身，亲受佛嘱；九华峰巅，展一衣覆地，永留真迹"此联悬于地藏殿内。"暮鼓晨钟，惊醒世间名利客；经声佛号，唤回苦海梦迷人"，1986年悬于藏书楼中。还有如："楞严会上独选圆通，法华经中普门大悲，上求下化，契机方能契理；极乐莲邦位继调御，娑婆秽土慈航倒驾，古往今来，成佛要在成人"，"大慈悲能布福田，曰雨而雨，曰旸而旸，祝率土丰穰，长使众生蒙利乐；诸善信愿登觉岸，说法非法，说相非相，学普门功德，只凭一念起修行"，"无住始为禅，十方国土庄严，何处非祇园精舍；有缘皆可度，一念人心回向，此间即慧海慈航"，"大肚能容容天下难容之事；开口常笑，笑世间可笑之人"，等等，可谓琳琅满目，都是劝人从善佞佛之言。

普济寺是普陀观音道场的主刹。每年观音诞辰日（农历二月十九）、成道日（六月十九）与出家之日（九月十九），这里香火尤盛，香客来自海内外，云集于此大做佛事，有时坐夜竟有数万之众。香火缭绕，诵经之声不绝，敬礼观音、崇尚慈悲之心竟如此虔诚，亦海天佛国之大观也。

普济寺地处普陀山风景尤胜之处，这里山岩俊秀，林木葱郁，远闻浩波拍岸，配以长空万里，真有苍茫辽阔之感。寺前还有一个放生池，称为海印池。池内澄碧如镜，微风过处，或游鳞偶见，有微漾之趣。每临盛夏，一池莲华净植，广达15亩水域，让人一洗尘俗，不由人想起宋代周敦颐《爱莲说》中的佳句丽辞。明人黄猷吉《游宝陀寺》（即普济寺）诗云："直为探奇过上方，居然台殿水中央。到知海岸真孤绝，遥望瀛洲亦渺茫。石洞寒潮鸣梵吹，竹篁明月放圆光。鲸波一洗烽烟息，仰见慈灵遍八荒。"普陀之悲天慈地，神奇峻幻，东南佛国之形胜耳。

峨眉梵音

与普陀山观音道场相媲美的，是作为佛教普贤菩萨道场的四川峨眉胜景。

峨眉山位于四川峨眉县城西南7公里处，这里山势高危，有大峨、二峨与三峨诸峰。主峰万佛顶海拔达3 099米，从山脚到峰顶，竟有50多公里之遥。千岩万谷，雾霭瀑流；云垂层林，气贯苍穹；绿海无涯，遮天蔽日。正如唐代大诗人李白所云，"蜀道难，难于上青天"。山高景深之域，有佛寺、道观隐没其间。

峨眉山原为道教圣地，相传开拓于东汉道教创始之初。时至唐代，佛、道并盛，峨眉山的佛教香火，也旺起来了。明清时，峨眉山佛寺建筑进入极盛期。当时梵宫佛寺，有近百座之多，一时善男信女，往来于蜀道之上，络绎不绝；佛殿前，香烟袅袅，虔诚跪拜，塑像庄严，气氛热烈，但信众所崇拜的，是普贤大菩萨。而清代后，这里的佛事日渐冷落，寺院多有破败，盛况不再。现存佛教建筑，1949年后曾两度修葺，整个峨眉山，有报国寺、万年寺、伏虎寺与清音阁等10余处，都是风景名胜。

万年寺，始建于晋代，唐称白水寺，宋改称白水普贤寺，明代定名为圣寿万年寺。

万年寺，普贤菩萨道场。这里有一则佛教的美妙传说，始传于宋代。古代有一个叫蒲翁的采药老人进山采药之时，忽遇普贤瑞相，尔后，老者便在现存万年寺落发为僧。又说，宋初乾德八年（968），嘉州地方官吏向朝廷奏说普贤显灵事，朝廷便派遣内侍张重进前往峨眉山，塑普贤菩萨骑六牙白象之像，宋太宗太平兴国五年（980），再造一躯巨硕的普贤骑六牙白象铜像，安放于白水普贤寺内。从此，这里便成为朝拜普贤菩萨的佛教圣地。铜像通高7.3米，重达62吨，一个庞然大像，作为"镇寺之宝"，普贤像体姿丰硕，神情肃然。

在建筑上，万年寺原有殿宇七重，其规模不可谓不大。由于数度兴衰，如1946年曾遭大火之焚，故仅存一个砖殿，为明代遗构。1953年，万年寺的山门、厢房与两重殿宇得以重建。

现存万年寺砖殿，为无梁殿，在建筑技术、结构上，有高超的特别之处。殿的高度为16米，边长15.7米，使得殿内空间的平面，近似于正方形，给人以严正静穆之感。其屋顶，并非一般的人字形两坡顶，如锅一般覆盖其上，呈为拱形，而其下为方形。该殿的墙体、窗棂甚至斗栱，全部以砖砌成，技术含量很高，实在是很有些别致的。殿内的墙壁下方，设佛龛24个，其形制，有点儿类似石窟寺。佛龛内，各请一尊佛像，以铁铸就。墙壁上方，砌出横龛六道，供奉铜制佛像凡307躯，其造型小而古朴，做工尤为精细，是文物价值很高的宋代之作。

万年寺砖殿的右侧，是白水池。池中产一种峨眉山特有的鸣蛙，亦称琴蛙。据中国佛教传说，唐代有一个和尚广俊，曾在此弹琴，在琴声中得以精神的静寂。琴声早已消失在历史的繁响之中，却不料感动于亘古的自然，使得从此蛙鸣声有如琴奏。每临夏夜，月朗星稀，万籁俱寂，而蛙鸣一片，此起彼伏，犹如佛的意境。明人杨廷枢《宿万年寺》一诗云："清风卷雨出仙径，明月竹阴入佛堂。朝夕忙忙何日了，不如到此披袈裟。"清岚明辉，竹荫沐雨，一领袈裟披身，在晨钟暮鼓中，舍弃了尘缘，清净了吾心，该是佛的福地。

九华幻境

与五台山、普陀山、峨眉山同列中国四大佛教名山的，还有安徽九华山。

九华山在安徽青阳县西南，方圆百余平方公里之内，有九十九峰。其中，尤以天台、莲华、天柱与十王等九峰最为险峻。原名九子山。唐李白有诗咏九子诸峰云，"昔在九江上，遥望九华峰。天河挂绿水，绣出九芙蓉"，从此，这里以"九华"名山，改称九华山。

九华之险，天下闻名。山间溪瀑流泻，怪石嶙峋；古洞幽深，苍松凌寒；篁丛塞路，小径崎岖；枯叶零落，绿荫蔽日；游鳞深潜，奇峰插天。这里自古地则"处女"，人迹罕至。此唐刘禹锡之所以有诗云"奇峰一见惊魂魄"也。"天下名山僧占多"，在九华山营构佛教寺院，真有"青青翠竹，尽是法身；郁郁黄花，无非般若"之幻境。

佛教看得"四大皆空"，不恋红尘，所谓人事兴衰，草木荣枯，生老病死，时序变化，无一不是空幻。而绝对地看空一切，不免陷入"顽空""恶趣空"的烦恼之中。离弃空、有（假有）二边，而不执取中道（中道者，按佛经言，乃"毕竟空亦空"之境也），是谓中道实相之观。此观，悟也觉也。自然景观虽为"假有"，然而倘无"假有"，空以及毕竟空（中道实相），亦无从悟得，便是"即色"而空。"行到水穷处，坐看云起时"，"诗佛"王维的这两句，是叫人真正悟得"行到水穷"（空）时，却依然还得"坐看云起"，观悟"假有"，不将"空"看得绝对了，而是"即色"而悟。这亦便是大凡佛经寺院包括九华山的佛教寺院，多建于风景尤胜之处的缘由了。在世俗入世的眼光里，自然美的种种景观，是美感的源泉，在佛心的觉悟中，却是悟佛的媒介，故为佛教诸多宗派所"方便"，并非仅仅中观一派。

九华山，是地藏菩萨的道场，始建于晋隆安年间。唐永徽年间，有新罗（古朝鲜）金乔觉来至于此，金乔觉称地藏菩萨转世，遂辟地藏王显灵道场，大造佛寺以供奉礼拜。这一佛教神话传说，是佛教崇拜的一个体现。

按佛典所言，地藏者，所谓"安忍不动犹如大地，静虑深密犹如密藏"，故名地藏。《地藏讲说》云："梵号叉底俱舍，密亦号悲愿金刚，今号地藏萨陲也。"在弥勒未生之前，地藏菩萨自誓必尽度六道众生，始愿成佛。其发愿现身于天人与地狱之际，以拔离苦厄。其状圆顶，手持宝珠与锡杖，或即为阎罗之化身也。佛典又称，释迦佛灭度1 500年后，地藏降迹于新罗国王家族，金姓，号乔觉，正值中国唐永徽四年，从新罗航海来华，至今安徽青阳县（古属池洲府）九华山，端坐九华山顶75载，于唐开元十六年七月三十夜成道，寿99岁。当时有阁老闵公，素怀善念，每斋百僧，必虚一位，请奉入座，此即地藏也。地藏入定凡20年，至德二年七月三十日，因所谓显灵而起造寺塔，显灵者，迷信之言也。

这些，都是佛教的神话传说，虚构得神秘兮兮的，富于"诗意"。其实，佛教就是建构于心灵虚拟之上的。依此虚拟信仰，便大规模地营构寺塔，以为崇佛的寄托。

九华山佛教圣地全盛之时，有佛寺300余所，僧尼4 000多人，所谓"佛国仙城"，名符其实，佛教崇拜之迷狂，曾经何等炽热。

九华山现存化城寺，位于九华山中心地域，其四周环山如围城，有东崖、芙蓉峰、神光岭与白云峰等雄视四野。

这里，且先按下佛教传说不提，其实九华山佛教寺塔的始建，在晋代隆安五年（401），在中国佛教建筑史上可算是相当早的。当时，有一天竺僧人怀渡在此弘传佛法，建茅庵崇佛。又据唐隐士费冠卿《九华山化城寺记》，开元年间，有僧人檀公曾居于此，建寺称"化城"。唐至德初年（756），当地乡绅诸葛节购得檀公旧处田土，重建新寺，并邀新罗僧人金乔觉入寺主持。建中初年（780），池洲郡守张岩奏请朝廷移旧额"化城"于该寺。贞元十年（794），金乔觉年九十九圆寂，僧众示其为地藏化身，由此化城寺成了地藏菩萨的道场。

化城寺与帝王的关系尤为密切。据吴英才、郭隽杰《中国的佛寺》一书所述，明洪武二十四年（1391），由帝王钦定扩寺为丛林；明万历年间，朝廷曾先后二度颁赐《藏经》于该寺；1603年，该寺住持僧量远赴京都，朝廷赐予紫衣；清代，池州知府喻成龙于1683年扩建该寺，化成寺遂成了九华山众寺之首。1703—1765年的62年间，康熙曾经三度派遣内侍赴九华山化城寺进香礼拜，且御赐匾额"九华圣境"，1776年，乾隆又赐额"芬陀普教"。

化城寺又名化成寺，为"九华胜景"之开山。寺依山而建，前后四重进深。山门面阔五间，长六丈，高二丈，门廊内的石柱上镌刻两副楹联。一联云："华锷峰前香云缥缈，化城寺里花雨缤纷"；另一联云："大圣道场同日月，千秋古刹护西东"。

进山门第一进为灵官殿；第二进为天王殿，宽20米，进深20.5米；第三进是正殿，其宽大于天王殿，而其进深也是20.5米。该殿饰有"九龙戏珠"浮雕，在佛寺上出现儒家政治帝王的龙像装饰，亦中国佛寺的一大奇观。龙本为原始图腾的文化现象，其后发展为封建帝王的权威象征，帝王的政治象征展示于佛寺文化，是儒家政治伦理向佛教的渗透，也是佛教中国化的标证。

该寺正殿的正脊上，装饰以彩瓷，呈为葫芦造型，两端的正吻上，作鱼龙之造型。正殿一副楹联很是醒目："愿将佛手双垂下，摸得人心一样平"。佛教宣说"平常心"，佛手双垂，喻不取名利，撒手人寰，不起欲念，无所执著，此即"平常心"矣。

最后一进即第四进，为藏经楼，三层建筑，其高20米，进深14米，是化城寺的"图书圣地"。

有趣的是，化城寺的四进院落，依山势而建，步步抬高，使得整座寺院，层层递进，院院生高，建筑"语汇"清晰而错落有致。

化城寺又称莲宫，唐人韦应物有诗《题化城寺》云："平高选处创莲宫，一水萦流处处通。画阁昼开迟日畔，禅房夜掩碧云中。平川不见龙行雨，幽谷遥望虎啸风。偶与游人论法要，真元浩浩理无穷。""真元"者，佛之空寂也；"法要"者，佛法之要旨耳，"不见（现）""龙行"之雨，喻寺之龙饰，作为中华本土的帝王政治意义，已消融于佛法佛境，故能"遥望"虎之"啸风"，悟得佛教真谛如"狮子吼"一般，惊心动魄。

"灵隐"的传说

说起灵隐寺，立刻想到唐人宋之问的那首《灵隐寺》：

鹫岭郁岧峣，龙宫销寂寥。

楼观沧海日，门对浙江潮。

桂子月中落，天香云外飘。

扪萝登塔远，刳木求泉遥。

霜薄花更发，冰轻叶未凋。

夙龄尚遐异，搜对涤烦嚣。

待入天台路，看余度石桥。

灵隐寺，在浙江杭州西湖西北的灵隐山麓，面对灵鹫峰即飞来峰。灵隐这一称名，源自一则佛教传说。

东晋咸和初年，印度佛僧慧理见飞来峰高耸入云，慨然叹曰："此天竺灵鹫山之小岭，不知何年飞来。佛在世日，多为仙灵所隐。"明明是中国一山之峰，偏偏称说"此天竺灵鹫之小岭"，印度和尚的"爱国主义"亦是可爱。不过倒道出一个事实，中国佛寺文化受印度佛教影响之深。飞来峰既然从印度"飞来"，足见"佛法无比"矣。清人汪适荪《游飞来峰》有云，"峰峰形势极玲珑，灵根秀削摩苍穹"，"恍疑羽化欲登仙，此峰自合名灵鹫"。把个飞来峰形容得形神兼备。问题在于"飞来"之喻是佛喻，并非指道教的"羽化登仙"。

飞来峰的"灵根"，源自印度，在此建寺，取名"灵隐"，可谓却到妙处。

杭州灵隐寺，中国十大古刹之一，为东南第一大寺。唐时被废，至五代修复，由吴越王钱俶命高僧俗名王延寿的扩建寺院，当时该寺规模，主要有所谓九楼、十八阁、七十二殿和石塔、经幢各两座，有房舍1 200余间，僧众3 000余人，可谓盛极一时。

灵隐寺，又名云林寺。这个，可以此寺现存天王殿上高悬的"云林禅寺"四字匾额为证，为清康熙南巡时手书。

康熙二十八年（1689），帝巡杭城，来至灵隐寺，便信笔为之题名（历史上，康熙、乾隆二帝尤其爱好到处题字）。刚写了"靈"字上部的"雨"，突然发觉这一部首写得太大了，弄得下面那么多笔画不好安排了。正在窘迫之际，站在一旁的礼部尚书高士奇（杭州人）十分机敏，他假装上前为康熙磨墨，将右手掌向皇帝略微一摊，康熙只见其掌心里，已经写就了"雲林"二字。也就将错就错，在其写僵了的雨字下部，添写了一个"云"字，再续书"林禅寺"三字。于是，灵隐寺因为康熙的笔误，又别称"云林禅寺"。

此事是否真实，这里暂且不论。倒是由此可以见出，伴君如伴虎的帝王的幕僚，倘要混得官声煊赫，是着实有些不易的。帝王有思想主见的时候，你应当没思想没主见；帝王没思想主见时，又应当急中生智，顷刻拿出思想主见来，为其主子分忧。

灵隐寺的平面布局，可能由于地形的关系，其山门并不安排在天王殿之前，而是在天王殿旁，与山门并列。

天王殿里，自然有弥勒坐像，背后是韦陀立像。弥勒像的两侧靠壁处，一边两座，是四大天王像。

天王殿之后，过庭院，登月台，便是大雄宝殿。殿高33.6米，与天王殿处在一条中轴之上。大殿内的释迦主佛像，尤为高显，为9.1米，可以想见此殿空间的何等高敞。殿内的佛像是金装，辉煌得很。

主殿旁，还有五百罗汉殿，殿内的罗汉塑像，形象各异，生动传神。

为求烘托大雄宝殿的高巨和庄严，其左设联灯阁，右有大悲阁。

殿前左右，有两座石塔，皆为八角九层，这样的空间安排，是比较少见的。中国最早的寺塔空间关系，一般是塔建于寺院空间之中。后来演变为，在寺院的近处建塔。或者寺、塔分建，只建寺或只建塔，灵隐寺这样安排空间，是有些回溯于古风的。

灵隐寺前，还有一座冷泉亭，将原本中国传统的园林因素，引入于寺院景观之中。

整座寺院的布局相当不错，佛相庄严，环境幽雅。寺境中古树苍郁，冷泉流漪。"飞来"这一神话，增添了该寺的诗意。

灵隐寺名气很响，香火很旺。古时为其吟联赋诗者不少。有一名联在山门两侧，出自元代书家、画家与诗人赵孟頫：

> 龙涧风回万壑松涛连海气
> 鹫峰云敛千岩桂月印湖光

在天王殿，也有一联：

> 峰峦或再有飞来坐山门老等
> 泉水已渐生暖意放笑脸相迎

唐诗人白乐天有《题灵隐寺红辛夷花戏酬光上人》一诗，共四句："紫粉笔含尖火焰，红燕脂染小莲花。芳情香思知多少，恼得山僧悔出家。"作为"戏"作，真意或然在于揶揄佛门中人。诗中所言"红辛夷花"，又称木笔、木芙蓉，即唐诗人王维名诗《辛夷坞》中写到的芙蓉花，花开或为红色，含苞待放时，状如笔尖。白居易此诗是说，在这佛门净地，却有辛夷花如火如荼，不由勾起"芳情香思"，心猿意马，出家为僧，见此则烦恼顿生，后悔莫及。佛教为"解脱"之教，而尘心、机心、分别心作为尘缘，是颇难解脱的。一旦斩断尘缘，便是脱离苦海而涅槃。但愿佛门中人，尽皆跳出轮回，破心中贼，便也不枉建造灵隐寺的初衷了。

"天童"的寂静

1991年暑假，与同好去游访浙江天童寺，心中自然无所谓皈依佛门的念头，而游寺以来，却一直没有忘记那一次游访，心想人生一世，大约也可以不妨在寺院里憩息一时的。

天童寺给人的总体印象，是寂静，寂静得令人惊心动魄。却未能明晰这难得的寂静，究竟来自寺院建筑、环境还是寺院中的佛教塑像，或者来自所有这一切因素的综合。

王维《鸟鸣涧》诗云："人闲桂花落，夜静春山空。月出惊山鸟，时鸣春涧中。"月华东升，本是无声，何以"惊"起山鸟？究竟是山鸟受惊了，还是诗人的内心受"惊"，是什么让人受"惊"？凡此，是深奥的佛学、美学问题。

以我浅"笨"的领会，此诗明写山鸟，实际受"惊"的，非山鸟，而是诗人自己悟禅的一种心境。惊心动魄、摄人心魂的，恰恰是佛禅的空寂。

欧阳修《秋声赋》写道，"欧阳子方夜读书，闻有声自西南来者，悚然而听之，曰：'异哉！'初淅沥以潇飒，忽奔腾而砰湃，如波涛夜惊，风雨骤至"，"予问童子：'此何声也？汝出视之。'童子曰：'星月皎洁，明河在天，四无人声，声在树间。'"这一名文，把那"无声之声"也便是明月秋夜的寂静，写得有声有色、磅礴辉煌，其间充满了禅悟之境与禅悟之灵慧。

在天童寺游观，我也仿佛领悟到了禅境寂静的氛围和力量了。

那次，与同好步入天童寺山门，只见浓荫蔽日，满目苍郁。从烈日当空，一下子来到这佛门清净之域，一种透入肌肤的凉爽渗入心田，熨帖而销魂。轻轻缓步于石板路，脚下发出鞋脚踩下的细屑之声，似绵雨轻柔地飘落在绿叶上，夏日的阳光，从高树浓荫间的透射下来，使得移动的人影似有若无，仿佛深感寂静的沉重的力量，耳边传来一二蝉鸣。

忽见偌大一座寺院，已经立在眼前了。它坐落在略微平展的坡地上，其背后是葱郁的山色。重檐琉璃顶，高俊而博大。

静静地来到大雄宝殿，只见正中供奉三世佛坐像三尊，佛相庄严，金碧辉煌。三世佛像前，设阿难、迦叶立像，两侧壁间，是十八罗汉坐像。

分明有一种寂静的氛围笼罩了一切，几乎经不住喧嚣之外的静默。不知为什么，那次游天童寺，从进寺到离寺而去，游伴们竟然彼此都没有说过一句话，表情默默而内心激起了"轰鸣"。是的，此时的任何话语，都已经无力而变得多余，就连这里正在回忆的"陈词"。

正如宋人薛嵎《天童寺》一诗所云：

> 佛界似仙居，楼台出翠微。
> 浙中山水最，海内衲僧归。
> 草树有真意，禽鱼尽息机。
> 禅房无别事，惟见白云飞。

天童寺是禅宗的著名古刹，位于浙江鄞县离宁波30公里的太白山麓。此寺庙始建于晋代永康元年（300），当时有僧人在此结茅为舍。唐开元二十年

（732），僧人法璇在此建造寺院。唐至德二年（757），僧人宗弼因嫌原寺所处"风水"不佳，故择"佳壤"别造新寺。这便是现存天童寺。"天童"正式赐名于唐乾元二年（759），称"天童玲珑寺"。唐咸通十年（869），更赐以"天童寺"之称。北宋景德四年（1007），又改为"景德禅寺"。明洪武二十五年（1392），最后册定为"天童寺"。

太白一作天童山，寺名起于山麓之称。佛典云，以太白星化为天童降落而成就此山，故天童是上天的恩赐。又，天童者，佛界护法诸天现为童孩而给侍于人者也。《释门正统》称为"天童给侍"。《法华经》亦说"天诸童子，以为给侍"。故此寺名为"天童"，寓"普渡众生"之义。

天童寺建造于群山耸幻、层峦叠嶂之间，有南山晚翠、东谷秋江、西涧分钟、双池印景、深径回松、清关喷雪、风岗修竹、平台铺月、玲珑天凿与太白生云等十大景观，它们与天童寺一起，成为古今闻名的佛教风景胜地。

广胜寺"意外"

山西洪洞广胜寺，始建于东汉桓帝建和元年（147），是中国汉地较早建造的佛教寺院，主要包括上寺、下寺，还有水神庙，初名俱卢舍寺。上寺位于山顶，下寺建在山麓，二者相聚约一华里余。

在历史上，广胜寺数度废兴，大凡为地震或兵火所累，还有则废于年久失修。唐大历四年（769），为中书舍人郭子仪上奏朝廷而重修，宋金战乱毁于兵灾。重建后，时至元大德七年（1303），又为地震所毁。两年后即大德九年（1305），得以重修。明清时再废再建，如清代康熙三十四年（1695），又毁于地震，遂重建上寺大雄宝殿和飞虹塔。

从该寺庙的现存建筑年代看，上寺除大雄宝殿与飞虹塔，基本为明代遗构；下寺基本是元代建筑。

广胜寺的平面规划与建筑安排，一般遵循中国古代寺院的基本形制，也有其自己的特点。最显著的，是将整座寺院，分成相距不远的上下两部分，这在所有中国古代寺院中是少见的，之所以如此，大概是受自然地理、地形条件限制的缘故。

上寺的基本形制，由山门、弥陀殿、大雄宝殿、毗卢殿、观音殿、地藏殿、飞虹塔和厢房、廊庑等建筑所构成。

山门同样是广胜寺的建筑"序幕"，山门之内，设塔院，建有至今闻名于天下的飞虹塔，将佛塔建于寺区中而构成塔院，是因袭了中国最早期佛塔建于寺庙区域的旧制。此塔平面为八角形，象喻佛法的"八正道"，高度现测为47.31米，在所有中国古塔中，不能算是很高的，而建于寺院区域以内，尺度上就显得很是高巨。塔身为砖木结构，十三层，密檐式，各层皆有浅短的出檐，檐下做出斗栱，而塔的中腹是空的，设有级梯，故可供人攀登。从塔的外观看，其最大的特点，是在其各层外面砌以彩色琉璃，分黄、绿、蓝三色，十分鲜艳，做工到家，以底下第一、二、三层最为精致，是中国现存琉璃塔中的佼佼者，且在斗栱和倚柱处，饰以佛、菩萨、金刚、力士之像与盘龙、花卉、鸟兽等图饰。

弥陀院为面阔五间，结构上的特点，由六根大爬梁承载屋顶的重量，实际减去了两缝梁架，这在建筑结构上，称为"减柱造"，很是少见的一种结构法。殿内供奉"西天三圣"塑像，为弥陀佛居中，以观世音、大势至菩萨为胁侍。殿的东壁上，是满壁佛教主题的图画，主要是三世佛和诸菩萨的形相。

大雄宝殿是整个寺院的主题建筑，为悬山式、五间制。殿内正中设木雕佛龛，龛内供佛像，造像手法丰富，有的圆润丰硕，佛相庄严，有的品相优渐，娟娟可人。

毗卢殿，亦为五间制，庑殿顶。这是一个例外——一般而言，整个古代建筑的屋顶样式，在伦理等级上，以庑殿式为最高，其下依次为：歇山式、悬山式、硬山式与攒尖式，等等。该寺庙大雄宝殿的屋顶样式的品级，反在毗卢殿之下，这在中国古代寺院建筑中，是极为少见的，说明建寺时，有不尊传统伦理的一面。或是因为造寺之初，在佛教观念上，毗卢佛甚于释迦佛的缘故。殿内主要供奉毗卢、弥陀等三佛像，还有侍胁菩萨和护法金刚等像，壁间木雕佛龛里，供有三十五尊小型佛像，都是铁铸之作。四壁间的彩绘与圆雕等，艺术性很强。毗卢殿区域，还有数十座碑，碑文的字迹因时久而有风化之损，显出历史的深沉。

下寺亦设山门，但不设大雄宝殿等，可见整个广胜寺，是以上寺为主的。这里，还有前殿、后殿和垛殿等建筑。山门为三间制，是一般寺院的通常形制，虽为单檐，却造成了一个歇山顶，其前后两檐，有出挑的雨篷，是元代的遗制。前殿、后殿的称谓，也是广胜寺所特有的，在其它寺院十分少见。前殿为五间制，悬山顶，殿的内部空间高敞，是因为殿的建筑结构，又运用了"减柱造"。殿内只有两个立柱，用大爬梁作为屋顶的承重构件。

后殿为元代遗构，据考，建于元至元（1309），其屋顶取悬山式，不料为七间制，又是一个"意外"。中国古代建筑的屋顶形制，以九间制为最高，一般使用在皇家宫殿的主殿建筑上，如明清北京紫禁城的主殿太和殿为九间制（清代修缮时，改为十一间，但其两个稍间是暗间，所谓十一，是对九间制的强调）。九这个数字，在《易经》中称为老阳，在政治伦理上，是最崇高、神圣的数，表示尊显独一的皇权。除了太和殿，其余如十三陵中长陵的祾恩殿和山东曲阜孔庙的大成殿为九间制，等等。因而，这一后殿的七间制，已经是相当高等级的制度了。殿内塑立三世佛，以文殊、普贤像为胁侍。三世者，过去世、现在世、未来世，佛教将所谓的三世，看作是众生的一个连续系统，彼此有因果联系。

佛教界称广胜寺有"三绝"，即飞虹塔、赵城金藏和水神庙壁画。这里且略说赵城金藏。

在古代，山西洪洞称赵城。宋时，有一部木刻版大藏经，为汉译善本。其中有唐玄奘从印度取经而回的梵文经卷，非常珍稀，几可与《永乐大典》《四库全书》《敦煌遗书》并列。元世祖中统二年（1261），广胜寺供藏一部金代大藏经，故称"赵城金藏"，藏于广胜上寺，原有6 980卷，约6 000余万字，堪称旷世国宝。

1931年冬，"我国著名学者朱庆澜、叶恭绰等人，在西安市的开元寺和卧龙寺相继发现了举世罕见的宋元刊本《碛砂藏》。回到上海，立即成立了'上海影印宋版藏经会'，将《碛砂藏》运到上海影印。整理中发现《碛砂藏》有所散佚，1932年派该会常务理事范成去西安寻访收集。范成在巡访中，偶然听说广胜寺有许多古本藏经，即于1933年春到广胜寺察访。在广胜寺看到《赵城金藏》，范成大吃一惊，喜出望外，从中发现我国元明以前丧失的许多经论原文。"①也就在1933年，本是和尚的范成在广胜寺发现的这部经典，藏于该寺的上寺藏经殿。

---

① 李婷：《这套"天壤间的孤本秘籍"，在抗战时期经历了怎样的九死一生》，《文汇报》第九版，2020年12月3日。

发现《赵城金藏》的消息公开后，引起日本多方的觊觎。日本"东方文化研究所"愿以22万银元收买，遭拒收买未成，便图谋掠夺。1937年初，正值抗战的艰苦岁月，力空大德任广胜寺主持，为避日寇强掠这一国之重器，便将这一宝典，秘密移藏于下寺。1942年4月25日，在山西洪洞、太岳中共抗日根据地党政的配合下，组织80多人的队伍，连夜秘密地把《赵城金藏》运抵根据地。其间，中共地委以运公粮为名，在茫茫夜色中潜入广胜寺下寺，取经卷时，由于藏经殿的楼梯，很是艰难地将经卷从寺壁的窗户逐一递出而装车，从晚上八点一直忙到午夜十二点，才得以安全地将国之重器，驮运到安全地区。"在接下来的五月反'扫荡'中，地委机关同志身背经卷在崇山中与侵华日军周旋。由于行军战斗频繁，携带不便，深恐散失，这些经卷又被分别藏在山洞、废煤窑内，派人看管。"①几经风险，先是存放于太岳区二地委机关驻地安泽县亢驿村，又转移到太岳区党委驻地沁源县，最后藏于太行山涉县，此时抗战已经胜利了。

1949年5月21日，《赵城金藏》运抵北京，安全入藏于原北京图书馆。据中国国家图书馆正式编号，"金藏"现存凡4 813卷。此为上世纪80年代中叶任继愈主编《中华大藏经》的不二底本。尔后，又将《中华大藏经》一部，回赠于广胜寺珍藏，广胜寺成为1961年第一批国家文物保护单位。"金藏"散佚的部分，上海图书馆12卷，上海博物馆1卷，北京大学图书馆7卷，广西博物馆2卷，河北大学图书馆1卷，中国台湾地区图书馆3卷，此外日本一些博物馆与大学图书馆40余卷，德国巴伐利亚图书馆1卷，还有些经卷流散在民间。万幸的是，《赵城金藏》的绝大部分，珍藏于国内，广胜寺有巨大贡献。

石窟寺寻踪

古往今来，中华大地之上，佛寺之多，不知凡几，前文所叙，挂一漏万罢了。

在中国佛寺中，有一种"另类"，不同于一般的汉地寺院，便是石窟寺。石窟寺，另一种样式的中国佛寺。窟者，本指"土室"。初民住在自然山洞里，不事修缮或者稍事修缮，距今约18 000年前的现北京周口店"山顶洞"者，便

---

① 李婷：《这套"天壤间的孤本秘籍"，在抗战时期经历了怎样的九死一生》，《文汇报》第九版，2020年12月3日。

是一种原始"土室"。尔后智力渐开，在山坡或者平地上开掘洞窟，开始了文明前的"文明"的生活，便是穴居。这种"土室"，便是进化了的"土室"。《礼记·礼运》说："昔者先王未有宫室，冬则居营窟。"窟，本为地下居穴，后发展为在地上累土为窟。《礼记》疏云："地高则穴于地，地下则窟于地上，谓之地上累土为窟。"此是。

这里所言石窟，指中国佛教建筑的一种特殊样式，其开凿的文化理念，源自印度入传的佛教及其石窟寺形制，其文化传承与创革关系，有如中国佛塔源自印度佛教及其窣堵坡一样。

印度石窟寺，作为礼佛的一种建筑环境，有"支提"（caitya）与"精舍"（vihara）两种类型。前者的平面，一般呈为前方后圆形，俗称马蹄形。进入窟内，可见一个长方形的平面，由此平面、窟壁与窟顶，构成一个空间，是僧众集会礼佛、说戒受忏的场所，其功能类于一般佛寺的殿宇。再入内，是一个连接长方形平面的半圆形平面，在半圆形的中心，安置一座舍利塔柱，此柱周围的空间，供佛徒绕塔柱礼佛，气氛神秘而神圣；后者的平面，一般为方形，窟室的后壁，安置舍利塔柱，或设讲堂。又在窟壁上，拓出许多小窟，其空间仅为七、八尺见方，作为信徒栖身之处。所有的小窟，都面对着方形石窟大空间，这里是佛僧说法、礼佛与居住的场所。

中国石窟寺文化，是印度石窟寺文化的中国化本土化。

从两汉之际佛教入渐于中土，有一个逐渐被接纳、创变的漫长的历史过程。佛教东来之初，有关石窟寺的建筑理念，可能同时传入，而从现存中国石窟寺建筑实物看，直到南北朝时期，才迎来其大事开凿的春天。

据有关资料，南北朝时，凿崖营窟之风，遍及中国的西部和中原地区，此后经历了一个宗教迷狂的长期岁月。如云冈"西部五窟"与"龙门三窟"，为北魏时所开凿。《续高僧传》称，北响堂山石窟，是北齐高欢的"灵庙"。从西到东，开凿之风，彼伏此起。尤其在山西、甘肃等地，凿事尤勤。就连偏于东南的浙江、远在关外的辽宁，现在也有石窟遗存。一个多世纪中，山西大同的云冈与天龙山、甘肃敦煌的鸣沙山和麦积山、河南洛阳的龙门以及河北北响堂山等石窟寺，都竞相登上中国佛教建筑的历史、文化舞台。

最早的中国佛教开凿石窟寺之风，始于现新疆拜城克孜尔。克孜尔"千佛洞"，大约始凿于三世纪的东汉末年，那里是东来印度佛教"灵光"最早照到的地方。宿白《中国石窟寺研究》一书说，"中国开凿石窟寺约始于三世纪，盛于5—8世纪，最晚的可到16世纪"。总是先传入古时的西域，即今新疆、河西走廊与甘肃等地，尔后才进入中原汉地等。据金维诺《中华佛教史·佛教美术卷》，除以克孜尔为最早外，中国佛教石窟寺的开凿时序，在南北朝大约主要为：凉州石窟、炳灵寺石窟、麦积山石窟与敦煌石窟；陇东南北石窟寺、须弥山石窟；高昌石窟、云冈石窟、龙门石窟、巩县石窟、响堂山石窟和天龙山石窟等。就克孜尔而言，古属龟兹，辖现新疆库车、拜城等地。"龟兹的佛寺遗存规模较大的有两处，第一处在库车城北约20公里的苏巴什遗址，位于北山南麓，有河流贯其间，遗址分布在河岸的山坡台地上，称'东西苏巴什'。遗址中心有塔，周围环绕若干庙宇和佛窟"，"第二处在库车西南约25公里处，寺院遗址坐落在渭干河东西两岸，俗称'色乃当'，分东寺和西寺。据学者先后考察，在遗址内发现佛殿和寺塔建筑（遗迹），并采集到唐以前的器皿及佛像残片，沿河而上即库木吐喇石窟"①。故克孜尔石窟，亦可称"龟兹型窟"。据考古，克孜尔石窟，有洞窟236个，其形制约为三类：覆钵顶方形窟；平面方形的僧房；用于右旋礼佛的中心柱窟。②无疑保存了较多的印度风格。

作为中国石窟文化的初创之作，技术、艺术上一般不够成熟。如云冈石窟第十六至二十五窟的窟室，平面是不甚规则的椭圆形，为现存石窟平面形制所极少见，可能为开凿时所形成，在技术上较易把握，规整的方形或圆形，在技术、艺术上一时还达不到。同样，窟顶、壁面都没能经过细致的美学意义的加工处理，是一个个比较生糙的石窟空间。其空间的布局也不甚合理，窟门亦较简陋。

尔后，凿窟的技艺大为进步，平面取较严格的方形，契合于印度的规制，又符合中国传统建筑平面的一般规则。如晚于云冈的敦煌莫高窟，即为如此。其窟内空间的装饰也逐渐丰富起来。窟口设门，多雕以火焰纹卷面装饰。为求采光，有的窟门还设有方形小窗。公元五世纪末、六世纪初所开凿的麦积山、响堂山与天龙山等石窟，中国化的特点更为鲜明，尤其在窟口大做文章，有些

① 金维诺：《中华佛教史·佛教美术卷》，山西教育出版社，2013，第28—29、29页。
② 按：参见金维诺：《中华佛教史·佛教美术卷》，山西教育出版社，2013，第29、30页。

窟口做出列柱前廊，使得整个石窟外观，似乎以木构殿廊昭示于天下，窟内的天花技艺，亦运用颇为娴熟，连柱础、栌斗、阑额、斗栱、卷杀与廊艺装饰等都有了，终于把"外来和尚"的"家"，改造成中国人习惯与喜欢的样子。

隋唐时期，中国佛教文化进入巅峰期。石窟寺文化，也放射出炫目的光辉。唐代凿窟之风再掀，几被华夏。它第一次进入了蜀道难登的"天府之国"四川，无论朝野百姓、帝王贵胄，都企望努力开凿以诚心礼佛，追求凿建寺窟的圆满功德。石窟寺的形制丰富起来，不再拘泥于印度"支提"窟等的原型，手法多变而形象大异。有的石窟寺空间广大，再一次体现出中国传统建筑"尚大"的文化心理欲求。大空间的石窟寺，甚至可以使一座17米高的佛像容身其间。或热衷于开凿小型石窟，小到只能容纳20—30厘米的小浮雕佛像，犹如在佛塔表面形塑许多小小佛像那样，千佛万佛那样的凿造出来供众生瞻仰。这是因为，一般信众无力建造大型石窟，多建小窟，也是礼佛的"方便法门"。微型化石窟本身雕塑感强，那些小雕像，好像是从佛塔上"长"出来的，难以区分建筑与雕塑艺术的界限。这种石窟雕塑化倾向，后来甚至影响到一些大型石窟寺外部楼阁式门廊的建造，所以历史上，除了山西太原天龙山少数隋窟建造外廊外，唐代石窟寺建造时，一般地丧失了建造窟之外廊的热情，而只是在窟口塑造诸多小佛像而已。

唐代石窟寺文化集中分布于敦煌与龙门。其形制的主要特点，是将由印度传入、直至隋代还一般未改的窟的中心柱，改为佛座。这种石窟的改制，与将佛塔从寺庙空间内部中"请"出，而另建造佛塔，或是寺、塔分建的思维方式相一致的，这是中国的庭院文化传统消解印度石窟文化的结果。

应当指出，在中国文化史上，唐代是一个大气磅礴的伟大时代，其恢弘的文化气魄在石窟寺上的表现，便是摩崖大佛像的凿造。四川乐山大佛，鹫山一个有力的明证。大佛像开凿在濒临江水的崖壁上，直面着滚滚东去的江潮，其巨大的尺度，可以说"空前绝后"，无疑是中国也是世界上最大的石雕佛像。它，高为71米，头宽10米，鼻长5.6米，耳长7米，眉长5.6米，眼长3.3米，嘴长3.3米，颈高3米，肩宽28米，脚背至膝高28米，脚背宽约8.5米，如此庞然大物，端坐在大江边，在"风水"上，古人相信有镇压潮灾的作用，而其主要的"功能"，是礼佛、佞佛。

据《嘉州凌云大佛像记》，该佛像开凿于唐玄宗开元元年（713），凿成于唐德宗贞元十九年（803），历时90年。佛像完工时，曾经建有跨度近60米的七层十三重檐的大佛阁，用以覆盖佛像，这一佛阁，已经毁于元末。开凿如此巨大尺度与规模的佛像、佛阁，其工程的艰苦卓绝，不难想象。但在当时的中国人看来，造像越是艰巨，便越能体现对于佛的虔诚崇拜，在一锤一锤的漫长的洞窟一般的凿治中，把无比的宗教狂热和诚心，献祭于佛陀，是一件无比"幸福"的事情。直接从大山的崖壁上，凿出佛陀的伟巨形象，则更能体现佛与自然同在、佛性和自然本性合一的文化意味，兼具对于佛之形相、建筑意象、雕塑艺术和自然美相谐的精神追求。

自唐代以后，中国佛教逐渐实现了与儒家文化、道家文化的融合，便是所谓"三教"的圆成，然而也是中国佛教开始走上下坡路的时候。从五代至宋，凿窟之风亦渐渐平息。虽则比如敦煌莫高窟中的宋窟数量不少，计有98窟，而其中大部分为旧窟改凿而成，基本上缺乏新的创造。宋以降，理学渐渐统治了中国人的头脑，人们对于佛、佛教的迷醉，毕竟慢慢地降温了。元代直至清代，中国佛教石窟寺文化的尾声奏响了，以至于最后偃旗息鼓。比如在敦煌莫高窟，元窟还有将佛座移至窟部中心以供礼佛的改制，但也是一现之昙花。明代的凿窟之举，就敦煌莫高窟而言，可以说是一个历史的空白，清代莫高窟尚有一些翻修，却大多不注意其技艺质量，有些粗制滥造，不可与全盛期的唐窟同日而语，或许可以说，此时的对于凿窟的眷眷人心，已经不"在"矣，可证确已到了强弩之末。

这种佛教建筑文化的转换，原因是多方面的。佛教在中国的渐渐衰落，是唐之后石窟寺文化衰退的直接根由。宋明理学的兴起，将信众崇佛的愿心，融铸在"三教合一"中。自唐代南宗禅倡言"即心是佛""顿悟是佛"而不主张严格修持即不读经、不做功课、不遵守种种戒律之后，便大开"方便之门"，于是只要"心中有佛"，也便是"佛"的境界了，导致对于佛的虔诚崇拜，渐渐变成一种淡泊处世的德性的人格修养和日常生活情调。于是，开凿佛窟以礼佛，就渐渐成了一件"多余"的事情。

石窟寺建筑是中国佛教寺庙建筑的亚型或可称之为分支。佛教寺庙建筑，一般都建造在风景优美的平地或山坡之上，坐落于山明水秀、"风水"尤佳之处，所谓"天下名山僧占多"，诚其然也。中国佛教的四大名山，便是如此。而石窟寺则往往开凿于山崖之上、凿崖壁而就。从其现存的自然条件看，以地处萧疏、荒寒之处者多。这种自然景观所折射的文化意味，似乎更能显出小乘佛教所推崇的苦空境界。中国石窟寺的最早形制，是新疆原龟兹地区的克孜尔石窟，临近阿富汗，正处于印度佛教从阿富汗来华的径路上，那时的龟兹，无疑是荒僻的所在。由于佛教初传，即使是大德高僧，尤其一般的信众，可能会将佛教"四圣谛"中的苦谛，仅仅理解为众生的世俗苦难和死亡，便易于将其在苦寒之地，万死不辞地开凿石窟，作为拜佛和解脱的最好门径，石窟寺在很早时候的开凿，作为拜佛以求"牺牲"与"贡献"的最好方式，便是不难以理解的事情。

从建筑空间布局看，中国石窟寺皆为洞形建筑。既然是洞形的，洞内不免有佛像、壁画与彩绘等，采光与通风一般总是有限的，尤其大型深窟，采光不够，更是营构了窟内浓重的佛教意义的阴郁和神秘，这种佛教氛围，比一般汉地的佛教寺庙更甚，恰恰与崇佛的愿心相谐。从其外部空间看，在石质良好、宜于凿制窟檐的地方，往往凿出窟檐以模仿中国传统木构建筑的屋檐形象，倘然石质偏于疏松，不宜于凿建窟檐，则往往加上木构屋檐，如敦煌莫高窟、克孜尔等石窟都是如此。这两种窟檐的形制，为整座洞形建筑起到了文化及其审美方面的标帜作用，可以说，是藏在崖壁间的洞窟外向与外部世界人们"对话"的"器官"。一般以为，麦积山石窟七佛阁的窟檐，在中国石窟寺的窟檐中是最巨大的，其宽达32米，立柱高约9米，是一个面阔七间制的尺度很大的窟檐，而且屋顶样式为庑殿式，其品位在中国屋顶形制中为最高。然则，人们如果注意一下四川乐山大佛，正如前述，其佛身之巨，作为中国佛像之巨，是无疑的，"山是一尊佛，佛是一座山"，古人是这样形容它的。这座大佛，原本是有窟檐覆盖其上的，据考，其窟檐宽60米，为七层十三檐式，可谓"高高在上"，后来在元末毁于兵火。这一窟檐，曾经应是中国石窟建筑窟檐的最大者。

有关石窟寺文化的中国化历程，前文已有论述，那是印度"支提""精舍"文化东渐中土所必然发生的历史与民族文化的嬗变和创造。文化传播学所揭示的一条规律是，一种异族文化如果要在另一个民族文化中传播开来，站稳脚跟而有所创造，决定于受纳异族文化的这一民族文化需要的程度，传播，总是多少改变自己也同时改变对方，否则难以传播。这是两个或以上民族之间所发生的文化的冲撞、调和、变形、生发与创造，是民族文化间多种文化的嫁接和"蒙太奇"。中国石窟寺文化也是这样创造出来的。

三大石窟寺

中国石窟寺的建筑文化成就辉煌，杰作宏构甚多。其中尤以云冈、龙门与敦煌等三大石窟为最，一般体现出苍凉而荒寂的文化特色，有的也颇有些温馨、平和的面貌，成为大批信众礼佛、涤俗、修身的圣地。

云冈石窟群，位于现山西大同武州（周）山南麓，武州又名云冈。窟皆南向，依山就建，窟群东西排列，长约一公里。现存洞窟53个，小窟众多，而小龛约有1 100余，凡造像为5.1万多尊，为中国历史悠久的大型石窟群。其中，第1、2窟约开凿于北魏孝文帝年间，两窟都有源自印度的中心柱样式，且模仿三层木塔样。第3窟，相传为北魏昙曜译经处，其空间在整个窟群中为最大。

北魏初建的石窟窟内一般不造佛像，仅在前室上部凿出弥勒佛，在其左右凿建三层方塔各一，故原为供佛徒译经、居住的场所，有些生活风貌。第5、6窟，开凿于北魏孝文帝太和十年之后。5窟的后室窟顶呈为椭圆形，形制不甚规则。6窟的后室平面，基本为方形，亦不甚规则，设有中心柱，当为印度石窟寺遗制。第7、8窟，可能开凿于北魏孝文帝初年。7窟的窟口，有后世增建的三层木构窟檐，窟壁上雕出弥勒坐像，窟顶以莲华平綦与飞天之像为饰，在东、西、南三壁上有佛龛。8窟的窟壁上，也都雕刻以佛教题材的作品。两窟后室完好，而前室已经损毁。第12窟的建筑特点，是前室外部凿出屋檐模样，前列四柱，设三门，其后室有明窗设于入口处，东西壁设佛龛，明明是石凿之制却仿木构形制，表达了对于传统中国木构文化的眷恋。

第16、17、18、19、20窟，称为"昙曜五窟"，北魏时造，在云冈石窟中资格最老、历史最为悠久，为沙门昙曜开凿于北魏文成帝兴安二年（453）。《魏书·释老志》说，此窟群"于京城西武州塞，凿山石壁，开凿五所，镌建佛像各一。高者七十尺，次六十尺。雕饰奇伟，冠于一世"。"昙曜五窟"的平面，呈不规则椭圆形，顶为穹窿状，形制最为古拙，在建造理念上，糅合了封建王权的思想意识，五窟的主像造型象征帝王。如第19窟，主像高达16.7米，之所以造得如此高大，一在礼佛，二则象喻帝王"即是当今如来"，有佛陀帝王化、帝王佛陀化的特点。

云冈石窟，以北魏太和年间所开凿的中部数窟多建筑风味。其窟外室前，多凿出双柱，筑有三间制的敞廊，柱为八角形，以须弥座为柱础，柱头刻出大斗样式。外室由于是中国初期的石窟文化，印度化的痕迹颇浓，如在其塔柱上，明显可见经过印度犍陀罗文化所浸染的希腊式涡券柱头。

河南洛阳龙门口，濒临伊水，这里地势险要，有东西龙门山与香山隔水相望，古称伊阙。北魏孝文帝太和十八年迁都于洛阳时，便相中这块"风水宝地"，在龙门山开凿石窟。开凿盛期，自南北朝至隋唐而直至北宋，历时千年。遂成窟群密布的奇观，而天下闻名。龙门石窟，现存洞窟1 352个，另有小型石龛750个，塔39座，大小造像10万余躯，题记碑碣凡3 600余块，可谓洋洋大观矣。

龙门石窟的建筑特色，主要有三点。

其一，历时古悠，以唐最盛。该窟群始开凿于北魏孝文帝年间，到唐代为止，历时达500年。唐窟最多，其窟龛约占全部的三分之二，元代至明清，偶有小型的窟龛凿成。

其二，既以唐窟为盛，则其形制尤为宏大。奉先寺窟，为窟群中之最大者。其东西宽35米，南北深30米，平面达1 050平方米。开凿于唐武周时期。则天佞佛，诏令"释教宜在道法之上"，开凿于高宗咸亨三年至上元二年，耗时三年九个月。此窟巨型佛像卢舍那，取坐姿，通躯高17.14米，头高4米，耳长1.9米，结跏趺坐于束腰式的须弥座之上。此像神态自若，在严谨中显祥和、安闲之气，"方额广颐"而有宽厚仁慈之态，是其最显著的特点。其嘴角微启笑意，螺形发髻，安坐庄严，身披袈裟而有世俗相。有弟子迦叶、阿难胁侍于左右。该佛像，还在神圣庄严中，显露些端雅温婉的女性的风姿，有则天武曌"功德"的暗喻。

其三，龙门石窟与云冈石窟不同，其平面多为方形，放弃了前后室制度而采用独室制，几乎不见生糙的椭圆形空间形制，没有中心柱的造型和窟口柱廊，说明其中国化的程度，比云冈石窟深刻。

在甘肃敦煌鸣沙山东麓，广袤的沙海之中有一片宽广约数十里的坡地，敦煌莫高窟就深藏在这小小的绿洲之中。据《中国建筑史》所述，这一石窟群，分布区域的全长为1 618米，有窟600余个，其中469个石窟，都有塑像和壁画。现存：北魏-西魏窟22、隋窟96、唐窟202、五代窟31、北宋窟96、西夏窟4、元窟9、清窟4，年代未详者5.据粗略统计，敦煌石窟现存完整的塑像，为1 400多躯，加上被毁的，估计有2 000余躯。要是加上数以万计的影塑即小型千佛像在内，数量惊人。其所绘壁画，总面积达45 000余平方米，按其自身高度一一相连，可连绵30公里，敦煌石窟之巨，举世无匹。

敦煌石窟，也是继新疆克孜尔石窟之后，在内地始凿最早的石窟。一说始于东晋穆帝永和九年（353）；一说始于前秦苻坚建元二年（366）。倘以始凿于公元366年计，比古朴的云冈石窟早88年，比龙门最早者，要早128年。据记载，敦煌石窟中最原始的石窟，为僧人乐僔所开凿，称莫高窟，而实迹已然无存。

敦煌地处干燥低温地带，地质为砂石，其崖壁属于玉门系砾岩，即为第四纪岩层，是砾石与砂土的混凝，故有利于开凿，却不适于在窟壁上进行雕刻。这种地质的自然属特殊性，发展了敦煌灿烂的泥塑和壁画，且其敷彩丰富强烈。敦煌石窟文化价值之高，可想而知。

从敦煌壁画所描绘、反映的建筑形象看，其高度的文化素质，令人可羡。

梁思成《敦煌壁画中所见的中国古代建筑》一文，曾经指出："中国建筑属于中唐以前的实物，现存的绝大部分都是砖石佛塔。我们对于木构的殿堂房舍的知识十分贫乏，最古的只有五台山佛光寺于857年建造的正殿一个孤例；而敦煌壁画中却有从北魏至元数以千计的，或大或小的，各型各类各式各样的建筑图，无异于为中国建筑史填补了空白的一章。"这段话说于1951年初，当时在年代上比佛光寺更早的，如五台山南禅寺大殿、芮城五龙庙正殿和平顺天台庵等唐代建筑实物尚未发现，故这里梁思成说"最古的只有五台山佛光寺"，是碍于考古资料的局限。但是，其指出敦煌壁画中建筑图绘的重要史料价值，是非常正确的。

梁思成指出，敦煌壁画中的建筑形象，如第61窟左方第4画作：大伽蓝，庭院式，三院制，中央一院较大，左右各一较小，每院相对独立，封闭而有院墙围护，其中央殿堂，四周设以回廊，富于俗世情调。第61窟有"五台山图"，绘制伽蓝60余所，其中所谓"南山之顶"的正殿前，左为三层之塔，右筑有重楼，与建于7世纪日本奈良法隆寺的平面配置，极为相似。在敦煌壁画中，属于殿堂的正殿、偏殿、厅堂等，平面多呈为长方形，面阔常为三间或五间制，四周多有围墙。楼阁之制，多为二层、三层，上层台基采取平坐做法，多层屋檐采取腰檐形式，每层平坐的周围，绕以栏杆。61窟的右壁，如来净土变像的背后，绘以八角二层楼形象，其台基平面、屋檐平面，皆由许多弧线构成，除去栏杆望柱、蜀柱，到处都是优美的曲线。其余门阙、台廊之制以及佛塔形象等，都是所处时代的建筑样式和类型的体现。

从敦煌石窟形制看，魏窟之外，都设有人字坡顶的前室，平面作长方形，近后壁处，筑有中心柱，或不设中心塔柱，只在四壁开凿佛龛以安置小型造像，窟顶为四坡顶，形似覆斗，有藻井。隋窟的形制，与魏窟相似，而中心柱的平面呈方形，仅三面凿龛，一面无龛。方柱前的窟顶，作人字坡，在其另一侧，方形的空间之中，龛前的窟顶，一般亦作人字坡，或有覆斗形藻井。从塑像看，其形制，已经从魏晋南北朝的"秀骨清相"，转变为雍容华贵，已具唐风。唐代开凿佛窟最多，其窟平面为正方形，空间宽敞，窟顶为覆斗形，设四方藻井。一般的前室，凿出连接邻窟的通道，加建木构窟檐和廊道。盛饰其上，华彩纷呈，有"云雾生于户牖"之美。唐窟窟檐，仅现存于第196窟的窟口，有梁枋廊柱残存。

敦煌石窟，曾幽闭于沙海近千年。清光绪二十六年（1900）五月二十六（1900.6.22），湖北麻城籍贯的道士王圆箓，因逃荒流落在敦煌，因为清除洞沙，无意间发现了震惊世界的奇迹，便是位于莫高窟北端后编为七佛殿下方的第十六号窟的甬道，由此发现无数经卷等旷世宝藏。潘絜兹《敦煌莫高窟艺术》一书说："这个甬道两壁都是宋代人画的菩萨行列，已经为流沙所淤塞。这些沙子清除出去以后，墙壁失去了一种多年以来附着的支撑力量，以致一声轰响，裂开一道缝。好奇的王道士顺手用烟袋锅向裂缝处敲了几下，觉得其中好像是空的。他便打开了这面墙壁，发现一扇紧闭的小门，再打开小门，则是一间黝黑的高约160厘米、宽约270厘米略带长方形的复室，室中堆满了经卷、文书、绘画、法器等等，像压缩得很紧的罐头一样，多到数不清。"于是，国际一些西方盗宝者的掠夺开始了，他们以极其低廉的"价格"，"买"走了无数的"中国"。

王道士发现敦煌藏经洞后，曾经努力设法报告当地的政府部门，却未引起重视。王道士不懂、无视国家文物不能据为己有而随意出售的法规（可能当时并无有关法规），在一批来到敦煌的国际文物"淘宝者"的蛊惑和引诱下，开始了共同将"敦煌""买卖"到国外的勾当。其中主要有：英国人斯坦因最早来到敦煌，先后于1907、1914年，以700两白银这样极其低廉的"价格"，骗购13 000件；紧随斯坦因脚步的，是法国人伯希和，又以500两白银，"购买"了约6 000件，而且多为敦煌文物中的精品；1912年，日本人橘瑞超等人也"闻风而动"，将约400件中国的敦煌国宝弄到手，只"支付"了350两白银；1914年，有一个俄国佬奥登堡，只是花了一点根本算不得什么的小钱，弄走了敦煌残卷等约500件，将443个洞窟的平面，绘成图纸，并拍摄洞窟图照凡2 000多张；直到1924年，还有美国人华尔纳来到敦煌，用特制的胶布，粘取精绝的壁画凡26幅与半跪姿态的菩萨像2幅，"窃取"经卷2件，掷下75两白银了事。

现今的敦煌，实际是"劫后余生"。

大量的敦煌国宝，主要收藏于英国博物馆、英国图书馆；今新德里印度国立博物馆（原英属印度事务图书馆、德里中亚古物图书馆）；法国巴黎图书馆、卢浮宫；日本东京国立博物馆、日本龙谷大学图书馆与今韩国首尔中央博物馆（原日本殖民时代的朝鲜总督府博物馆）。

陈寅恪《敦煌劫余录·序》云："敦煌者，吾国学之伤心史也。其发见之绘品，不流入于异国，即秘藏于私家。兹国有之八千余轴，盖当时唾余之剩余，精华已去，糟粕空存，则此残篇故纸，未必实有系于学术之轻重者在。"[1]从学术角度言之，此言不虚。

敦煌石窟，是中国甘肃敦煌一带的石窟总称，包括莫高窟、西千佛洞、安西榆林窟和甘肃北部蒙古自治县的五庙石窟等，一般专指莫高窟。

塔影东来

中国本无佛塔，正如本无佛教一样。塔是自印度而来的"舶来品"。塔，梵文Stupa，巴利文Thupo，汉译佛典为"窣堵坡""塔婆"，初义为"累积"。

---

[1] 《金明馆丛稿二编》，载《陈寅恪集》，生活·读书·新知三联书店，2001。

中国佛塔，印度"窣堵坡"与中国传统建筑样式的结合与创造。

相传东汉永平十年（67）汉明帝夜梦"金人"，见其灿烂辉煌，飞行于殿前。第二天上朝时，问于群臣为何方神圣，有"通人"傅毅释之为"佛"，称"西方有佛"。明帝于是遣中郎将蔡愔、秦景宪、博士王遵等十八人前往天竺求佛，遂有天竺名僧迦叶摩腾、竺法兰东来传教。相传当时他们回归洛阳时，以白马驮带经卷、佛像，有些中国佛教史，将其称为印度佛教日入渐中土之始。

实际早在东汉初年前，有关印度佛教的一些传闻、理念，已经先在个别社会上层人士中流传，否则，傅毅何以知道明帝所梦者为"佛"。在中土知道佛教前，天竺佛教已经逐渐传入当时的西域，即安息、康居和龟兹、于阗，这些地区大致是现今的中国新疆地区。

正史的记载，最早的，是《三国志·魏志·东夷传》注引《魏略》一条材料："昔汉哀帝元寿元年，博士弟子景卢受大月氏王使伊存口受浮屠经。"这里所言"景卢"，《魏书·释老志》作"秦景宪"。汉哀帝元寿元年，为公元前2年，时在西汉末年。但这只是说，印度佛教传入西域的时间。《后汉书·楚王英传》称，刘英好游侠而结交宾客，晚年"更喜黄老，学为浮屠，斋戒祭祀"。楚王英与后来的明帝为同时代人，故汉明帝夜梦"金人"是可能的，傅毅释梦为"佛"，并非虚辞。东汉末年的《四十二章经·序》有云，傅毅释梦后，明帝派遣使者往西域求佛，"即遣使者张骞、羽林中郎将秦景（秦景宪）、博士弟子王遵等十二人，至于大月支国，写取四十二章，在十四石函中，登起立塔寺"。

刘敦桢《佛教对于中国建筑之影响》一文说，"我国之塔，当以汉明帝永平十八年（75）所建之洛阳白马寺塔为最先"，这一结论，可做参考。刘敦桢又说，当初白马寺塔位于寺庙区域的中心位置，其四周建有殿房。大概带有较多的印度风格。印度的窟寺中，有中心柱的建筑形制，尔后成为中国最早期佛塔居于寺庙空间中心位置的一个借鉴。在中国佛塔史上，三国时笮融在徐州浮屠祠，且以楼阁式木塔为中心建筑，处于寺院的中心位置。

印度佛塔的文化原型是"窣堵坡"，相传是释迦牟尼佛圆寂后建以掩埋其舍利的一种佛教建筑样式。后来，凡欲表彰神圣、礼佛崇拜的地方，多造佛塔。常任侠《印度与东南亚美术发展史》一书指出，塔是"一个坟起的半圆堆，用砖石造成，梵文名安达（Anda），其义为卵，其下建有基坛（Medhi），顶上有訶密迦（Harmika），意为平台。在塔周围一定距离处建有石质的栏楯（Vedika），意为牌楼。这就构成所谓陀兰那艺术"。公元前273年到公元前232年的印度阿育王时代，佛教隆盛，便大兴寺塔。在现印度马尔瓦省保波尔附近的山奇"窣堵坡"，文化史上称为山奇大塔者，尤为古朴弘丽，处处透露出禅绪佛意，是典型的印度古建筑"陀兰那"文化艺术，据说至今犹存遗构。

山奇大塔周围，建有石质栏楯。栏楯四方，装饰以牌楼（陀兰那）四座，称天门，意思是上天的门户。其形制，在两大石柱之上，戴以柱头，上横架上、中、下三条石梁，石梁中间以直立短柱相构，整个造型对称稳健。为了表彰佛陀的无量功德与说教宣传，上面装饰了充满佛教意味的石雕作品，多取材于佛陀本身故事，如六牙白象本生、猴王本生、莲花本生或者动人心魄的睒子商莫故事，或萨埵太子的其它美妙传说，塑造庄严神圣的佛陀形象，充满了十分高涨的佛教意绪。

山奇大塔的建筑型式印度风味浓郁，其灵感富于佛教精神和幻想。其手法多专注于象征。雷奈·格罗塞《印度的文明》一书指出：

> 一只小象就暗示着，或更可说，代表着"托胎"；摩耶夫人坐在莲床上，周围有小象向她喷水，代表"降诞"，有时只用一朵莲花代表这一变相；一匹空马，象征"出家"；魔或魔女在一株树和一个空座之前，这表示魔军的侵扰或诱惑（"降魔"）；只有一株树或一空座，象征"成道"（证菩提）；法轮是"说法"；伞盖和宝座一般用以代表自空中返回迦毗罗卫城（"返家"）；塔（窣堵坡）代表"涅槃"。

从文化角度看，印度山奇大塔的民族文化特征很是鲜明。

其一，为了弘扬大法，必须采取艺术这一最有力的宣传方式，让世俗的艺术来做了工具，那些称为建筑艺术的题材，如石质栏楯，如牌楼，等等，成为佛性的"世俗表达"。原始佛教教义，以"四圣谛"为基础，"四圣谛"又以"四大皆空"为立论基础——既然如此，则一切世俗艺术包括建筑艺术的美，自当亦在统统否弃之列，何以又在宣扬这一佛教教义的佛塔上表达出来？这真是一个悖论、吊诡。其实，佛塔多有世俗文化的元素，并不能证明它们未被"佛眼"看"空"。佛性空幻的意思，并非断灭了一切世俗而成"断灭空"（"顽空"）。"空"，离弃于"有"，又不能不系于"有"；倘然没有"有"，则"空"便失去逻辑依据。这"有"，因为把它看"空"了，在大乘佛教教义中，便称为"假有"。印度原始佛教并未在哲理上，明晰地意识到与"空"相对的是"假有"，但既然已经把世间的一切都看"空"即"四大皆空"了，则世间一切的"有"，实际就是"假有"即"假性存在"。一切艺术，包括建筑艺术，包括佛塔的空间形象，都是"假有"。

其二，既然佛塔是一种"假有"，那么作为一种"能指"，并非"空"本身，而是指向"空"的。好比以手指月，手指作为"能指"，"所指"者月也。手指非月，月非手指。若无手指，则何以指月，月在何处；若无月在，则又何必指月？月作为手指所指的能指，是它的所指，此之为月也。这种能指、所指的相系，在艺术上称为"象征"，以佛教言之，则可称为"机巧""方便""权显"，凡此皆是"假有"，却指向了"真谛"。印度佛塔及其艺术包括其装饰，曾经专注于象征。在犍陀罗艺术时代前，印度还不像希腊艺术那样直接雕刻神像，在当时印度信众的心目中，佛陀是一个光辉无限、神圣伟大的绝对的"空相"，信徒在佛的面前，只能沉思静虑，根本不能也不可以想象佛陀是什么样子的，按照原始佛教的教义，释迦佛既然已经涅槃，进入了超乎生死、苦乐、悲喜、是非、善恶等永恒的空的境界，因而假如敢于以世俗艺术，直接塑造佛及佛教的一切"艺术"，则是对于佛的亵渎。于是，早期的印度比如山奇大塔的"艺术"，只能是"象征"。

其三，山奇大塔东南西北四个天门上的石刻浮雕之像佛性流溢，在那里，世俗人性，是以"完美的人性"即佛性来加以表达即"开显"的，似乎唯有佛性而没有人性。实际上，人性是世间意义的佛性；佛性是出世间意义的人性。此之为"众生即佛，佛即众生"。但看山奇大塔塑造于北门、东门上的女药叉形象，就很有意思。这一女药叉，与其说是佛教形象，倒不如说是更具世间的人的特征。看上去，她人性、人情洋溢，借着光影的变幻，弹奏出似乎同佛教教义不协调的音符，似乎唯有活泼泼的人性世俗的优美旋律，雷奈·格罗塞《印度的文明》说，她"两臂攀着树枝，悬身向外，成一无限优美的曲线，好像活的藤，使得她那胸部丰满的'金球'她的年轻躯体上所有旺盛的肌肉，都像是飘荡于空际"。以世俗的"眼"看，这是世间的艺术及其审美；用出世间的"佛眼"看，这是"方便"意义上的"假有"。

值得强调指出，印度原始佛塔如山奇大塔的文化性格与意义，对中国佛塔建筑文化的影响十分深刻。虽则中国佛塔的造型及其与寺院的空间关系，已经大不同于印度塔的"原始"，它是充分中国化了的，然而其文化意义、其有关佛性的能指、所指的关系，一如印度。

迷狂的天空

中国佛塔与印度原始"窣堵坡"相比较，在用材、结构、空间位置、造型、体量、环境尤其塔刹、浮雕、彩绘等方面，已经大异其趣。中国佛塔，深受中国文化、哲学、艺术和伦理等多方面的滋养，成为中国化了的佛教建筑类型。

洛阳白马寺塔和三国时笮融在徐州所造浮屠祠的佛塔，都是木构。它们舍去了如印度山奇大塔那样的四座天门牌楼，采用木制结构。虽则其寺、塔合于一处的形制，脱胎于印度原始"支提"窟——古印度建于石窟或者地下的灵堂正中有塔柱，僧侣借以绕塔柱而礼佛。但是在中国，原本的塔柱，已经演变为中国的方形木塔，其原本的窟室，已由地下上升到地面，改制为脱胎于中国传统民居的寺了，大致从隋唐开始，塔与寺的地理位置关系进一步演化，塔从寺区的中心退出，建于寺庙的前后、左右或者四近，甚至在山川形胜之地，未建寺只建塔，或者只建寺不建塔。中国的佛塔，走上了它自己的道路。

中国佛塔的建造观念与文化灵感，初与印度佛教相携而来，建塔原本为了佛教崇拜之需，故中国佛教的兴盛荣枯，决定了中国佛塔的抑扬起落。如魏晋南北朝时，战乱迭起，政权不稳，民众号饥啼寒，生灵涂炭，为了所谓引导众生跳出人生苦海，便把希望寄托于佛教，于是大兴土木，造寺建塔，一时风靡华夏。

古往今来，中华大地究竟屹立过多少佛塔，难以尽述。史载之塔，已属凤毛麟角，挂一漏万，而吾辈所见之有关史载，万不取一。史载：北魏道武帝天兴元年（398）曾建五级浮图，且大事绘饰。献文帝于皇兴元年（467）在平城起永宁寺，构七级浮图，高300余尺（极言其高，非确数），又在天宫寺建造三级石质浮图，高10丈，"上下皆石重结，镇固巧密"。隋文帝三度号令天下建塔供奉，所建之塔不知凡几。唐武则天佞佛，"倾四海之财，殚万人之功，穷山之木以为塔，极冶之金以为像"，凿寺塑像建庙筑塔，断不在少数。宋太宗端拱年间，得浙东造塔巧匠喻皓，主持建造京师开宝寺塔，其凌空之高，时人叹为观止。其后造塔之风鼓吹不绝，难以一一尽言。仅据刘策《中国古塔》一书所及，1961年，国务院颁布首批全国重点文物保护单位，计六大类180处，其中佛塔及与此有关的，为36处。该书收录佛塔690余例，仅仅是现存砖、石、铁、琉璃诸塔中的极小部分。罗哲文《中国古塔》一书，收录中国佛塔约250余例，亦远未收罗殆尽。试想近两千年间，天摧人毁，倾毁的佛塔，不知有多少。尤其早期无数木塔，除建于辽代的山西应县的释迦塔（俗称应县木塔）等孤例，已是荡然无存矣。它们的绰约英姿、凌空造型，人们只能偶而从石刻、文字记载中略知一二。

中国佛塔，与佛教的兴衰同行同止，中国人对东来的佛教教义的推拒或吸吮、承继或改造，必然深刻影响中国佛塔文化性格的确立。

千百年间，中国佛塔屹立于大江南北边睡内地，邀人瞻仰。或高峻伟岸，气度不凡；或英姿凌风，意象飘逸；或庄严肃穆，令人沉思心撼。"突兀压神州，峥嵘如鬼功"，"殚土木之功，穷造型之巧"，托起来一个苍茫而迷狂的天空。北魏河南登封嵩岳寺塔的丰润雄奇，唐代长安大小雁塔的磅礴与秀美，山西应县木塔的鬼斧神工，河北定县料敌塔的别具一格，玄奘塔名扬天下，妙应寺塔崇高神圣，还有上海松江方塔的轻盈飘逸，各地多见的文峰塔的痴情寄托，等等，从浓重的佛教氛围中所开显的人间情韵，难以描述。

佛塔的道化与儒化

佛塔的中国化如何实现，是一个深刻而有趣的问题。

佛教教义的逻辑原点，是"苦、集、灭、道"四谛。众生有苦；苦必有因；苦应解脱；解脱之法，此之为四谛说。四谛的第一谛即为苦谛，便是四谛说的逻辑原点。佛教预设了一个逻辑原点，即众生本身的一切现实存在，是绝对的无条件的"苦"。此苦，并非世间而是从出世间意义上来说的。它也不是人格意义而是人性意义上的。无论世间的贫富、生死、荣枯、进退、是非、善恶、忧喜，等等，一切的俗世生活与情感等，都是"苦"，而且虚妄不实，这便是佛教最基本的"苦空"观。

中国一般信众，一开始便将其"误读"，以为佛教所说的"苦"，就是俗世人生之苦、生活之苦，从而将佛教与中国传统的道儒二说对接，开始了佛教的道化和儒化。

如在生死观上，佛法以生为虚妄，死亦无谓，生死皆为空幻，故宁舍此岸，解脱于彼岸，成佛涅槃，般若菩提，看空一切，与其苦生，不如"无生"，即将世间之生，看作空幻，故"苦海无边，回头是岸"，追求精神的"永生"——成佛或是精神上的"毕竟空相"；道教重生恶死，追求长生，于是炼丹服药，洞天修为，践行"无死"。本来，佛、道二者的追求，相距十万八千里，不料中国文化的这一"染缸"，有巨大的消融能力，将佛教的"无生"，等同于或相通于道教的"无死"，以为这是人之生命的最高境界，二者都在追求永恒。

在这一点上，不可避免的，便是要将道家、道教文化的一些理念，尽可能体现于中国佛塔文化之上。

早在殷代，当关于"间"的建筑理念萌生之时，一座建筑物的间数，除少数例外，一般都采用奇数，中国历来有太多的面阔一间、三间、五间、七间与九间的建筑形制，面阔为偶数的间数的建筑，极为少见。这说明，中华民族很早就开始了对渗融着奇数文化观念建筑形象的崇拜与审美，而且源远流长。中国佛塔的建造，从这里汲取文化养分，得到了重要的启示。中国佛塔的层数，绝大多数为单层、三层、五层、七层、九层、十一层直至十五、十七层，反复强调这个奇数。如山东历城四门塔为一层式，九顶塔中央的一座为五层式、四周四座皆为三层式，苏州云岩寺塔为七层式，杭州灵隐寺塔为九层式，等等，可以看作这是这个民族的普遍的文化信念使然。个别极为罕见的偶数层塔，作为孤例，只能归之于此塔设计、建造者个人意识与兴趣的原因，或其它不为人知的原因。

许多常见的佛塔塔檐出挑，如上海松江方塔、湖北玉泉寺铁塔、广州光孝寺塔和福建开元寺双塔等，都是楼阁式塔，塔檐起翘，空间形象轻盈优美，有一种"飞动"之趣。这是对中国传统大屋顶屋檐形制的借鉴运用，也不能不说是与道教追求羽化登仙、乐生欢愉的特定生活情调、审美理想与宗教观念合拍的。

佛塔多为奇数层且楼阁式塔檐造型的飞动之美，其实，早在中国古老经典《周易》本经中，就可以探其文化源头。一般以为，《周易》是儒家经典，这是就整部易经来说的。今本《周易》包括本经与《易传》两部分。就其本经言，大致成于殷周之际，距今约3 100年，那时道、儒两家的文化，尚未登上历史舞台，可以将《周易》本经中的奇、偶观念，看作尔后道、儒二者的文化滥觞。在《周易》本经中，阳爻尚奇，阴爻尚偶，成为后世道、儒两家文化的一个分野。道、儒有许多区别，在数的崇拜与审美中，道尚奇而儒尚偶，是显然的。《周易》中的老阳称为"九"，老阴称为"六"。前者是易筮生数一、三、五之和；后者为易筮成数二、四之和。从奇数看，亦都可统称为阳数，这一崇拜奇数即阳数的文化理念，在《周易》本经中，有象征"天"与"动"的文化意义。而道家、道教的崇阳数、崇天，是无疑的。这一点，在《老子》一书中，可以看得十分清晰。《老子》第三十九章云："昔（王弼注：昔，始也）之得一者。天得一以清，地得一以宁，神得一以灵，谷得一以盈，万物得一以生，侯王得一以为天下贞。"《老子》第四十二章又说："道生一，一生二，二生三，三生万物。"这里所言，崇拜"一"这个阳数，是无疑的。一是阳数之始。可以看作《周易》本经崇拜奇数、阳数的历史与人文流衍。葛洪《抱朴子》也说，"道生于一，其贵无偶。"凡此，不能不说中国佛塔的层檐数尚"奇"尚"动"的文化，原于道家，其最终的根因，在于《周易》本经。

中国佛塔的空间造型，也打上了儒家文化的精神烙印。

不是说中国古代绝对没有印度佛教滋生的那种肥沃的文化土壤，否则印度佛教就不可能在中土传扬。有苦难，就有一切宗教包括佛教得以滋生、传播的条件。而各民族文化历史的发展，有时十分有趣。何以在古印度，会诞生一个悲天悯人、看破红尘、追求精神解脱的佛陀，而差不多同时，古代中国却造就了乐入世、创立了以仁学为中心的儒学始祖孔夫子？一个以冷静的哲学沉思，引导众生舍弃苦海、走向佛国的清净境界；一个却以热情入世的哲学，风尘仆仆，在炽热的社会政治伦理践行中，处处体现了清醒求实的世俗理性精神。当印度佛教以慈悲的面容来到孔夫子的中国"故乡"时，本来可能重入世非弃世的中国传统思想的断然拒绝，然而，可能被儒学所掩盖了的那一部分苦难的社会现实，却成了佛教在中土立足、传播的基础。

儒学经过西汉武帝"罢黜百家，独尊儒术"国策的推行，原由董仲舒加以发展而逐渐趋向神学化，东汉时这种神学化的趋势愈演愈烈，遂使儒学与入渐的佛学，有了更多的共同"语言"。在整个中国封建社会中，儒学作为正统对于佛学的迎对因素，常常排斥佛学的"侵入"，却不敌世俗人生的困苦，佛教及其佛学，提供了儒家、儒学所不能给的东西，便是看破红尘，追求精神的解脱。故大致从东汉末，佛教的一套说教，渐渐地掌握了中国人的人心，使得儒教（注：此一教字，指政治道德意义的教化）与佛教的争斗有所调和。集大成于隋的天台宗，发展到唐，与中国传统的心性说，有了更多的调和，易为儒者所接纳。兴盛于唐中叶的禅宗，是最中国化本土化的佛教，今天我们读法海本《坛经》，有一种儒化的"语言"，引起会心的微笑。尤其南宗禅，放弃了酷严的清规戒律，宣称人人皆有佛性，佛就在心中，所谓"明心见性"，便是自我觉悟，自我拯救，不事它求。实际已经不承认有什么"他佛""他救"。《坛经》所谓"菩提只向心觅，何劳向外求玄?"注重内心顿悟，其实这是把佛教世俗化了，是佛、儒调和的一种表现。正如任继愈《中国佛教史》所言，"韩愈的门人李翱更结合禅家的无念法门和天台家的中道观，写成《复性书》，即隐含着沟通儒佛两家思想之意。"别的暂且不说，佛教禅宗所说的心性觉悟，实际与儒家所说的"仁"相通。什么是仁? 指本是外在意志整肃的礼，一变而为圣人内在的心性自觉。到了宋代，儒、佛的融合，更趋深入，以为儒家的五常，便是佛家的五戒，等等。明代朱元璋干脆主张"佛天"就是"凡地"，佛国即人间。继承了《坛经》的传统，以儒家性善说改造佛教，所谓"佛犹人，人犹佛"也。要求将君君、臣臣、父父、子子那一套，看作佛教修行的现实内容，加速了佛教儒学化、僧众世俗化的历史进程。

这一切，都对中国佛塔文化造成了直接、间接的影响，中国佛塔的建造与发展，带有佛教儒学化的明显倾向。

其一，如前所述，寺与塔平面的位置关系的演变——从塔占寺庙的中心位置到塔建于寺庙的前后或者左右，甚至塔的建造与寺庙完全无涉，即只建寺不建塔、只建塔而不建寺，并非随心所欲或别出心裁，而是中国正统儒家传统的陵寝制度及其文化、审美意识在塔文化上的隐约而生动的表现。

儒家重入世，讲排场，摆阔气，陵墓建筑的空间序列，往往作对称铺排，几重进深，有一条中轴，逐渐推向高潮，主题建筑即陵体，必造在空间位置的正中这个高潮点上。这种建筑形制，实际与中国大型民居和宫殿建筑群同构。

中国佛寺，源于印度支提窟，如不加以改制，照搬过来，就显得十分神秘、局促而小家子气，不合中国人的文化口味。因而中国古代的建筑学家，便从中国民居、宫殿与陵寝制度得到启发，先是着手对塔的造型进行改造和创制，冲淡了神圣的灵光，唤来了世俗的诗意，在将塔造得尽可能高大的同时，也将佛寺的平面布局，改成中轴对称，常为三大殿层层递进，其主要佛殿，一定要建在中轴上——现存有的寺庙没有平面中轴的布置，那是因为地形、地理环境的限制，非不为也，是不能也，只得求其次了。于是，如禅宗寺院，从唐到宋，一般是由山门、佛殿、法堂、僧房、库厨、西净、浴室组成，即所谓"伽蓝七堂制"。它是佛像、僧众与跪拜信众共处的一个有机的建筑空间环境，世俗氛围相当浓郁。

在此情况下，为了要维护中国佛寺中轴、对称、平缓、有序且有高潮的平面布局，那高耸的佛塔，假如再要挤在寺区之中硬充一个角色，是不合适的。无论对于佛教崇拜还是审美来说，都是不合中国人尤其儒家文化的口味的。

于是，就将佛塔"请"出寺域，往往将塔造成高山之巅、江湖之岸、村庄的入口处、城镇的要冲或者其它风景尤胜之处，并且尤其讲究"风水"——要么是认为风水好的地方，要么是以为风水不佳的地方，因而建塔以镇"凶险"。一定程度上，这是佛教向中国传统尤其儒家文化的妥协和迎对。

其二，就塔本身而言，东汉至唐五代的塔平面造型，多为正方形，这显然同最初把印度"窣堵坡"译为"方坟"攸关，也与中国古代陵寝制度有更直接的联系。我国汉代陵墓以方为贵，所谓四平八稳，是中国人所喜欢的。不像如今的人，在音韵上，"四"者，谐"死"耳，所以力避"四"这个"不吉利"的数字。而古代的中国人，倒还不像今人对"四"这么敏感。但看中国最早的诗体，太多的，是四字句。读《诗经》时，印象尤为深切。大量的成语，作为诗性与思性都很丰富且深刻的中国语言现象，独多的，是四字成语。可见中国人对这个"四"，曾经投入了多少崇拜兼审美的感情。汉代陵体的平面四四方方这一制度，一直延续到宋代，可谓源远流长。汉陵以方为尊，皇陵、后陵多作正方形，唯有汉高祖、吕后之陵的平面作长方形，算是不变中有了些变化，而仍然严守着崇"四"的制度。唐承汉制。虽有个别圆锥形陵体出现，而其底部的四沿，仍作四方形。大凡地位高显的帝陵，皆为正方形双层台阶式陵台，以示崇高。这种制度，为北宋所沿袭。北宋的诸多帝陵，虽不甚高峻，却都是平面为四方形的陵。这种"方陵"，成了中国早期佛塔的学习"榜样"。如西安大雁塔、小雁塔、兴圣教寺塔、四门塔以及千寻塔这些方形塔的出现，并非偶然。上海松江方塔，也建于北宋年间。当然，从汉到宋，中华大地耸立的佛塔，并非只有方塔，如北魏嵩岳寺塔的平面，为正十二边形，虽然并非方塔，却也并非圆形平面的塔，更不是平面不规则的。可见，崇尚正方形塔的关键，是儒家的"守正"理想。

各地常见的文峰塔，在儒、佛合流的历史发展中，更具有佛塔儒学化的世俗特点。

隋代科举制度推行，从此历代的大批儒生，奔求功名心切，于是有所谓张扬文气的文峰塔应运而生。这种塔，实际上佛教的意味基本无有，只是借了一个佛塔的名义，来做儒文化的"文章"。文峰塔的空间造型，类于一支毛笔耸立于野，塔尖如笔锋，直指苍穹，故有"文峰"（文风）之称，显然想借"吉利"的地域、借佛法的"灵力"，来佑助科举的高中隆盛，将佛佑和儒生的愿望"杂凑"于塔，实际是让佛陀来为儒家的入世理想"服务"。如据清道光年间的《靖安县志》，江西靖安的一座文峰塔有序云，"昔阿育王造浮屠，自佛教入中国而浮屠遍于天下，然亦彼法自用以藏舍利耳。后世形家（引者注：中国风水师）之说盛行，浮屠尖书有类于文笔，且谓镇固不摇，足以收摄地气"。这在文化象征的意义上，是将对佛的虔诚崇拜与对世俗功名利禄的热切向往，融于一炉，实为印度"圣人"释迦始料未及。

从元代始，中国佛塔的建造，又"玩"出了"新花样"。有所谓过街塔和塔门出现，是佛塔中国化本土化的又一生动例证。

元代为喇嘛教兴盛之时，过街塔、塔门，多为喇嘛塔形制。镇江"昭关"与北京居庸关"云台"，就是著名的过街塔。河北承德普陀宗乘之庙的内外，有许多塔门，都是为了礼佛的简便而兴建的。这种塔制的下部，以门洞形式，横跨于街道两边，或者置于寺庙的走道上方，塔下车来人往，不必焚香跪拜，不必读经、吃斋那样的苦修，也不管你愿意不愿意、自觉不自觉，反正每经过一次，就是顶礼于佛陀一次，贫富均等，老少无欺，可以和口念"阿弥陀佛"就能"往生西方"媲美。中国人大概是有些生来的懒惰。譬如外出走路时，往往喜欢"抄近路"。遇到一个方形或圆形的田野或者广场，如果不加禁止，便不愿规规矩矩沿着其边路走，直接横穿过去。久之，就踏出一条小路来，可以寸草不生，实在是很有意思的。记得鲁迅先生说，"世上本没有路，走的人多了，也便成了路"。先生此言不谬。大概，人的本性总是向往"自由"的，这倒有点儿道家的味道了。

还有一种塔，佛性意味也是很淡薄的。比如福建有姑嫂塔，其文化意蕴，重在儒家伦理。河北定县有一座料敌塔，建于北宋仁宗至和二年（1055），高达84米，是现存中国最高的塔例。该塔的地理位置，在当时的宋、辽军事要冲，可供登临，以作"瞭敌"之用，料敌者，瞭望敌方耳。中国的佛塔，最基本的样式，是楼阁式和密檐式。后者一般可供登临。料敌塔以及许多楼阁式塔，都有供人登临的功用，唐代举子及第，皇帝赐游，是很高的政治待遇。除了"雁塔题名"，还有便是登塔瞭望。可谓踌躇满志、其喜洋洋矣。问题是，人们所登临的，本是崇拜意蕴"不得了"的佛塔，现在却被人踩在脚下，真可谓"情何以堪"。中国历史上，固然深受印度来华的佛教的影响，而久而久之，从唐南宗禅开始，直到宋明，佛的意味，被不断地消解，尤其遇到强大的儒学及其主要以儒学为圭臬的皇权政治，佛教便甘拜下风就审美与崇拜的关系而言，佛塔可供登临，是世俗的审美、世俗的人情对于佛教崇拜的胜利。

佛性的象征

尽管中国佛塔文化，在历史的进程中，不同程度地吸取了中国传统的道、儒两家的思想因素，作为佛塔，一般地依然不变的，在于宣扬其佛法主题，象征手法，便是其常用的文化方式

以佛塔的建筑平面言之，中国现存塔例最常见的平面，是正四边形和正八边形。如前所述，正四边形，显然与我国汉唐陵墓以方形为尊直接关系，可是，其根本的文化底蕴，属于象征佛法的四相八相之类。佛教教义有四相、八

相说。四相：圣诞、成佛、说法、涅槃；八相指佛教的"八正道""八不中道"。八正道：正见、正思维、正语、正业、正命、正精进、正念、正定；八不中道：不生不灭、不断不常、不一不异、不来不出。又称八不正观，八不中观等。所谓中观正观，佛教中观学之宗旨。就能证之智言，相对于偏，谓"中"，相对于邪，谓之"正"。三论宗持"三谛圆融"说，离弃空（顽空）、有（假有）二边，而无执于中，此则谓正观之圆境。因而，佛教是崇"四"崇"八"的。平面为正四边形，正八边形的佛塔，正是暗示、象喻这些佛教的基本教义。至于那些平面为正六边形的佛塔，无疑蕴含着舍弃"六道轮回"而悟入"六根清净"之境的佛性意味。平面为正十二边形的佛塔，颇为少见，象征佛教"十二因缘"的意蕴，是可以肯定的。

佛教三世轮回教理，有所谓"十二因缘"说。此即：无明、行、识、名色、六入、触、受、爱、取、有、生、老死。无明与行，为过去因，感现在果；识、名色、六入、触、受，为现在果；爱、取、有，为现在因，感未来果；生、老死，为未来果。"十二因缘"即"三世"。过去因，感现果；现在因，感未来果；众生的过去、现在、未来，即为三世。彼此不可分割，轮回流转，无休无止。轮回即苦海。佛教说，如不修行，便是"苦海无边"。佛教"教导"众生，跳出轮回，登菩提岸而涅槃解脱，是谓正道。譬如建于北魏年间嵩岳寺塔的平面为正十二边形，象示"十二因缘"教义。

有的佛塔平面为正六边形，如佛光寺祖师塔，便是如此。其人文之象的意蕴，在"六道轮回"。佛教说，芸芸众生，善恶报应，必在"天、人、阿修罗、地狱、饿鬼、畜生"该"六道"之中死生相续，沉沦不已，无始无终。佛教涅槃说，教引众生现世修行，弃恶从善，即使今生难以成佛，也为自己的所谓"未来世"种下"善根"（善因）。

较为后期的中国佛塔，有以圆形为平面的，早在唐代，当方塔大行天下之时，已有极个别的塔例平面，取圆形，唐泛舟禅师塔，即是如此。佛教各宗派，都崇拜"圆"，以圆形象征佛果的圆满、圆通、圆成、圆融、圆相、圆顿、圆音、圆悟、圆照、圆觉、圆轮、圆实、圆寂、圆教，圆圆海，等等，都是佛教反复宣说的教义，且以"非圆教"相贬低。如华严宗立"三种圆融"说：事理圆融；事事圆融；理理圆融。有"圆融三谛"说：即空即假即中，三谛为圆。

在中国佛教史上，"判教"之说，始于北魏。其时，光统律师将所有教派，判为三类，以第三为"圆教"，以《华严经》所论为立论依据。此经卷五十五云，"尔时如来，知众生应受化者，而为演说圆满因缘修多罗"，"显现自在力，演说圆满经"。此后，天台自称"圆教"，将佛教各宗判为四类，以第四类即天台为最"圆"之"圆教"；华严宗复判为五类，称华严即第五类为"圆教"。佛教有"八圆"之说：一、教圆；二、理圆、三、智圆、四、断圆、五、行圆、六、位圆、七、因圆、八、果圆。这方面的言说实在太多，在此勿赘。故平面为圆形的塔的建造，并非偶然。

凡佛塔，皆在其最高处安设一个塔顶，称塔刹。刹，梵文原义为"田土"，教义"福田"之谓，即为相轮，象征佛国。《洛阳伽蓝记》说，永宁寺"中有九层浮图一所，架木为之，举高九十丈，有刹复高十丈，合去地一千尺"。"一千尺"之说，并非确指，竭言其高耳。"十丈"之刹，其势巍巍，统摄全塔，意在无上之崇高。中国佛塔的塔刹，是唯一保持了印度窣堵坡形式的部分，其装饰意蕴很是显明。但其并非如窣堵坡那般供奉舍利之所在。我国沈阳、镇江、温州等地出土的舍利函（一种存放舍利子的容器）中，其舍利一般掩藏于塔基之中的地宫里，或者掩藏于塔之顶层或其它层级的塔身之中，塔刹上，常饰以莲华、覆钵、华盖、露盘、火焰与华瓶之类，这一切佛教名物，都在于表示修法神圣而崇高。莲华为佛土洁净之物。相传摩耶夫人坐于莲床之上，于是降诞，莲华为佛陀的坐床。故佛祖对于莲华，钟爱之情，自不待言。

佛经说，莲华者，喻弥陀之净土。佛教以莲华为刹土之象喻，崇佛也。在天竺，有四大类莲华：优钵罗华；拘物头华；波头摩华；芬陀利华；泥卢钵华，都是梵文音译。佛教以莲华为名喻，因莲"出淤泥而不染"之故。所谓"染净不二"，染即（系之义）净、净即染；所谓佛众生不二，众生即佛、佛即众生耳。莲华象喻佛法，再恰当不过。印度佛教对于莲华的推崇，恰与中国对莲华的崇拜兼审美之情，一拍即合。于是在佛寺、佛塔上，到处多见的，是莲华之饰，既为崇拜之偶像，又是审美的饰物，所谓"出淤泥"而"亭亭净值"者也。据考古发现，我国早在周代，古人已经有对莲华的崇拜与审美，不少的陶器与青铜器上，常有莲华的装饰图案。魏晋以降，由于佛教的逐渐深入人心，无论在文学作品在日常器皿在佛寺佛塔上，都出现大量关于莲华的表述。就佛教而言，当然是莲华饰的集中之处。寺院塑造佛的坐像，以莲座为底座；建佛塔，常于塔基、塔身、塔刹上，充满莲饰，有些佛塔的塔基与塔身交界处有须弥座，也做成仰莲之状，使得塔身好似从莲瓣中亭亭高举，英姿凌风，匠心独运。佛塔的佛教主题，撼目惊心。南京栖霞寺舍利塔建于隋代，平面为正八边形，塔身上，以莲华之饰铺陈，手法细腻，且刻有佛像与龙、狮、凤等饰，装饰华美。又在其基座上，刻有"释迦八象"之图。此即白象投胎、树下圣诞、离家出游、禁欲苦修和禅定、降魔、说法、涅槃，显示佛之一生的生平故事。安徽蒙城有万佛塔，是一座建于北宋时期的砖塔。其塔砖面上，装饰佛像8 000余尊。其中，底层外围与塔门两侧，计1 020尊，全塔的外部，共计1 668尊，其余都在塔内。塔的装饰之像，或为一佛二弟子，或是坐于莲座之上，或背后设火焰光明之饰，或其像低眉含笑，或金刚怒目，袈裟翩翩，佛容庄严，等等，难以言尽。

二重性格

问题在于，何以具有这种佛性象征意味的中国佛塔，又同时洋溢着世俗人情，能给人以美的享受呢？为什么中国佛塔既是佛教崇拜的象征又是审美的对象？

西方佛土与世俗生活、世间与出世间、彼岸与此岸，一为虚妄之佛国境界，一为真实的人生，佛性与人情作为人的理想与现实，具有内在联系，却不能完全等同；佛教崇拜与人文审美，尽管彼此通同，毕竟是两回事。然而，被渲染得尽善尽美的佛国境界，却是与人欲横流、到处充满丑恶、苦难和死亡之世俗生活相系的。没有世间，便无由理念地建构乌托邦式的出世间。应当说，佛国与世俗、染污与清净、常与无常、彼岸与此岸，皆为相系而前者是后者的"理想"，以"莲华"与"淤泥"相依相止的关系来加以形容，是妥切的。或者也可以说，佛国的"美好"，正是人世丑恶的"补充"，使得深陷于苦难之中的芸芸众生，有一个精神的"念想"与"寄托"。当人们尚无力改变这种世俗现实时，先来改变自己的信仰与向往，便容易幻想或接受一个幻想中的"真善美"的彼岸世界，以慰藉自己过于焦虑不安、饥渴难抑的灵魂。

佛教教义认为五浊的人情，是六根清净的佛性被世俗所"污染"的结果，它既然可以被"污染"，当然也可以通过修持重新加以洗涤，使曾经丢失的佛性得以回归。佛性，既然是人性的一种颠倒而被理想化了的文化方式，也就可以在现实中，使人性重新得以皈依，佛性，就是众生的精神"故乡"。这种皈依，可以通过自救，亦可以通过他救。同时，为了导引众生，将佛的境界，描绘成尽善尽美、无与伦比的世界，将佛陀的形象，尽可能打扮得无比的崇高庄严，让信众在顶礼膜拜中，来一次精神的饕餮，是尤其必要的。"打扮"的主要手段，当推佛教艺术。本来，佛教的说教建立于彻底否弃现实包括艺术等，却为了这一说教（否弃），为了极度渲染西方净土佛国的绝对美好，又不得不重新捡起刚刚被自己无情地抛弃的东西，尤其需要艺术文化包括文学、绘画、雕塑、音乐和建筑艺术等，作为其最有力的宣说的"武器"。教外有人说，这是佛教的吊诡和自相矛盾。实际并非如此。凡此一切的宣教方式包括艺术等，在佛教看来，其实都是种种虚妄不实的"假有"，以艺术等方式来宣说教义，"方便说法"耳，权宜之计罢了。

艺术等这些曾经被佛教"驱逐"出"理想国"，本具一种顽强的回归于现实的精神动力，它们一旦被运用于比如佛塔之上，就显示地构成了崇拜与审美的关系，从佛教教义看，是"假有"，从世俗看，是"真有"。二者便是既二律背反又合二而一。

于是，被佛教教义彻底否定的那些留恋风色的文化艺术，为了宣传佛教教义本身，作为"权智"性的手段，又使得文化艺术，重新得以肯定。佛教愈兴盛，必然刺激更多更好更辉煌的文化艺术的美，召唤到佛塔等佛教建筑上来，演出一场场活色生香、既相互排斥又相互拥抱、既酸涩又甜蜜的文化"二重奏"。

中国佛塔，一种特殊的文化艺术形态与技术形态是宗教宣传品，不同于一般而抽象的佛教教条。它的建造，不可能纯粹是教义的简单演绎，塔的空间形象一旦确立，其在接受过程中的活跃的文化生命力就充分体现出来了，它提供了远大于教义的丰富的文化内容，此之所谓"形象大于思想"也。

譬如，平面为圆形或趋向于圆形的正十二边形甚至更多边形的佛塔，在观者心目中所可能激起的崇拜兼审美的精神感受，就不是教义所能够限制的。圆形塔给人以圆润、圆美而不是正方形那般线条生硬、坚挺的形象感受。起翘的塔翼，固然寄托着一定的佛教意绪，而其优美的曲线，必然唤起一般人对于自然美的丰富联想。这是因为，如果说直线是人工的，那么曲线就是自然的，试看那天上的流云、地下起伏的山岭和流水，以及动植物的无数生命形体，都是曲线型的，只有人工的，才可能是直线型的，因而，曲线总是与自然美在一起。虽则佛塔是人工的造物，而塔檐的曲线美，无疑蕴含着人对自然这一人类故乡的向往与回眸，富于温婉、温馨的人情味。

莲华亦然。作为佛教名物，其佛教意绪的象征，已如前述，而其优渐的自然之美，在接受过程中，却并非仅仅可以用"假有"二字，就可抹煞的，佛教名物的莲华，也是因其"自然"而引起某种人格比拟。

许多砖塔的色彩，往往一为深紫，而为嫣绿，三为御黄，四为鲜红，五为艳蓝，等等，其象征意蕴十分显明。正如《中国美术》一书所言，"必具五色者，以佛家谓天堂（引者注：佛国、净土之谓）有五色宝珠，故法其数也"。这种塔的外观意象，同时还可能给人以或沉静或亢奋、或清逸或热烈以及"王者贵"的审美感受。

为了象征佛的崇高伟大，满足信徒对于佛国的热切向往，只要社会经济、技术、艺术条件许可，人们总是愿意将佛塔造得尽可能的高达崔巍，或者玲珑剔透，然而，体量巨大、孤高耸天的塔的空间意象一旦现于眼前，所可能唤起的，却不仅仅是对于佛的崇高感，也有一种普遍可接受、普遍刻传达的"共同美"感，激起心灵深处的震感，或者因其英姿凌风，便可能洋溢着一股清风入怀般的心灵的熨帖。人的崇高感，可以来自审美对象巨大的体量或力量，可以来自道德人格的高尚，而大体量的佛塔突兀于眼前，在精神被压迫时所可能激起痛感中反而升腾而起的崇高感，便油然而生。或者"以小见大"，是"芥子纳须弥"般的心灵从"小"中，悟彻兼备崇拜与审美的感受。

中国佛塔崇拜与审美的文化二重性显示出，一方面人匍匐在佛的脚下，感到自身的渺小，另一方面，人又不愿低下他那高贵的头颅。人既想近于佛，向往佛的伟大、庄严和温暖，又要挣脱佛太多的护卫和教导，迈开大步，走自己该走的路。人是一种多么矛盾的"文化动物"。当塔的文化艺术之美令人屈辱地成为佛教崇拜的奴婢时，文化艺术依然顽强地表现其自身，这是审美与崇拜之间所发生的一场"战争"。

按照佛塔的平面布置与立面造型，按照其形体的均衡对称，以及塔与周围环境的因借、和谐等形式律，而组织起来的建筑意象之美，是一种渗透着一定理性、情感，具象、抽象的美，可能不像佛教典籍或佛教壁画那样，向人具体描述佛的本生故事等，而只能以一定的建筑"语汇"、象征符号，向人暗示特定的佛教教义，可是，佛塔作为一种"有意味的形式"，在传达其佛教意绪的同时，又传达了美的信息，这些信息，不限于佛的说教。

从佛塔建造者角度看，塔的崇高或优美，是塔的空间意象所固有的吗？非也。能工巧匠的建造过程，是一定佛教崇拜的物化过程，而其总是生活在世间，关于柴米油盐、生老病死等俗情、俗志，多少会留迹于佛塔，即使遁入空门，也依然是系于世间的空门，不可能做到绝对不食人间烟火。因而，不管对佛国何等的虔诚迷狂，其心灵绝不能绝对绝缘于世俗。人对世俗美好事物的执著，是一种生命本在的力。无所执著，固然是教义所一再宣说的，是一种绝对的"理想"，而绝对无所执著，实际上是难以实现的。比如一个大德高僧，如果其精神已经进入了绝对无所执著的境界，那么，比方说其早晨一觉醒来，要不要起身、要不要穿衣、要不要走到佛堂去做早课，等等，就不知如何行动。

因之，从审美与崇拜的关系看，当人类在进行审美时，可以将其看作是一种属人而积极的人的本质的对象化，由于任何人的本质对象化，是一个无尽的历史过程，它同时是人的积极兼消极性本质力量的异化，由此便构成了难舍难分的"对象化"与"异化"的人的本质的实现。从审美与崇拜关系看对象化与异化，其实审美与对象化、崇拜与异化二者间，是相互勾连的。当某种自然与社会力量阻碍与压倒人对美好境界的追求时，在无可奈何中，这种属人的精神伟力，可以转化为对于佛国、天堂之类的精神崇拜，崇拜是审美的一定历史的异化。中国佛塔，是积极的本质对象化和消极的异化的产物，而异化劳动的另一面，也有对象化的因素存在，便是古代异化社会何以还能够创造美包括建造美之佛塔的缘由。在异化劳动中，仅仅意味着美的创造力收到了摧残、压制而不是被毁灭。

从崇拜角度看，佛塔之美受到了佛教信仰的"推拒"和"拥抱"；从审美角度看，佛塔也是一定的审美理想的有限宣泄，它们是对象化与异化、审美与崇拜之间所达成的冲突、调和与妥协。

百态千姿

中国的塔，并非每一座都是佛塔，还有绝少作为孤例的道塔，塔基下所埋的，是道士的遗骸。这种文化现象的出现，是道、佛合流的证明，实际上是道教向佛教文化的一种"借用"或可称之为"移植"，不足为奇的。还有一种塔的孤例，主要表现儒家思想、人间情调，几乎没有佛的影子。正如前文所提及的，是福建晋江石狮镇东南5公里处的姑嫂塔，建于南宋绍兴年间（1131—1162），如今已有约800年的历史了。此塔又名万寿宝塔、关锁塔，为泉州湾一带名胜。

姑嫂塔是一座五层檐的楼阁式塔，高21.65米，可供登临。塔名"姑嫂"，已充满世俗意味。据《闽书》，昔有姑嫂为商人妇，商贩出海久不回，姑嫂登高而望之，若望夫石然。塔中刻二女像。可见，该塔的主题，并非礼佛，而表思夫之情。故《闽书》说其犹如望夫石。

唐人曾有诗云："闺中少妇不知愁，春日凝妆上翠楼。忽见陌上杨柳色，悔教夫婿觅封侯。"说的是"闺怨"。姑嫂塔也是一首"怨诗"，不过"写"在大地之上。在历史风雨中，姑嫂塔又曾寄托了侨胞思乡之情。闽南自古侨乡，每每背井离乡、出海为侨时，回望此塔而潸然，一旦回归，遥见塔影，又热泪盈流。

中国佛塔文化的丰富性，表现为型类之盛与形式之繁，为历代佛教信徒与匠师的杰出创造。

佛塔的分类，可以取多种视角。

从塔的平面分类，有正四边形（正方形）、正六边形、正八边形、正十二边形与圆形；从塔的层檐数分类，有单层、三层、五层、七层、九层、十一层、十三层、十五层、十七层等，如果是楼阁式塔，则相应的，是单檐、三檐、五檐、七檐、九檐、十一檐、十三檐、十五檐、十七檐等；从塔的建造材料分类，有木塔、砖塔、石塔、铁塔、铜塔、琉璃塔、银塔与金塔等；从塔的空间造型分类，有楼阁式、密檐式、覆钵式、亭阁式、金刚宝座式、花式、过街式等；从塔的功能分类，又有可登与不可登临的塔。古往今来，中国佛教宗门甚多，各宗各派的佛塔造型往往不一。不同历史时期的塔，在佛教风色与美学风貌上，也可能有区别，如唐塔与宋塔，就有不同的时代特点。在结构上，由于用材的不同，一般可分实心空心、便是没有内部空间与有内部空间的两种。大型的塔，往往有内部空间；楼阁式塔，一般都具内部空间，其内设楼梯踏步，以供登临。同样是佛塔，不同民族如汉族与傣族塔的造型，就大相径庭。

楼阁式塔较为多见，其造型往往最为巨硕，历史悠久，如山西应县木塔然。

中国传统建筑以土木为其主要用材，早在印度佛教东来前，中国已经能够建造多层而高大的楼阁。《说文》云，"楼，重屋也"，就是多层的楼宇。楼，实际起于原始巢居，由巢居发展为干阑式建筑，即屋子下部由数根立柱（通常为四柱）支撑上部屋宇，从结构看，干阑式，分上下两部分，是楼宇即重屋的雏形。《尔雅》称，"狭而修曲曰楼"。由于用作横梁的木材长度有限，开间不能太大，又造成了二层的楼宇，故而楼的空间造型，就显得"狭而修（长）"即高耸起来。这里，"曲"的意思，指楼宇立面外形的参差不齐。实际中国古代的楼与阁是不一样的，楼为"重屋"即二层或二层以上，阁的造型特点，通常为四周设槅扇或栏杆回廊。《淮南子》有"高台层榭，接屋连阁"之记。所谓"阁"，是一种高于地面的建筑，登阁而可望远。所谓"阁道"，即栈道，一种以建筑方式所营构高出地面的通道，源于"阁"。司马迁《史记·高祖本纪》云："辄烧绝栈道。"司马贞说，"栈道，阁道也"，"崔浩云：'险绝之处，傍凿山岩，而施版梁为阁'"，此是。

楼阁之制，以二层或二层以上为基本造型，其上为人字形坡顶。楼阁坡顶出挑，造型优美、舒展、壮观。唐人王勃《滕王阁序》有"滕王高阁临江渚，佩玉鸣鸾罢歌舞。画栋朝云南浦云，朱帘暮卷西山雨"句，把个楼阁的美描绘得很有神韵。

楼阁式塔的最大特点，是塔檐出挑与檐角反翘，以及层与层之间距离较大，其塔身便是多层楼阁造型。无论楼阁式木塔，或仿木结构的砖塔与砖木结构的塔，一般塔檐出挑深远，造成强烈的空间意象。其实用功能，出挑深远在于不让或少让溜水侵湿塔身。从结构看，楼阁式塔内部设有楼层，有木制楼梯，或砖石梯步，以供登临。人登临时，上得塔来，可以从塔身的塔门走到塔身楼阁上。其内部楼层，一般与外显于塔身的层檐一致。也有设有暗层的楼阁式，其内部楼层多余塔身外观层檐。楼阁式一般有飘逸、轻盈的美感。

密檐式塔的造型。一是层檐紧密，自第二层以上，塔檐层层叠叠，层与层间距离短乍；二是塔身第一层的尺度尤其高耸，作为全塔注目处，这里集中了诸如佛龛、佛像与雕柱、斗栱、门窗造型等塑造装饰；三是其造型实际由楼阁式演变而来。其演变，由木构变为砖筑，由于砖这种材料出挑的性能较差，便不得不将层檐间的距离大为缩短，造成"密"的效果。且塔檐的出挑程度不能过大，短檐是其特点之一，便造成浑朴的美；四是密檐式塔不能登临，檐短而难以供人在塔身外沿站立，即使如北魏嵩岳寺塔、唐小雁塔等，其塔内是空心的，有梯级上下，只是为了内部维修的方便，并非供人登塔外眺；五是辽代之后，据罗哲文《中国古塔》一书，中国密檐式塔中的空心塔例，已近绝迹，"全部填成了实体，成为实心高塔，完全不能登临了"。而"塔的下部普遍增加了一个高大的须弥座，座上有雕饰富丽的佛像、菩萨、伎乐以及狮、象等动植物图案。第一层塔身上也增加了很多雕饰，例如佛龛、佛像、菩萨、飞天、隐作的门窗、柱子、斗栱、椽桄等等"，"第一层塔身以上的各层檐子之下，增加了斗栱、椽子、飞头和瓦陇等仿木构部分，又大量吸取了楼阁式塔的木结构成分。整个塔的外形达到了一个更为繁复、华丽的高峰"。

覆钵式塔的造型，具有鲜明的佛教教义的象征性意蕴。所谓覆钵，即倒扣的钵形之谓。钵，佛徒食具，也是名物，梵文钵多罗（patra）的简略音译。因而，钵是佛教的一个象征。《行事钞》下之二云："十诵钵，诸佛标志，不得恶用。"钵与袈裟，同为佛的标志，指佛的传承、传法。

覆钵式塔的塔身为覆钵之形，其上塔塔身下为须弥座，整个造型，依稀可见坟丘的影子。

覆钵式塔，早在北魏时的云冈石窟浮雕作品和敦煌壁画中已见踪影，而其繁荣，在元代喇嘛教盛行之时。当时，西藏地区喇嘛教繁盛，内地也流行这一教派。相应地，覆钵式塔多有建造。现存北京妙应寺白塔，便是典型的覆钵式塔。明清之际，覆钵式塔仍为多见。这种塔式，在崇拜与审美上，富于特点。

最后，关于过街塔，可以说是很中国化的一种塔式。它不建于山巅水畔、村边路旁，而是建造在城镇的街道之上，是一种横跨在街路之上的塔。其造型，与一般佛塔相差很大。它的下部是一个门洞，上部有喇嘛塔的造型，一般不甚高峻。它是中国传统城关式建筑与喇嘛塔相结合的一种形制。江苏镇江有一个过街塔，横跨在一条原通向长江渡口的街道之上，由上下两部分构成。下部是门式建筑，上部为小型喇嘛塔。在北京居庸关云台，也建有一个过街塔，上部三座喇嘛塔并列，下部是门式通道，供人通行。

供人在塔下通行，是过街塔的显著特征。出于如是佛教理念：建造该塔，意味着礼佛的"方便"。佛教有苦修，念经、跪拜、吃斋、焚香甚至自残等等繁多"劳什子"，都不要了，将"磨砖岂能成镜"这一理念推向极致，无论男女老幼、王公贵族、文人学子，还是鸡鸣狗盗、引车卖浆者流，你想成佛吗，只要在过街塔下经过，就算礼佛一次，再也不必去寺庙烧香拜佛、潜心苦修了，岂不"方便"？过街塔又开启了一个十分方便的"方便之门"，证明这一民族的灵魂里，宗教意识是十分淡薄的。

中国佛塔的形制多种多样，可谓千姿百态，不能尽述。而一般佛塔的基本构造，还是相当一致的，是一与多的有机统一。

大凡佛塔，自下而上，由地宫、基座、塔身与塔刹四部分构成。

地宫，佛塔的地下建筑部分。其建造灵感，直接来自中国陵墓建筑。地宫即地穴，也称"龙宫"或"龙窟"。以龙为名，体现了中国传统文化的强势精神。在原始图腾文化中，中华历来崇拜神龙，自称"龙的传人"。《周易》以龙卦（乾卦）为第一卦，对龙绝对推崇。佛塔的地宫称龙宫，是佛教与中国传统文化的结合。地宫具有实用性功能，主要藏纳舍利函、佛经以及其它文物。尤其是舍利子，藏在石函或以金银、玉翠为材料的匣子中。也有些佛塔的地宫，无石函之类，而是直接将经卷、佛像以及其它法器，掩埋在其间。地宫的密封性要好，以便隔潮。在建筑结构上，要求更高。地宫一般以砖、石砌成，且以石为材者多，为的是尽量能够承重。地宫实际是个小型"地下室"。

塔基即佛塔基座，其位置可在地宫之上，一般将地宫建在基座的中心位置。它的上部为"露明造"。现存有些佛塔，由于年代久远，已经看不出塔基上部，倒好像没有塔基似的，是佛塔沉降的缘故。这可能有三种情况。一是早期中国佛塔如北魏嵩岳寺塔，其塔基本就低矮、简陋，年代又久远些，如今几乎看不见塔基。考古发现，有的古塔的塔基，仅约20厘米高，技术结构上的欠缺，导致无数早期佛塔早已倒塌无存；二是与塔基的土质有关。土质疏松又不注意夯得十分坚实，或同时所建塔基的用材和结构不够厚实牢固；三是与塔身塔刹的形体大小、用材的质地重量有关。

从唐代起，中国佛塔的塔基，一般愈显高巨，是技术、结构的进步。塔基高大，可以使全塔更稳固，在崇拜、审美上，亦使塔的空间意象，显得更高耸而脱俗。现存唐塔如西安大雁塔、小雁塔与泛舟禅师塔等，都有一个高耸的塔基。在佛教理念上，也是从魏晋南北朝佛教"苦空"意识，走向唐代重佛教禅悟意识颇为明丽"世俗"的一个转变。

从辽代起，塔基的建造，有了一个理念上的发展。不仅把塔基看作一种技术，在结构上必须满足承重不倒的力学要求，而且注意发挥塔基的精神意义。从俗谛看，塔基用于负重，是保证全塔稳固屹立的物质性构件；从真谛看，应当让众生由此能够领悟塔基是金刚不坏不倒的佛国世界的象征。须弥座式塔基的大量采用与建造，无疑丰富、提升了佛塔的佛教意蕴。所以在中国佛塔文化史上，辽塔塔基即此后的塔基，有一个别称，为"须弥座"。有的佛塔须弥座式塔基，还造成了一个仰莲的形制，使得其象征性意蕴更为丰富。

须弥座者，佛典所谓须弥山中央最高的山，在山巅安有一个须弥座，称佛座。其独一无二，不可亵渎。须弥山，印度佛教经典所言居于佛世界的中央之山、最巨之山。又称妙高山，高巨无比。《长阿含经》如是描述："须弥山王顶上，有三十三天城，纵广八万由旬。其城七重，七重栏楯，七重罗网，七重行树，周匝校饰，以七宝成。城高一百由旬，上广六十由旬，城门高六十由旬，广三十由旬。相去五百由旬有一门，其每一门，有五百鬼神守侍，卫护三十三天。金城银门，银城金门，乃至无数众鸟相和悲鸣，亦复如是。"这里，"三十三天"，佛教"忉利天"别称，位于须弥山巅，实指佛教的所谓无上"天宫"。天宫以三十三天神守护之。陈允吉、胡中行主编《佛经文学粹编》云，"三十三天"者，"其中央为帝释天，四方各有八天，合称三十三天"。"四方各有八天"，共三十二天，还有一天，即帝释天，无比崇高之天。"由旬"，古印度计量里程的单位名称，"约相当于一日行军路程，一由旬有四十里、三十里、十六里等不同说法"。即以一个由旬为十六里计，"八万由旬"之类，皆在竭言须弥座巅之高、广，试想整座须弥山，何其伟大。而其"周围加以精心设计庄饰"的"七宝"，指金、银、水晶、琉璃、赤珠、玛瑙、砗磲等，佛教称为"七宝"。关于"七宝"，佛经所说不甚一致，反正都指稀世珍宝。

可见，须弥山上的须弥座，至高无上之佛座，处于世界中心，永固不坏，百炼不销，又其高无比、其深无比。无论其崇拜、审美，都象征佛性。

佛塔的主体是塔身。佛塔多种多样，塔身造型大别。楼阁式、密檐式、覆钵式、过街式，等等，各呈其姿态，各领风骚。从外形看，楼阁式的塔身立面节奏感强，由其层檐出挑所决定，檐角起翘，塔檐可呈为微微下垂之弧线之状，有悦、优美、灵动之美感。有的塔例，在起翘的檐角上，系有铃铎，风吹铿然，大有"梵音到耳"的神秘和美，尤其在静夜里，铃铎之响，就更显得梵音印心。密檐式因其檐层紧密，显得节奏快捷，出檐短浅，使得塔身有浑朴之感。无论平面圆形或多边形的密檐式塔，都有冲天的动感。覆钵式塔身十分巨大，其立面节奏，不如楼阁式、密檐式那般丰富，而其平面为圆形，显得十分伟岸、有力而圆融。

佛塔屹立在大地上，无论白天阳光普照还是月夜里，都会在大地上，留下美丽的阴影，且徐徐移动，是大地上"写"出随写随没的"书"的轨迹。

从建筑材料看，塔身的美感也各呈千秋。木塔的质感偏于熟软，看上去相当亲和；石塔生糙些，会激起坚固不坏的联想，尤其久经风雨、岁月磋磨，其沧桑之感动人心魄。砖塔又是另一种味道，千年塔身，雕饰模糊难辨而留下了风雨的漫渍，背阳处长出苔藓，或者有些倾颓，甚而在塔顶塔身，不经意处长有几茎衰草，使得整个世界，仿佛无比苍凉。每当阴雨霏霏，湿漉漉的塔身上，是湿漉漉的"诗意"，错认作一座"诗碑"。

从建筑结构看，一般并非外露，其内在结构，却对塔身造成直接影响。罗哲文《中国古塔》一书说，如木塔的塔身结构，在"塔身四周立柱，每面三间，立柱上安设梁枋、斗栱。承托上部楼层。每层都有挑出的平座和栏杆游廊"。要不是亲自进入塔身看看，是不会直到其内部结构的。砖塔塔身，是一个以砖砌成的空桶式形制，有的中立一根木质中心柱，以高巨木柱自下而上，直贯全塔，显然是力学上的结构需要，为了塔身的稳定而设，但也是源自印度支提窟中心柱的遗存。河北正定天宁寺木塔，就是如此。另一种砖木混合式塔，罗哲文《中国古塔》说，"是从木结构塔，转化为砖石塔的一种结构方式，即塔身用砖砌，塔檐、平座、栏杆等部分均为木结构。塔的砌壁内，也砌入木梁、木枋，并挑出角梁和塔檐"。这种结构，可以在上海松江方塔、杭州六和塔等宋塔上见出。另有一种砖石塔的塔身，"在塔的主体结构上，完全摆脱了以木材作为辅助构件的结构方法。塔身全部用砖砌造"，其塔内中心柱，也是完全以砖石砌就的。

塔刹，是全塔的最高构件，其通常的造型为尖顶，但与西方中世纪的教堂尖顶有别。教堂的尖顶上往往设有十字架的造型，有的一座教堂上，有多个尖顶，佛塔塔刹的精神意义，在于象征佛的庄严崇高。

刹，又称乞叉、乞洒，梵文ksetra译音，指一切佛法不可得之义，一切文字究竟无可言说。《金刚顶经》云，乞叉之义为"一切法尽不可得故"。《文殊问经》说，"称乞洒时，是一切文字究竟无言声"。刹，又称刹土，指佛之"田土"，西方净土，精神皈依处。《慧苑音义》曰，刹"此曰土田也"。塔刹冠表全塔，象征佛土、佛国、佛境。

在崇拜兼审美意义上，塔刹有凌云之造型，直指苍穹。一般塔刹，自成一个小塔，其造型由刹座、刹身与刹顶三部分构成。以刹座为刹基；以刹身为全刹主体部分，其上可有许多圆环，佛经称为相轮或云金盘、承露盘。相轮又称轮相。《行事钞·资持记》下有云："相轮者，圆轮耸出。以为表相故也。"《名义集》七云："言轮相者，僧祇云，佛造迦叶佛塔上施盘盖，长表轮相。经中多云相轮，以人仰望而瞻视也。"

相轮是礼拜佛陀、佛法的标志。不同类型、品级的佛塔，相轮的大小与数量的多寡不同。早期中国佛塔，相轮数多少不一，多者达到数十，少者仅为三、五。被火焚的洛阳永宁寺塔，据记载有相轮三十重，时代较早的四门塔，相轮仅五重。大致唐以后，塔刹的相轮数，以一、三、五、七、九、十一、十三为常见。所谓十三相轮制，为喇嘛塔刹常则，以象征所谓"十三天"。十三天，有"十三空"之义。十三空：内空、外空、内外空、有为空、无为空、无垢空、性空、第一义空、空空、大空、波罗蜜空、因空、佛果空。

刹顶为全塔最高处，一般由所谓"仰月""宝珠"构成。有的佛塔刹顶称作"水烟"，为避雷火所击而得名，属于巫术"文字禁忌"之一例。

塔刹的审美意义，在于使得塔的空间意象更为玲珑多姿。

美不胜收的中国佛塔。

拔地而耸　凌空而圆

现存中华大地之上的佛塔，年代最为久远的，大约数河南登封嵩岳寺塔。

梁思成曾说："河南登封县嵩岳寺塔，北魏孝明帝正光元年（520）建，为国内现存最古之砖塔。"这一结论的证明资料来源，为《中国营造学社汇刊》第6卷第1期所载刘敦桢《河南省北部古建筑调查记》一文。刘敦桢，是与梁思成齐名的建筑大师。刘氏的"调查"结论可从。多年来，嵩岳寺塔为现存中国最古佛塔的这一学术结论，得到学界几乎一致的肯定。而20世纪80年代，建筑学家曹汛撰文以为，该塔实为唐塔，"建于唐代"，列出其所检索到的证据。某年笔者应邀在同济出席一建筑学博士学位论文答辩会，曹汛先生亦是被邀者。会后，就这一问题，笔者曾当面向曹汛请教。后，有学人表示"不敢苟同"。这一学术"公案"，目前只能存疑。

从一般情况看，中国古代尤其在唐以前，佛塔的建造，往往与佛寺的建造同时。据考，嵩岳寺塔是与嵩岳寺同时建造的，或者先建造寺，稍后建塔，否则，何得名之曰：嵩岳寺塔？据有关资料，嵩岳寺坐落于中岳嵩山，历史悠久，规模宏伟，天下闻名。该寺建于北魏宣武帝永平二年（509），本为宣武帝离宫，当年因宣武帝佞佛而"舍宫为寺"。北魏孝明帝正光元年，改称"闲居寺"，进行了大规模的重建和增建。庙宇连绵，殿阁错综，达千余间。香火特旺，曾有僧众700余人。嵩岳寺这一称名，直到隋文帝仁寿元年（601）才有的，在520—601这80年间，都称闲居寺。隋唐是嵩岳寺的极盛期，唐以后逐渐为河南另一名刹少林寺所代替。少林寺的僧兵，因帮助李世民打天下，而尤宠于唐王朝，有僧兵武装，有朝廷赐予的大量庙属田产。而现存嵩岳寺遗构，仅残破的三间山门、一二残碑而已。

嵩岳寺塔的建成，大约与闲居寺同时或稍后。可能初名闲居寺塔，到隋初（隋建于公元581年）才随闲居寺改名为嵩岳寺塔。唐人李邕《嵩岳寺碑铭》云，"嵩岳寺者，后魏（引者注：北魏）孝明帝之离宫也。正光元年牓闲居寺广大佛刹（引者注：佛塔）"，塔"十五层者，后魏之所立也。拔地四铺而耸，凌空八相而圆"。

这一记载，应该是可靠的。

在空间造型上，他的平面，为正十二边形，象征佛说"十二因缘"。全塔15层，高39.8米。塔基较为低矮，是早期中国佛塔的通例即一般形制。塔身下部高耸，第一层壁面平坦，其上为叠涩檐，檐的出挑浅短；上部角隅处设倚柱一，柱头火焰宝珠与覆莲纹饰，倚柱下为平台与覆盆柱础。塔第一层四个立面（注：四正位置，即南北东西）设门样造型，其余八个立面，各有一单层方塔形壁龛，突出于塔壁，很是醒目。第一层以上，有密密向上发展的十四层叠涩檐，每层檐的周长逐渐递减，造成整座佛塔外观，呈现为向上的轻盈、浑秀的抛物线造型，俗称"炮弹形"，显得既稳重又灵秀。塔刹以宝珠、相轮与仰莲等造型做成，成为全塔冠于全塔的一个优雅"句号"。嵩岳寺塔，主要以青砖、黄泥砌成，千百年风雨侵蚀，使其外观呈为质朴的浅黄色，留存至今，是一大"奇迹"。虽为正十二边形，因年代古悠，看上去似乎一点儿不"漂亮"，却富于深沉的历史感。

雁塔题名

去古城西安访游，值得去会会西安名胜之一的大雁塔。

大雁塔，一座难得的与历史上文人士子关系密切的塔，可以说有一种传承于唐以来的富于书卷气的"雁塔文化"。

大雁塔，原名慈恩寺塔。慈恩一名，源于唐代佛教慈恩宗，由大德玄奘（600—664）及其门徒所创立，以玄奘曾经入住的慈恩寺名宗。而世俗社会，却将"慈恩"指为父母生育之恩泽，作出了"儒"的解读。唐高宗李治，仰其母高德崇母恩而建慈恩寺，可以说，是佛、儒合流的一个文化产品。高宗永徽三年（652），因慈恩寺玄奘主持建慈恩寺塔，于是寺、塔配套了。玄奘曾赴印度取经，归国潜心于译经授徒，打算造一座石塔，用来收藏从印度取回的佛教梵文经典。而造塔石料一时难求，且造价过费一时不堪重负，权且先建一个土心塔，不久倾废。公元701—704年，正值则天晚年执政期间，因其佞佛而兴造此塔，以砖木结构建成，为七层方形楼阁式塔，塔内有盘道可供登临。大历年间，改为十一层。后经战火，只残存为七层。明时再遭损毁，于是在塔是外部砌成面砖以求保护。这便是今天我们所见的塔的模样。此塔于明代有面砖砌成外表，且由原本的十一层，变成了七层，檐部浅短，四周每一立面上，设有门洞。今日的慈恩寺塔，在庞巨、重实、端严、刚直的空间意象中，略显苯拙，实际并非原貌。

慈恩寺塔，又名大雁塔，与西安另一座小雁塔相应。

据《慈恩寺三藏法师传》卷三，古印度摩揭陀国有一佛寺，某日群雁掠空而过，忽然一雁折翅落羽摔死于地，僧众大惊，以为此雁即菩萨化身而遇难矣。遂议定建塔而湮埋雁骨以志供奉。故而，所建之塔又名大雁塔。

现存大雁塔，平面为近似正方形，正是唐人最喜欢的佛塔平面，方形显得大气而刚直。全塔总高为64米，基座的东西长度为45.9米，南北达48.8米，其空间意象十分磅礴有力。塔的南立面两侧，镶嵌以唐太宗亲撰《大唐三藏圣教序》和高宗亲撰《大唐三藏圣教序记》碑两通，为唐大书家褚遂良书体。名碑配名塔，不同凡响。

大雁塔闻名天下，与历史上举子及第雁塔题名有关。按唐代风俗，大凡科考及第者，皇帝赐游，雁塔题名，可谓第一等人生快事。唐时，此塔还是砖木七层方形楼阁式塔，可供登临，登高望远，踌躇满志，其喜洋洋矣。

诗人岑参，曾在玄宗天宝十一年秋自安西回京述职时，与高适、杜甫、薛据、储光羲等诗友，同等此塔，有岑参《与高适薛据同登慈恩寺浮图》一首传世：

> 塔势如涌出，孤高耸天宫。
> 登临出世界，磴道盘虚空。
> 突兀压神州，峥嵘如鬼工。
> 四角碍白日，七层摩苍穹。
> 下窥指高鸟，俯听闻惊风。
> 连山若波涛，奔凑似朝东。
> 青槐夹驰道，宫馆何玲珑。
> 秋色从西来，苍然满关中。
> 五陵北原上，万古青濛濛。
> 净理了可悟，胜因夙所宗。
> 誓将挂冠去，觉道资无穷。

诗人杜甫《同诸公登慈恩寺塔》诗云：

> 高标跨苍穹，烈风无时休。

自非旷士怀，登兹翻百忧。

方知象教力，足可追冥搜。

仰穿龙蛇窟，始出枝撑幽。

七星在北户，河汉声西流。

羲和鞭白日，少昊行清秋。

秦山忽破碎，泾渭不可求。

俯视但一气，焉能辨皇州。

回首叫虞舜，苍梧云正愁。

惜哉瑶池饮，日冥昆仑丘。

黄鹄去不息，哀鸣何所投。

君看随阳雁，各有稻粱谋。

两首名作，一则偏于"喜"，一则偏于"忧"，皆因大雁塔而起兴，而境界有别。好比1923年仲夏夜，朱自清俞平伯同游秦淮，以同题"桨声灯影里的秦淮河"撰写散文，成篇的却是味道不一。岑参诗状大雁塔危峻摩天气势恢宏，老杜于此略逊一筹，所寄者，却比岑参深沉些。岑参明言"誓将挂冠去，觉道资无穷"，有崇佛的念头；老杜却说自非"旷士"，惟"登兹翻百忧"也。且笔锋一转，轻轻嘲讽登科不得的"黄鹄"，只得"哀鸣何所投"，说那些"随阳雁"，虽则洋洋自得，无非"各有稻粱谋"罢了。

天下无数建筑包括这里正在讨论的中国唐代大雁塔，殊不等于诗歌、绘画、雕塑与书法等等，建筑并非纯粹审美性的文学艺术，但其空间意象，不拒绝诗歌等的审美意象的相互与参与，同时丰富、深化了建筑意象和文学艺术的诗性。历史上，大批文人学子对于建筑意象的题咏和歌述，极大地拓展了建筑意象的美。这两首名诗，对于我们领悟、理解大雁塔的人文意蕴而言，是不可多得的。

峻极神功

河南登封嵩岳寺塔是中华大地上现存最古老的一座砖塔，则山西应县（古称应州）城西北的佛宫寺释迦塔（即应县木塔），是我国现存最古的一座纯木构佛塔，可谓"峻极神功"。该塔建于辽代清宁二年（1056），距现今约950多年历史。据说，当时曾由一个名叫"田和尚"（可惜未知全名）的奉敕募款而建，功德无量。

应县木塔，高67米余，现存中国唯一纯木构塔例，也是世界古代纯木结构建筑中最为高巨的。此塔底层直径达30米，自古没有比这更大直径的塔例了。塔平面为正四边形，正如前述，此为象示佛教教义"八正道"无疑。其外观为八角五层密檐式，兼有暗层四级，从结构看，实际是一座九层大奇之塔。

奇在何处？

该塔木构，可以说达到了中国木构建筑技艺的最高成就，全塔结构，运用木构榫卯技术，不用一颗铜钉或铁钉，技术水平高超绝伦。此塔是完全依靠这种结构方式和技术建造起来的。

早在7 000多年前的浙江河姆渡文化遗址中，出土的远古干阑式建筑构件上，已可见到中国最古的木构榫卯技术。试想那时，作为建筑材料加工的工具何等原始、粗陋、落后，大约也只能是石刀石斧之类，竟能加工原始木构的榫卯，实在不可思议。对此，笔者只能套用眼下时兴的一句上海民间流行语："哇，中华先人不要太聪明啊哦"，或者称其"冰雪聪明"亦可。时至辽代，这种源远流长的榫卯技术，已经发展到十分圆熟的地步，应县木塔的这一"奇"，也就不足为奇了。

应县木塔，建造在两层台基之上。一般佛塔，只有一层台基，此塔却有两层，其高达到4米，以石为材，无疑提高了木塔的抗震能力。塔的立柱形制，取内外两槽制度，构成了一种双层套筒式木结构。柱头与柱头间，以栏额与普拍枋相构。柱脚与柱脚间，有地栿等构件以榫卯相构。内槽与外槽间，有梁枋连接。暗层之内，还施用了大量的斜撑。这一切，大大加强了构件与构件间的相互拉力和塔的结构整体性，使得全塔成为一个彼此紧密相系的"凝固"的整体。这便是为什么自塔建成以来950年间屹立不倒的缘故。据史书记载，在塔建成到元代顺帝时期200多年间，经历了山西历史上一次大地震，且连续七天余震不断，无数建筑被摧毁了，而应县木塔得以独存，并非什么"风水好""老天保佑"的缘故，而是此塔所独具的以木为材的榫卯技术，真正经受住了由蛮野自然力所给予的考验。

在审美上，应县木塔作为辽塔，充分体现出辽代建筑的一般风格。辽建于中国北方，在年代上去唐未远，其建筑尤其宫殿、寺院与佛塔等，多染唐风。唐代建筑的大气磅礴、阔大严正，给予辽代建筑以深远的影响。应县木塔是一个显例。辽建于公元937年，其势力不久便侵入云朔、幽蓟（今山西、河北北部），危患于北宋达百数十年之久。梁思成《中国建筑史》说，辽代建筑"深受唐风之熏染"，"实宗唐末边疆文化，同化于汉族，进而承袭中原北首州县文物制度之雄者也"。又云，辽代"凡宫殿佛寺主要建筑，实均与北宋相同。盖两者均上承唐制，继五代之余，下启金元之中国传统木构也"。应县木塔，具有高巨的空间体量，出挑深远的密檐，平缓的层檐坡度，粗硕、雄浑的塔的构件，尤其成熟的榫卯技术，就水到渠成了。

应县木塔可供登临。历史上，有不少帝王曾经登临此塔，一览河山，有"普天之下，莫非皇土"之慨。元代至治三年（1323），英宗途径应州，曾登塔游观。明成祖朱棣，曾赐书"峻极神功"四字匾额，那是明永乐四年（1406）北征登塔时所书。武宗朱厚照，也于正德三年（1508），登临该塔时书题"天下奇观"四字，其墨迹至今留存于第三、四层间的塔檐之下。明代诗人乔宇《题应县木塔》诗云："矗矗栏杆面面迎，盘空万木费支撑。山川一览云中胜，烽火遥连塞上兵。岁纪辽金留往迹，郡经秦汉有威名。云梯踏遍穹窿顶，蜂蚁纷纷下界行。"写出了应县木塔的风姿神韵、空间意象之美，以及登临之磅礴的内心感受，值得沉吟一二。

几疑身在碧虚中

料敌塔，又称瞭敌塔。其正儿八经的大名，叫作开元寺塔。

开元寺塔，始建于北宋。有寺僧会能者，从西天竺取经得舍利东归，于宋真宗咸平四年（1001），请示朝廷建造开元寺、塔，于是真宗下诏开建，历时55年，于仁宗至和二年（1055），此寺此塔竣成。迄今，原开元寺早已无存，千百年间，唯有开元寺塔，屹立于现河北定州市内，似在向人"诉说"其岁月的悠久与苍凉。

现定州市，古称定县，北宋时称定州。当时，北宋王朝与中国北方契丹军事冲突严重，定州地处敌我军事要冲。开元寺塔，建在一个颇高的地形上，又全塔总高84米，是当时也是现存中国最高的一座佛塔。此塔可供登临，是因为它的建筑形制为楼阁式。平面为正八边形，共十一层檐。结构上，分为内、外两层。内层中心正八边形柱体内，设有砖阶直达塔顶。塔的全部层檐，皆有游廊环绕，可凭栏远眺。此塔的特殊之处，除崇拜兼审美功能外，很重要的，是其实用之功。那便是供我方登塔瞭望敌情，在这一点上，它是一座居高瞭望塔。此塔俗称料敌塔，是以军事俗情的眼光，来看待佛教建筑。当登塔瞭望敌情时，所凸显的，是其实用功能，同时感受"佛祖保佑"的"安全"，大概是中国人一种独特的文化心态了。

在空间造型上，八角十一层檐的料敌塔，要造得尽可能的高大，尽可能凸显佛法佛性的崇高，同时为实用之需。此塔十分高危挺拔，在巨硕的身量上，可以感受一股浑秀之气。是颇受唐风影响的一座早期宋塔。

塔的第一层塔身较为高耸，造成了全塔空间意象的耸峙之感。这是佛塔的一般"做法"和特点。第一层塔檐设有平座，第二层以上，只设塔檐而无平座。塔檐出挑不够深远，以砖砌为层层叠涩而成，而其断面富于明显的凹曲韵律感。全塔呈现白色，比例匀称，结构严谨。各层面的东西南北四个方位即四正上，都设有对称的塔门。在其东南、西南、东北、西北四隅上，饰以假窗。在其外部各层门券之上，装饰以原本为彩色的火焰纹。塔顶，是一个雕饰着忍冬花纹的覆钵形构造，其上安设铁制承露盘与青铜质地的塔刹。

料敌塔给人最大的审美感受，在于高峻之美。古人有诗云，"每上穹然绝顶处，几疑身在碧虚中"，此之谓也。

据罗哲文《中国古塔》，料敌塔曾经近千年风雨，而仍然大致保持了塔的原貌，可谓难能可贵。历史上，曾对此塔小有修缮，而全塔风貌基本未改，是中国现存佛塔中比较少见的。1984年，"塔的东北部外壁忽然崩塌下坠，其原因可能是这一部分塔基残坏，加上以往曾多次地震，使上部结构开裂而造成的"。这一崩塌，可能因地震所积下的"老伤"所致。岂料，意外地使人更了解些该塔的内部构造，"塔的中央好像是一根上下贯通的砖柱，砖柱的外形也是一个塔的形状，被称为塔内包塔"。这也便是前文所说的"结构分为内、外两层"的意思。这种"做法"，是绝无仅有的一例。且在塔的内夹层中，发现保存完好、色彩鲜丽的壁画和彩画，还有北宋碑记数十通，令人惊喜。

方正灵逸之美

在现上海市区西南部，有龙华寺与龙华寺塔，相传始建于三国东吴赤乌年间（238—250），是上海历史上最古老的寺塔名胜。现存龙华寺塔，再建于北宋初太平兴国二年（977）。

上海地区另一座著名塔例，是松江兴圣教寺塔，俗称松江方塔。

该塔原本建于兴圣教寺旁，位于原松江城内东南隅的市桥之西，始建于五代后汉乾祐二年（949），初名兴国长寿寺。寺建成后100余年间，尚未建塔，直到北宋熙宁年间（1068—1077），才建成了这一兴圣教寺塔。现存松江古塔，明清历代多有重修，最近曾修缮于1975—1977年，而该塔的主要结构与形制，依然是北宋原物。

松江方塔这一称谓，一般上海市民都会知晓，倘若说兴圣教寺塔，反倒茫然不知。

松江方塔的出名，在一个"方"字上。该塔的平面为正方形，每边宽仅6米，其形体不算巨硕，并非以巨硕、高峻而震撼人心。该塔外观为九层密檐式，其高48.5米，是一座砖木混合结构的佛塔。其第一层外周有木构回廊，每一层都设有木构平座与塔檐。全塔形制，因袭唐风，为处于唐式与宋调之间的砖木结构之塔的壶门形式，门内通道施叠涩藻井，内室设有券门形式，券门之上月梁、外檐的罗汉枋、撩檐枋等，都是北宋原件。松江方塔，是江南古塔中保存原有构件较多的一座。

凡是观瞻过此塔的人们，都认为方塔很美。美在哪里？"方"之故也。该塔有方正之美。

从其塔身欣赏，该塔自下而上，线条刚直，有刚挺气质、凌然之趣。而其九个层檐的出挑十分深远，且坡度平缓，显得尤为舒展，似大鹏展翅。又因其四个檐角反翘，檐部呈为优美而微微下垂的弧形线条，造成了整个方塔的空间意象，在方正气质中蕴含秀逸之态。加上塔刹高耸，有耸立之概。整座方塔，在坚稳、方直的造型中，不乏灵逸的神韵，其线条既简洁明快，又舒展潇洒。

这座名塔，保存了诸多北宋"历史"，其外观的"陈旧"与古朴，唤起了观赏者的历史沧桑感。塔身被岁月所磨损的印迹，被风雨所浸渍的古旧，使得本是有些浮躁的心，沉静下来，感悟到古塔的人文魅力。层层塔檐，造成"凝固之乐音"的韵律，似展开的鹏翼，给人以"飞动"的美感，本是土木所建构的沉重的佛塔，仿佛失去了一切重量而临空欲飞，一种有如生命灵动的感悟与感恩，便在其中了。它默默无语，却依稀歌声嘹亮，响彻云天；它静静伫立，却守持着无数的晨曦夕月、家国往事。

沉雄之趣

北京现存的文物古迹之多，冠表全国。尤其建筑名胜，几乎到处都是。好像不经意处，就会不期而遇，让人感慨系之。

妙应寺白塔，位于北京西城区阜成门内大街之北。妙应寺，始建于辽寿昌二年（1096），与寺同建的塔，在元至元八年（1271），由元世祖毁而重建，现存大型喇嘛塔，即北京妙应寺塔。

元代盛行喇嘛教，即藏传佛教。喇嘛的意思，为藏语所言"上师"。上师，藏传佛教对于大德高僧的尊称。指那些佛学修养高深、为人师表、一心导引信众修行的僧人。藏传佛教，始于8世纪时，有印度僧人寂护、莲花生等，入藏传播显、密二教。9世纪，西藏佛教曾被赞普朗达玛严禁，至10世纪后期，在吐蕃新主的扶持下，藏传佛教得以复兴，并逐渐流布于全国。

喇嘛教教义，是佛教与西藏原有的"苯教"长期斗争、影响的产物。

13世纪后期，元朝统治者大力倡导喇嘛教，且传入蒙古族聚居地区。其教义，以大小乘兼以大乘为主。大乘之中，显、密兼备，而尤重密宗，以无上瑜伽密为最高修行次第。其主要派别，有格鲁派（黄教）、宁玛派（红教）、葛举派（白教）和萨迦派（花教）等。

喇嘛教在教义、教规等方面，不同于一般佛教，造成喇嘛塔之独特的空寂造型。北京妙应寺白塔，作为中国现存最古、最大的一座喇嘛塔，很是典型。

该塔建造于一个高大的须弥座之上，由塔基、塔身与塔刹三部分构成。塔基为须弥座，塔身为覆钵形，塔刹为"十三天"相轮制。

该塔的特别之处，在于其一，空间造型并非汉地常见的楼阁式或密檐式，无层檐外形，其塔基设有三层须弥座，为方形折角造型；其二，塔身的平面为圆形，是一个尤其巨大的覆钵形，类似倒扣的覆钵，俗称"塔肚"，成为注目中心。巨大的塔肚，带有印度窣堵坡一般的造型遗存，外形特别粗巨而稳健。

塔肚之上安设塔刹，其造型突然紧缩，形成劲细之态。其三，塔刹、由刹座、刹身与刹顶所构，刹座，又是一个须弥座，而劲细小型化了，俗称"塔脖子"。其上安置刹身，由所谓"十三天"构成十三重相轮。相轮之上为刹顶，覆以平面圆形的宝顶。宝顶为铜质构件，也称华盖。刹顶，实际是又一座小型喇嘛塔，强调了对于窣堵坡的信仰。在妙应寺塔的刹顶上，有一题刻留存至今，为"至正四年仲夏重修"字样。至正四年，即公元1344年，证明此塔在元末得以重修。其四，一般佛塔，由地宫、塔基、塔身与塔刹四部分构成，且一般佛教名物，如舍利函、经卷、佛像以及其它如宝珠、衣冠等，皆藏于地宫或偶而藏在塔身、塔刹等处。妙应寺白塔的地宫，未曾言及，这不等于不设地宫。当然，所有的塔，由于物理力学上地基沉降的缘故，没有地基的塔，是不可能的。一般为地基在下，地宫在地基之上，成为地基的一部分，而有些佛塔的地基是没有地宫的。妙应寺塔没有有地宫，只能由考古来证明。此塔有诸多佛教文物，已在塔顶铜制的小型喇嘛塔形制中发现。1978年维修此塔时，曾在塔顶发现属于清乾隆年间的一批珍贵佛教名物，包括当时"乾隆爷"所赐僧冠、僧服与佛经等。在塔顶华盖处，还发现遗存当年工匠修缮时，似乎有意留下的一对瓦刀和抹子，很有点儿意思。其五，绝大多数中国佛塔，是中国匠人的作品，出于外人之手的，绝无仅有。妙应寺白塔，是由元代入仕于朝廷的尼泊尔工匠阿尼哥所设计建造的。可能有中国工匠参与，而不起主导作用。其六，该塔通体白色，故称白塔，表示佛法净洁之义。其造型敦厚、重实，尤其塔肚及一下，显得非常岿然、稳健，有"金刚不坏"之概。上部突然劲细，造成了审美上的上下对立与对应。一种庄严的奇妙与沉雄的美趣，高高屹立于蓝天的背景之下，尤为令人心撼。妙应寺白塔高50.9米，有恢弘、雄伟而圣洁的气度。

"报恩"奇观

最后说说历史上的金陵大报恩寺琉璃宝塔，称为"天下奇观"。

这一座佛塔，曾经在中华大地上屹立了400余年，消失于一个多世纪前，2010年获重建。该塔原为九层八角，高78.2米，其第一层的周长，为100米，由此可见其体量，是当时江南地区最高的一座佛塔。整个寺庙建筑与塔，由10万工匠与军工，历时近20年的辛苦劳作，建成于公元1431年，耗资248.5万两白银。

这里先说金陵大报恩寺。寺始建于明永乐十年（1412），竣工于永乐十年（1422）。据史载，这一佛寺规模恢弘，殿宇辉煌，寺域周长，有"九里三十步"之巨，盛时有僧众500名。其大雄宝殿，又称"碽妃殿"，为"奇"之一。

碽妃是永乐帝朱棣的生母。朱棣，明太祖朱元璋第四子。碽妃早产，作为一件"宫闱秘事"，碽妃被诬"不端"，都指称朱棣并非皇上的"种"。朱元璋闻听后大怒，下诏赐碽妃下牢，不久便将碽妃折磨致死。朱棣渐长，其长相很像朱元璋。明太祖疑惑之际，有大臣上奏，胎儿不足十月早产，不足以证明其母德行不端。帝自知悔之晚矣，故重于四子。朱棣长成，朱元璋让其握有重兵，封他做了燕王。朱元璋病故后，朱棣发动政变，一举攻陷首都南京，废除朱元璋长孙朱允炆的帝位，自立为帝，改元永乐，且迁都于北京。

朱棣为报母恩，即位未久，下诏大兴土木，造金陵大报恩寺并建塔供奉。但其所纪念的，是其苦难深重的慈母碽妃，故将此寺的主题建筑即大雄宝殿，称为碽妃殿。

金陵大报恩寺塔，位于寺区的大雄宝殿之后。是一座平面为正八边形九层的巍巍大塔。全塔外表，通体镶砌琉璃白瓷砖。其烧制尤难。每一块瓷砖一面的中部，都有一个佛像烧制而成。每一层的用砖数必须相等，因佛塔自下而上有逐层"收分"的要求，故每一层所用白瓷砖的体量及其佛像的尺寸，须逐层缩小。这种苛刻的工艺要求，所体现的，同时是对佛祖、对生母的虔诚和拳拳之心。

作为佛塔，自当不乏佛教建筑的特殊符号。如第一层八面的拱门间，嵌砌有四大天王像，以白石为材料。塔刹为九重相轮，以铁为材。据有关记载，相轮形制巨硕，最大的一个相轮，周长为古制36尺，重3 600斤。刹顶以金为材，用金材"二千两"。罗哲文《中国古塔》称，"整个塔的建筑，真说得上是金碧辉煌，五彩缤纷，光彩夺目"。

塔的地宫里，还储藏了诸多"宝贝"。有夜明珠、避火珠、避水珠、避风珠、避尘珠和宝石珠各一颗。有明雄100斤，黄金4 000两，白银1 000两，永乐钱币1 000串，黄缎2匹，还有茶叶100斤。许多藏品，都证明了永乐帝对于生母的至孝与怀念，实际是将其慈母作为佛祖一样的来敬重。

在外观上，从金陵大报恩寺琉璃宝塔的塔刹顶部，垂下铁索8根，各系于塔的8条垂脊之端，索上悬铃铎各9，共为72；各檐角又悬铃铎为1，共为8。全塔有悬铃凡80。风吹悬铃，日夜铿然有声，尤其夜晚，四下寂静，铃铎之声不绝，有"梵音到耳"之妙境。此塔建成，又在塔的内外，安置簧灯凡146盏，号"长明灯"。用童男100名，守持在塔，为其点灯添油，保其长明不熄。簧灯所用灯芯（一种很轻的白色灯草），直径达1寸有余，每夜耗灯油64斤。试想月黑风高之夜，大报恩寺塔灯火通明，该是何等意境；或遇月朗星稀，又该什么氛围？称其为"天下奇观"，并不为过矣。

参考文献

（1）《长阿含经》，大正新修大藏经，第一册，后秦 天竺三藏法师耶舍、竺佛念译

（2）《中阿含经》，大正新修大藏经，第一册，东晋 天竺瞿昙僧伽提婆译，道祖笔受

（3）《杂阿含经》，大正新修大藏经，第二册，南朝宋 天竺三藏法师求那跋陀罗译

（4）《杂譬喻经》，大正新修大藏经，第四册，东汉 月支沙门支娄迦谶译

（5）《百喻经》，大正新修大藏经，第四册，尊者僧伽斯那撰，萧齐 天竺三藏法师求那
毗地译

（6）《道行般若经》，大正新修大藏经，第八册，东汉 月支三藏法师支娄迦谶译

（7）《妙法莲华经》，大正新修大藏经，第九册，后秦 龟兹三藏法师鸠摩罗什译

（8）《佛说无量寿经》，大正新修大藏经，第十二册，三国魏 天竺三藏法师康僧铠译

（9）《佛说阿弥陀经》，大正新修大藏经，第十二册，后秦 龟兹三藏法师鸠摩罗什译

（10）《大般涅槃经》(北本)，大正新修大藏经，第十二册，北凉 天竺三藏法师昙无
谶译

（11）《佛说维摩诘经》，大正新修大藏经，第十四册，三国吴 月支优婆塞支谦译

（12）《维摩诘所说经》，大正新修大藏经，第十四册，后秦 龟兹三藏法师鸠摩罗什译

（13）《佛说安般守意经》，大正新修大藏经，第十五册，东汉 安息国沙门安世高译

（14）《四十二章经》，大正新修大藏经，第十七册，东汉（题）西域沙门迦叶摩腾、竺
法兰译

（15）《大智度论》，大正新修大藏经，第二十五册，龙树菩萨造，后秦 龟兹三藏法师
鸠摩罗什译

（16）《中论》，大正新修大藏经，第三十册，龙树菩萨造，梵志青目释，后秦 龟兹三藏法师鸠摩罗什译

（17）《十二门论》，大正新修大藏经，第三十册，龙树菩萨造，后秦 龟兹三藏法师鸠摩罗什译

（18）《百论》，大正新修大藏经，第三十册，提婆菩萨造，后秦 龟兹三藏法师鸠摩罗什译

（19）《中观论疏》，大正新修大藏经，第四十二册，隋 吉藏撰

（20）《肇论》，后秦 僧肇撰，《中国佛教思想资料选编》第一卷，石俊 楼宇烈 方立天 许抗生 乐寿明编，中华书局，1981

（21）《高僧传》，慧皎撰，金陵刻经处本，《中国佛教思想资料选编》第一卷，1981

（22）《出三藏记集》，僧祐撰，金陵刻经处本，《中国佛教思想资料选编》第一卷，1981

（23）《弘明集》，四部丛刊影印本，《中国佛教思想资料选编》第一卷，1981

（24）《大乘起信论校释》，真谛译，高振农校释，中华书局，1992

（25）《创造人间净土》，《太虚大师全集》第四十七册，上海大法轮书局，1948

（26）《佛家名相通释》，熊十力撰，中国大百科全书出版社，1985

（27）《印度佛学源流略讲》，吕澂撰，上海人民出版社，1979

（28）《中国佛学源流略讲》，吕澂撰，中华书局，1979

（29）《四十二章经辩证》，梁启超《佛学研究十八篇》，中国台湾中华书局，1976

（30）《中国佛教》（凡四辑），中国佛教协会编，知识出版社，1980、1982、1989、1989

（31）《金刚经新式注释》，娄西元撰，河北人民出版社，1991

（32）《阿弥陀经白话解释》，黄智海演述，印光法师鉴定，上海古籍出版社，2014

（33）《汉魏两晋南北朝佛教史》（上下册），汤用彤撰，中华书局，1983

（34）《汤用彤学术论文集》，汤用彤撰，中华书局，1983

（35）《佛教与中国文学论稿》，陈允吉撰，上海古籍出版社，2010

（36）《佛教文学精编》，陈允吉、陈引驰主编，上海文艺出版社，1997

（37）《佛教文学粹编》，陈允吉、胡中行主编，上海古籍出版社，1999

（38）《成唯识论直解》，林国良撰，复旦大学出版社，2007

（39）《僧肇评传》，许抗生撰，南京大学出版社，1998

（40）《印度佛教哲学》，黄心川撰，中国社会科学出版社，1979

（41）《中国佛学史》，胡适撰，《胡适学术文集》，中华书局，1997

（42）《中国佛教文化史》（凡五册），第一册，孙昌武撰，中华书局，2010

（43）《中国佛教史》，第一卷，任继愈主编，中国社会科学出版社，1981

（44）《中华佛教史・汉魏两晋南北朝佛教史卷》，张雪松撰，山西教育出版社，2014

（45）《汉魏两晋南北朝佛教》，郭朋撰，齐鲁书店，1986

（46）《中国佛教史》，黄忏华撰，东方出版社，2008

（47）《中国佛教哲学要义》上下卷，方立天撰，中国人民大学出版社，2002

（48）《敦煌变文集》上下集，王重民　王庆菽　向达　周一良　启功　曾毅公编，人民文学
　　　出版社，1984

（49）《坛经校释》，唐慧能著，郭朋校释，中华书局，1983

（50）《汉传佛教因明研究》，郑伟宏撰，中华书局，2007

（51）《敦煌歌辞总编》凡三册，任半塘编著，上海古籍出版社，1987

（52）《从汉语对佛教譬喻的取舍看比喻的民族差异》，梁晓虹撰:《佛教与汉语史研
　　　究——以日本资料为中心》，上海古籍出版社，2008

（53）《新编诸子集成》，中华书局，1992

（54）《墨子间诂》上下册，孙诒让撰，孙启治点校，中华书局，2001

（55）《东西文化及其哲学》，梁漱溟撰，《梁漱溟全集》第一卷，山东人民出版社，1989

（56）《中国人性论史・先秦篇》，徐复观撰，生活・读书・新知三联书店，2001

（57）《中国哲学十九讲》，牟宗三撰，上海古籍出版社，1997

（58）《新编中国哲学史》（凡三卷），劳思光撰，广西师范大学出版社，2005

（59）《王弼集校释》上下册，王弼撰，楼宇烈校释，中华书局，1980

（60）《中国小说史略》，鲁迅撰，东方出版社，1996

（61）《魏晋风度及文章与药及酒之关系》，鲁迅:《而已集》，人民文学出版社，1973

（62）《魏晋南北朝文学批评史》，王运熙、杨明撰，上海古籍出版社，1989

（63）《文心雕龙注》上下册，刘勰撰，范文澜注，人民文学出版社，1978

（64）《历代论画名著汇编》，沈子丞编，文物出版社，1982

（65）《〈周易〉的美学智慧》，王振复撰，湖南出版社，1990

（66）《中国美学的文脉历程》，王振复撰，四川人民出版社，2002

（67）《中国美学史新著》，王振复撰，北京大学出版社，2009

（68）《建筑美学》，王振复撰，台北地景股份有限公司，1993

（69）《中国古代文化中的建筑美》，王振复撰，台北博远出版有限公司，1993

（70）《王振复自选集》，复旦大学出版社，2015

（71）《小乘佛学》，［俄］舍尔巴茨基撰，宋立道译，中国台湾圆明出版社，1999

（72）《大乘佛教》，［俄］舍尔巴茨基撰，宋立道译，中国台湾圆明出版社，1999

（73）《佛教逻辑》，［俄］舍尔巴茨基撰，宋立道 舒晓炜译，商务印书馆，1997

（74）《中国佛教通史》第二册，［日］镰田茂雄撰，中国台湾佛光文化事业有限公司，
　　　1993

（75）《天台哲学的基础》，［美］保罗·L·史万森撰，史文、罗岗兵译，上海古籍出版
　　　社，2009

（76）《佛教征服中国》，［荷兰］许里和撰，李四龙等译，江苏人民出版社，1998

（77）《神学与哲学》，［德］潘能伯格撰，李秋零译，商务印书馆，2013

（78）《费尔巴哈哲学著作选集》下卷，［德］费尔巴哈撰，荣震山、李金山译，商务印
　　　书馆，1984

（79）《东方民族的思维方法》，［日］中村元撰，林太、马小鹤译，浙江人民出版社，
　　　1989

（80）《死论》，［德］E 云格尔撰，林克译，生活·读书·新知三联书店，1995

（81）《身体意识与身体美学》，［美］理查德·舒斯特曼撰，程相占译，商务印书馆，
　　　2014

（82）《新科学》上册，［意］维柯撰，朱光潜译，人民文学出版社，1986

（83）《历史的起源与目标》，［德］卡尔·雅斯贝尔斯撰，华夏出版社，1989

（84）《理性的胜利——基督教与西方文明》，［美］罗德尼·斯达克撰，管欣译，复旦
　　　大学出版社，2013

（85）《符号、文化、城市：文化批评哲学五题》，［德］海因茨·佩茨沃德撰，邓文华
　　　译，四川人民出版社，2008

（86）《古代世界的巫术》，［瑞士］弗里茨·格拉夫撰，王伟译，华东师范大学出版社，
　　　2013

中国美学范畴史·导言

中国美学范畴史的动态三维结构

近年，学界研究中国美学范畴的学者及其著述甚多，已经和正在取得令人欣喜而丰硕的学术成果。尤其如道、气、意象、意境、气韵、感兴与风骨等各别中国美学范畴的研究，其精彩而有相当思想与思维深度的著论不断涌现，令人鼓舞。

然而，迄今中国尚缺少一部完整的，有理论逻辑与历史、人文特色的《中国美学范畴史》，总不免让人感到有些遗憾。多年以来，笔者一直有一个心愿，希望为这一重要学术课题的研究，贡献一点绵薄之力。

呈现在读者面前的这一部著作，是一个三卷本。第一卷，中国美学范畴的酝酿（自先秦至秦汉）；第二卷，中国美学范畴的建构（自魏晋至隋唐）；第三卷，中国美学范畴的完成、终结（自宋元至明清）。从酝酿、建构到完成，中国美学范畴史的发展，经历了一个漫长的文脉演替的文化历程。其间所产生、发展与嬗变的重要美学范畴及命题数以百计，体现出纷繁复杂、丰富深邃的人文面貌与人文品格。矛盾与冲突、对越与回互、整合与嬗变、消亡与兴起，构成其内在的、有声有色的"美"的旋律，达到历史与逻辑、思想与思维、自然与人文以及人性与人格的统一。

笔者认为，中国美学范畴史，是一个"气、道、象"所构成的动态三维人文结构，由人类学意义上的"气"、哲学意义上的"道"与艺术学意义上的"象"所构成。这三者，作为中国美学范畴史的本原、主干与基本范畴，各自构成范畴群落且相互渗透，共同构建中国美学范畴的历史、人文大厦。与古代欧西文化相比较，中国古代文化确实更多地呈现出生命特色，其诗性的强势与葱郁，是中华之伟大生命力的辉煌的日出，由此体现出原始混沌、天人合一的诗的体悟、象的观照与道的超越。但这不等于说，中国古代文化不具备其本在的思性的特质。否则，以理性形态面貌出现的诸多哲学、美学范畴何以产生？中国古代文化固然以生命为旗帜、为底蕴，却也不排拒知识与思性之本涵。仅仅是这一文化本涵，一般地融渗在对生命的领悟之中罢了。中国古代文化，是诗性与思性、天人合一与天人相分、生命之气与知识之思的统一。

正是基于这一基本认识，本书认为，由"气、道、象"所构成的这一三维结构，确是中国美学范畴史的基本结构。这一基本结构的内部矛盾运动，推动了中国美学范畴史的向前发展，构成其不息的文脉历程。

一

为求进一步解读中国美学范畴史的这一动态三维结构，我们先从"范畴"这一中心词谈起。

范畴，希腊语καηropld译名。无论英语category、德语kategorie、俄语категория还是法语categorie，都是该希腊文字的不离其宗的演变，均指事物种类、类目、部属与等级。用于数学与哲学，专指范畴、类型。

在汉语中，范，本作範，指模型，如铜范、钱范。东汉王充《论衡·物势》云："今夫陶冶者，初埏埴作器，必模范为形，故作之也。"也指以模型浇铸，如《礼记·礼运》所谓"范金后土"。而早在《易传》中，已有"范围天地之化而不过"的见解，此"范"，已具规模、把握的意义。畴，田亩，指已耕作、管理的土地，此即东汉许慎《说文》"耕治之田也"的意思。《吕氏春秋》有"农不去畴"之记，高诱注云："畴，亩也。"《礼记·月令》所谓"田畴"，"谓耕熟而其田有疆界者"。此言善。

可见，范，模范、规范之义；畴，田亩耕作而有人为规矩、疆域者。范与畴作为概念，源自先民的手工与农事实践。

《尚书·洪范》有"洪范九畴"之记。

据《尚书·洪范》，周文王十三年，武王向贤人箕子询问治理天下之大法。

"箕子乃言曰：'我闻在昔，鲧陻洪水，汩陈其五行。帝乃震怒，不畀洪范九畴，彝伦攸斁。鲧则殛死。禹乃嗣兴，天乃锡禹洪范九畴，彝伦攸叙'。"此所言，从鲧治水败、禹治水成而说治理天下之方略。这里所谓"洪范"，《汉书·艺文志》云："禹治洪水，锡（赐）洛书，法而陈之，洪范是也。"《淮南子·泰族训》说："禹凿龙门，辟伊阙，决江濬河，东注入海，因水之流也。"所以，"洪范"之本义，指遵循洪水本性（所谓"因水之流"）而因势利导。这里所谓"范"，已有因"法"、循"法"即因循事物本质规律以就人事的意思。而《尚书·洪范》所言"九畴"，即"初一曰五行；次二曰敬用五事；次三曰农用八政；次四曰协用五纪；次五曰建用皇极；次六曰乂用三德；次七曰明用稽疑；次八曰念用庶徵；次九曰响用五福，威用六极"。蔡沈《书经集传》注云："此九畴之纲也。"又说："洪，大。范，法。畴，类。""洪范九畴，治天下之大法，其类有九。"

可见，从《尚书·洪范》虽未检索到作为复合词的"范畴"一词，但从"洪范九畴"这一命题，已能大致扪摸"范畴"本义。先秦思想家、哲学家所说的"名"以及宋代之后一些思想家、哲学家所说的"字"，大致具有"范畴"的意思。如先秦名家主张"循名责实"、墨家倡言"以名举实"，"名"是与"实"相对应的。又如南宋陈淳《字义》与清代戴震《孟子字义疏证》的所谓"字"，实际指范畴。

范畴是关于思想与思维趋于成熟或已经成熟的一种知识形态与理性形态，是人类理性及其思维的言辞表述，它体现一定事物的本质属性与内在联系。在任何学科领域，一旦出现范畴与范畴群落，一定程度上意味着这一学科的知识、理论范型正在或已经建构。范畴是思想、思维及其理性的标志，它体现了一定历史、人文阶段的认识的自由。自在的自然界在未被主体把握之时，对人而言是无序而混乱的。它一旦为主体所把握，则意味着与人照面的世界的意义向人生成。范畴是自在"黑暗"的世界被"照亮"，它具有"洞明"的思性品格。然而，范畴并不一定是体现思性的整体的理论形态，它仅是整体理论形态的凝聚、浓缩、节点与纽结，或可称之为思想与思维的筋骨与血脉。任何理论形态，都是由表现为语言文字符号系统的一系列概念、逻辑、推理与判断等思想与思维方式所构成的，就符号系统及其所指而言，它是名词、术语、命题、概念、观念与范畴等的综合集成。理论可能体现系统化了的、具有一定意义（通常指向事物的本质及其联系）的理性认识，其思想、思维特征，是趋于全面性、系统性与逻辑性。一定的真理性与实践性，是正确的理论形态的基本品格。而范畴作为一定理论形态的重要构成，它严重影响甚至决定了一定理论的成熟程度及其真理与实践的品格。

就范畴与名词、术语、命题、概念、观念之关系而言，如果说名词仅是一定事物、现象的称谓，那么，术语是各门学科中具有约定俗成意义的专门用语；如果说术语仅是一定语境中相对稳定的专用语，那么，命题通常指具有明晰意义的一个词组或判断的语句；如果说命题因内含一定判断之真义而具有逻辑性，那么所谓概念，便是一定事物、现象之特有属性的逻辑形式；如果说，概念体现了一定的思想性与逻辑性，那么，观念是与一定的看法、见解与思想联系在一起的；如果说观念（理念）是一定的思维活动的思想成果，那么范畴，便是反映事物、现象之本质联系的基本概念、观念（理念）。范畴体现出较高层次之思维的严密性、稳定性、深致性、逻辑性与思想性。因此可以说，从名词、术语、命题、概念、观念到范畴，是人类从感性认识到知性认识到理性认识的不断深化。在本质上，范畴是思性或思性与诗性相兼的一种思维凝聚状态。它是一定的思想积淀在一定的思维方式之中，一定的思维方式负载且升华为一定的思想。离开思想之作为一定思维方式的范畴，或离开思维之作为一定思想的范畴，都是不存在的。范畴是思想与思维的映对与统一。

不仅如此，范畴作为人类的思维工具，体现了人类思想的历史水平及其人文水平。范畴是思维的思想成果，而人类之有深度的思维与思想，不可以没有范畴与范畴的运用。这种范畴的建构与运用，无疑是历史性、时间性的。"每一时代的理论思维，从而我们时代的理论思维，都是一种历史的产物，在不同的时代具有非常不同的形式，并因而具有非常不同的内容。"①古希腊哲学的"逻各斯"、"数"、"原子"，中世纪神学与哲学的"上帝"，牛顿古典力学的"力"、"惯性"、"绝对时间"与"绝对空间"，爱因斯坦的"相对"以及海德格尔的"存在"，胡塞尔的"意向性"与近年学界正热烈讨论的"现代性"、"后现代性"

---

① ［德］恩格斯:《自然辩证法》,《马克思恩格斯选集》第3卷，人民出版社，1966，第512页。

或"解构",等等,都不同历史水平地体现了范畴的人文时间性与空间性。范畴是一个动态的时空系统。范畴的发生、发展与消亡,是一个自然时空、人文时空之不断展开与实现的思维与实践过程。这一过程,同时包容了范畴与范畴之间的对应、冲突、嬗变、转递与整合。

这也便是各门学科、各种理论形态所可能建构的辉煌而灿烂的范畴史,一种关于自然与人文、科学与技术、人性与人格、思想与思维、感性与理性、情感与意志等的文脉历程。

范畴可以是一种相对稳定的知识、理论形态。这形态的动态流程,便是范畴的历史性、时间性的现实生成,它"存在"、"存活"在一定的历史语境之中。范畴史,应当是一门历史科学。

因而研究范畴史,必须做到"还原历史"、"回到文本",并坚持"历史优先"的治学原则。研究范畴史,包括研究中国美学范畴史,应当努力做到历史与逻辑的统一。不是将具有历史与人文之具体性、现实性的范畴简单地、人为地裁剪为逻辑问题,而是相反,须把范畴的逻辑问题,拿到一定的历史"语境"(context,亦可译为"文脉")中去求得解决。"历史优先",是本书所努力遵循的治学之则。力求从"我注六经"到"六经注我",是笔者想要达到的学术境界。

在强调范畴的时间性、人文性的同时,关于范畴的空间性问题的研究,也是不容忽视的。任何范畴都是一个时空结构。一个美学范畴比如"美"这一范畴,假如仅仅具有时间性而无一定的空间性,这一美学范畴,当然是不"现实"、不"存在"、不能成立的。范畴的空间性是指,某一范畴及其群落在时间运动中的横向联系与运动的自然性兼人文性,或是范畴群落与群落之间在时间语境中悖立、互融的自然兼人文属性。这便是说,作为范畴史的研究方法,作为"史"的意识与理念,还应当坚持纵向研究与横向研究相结合。

二

中国美学范畴史的人文时空结构究竟如何?究竟有没有一个诗性与思性相统一的结构?如果有,具体而言又是怎样的一种结构?关于这三个相关的问题,在当今中国美学界,一直存在着分歧与争论。

　　有一种见解认为，既然中国文化在本根、本蕴上是一种东方独特的生命文化，那么作为生命文化在审美上具有诗性是必然的、无可争辩的。而文化审美的诗性，实际便是在感性意义上关于人之生命、生活与理想的直觉、感悟。因此，中国美学范畴史不是其他什么别的，它是关于中国人的生命觉悟、生命智慧与诗性智慧之发生、发展、转递直至消解的历史。但由于生命审美的诗性在文化素质、品格与本涵上是排斥概念、逻辑、推理与判断的，因而，尽管中国古代美学自有属于它自己的一些术语、命题甚至范畴，但这不等于说，学界有关"中国美学范畴史"的提法是合理的。这种见解还认为，就一些中国美学术语、命题与范畴而言，它们不像西方古代美学那样具有鲜明的知性意义上的可分析性的人文品格，它们通常是模糊的、含蓄的、多义的与游移的，这也便是中国生命文化、诗性根因与自古天人合一的文化使然。因此这一见解以为，固然古代中国有美、有美之发展的历史，这并不等于有"美学"与"美学范畴史"。而即使有"美学范畴史"，又凭什么称它具有一个诗性与思性相统一的人文时空结构呢？

　　这一见解，对"中国美学范畴史"在学理上的"合法性"提出了质疑。

　　问题是，这一质疑是否有道理？这里稍加分析。

　　其一，中国文化在本质上的确是一种东方独特的生命文化，这一点在学界早已达成共识，自无疑问。诸如成篇于战国中后期的《易传》有云，"生生之谓易"、"天地之大德曰生"。在《周易》中，关于"生"的智慧体现得很葱郁、很深邃，"生"乃易理之根本。我们知道，《周易》通行本（包括本经与《易传》）是一部兼容先秦道家自然哲学思想、阴阳学说与原古巫筮之术遗存的先秦儒家经典。儒学的基本理念在于重"生"。梁漱溟曾经指出，在儒家思想中，"这一个'生'字是最重要的观念"。"孔子没有别的，就是要顺着自然道理顶活泼流畅地去生发。他以为宇宙总是向前生发的，万物欲生，即任其生，不加造作必能与宇宙契合，使全宇宙充满了生意春气"。[①]先秦道家也重视生命问题，通行本《老子》所谓"谷神不死，是谓玄牝。玄牝之门，是谓天地根"的"根"，虽从女性生命、生殖立言，却是指人之生命本原。庄周也有"气聚则

---

① 梁漱溟:《东西文化及其哲学》,《梁漱溟全集》第一卷, 山东人民出版社, 1989, 第448页。

生，气散则死"、"通天下一气耳"的生命哲学思想。《易传》所谓"天地絪缊，万物化醇。男女构精，万物化生"的思想与思维，其实道出了整个中国古代文化、哲学与美学的基本特点，体现出"天人合一"的文化思路。"生"是一个文化主题，一个共名，它是中国文化及其审美的本色，这是毋庸置疑的。

有什么样素质、品格与本蕴的文化，就有什么样的哲学、美学与艺术审美。不是什么"文化决定"论与"文化宿命"论，而是中国人的审美包括艺术审美的生命属性与生命意蕴，直接便是中国生命文化、生命哲思的有机构成与诗性升华。不是在生命文化、哲思之外另有什么生命的审美及其艺术，而是两者在"生"这一点上始终同质同性、不分彼此。两者并非决定与被决定、派生与被派生的关系。文化之"生"、哲思之"生"与审美及其艺术之"生"，是同一个"生"，仅仅其各自的表现形态不同罢了。就中国文化之审美及其艺术而言，并非另有所"生"。

苏渊雷在论及易理之根本时曾说过，"生生之谓易"者，易之根本在于"生"。"故言'有无'、'终始'、'一多'、'同异'、'心物'而不言'生'，则不明不备；言'生'，则上述诸义足以兼赅。易不骋思于抽象之域、呈理论之游戏，独揭'生'为天地之大德、万有之本原，实已摆脱一切文字名相之网罗，而直探宇宙之本体矣"。①这本体，其实也是所谓天人合一的本体。学界盛言"天人合一"，却未曾推究这"一"指什么，试问天人合一于何？答曰：合一于"生"，"一"者，"生"也。这也没有疑义。

其二，虽然中国文化、哲学、美学及其审美都是钟爱生命的主题，都是崇"生"的，但同样是"生"这一主题，其体现在实践意义上的中国文化、审美及其艺术和体现于中国哲学、美学的人文理论意义，是不一样的。

就中国文化、审美及其艺术实践而言，人的生命不是作为问题被认识、被思考的，而直接便是人的生活、人的世界与人的心灵本身，它是感性的、经验的、直觉的、领悟的，是一种生命直观的现实存在。人的生命直观，就是人对生命自身的审美、移情、体验与领悟。从人的生命直观出发，自然宇宙、社会人生及其艺术审美，都是生气灌注、气韵生动的，其共同、共通的人文意蕴与

---

① 苏渊雷：《易学会通》，中州古籍出版社，1985，第65页。

品格无疑是诗性的。这诗性之直接的呈现，是审美感觉、意绪、移情、感悟及愉悦，等等。在这里，并不是没有意识、知觉、理智、认识、意志等历史与人文因素的现实存在与参与，而是融渗在审美瞬间与审美关系、审美过程之中，或是不可避免地成为这诗性审美之直接的历史性呈现的人文背景。这就是说，诗性审美具有两种情况，一是瞬间实现的审美，它是审美的直觉、直观、移情与顿悟，这种审美从表面看好像是排斥理性、知识而仅凭感性、感觉的，其实在这审美的感性、感悟之中已经积淀、融渗着一定的理性、知识等其他诸多因素，同时以理性、知识诸因素为审美瞬间完成的历史与人文背景；二是在相当时段甚至一定历史时期所进行与完成的广义的审美。作为在一定自然时间与人文时间中持续进行与完成的审美过程，其间当然包含一系列甚至是无数次瞬间实现的审美，然而在这过程中，主体确是并非时时、处处都"生活"在审美瞬间之中。求善（实用）、求知（科学）与求神（崇拜）等这些人把握世界的基本内容与方式，都无可逃遁地对审美施加直接或间接的影响（当然，审美也反过来影响求善、求知与求神等等）。这里，理性、知识等历史、人文因素，无疑并非因为审美有一种情况是"瞬间实现"的而变得可有可无。

因此，对于中国诗性文化、审美及其艺术而言，理性、知识等诸多因素，无论何时何地何人，自始至终就不是"缺席"、不"在场"的。只是其"在场"的方式、表现可能不同于西方文化及其艺术、审美罢了。它要么融渗于人的生命直观、生命审美的诗悟之中，好比古人所谓"蜜中花，水中盐，体匿性存，无痕有味"；要么作为其背景、作为影响因素而存在。而且，就求善（道德）、求知（科学）与求神（宗教）而言，其本身也有一个审美是否可能以及如何可能的问题。

因此，在中国诗性文化、审美及其艺术中，我们可以将"在场"、不"缺席"的理性、知识因素以"思性"因素来概括。毫无疑问，这种思性因素是常"在"的。要言之，中国文化并非只具诗性而缺乏思性，也并非因诗性而遮蔽思性，某种意义上可以说，是思性的诗性化，思性实现为诗性。

长期以来，学界往往以"诗性"与"思性"（或"知性"）来区别中西文化及其审美与艺术的文化特质。其通常的见解，认为中国的传统艺术、审美，是所谓"生命之树上的果子"，而西方则是"知识之树上的果子"，两者泾渭分明，不可通约。仿佛中国的"生命"与西方的"知识"绝对背悖，毫无相通、相契之处；仿佛这两种"果子"绝然不同，彻底否定人类文化之"树"原是同一棵"树"这一点。"五四"前夕，李大钊由于受西学影响甚深以及对中国传统文化取决绝否定的文化立场，十分强调中西文化（文明）的"根本不同"。他说："东西文明有根本不同之点，即东洋文明主静西洋文明主动是也。"梁漱溟称"李君这话真可谓'一语破的'了"。他虽然指出，"若如直觉与理智，空想与体验，艺术与科学，精神与物质，灵与肉，向天与立地，似很难以'动''静'两个字作分判"，但仍旧引用一长段李大钊的话来继续说中西文化（文明）的"根本不同"。

> 一为自然的，一为人为的；一为安息的，一为战争的；一为消极的，一为积极的；一为依赖的，一为独立的；一为苟安的，一为突进的；一为因袭的，一为创造的；一为保守的，一为进步的；一为艺术的，一为科学的；一为精神的，一为物质的；一为灵的，一为肉的；一为向天的，一为立地的；一为自然支配人间的，一为人间征服自然的。[①]

指出中西文化（文明）包括审美艺术的"不同"，自当具有一定的真理性。然而，强调两者的"不同"强调到什么程度，这在文化理念与跨文化研究的方法论上，确是一个值得令人注意的问题。在笔者看来，如此论述东西文化（文明）的"根本不同"，未免太嫌绝对。就拿其间所说"一为直觉的，一为理智的"这一点来说，固然"直觉"、"理智"作为各别的文化心理、心灵，其结构、氛围与功能各具特点，然作为人类统一的心理、心灵，又是彼此相通与溶涵的。直觉以理智为理性背景且融渗以理智因素，否则直觉便不可能发生；理智积淀为直觉。而理智的成熟，必伴随着直觉，两者并非冰炭不容、天壤之别。因此，以"一为直觉的，一为理智的"之类的言述来指称中西文化（文明）的"根本不同"，是不够准确的，或者可以说是失"度"的。

---

① 梁漱溟：《东西文化及其哲学》，《梁漱溟全集》第一卷，山东人民出版社，1989，第351—352页。

　　中西文化（文明）的区别当然是存在而不容抹煞的，但它绝不是诸如直觉与理智、艺术与科学、精神与物质、灵与肉之类之间的"根本区别"，而是直觉涵溶以理智因素与理智蓄潜以直觉，艺术不排斥科学与科学伴随着艺术，精神高蹈必以物质为羁绊与物质文明的进步涵摄以人文精神，以及东方重灵却不舍肉身、西方重肉身而高扬灵魂神圣之间的区别。

　　同样，中西文化之间，并不是诗性与思性（知性）的区别，而是在于，中国的思性实现为生命的诗性；西方生命的诗性逻辑地建构为思性。一个是思性的诗性化，一个是诗性的思性化。或者可以说，中国的诗性文化及其艺术、审美，是知识、理性之诗化为生命的感性、直观；西方文化及其艺术、审美，是生命的感性、直观之思化为知识、理性。如果说，东方中华把生命问题看作诗之精神的高蹈，那么西人则将生命作为知识问题来追问与思考。两者之别，一在思性实现为诗性；一在诗性沉潜为思性。而生命是中西文化会通的主题之一，仅仅其文化立场与态度不同而已。

　　新儒家代表人物之一的牟宗三曾经强调中西文化、哲学的"会通"。他指出：中西文化、哲学的"领导观念"，"一个是生命，另一个是自然。中国文化之开端，哲学观念之呈现，着眼点在生命，故中国文化所关心的是'生命'，而西方文化的重点，其所关心的是'自然'或'外在的对象'（nature or external object），这是领导线索"。一个是"生命"，另一个是"自然"，此言不差。但是牟宗三着重指出：

　　　　重点在生命，并不是说中国人对自然没有观念，不了解自然。而西方的重点在自然，这也并不是说，西方人不知道生命。[①]

这可以说，关于"生命"、"自然"的意识、观念在中西文化、审美及其艺术实践中不是不可会通的。不仅在"生命"意识与观念上，中西会通，而且在"自然"即所谓"外在的对象"之意识与观念上，中西亦是会通的。简言之，就中西文化及其审美实践而言，尽管两者之反差是如此地强烈与显著，然而生命与

---

① 牟宗三：《中西哲学之会通十四讲》，上海古籍出版社，1997，第11页。

自然、诗性与思性本可融通。

其三，那么，中国美学范畴史究竟有没有一个诗性与思性相统一的人文时空结构呢？

首先，中国美学范畴的发生、发展与转递甚至消亡，有一个文化根因，它深植于广袤而深厚的中国诗性（包含着思性）文化及其艺术审美实践的肥壤沃土之中，这是中国美学范畴得以建构的民族文化不竭的源泉。正如前述，艺术审美自然是诗性的，在这诗性中融渗着思性因素，否则便不成其诗性；艺术审美也自然同时是思性的，在这思性中洋溢着诗性因素，否则亦便不成其思性，此乃中西皆然，仅仅其结构、指向、着重点与功能有所不同罢了。

因此，从艺术审美实践角度分析，思性实现为诗性，诗性始终不离思性因素，这是中国美学范畴具有诗性兼思性生命的文化原生基础。

其次，中国美学范畴的酝酿、建构与完成，不仅从中国诗性文化及其艺术审美实践汲取原生的诗性兼思性的源泉，而且更重要的是，中国美学范畴本身，便是洋溢、涵溶着诗性精神的思性存在。如果说艺术审美实践过程中的诗性是显"在"的而思性是隐"在"的，那么，中国美学范畴作为一种理论形态，便是一种思性显"在"而诗性隐"在"之相兼的人文时空结构。大凡美学范畴，其诗性因素来源于艺术与审美实践，而在文化素质与心理学意义上，却是主体思考的成果，它的确是中国美学的一种理性、理论表述，仅仅不同于诸如西方美学范畴而已。关于审美，关于艺术的术语、概念、命题与范畴之发生、发展与转嬗等等，其文化素质、品格与人文水平，在本原意义上是依存于艺术、审美实践的，但中国美学范畴，确实是关于知识、理性，关于头脑思维"酝酿"、"总结"的结果。比如"天人合一"这一文化、哲学与美学命题，就其指称的审美实践而言，是一积淀着思性因素的诗性结构。原始混沌、物我同一、主客浑契、审美移情、审美通感与禅悟、诗悟等等，都是这样的"天人合一"的诗性结构。然而，作为美学命题的"天人合一"的历史与人文内涵，情况要复杂一些。就这一命题的思想素质与指向而言，确指物我、主客浑契、移情、通感与领悟、直观等等的审美心灵图景与氛围，而就这一命题的命名与指称方式来说，恰恰是天人相分的。否则，这一命题便不能以一定的语言、文字方式创构出来。"在场"的审美，必然是"当下"的审美；"当下"的审美，必然是"天人合一"

的，它是一种直觉、直观，是蕴含着思性因素之诗性的心灵图景与氛围。然而作为美学命题的"天人合一"，不是指"当下"的诗性的审美实践本身，而是指对诗性之审美的过程、成果与条件的思考及其成果，它本质上是一种理性认识，无疑是主客二分、天人相分的。从其理论素质、思维分析，它不是"诗"，而是"思"。凡"思"，都是主客二分、天人相分的，否则何以成"思"？当然，在这"思"中，是蕴涵着诗性的，故可称之为始终不离于"诗"的"思"。

在中国美学史上，关于"天人合一"这一命题或涉及这一命题的论述很多，它构成了一个群落。有所谓"天人感应"、"天人相通"、"天人一气"、"天人无间"与"天人相与"等等。虽然从文本看，首先提出"天人合一"这一命题的，大约是北宋张载。《张子正蒙·乾称篇下》有云："儒者则因明致诚，因诚致明，故天人合一，致学而可以成圣，得天而未始遗人，《易》所谓不遗、不流、不过者也。"而从其人文意识之源起看，早在原始"万物有灵"论中，已具端倪。人与物均有"灵"，人、物合一于"灵"。原始巫文化以"巫"既通天，又通人，天、人相通于"巫"，这是人类学意义上的"天人合一"。《孟子·尽心上》说："尽其心者，知其性也；知其性，则知天矣。存其心，养其性，所以事天也。"尽心、知性、知天、存心、养性与事天，这是指圣人之心性与天的相通与合一，而其境界，偏偏是通过"知"来达到的。"知"本身，是思性的，包含实践理性内容的。因而就思维方式而言，是"天人相分"的。以"天人相分"的思维方式，来思考天人合一这一问题，这便是孟子关于尽心、知性、知天、存心、养性与事天的认识论思想。孟子的名言之一，是"心之官则思"。当然，孟子提倡、强调天人合一的圣人境界。《易传》在阐述乾卦之意义时发挥说："夫大人者，与天地合其德，与日月合其明，与四时合其序，与鬼神合其吉凶，先天而天弗违，后天而奉天时。"这便是《易传》著名的"天人合德"说，此所言"德"，指"性"。在《易传》看来，"大人"与"天地"即天、人之所以"合一"，是因为两者"德"（性）相同之故。《庄子》倡言"心斋"、"坐忘"，这正如老子所谓"致虚极，守静笃"之境，可以《庄子·达生篇》的文本表达，称为"以天合天"。这里，前一个"天"，指主体虚静玄无之心，指精神自然，后一个"天"，指外在自然，因而"以天合天"这一命题，已是美学意义的"天人合一"这一命题的前期文本表述。这种表述的内容，指审美实践意义之"心斋"、"坐忘"的天人合一即物我、主客浑契境界。可是，关于这一境界的思考、思维方式，确是建立在"天人相分"的"思"之基础上的。汉儒董仲舒《春秋繁露》云，"惟人道为可以参天"，"在人者亦天也"。这两个命题的内容，说的都是天人合一、天人感应的道理。这道理何以说出？恰恰有赖于董子"天人相分"的思想与思维方式。这是因为，如果连天、人二者在人文概念、理念上都分不清楚，试问董仲舒又何以能够懂得并且表达"天人合一"（天人感应、天人相通等）这道理？董仲舒关于"天人合一"问题之最明晰的表述，即"以类合之，天人一也"。此有如北宋程颢《语录十一》所言，"人与天地一物也"，在"物"这一点上，"天人本无二，不必言合"。程颐则论说天人相通之理，《语录二上》云："道未始有天人之别。但在天则为天道，在地则为地道，在人则为人道。"《语录十八》又云："安有知人道而不知天道乎？道一也，岂人道自是一道，天道自是一道？""天地人只一道也。"无论董仲舒所谓天人合一于"类"、程颢所谓天人合一于"物"，还是程颐的天人合一于"道"，凡此"天人合一"之说，都建立在主体"天人相分"的理性思考的心智基础上。没有"天人相分"的"思"的心理基础、机制与过程，在中国美学范畴史上，便不会有关于"诗"之意义的"天人合一"说的建构。

又如"意境"这一范畴，用唐王昌龄《论文意》①的话来说："凡属文之人，常须作意。凝心天海之外，用思元气之前，巧运言词，精炼意魄。"又云："用意于古人之上，则天地之境，洞然可观。"此所言"天地之境"，可以说是对"意境"诗性内容、意义的最好解读。"这种'意境'，实乃静虚、空灵的'天地之境'，是从世间之有、无向出世间之空超拔的一种诗境。它是主体心灵的一种'无执'。无法执，无我执，无善无恶，无悲无喜，无染无净，无死无生。""这用佛学'三识性'来说，是超越了'遍计所执性'、'依他起性'而进入'圆成实性'之境。"②无疑，"意境"具有葱郁而深邃的诗性的内容与意义。但是，如果仅看到"意境"的诗性还是不够的。因为，这仅是指明了审美实践

---

① 按：据考，日僧遍照金刚（空海）：《文镜秘府论》天卷《调声》、地卷《十七势》、《六义》与南卷《论文意》等，皆收录王昌龄诗论。参见王运熙、杨明：《隋唐五代文学批评史》，上海古籍出版社，1994，第204页。

② 王振复：《对〈意境探微〉一书的四点意见》，《复旦学报》，2004年第5期。

意义上的"意境"这一审美心理图景、氛围与境界这一点，还没有揭示"意境"何以成为美学范畴的道理。"意境"从一种特殊的审美心理现实，转递为中国美学范畴史上的一个重要范畴，确是主体在审美实践基础上思考、加工与表达的结果。王昌龄倡言"诗有三境"说，他很明智地将诗的"物境"、"情境"与"意境"分开，这种分析与文本表达本身不是诗的审美，而是对有关诗的审美的"思"的认知。因此可以说，"意境"这一范畴，正如前述"天人合一"这一命题一样，具有"诗"与"思"的两重整合性，是一个审美实践意义上的诗性（天人合一）与理性思考、表述意义上的思性（天人相分）两重整合的人文时空结构。

只有承认与论证中国美学范畴史的所有美学命题与范畴既是诗性也是思性的，既是天人合一也是天人相分的，才能在理论上奠定中国美学范畴史研究的方法论依据。无疑，大凡中国美学的命题与范畴及其群落，都具有这样的文脉素质、品格与诗、思两重融合的时空结构。这便是结论。

三

北宋邵雍《皇极经世·观物外篇》云："学不际天人，不足以为学。"天人问题，确是为"学"所应推究的根本问题，也是中国美学范畴史的元问题。司马迁《报任安书》称，其撰《史记》的宗旨是，"究天人之际，通古今之变，成一家之言"。司马迁作为大史笔，是实现了这一宗旨的。我们撰述《中国美学范畴史》，是否也能"成一家之言"，惶恐之至，不敢妄说。而主观上，却想从"天人"这一元问题入手，探究中国美学范畴史的"文脉"之"变"。"文脉"这一人文理念，始于索绪尔《普通语言学教程》一书，英译Context，其本义为"上下文关联域"、"来龙去脉"，亦可译为"语境"、"涵构"等。在西方语言哲学及其美学中，"文脉"的本义，始于索绪尔语言学的"二项对立"说，如"能指"与"所指"这样的"二项对立"，指消解、缺乏时间性的关于语言的空间结构说，作为哲学理念，奠定了西方结构主义哲学及其美学的基石。我们的宗旨，意在从中国美学史文本出发，努力疏理中国美学范畴的文脉历程。此"文脉"，是一个动态的时空结构。正如前述，这一文脉的动态时空结构，基本由

"气、道、象"三维所构成。人类学意义上的"气",哲学意义上的"道"与艺术学意义上的"象",构成了中国美学范畴及其群落的基本的人文时空结构。

第一,关于"气"。气在甲骨文里写作☰,指原始初民文化心灵对河流始而流水滔滔、忽而干涸之自然现象的神秘体验,兼指在初民看来那种河水忽然干涸之神秘的自然状态。甲骨文"气",是一个象形字,上下两横像河岸,两横中间一点,表示流水干涸之处。由于是神秘地看待这一自然现象,因而气这一范畴的理念中,一开始就蕴含着远古"万物有灵"的"灵"这一人文意识。而"万物有灵",实际指"万物"有"生"。生乃气之魂魄;气乃生之根因。在文化意识中,气与生始终是融合在一起的。气这一范畴,与生一起,一开始就揭示了中国生命文化的本蕴。在原始巫文化中,气是一种巫术占筮得以践行、得以灵验的神秘的"感应力"。李约瑟称其不能被准确地翻译,"因为它在中国思想家那里的含义,是不能用任何一个单一的词汇来表达出来的"。[1]这种中外文化及其范畴的难以通约,正可证明"气"之独异的"中国性"、人文性及其生命的意义。无疑,气是中国文化、中国哲学与中国美学范畴史上的真正的元范畴。西周末年,伯阳父所论地震之起因的"天地之气"说,春秋医和的"六气"说,春秋末年孔子的"血气"说,老子的"冲气以为和"与庄周的所谓"气"者,"聚则为生,散则为死"说,还有历代的"气"的学说,比如东汉王充唯"物"的"气"论以及北宋张载的气一元论,南宋朱熹的理气说与明王廷相、明清之际王夫之的关于气的学说等等,汇成了一股漫长而汹涌的气学的文脉洪流,它是中国文化、中国哲学与中国美学范畴史关于生命的直接的发问、思考与表述。在"气、道、象"这一动态的三维结构中,气比道、象显得更为原始。恩格斯《自然辩证法》一书曾经指出:

> 有一个东西,万物由它构成,万物最初从它产生,最后又复归于它,它作为实体,永远同一,仅在自己的规定中变化,这就是万物的元素和本原。[2]

---

① [英]李约瑟:《中国科学技术史》,第二卷,科学技术出版社,1990,第472页。

② [德]恩格斯:《自然辩证法》,人民出版社,1971,第164页。

称气为万物的"本原"，实际表明气这一范畴已由人类学意义转递为具有哲学意义。《公羊传·隐公元年》说："元者，气也。无形以起，有形以分，造起天地，天地之始也。"《九家易》云："元者，气之始也。"这便是气又称元气之故。气作为哲学元范畴，它所蕴含的，是生命问题及其生命的意义与价值。从《庄子》"通天下一气耳"、《易传》"原始反终，故知死生之说，精气为物，游魂为变"、《正蒙·太和》"太虚不能无气"、司马光《潜虚》"万物皆祖于虚，生于气"、二程门生杨龟山《孟子解》"人受天地以生，均一气耳"，到清代戴震《孟子字义疏证》"在天地则气化流行，生生不息"之说，大凡都从"本原"上立论，都与"生"之理念相关。

作为元范畴，气与诸多哲学、美学范畴与命题具有"生"之意义上的联系。"比如太极、阴阳、生死、中和、形神、意象以及刚柔、动静等等，没有一个不与'气'有着直接、间接的深层联系，它们或是与'气'对摄并列，或是'气'的派生范畴。太极为淳和未分之气；阴阳是气的既对立又互补的属性；生死者，气之聚散也；中和是气的融和浑一；形神的根元是气，形乃气之外在表现，神则气之精神升华；意象的底蕴又无疑是气，因为意象作为一个动态性的审美境界，必有灌注生气于其间，又是气之融和流溢与气之充沛的缘故；而阳气性质刚健，阴气性质柔顺；阳气者动，阴气者静。"[1]气作为诗学范畴，始于三国魏曹丕《典论·论文》。其文有云，"文以气为主。气之清浊有体，不可力强而致。譬如音乐，曲度虽均，节奏同检，至于引气不齐，巧拙有素，虽在父兄，不能以移子弟"，并以"气"来品评作品、人物，所谓"徐干时有齐气"、"孔融体气高妙"等等。此所言"气"，主要指诗人、作家之生命、才性、精神及其在文本的体现。气又构成范畴群落：气象、气味、气韵、气骨、气力、气格、气机、气数、气理、气体、气调、气化、元气、精气、神气、清气、浊气、正气、风气、文气、心气、逸气、静气、阴气、阳气、灵气、生气、志气、体气、怒气、愤气、粹灵气、浩然之气、阳刚之气与阴柔之气，等等，是一个庞巨而意蕴丰富深致的气的"家族"，其间，洋溢着中国诗性文化及其哲学、美学的生命精神，体现生命本色。

---

① 王振复：《〈周易〉的美学智慧》，湖南出版社，1991，第94页。

　　第二，关于"道"。在中国美学范畴史上，道主要是作为哲学、美学本体意义上的主干范畴而存在、出现的。如果说，前述气这一范畴，首先是人类学意义上的、是由人类学转嬗为哲学本原并在气一元论哲学中实现为本体范畴的话，那么，道这一范畴自其诞生始，其人类学意义较气范畴为少弱，却主要在先秦道家哲学中成长、成熟为一个极为重要的哲学本体、本原范畴，并且影响深巨。中国美学的思想与思辨的深致程度，相当深刻的意义上，是由道这一范畴的民族性、历史性与人文性来实现的。哲学的美学意蕴与美学的哲学根因及其品质，是同"在"的。两者的不同在于，中国哲学所言"道"，在于追问、言述世界之本原、本体问题，它从感性这一"精神家园"出发，直指理性，并且对这理性一直保持着惊奇与无尽的怀疑，这可以从通行本《老子》所言"道可道，非常道；名可名，非常名"这一语言哲学的言述见出；中国美学所言"道"的思想、思维资源，自然是依存于中国文化的，但是，作为中国美学本体、本原的"道"，尽管无疑具有葱郁的理性精神，却是始终伴随以感性问题的。这也便是说，美学本原、本体意义上的"道"，较之哲学本原、本体意义上的"道"与中国文化、中国艺术学意义上的"象"这一基本美学范畴，在思想与思维上具有更富于诗性的精神联系。如果说，美学本原、本体之"道"，是一种蕴含以思性智慧的诗性言说的话，那么，哲学本原、本体的"道"，便是蕴含以诗性智慧的思性范畴。在本原、本体意义上，"道"既是哲学主干范畴，也是美学主干范畴。

　　中国美学范畴史因为建构了"道"这样的本原、本体范畴而"照亮"其整个文脉历程。中国美学史之道家所谓"道"，与西方古代所谓"逻各斯"相比较，两者的相通与相异是显在的。其一，两者都是作为各自哲学、美学的逻辑原点而存在的，这便是被预设的世界本原。本原的问题，在人类学意义上便是寻找、追问"我的父亲"。这用《老子》的言述，称之为"大"（太），"大"在甲骨文里像正面站立的男子，"大"（太）即"道"。同时，两者因各自为本原，便由这本原自然地推演且认定为世界的本体。从词源学角度看，逻各斯（logos）具有两层主要意义，便是"理性"（拉丁文：ratio）与"言述"（拉丁文：oratio）。据此，海德格尔指"理性"为内在之"思"（denken，thinking）与内在思想之"言"（sprechen，speaking）。简言之，所谓"逻各斯"即是

"思"与"言"。德里达指出："胡塞尔说，理性就是在历史中产生的逻各斯。理性通过存在而呈现自身，在呈现它自身的景观中，它作为逻各斯言说自己和倾听自己。理性是作为本能的语言在倾听它自己的言说。理性为了在其自身中把握自身显露成为活生生的在场。"①"逻各斯"的"思"与"言"的二重性，其实中国美学范畴"道"也具备。在先秦道家美学那里，"道"作为本体，是一种拒绝天命、神灵的冷峻的"理性"。"新道学"认为，中国哲学的"主干"②是"道家"。陈鼓应指出："目前通行的中国哲学史多以儒家为主线，这是似而非的。中国哲学史的主干，当是道家而非儒家。"③道家既然是中国哲学史的"主干"，那么，道家哲学的本体范畴"道"，也便是中国哲学的主干范畴，正如西方的"逻各斯"，道的思性素质与品格即"思"性，体现了中国哲学的基本精神，这也便是作为中国哲学之有机构成的中国美学的基本精神。长期以来，中国美学界一直认为，中国美学的基本素质与品格，是所谓指向道德伦理领域与问题的"实践理性"，这可以美学家李泽厚的美学思想为代表，实际便是持中国美学儒家"主干"说，且将儒、道两家所说的"道"，统统归之于"实践理性"。然而这是有失于公允的。儒家所言"人道"，确是体现了"实践理性"精神及其内涵，而"实践理性"这一命题不能用来全面概括道家所说的"道"。此"道"具有彼此联系的四重意义：一指本原、本体；二指事物发展之规律性；三指形上之"道"落实到人生道德领域，即所谓"德"，"德"是"道"体之"用"；四指道家所主张、推崇的人生境界，即精神本然、向精神自由的回归。这四重意义，不是可以用"实践理性"全部概括的。与儒家"道"论相比较，道家确实为中国美学提供了比儒家更多、更深刻的思想与思维的内容与方式，这便是与"实践理性"相联系的思辨理性。将道家的"道"论仅仅归结为"实践理性"范畴，是说不过去的，因为道家的"道"，具有一定的纯"思"素质与品格。正因为如此，道家所言"道"，才位居整个中国美学范畴史的"主干"的地位。并且，从通行本《老子》所言"道可道，非常道"这一著名而重要的命题来分

---

① Jacques Derrida. *Writing and difference*, Chicago University Press. 1978. P166.

② "道家主干"说由周玉燕、吴德勤：《试论道家思想在中国传统文化中的主干地位》首次提出，见《哲学研究》，1986年第9期。

③ 陈鼓应：《老庄新论》，上海古籍出版社，1992，第320页。

析，所谓"可道"之"道"，正是"言述"的意思。尽管老子、庄子的怀疑论美学思想不信任"言述"（语言），但是他们都毫不例外地、无可选择地、命里注定地以一定的"言述"方式来"言述""道"的"不可言说"性，这是一个令人痛苦的、尴尬的、显示了人之悲剧性生存的悖论。《易传》称"书不尽言，言不尽意"、"圣人立象以尽言"，正如庄子后学的"非言非默"，一直到魏王弼的言意之辨，都在谈论"道"的"言述"问题。这一切正可证明，中国哲学、美学所言属于道家范畴的"道"，大致确如西方"逻各斯"的基本人文精神那样，也具有"思"与"言"的二重性，只是所"思"、所"言"的人文内容、方式与意义有所不同罢了。这是中西美学关于道与逻各斯的相通之处。

其二，尽管中国美学的"道"与西方美学的"逻各斯"在"思"与"言"这方面彼此有相通之处，却不等于说"道"等于"逻各斯"。两者的相异处，依然是显的。尽管无论中西，"道"与"逻各斯"各别文化原型中的诗性与思性都是不缺乏的，却不能人为地规定诗性与思性在中西各自文化及其哲学、美学中相异的涵蕴、地位、构成及意义。"道"在中国审美文化实践中，体现与实现为主体基于一定思性（知性）的葱郁、深邃而愉悦、净化的体验与领悟，是审美的直观。作为一个哲学、美学之"主干"范畴，道又是自"诗性"的直观转递为蕴含着诗性因素的、澄明的、思性的言说。进而可以对中国之"道"与西方之"逻各斯"的相异作出这样的表述：如果说西方美学的"逻各斯"，将生命的诗性作为一个知识问题来逻辑地对待、处理与表达，因而以"思"与"言"的方式来呈现的话，那么，中国美学范畴史上的"道"，却是蕴含着思性因素的诗性的表述。正如前述，"道"具有四重意义，然而在关于"道"的文本中，这四重意义的逻辑结构是隐在的。楚简《老子》全文有"道"字凡二十四，依次具有四义：一、"道恒亡（无）名朴"，指本原、本体；二、"返也者，道动也"，"天道员员，各复其根"，指规律性；三、"保此道（指德行）者，不欲当盈"，指道德伦理；四、"道法自然"、"亡（无）为而亡（无）不为"，指人生境界，回归于精神自然。这种文本现象，证明中国美学范畴"道"的思性因素是隐在的，它具有一定的逻辑性，然而这逻辑性一般是融渗在关于"道"的诗性结构之中的，从纯粹的思性角度看，中国人自始至终没有真正地将"道"作为一个关于生命的知识问题来对待。思性即知识性问题，在多大程度上成为中国美学范畴，比如"道"这一范畴的精神内涵，以及诗性与思性的艰难"对话"，是中国美学范畴史研究真正令人惊奇、困惑与难解的谜。

"道"的复杂性与深刻性，不仅体现为"思"与"言"以及诗性与思性之艰难的对接与互融，关乎生命之有与无、无与空、本与末、体与用、动与静以及道与德等"一如"的问题，它的民族人文的独异性，所谓言语道断，心折半始。"道"的拒绝"阐释"（即"言述"）令人深感惊异。

而且，中国美学范畴史言"道"，除了道家，还有儒家等。儒家所谓"道"，一般指"人道"，诚如《论语》所记录的孔子所说的"道"，一般不出伦理域限。问题是，"人道"作为美学范畴如何可能？"人道"在"思"与"言"的意义上是具有分析性的，因为它是与天道、地道在观念、逻辑上相比较而存在的，属于主客二分、天人相分的思维模式。但是，"人道"作为蕴含着思性因素的诗性范畴的意义又何在呢？这无异于说，伦理道德趋向于审美如何可能？道德是实践的，它所指向、处理的是人与人、人与社会以及人与自我的关系，它似乎不关涉人与自然这一根本问题。但是，人与自然这一元问题，却决定了道德的文化素质与历史、人文水平。在笔者看来，道德走向审美之所以是可能的，是因为：一、道德的践行是功利的、求善的，而道德走向完善，又是消解功利而主体之心灵走向神圣、崇高之境的，道德的极致便是审美；二、从快感角度看，道德感与审美感以及理智感、崇拜感相比，自当是不同的快感，然而，在这四大人生基本快感之间所共通的，是幸福感。崇高、神圣不仅相通于道德与审美，而且幸福也相通于道德与审美。①这便是本书不仅将哲学意义上的"道"及其群落，而且将道德意义上的"人道"及其群落列为美学范畴、命题加以研究的理由之一。

道作为哲学范畴与伦理学范畴，这在中国哲学史与伦理学史上毫无争议。这不等于说，道作为中国美学范畴是不证自明的。正如前述，在本原与本体意义上，美学范畴的"道"与哲学范畴的"道"，是同一个"道"，这是因为哲学的美学意蕴与美学的哲学根因是同"在"的。哪里有哲学，哪里便存在美

---

① 参见王振复：《中国美学的文脉历程》第六章第二节："道德本体：审美如何可能"，四川人民出版社，2002。

学。离弃了哲学的美学，是不可想像、不成熟、不深刻的。我们固然不能说，美学及其范畴"道"依存于哲学，也不能说美学及其范畴是哲学的一部分，而中国美学与中国哲学所面对、所追问的，往往是同一个世界的同一个问题，此即"做怎样的人以及怎样做人"。无论道家所倡言的"道"还是儒家所倡言的"人道"，无论是魏晋玄学还是汉代经学与宋明理学时代所谓"无"（玄）、所谓"道"，都是建构于天人关系、属于人学范围的，在"人"这一点上，哲学之"道"、伦理学（仁学）之"道"与美学之"道"，彼此有重合、相通之处。从中国美学与中国哲学关系看，"道"范畴的形上性、世间性与超越性，是一致的。中国伦理学固然因其"实践理性"一般不具有哲学、美学那般的形上与超越，但正如中国哲学、中国美学及其"主干"范畴"道"，尽管具有世间的形上性与超越性、却始终"脚"踏于现实之"大地"那样，中国伦理学（仁学）及其范畴"人道"的"实践理性"，到底依然沾溉、沐浴于哲学、美学之"道"的光晕之中。从字源学角度看，道字在郭店楚简中写作**衍**，东汉许慎《说文解字》云："道，所行道也，一达谓之道。"道之本义，指人行之路，引申为人生道路。所以，无论中国哲学、美学还是伦理学所言"道"，其共同的人学主题，确是"做怎样的人以及怎样做人"。"道"作为哲学、美学范畴，其形上性与超越性，仿佛无涉于"人"，其实"道"的本义、引申义与超越义，是从人行之路、人生道路而直探人的精神自然（本然），其重点在强调不舍肉身的、向人的精神"故乡"的回归。道家倡言之"道"，是一种趋于健全的、人之肉身与精神和谐境界的哲学兼美学表达。

道作为哲学意义上的"主干"范畴，也是美学与伦理学范畴的中坚与灵枢。道的形上性，体现为人之精神的高蹈；道的实践性，具有强烈而博大的伦理特质与范域；道的世间性（此岸性），是指它没有强有力的、深厚的宗教背景及宗教性。中国文化的基本特性，是蕴含着思性因素的诗性，中国人一般没有将人的生命、生存与生活问题，预设为一个彼岸性（出世间性）问题，这用梁漱溟《东西文化及其哲学》一书的表述，叫做"淡于宗教"。道范畴的宗教背景这一文化"空白"及哲学与美学意义的"缺席"，并不就是道的什么"缺失"，而是充分体现其顽强的"中国性"。这可以从道范畴的酝酿与建构，大致经历了从天命、天帝、帝、天道到道这一文脉历程见出。在历史上，道是对于天命、天帝思想的拒绝。通行本《老子》云，道，"湛兮似或存，吾不知谁之子，象帝之先"，"以道莅天下，其鬼不神"。称道为"帝之先"而非帝之"后"且道"莅天下"，这在理念上，是对天命、天帝权威的对抗与消解，在对神性的否定中，让渗融着生命诗性的思性（理性）自张其军，所谓"莫之命而常自然"、"道法自然"云云，洋溢着"淡于宗教"的、属于东方的生命诗性的思性自由意识。

道作为中国美学的"主干"范畴，与诸多美学范畴具有千丝万缕的意义联系。诸如，道与天构成天道，天是道的神性表述与神学背景，天道又是从天命、天帝与帝的思想发展到道这一范畴的文脉中介；道与人构成人道，是对应于天道的一个范畴。人道的世间性、伦理性与笃实性是很显明的；道与气、道与生并未构成新范畴，但道作为美学范畴，其意蕴洋溢着人的生气、生命与生活情调。老子固然很少从气说道，而庄子的道论，有气聚则生、气散则死，养生与养气的理念；道与理的意义关联，在于道是理的本涵，理是道的条理与秩序，它尤其体现了道这一范畴的诗性的思性；道性本无、本虚、本玄、本静，其意义属于道家思想与思维一路，而此无、虚、玄、静，又和有、实、皦、动相勾连，道性是基于无、虚、玄、静的无有、虚实、玄皦与静动的对待；道与象也是相互涵摄的，老子论道，就有"其中有象"的见解；道与心、性的关系，如果此道指道家之道，那么此所言心，指本心，此所言性，指本性。如果此道指儒家之道，那么心、性便是循人道而践行的善心与善性；道与仁、义、礼、智、信，包含道乃道德五常之灵魂、灵枢的意义，道是五常的总原则、总标准；道与情、欲的关系，以道为情、欲之主宰。情、欲作为生命的"诗"而应循道而止息，这是儒家所认同的道与情、欲的伦理实践关系。宋明理学"存天理，灭人欲"（另："存天理，去人欲"、"存天理，遏人欲"）这一命题，体现了道与情、欲这一关系的严肃性与严厉性。这里的"天理"，有如道；道与文、质的关系，涉及道这一人文的诗性与思性作为"存在"在艺术、文学文本审美中的地位、意义与功能。文质彬彬是指道德人格，文以载道、文以明道与文以贯道云云之道，质也；而道与自然的关涉，道即自然，道法自然。在本原、本体意义上，此道是玄静而独存的、无待的、自然而然的。凡此，都是中国美学范畴史所应关注、研究的课题。

第三，关于象。《易传》云，"形而下者谓之器，形而上者谓之道"。那么，试问象在哪里？答曰：象在器、道之际。象者，形而"中"者也，即象在形上、形下之际。象是什么？象首先是一个具有美学意义与品格的艺术学（包括文学）范畴，也便是中国典型的一大诗学范畴。它孕育于中国诗性文化、生命文化。它是生命直观的审美心灵的图景、印迹与氛围。象的形上属性，是道；形下属性在于器而不是器。器者，物也。物必有形。因而，象与器之关系，实际是象与形的关系。在《易传》中，象与形是分开说的，所谓"在天成象，在地成形"。形、象两字并非连缀为一词，所以学界往往误以为"形象"一词为外来语。其实早在西汉初期《淮南子·原道训》中，就有所谓"大道坦坦，去身不远。求之近者，往而复反。迫则能应，感则能动。物穆无穷，变无形象"之说。东汉王充《论衡》一书有云，"金翁叔，休屠王之太子也，与父俱来降汉。父道死，与母俱来，拜为骑都尉。母死，武帝图其母于甘泉殿上"，而休屠王"拜谒起立，向之泣涕沾襟，久乃去。夫图画，非母之宝身也，因见形象，泣涕辄下"。[①]该"形象"，虽并非纯粹艺术形象，然既然是"母死"之后、武帝请人"图其母"的作品，大约即使力求写实，也一定有想像因素在。所以，该"形象"具有一定的艺术品格是显然的，它触及美学的神经，亦在情理之中。这是笔者所检索到的，最早出现在中国典籍中的两例具有一定美学意义的"形象"范畴，可以看作是象这一基本范畴的衍生范畴。《易传》又说，"见乃谓之象"。象是物之形"见"于心灵的映象。象实乃心之意象。对于人的心灵而言，无意之象与无象之意，都是不存在的。象必伴于意而生，意必伴于象而存。就象而言，要么是抽象，要么是具象，要么是半抽象、半具象，无论如何，人的思想、思维作为意，总是与象同"在"的。意与象作为概念，在先秦典籍中是分立的，它们至多被组织在同一命题之中，如《易传》所言，"立象以尽意"然。这里所言象，专指卦爻之象即易象，而意即易象之象征性意蕴，并不是纯粹审美的，却又通于审美。在原始巫术文化中，所谓天象、龟象、卦象、爻象之类，是一种先"见"之"兆"（吉兆或凶兆）。兆关乎天、地与人事，便是"见"于心灵的"兆"，《易传》亦称为"几"，所谓"知几其神"是也。"几"是神秘莫

---

① 王充：《论衡·乱龙篇》，《诸子集成》，第七卷，上海书店，1986，第158页。

测的。为了把握这"几"即神秘的"兆"，于是便有占卜、占筮之类。象的神秘性与幽微性，是命理思想与思维的心灵属性与氛围。因此，意象之意，在巫文化中是神灵的旨意，即《易经》所谓决定人之命运休咎的"咸"（感）。"咸"即李约瑟所言"感应力"。正如前述，这"感应力"，实指气。气乃一人类学（文化学）范畴。因此可以说，象又是艺术人类学的一个基础性范畴。可见，象在原始巫文化中，是天人合一、天人感应的心灵之产物。象作为具有美学意义、通于人类学意义的艺术学范畴，确是从原始巫文化中孕育而成的。在原始巫文化中，主体缘象（兆、感、几）而锻炼、成长了人的情感性、虚构性与想像力、意志力，象思维、象情感、象意志与象虚构，均以"巫"为文化之肥沃土壤，此可证象的文化之根因，是从根本上决定了象的诗性本质。然而作为一个范畴，象与其余一切范畴一样，都是主体思考、思辨的产物，它是形象思维与抽象思维的有机融合，是一种思想、理性与知性的澄明，无疑又是天人相分、主客二分的。象与道的关系，是缘象而入于道，体道必依于象，既是从形而中的象向道的超拔，又是从形而上的道下贯于象，道、象互融，正如道、气相契，其实便是意象这一范畴的酝酿与建构，且以生命之诗、知识之思为文化底蕴。

意象作为一个美学范畴，一个复合词的酝酿而终于诞生的文脉历程分三步走。其一，在原始巫文化中，负载以神性旨意的神秘之象，对人的文化心灵而言是异己的，证明人的生命、生存与生活是不自由的。由于神灵与人是有等级的（注：尽管在巫文化中，人的"作法"是"降神"以达到人的目的），这已为此后与意象相联系的"礼"的不平等开启了历史、人文之门。其二，意象作为一个范畴的首次出现，在东汉王充的《论衡》，而不是通常所认同的南朝齐、梁之际刘勰的《文心雕龙》。王充说："天子射熊，诸侯射麋，卿大夫射虎豹，士射鹿豕，示服猛也。名布为侯，示射无道诸侯也。夫画布为熊麋之象，名布为侯，礼贵意象，示义取名也。"[1]此"画布为熊麋之象"，指布侯的熊麋之绘形在心灵的映象，表示出天子、诸侯等不同的政治地位，这便是"礼贵意象"的意思。可见在中国美学范畴史上，意象这一重要范畴，首先是与"礼"即伦理、道德与政治相联系的，同时，意象因布侯绘形而起，已是通于审美、通于艺术。

---

[1]　王充:《论衡·乱龙篇》,《诸子集成》, 第七卷, 上海书店, 1986, 第158页。

意象作为纯粹的美学范畴，始于刘勰《文心雕龙·神思》，其文云："使玄解之宰，寻声律而定墨；独照之匠，窥意象而运斤。""玄解之宰"，指立意、主题；"定墨"，布局、营构之义；"独照"，默然运思；"窥"，内视、反思；"运斤"，用笔为文。这里，"意象"是艺术"神思"、审美之髓，葱郁、澄明、空灵而且生气灌注、气韵生动。

象作为心灵图景、印迹、映象与氛围，是生动而虚灵的。象一旦进入艺术审美领域，围绕象便构成了一个群落。除了意象，有如气象、兴象、境象、观象、味象、逸象、清象以及象外之象、境生于象外等等，应运而生。并且，由于象实际也指人的心境，因而由象必衍生为境的群落。作为心灵境界，象的因素始终蕴含其间。所谓实境、虚境、清境、浊境、物境、情境、神境、圣境、空境、灵境、幻境、化境、诗境、画境、意境、造境、写境、境界以及有我之境、无我之境与境意，等等，都是象意识、象思维与象情感的综合体现。

正如前述，象作为中国艺术学的一个基础性范畴、母范畴，其诗性的意蕴尤为丰富、葱郁与深邃，具有活跃的现象学意义上的生命力。现象直观与颖悟、体验，正是中国艺术包括文学审美的根本特征。对于中国审美文化而言，象是无所不在的。比如关于"美"这一范畴，一开始就与象相联系。甲骨文的美字，为"羊人为美"，即原始男性狩猎者头戴羊饰以为巫术形象之美。东汉许慎《说文解字》称"羊大为美"。这两种关于美的解读，尽管有分歧，而在宗"象"这一点上是相同的。《国语》有"台美矣"之记，此灵台之美，与灵台高大的空间意象相关联。陆时雍《诗镜总论》云："古人善于言情，转意象于虚圆之中，故觉其味之长而言之美也。"孔子闻韶乐"三月而不知肉味"，其美的体验难以言说。这种审美体验，其实是关于韶乐之乐象的一种陶醉其间的内心氛围。清人叶燮《原诗》内篇下说："必有不可言之理、不可述之事，遇之于默会意象之表，而理与事无不灿然于前者也。"《孟子》说"充实之谓美"，《荀子》又称，"不全不粹之不足以为美"。这两个命题，说的虽是道德人格的境界，而主体内在对完善道德的体验，必是伴随以某种"意象"的"默会"的。又如关于"悟"，"悟"这一范畴好像与象无关，其实非也。悟的发生，基于感性，又超越于感性，悟是一种"超越性"的意象与意境，它是缘象然后才能悟入的。悟是主体心灵的直觉、直观，是象思维、象情感因素在经验、形下层次的长期积累、酝酿而刹那"照亮"、了然与澄明，悟的意象性与真理性浑融同"在"，使其不仅是"超感性"，而且是"超理性"，悟是一种刹那消解了功利欲、以概念、推理、判断融渗于心象的高级的心灵之境。

这可以说明，象是无处、无时不在的，作为基础性美学范畴，象在中国诗性文化中的渗透力十分顽强，中国美学、艺术学的几乎所有范畴与命题，均与象具有直接或间接、显在或隐在、主要或次要的历史、人文联系。正如气作为中国美学的本原范畴、道作为主干范畴一样，象范畴夯实了中国美学范畴大厦的基石，它几乎是所有中国美学范畴与命题的立足点与出发点。如果说，人类学意义上的"气"，决定中国诗性兼思性文化、哲学、美学范畴的生命素质与品格，如果说，哲学意义上的"道"，是中国美学范畴的灵魂的话，那么，"象"便是中国美学范畴的"生命体"本身，它是一种基础，是中国美学范畴"诗意地栖居"于中华的精神家园。